ULLSTEIN

Das Buch

Tim Hess ist ein alter Hase: Über vierzig Jahre hat er für die Polizei von Orange County gearbeitet. Doch seit man bei ihm Krebs festgestellt hat, ist es damit wohl vorbei. In den vorzeitigen Ruhestand versetzt, bereitet er sich mental auf die Therapie vor – als plötzlich sein alter Chef und Freund Chuck Brighton wieder in sein Leben tritt. Denn die Polizei braucht Tims Hilfe: Zwei Frauen sind verschwunden, offenbar wurden sie beide aus Einkaufszentren entführt. Man fand von ihnen nichts weiter als ihre Handtaschen. Die junge, äußerst ehrgeizige Merci Rayborn hat den Fall zugeteilt bekommen und Tim Hess soll ihr nun mit seinem Erfahrungsreichtum zur Seite stehen. Weder sie noch er sind zunächst darüber erfreut; doch bei der Jagd nach dem mutmaßlichen Täter, einem psychopathischen Killer und verurteilten Triebmörder, kommen sie sich schließlich näher, als sie jemals gedacht hätten …

Der Autor

T. Jefferson Parker wuchs in Orange County, Kalifornien, auf. Nach seinem Studium arbeitete er als Journalist, spezialisiert auf Polizeiberichterstattung. Parker ist der Autor mehrerer preisgekrönter Bestseller. Er lebt mit seiner Familie in Fallbrook, Kalifornien.

In unserem Hause ist von T. Jefferson Parker bereits erschienen:

Der stille Mann

T. Jefferson Parker

Blaue Stunde

Roman

Aus dem Englischen
von Tatjana Kruse

Ullstein

Besuchen Sie uns im Internet:
www.ullstein-taschenbuch.de

Umwelthinweis:
Dieses Buch wurde auf chlor- und
säurefreiem Papier gedruckt.

Ullstein Verlag
Ullstein ist ein Verlag des Verlagshauses Ullstein Heyne List GmbH & Co. KG.
Deutsche Erstausgabe
1. Auflage Juni 2003

Titel der amerikanischen Originalausgabe: *Blue Hour* (Hyperion Books, New York)
Übersetzung: Tatjana Kruse
Redaktion: Iris Paepke
Umschlaggestaltung: Thomas Jarzina, Köln
Titelabbildung: Bildagentur Mauritius GmbH, Mittenwald
Gesetzt aus der Stempel Garamond
Satz: Pinkuin Satz und Datentechnik, Berlin
Druck und Bindearbeiten: Clausen & Bosse, Leck
Printed in Germany
ISBN 3-548-25677-5

Für Robert und Claudia Parker,
die mir immer noch den Weg zeigen.

Richtig jagen, das heißt, so lange wie man lebt,
so lange wie es dieses oder jenes Tier gibt, zu jagen.

Ernest Hemingway, *Die grünen Hügel Afrikas*

1

An diesem Sonntagabend schlenderte Tim Hess die 15th Street entlang zum Imbissstand. Die Skater wichen ihm zwar aus, beachteten ihn jedoch nicht weiter. Für August war es recht kalt und die rote Flagge auf dem Rettungsschwimmerwachturm wies steif nach Osten. Die Luft roch nach Pazifik und Ketchup.

Hess kaufte einen Kaffee und schlenderte über den Strand. Er setzte sich auf eine Picknickbank und sah auf den Ozean hinaus. Es herrschte hoher Seegang und das Meer wirkte träge und gefährlich zugleich.

Eine Minute später trat Chuck Brighton zu ihm an den Tisch. Seine Krawatte flatterte im Wind, und seine weißen Haare stellten sich auf, nur um gleich darauf wieder flach anzuliegen. Er legte seinen Aktenkoffer auf der Bank ab und setzte sich neben Hess. Dann riss er ein Tütchen Zucker auf.

»Hallo, Boss«, sagte Hess.

»Tim, wie geht es dir heute?«

»Verdammt gut, alles in allem. Sieh mich nur an.«

Brighton betrachtete ihn und schwieg. Dann lehnte er sich auf den Ellbogen nach vorn. Er war ein schwerer Mann, und als er sein Gewicht auf der Bank verlagerte, spürte Hess, wie sich der Tisch bewegte, denn die Bänke und der Tisch waren durch Stahlrohre miteinander verbunden. Hess schaute wieder auf die aufgewühlte See hinaus. Vor über einem halben

Jahrhundert hatte er hier, in Newport Beach, seine Kindheit verbracht.

»Du musst dich verdammt gut fühlen. So etwas habe ich seit den Morden von Randy Kraft nicht mehr gesehen. Das musste natürlich ausgerechnet jetzt passieren, sechs Monate nachdem sich mein bester Detective pensionieren ließ.«

Hess ging auf das Kompliment nicht weiter ein, Brighton war schon immer groß im Loben, aber auch im Tadeln gewesen. Sie hatten vierzig Jahre zusammengearbeitet und waren Freunde geworden.

»Wir könnten dich als Berater wieder auf die Gehaltsliste setzen. Vollzeit – und du wärst gleichzeitig krankenversichert. Vergiss diesen ganzen Aufwand mit *Medicare*.«

»Danach sehne ich mich.«

Brighton lächelte verhalten. »Ich glaube, du sehnst dich nach mehr als nur nach dem, Tim. Ich glaube, du brauchst eine Beschäftigung, willst wieder mitmischen.«

»Wäre möglich.«

»Der Typ muss ein Psychopath sein. Wir haben noch nicht viele Anhaltspunkte. Solche Kerle machen mich krank.«

Hess hatte es bereits vermutet, nun wusste er Bescheid. »Nationalpark als Leichengrube.«

»Leichengrube trifft es nicht ganz. Aber du hast ja offenbar die Nachrichten gesehen. Beide verschwanden abends aus einem Einkaufszentrum. Die Cops haben die üblichen 48 Stunden abgewartet, bis sie als vermisst gelten konnten. Der erste Fall ereignete sich vor einem halben Jahr, die Frau aus Newport. Wir fanden ihre Handtasche und Blut. Einen Monat nachdem sie Nylonstrümpfe bei *Neiman-Marcus* kaufte und danach für immer verschwand.«

Brighton hantierte an den Verschlüssen seines Aktenkoffers, dann seufzte er und faltete die Hände auf dem Deckel.

»Und gestern am späten Abend fanden wir etwas von der Frau aus Laguna. Vor einer Woche ging sie ins Einkaufszentrum Laguna Hills und verschwand. Radfahrer haben ihre

Handtasche gefunden. Der Boden neben der Tasche war blutgetränkt – wie im ersten Fall. Es wird morgen in den Zeitungen stehen: Wiederholungstat hier, Serienmord da. Neuerliche Zerstückelung auf dem Ortega Highway. Beide Opfer – beide mutmaßlichen Opfer – waren anständige Bürgerinnen, Tim. Junge, attraktive, kluge Frauen. Alle Menschen mochten sie. Eine war verheiratet, die andere nicht.«

Hess erinnerte sich an das Foto in der Zeitung. Eine von diesen Frauen, die alles zu haben schienen und dann gar nichts mehr hatten.

Hess blickte zu dem übervölkerten Gehweg vor seinem Apartment und nahm noch einen Schluck Kaffee. Ein scharfer Schmerz fuhr durch seine Zähne, aber die taten in letzter Zeit ohnehin ständig weh.

»Wir haben also zwei Fundorte neben dem Ortega Highway im Cleveland Nationalpark, ungefähr einhundert Meter auseinander. Sie liegen acht Meilen von der Countygrenze entfernt. Zwei blutgetränkte Fundorte. Sogar die Spurensicherungsteams sprachen von blut*getränkt.* Auch im zweiten Fall winzige Reste menschlicher Eingeweide. Das Labor beschäftigt sich gerade mit den Fundstücken. Keine Leichen. Keine Kleider. Keine Knochen. Nichts. Nur die Handtaschen, in denen immer noch die Kreditkarten lagen. Bargeld und Führerscheine fehlten allerdings. Vermutlich eine Art Fetisch oder eine Signatur des Täters. Die Fälle liegen ein halbes Jahr auseinander, aber es muss einfach derselbe Kerl sein.«

»Ganz alltägliche Damenhandtaschen?«

»Wenn ›blutverschmiert‹ und ›von Tieren angenagt‹ alltäglich ist.«

»Was für Tiere?«

»Verdammt, Tim, keine Ahnung!«

Hess hatte nicht mit einer Antwort gerechnet. Es war nicht die Art von Antwort, die der Sheriff-Coroner eines Countys mit 2,7 Millionen Einwohnern benötigte. Aber

Hess hatte die Frage dennoch gestellt, weil Aasfresser unterschiedliche Geschmäcker und Gewohnheiten hatten, und wenn man herausfand, welcher Aasfresser an den Handtaschen genagt hatte, konnte man schätzen, wie alt das Blut war. Man konnte einen Zeitrahmen festsetzen, ihn bestätigen oder verwerfen. Das war die Art von Wissen, die man nach 42-jähriger Tätigkeit als Deputy erlangte, dreißig davon in der Mordkommission.

Wir sind alte Männer, dachte Hess. Die Jahre sind zu Stunden geworden und das hier fangen wir mit unserem Leben an.

Er betrachtete den Sheriff. Brighton trug einen braunen Sportmantel, Wollgemisch und von der Stange, in dem Cops immer wie Cops aussehen. Hess trug ebenfalls einen, obwohl er seit fast einem halben Jahr nicht mehr bei der Truppe war.

»Wer arbeitet daran?«, wollte Hess wissen.

»Tja, Phil Kemp und Merci Rayborn haben die Vermisstenanzeige von der Frau aus Newport Beach aufgenommen. Sie hieß Lael Jillson. Das war im Februar. Also sollte ihnen auch dieser Fall zugewiesen werden, aber es gibt da ein Problem.«

Hess ahnte schon, welches Problem. »Kemp und Rayborn. Dachte mir gleich, dass diese Kombination nicht funktioniert.«

»Ich weiß. Wir waren der Ansicht, Gegensätze würden einander anziehen, aber wir haben uns geirrt. Vor zwei Monaten habe ich sie dann getrennt. Phil kommt damit zurecht. Ich war mir nicht ganz sicher, wen ich Merci zur Seite stellen sollte, um ehrlich zu sein. Bis heute.«

Hess kannte Merci Rayborn entfernt. Ihr Vater hatte lange Jahre als Ermittler im Büro des Sheriffs gearbeitet – zuerst Einbruch/Diebstahl, dann Betrug, zuletzt in der Verwaltung. Hess hatte ihn nie richtig kennen gelernt. Rayborn hatte die Zigarre mit der rosafarbenen Schleife entgegengenommen, als Merci auf die Welt gekommen war, und Hess hatte ihr Leben in kurzen Unterhaltungen mit ihrem Vater verfolgt. Für Hess war sie eher ein Gesprächsthema als ein Mensch, wie es die Kinder von Kollegen oft an sich haben.

Anfangs war sie der Liebling der Abteilung gewesen, doch der Reiz eines Deputys in der zweiten Generation hatte sich rasch abgenutzt. Mittlerweile gab es ein halbes Dutzend von ihnen. Hess hielt Merci für aggressiv, klug und ein wenig arrogant. Sie hatte ihm einmal gesagt, dass sie mit 40 die Mordkommission leiten würde, mit 50 die Abteilung Personendelikte und mit 58 würde sie zum Sheriff-Coroner gewählt werden. Damals war sie 24 gewesen und hatte in den Haftzellen Dienst geschoben, wie es alle Frischlinge im Büro des Sheriffs tun mussten. In den zehn Jahren, die seitdem vergangen waren, hatte sie sich nicht viele Freunde gemacht. Sie schien das genaue Gegenteil ihres sanften, bescheidenen Vaters zu sein.

Hess fand es amüsant, wie bestimmte Charakterzüge sich bei der darauf folgenden Generation ins Gegenteil verkehrten – er hatte es bei seinen eigenen Nichten und Neffen beobachtet.

»Tim, sie hat Freitagnachmittag Klage eingereicht. Beschuldigte Kemp der sexuellen Belästigung, nach fast zehn Jahren. Er habe sie angefasst, sagt sie. Tja, bis zum Ende des Arbeitstages hatten zwei weitere weibliche Deputys den Zeitungen erklärt, dass sie ebenfalls Klage einreichen würden. Der Anwalt spricht von einer Gruppenklage. Also haben wir jetzt jede Menge Deputys, die sich auf eine von beiden Seiten schlagen – die übliche Frontlinie. Ich bedauere Rayborns Schritt, weil sie für ihr Alter im Grunde eine gute Ermittlerin ist. Ich weiß nicht, was ich mit diesen Anschuldigungen anfangen soll. Niemand hat sich je zuvor über Phil beklagt, außer natürlich darüber, dass er Phil ist. Möglicherweise reicht das heutzutage schon aus. Ich weiß es nicht.«

Hess sah die Enttäuschung, die in Brightons Blick lag. Trotz seiner öffentlichen Stellung war Brighton ein sehr zurückhaltender Mann. Er litt unter den Problemen seiner Dienststelle, als ob es seine eigenen wären. Er hatte Konflikte immer vermieden und wollte von allen gemocht werden.

»Ich werde versuchen, mich da nicht hineinziehen zu lassen«, sagte Hess.

»Viel Glück.«

»Was haben denn die Hunde gefunden?«

»Sie sind zwei Wege in der Nähe der Fundorte abgegangen, außerdem einen Brandschutzweg ungefähr hundert Meter südlich des Highways. Die beiden Wege lagen sehr dicht beieinander – ungefähr einhundert Meter. Er muss geparkt und die Frauen dann durch das Unterholz getragen haben. Anschließend tat er, was immer er da getan hat. Schleppte sie offenbar auch wieder zurück. Weiter lässt sich nichts sagen.«

»Wie viel Blut?«

»Wir lassen vom Boden des neuen Fundorts gerade Sättigungsanalysen erstellen. Sie hieß Janet Kane. Bei der ersten Frau war ein Großteil des Blutes eingetrocknet und verwest. Aber diesmal könnte das Labor nützliche DNS-Spuren finden. Sie versuchen es zumindest.«

»Ich hätte gedacht, dass du sie irgendwo da draußen begraben findest.«

»Ich auch. Die Hunde, die Methanprobe, der Hubschrauber – nichts. Ein erbsengroßer Teil meines Gehirns flüstert mir zu, dass sie vielleicht immer noch am Leben sind.«

Hess schwieg einen Moment und überlegte, was er von dieser Hoffnung hielt. Dann sagte er: »Wir sollten es in einem größeren Umkreis versuchen.«

»Das liegt an dir und Merci. An Merci und dir, um genau zu sein. Sie wird die Show leiten, verstehst du.«

Hess drehte sich um und starrte auf die Wellen, die über den blassgrünen Ozean rollten. Er spürte, wie Brightons Blick auf ihm ruhte.

»Du siehst wirklich gut aus«, meinte der Sheriff. Die Brise trug seine Worte zu Hess.

»Ich fühle mich auch gut.«

»Du bist zäher als gekochtes Schuhleder, Tim.«

Hess hörte das Mitgefühl aus Brightons Stimme heraus. Er wusste, wie sehr Brighton ihn mochte, aber der Tonfall nagte an seinem Stolz und weckte auch seinen Zorn.

Die beiden Männer standen auf und schüttelten sich die Hand.

»Danke, Bright.«

Der Sheriff öffnete seinen Aktenkoffer und reichte Hess zwei grüne Pappakten, die von dicken Gummibändern zusammengehalten wurden. Auf der obersten war in Rot KOPIE aufgestempelt.

»Da drin sind ein paar wirklich hässliche Sachen, Tim.«

»Kann ich mir vorstellen.«

»Schau schnellstmöglich bei der Personalabteilung vorbei. Marge wird alle Papiere vorbereiten.«

2

Die Sonne war eben über die Hügel am Ortega Highway gestiegen und unsichtbare Vögel zwitscherten in den Büschen.

Hess stand unter einer gewaltigen Eiche, in der Nähe der Stelle, an der man die Handtasche von Janet Kane gefunden hatte. Er sah sich den blutgetränkten Boden an. Die Spurensicherung hatte einen Teilbereich ausgehoben, den Hess jetzt mit seinem Maßband ausmaß – fünfzig mal fünfzig Zentimeter im Quadrat, zehn Zentimeter tief. Er fischte die verrotteten Eichenblätter aus der Grube und presste seine Handflächen auf die Erde, gegen den Boden und den Unrat. Dann hielt er die Hände in die Sonne und versuchte zu erkennen, ob Blut an ihnen klebte, das schon so tief eingesunken war. Nein. Seine Finger rochen nach Eiche und Erde.

Der Baum selbst markierte das westliche Ende der Blutspuren. Hess war gar nicht klar gewesen, welche Ausmaße der Bereich hatte. Er war in etwa dreieckig, die Spitze ungefähr fünfzehn Zentimeter vom Baumstamm entfernt und die Seiten verliefen entlang der sanften Erhebung, die die unter der Erde liegenden Wurzeln aufgeworfen hatten. Das Dreieck war ungefähr eineinhalb Meter lang und die Basis maß an der breitesten Stelle exakt 188 Zentimeter – Hess' Körpergröße. Die Kriminaltechniker hatten die kuchengroße Probe ganz unten an der Basis entnommen, wo die Erde lockerer war und es weniger Wurzeln gab.

Hess ging die Akten langsam von hinten durch und studierte den Erstbericht des Deputys sowie dessen Skizzen. Er verglich sie mit den Fotos der Spurensicherung, dann markierte er mit Hilfe faustgroßer Steine den Verlauf der Blutspuren und die Stellen, an denen die »nicht identifizierten Körperreste« und die Handtasche gefunden worden waren. Auf Überreste menschlicher Eingeweide war man in einem Umkreis von knapp einhundert Metern in allen Richtungen rund um den Baum gestoßen. Coyoten, dachte er. Waschbären, Stinktiere, zwanzig verschiedene Vogelarten und Tausende von Insekten. Das stetige Summen von Fliegen erfüllte den Morgen. Hess konnte sich nicht mit dem Gedanken abfinden, dass noch vor einer Woche ein voll ausgewachsener Mensch hier gelegen haben sollte, es jetzt aber keinen einzigen Knochen mehr gab, keinen Zahn, kein einziges Stück Fleisch oder Kleidungsstück. Der Inhalt der Handtasche des Opfers war verstreut aufgefunden worden, gemäß einer nummerierten Auflistung auf der Tatortskizze der Spurensicherung.

Die Szene erinnerte ihn an etwas. Er wusste, woran, aber er verdrängte es.

Hess folgte dem Weg, den die Bluthunde erschnüffelt hatten, eine Mulde hinauf, die von kleineren Eichen und gelbem Fuchsschwanzgras gesäumt wurde, anschließend über eine unbefestigte Straße – alte Reifenspuren, schwach ausgeprägt. Jenseits der Straße erstreckte sich ein sanfter Abhang, wo der

Boden weicher und mit Schilf und Pampasgras übersät war, das hoch und dicht wuchs. Hess senkte den Kopf, drückte die Halme auseinander und quetschte sich hindurch. Einen Augenblick später sah er die Lagune vor sich, ein dunkles Oval, umringt von Blätterwerk und gesprenkelt mit den Ringen von Wasserwanzen. Die Luft roch süß. Er blieb einen Augenblick stehen, atmete tief ein und spürte, wie ihm der Schweiß über das Gesicht lief. Die Taucher hatten es nicht leicht gehabt, dachte er: drei Meter Schlamm, durch die sie waten mussten, bevor sie überhaupt ins Wasser kamen, dann gerade mal einen halben Meter Sicht, wenn man Glück hatte. Hess war vor dreißig Jahren zum letzten Mal getaucht. Es hatte ihm immer Spaß gemacht.

Nachdem er zum Baum zurückgekehrt war, ging er schwer atmend in die Knie. Es war kein Scherz gewesen, als sie ihn vor körperlicher Erschöpfung und Schwächezuständen gewarnt hatten. Zwei Drittel des linken Lungenflügels waren ihm vor zwei Monaten entfernt worden.

Hess stand auf. Die alte Eiche hatte sich früh in ihrem Dasein gegabelt und breitete sich nun weit aus, wie so viele Eichen. Die untersten Äste endeten nur gut einen Meter über dem Boden. Er legte die Akten unter den Stein, der den Fundort der Handtasche markierte.

Hess kletterte auf den Baum und ruhte sich kurz aus, einen Fuß gegen den Stamm gestützt, mit dem anderen stand er auf einem abzweigenden Ast. Langsam spazierte er darauf entlang bis zum Ende des Astes, krallte sich dabei in die scharfkantigen Blätter über sich, um das Gleichgewicht zu halten. Als er sich über der Stelle befand, an der Janet Kane offenbar verblutet war, blieb er stehen und tastete nach einem Ast über seinem Kopf. Seine Finger fanden eine glatte Kerbe im Holz, aber sie war nur schwer auszumachen. In besseren Tagen hätte ein einfacher Klimmzug sein Kinn über den Ast gebracht und er hätte sehen können, was er sehen wollte.

Ein einziger, lausiger Klimmzug, dachte Hess. Er erinnerte sich, wie er als Kadett hundert davon während seiner Ausbildung in der Polizeiakademie geschafft hatte. Und hinterher war er noch ein sechs Meter langes Seil hinaufgeklettert. In letzter Zeit fragte sich Hess immer öfter, ob das Erinnerungsvermögen als Trost oder als Folter gedacht war.

Er zog sich hoch. Angestrengt betrachtete er die Kerbe im Holz, und ihm gefiel, was er da sah. Genau das hatte er vermutet. Das Holz war ungefähr zweieinhalb Zentimeter eingeschnitten, bis hinein in das blasse, lebende Mark des Baumes. Die Schultern von Hess schmerzten und seine Arme zitterten.

Dann schoss der Ast plötzlich an seinen Augen vorbei und eine Sekunde lang hatte er keinen festen Halt unter den Füßen. Gleich darauf lag er mitten in der blutgetränkten Erde auf dem Rücken.

Zehn Minuten später stand er vor dem zweiten Baum, unter dem vor sechs Monaten Lael Jillsons Handtasche gefunden worden war. Die große Eiche war Teil eines Hains, der das Tageslicht ausblendete und den Boden in immer währenden Schatten tauchte. Der Stamm wuchs aus der Erde heraus und seine knorrigen Arme streckten sich in den Himmel.

Hess ließ sich Zeit mit der Kletterei. Mit dem Blätterdach als Halt spazierte er auf einem kräftigen Ast entlang und fand, was er zu finden hoffte: die etwa zweieinhalb Zentimeter breite Rille, wo die Rinde eingekerbt war. In den letzten sechs Monaten hatte sich Narbengewebe gebildet, und eine dünne Schicht aus grauen Fasern bedeckte nun die Wunde.

Hess konnte sie vor sich sehen: die Knöchel zusammengebunden, der Kopf nach unten hängend, das Seil über den Ast geworfen. Die Haare hingen hinunter, die Fingerspitzen waren nur wenige Zentimeter vom Schmutz entfernt.

Hess schlenderte zu seinem Wagen zurück und holte eine Klappschaufel und zwei Eimer aus dem Kofferraum. Er brauchte zehn Minuten und zwei Ruhepausen, um einen der Eimer mit blutfreier Erde neben dem Kane-Baum zu füllen. Es war wichtig, eine Kontrollprobe zu haben, wenn man eine gute Sättigungsanalyse durchführen wollte. Nachdem er fertig war, atmete er schwer. Seine Handflächen brannten wie glühende Kohlen, aber als er sie ansah, waren sie nur leicht gerötet.

Dann machte er im Sitzen ein kurzes Nickerchen, bei dem er fast hintenüber gekippt wäre. Schließlich füllte er den anderen Eimer mit sauberer Erde von der sauberen Seite von Lael Jillsons Baum.

Als er zu seinem Wagen zurückkam, die Klappschaufel auf einem der schweren Eimer balancierend, fragte er sich, ob seine Finger womöglich einfach abbrechen könnten. Dr. Cho hatte nichts über den Verlust von Fingergliedern gesagt, aber genauso fühlte es sich an. Als er sie genauer ansah, waren sie von den Henkeln der Eimer tief eingekerbt, aber ansonsten völlig in Ordnung.

Die Sonne brannte in seinen Augen, und seine Kniescheiben fühlten sich an wie eingerostet. Er legte ein weiteres kurzes Nickerchen ein – ungefähr zwei Minuten –, bevor er zurück zum Ortega Highway fuhr.

Es war schön, wieder arbeiten zu können.

3

Hess nahm die Akten mit ins Krankenhaus zu seinem Termin um drei Uhr. Das Programm des letzten Monats war gar nicht so schlimm gewesen, obwohl die kumulative Wirkung von Monat Nummer vier, je nach Patient, sehr drastisch ausfallen konnte. Hatte Dr. Cho gesagt.

Hess setzte sich in den Behandlungsstuhl, legte die Akten auf seinen Schoß und hörte Liz, der Krankenschwester, zu, die über ihr neues Auto plauderte. Sie ließ die große Nadel in seinen Handrücken gleiten und Hess spürte die harte Präsenz von Stahl in seiner Vene. Liz befestigte die Nadel mit einem Klebestreifen und setzte den intravenösen Tropf an.

»Wie fühlt sich das an, Tim?«

»Fremd.«

»Haben Sie etwas zu lesen dabei? Gut. Ich stelle Ihnen das hierher, falls Sie es brauchen.«

Sie schob den Rolltisch etwas näher heran und hob den Deckel des kleinen blauen Spucknapfs an. Er war abgerundet, hatte Hess bemerkt, damit er sich an das Kinn des Patienten anlegen ließ, aber er sah weder breit noch tief genug aus, um den Inhalt eines verdorbenen Magens aufnehmen zu können. Möglicherweise ging man davon aus, dass die Patienten zu geschwächt waren, um ordentlich zu kotzen.

»Letztes Mal haben Sie ihn gar nicht gebraucht, nicht wahr?«

»Mir ging es ganz gut.«

»Braver Mann.«

»Bekomme ich eine Decke?«

»Hier, bitte.«

Sie breitete die Decke über seine Beine aus.

»Versuchen Sie jetzt, sich zu entspannen, und denken Sie an etwas Schönes. Ich bin nebenan.«

Hess machte es sich bequem. Er betrachtete die Decke. Sie sah so ähnlich aus wie die, unter der er in der Hütte seines Onkels oben am Spirit Lake in Idaho gelegen hatte, als Kind, nach der Jagd. Man war müde und satt, und das Einzige, was man in der langen, finsteren Nacht tun konnte, war lesen und schlafen. Neben dem Kamin war es so heiß, dass man den Schlafsack auf eine Pritsche an der anderen Seite des Raumes legen musste. Eigentlich war es hier überhaupt nicht wie in der Hütte.

Heute, über fünfzig Jahre später, konnte er spüren, wie das Cisplatin in seine Vene lief, während er mit der freien Hand den Schließgummi hochschob und die erste Akte auf seinem Schoß aufschlug.

Fall Nr. 99063375
Jillson, Lael

Die Detectives Kemp und Rayborn hatten zwei Fotos von Lael Jillson aufgetrieben: einen Schnappschuss im Freien und die Fotokopie ihres Hochzeitsfotos. Der Schnappschuss zeigte sie auf einem Felsen stehend, mit verschränkten Armen, in Shorts und Wanderstiefeln und einer ärmellosen Jeansbluse. Sie lächelte. Ihr blondes Haar war zu einem Pferdeschwanz gebunden, der in der Sonne glänzte. An ihrem Hochzeitstag war dasselbe blonde Haar hochgesteckt und mit winzigen, weißen Blüten geschmückt, die wie Sterne aussahen. Hess blinzelte und konzentrierte sich dann erneut auf das Bild. Ein schmales Gesicht, ein fester Kiefer, ebenmäßige, weiße Zähne und dunkelbraune Augen. Sie strahlte etwas aus. Das Foto war schwarz-weiß, in einem Sepia-Ton. Es erinnerte ihn an das Hochzeitsfoto seiner eigenen Mutter, das 1928 aufgenommen worden war.

Über Lael Genevieve Jillson: Alter: 31, 173 Zentimeter, 59 kg, blond/braun, weiß, verheiratet, geboren in Orange (Kalifornien), Mädchenname: Lawrence, besondere Kennzeichen: keine.

Keine, dachte Hess. Als ob es kein besonderes Kennzeichen wäre, wenn man zauberhaft ist. Einfach nur eine Frau, die durchgekaut und in den Dreck gespuckt worden war wie ein Stück Knorpel.

Höchstwahrscheinlich, dachte er. Fast sicher, trotz der erbsengroßen Hoffnung in Chuck Brightons Hirn.

Hess blickte zu dem Spiegel hinter der Theke hoch, vor der er saß. Der Chemotherapieraum sah aus wie ein Schönheitssalon, mit vier Behandlungsstühlen, die in Richtung auf den Spiegel angeordnet waren, und einer Theke voller Tiegel und Flaschen. Fernsehgeräte hingen in zwei Ecken. Die Transfusionswagen standen vor der Wand. Es gab Plastikvorhänge, die über Schienen an der Decke zugezogen werden konnten, aber keiner war in Gebrauch. An diesem Tag war Hess der einzige »Kunde«.

Aus dem Spiegel schaute ihm ein blasser Mann entgegen, mit entschlossenen blauen Augen und einem Gesicht, dem im Laufe der Jahre nichts geschenkt worden war. Es war scharf geschnitten und ernst. Das dunkelgraue Haar war zurückgekämmt wie das eines Generals aus dem Zweiten Weltkrieg, mit einer kleinen Tolle über der Stirn. Die Tolle war schon vor Jahren weiß geworden. Jetzt war das ganze Gesicht rot. Hess fühlte sich schwindelig und sah, dass sein Kopf schwankte. Er seufzte und schloss die Augen. Er sagte sich, dass er zu alt für so etwas sei, etwas, was Männer nur zugaben, wenn sie es im Grunde nicht glaubten.

Du hast zu tun.

Die Frau aus Laguna Beach war vor sechs Tagen, an einem Dienstag, als vermisst gemeldet worden. Sie war aus einem Einkaufszentrum in Laguna Hills verschwunden.

Fall Nr. 99075545
Kane, Janet

Alter: 32, 167 Zentimeter, 54 kg, braun/braun, weiß, allein stehend, geboren in Syracuse (New York), orthoskopische Operationsnarbe am rechten Knie.

Hess hielt die Fotokopie ihres Fotos hoch. Es war ein Porträt, das in einem Fotostudio angefertigt worden war, die Art von Foto, die man für seinen Schatz machen ließ oder für seine Familie. »Sanderville Studios«, konnte man in der unteren rechten Ecke lesen. Auch Janet Kane war eine echte Schönheit: ein gutmütiges Lächeln, lange dunkle Haare, mit einem Pony über einer hohen Stirn, Augen, die verträumt und selbstsicher blickten. Ihre Bluse war schwarz und hatte keine Ärmel, entblößte anmutige Arme.

Beide waren der Inbegriff von Schönheit, dachte Hess.

Lael Jillson war zuletzt um 20 Uhr 10 bei *Neiman-Marcus*

gesehen worden, wo sie, laut Kassenbon, eine Strumpfhose gekauft hatte.

Janet Kane war zuletzt in einem Vororteinkaufszentrum gesehen worden, gegen 20 Uhr 45, gemäß einem Schuhverkäufer bei *Macy's*, der beobachtet hatte, wie sie den Laden verließ.

Und ihre Handtaschen waren an abgelegenen Stellen im Cleveland Nationalpark gefunden worden, der nur über den Ortega Highway zu erreichen war oder, was seltener vorkam, über zahllose unbefestigte Straßen, die sich durch das ausgedehnte und unzugängliche Gelände zogen. Lael Jillsons Pfefferminzpastillen und Antibabypillen waren teilweise von Tieren gefressen worden. Scheckkarte, Kredit- und Versicherungskarten waren noch intakt. Kein Führerschein, der vom Staat Kalifornien ausgestellt worden ist. Kein Bargeld.

Wer will immer den Führerschein sehen?

Ein Bankangestellter. Ein Cop.

Und was würde ein präzises und informatives Souvenir von jemandem abgeben, an den man sich deutlich erinnern will?

Ein kalifornischer Führerschein. Alle wichtigen Daten – samt Foto – auf einen Schlag.

Hess ging die Akten eine Seite nach der anderen durch. Die Detectives hatten auch eine Landkarte der Fundorte beigelegt, vom amerikanischen Bundesvermessungsamt ausgestellt. Kemp und Rayborn hatten die Stellen mit roten Sternen gekennzeichnet. Hess sah sich die verschlungenen Konturen der Karte an. Da war die Lagune – Laguna Mosquitoes – nur eine Viertelmeile weiter westlich. Vor 22 Jahren war er schon einmal dort gewesen, im Zuge der Ermittlungen im Mord an einem zweitklassigen Drogendealer namens Eddie Fowler, dem eine tödliche Dosis Mexikanischer Schwarzer injiziert worden war und den man neben dem Highway aus dem Auto geworfen hatte. In den fünf Jahrzehnten, in denen Hess als Deputy gearbeitet hatte, war der Ortega Highway – die Bundesstraße 74 – stets ein beliebter Ort gewesen, um Leichen zu entsorgen. Sechzehn Leichen zählte Hess in seiner Erinnerung. Ja, sechzehn, Fowler miteingerechnet. Kraft hatte den Highway genutzt. Suff hatte den Highway genutzt. Die meisten Morde waren unaufgeklärt geblieben.

Hess hatte ein unfehlbares Gedächtnis für solche Fakten, obwohl er sich in letzter Zeit fragte, ob er seine Hirnzellen auf diese Weise auch wirklich optimal nutzte. Je älter er wurde, desto mehr verstand er die endliche Natur der Dinge, die endliche Natur von allem.

Hess spürte eine Welle der Übelkeit und atmete tief durch. Er schloss einen Augenblick die Augen und stellte sich vor, wie das Gift die Zellen vernichtete. Nur die schlechten Zellen. Obwohl ihm klar war, dass das Gift die guten und die schlechten Zellen vernichtete – ohne Unterschied, wie ein Amokläufer, der in einem Fastfood-Restaurant um sich ballerte. Liz hatte vor der ersten Runde eine »positive mentale Visualisierung« vorgeschlagen, während Dr. Cho schweigend daneben gestanden und geheimnisvoll gelächelt hatte.

Hess öffnete die Augen und widmete seine Aufmerksamkeit wieder den Akten.

Er sah sich die Landkarte an. Der Ortega Highway war eine lang gestreckte, kurvenreiche Straße, die über zwei County-Gerichtsbarkeiten hinweg durch die Santa Ana Mountains führte, von San Juan Capistrano bis nach Lake Elsinore. Die Kurven waren unübersichtlich und die Leute fuhren meistens viel zu schnell. Tödliche Verkehrsunfälle waren an der Tagesordnung. Am einen Ende lag Capistrano, eine malerische, verschlafene Kleinstadt mit einer Franziskanermission und teuren Villen auf ausgedehnten Grundstücken. Pferdeland: Frauen in Reithosen und Chevy Kombis, 25 Meilen entfernt endete der Ortega Highway in der finanzschwachen Stadt Lake Elsinore, am gleichnamigen See gelegen. Der Wasserspiegel stieg und fiel mit dem Regen, und häufig blieb nur wenig mehr als ein verschmutzter kleiner Tümpel übrig, die Häuser gestrandet auf vertrocknetem Schlamm. An Dornengestrüpp und Raben musste Hess als Erstes denken, wenn ihm Lake Elsinore einfiel. Dann an die Nutten auf der Main Street, an Motorradbanden und Kokain-Mittelsmänner.

Der Highway verband diese beiden Städte miteinander, paarte das Sonnenlicht mit dem Schatten, den Wohlstand mit der Plackerei, paarte sie auf eine Weise, wie diese Dinge immer verbunden waren. Er schlängelte sich an dunklen Eichenhainen entlang, führte kurvenreich an meilenweiten Abschnitten mit dicht wachsendem Salbei und Kreosotesträuchern vorbei, schnitt durch tiefe Canyons und verlief an gemächlich plätschernden Bächen, die von der Frühjahrsschmelze gespeist wurden und die Wildnis nährten und die Täler jeden April mit Wildblumen sprenkelten. Hess war hier als Junge gewandert, hatte hier gejagt. Er hatte immer ein wenig geglaubt, dass es am Ortega spukte, und deswegen fühlte er sich von ihm auch so angezogen.

Hess legte die Landkarte zur Seite und blätterte die Akten weiter durch. Es war frustrierend, wie wenig Informationen es gab. Er hatte noch nie dünnere Akten über zwei mutmaßliche Entführungen/Morde gesehen, bei denen die Opfer so schnell identifiziert worden waren. Natürlich brauchte die vollständige Laboruntersuchung zu Janet Kane ihre Zeit. Und würde noch ein paar Seiten hinzufügen. Allerdings war das Talent der Natur, einen Tatort zu kontaminieren, beträchtlich.

Die Autos waren der eigentliche Schlüssel. Wenn sie überhaupt etwas Nützliches entdecken würden – oder schon entdeckt hatten –, dann mit Sicherheit in den Fahrzeugen. Beide Wagen waren geparkt und unverschlossen aufgefunden worden, Meilen von den Läden entfernt, in denen die Frauen eingekauft hatten, und auf völlig entgegengesetzten Wegen zu ihren Wohnungen. Die Schlüssel hatten noch im Zündschloss gesteckt.

Dann waren die Frauen also in ein anderes Fahrzeug umgestiegen oder verladen worden.

Kemp und Rayborn hatten das auch vermutet. Hess las Kemps Notizen durch. Dann wandte er sich der Checkliste der Spurensicherungsabteilung zu Lael Jillsons Infiniti Q45 zu und fuhr mit dem Finger die Seite entlang. Die Kriminaltechniker hatten Haare und Fasern gefunden, und zwar ziemlich viele. Menschliche Haare von wahrscheinlich vier oder gar fünf verschiedenen Personen. Dank weiterer Proben, die Laels Ehemann zur Verfügung gestellt hatte, konnten die Labortechniker drei davon Lael und zwei weiteren Familienmitgliedern zuordnen – ihrem Mann und ihrem Sohn. Die vierte Person war weiß und hatte dunkelbraune Haare, die leicht gelockt waren. Bei der fünften Probe handelte es sich um Schamhaare, die von einer weiteren Person stammten. Interessant, dachte Hess.

Aber Hess wusste um die Unsicherheit bei Haaridentifikationen. Als einzige forensische Methode wurde sie in der zweiten Hälfte des 20. Jahrhunderts praktisch unverändert durchgeführt. Im Grunde hielt man sich an den Augenschein, und die Identifizierung war häufig ohne Beweiskraft. Die Sache war die, dass selbst die Haare von nur einer Person eine Vielzahl von Farben und Strukturen aufwiesen. Und ein Haar konnte auch von fast überall hereingeweht werden. Manchmal hatte man Glück mit der Haaranalyse oder den pharmakologischen Rückständen, die die Zahl der in Frage kommenden Personen einschränkte. Aber nicht oft.

Merci Rayborn hatte notiert, dass Robbie Jillson »den Wagen absichtlich nicht gewaschen hatte«, nachdem seine Frau verschwunden war, weil er sofort »gewusst hatte«, dass da etwas nicht stimmen konnte, »ob ihr Cops nun eine Vermisstenanzeige aufnehmt oder nicht«. Guter Mann, dachte Hess. Dann hatte das Labor den Wagen also in einigermaßen gutem Zustand bekommen, zumindest den Innenraum.

An beiden Autos wurden sowohl innen als auch außen Fingerabdrücke abgenommen. Das Labor konnte sie mühelos den Opfern und ihren Familienangehörigen zuordnen, aber ein Daumenabdruck in Jillsons Infiniti blieb unidentifiziert. Der Abdruck fand sich weder im kalifornischen Fingerabdruckverzeichnis, dem CAL-ID, noch beim FBI oder im örtlichen Verzeichnis in Tucson. Der endgültige Bericht über die Abdrücke aus Janet Kanes BMW lag noch nicht vor.

Erde war ebenfalls in beiden Innenräumen gefunden worden. Gut.

Von außen hatte man jedoch keine abgekratzt. Schlecht.

Hess hatte einmal einen Schurken aufgrund von Gartenkieseln überführt, die in einem Reifenprofil gefunden worden waren. Das war vor dreißig Jahren gewesen. Seit damals hatte Hess alle Reifenprofile stets gewissenhaft überprüft, weil er davon überzeugt war, dass man etwas, was einmal funktioniert hatte, beibehalten sollte. Außerdem mussten Lael und Janet zwischen dem Zeitpunkt, als sie die Einkaufszentren verlassen hatten, und dem Zeitpunkt, als sie ihren Wagen zum letzten Mal an den Straßenrand gefahren hatten – oder jemand anders das getan hatte –, eindeutig *irgendwo* gewesen sein. Und manchmal hatten Reifenprofile ein sehr gutes Gedächtnis.

Hess war enttäuscht, dass weder Kemp noch Rayborn die Wagen auf grundlegende mechanische Probleme untersucht hatten. Es war ein uralter Trick von Vergewaltigern, so alt wie die Reifen selbst, etwas Luft herauszulassen, dem Wagen zu folgen und darauf zu warten, dass das Opfer an den Straßenrand fuhr.

Ganz zu schweigen von der Alarmanlage der Autos. Funktionsuntüchtig gemacht, ausgeschaltet oder in einwandfreiem Zustand? Die Fragen lagen auf der Hand, aber Hess hatte schon Tausende Male gesehen, dass sie unbeantwortet blieben.

Immer die Alarmanlage überprüfen!

In den Berichten über den Zustand der Autos fand sich nirgends ein Hinweis auf einen Kampf.

Auf die Rückseite von Kanes Abschleppanordnung schrieb Hess: *Fundorte prüfen; mit dem* Macy's-*Angestellten reden, der Janet gesehen hat; Autos auf Spuren an den Fenstern überprüfen – Alarmanlage/Probleme; baldmöglichst Labor wegen Kane-Auto und Abschlussbericht der Spurensicherung kontaktieren; Scheckkarte wegen Bargeldabhebung nach Entführung überprüfen, Kane Einkauf/wie bezahlt?; wo war Erstkontakt – im Laden, auf Parkplatz, an Fundstelle der Autos? Möglichkeiten, das Vertrauen des Opfers/dessen Mitarbeit zu erlangen: Dienstmarke, Gewalt, Androhung von Repressalien, Wachmann/Polizisten verkörpern, Ausbildung als Gesetzeshüter oder von der Polizeiakademie irgendwann abgelehnt worden? Einfach gute Gelegenheit oder Opfer aus bestimmten Gründen gewählt? Blut auf Drogen untersucht oder war Probe ungeeignet? – Wie viel Blut an jedem Fundort? Sättigungsanalysen mit selber Erde oder mit Laborerde durchgeführt? Was für Eingeweide genau? Täter organisiert … Welche Erkenntnisse, was zwischen Entführung und Fundort geschah? Was ist am Fundort passiert, was danach? Bluthunde in größerem Umkreis, Schleifspuren, im See tauchen …*

An diesem Abend beobachtete Hess von seinem Balkon aus den Sonnenuntergang. Einen Teil davon verschlief er. Er lauschte auf den Lärm der 13th Street und auf die Stimmen der Kinder und der Touristen auf dem Gehweg unter ihm. Er erinnerte sich, wie es war, ein Kind zu sein, und dass er hier meistens glücklich gewesen war, wenn er auf seinem Fahrrad durch die Straßen der Newport-Halbinsel hatte streifen können oder mit einem Paar übergroßer Schwimmflossen, die ihn wie einen Delfin durch das Wasser katapultiert hatten, auf den Wellen geritten war.

Seine Wohnung lag direkt über der Garage. Sie war groß und wie eine Ferienwohnung möbliert: türkisfarbene Plastiksofas auf schwarz-weiß karierten Böden, eine Küchenecke mit einem gelben Tisch, auf dem ein halbes Jahrhundert lang Kaffeetassen abgestellt worden waren. Hess mochte die schreiende Billigkeit der Wohnung. Wenn er nachts nach Hause kam und das Licht einschaltete, schien sie ihn förmlich anzuspringen. Man hatte einen Blick aufs Meer, und das beinahe umsonst, weil das Haus einem reichen Mann gehörte, dem Hess einmal geholfen hatte.

Ein Teller mit kalten Spaghetti stand auf dem Tisch neben seiner Balkonliege, ein unberührtes Glas mit Scotch und geschmolzenem Eis daneben. Man hatte ihn gewarnt, dass er während der Behandlung seinen Appetit verlieren würde, und so war es auch gekommen. Man hatte auch gesagt, dass ihm wahrscheinlich die Haare ausfallen würden, aber das war nicht passiert. Hess war darauf insgeheim stolz. Die Sitzungen erfolgten jeweils drei Tage in Folge, eine Behandlungseinheit pro Monat, vier Monate lang, wenn man es durchhielt. Wenn dabei zu viele rote Blutkörperchen vernichtet wurden, musste man aufhören. Mit dem heutigen Tag hatte er zwei Behandlungseinheiten abgeschlossen, zwei standen ihm noch bevor.

Er hinterließ eine Nachricht auf Merci Rayborns Anrufbeantworter im Büro. Er sagte, er habe an diesem Morgen mit dem Kane-Fundort angefangen und sich einige Gedanken dazu gemacht und er hoffe, er könne ihr bei ihren Ermittlungen helfen. Hess wollte es gleich richtig machen, je weniger Überraschungen, desto besser. Er fragte sich, ob es Merci immer noch mit vierzig bis zur Chefin der Mordkommission geschafft haben wollte.

Dann rief er Robbie Jillson an, der sich einverstanden erklärte, den Wagen seiner Frau am nächsten Morgen um acht zum County-Depot für sichergestellte Wagen zu bringen. Er klang betrunken. Laut der Akte befand sich Janet Kanes Wagen immer noch bei der Spurensicherung.

Um 21 Uhr lag Hess im Bett. Es fühlte sich gut an, den Wecker auf fünf Uhr früh zu stellen und zu wissen, dass man einen Grund zum Aufstehen hatte. Hess verlangte nicht mehr vom Leben, als dass er gebraucht wurde. Er schaltete das Licht aus.

Er dachte an seine Ehefrauen, wie er es oft tat, und ihm wurde klar, dass er ihnen noch ein paar Dinge mitteilen wollte, Dinge, die gesagt werden mussten. Er hörte das Meer, das aufs Land zurollte, und fragte sich, warum Wellen wie Autos klingen konnten, Autos aber niemals wie Wellen.

Zuletzt überlegte er, was wohl der Angestellte von *Macy's* gedacht hatte, als er Janet Kane beim Verlassen des Ladens beobachtete.

4

»Wir sollten ein paar Dinge von vornherein klarstellen«, sagte Merci Rayborn. Sie lief einen halben Schritt vor Hess, die Hände in die Hüften gestemmt, mit einer Fliegersonnenbrille auf der Nase. Sie waren zum ersten Mal außerhalb des Gebäudes und somit außerhalb der Hörweite anderer Deputys.

Sie gingen über das Depot mit den abgeschleppten Kraftfahrzeugen zur Sicherstellungshalle, vorbei an Autos, die zuletzt von Betrunkenen, Dieben, brutalen Ehemännern, Mördern oder auch harmloseren Bürgern, die es einfach versäumt hatten, ihre Strafzettel zu bezahlen, gefahren worden waren. Die Sonne brannte heiß an diesem späten Vormittag und der Himmel war dunstig vor Smog. Die schmutzigen Windschutzscheiben verschluckten einen Großteil des Sonnenlichts.

»Zuallererst einmal ist das *mein* Fall«, fuhr Merci fort.

Ihre Stimme klang fest und sicher, aber nicht laut. Merci war groß, mit schweren Knochen, trug Chinos, eine lässige Bluse und eine von diesen allgegenwärtigen schwarzen Windjacken der Gesetzeshüter, auf deren Rückseite in orangefarbener Blockschrift OCSD, die Abkürzung für Orange County Sheriff Department, stand. Dazu schwarze Uniformstiefel. Ihre Haare waren schwarz und zurückgebunden.

Sie lief etwas langsamer und sah Hess direkt in die Augen. »*Ich* führe die Gespräche. Wenn Sie damit ein Problem haben, sollten Sie sich möglicherweise aus diesem Fall zurückziehen.«

»Ich brauche die Sozialleistungen.«

»Davon habe ich gehört.«

Sie gingen weiter, Merci wieder einen Schritt vor ihm. Merci Rayborns Kopf drehte sich zu ihm um und sie durchbohrte ihren neuen Partner mit Blicken. Hess fragte sich, ob er zu langsam lief oder ob Merci einfach sehr schnell ging. Sein Genick war nach seinem Sturz von der Eiche ganz steif.

»Hier meine Wunschliste«, sagte sie. »Erstens, rauchen Sie nicht in meinem Wagen. Ich habe vor zwei Monaten wieder mal damit aufgehört und ich neige zu Rückfällen. Zweitens, machen Sie sich nicht die Mühe, mich zum Mittagessen einzuladen, weil ich mittags nämlich keine Pause mache. Ich esse im Auto oder nehme mir etwas aus der Cafeteria mit an meinen Schreibtisch. Sprechen Sie nicht mit den Medien über Jillson oder Kane. Ich kümmere mich um die Medien oder überlasse diese Aufgabe Wally dem Wiesel aus der Pressestelle. Wir bewegen uns hier auf dünnem Eis. Sie haben heute Morgen das *Journal* gelesen, also wissen Sie, wie es laufen wird. Der ›Handtaschendieb‹ – ist das nicht süß? Sie haben sich festgebissen, und sie werden erst loslassen, wenn etwas Besseres des Weges kommt. Das hier bereitet der Mittelschicht schlaflose Nächte, denn es handelt sich nicht um Schüsse aus fahrenden Autos im mexikanischen Viertel, um arme Weiße oder Junkies. Wenn die Frauen in diesem County aufhören, Einkaufszentren aufzusuchen, wird das die örtliche Wirtschaft ruinieren. Also überlassen Sie die heißen Eisen mir, ist das klar?«

»Klar.«

»Wenn Sie mir etwas zu sagen haben, dann raus mit der Sprache. Ich bin ein großes Mädchen. Aber ich schulde Ihnen keinen Gefallen, gleichgültig wie viele Mastodonten Sie mit meinem Vater geschlachtet haben. Ich kann auch keine Action hinter meinem Rücken gebrauchen, so wie die Dinge hier laufen.«

»Das war sehr deutlich. Ich hab schon kapiert.«

Sie blieb stehen und brachte Hess zum Anhalten, indem sie eine Hand auf seine Schulter legte. »Und zu guter Letzt: Sollten Sie mir an den Hintern fassen oder meine Brüste befummeln, landet Ihr Pimmel umgehend zu Präsentationszwecken auf einem Silbertablett. So, das war meine Wunschliste. Also, werden wir miteinander auskommen?«

Hess sah, wie sich kleine Fältchen in den Mundwinkeln der Frau bildeten, aber da ihre Augen hinter der Sonnenbrille versteckt waren, wusste er nicht, ob die Fältchen auf ihren Sinn für Humor zurückzuführen waren oder auf etwas anderes. Das »etwas anderes« machte ihm Sorgen.

Hess begriff nun, warum Brighton ihr den Fall nicht weggenommen hatte – ein Fall, der mit Sicherheit ziemlich heiß werden würde. Er wollte ihren Triumph oder ihre Niederlage erzwingen. Und Hess' eigene Rolle wäre die des Zeugen des einen oder des anderen, je nachdem, wie es lief.

Das musste ihr auch klar sein. Hess nickte und schüttelte die Hand, die sie ihm anbot: trocken, stark, glatt.

»Eigentlich kann man gut mit mir zusammenarbeiten«, ergänzte sie. Es klang so, als ob sie es selbst gern glauben wollte.

Sie kamen zu der Halle, in der die abgeschleppten Autos untersucht wurden. Ein alter Toyota wurde von einem der Kriminaltechniker überprüft. Der Wagen hatte einen Blutfleck in Form eines Kopfes auf dem Dach und zwei kleinere auf der Motorhaube. Hess vermutete, dass Kniescheiben für die Abdrücke auf der Motorhaube verantwortlich waren, und schätzte eine Aufprallgeschwindigkeit von über fünfzig Kilometern pro Stunde. Ein weiterer Techniker wandte sich den Flecken mit ausdruckslosem Gesicht und einer Pinzette, mit der er einen menschlichen Zahn umklammert hielt, zu.

Janet Kanes BMW stand am anderen Ende der Halle. Er war immer noch teilweise zerlegt – die Wagentüren ausgehängt, die Seitenfenster entfernt. Auch die Sitze waren herausgenommen worden und lehnten nun an der Wand der Halle. Eine durchsichtige Plastikplane war über die Autositze geklebt worden.

Daneben stand Lael Jillsons Infiniti, wie Robbie Jillson es versprochen hatte. Er funkelte schwarz in dem gleißenden Licht. Die Fahrertür war offen und einer der Techniker hebelte gerade ein Seitenfenster aus der Verankerung.

»Was macht der Wagen wieder hier?«, wollte Merci wissen. »Wir haben ihn schon vor Monaten untersucht.«

»Ich habe gestern Abend mit ihrem Ehemann gesprochen.«

Merci stellte sich zwischen Hess und den Wagen, dann drehte sie sich zu ihm um. Sie nahm die Brille ab. Hess konnte absolut nichts Geduldiges oder Verzeihendes in ihrem Blick erkennen.

»Nein, Hess, nein. Führen Sie *keine* Befragungen durch, ohne sie vorher mit mir abgesprochen zu haben. Ordnen Sie *keine* Fahrzeuguntersuchungen, *keine* Laboruntersuchungen und auch sonst nichts an, ohne es vorher mit mir abzuklären. Untersuchen Sie *keine* Tatorte erneut, ohne vorher mit mir zu sprechen. Ich leite die Ermittlung. Sie sind der pensionierte Teilzeitberater. Sie gehen keinen Vermutungen nach und Sie treffen auch keine privaten Absprachen. Wir arbeiten hier als Team. Haben Sie verstanden?«

»Ich glaube, Sie haben etwas vergessen.«

»Nein, habe ich nicht.«

»Was die Autos betrifft. Wir müssen uns die Unterseite der Seitenfenster anschauen. Bei allen vier Scheiben. An beiden Autos.«

Merci stand immer noch vor ihm, den Kopf leicht nach rechts geneigt. Sie war überraschend groß. Hess sah den Zorn in ihren Augen – und das Misstrauen.

»Kemp war für die Arbeit an den Autos verantwortlich«, sagte Hess. Er wollte nicht zu ihren Gunsten die Schuld auf Kemp abwälzen, aber es klang so.

Er beobachtete, wie sie versuchte, ihre Gefühle unter Kontrolle zu halten.

»Warum sollten wir die Ränder der Fensterscheiben nach Fingerabdrücken absuchen?«, wollte sie wissen. »Niemand kann sie dort unten berühren. Es sei denn, sie wären herausgenommen worden.«

»Wir suchen nicht nach Fingerabdrücken. Wir suchen nach Spuren.«

»Von was?«

»Von einem ›Slim Jim‹ – einem Drahtbügel, der zum Autoknacken verwendet wird.«

»Autoknacker benutzen seit zwei Jahrzehnten keine Slim Jims mehr.«

»Er ist kein simpler Autoknacker.«

Merci drehte sich um und ging zu dem BMW. Sie schob die Plastikplane hoch. Hess half ihr, die schweren Scheiben anzuheben und einzeln gegen das Licht zu halten. Er blickte auf die Glasränder hinunter. Die ersten beiden Scheiben waren sauber.

Auf der dritten Scheibe fand Hess, wonach er suchte – hinten, Fahrerseite. Das Einbruchswerkzeug hatte knapp zehn Zentimeter dumpfen Abrieb auf der Außenseite des Glases, in der Nähe des unteren Endes, hinterlassen. Es war die Art von flacher Abschabung, die ein Stahlwerkzeug verursachte, wenn man es auf und ab bewegte und dabei versuchte, die Türverriegelung zu öffnen. Man konnte den Abrieb nicht erkennen, solange die Scheibe noch in der Tür steckte. Für Hess sah es so aus, als ob es hier etwas länger gedauert hätte. Er kannte altgediente Autodiebe, die einen Riegel in weniger als fünf Sekunden öffnen konnten, je nach Bauart und Modell. Die Schwierigkeit war die Alarmanlage.

Ein paar Minuten später hatte Ike, einer der Kriminaltechniker, die Scheibe hinter der Fahrerseite aus Lael Jillsons schwarzem Infiniti gehoben. Schwarze Unendlichkeit, dachte Hess und ging in die Knie, um die Spuren des Slim Jim am unteren Ende der Scheibe zu betrachten.

Merci Rayborn fuhr mit den Fingerspitzen über die Kratzer und stand auf. »Wenn er sich mit einem Slim Jim Zugang verschafft, dann muss er vorher die Diebstahlsicherung ausschalten.«

»Das muss er. Falls sie eingeschaltet war.«

»Ich sage Ike, er soll die Autos bis auf den letzten Draht auseinander nehmen und herausfinden, wie er es angestellt hat.«

Hess fragte sich, wie lange Ike den Auftrag hinauszögern würde, wenn man ihm derart Befehle erteilte. In einer Bürokratie funktionierte Zusammenarbeit niemals ohne Gegenleistung. Eigentlich ging es Hess ja nichts an, aber wenn etwas der Effizienz der Arbeit im Weg stand, dann ging es ihn doch etwas an. Merci Rayborn war seine unmittelbare Vorgesetzte, aber der Handtaschendieb war ihrer beider Sache. Hess schob diesen Gedanken beiseite, etwas, was er nach 67 Jahren auf diesem Planeten gelernt hatte.

»Heutzutage ist alles elektronisch«, erklärte er. »Bei den heutigen Modellen.«

Dann sagte Merci etwas, was Hess überraschte. Seine eigenen Gedanken hatten sich in dieselbe Richtung bewegt, aber sie war zuerst ans Ziel gelangt.

»Wenn er sich nicht gewaltsam Zutritt verschafft«, meinte sie, »dann wartet er vielleicht schon auf sie, wenn sie einsteigen. Auf dem Rücksitz, hinter dem Fahrersitz. Aus diesem Grund bevorzugt er Parkplätze im Freien, bei Nacht.«

Hess sah sich das zerkratzte Fenster an, dann blickte er zu Merci Rayborn auf und nickte.

»Ich hasse diesen Mistkerl«, verkündete sie mit ruhiger Stimme. Dann rief sie über ihre Schulter: »Ike!«

5

Merci nahm Ike zur Seite und bat ihn, herauszufinden, wie die Diebstahlsicherung umgangen worden war – die Klärung dieser Frage hatte Priorität. Sie mochte Ike, weil er ungefähr in ihrem Alter war – Anfang dreißig –, und das bedeutete, er verkörperte die Zukunft der Abteilung. Ebenso wie sie. Es war gut, zu den unter Vierzigjährigen zu gehören und zu wissen, dass man diesen Laden eines Tages schmeißen würde. Wenigstens einige von ihnen würden das. Ike schien bereit, schwer für Merci zu arbeiten, damit sie ihn, sobald sie das Sagen hatte, beförderte.

Ike lächelte, als Merci ging. Sie salutierte informell vor ihm. Als sie an Lael Jillsons Wagen vorbeikam, stellte sie sich einen Mann vor, der in dem geräumigen Fußraum des Fonds kauerte, verborgen im Schutz der Dunkelheit. Sie stellte sich vor, wie sie nachts in ihren Wagen stieg und sich sicher fühlte, vielleicht ein wenig müde nach einem langen Tag war, wie sie es sich auf dem schönen Ledersitz bequem machte, wie sie mit eingeschalteter Innenbeleuchtung den Schlüssel in das Zündschloss steckte. Und dann? Sie spürte, wie sich ihr die Nackenhaare aufstellten.

Vor der Halle lief sie langsamer, um sich dem Tempo von Tim Hess anzupassen. Merci hatte einen schnellen und entschlossenen Schritt, und es nervte sie, sich nach dem Tempo von anderen richten zu müssen. Die Tatsache, dass er gegen den Krebs kämpfte, machte alles schwerer als nötig. Die Ermittlung in einem Mordfall war nicht der richtige Zeitpunkt für unbeholfenes Mitgefühl. Sie warf ihm aus den Augenwinkeln einen Blick zu und fragte sich, wie sie mit ihrem neuen Partner eine Art professioneller Verbundenheit erreichen könnte. Merci betrachtete seine blassblauen Augen, den markanten Kiefer, das kurze, dicke Haar mit der kleinen Tolle, die sich über der Stirn wellte. Zu seiner Zeit muss er ganz ordentlich ausgesehen haben, dachte sie.

»Ich esse in meinem Wagen zu Mittag«, verkündete sie, selbst überrascht, wie schroff es klang. Sie war nicht versiert im gesellschaftlichen Umgang und das wusste sie auch. Eigentlich wollte sie ihm mitteilen: Ich habe gestern auf dem Revier fünf Anrufe von Reportern bekommen, die alle über die Klage wegen sexueller Belästigung reden wollten, und fünf weitere gestern Abend zu Hause. Sie fragte sich, ob sie das nicht einfach hätte sagen sollen.

Merci sah wieder zu Hess. Er wirkte entschlossen. Er schien zweimal so groß und energiegeladen wie ihr Vater zu sein, aber sie nahm die Müdigkeit in seinen Augen wahr.

»Sie werden die nächsten vier Stunden wie folgt verbringen«, fing sie an. »Die Scheckkartenauswertung sollte mittlerweile von den Banken eingegangen sein. Wenn er mit ihren Karten Geld abgehoben hat, will ich wissen, wo. Ich möchte, dass Sie sich etwas intensiver mit ihrem Leben beschäftigen. Sollte er seine Opfer bewusst ausgewählt haben, dann ist Ihnen vielleicht das Glück hold und Sie stoßen auf einen Zusammenhang. Ich habe die Marketing- und Verkaufsförderungsabteilungen der beiden Einkaufszentren angerufen, wollte herausfinden, ob dieser Kerl durch irgendeine Veranstaltung angelockt worden sein könnte, irgendein Event oder so – Sie wissen schon: die ganze Scheiße, die sie zelebrieren, um mehr zu verkaufen. Sobald das Labor die Arbeit am BMW abgeschlossen hat, werden wir die Ergebnisse mit denen des Infiniti vergleichen und nach Übereinstimmungen suchen. Gilliam hat angekündigt, um zwölf Uhr fertig zu sein, also in einer halben Stunde, und wenn er sein Versprechen hält, fangen Sie ohne mich an. Er meinte, er würde bis zum frühen Nachmittag auch wissen, wie viel Blut an jedem der Fundorte verloren wurde – mit Hilfe Ihrer Proben. Dann haben wir einen ersten Anhaltspunkt. Zu guter Letzt sollte einer von uns die Bluthunde in einem größeren Umkreis suchen lassen. Wenn nichts dabei herauskommt, müssen wir in die Lagune tauchen oder Schleppnetze einsetzen. Ich weiß, Sie sind früher für uns getaucht, darum überlasse ich Ihnen die Wahl – tauchen oder Netze. Ich möchte außerdem, dass Sie sich die Fundorte der Autos ansehen. Das kann zwar warten, aber nicht für immer. Wie finden Sie meinen Vorschlag?«

»Gut.«

Merci dachte im Gehen nach, ohne auf den Boden vor sich zu achten. »Sie sind sicher, dass er sie umgebracht hat, nicht wahr?«

»Ja.«

»Wo wir das Blut gefunden haben?«

»Ich denke, ja.«

»Warum?«

»Es war so viel Blut da. Ich bin erst zu dem Schluss gelangt, als ich es mit eigenen Augen gesehen habe.«

»Aber keine Kleider. Kein Fleisch, keine Fasern, keine Knochen. Nichts als Blut und Handtaschen. Die Handtaschen für uns und die Führerscheine für ihn.«

»Und die Eingeweide.«

»Haben Sie nicht gelesen, wie wenig Organspuren gefunden wurden? Alle zusammen wiegen weniger als ein Drittel Gramm. Gilliam ist sich nicht einmal sicher, ob sie von einem Menschen stammen.«

»Von wem sonst?«

»Von Tieren.«

Hess schwieg und schaute sie nicht an.

»Was macht er Ihrer Ansicht mit ihnen da draußen?«

»Er weidet sie aus.«

Merci fragte ihn, was er damit meine, und er sagte es ihr.

Sie spürte, wie sich ihr erneut die Nackenhaare aufstellten, und sie stellte sich vor, wie der ausblutende Körper einer jungen Frau am Ast einer Eiche draußen am Ortega baumelte. Sie dachte an die Kadaver von Schlachtvieh, wie deren Gliedmaßen abgetrennt wurden, alles wurde herausgeschnitten und verwendet.

»Wenn er sie ausgeweidet hat, warum gab es dann nicht mehr Organspuren, Hess?«

»Tiere fressen alles bis auf den letzten Rest. Und in einem heißen Sommer wie diesem sind sie besonders hungrig.«

»Dann werden wir auch nichts in der Lagune oder den umliegenden Wäldern finden«, sinnierte sie. »Wenn er sich so viel Mühe macht, dann wird er nicht einfach liegen lassen, was von ihnen übrig blieb.«

»Nein. Aber Sie haben Recht – wir müssen die Hunde in einem größeren Umkreis suchen lassen und dann in die Lagune tauchen.«

Etwas anzunehmen, was sich dann als falsch herausstellte, war das Schlimmste, was ein Ermittler tun konnte, das war Merci klar. Man verbrachte viel Zeit damit, das Offensichtliche zu beweisen, weil man es sich nicht leisten konnte, im Irrtum zu sein. »Stehen Sie mit McNally auf gutem Fuß?«

Hess erwiderte, dass sie schon zusammengearbeitet hätten.

»Dann regeln Sie das«, sagte sie, erleichtert, dass sie nicht selbst mit Mike reden musste.

»Ist gut.«

Merci sah, dass er die Stirn runzelte, und spürte, wie sich die Wut in ihrer Brust zusammenballte. Ihre Wut war schnell und stark, und sie hatte nicht gelernt, sie zu kontrollieren.

»Sie haben es bereits getan.«

»Das war vor Ihrer Grundsatzrede über unsere Regeln. Wie auch immer, er steht zur Verfügung, sobald Sie das Kommando geben.«

»Ich habe diese Regeln nicht zum Scherz aufgestellt. Keine einzige davon.«

»Es ist Zeitverschwendung, wenn ich keinen einzigen Gedanken fassen darf, ohne dass Sie ihn genehmigen.«

»Hess, *alle wichtigen Entscheidungen werden vom leitenden Ermittler in Absprache mit seinem Vorgesetzten und in Übereinstimmung mit diesem Handbuch und der Politik der Abteilung getroffen.*«

»Ich weiß. Ich habe diesen Abschnitt zusammen mit Brighton geschrieben, vor ungefähr einer Million Jahren.«

Sie wollte nicht darauf eingehen. »Ich habe schon am Stil gemerkt, dass es vor langer Zeit verfasst worden sein muss.«

Er dachte einen Moment über ihre Äußerung nach.

»Tja«, meinte er dann, »ich will beide Äste, an denen es Seilspuren gibt. Möglicherweise finden sich Fasern, die wir testen können. Ich hätte sie ja selbst abgesägt, als ich draußen war, aber ich hatte keine Säge dabei.«

»Na gut. Schön.«

Sie gab ihm ihre Handynummer und ermahnte ihn, die Nummer nur im Notfall zu verwenden. »Die Anrufe muss ich aus eigener Tasche bezahlen, weil die Abteilung zu geizig ist, uns Handys zur Verfügung zu stellen. Ich habe mir auch selbst ein Faxgerät für meinen Wagen zugelegt. Jedenfalls übernehme ich die Lagune und ich besorge Ihnen auch die Äste. Ich muss mir die Fundorte ohnehin nochmal vornehmen.«

Er sah sie mit seinem Falkengesicht und den scharfen Augen und der schrecklichen Frisur an. Dieser Hess war merkwürdig.

»Wann brauchen Sie McNally und die Hunde?«, fragte er.

»Sie sollen gleich loslegen. Ich stoße später dazu.«

»Noch eins. Schneiden Sie sie von außen her ab. Die Äste.«

»Ich weiß.«

Merci besorgte sich einen großen Kaffee zum Mitnehmen, mit Deckel, und fuhr mit ihrem geräumigen Impala nach

Costa Mesa. Sie legte ihre Heckler & Koch 9 mm auf den Beifahrersitz, weil die Waffe beim Fahren gegen ihren linken Arm drückte. Merci legte ihn gern auf der Lehne ab und fuhr mit der Rechten am oberen Ende des Lenkrads, von wo sie den Wagen mit müheloser Kraft lenkte. Als sie aufwuchs, hatte sie beobachtet, wie ihr Vater den Familienwagen auf diese Weise lenkte. Der einzige Unterschied war, dass ihr Vater langsam fuhr, Merci dagegen schnell.

Die Adresse der Kosmetikerin stellte sich als nettes, kleines Haus an der Westseite heraus, nahe Newport Beach, aber dennoch erschwinglich für junge Leute mit geringen Gehältern. Die Kosmetikerin hieß Kamala Petersen und wohnte mit zwei ihrer Arbeitskolleginnen zusammen. Sie hatte sich an dem Abend, als Janet Kane verschwand, in demselben Einkaufszentrum aufgehalten, und ihr war jemand aufgefallen. Als man dann Janet Kane öffentlich als vermisst bekannt gab, hatte Kamala sich gemeldet. Merci hatte sie schon vor zwei Tagen kurz befragt und festgestellt, dass Kamala leicht erregbar und flatterhaft war und nicht in der Lage, sich zu konzentrieren. Aber etwas steckte in Kamala Petersen, was sie nicht herausließ. Merci glaubte zu wissen, was es war, und sie war fest entschlossen, es herauszubekommen.

Hypnose war ein Kompromiss, denn man erzielte gute Ergebnisse, aber die Aussage eines hypnotisierten Zeugen durfte vor kalifornischen Strafgerichten nicht verwendet werden. Zwei der Staatsanwälte und der Vertreter des Sheriffs hatten sich gegen diese Sitzung ausgesprochen. Merci hatte Risiken und Nutzen abgewogen und beschlossen, dass die Beschreibung eines Verdächtigen mehr zählte als der Verlust einer möglichen Zeugin. Es würde andere Zeugen geben: Sie würde sie finden und vorladen lassen. Schließlich hatte sie sich durchgesetzt. Merci misstraute selbst dem kleinsten Ansatz von Demokratie, deswegen wollte sie ja auch eines Tages Sheriff werden.

Kamala war eine grobknochige, unattraktive Frau mit

krausen Haaren, aber einer wirklich herrlichen Haut. Merci Rayborn hätte nichts dagegen gehabt, eine solche Haut ihr Eigen zu nennen, allerdings hatte sie kein Interesse an der Pflege eines solchen Teints. Außerdem hatte sie eine Narbe auf der Stirn, die sie sich mit drei Jahren an einem Couchtisch zugezogen hatte, und noch eine unterhalb des Haaransatzes, als sie mit sechs Jahren von einem Zaun gefallen war. Die Narben waren gar nicht so wild, aber wenn sie versuchte, sie mit Make-up zu überdecken, fielen sie ihrer Meinung nach nur noch mehr auf.

Kamala konnte ihr nicht die Hand schütteln, weil ihr Nagellack gerade trocknete. Merci sagte, sie wolle lieber nicht hereinkommen – es sei ja auch gleich Zeit zum Aufbruch.

»Ich bin irgendwie nervös«, meinte die junge Frau und bewegte die Hände vor der Brust, als ob sie Akkordeon spielte.

»Das wird ein Kinderspiel.«

»Das letzte Mal wurde ich im *Magic Mountain* hypnotisiert. Da hielt ich mich dann für Michael Jackson. Das Merkwürdige war, dass die Hypnose dazu führte, dass ich mich an nichts erinnerte. Meine Mom musste mir erst sagen, was ich für einen Idioten aus mir gemacht hatte.«

»Heute wird es keine Gesangs- und Tanzeinlagen geben, außer Sie wollen es. Denken Sie nicht weiter darüber nach. Tun Sie so, als ob wir zum Strand fahren. Ich möchte, dass Ihr Kopf bei Joan frei und unbeschwert ist. Kommen Sie, wir müssen los.«

Die beiden Hochhäuser mit Arztpraxen lagen neben einem großen Kino. Es gab jede Menge Parkplätze und Merci lenkte den Chevy unter eine Magnolie.

Dr. Joan Cash begrüßte sie in ihrem Behandlungszimmer – eine Umarmung für Merci und ein Händeschütteln für Kamala. Merci kannte Joan seit dem College in Fullerton und betrachtete sie als Freundin. Sie war ein zierlicher Rotschopf mit Sommersprossen auf Nase und Wangen. Vor fünf Jahren hatte Merci sie ihrer Abteilung als Beraterin empfohlen und dieses Arrangement brachte beiden Seiten Vorzüge: Joan bekam gelegentlich einen Auftrag und das County eine gute Psychiaterin.

Joan stellte Kamala der Polizeizeichnerin Danielle Ruger vor. Merci hatte schon früher mit ihr gearbeitet und hielt sie für eine der Besten, die sie je kennen gelernt hatte. Merci schüttelte Danielles kleine, weiche Hand und lächelte. Es war schön, in einem Raum ohne Männer zu arbeiten.

Merci musste an Phil Kemps endlose und idiotische Bemerkungen denken, an sein Betatschen, seine Gesten und Witze. Es war ja nicht so, dass sie ihn nicht eine Million Mal gewarnt hätte. Doch er hatte nie zugehört, bis sie es leid gewesen war, sich mit der Situation abzufinden. Sie war es leid, dass er mit seiner Tour stets durchgekommen war. In den Regeln stand, dass es nicht erlaubt war. Jetzt hatten sich auch zwei weitere Deputys gemeldet, Frauen, die sie kaum kannte, und ähnliche Klagen vorgebracht. Hatte sie einen hässlichen Teufelskreis in Bewegung gesetzt? Was war schlimmer, Kemp zu erdulden oder sich ihm entgegenzustellen? Merci verdrängte diese Gedanken, weil sie kontraproduktiv waren und beunruhigend. Es war schön, hier zu sein, wo nichts davon wichtig war.

Die Ärztin erklärte die Vorgehensweise. Merci und Danielle würden im Wartezimmer bleiben, während sie Kamala in einen tiefen hypnotischen Zustand versetzte. Dann durften sie hereinkommen und Merci konnte an dem Gespräch teilnehmen, sich Notizen machen oder es auf Band aufzeichnen. Danielle würde nichts sagen: Mehr als zwei Gesprächspartnerinnen könnten Kamala verwirren oder sogar die Hypnose beenden. Anschließend würde sie Kamala zurückbringen, wobei sich diese entspannt fühlen würde und sich an alles erinnern könnte, was sie während der Hypnose gesagt und getan hatte. Das Ganze würde höchstens zwanzig oder dreißig Minuten dauern.

Merci setzte sich in das Wartezimmer, unterhielt sich kurz mit Danielle, dann las sie die letzten Einträge in dem Notizbuch durch, in dem sie laufend ihre Ermittlungsergebnisse festhielt. Ein Großteil ihrer Erstkontaktarbeit war in diesem kleinen, biegsamen Heftchen mit dem blauen Einband notiert, und wann immer sie ein paar Minuten Zeit hatte, las sie ihre Aufzeichnungen durch, grübelte darüber nach und machte ein Brainstorming in der Hoffnung, etwas zu erkennen, was sie vorher nicht gesehen hatte, oder es auf neue Weise zu betrachten. Es gefiel ihr, dass dieses Notizbuch nicht zur Ausstattung der Abteilung gehörte, sondern ein persönlicher Gegenstand war, den sie frei gewählt hatte. Merci besaß 26 davon zu Hause, voll mit ihrer Handschrift. Sie trug immer eines in der rechten Tasche – in Mänteln, Blusen oder Hosen, darauf kam es nicht an –, als Gegengewicht zu der Heckler & Koch, die so schwer zu ihrer Linken hing.

Merci brauchte ein paar Minuten, um ihre Unterhaltung, die sie mit Hess im Hof vor der Sicherstellungshalle geführt hatte, aufzuzeichnen, und schrieb zum Abschluss einen Satz, den sie unterstrich: dickköpfiger, alter Kerl, der an Krebs stirbt. Sie betrachtete den Satz und strich ihn mit ihrem schwarzen Füller durch, beschloss, dass es nicht an ihr lag, ob er starb oder nicht, und es wahrscheinlich keine gute Idee war, davon einfach auszugehen.

Sie hatte gerüchteweise gehört, dass er sich einer Chemo- und Strahlenbehandlung unterziehe und dass einer seiner Lungenflügel herausgeschnitten worden sei. Das Letzte, was der alte Cop brauchte, war eine Partnerin, die ihn behandelte, als wäre er schon tot. Außerdem hatte ihn Brighton nicht nur eingesetzt, um ihr zu helfen, sondern auch, um sie beobachten zu lassen. Jeder Dummkopf konnte das sehen. Hess war Auge und Ohr von Brighton. Warum die beiden also mehr verärgern als unbedingt notwendig?

Joan tauchte in der Tür auf und winkte sie herein. »Sie ist jetzt in Trance.«

Merci folgte ihr ins Behandlungszimmer. Das Licht war heruntergedreht und die Jalousien so gestellt, dass nur wenig Sonnenlicht in den Raum drang. In einer Ecke stand ein Schreibtisch, an zwei Wänden befanden sich Bücherregale. Mitten im Raum standen ein Sofa und drei Sessel vor einem Couchtisch. Kamala Petersen saß auf dem mittleren Sessel, den Kopf im Nacken wie ein Mann, der rasiert werden sollte, die Augen geschlossen und die Hände friedlich über dem Bauch gekreuzt, mit perfekten Nägeln. Mit ihrem makellosen Make-up und der tief entspannten Haltung sieht sie aus wie frisch verstorben, dachte Merci.

»Kamala, Merci und Danielle sind jetzt bei uns«, sagte Joan Cash.

»Hallo, Mädels«, grüßte Kamala mit schwacher, aber verständlicher Stimme.

»Kamala und ich haben uns gerade über Wellen unterhalten. Wir brauchten nicht lange, um herauszufinden, dass wir beide Wellen lieben. Lange, sanfte, endlose Pazifikwellen. Wir surfen beide.«

»Wellen jagen mir Angst ein«, erklärte Merci.

»Ich halte sie für groovy«, sagte die Kosmetikerin.

»Es kann sehr entspannend sein, über sie nachzudenken«, meinte Joan. »Äh, Merci … möchten Sie über die letzte Woche sprechen? Über den Dienstagabend? Das war der 3. August. Kamala, ich bin hier, aber Sie können auch einfach mit Merci reden, wie Sie sich eben mit mir unterhalten haben. Okay?«

»Klar.«

Merci zog ihr Notizbuch und ihren Füller heraus. »Kamala, Sie haben mir letzten Freitag erzählt, dass Sie vergangene Woche im Laguna-Hills-Einkaufszentrum gearbeitet haben. Warum haben Sie mich angerufen?«

»Ich sah im Fernsehen, dass eine Frau aus dem Einkaufszentrum verschwunden ist. Sie ist in derselben Nacht verschwunden, als ich dort gearbeitet habe. Das ist mir wirklich nachgegangen. Und dann fiel mir ein, dass ich einen ... einen ... *merkwürdigen* Mann in der Nacht sah, als sie verschwand. Und darum habe ich Sie angerufen.«

Merci schaute Joan an, die mit den Lippen *immer schön langsam* formte ...

»Sie haben also diesen Mann am Dienstagabend der letzten Woche gesehen. Erzählen Sie mir, warum Sie an ihn denken mussten, als Sie erfuhren, dass Janet Kane verschwunden ist.«

Es verstrichen einige Sekunden, bevor Kamala antwortete. »Er sah irgendwie ... merkwürdig aus. Ich möchte sogar den Begriff *verblüffend* verwenden. Er stand auf dem Parkplatz, als ich ging. Es war dunkel, aber ich erblickte ihn im Licht meiner Scheinwerfer. Er betrachtete sein Auto auf sehr interessierte Weise. Also, ich habe ihn nur etwa zwei oder drei Sekunden angeguckt. So lange man eben braucht, um jemanden im Scheinwerferlicht auszumachen. Und dann nochmal ungefähr zwei Sekunden, als ich mit dem Wagen direkt an ihm vorbeifuhr. Und er hat mich irgendwie beeindruckt. Aber ich hatte all das vergessen, bis ich von der Frau hörte.«

»Um wie viel Uhr haben Sie ihn gesehen?«

»So gegen neun.«

»Nun gut. Sie sagen, der Mann hätte merkwürdig ausgeschaut. Sie erzählten, er wirkte verblüffend. Beschreiben Sie ihn mir, mit allen Einzelheiten, die Ihnen einfallen.«

Kamala atmete aus. »Blonde Haare, lang. Golden. Goldlöckchen. Dunkle Augen. Schnauzer. Weder groß noch klein. Durchschnittlicher Körperbau. Er trug einen langen Mantel, einen Staubmantel. Einen leichten, wahrscheinlich aus Baumwolle. Wie ihn ein Cowboy tragen würde.«

Merci stellte sich den Mann mit den langen Haaren im langen Mantel vor. Eine Sekunde lang. »Alter?«

»In den Zwanzigern, vielleicht Anfang dreißig. Und seine Augen ... als ich näher heranfuhr, konnte ich sie im Scheinwerferlicht erkennen. Sie wirkten feucht und traurig. Er sah aus wie ein Model. Ich meine natürlich ein männliches Model, kein weibliches. Er sah aus wie ein Model, das war mein erster Eindruck. Ich achte stark auf Gesichter. Und ich fand es komisch, dass mir so viel an ihm auffiel, als ich an ihm vorbeifuhr. Aber ich glaube, alles im Leben geschieht aus einem bestimmten Grund, und darum bemerkte ich ihn auch aus einem bestimmten Grund.«

Merci kommentierte Kamalas kosmische Einstellung nicht. Für Merci war der einzige Grund, warum Dinge geschahen, der, dass man sie selbst mit verursacht hatte. Sie schrieb in ihr Notizbuch auch den offensichtlichen Widerspruch in Kamala Petersens Geschichte: Wie konnte sie seine »feuchten und traurigen Augen« sehen, wenn sie nachts in ihrem Wagen an ihm vorbeifuhr und er sie nicht einmal anschaute? »Dann war das eigentlich Merkwürdige also eher die Art und Weise, wie Sie auf ihn reagierten, und nicht sein Aussehen?«

»Na ja, mag sein. Wenn Sie so wollen.«

»Was war verblüffend an ihm?«

»Zum Teil sein Aussehen. Aber da war noch etwas.« Kamala lag eine lange Minute reglos und schweigend da. Dann atmete sie ziemlich laut aus und schüttelte den Kopf. »Das ist einfach erstaunlich. Sie werden nicht glauben, was mir gerade eingefallen ist. An was ich mich gerade erinnerte. O mein Gott!«

Ich nehme an, ich werde es glauben, dachte Merci. *Weil ich glaube, dir gefiel, was du gesehen hast, und ich glaube, du hattest einen Moment Kontakt zu ihm, irgendetwas Kleines, ein Blick, ein Augenaufschlag, vielleicht sogar durch ein Wort …*

Sie warf Joan einen Blick zu, aber die Ärztin starrte ihre Patientin aufmerksam an.

»Wissen Sie … also … das wurde mir erst vor einer Minute klar, aber der Grund, warum er auf mich so merkwürdig und verblüffend wirkte, ist der, dass ich ihn nicht zum ersten Mal gesehen habe.«

Heilige Scheiße, dachte Merci und schaute Joan an. Die Augenbrauen der Psychiaterin hoben sich und ein Lächeln umspielte ihre Lippen.

»Also, das erste Mal war vor ungefähr einem Monat, in einem Einkaufszentrum in Brea. Er ging an der Zoohandlung vorbei. Die Mädels und ich waren auf dem Weg, um unsere Sachen aufzubauen. Und da war er, ging ganz allein, genauso wie letzte Woche. Er hatte sogar denselben Mantel an. Gott … das ist abgefahren. Es fiel mir gerade jetzt ein. Diese Hypnose ist wirklich stark.«

Mercis Herz schlug bei dem Wort *Einkaufszentrum* schneller und sie schaute Joan an. Die Ärztin sah über ihre Finger, die sie wie ein Zelt aneinander gelegt hatte, zu Kamala, dann bedachte sie Detective Rayborn mit einem langen Blick. Ihre Lippen bildeten ein Wort: *Wow!*

»Sie haben gerade eine unterdrückte Erinnerung in Ihr Wachbewusstsein gerufen«, erklärte Joan sachlich und notierte sich etwas in ihr eigenes Notizbuch. »Diese Erinnerung hat Sie gequält, und das war mit ein Grund, warum Sie Merci angerufen haben.«

»Jetzt kapiere ich es. Sie haben Recht. Mein Gott, ist das abgefahren!«

»Sie haben ihn also schon zuvor gesehen, Kamala«, sagte Merci und versuchte, ihre Begeisterung nicht zu zeigen. In ihrem Herzen befand sich ein kalter und effizienter Ort, von dem aus sie arbeiten konnte, und sie wusste immer, wo dieser Ort zu finden war. »Als Sie ihn das erste Mal bemerkten, in Brea, ging er da einfach vorbei?«

»An der Zoohandlung. Er ging langsam vorbei und sah mich an.«

Natürlich tat er das, dachte Merci. Und du hast zurückgeschaut. »Hat er etwas gesagt?«

»Nein.«

»Wie war sein Gesichtsausdruck?«

»Als ob er an etwas Lustiges dachte. An mich.«

Die Psychiaterin bedeutete Merci zu schweigen. »Wegen der Art und Weise, wie Sie ihn anguckten?«

»Bestimmt.«

Joan sah Merci an und nickte.

»Und wie haben Sie ihn angeschaut?«, wollte Merci wissen.

Eine Pause. »Das weiß ich nicht genau, ehrlich. Aber ich dachte, dass er sehr gut aussah, wie ein Model, und er hat das wohl in meinem Gesicht gelesen. Und hielt es für komisch.«

»Haben Sie sich nach ihm umgedreht, nachdem Sie aneinander vorbeigegangen waren?«

»Ja. Und das tat er auch und er hatte denselben Gesichtsausdruck.«

»Aber Sie haben ihn nicht angesprochen.«

»Nein.«

Merci hakte nach: »Hat eine Ihrer Freundinnen ihn angesprochen?«

»Nein.«

»Sicher nicht?«

»Ganz sicher nicht.«

Merci dachte nach. »Kamala, was hat er gemacht, als Sie ihn das zweite Mal trafen, am letzten Dienstagabend? Sie sagten, er habe sein Auto auf – ich zitiere: interessierte Weise – angesehen. Wie meinen Sie das?«

»Er hatte die Hände in die Hüften gestemmt und betrachtete den Wagen, als ob ... der sich danebenbenommen hätte. Oder als ob er unglücklich mit ihm wäre.«

»Haben Sie irgendein offensichtliches Problem an dem Wagen erkannt? Beispielsweise einen platten Reifen, eingeschaltete Blinker oder einen offenen Kofferraumdeckel?«

»Nein.«

»Was war es für ein Auto?«

»Ich glaube, es war entweder ein Mercedes oder ein BMW, aber ich bin mir nicht sicher. Er war weiß. Und hinten irgendwie quadratisch.«

Merci machte eine Notiz und dachte kurz nach. »Woher wussten Sie, dass es sein Auto war?«

»Ich habe keine Ahnung. Ich wusste es nicht. Ich habe es angenommen, bis heute. Vermutlich könnte der Wagen jedem gehört haben. Er hat ihn sich einfach angeschaut, als ob es ein Problem gäbe, das er lösen wollte.«

Beispielsweise ob der Wagen eine Alarmanlage hatte oder nicht.

Merci betrachtete Joan, die sie mit ernstem Gesichtsausdruck musterte.

»Wenn wir zusammen zum Laguna-Hills-Einkaufszentrum fahren, könnten Sie mir dann zeigen, wo er stand und wo sich der weiße Wagen befand?«

»Es war ungefähr in der Mitte des Parkplatzes, vor dem Lebensmittelladen. Aber ich kann es Ihnen zeigen, klar.«

Merci schrieb und überlegte. »Kamala, hat dieser Mann Sie im Laguna-Hills-Einkaufszentrum gesehen, als Sie ihm das zweite Mal begegneten?«

»Nein.«

»Sie wurden nicht langsamer, haben die Scheibe heruntergekurbelt und ihn gefragt, ob Sie ihm helfen können oder etwas in der Art?«

»Das habe ich *nicht*.«

Dr. Cash schüttelte den Kopf.

»Okay. Okay, Kamala. Könnten Sie jetzt unserer Zeichnerin helfen, eine Skizze von diesem Mann anzufertigen?«

»Ja. Sein Gesicht sehe ich ganz deutlich vor mir. Wir können jederzeit loslegen.«

6

Matamoros Colesceau fuhr seinen Pick-up durch die schmalen Straßen von Irvine, bis er zu der Quail-Creek-Wohnanlage kam. Die Gebäude waren mit braunem Stuck und Holzlatten verziert und um begrünte

Hügel herum gebaut worden. Die Hügel schmückten große dekorative Felsbrocken, um an das Gleichgewicht und die Harmonie der Natur zu erinnern. Die Wohneinheiten waren nicht in geraden Reihen gebaut, sondern in verschlungenen, an Moleküle erinnernden Gruppen errichtet, die ein Gefühl von Privatsphäre vermitteln sollten. Man bezeichnete sie hier als Apartments, nicht einfach nur als Wohnungen. Das Gelände war ein einziger gigantischer Bienenstock.

Während seiner ersten beiden Monate in Quail Creek, vor etwa drei Jahren, hatte sich Colesceau viermal in seiner eigenen Wohnanlage verfahren. Die vielen kleinen Straßen sahen auf aufreizende Weise alle gleich aus. Es gab vier Swimmingpools, die alle identisch entworfen waren. Selbst die Hügel ähnelten sich mit ihrer identischen Anzahl und Anordnung der Felsbrocken. Mittlerweile könnte er blind über das Gelände laufen und würde dennoch stets genau wissen, wo er sich befand. Er wohnte in Meadowlark Nr. 12, einer zweistöckigen Einheit im B-Komplex an der Westseite des nördlichen Quadranten der Quail-Creek-Wohnanlage.

Sein Bewährungshelfer parkte schon in der Auffahrt, darum fuhr Colesceau mit seinem Pick-up auf den Gästeparkplatz. Jetzt würde er am helllichten Tag zu seiner Wohnungstür laufen müssen. Colesceau hielt Bewährungshelfer Al Holtz für ein rücksichtsloses Schwein, aber im Allgemeinen war er freundlich und friedlich. Holtz trug keine Waffe, obwohl Colesceau wusste, dass sich eine im Handschuhfach seines Wagens befand.

Colesceau blieb einen Moment bei laufendem Motor sitzen. Sein Pick-up war alt und klein, aber die Klimaanlage funktionierte ausgezeichnet. Er wusste: Was gleich passieren würde, war wichtig für ihn, und das ließ ihn ins Schwitzen geraten. Deshalb wollte er sich selbst etwas Gutes tun. Er schloss die Augen und lenkte den Luftstrahl direkt in sein Gesicht.

Colesceau hatte in dieser Angelegenheit keine Wahl, er

hatte sich einverstanden erklärt, seinen Bewährungshelfer, seine Psychologin und vielleicht sogar einen Cop während seiner Mittagspause in seiner eigenen Wohnung zu empfangen. Das ärgerte ihn. Aber als verurteilter Straftäter, der auf Bewährung draußen war, hatte er kein Recht auf Privatsphäre, und die Bürokraten, die sein Leben kontrollierten, wollten, dass seine Psychologin sein »häusliches Umfeld« in Augenschein nahm, wie diese es nannte; sein Bewährungshelfer sprach von seiner »Bude«. Der vorgeschobene Grund für dieses Treffen war der Ablauf seiner Bewährungszeit – in exakt acht Tagen. Zwei Jahre im Pelican-Bay-Staatsgefängnis, zwei Jahre im Atascadero-Gefängniskrankenhaus und dann drei Jahre auf Bewährung. Letztere endete um 12 Uhr mittags am nächsten Mittwoch. Aber hinter diesem Treffen steckte mehr als nur das.

Colesceau stellte den Motor aus, zog die Handbremse fest an und stieg aus. Die Sonne schien an diesem Tag Anfang August recht grell, und Colesceau hielt die Hand über seine Augen, als er leicht nach vorn gebeugt zur Wohnungstür von Meadowlark Nr. 12 marschierte. Er spürte das Klebeband an seinem Oberkörper, aber er glaubte nicht, dass jemand anders es durch sein PRATT-AUTOMOBILE-Hemd sehen konnte, auf dessen Brusttasche »Moros« stand. In seinen Bewährungsauflagen war von Klebeband nicht die Rede gewesen.

Er hatte in der Zeitung gelesen, dass die Cops jetzt die Leute davon in Kenntnis setzen durften, wenn Straftäter »mit hohem Risiko« in ihrer Nachbarschaft lebten. Hier in Orange County nannte man es das SONAR-Programm, *Sexual Offenders Notification and Registration*. Das brachte viele dazu, hastig umzuziehen, wenn sie eine Vorgeschichte hatten, in der sexuelle Vergehen eine Rolle spielten, und sie als »gefährlich« galten. Ihm war klar, dass sie durch diese Befragung herausfinden wollten, ob sie seine Nachbarn über seine Vergangenheit informieren sollten.

Colesceau konnte sich nichts Demütigenderes vorstellen,

als von abartig ordentlichen, blonden Menschen, die in ihrem Leben nichts Aufregenderes vollbracht hatten, als bei ihrer Steuererklärung zu schummeln, aus seiner Wohnung vertrieben zu werden.

Holtz stand in der Küche und trank eine Flasche von Colesceaus Limonade. Holtz war fett, hatte scharfe Augen und die Angewohnheit, zu lächeln, wenn er einem schlechte Nachrichten überbrachte. Colesceau hatte noch nie erlebt, dass seine Brillengläser sauber waren. Holtz benahm sich manchmal wie ein Freund, aber er war keiner.

»Moros! Wie geht's dir?«

»Gut, Al.«

»Heiß heute.«

»Echt schlimm.«

»Carla muss jeden Moment kommen.«

Colesceau sah sich selbst immer von außen, wenn er mit anderen Menschen zusammen war. Das war schon immer so gewesen, schon als kleiner Junge. Es war, als ob er ein Theaterstück anschaute, in dem er mitwirkte. Die Figuren sprachen und er war eine von ihnen. Er war gleichzeitig Zuschauer und Mitspieler. Colesceau hatte immer angenommen, es läge daran, dass er sich in Gesellschaft nicht wohl fühlte. Aber man suchte sich seine Mitmenschen nicht aus, das wusste er; schon gar nicht in einer Familie, im Gefängnis oder im Krankenhaus.

Für einen kurzen Moment beobachtete sich Colesceau also selbst, wie er mit dem fetten Mann in seiner Küche redete. Ja, das bin ich, dachte er – klein und dicklich, in einem kurzärmeligen, blauen Hemd mit einem Flicken und meinem Namen auf der Brusttasche. Mitte zwanzig. Haare von mittlerer Länge, schwarz und gewellt, bleiche Gesichtshaut, rosafarbene, dicke Lippen. Colesceau fielen seine eigenen, etwas großen Brüste auf, mit freundlicher Empfehlung des hormonverändernden Medikaments *Depo-Provera*, das Teil seiner Strafe war. Seiner Behandlung, korrigierte er sich selbst:

Chemische Kastration ist Teil meiner *Behandlung*. Und in acht Tagen habe ich diese Behandlung hinter mir.

»Al, ich habe ein neues Ei.«

»Lass sehen.«

Colesceau verließ die Küche und spazierte in sein abgedunkeltes Wohnzimmer. Er ließ die Jalousien auch am Tag immer unten, insbesondere in den infernalischen südkalifornischen Sommermonaten. Auf der anderen Seite des Wohnzimmers standen drei Bücherregale an der Wand – von der teuren Art, mit Glasscheiben und indirekter Beleuchtung, damit man die Bücher sehen konnte.

Er schaltete das Licht in der mittleren Regalwand ein.

Colesceau: »Noch ein Emu-Ei. Das blaue da.«

Er zeigte mit dem Finger darauf, und Holtz beugte sich vor, die Nase nahe an der Scheibe.

»Nett.«

»Sie produziert dieser Tage immer mehr Eier.«

Die Eier stammten von Colesceaus Mutter Helena. Eier zu bemalen war eine alte rumänische Volkskunst und Helena hatte in ihrem Leben schon Hunderte von Eiern bemalt. Die meisten waren hier gelandet, in der Regalwand. Es gab sie in allen nur erdenklichen Farben und in vielen Mustern und Designs. Die älteren waren noch schlicht, die neueren schmückten Spitzenbesätze, Manschetten, Nippes, Garnreste und verschiedene Stoffstücke und in jüngster Zeit sogar Plastikaugen mit rollenden Pupillen.

»Sehr nett.«

»Es gehört zu meinen Lieblingsstücken.«

Colesceau versuchte stets, die Zuneigung von Holtz zu gewinnen, der ein großer Verfechter von »Familienwerten« war, wie er es nannte. Also sprach Colesceau, wann immer er konnte, gut von seiner Mutter. In Wirklichkeit machte sich Colesceau nicht viel aus den ausgeblasenen Eiern, die seine Mutter dekorierte. Sie waren unnatürlich und nichts sagend. Wenn die drei Bücherregale nicht von seiner Mutter bezahlt worden wären, dann hätte er die Eier in eine Schachtel gelegt und sie im Gästezimmer im oberen Stock verstaut. Aber die Zurschaustellung der Eier und seine schmeichelhaften Worte waren ein kleiner Preis, wenn er dadurch die beiden wichtigsten Menschen in seinem Leben zufrieden stellen konnte. Wie einer seiner Bewacher im Atascadero immer zu sagen pflegte: Mit Speck fängt man Mäuse. Obwohl Colesceau sich damals gefragt hatte – und sich heute immer noch fragte –, warum jemand überhaupt Mäuse fangen wollte.

Es klingelte an der Tür.

»Ah, das muss Carla sein!«

Colesceau ging den Flur entlang und öffnete die Tür. Es war tatsächlich Carla, sonnengebräunt, blond und strahlend wie immer, mit ihrem vorzeitig gealterten Gesicht und den strahlend weißen Zähnen. Colesceau hatte nie verstanden, warum kalifornische Frauen so wild darauf waren, sich die Haut von der Sonne verbrennen zu lassen.

»Hallo, Moros.«

»Hallo, Dr. Fontana. Sie dürfen gern hereinkommen.«

Sie nickte, trat ein und folgte ihm ins Wohnzimmer. Colesceau konnte sie hinter sich wie einen Schatten spüren. Er beobachtete, wie sie Holtz die Hand schüttelte. Der Bewährungshelfer starrte sie lüstern durch seine schmutzigen Brillengläser an.

Und dann, als ob er wieder ein Theaterstück miterlebte, sah er sich selbst, wie er sich dem Sofa näherte. Dr. Fontana und Holtz setzten sich auf die Stühle, die dem Sofa gegenüberstanden. Colesceau schaute sich selbst zu, wie er sich auf seinem Platz auf der Couch einrollte. Er fand, er ähnelte einer Katze. Er entledigte sich seiner Schuhe und zog die Beine an.

Holtz klappte ein Notizbuch auf. Colesceau hatte nie gesehen, dass er auch nur einen einzigen Buchstaben hineinschrieb. Den Stift hielt Holtz in der fetten, rechten Hand.

Dr. Fontana zog einen Kassettenrekorder aus ihrer Handtasche und stellte ihn auf den Couchtisch. Sie lächelte Colesceau mit ihren Halogenzähnen an.

Holtz musterte ihn.

Vorsicht! Colesceau musste an die Nebelschwaden am Fluss Alt denken und daran, wie der Nebel die Gedanken verbarg.

Dr. Fontana machte den Anfang: »Ich denke, wir sollten mit Ihren allgemeinen Anschauungen beginnen, Mr Colesceau – *Moros*. Können Sie uns sagen, welche Fortschritte Sie in Ihrem Beruf und in Ihrem Familienleben machen?«

Und es war Colesceau, der antwortete, während er gleichzeitig zusah und zuhörte: »Also, alles hat sich sehr zufrieden stellend für mich entwickelt. Ich bin Verkäufer und verkaufe Autoteile und -zubehör. Ich verbringe viele Stunden am Computer, um die Verfügbarkeit der Artikel zu prüfen und Bestellungen aufzugeben. Es ist keine schwere Arbeit, aber die Zeit vergeht wie im Flug.«

Holtz ergänzte: »Er leitet den Laden praktisch, Carla.«

Carla Fontana fiel Colesceaus schwacher Akzent auf. Seine Aussprache und seine Syntax wichen ein klein wenig von der Norm ab. Sie wusste, er war Rumäne. Colesceau war im Alter von acht Jahren zusammen mit seiner Mutter als politischer Flüchtling in die Vereinigten Staaten gekommen. Mit zehn hatte er bereits sechs Hunde in seinem Wohnort Anaheim getötet. Man ging von noch mehr aus. Er lockte sie mit *Liva-Snaps*-Hundekuchen an und hackte ihnen dann mit einem Eispickel das Herz heraus. Seine Mutter erwischte ihn mit den Schwänzen, die er in einer an sein Fahrrad befestigten Schachtel aufbewahrte.

Carla hörte zu und stellte Fragen, hörte weiter zu und versuchte, ihren Job zu erledigen.

Eigentlich wollte sie ihn bemitleiden, aber ihre Aufgabe war es, die Bürger von Orange County vor jämmerlichen, kleinen Monstern wie Moros zu beschützen. Ihr Herz sagte ihr, dass er jetzt harmlos sei, bereit, ein neues Leben zu beginnen. Aber in ihrem Kopf summte sirenenartig eine Warnung: *Er könnte gefährlich sein … wir müssen seine Nachbarn informieren …*

Holtz versuchte, im Verlauf des Interviews keine Emotionen zu zeigen, aber alles, was er für diesen Kerl aufbringen konnte, war Mitleid. Mein Gott, er hatte dessen Mutter Helena getroffen, und die Frau war ein garstiges, altes Weib. Kein Wunder, dass Matamoros so bösartig war wie ein Krebsgeschwür. Was Holtz jedoch am meisten mitnahm, war der Umstand, dass Helenas Ehemann von Ceaucescus Regierungspolizei mit einem Maschinengewehr erschossen worden war, *während man sie und den sechsjährigen Matamoros gezwungen hatte, dabei zuzusehen.* Als der Junge zur Leiche seines Vaters gerannt war, hatten sich die Polizeihunde auf ihn gestürzt. Darum hatten Helena und ihr traumatisierter Sohn auch politisches Asyl in den USA erhalten.

Holtz hörte zu und stellte Fragen, hörte weiter zu und versuchte, seinen Job zu erledigen.

Sein Bauch sagte ihm, dass Colesceau so harmlos wie ein Giftpilz war, solange man den Pilz im Wald ließ. Sein Kopf meinte, dass dieser Pilz seine Zeit abgesessen und seinen Preis bezahlt hatte. In einer Woche würde Colesceau ein freier Mann sein und man sollte ihn auch so behandeln. Vielleicht ließ man in Rumänien die Hunde an so einem Kerl nagen, aber hier in Amerika saß man seine Zeit ab und fing neu an.

Colesceau konnte ihre Gedanken mühelos lesen – Fontana war für eine Verurteilung, Holtz für eine Freilassung.

Da redete wieder Holtz blöde daher: »Triffst du dich immer noch einmal die Woche mit deiner Mutter, Moros?«

Und Colesceau hörte sich antworten: »Ja. Regelmäßig. Sie will hier bei mir einziehen, aber ich bin mir nicht sicher, ob das so gut wäre.«

Jetzt Fontana: »Was fühlen Sie bei dem Gedanken, dass sie bei Ihnen wohnen könnte?«

Colesceau zuckte mit den Schultern und seufzte. Dann zuckte er neuerlich mit den Schultern und strich eine dunkle Locke aus seiner Stirn. »Man soll Mutter und Vater ehren.«

Holtz: »Du musst dich vor allem selbst ehren, Moros. Du kannst dich nicht um jeden kümmern. Wir haben ja schon früher darüber gesprochen. Deine Mutter darf dir nicht alles haarklein vorschreiben.«

Colesceau rutschte tiefer in das Sofa, fühlte sich wie eine Katze. Weich und biegsam. Knochenlos.

Fontana: »Wir wollen Ihnen damit zu verstehen geben, dass Sie am Ende Ihrer Bewährungszeit keine zusätzlichen Stressfaktoren brauchen.«

»Was Sie nicht sagen«, meinte Colesceau ruhig.

Er sah zu Fontana hinüber und wusste, sie würde ihn am liebsten auf dem elektrischen Stuhl rösten. Nein, korrigierte er sich, sie wollte die Giftspritze, das war sauberer und moderner und würde Energie sparen, mit der man dann bedrohte Tierarten retten könnte. Und das alles, *nachdem* sie versucht hatte, seine Männlichkeit mit ihren barbarischen Medikamenten zu ruinieren.

Fontana: »Wie steht es mit Ihrer Libido, Moros?«

Colesceau beobachtete, wie sein eigenes bleiches Gesicht rot anlief. In den nächsten Minuten würde es keine Würde geben.

»Sie wird immer noch von den Medikamenten unterdrückt.«

»Ausgeschaltet oder verringert?«, hakte sie nach.

Colesceau schaute sie wieder an. »Drastisch verringert.«

Holtz: »Carla, wir wissen, dass *Depo-Provera* bei 92 Prozent der Versuchspersonen gewirkt hat und eine 90-prozentige Senkung des Sexualtriebs zur Folge hatte. Eine *Ausschaltung* ist unmöglich. Selbst bei einer umfassenden operativen Kastration bleibt der Sexualtrieb …«

»Ich weiß«, unterbrach Fontana. »Selbst bei Kastration kann der Sexualtrieb nicht eliminiert werden. Auch kastrierte Männer haben schon vergewaltigt.«

Holtz: »Stimmt.«

Fontana: »Weil es bei Vergewaltigung nicht um Sex geht, sondern um Wut.«

Colesceau: »Das ist nur schwer zu glauben.«

Es trat eine merkwürdige Stille ein, als ob Colesceaus Bemerkung sie irritiert hätte.

»Warum?«, fragte Dr. Fontana.

»Wegen der Verringerung.«

»Mr Colesceau, wie stark ist Ihre Libido zurückgegangen?«

Er stellte sich vor, wie er seine Hände ungefähr zehn Zentimeter auseinander hielt und die Distanz dann auf einen Zentimeter schrumpfen ließ. Aber das war nicht die Art von Humor, die bei Regierungsvertretern gut ankam, nicht einmal in einer Demokratie.

»Sie hat sich stärker reduziert, als Sie es sich vorstellen können.«

Fontana: »Wie oft fühlten Sie sich körperlich sexuell erregt, Moros?«

Colesceau sah nach unten. »Einmal hatte ich nachts einen Traum und da geschah es.«

»Erektion und Ejakulation?«

Er nickte. Er spürte, wie sein Gesicht noch röter wurde.

Holtz: »Wann war das?«

»Letztes Jahr. Im Februar.«

Fontana: »Und das war das einzige Mal in den drei Jahren der medikamentösen Behandlung?«

»Richtig.«

»Das stimmt mit den Statistiken überein«, sagte Holtz.

Fontana: »Ich kenne die Statistiken.«

Colesceau kam der Gedanke, dass ihre Rivalität eine schlimmere Folter war als die Hormonbehandlung. Na ja, nicht wirklich. Man musste sich aufgrund ihrer Rivalität nicht die Brüste festkleben.

Dann wieder Fontana, natürlich: »Wann haben Sie das letzte Mal eine alte Dame gesehen und wollten sich an ihr mit einer Colaflasche oder Ihrer Faust vergehen?«

Colesceau blickte zu ihr hinüber. »Ich habe daran keinerlei Interesse.«

Fontana und Holtz schwiegen lange – offenbar mit Absicht. Als ob er seine Meinung ändern würde, wenn die Stille nur lange genug anhielt. Diese Leute waren so plump wie ein Mehlsack.

»Und das soll Ihre Nachbarn trösten?«

»Ich habe ihnen nie etwas getan. Ich habe seit sieben Jahren kein Gesetz gebrochen. Ich bin ein guter Nachbar. Ein Mann mit Titten. Genau so, wie Sie mich haben wollten.«

Er sah wieder sein Gesicht. Es war rot und erhitzt und man erkannte Scham und Wut darauf. Manchmal konnte er sich einfach nicht beherrschen.

Holtz: »Macht sie dich wütend, Moros? Die Brustvergrößerung?«

»Natürlich tut sie das, Al.«

»Danke für deine Ehrlichkeit.«

»Woher wissen Sie, dass er ehrlich ist?«, erkundigte sich Fontana.

Holtz schüttelte traurig den Kopf. »Hast du noch 'ne Limo, Moros?«

Colesceau erhob sich vom Sofa, nahm das Glas von Holtz und verließ den Raum. Der Klang ihrer gesenkten Stimmen folgte ihm in die Küche. Er dachte an den Nebel am Alt, der die Gedanken verbarg und andere Stimmen fern hielt. Er goss Holtz noch etwas Limonade ein und ging zurück ins Wohnzimmer. Mit einer fast höfischen Bewegung reichte er dem Bewährungshelfer das Glas, dann setzte er sich wieder.

Er wusste, dass es jetzt vorüber war.

Holtz: »Mehr wollte ich von Moros nicht wissen.«

Fontana: »Ich bin auch fertig. Nur noch eine Frage, Mr Colesceau. Können Sie mir einen guten Grund nennen, warum die Menschen, die hier leben, nicht erfahren sollten, dass Sie ein zweimal verurteilter Triebtäter sind?«

Er sah sie an und strich sich eine Locke aus der Stirn. »Ich kann Ihnen zwei Gründe nennen. Grund Nummer eins: Es tut mir Leid, was in meiner Vergangenheit passiert ist. Und Grund Nummer zwei: Ich werde niemals wieder etwas Unrechtes tun. Ich bin jetzt ein anderer Mensch.«

7

Am nächsten Morgen verliefen beide Scheckkartenanfragen ergebnislos. Hess überraschte das nicht, denn diesem Kerl schien es nicht um Geld zu gehen. Abgesehen von dem Bargeld in den Handtaschen, das natürlich verschwunden war. Aber selbst diese Tatsache ließ sich dafür verwenden, besondere Umstände für die Todesstrafe geltend zu machen, falls es so weit kommen sollte.

Der Versickerungstest an den Erdproben war noch nicht abgeschlossen, darum half Hess Ike dabei, die Diebstahlsicherung in den Autos von Kane und Jillson zu untersuchen. In Janet Kanes Wagen gab es überhaupt keine Alarmanlage. Ein Aufkleber an der Innenseite der hinteren Scheibe verkündete, dass der Wagen durch eine elektronische Wegfahrsperre und einen Radiocode geschützt wurde. Das hieß jedoch nur, dass sich der Wagen ohne Schlüssel nicht wegfahren ließ beziehungsweise das Radio, falls man es entfernte, ohne Code nicht wieder funktionierte. Man konnte jedoch mühelos eine Scheibe einschlagen und einsteigen, ohne irgendetwas auszulösen.

Bei Lael Jillsons Infiniti lagen die Dinge völlig anders. Die Autotüren ließen sich durch eine Infrarotfernbedienung öffnen, und er hatte einen lauten Alarm, der losging, wenn man an den Türgriffen zog. Der Alarm funktionierte sehr gut und war nicht manipuliert worden. Es sei denn, es hätte sich jemand die Zeit genommen, die Drähte zu frisieren, die jedoch ersetzt oder repariert hätten werden müssen, bevor die Zündung wieder angesprungen wäre. Es gab keinen Grund, sich solche Mühe zu machen und dann den Wagen einfach stehen zu lassen.

Ike hielt ein kleines Gerät voller Zapfen und Klemmverbindungen hoch. Er hatte helle Augen und seine blonden Haare fielen ihm in die Stirn wie bei einem kleinen Jungen. Hess wünschte, er könnte noch einmal so jung sein wie Ike.

»Das sind der Kabelbaum und das Schaltmodul aus dem Infiniti, Sir. Es gibt hier eine Deaktivierungsvorrichtung – der gelbe Draht an Zapfen fünf. Das ist der Input-Entschärfer für den Infrarot-Autoschlüssel. Der braune Zapfen ist für die Fahrertür, der graue für die Beifahrertüren, der schwarze für die Wegfahrsperre.«

»Und?«

»Die Einheit arbeitet perfekt. Relays, Schalter, Widerstände, perfekt. Das kann zwei Dinge bedeuten: Entweder hatte er ihre Infrarotfernbedienung, öffnete die Verriegelung und gab sie ihr wieder zurück, bevor sie in den Wagen stieg. Was zum Beispiel bei einem Parkservice der Fall wäre, aber dann bräuchte er keinen Slim Jim, um in das Auto zu gelangen. Warum also die Kratzer an den Scheiben? Das war übrigens ein kluger Schachzug. Das ist derart unmodern, dass niemand so schnell darauf kommt.«

»Ich bin auch unmodern.«

»Und das ist gut so. Jedenfalls wäre es leicht für jemanden von einem Parkservice – für niemanden sonst. Zweitens könnte er sich einen Ersatz-Infrarotschlüssel gekauft haben, der zu ihrem Wagen passte, aber das heißt, dass er die Frau lange im Voraus ausgesucht haben müsste. Sehen Sie, dieses System ist furchtbar schwer auszutricksen. Es ist so entworfen, dass kein Codeknacker anhand der Fahrzeugidentifikation oder der Seriennummer einen eigenen Schlüssel anfertigen kann. Es gibt rotierende Codes, die sich jedes Mal ändern, wenn man den Schlüssel verwendet. Wenn er seine eigene Infrarotfernbedienung hatte, verstehe ich jedoch nicht, warum er den Alarm deaktivierte, aber nicht die Türen öffnete. Ich finde beide Möglichkeiten unlogisch.«

Hess nickte und verstand es ebenfalls nicht. »Dann verfügte er über keine Infrarotfernbedienung. Zumindest über keine, die funktionierte.«

Ike zuckte mit den Schultern. »Tja, er hat den Alarm nicht mechanisch überbrückt – versierte Diebe können die Motorhaube öffnen und die Alarmanlage ausschalten, bevor es mehr als ein- oder zweimal gehupt hat. Für gewöhnlich arbeiten sie paarweise. Aber das ist vertrackt, und es gibt keinerlei Anzeichen für ein gewaltsames Eindringen, abgesehen von den Kratzspuren des Slim Jim. Dieser Kerl hat die Alarmanlage elektronisch außer Gefecht gesetzt und dann den ›Slim Jim‹ verwendet. Eine andere Chance hatte er nicht – draußen auf dem Parkplatz eines Einkaufszentrums, wo viele Menschen und Wachleute sind. Zwei Dinge stehen unserer Annahme jedoch entgegen: Vielleicht hatte sie das Sicherheitssystem gar nicht eingeschaltet, oder sie kannte ihn.«

Hess seufzte. Für einen kurzen Moment verschwamm alles vor seinen Augen. »Schon erstaunlich, was die Leute so alles vergessen.«

»In der Tat.«

Hess hatte sich bereits die Listen zu Jillson und Kane vorgenommen und diverse Fakten überprüft. Beide Listen wurden immer länger, aber bislang gab es keine gemeinsamen Bekannten. Keine beruflichen Überlappungen. Keine Läden oder Firmen, deren Dienste sie gemeinsam in Anspruch genommen hatten, abgesehen von den Gas- und Stromversorgern. Sie gehörten keiner gemeinsamen Organisation an, es sei denn, man zählte den Automobilclub dazu, der in diesem Staat Millionen von Mitgliedern hatte. Aber Hess war klar, dass man manche Dinge leicht übersah. Und dass es sich unter Umständen sehr mühsam gestaltete, Gemeinsamkeiten festzustellen. Er musste in der Mitte von Lael Jillsons und Janet Kanes Leben stehen und von dort aus schauen. Herausfinden, was es da zu sehen gab.

»Wir sind auf der Suche«, sagte er. »Könnte er seine eigene Fernbedienung hergestellt haben? Eine Art universelles Überbrückungsgerät? Etwas, was bei verschiedenen Herstellern und Modellen funktioniert?«

Ikes Augenbrauen und Schultern hoben und senkten sich. »Die Schurken finden immer einen Weg. Dazu sind Schurken da. Man müsste aber schon verdammt gut in diesen Dingen sein.«

Ike legte das Modul auf den Boden, richtete sich wieder auf und warf den Kopf zur Seite, damit die Haare aus seinem Gesicht flogen. »Ich suche in den Fahrzeuginnenräumen nach den üblichen Beweisen, Lieutenant.«

»Seien Sie besonders gründlich hinter dem Fahrersitz.«

»Ja, Sir.«

Hess betrachtete Janet Kanes zerlegten BMW.

»Lieutenant Hess? Ich wollte Ihnen nur alles Gute wünschen, angesichts dessen, was Sie gerade durchmachen. Es ist schön, einen unmodernen Kerl an seiner Seite zu haben.«

Hess lächelte. Durch die Chemotherapie fühlten sich seine Lippen klein und seine Zähne riesig an.

»Danke, Ike. Es ist auch schön, hier zu sein.«

Hess parkte vor Janet Kanes Haus in Laguna Beach. Es war aus Holz, weiß gestrichen, hatte graue Zierleisten und stammte etwa aus dem Jahre 1930. Es gab eine überdachte Terrasse vor dem Haus und davor einige Blumenbeete. Zwei Gartenliegen standen neben der Tür. Der Gartenschlauch war um ein Kurbelgehäuse gewickelt und endete in einer Sprinkleranlage, die im Boden befestigt war. Der Weg durch den Rasen war von Flusssteinen gesäumt, dazwischen gab es lila Lobelien und weißes Steinkraut.

Hess nahm die beiden Vermisstenakten und stieg aus. Die Luft duftete nach Blumen. Am Treppenabsatz blieb er stehen und schaute sich die Blumenbeete an. Sie waren vertrocknet und die Blumen verdorrten in der warmen Augustsonne. Er drehte das Wasser auf und sammelte die Post ein, bevor er die Tür aufschloss.

Im Innern sah er sich mit dem persönlichen Umfeld von Janet Kane konfrontiert. Parkettböden und blassgrüne Wände. Ein paar teuer wirkende rote Möbel aus Frankreich mit geschwungenen Beinen. Gemälde, Skulpturen, Stapel von Kunstbüchern auf den Regalen. Ein kleiner Fernseher mit rotem Plastikgehäuse. Die Küche war klein, aber hell, mit großen schwarz-weiß karierten Fliesen, genau wie seine. Hess fiel auf, dass ein Gemälde von einer Küche in ihrem Wohnzimmer und ein Gemälde von einem Wohnzimmer in ihrer Küche hing. In ihrer Akte stand, dass sie für einen New Yorker Kunstbuchverlag arbeitete.

Er drückte die Wiedergabetaste auf ihrem Anrufbeantworter und drehte die Lautstärke voll auf:

Janet, hier ist Dale. Wir haben gerade von Borders *eine Bestellung über 1500 Exemplare von Cézanne bekommen und das ist zum Großteil dein Verdienst. Ich wollte einfach der Erste sein, der es dir mitteilt. Ich sehe dich dann beim Vorverkauf.*

Es machte Hess wütend, dass derjenige, der Janet Kane an den Ortega Highway mitgenommen hatte, wahrscheinlich keine Ahnung hatte, dass sie künstlerisch veranlagt, fröhlich und ein wenig unkonventionell war. Wahrscheinlich wusste er nichts von ihr, außer wie sie aussah. Wahrscheinlich hatte er bis kurz vor der Tat nicht einmal ihren Namen gekannt. Hess schaute sich ihr Foto an, das gerahmt auf einem Bücherregal stand – Janet Kane und zwei Freundinnen in ihrem Alter, die auf irgendeiner Party beisammenstanden. Eine Vernissage, spekulierte Hess, oder ein Empfang. Sie stand in der Mitte. Offenbar die Tapfere der drei, dachte Hess, diejenige, die als Erste lachte, tadelte, eine Meinung äußerte oder ein Risiko einging.

Hi, Jan, hier ist nochmal Pete. Ich wollte mich nur kurz melden. Hoffe, wir sehen uns am Freitag zum Abendessen. Ich freue mich schon. Ruf mich mal an.

Das Schlafzimmer roch nach Frau. Es lag im hinteren Teil des Hauses und war aufgrund der heruntergezogenen Jalousien kühl und dunkel. Ihr Bett war nicht gemacht und es stand eine Kaffeetasse neben dem Wecker auf dem Nachttisch. Etwas an der Decke erregte Hess' Aufmerksamkeit. Er schaltete das Licht ein, dann wieder aus. Janet Kane hatte Leuchtsterne an die Decke geklebt, die Art, wie man sie meist in Kinderzimmern fand. Für Kinder, dachte er, oder für alle, die sich eine gewisse Kindlichkeit bewahrt haben.

Hi, Candy Cane, hier ist Sue-Happy. Bist du zu Hause? Nimm den Hörer ab. Nimm den Höööörer ab … Na gut. Hör zu – lass uns heute Abend im Zoolo Café noch einen Schlummertrunk zu uns nehmen. Ich muss dir unbedingt von letztem Sonntag erzählen und ich will alles über Pete den Griesgrämigen hören. Cheerio, ding-dong …

Hi, Jan, hier ist Pete. Es ist Donnerstag. Ich weiß, du arbeitest viel, aber ruf mich mal an. Ich möchte Freitag festmachen – oder auch nicht. Und ich muss über einige Dinge mit dir reden. Bis später.

Jan, nochmal Pete. Ich bin heute unter 555-4459 zu erreichen. Bis dann!

Merci Rayborn hatte Pete Carter befragt. Laut ihren Notizen war er traurig, geschockt und unverdächtig. Er hatte angegeben, in der Nacht, als Janet starb, in einigen Bars gewesen zu sein. Rayborn hatte das bereits überprüft. Er war beliebt – die Leute kannten ihn. Hess fand, dass seine Stimme aufrichtig klang –, vielleicht ein wenig zu sehr, vielleicht hatte sie ihn deshalb nicht gleich zurückgerufen.

Hess schaltete das Licht wieder an, setzte sich auf das Bett und ging Janet Kanes Post durch. Rechnungen. Werbesendungen. Einladungen zu Kunstereignissen. Ein kleiner Umschlag, als Absenderadresse »P. Carter« auf die Rückseite gekritzelt. Er erinnerte sich daran, dass Rayborn notiert hatte, Kanes Mutter und Vater seien einen Tag nachdem Kanes Freundin Sue Herlihy die Vermisstenanzeige aufgegeben hatte, eingetroffen. Kane gehörte dieses Haus. Hess fragte sich, ob sie ein Testament hinterlassen hatte, nahm aber an, dass ihre Eltern auf jeden Fall noch ein paar Tage in der Stadt geblieben waren.

Ein erbsengroßer Teil meines Gehirns flüstert mir zu, dass sie vielleicht noch am Leben sind.

Hess bemühte sich sehr, das für möglich zu halten. Er konnte das viele Blut, das er unter der Eiche gesehen hatte, allerdings nicht mit der Fortsetzung menschlichen Lebens in Verbindung bringen. Aber vielleicht würde das kriminaltechnische Labor bei der Sättigungsanalyse andere Ergebnisse erzielen. Der Jillson-Fundort war zu alt für eine verlässliche Schätzung. Auf den Kane-Fundort kam es an.

Janet, hier spricht Sandy von Prima Printers. *Ihre Visitenkarten sind fertig und können abgeholt werden. Tschüss!*

Janet Kane? Hier spricht Brian von Len's Wine Cite. *Der Brunello, den Sie so mögen, ist heute eingetroffen. Steve meint, er sei der beste, den er je hatte. Wir halten eine Kiste für Sie zurück, falls Sie noch interessiert sind. Danke!*

Hess öffnete den Schrank. Der Duft von Parfüm und Leder schlug ihm entgegen. Die Hälfte ihrer Kleider steckte noch in den Hüllen aus der Reinigung. Kostüme und Hosen, edle Blusen und Sweatshirts. Jede Menge Jeans. Im hinteren Teil fand er einen schwarzen Lederbody mit großem Edelstahlreißverschluss. Die Schuhe standen eng an eng auf mehreren Stangen. Ihre schmutzige Wäsche bewahrte sie in einem Korb auf. Im Badezimmer entdeckte er verschreibungspflichtige Medikamente: ein Antibiotikum gegen Husten, dessen Verfallsdatum abgelaufen war, und eine Salbe gegen Ausschlag. Er sah in der Dusche nach ihren Seifen und Haarpflegeprodukten. Unter der Spüle fand er Großhandelspackungen, mit denen sie die kleinen Fläschchen neu füllte. Sparsam, dachte er. Durchorganisiert. Tüchtig. Gewöhnt daran, allein zu leben.

Keine weiteren Nachrichten.

Auf ihre Kontoauszüge und stornierte Schecks stieß er in einem Ziehharmonikaordner im Gästezimmer. Der Raum diente mehr oder weniger als Büro, mit einem Bett für Gäste. Auf ihrem Girokonto befanden sich etwas über 3000 Dollar. Außerdem besaß sie ein Sparkonto mit 15 500 Dollar und ein Guthaben von 65 000 Dollar auf ihrem KEOGH-Rentensparplan. Ihr ging es nicht schlecht, dachte er. Besonders, da sie erst 32 Jahre alt war. Sie lebte gut. Trank teuren Wein. Sparte etwas. Hatte Freunde. Einen guten Job. Ging spät ins Einkaufszentrum, um eine neue CD und Make-up-Entferner zu besorgen.

Er sah ihre eingelösten Schecks durch und schrieb den Namen der Werkstatt auf, zu der sie ihren Wagen brachte, außerdem alle Dienstleister – Frisör, Gartenarchitekt, Klempner – und ein paar andere, die seine Aufmerksamkeit aus Gründen erregten, die er weder verstand noch in Frage stellte.

Hess hatte die Beschreibung gelesen, die der Schuhverkäufer bei *Macy's* von Janet Kane gegeben hatte, als sie seinen Laden verließ, der letzte Mensch, der sie nach bisherigen Erkenntnissen lebend gesehen hatte: »mittelgroß, mittelschwer, dunkle, hochgesteckte Haare, ein schwarzer Rock, eine weiße Bluse und sechs Zentimeter hohe Absätze«. Hätte er auch auf die Höhe ihrer Absätze geachtet? Es war um 20 Uhr 43 gewesen. Sie war nett angezogen. Und sie war allein. Laut dem Angestellten waren an diesem Abend tausend Frauen in seinen Laden gekommen, aber er erinnerte sich an Janet Kane aufgrund des Fotos, das man ihm vorgelegt hatte.

Hess fand die Beschreibung von Lael Jillson, die ihr Ehemann geliefert hatte. Er war mit den Kindern zu Hause gewesen, als Lael sich auf den Weg zum South Coast Plaza gemacht hatte, weil sie eine Strumpfhose kaufen wollte. Sie hatte ein blaues Wollkleid von *Nordstrom* getragen. Weiße Schuhe und eine weiße Handtasche. Die Haare mit einer weißen Plastikspange hochgesteckt. Eine weiße Wolljacke dabei, aber nicht angezogen, als sie in den Wagen stieg.

Auch sie hatte die Haare hochgesteckt, dachte Hess.

Er steckte die Rechnungen und Schecks in den Ziehharmonikaordner und legte ihn dorthin zurück, wo er ihn gefunden hatte. Dann platzierte er ihre Post auf dem Küchentisch, neben einen Stapel *Publishers Weekly* und einem schwarz-weißen Milchkännchen in Form einer Kuh, einer Kuhzuckerdose und kuhförmigen Salz- und Pfefferstreuern.

Kitsch.

Kunst.

Pflegeprodukte in Großhandelspackungen.

Hohe Absätze und hochgesteckte Haare.

Hess ging ins Wohnzimmer und setzte sich auf das große rote Sofa. Er stützte den Kopf auf die Hände und dachte an Janet Kane, dann machte er ein kurzes Nickerchen, anschließend grübelte er wieder über Janet Kane nach. Die Tatsache, dass sie einen schwarz-weiß karierten Linoleumboden hatte, ließ ihn irrationalerweise traurig werden.

Einen Moment lang dachte er über sich selbst nach, sah, wie die tödlichen Zellen starben, wie die guten Zellen sich millionenfach vermehrten. Die Ärztin hatte gesagt, er befinde sich in einer Schlacht um sein Leben, und genauso fühlte er sich auch.

Ein paar Minuten später stand er auf und schloss die Tür hinter sich. Er schaltete die Sprinkleranlage aus und ging an den weißen und lila Blumen vorbei zu seinem Wagen.

»Wir wollten gerade schließen«, erzählte der Schuhverkäufer bei *Macy's*. Er hieß Drew Allen und war 22 Jahre alt. Student an einem der örtlichen Junior Colleges. »Ich war schon so gut wie fertig, musste nur noch mit dem Staubsauger durch.

Sie kam den Mittelgang entlang, denn der führt zum Ausgang. Sie war einfach wunderschön. Ein schönes Gesicht. Sie sah sich um und merkte, dass ich sie beobachtete. Da lächelte sie. Das passiert nicht oft. Die meisten Frauen, die einen erwischen, wie man sie anschaut, mögen es nicht. Also, wenn jemand so Schönes einen anlächelt, dann vergisst man das nicht. Zumindest ich vergesse das nicht. Ich blickte auf die Uhr und es war genau 20 Uhr 43. Dienstag. Bei einem Job wie diesem bauscht man manche Dinge zu echten Ereignissen auf. Ich weiß noch, wie ich dachte, dass ich von nun an jeden Abend um 20 Uhr 42 auf diesen Gang achten würde. Ich überlegte mir, wie ich herausfinden könnte, ob sie verheiratet war, wie ich sie vielleicht zum Essen einladen könnte, aber mir fiel nichts Passendes ein. Und jetzt hat das keinen Sinn mehr, stimmt's?«

Keine verdächtigen Männer.

Nichts Ungewöhnliches.

Einfach nur eine weitere, langweilige Nacht – außer für Janet Kane.

Robbie Jillson kam in Shorts und T-Shirt an die Tür und begrüßte Hess mit einem müden Nicken. Er war ein gut aussehender, junger Mann mit dem Topfhaarschnitt eines Surfers und ersten grauen Strähnen an den Schläfen. Hess bemerkte die starken Verdickungen an seinen Füßen, nach vielen Jahren, die er auf einem Surfbrett verbracht hatte. Hess fiel wieder ein, dass Robbie Jillson Mitinhaber einer Strandmodenfirma war, »Pure Risk« oder »Risk All« oder etwas in der Art. Und er hatte so viel Verstand besessen, den Wagen seiner Frau nicht anzufassen, weil er wusste, dass ihr etwas passiert sein musste.

»Die Kinder sind bis sechs im Camp«, sagte er.

Hess war erfreut, wenn auch nicht überrascht, dass Robbie Jillson alle Sachen bereitgelegt hatte, um die er ihn gebeten hatte. Robbie führte ihn in die Bibliothek. Von dort aus sah man die Hügelkette im Osten. Es gab hohe Bücherregale mit Leitern, um hinaufzusteigen, und einen ziemlich großen polierten Schreibtisch. Auf dem Schreibtisch standen Fotos von Robbie und Lael Jillson sowie ihren Kindern. Es war die hübscheste Familie, die Hess jemals gesehen hatte. Er dachte, dass sie genau die Art von Menschen waren, die man in diesem Haus anzutreffen erwartete. Es war eine glückliche Familie, bis der Mutter eingefallen war, allein zum Einkaufen zu fahren.

Robbie brachte Hess einen Fruchtsaft und schloss die Tür hinter sich. Hess spürte den Lufthauch der Klimaanlage auf seiner Kopfhaut. Durch den Saft fühlten sich seine Zähne an, als würden sie zusammengequetscht. Er ging die eingelösten Schecks durch und schrieb dieselbe Art von Adressen auf, die er sich schon in Janet Kanes Haus notiert hatte. Er hoffte auf eine Verbindung zwischen den beiden Autos, aber er konnte keine entdecken. Nichts fiel ihm auf. Die beiden Frauen ließen sich das Mineralwasser von derselben Firma liefern – *Springs* –, aber ein Anruf dort bestätigte, dass die Lieferrouten unterschiedlich waren. Ja, bekam Hess von der Leiterin der Auslieferungsabteilung zu hören, es wäre möglich, dass ein und derselbe Fahrer beide Frauen einmal beliefert haben könnte. Ja, alle neuen Fahrer fingen als Aushilfen an, um Erfahrung zu sammeln. Aber die Abteilungsleiterin sagte auch, dass es unmöglich sei, zu rekonstruieren, welcher Fahrer vor einem Jahr – oder auch nur vor sechs Monaten – die Lieferung zugestellt habe, weil die wöchentlichen Lieferberichte alle drei Monate an den Hauptsitz des Unternehmens gingen. Hess würde sie dort einsehen müssen. Sie gab ihm die Telefonnummer. Er dankte ihr, weil Geduld das Fundament jeder Ermittlung war und auch das Fundament von Hess' Seele.

Es überraschte ihn, dass sich Lael Jillsons Tagebuch in der Schachtel mit den von ihm angeforderten Aufzeichnungen befand, die über ihr Privatleben, ihren Gesundheitszustand und ihre finanzielle Lage Auskunft gaben. Auf dem Tagebuch klebte ein gelber Notizzettel mit der Aufschrift: »Ich habe nie hineingesehen, aber Sie können es gern tun, wenn es hilft – RJ.«

Hess schlug den letzten Eintrag auf und las in Laels anmutiger Handschrift:

2. Juni – Endlich mal ein Nachmittag allein zu Hause. Robbie und die Kids sind nach Old Man's zum Surfen gefahren, aber ich wollte nicht mit. Zu viel Sonne, ich habe das Gefühl, auszutrocknen. Manchmal gefällt es mir so: ich, die Villa, die ausgeschaltete Klimaanlage und die Fenster weit offen und ein großer Gin Tonic oder zwei und einfach nur ich. Keine Gespräche, kein Lärm, kein gar nichts. Ungefähr eine Stunde lang, dann vermisse ich sie. Manchmal denke ich, ich kann nicht lange allein sein, weil ich mir selbst nicht genug bin. Das ist ein Problem, ich weiß, aber ich habe mich dafür entschieden, die Kinder zu erziehen, anstatt mich selbst zu entwickeln. Robbie sagt, Kinder sollten keine Ausrede sein. Aber Robbie hat sich auch nie über irgendeinen Mangel an mir beklagt. Manchmal weiß ich nicht, warum er mich liebt. Manchmal, so wie heute, blicke ich mich um und sehe all diesen Überfluss, den ich nicht verdiene, und ich frage mich, ob es so ist, wie man sagt – man bekommt, was man verdient, Karma und all diese Sachen –, und eines Tages wird alles, was man nicht verdient, einem weggenommen. Aber wenn man sehr viel mehr besitzt, als man verdient, was sollte dann verhindern, dass man mehr verliert, als man zu verlieren verdient? Na gut, zu viel Gin Tonic und gutes Hasch. Noch einmal ziehen, dann höre ich auf. Danke, Herr, für diese peinliche Anhäufung von Reichtümern, die ich mein Leben nenne. Ich liebe alles!

Hess schlug das Buch zu und klopfte mit seinen dicken Fingern auf den Ledereinband. Sein Wunsch nach einer Zigarette war plötzlich stark, aber er hatte damit aufhören müssen, als sie die oberen zwei Drittel seines Lungenflügels entfernt hatten. Die ersten beiden Wochen ohne Zigaretten waren unerträglich gewesen, aber er war mehr oder weniger immer allein gewesen, darum hatte er es an niemandem ausgelassen. Jedes Mal wenn er eine rauchen wollte, hatte er die Narbe berührt, die von seinem Schulterblatt bis zum unteren Ende seiner Rippen reichte. Fünfzig Jahre Zigaretten waren genug – Hess hatte mit fünfzehn angefangen, weil sein älterer Bruder auch rauchte. Er wusste, wenn er vor dreißig Jahren aufgehört hätte, wären ihm beträchtliche Schmerzen erspart geblieben und vielleicht einige zusätzliche Lebensjahre geschenkt worden, aber dieses Wissen half ihm nicht weiter, und er hatte niemanden, an den er es weitergeben konnte.

Hess ertastete die Narbe durch sein Hemd, während Lael Jillson vor seinem geistigen Auge auftauchte. Er sah sie mit dem Kopf nach unten an einem Seil hängen, das über einen Ast einer Eiche, die am Ortega stand, geschlungen war. Er sah das langsame Zucken ihres Körpers. Zuerst baumelten ihre Arme nach unten, dann waren sie hinter ihrem Nacken zusammengebunden. Er sah, wie das Blut aus ihrem Hals lief und auf dem Boden eine Lache bildete. Hess fragte sich, ob sie wegen der hochgesteckten Haare ausgewählt worden waren – das ersparte die Mühe, es selbst zu tun. Nein, der Täter hatte diese Frauen aus einem anderen Grund ausgesucht. Er wollte sie unbedingt. Die hochgesteckten Haare bedeuteten etwas anderes. Hess sah eine ähnliche Szene mit Janet Kane vor sich. Die Szenen spielten sich immer wieder ab.

Ein furchtbarer Anblick. Hess hatte gelernt, sich selbst für seine blühende Fantasie zu vergeben. Manchmal machte es ihn traurig, dass er so veranlagt war. Aber schließlich zeichnete das seine Arbeit aus – die Polizeiversion der Erfolgsvisualisierungen eines Leistungssportlers. Allerdings sah er niemals einen Homerun oder einen Threepointer. Und er bekam das, was er sich vorstellte, auch nie mehr aus dem Kopf. Die Erinnerung war ein Teil des Preises, den er für eine Fähigkeit zahlte, an deren Entwicklung er willentlich gearbeitet hatte, als nützlicher Bestandteil seines ermittlerischen Könnens.

In einem größeren Zusammenhang war Hess davon überzeugt, dass die meisten Gegebenheiten des Lebens genau das waren – sie waren gegeben. Er hatte noch nie einen Menschen getroffen, der sich selbst geschaffen hatte, und aus diesem Grund glaubte er, die Natur des Bösen verstehen zu können.

Später führte Robbie Hess in sein Schlafzimmer. Es nahm die Hälfte des oberen Stockwerks ein, mit einer herrlichen Aussicht nach Westen und Süden. Die Wand gegenüber der Fensterfront bestand aus Spiegelglas, die denselben Blick bot, nur spiegelverkehrt. Hess sah Catalina Island weit draußen vor der Küste, eingefangen auf Robbie Jillsons Wand.

»Sie wollen sie kennen lernen, nicht wahr?«, fragte Robbie. »Aber ich kann sie Ihnen nicht präsentieren. Ich kann sie nicht mit ein paar Worten oder mit ein paar Fotos darstellen und Ihnen ein Vorstellung davon vermitteln, wie sie ist.«

Ist, dachte Hess. Ihr Ehemann hat es immer noch nicht akzeptiert. Hess vermutete, dass er es an Robbie Jillsons Stelle auch nicht getan hätte. Er würde sich nur zu gern irren, was Lael und Janet Kane betraf.

Sie standen draußen, auf dem Balkon vor dem Schlafzimmer. Hess spürte die Nachmittagsbrise in seinen Knochen.

»Ich versuche herauszufinden, in welchen Bereichen sich das Leben Ihrer Frau möglicherweise mit dem der Frau aus Laguna, mit Janet Kane, überschnitt. Warum gerade sie ausgewählt wurden.«

»Weil sie schön war.«

»In welcher Hinsicht?«

»Sie hatte ein schönes Gesicht, eine schöne Haltung.«

»Was ist mit inneren Werten?«

»Sie … war ein glücklicher Mensch und das konnte man sehen. Sie war eine glückliche Frau. Lieutenant. Ich meine, ich hatte wirklich Glück. Sie war schon so, als ich sie traf. Es war einfach die Art und Weise, wie sie … war. Sie liebte das

Leben, und wenn man sich in ihrer Nähe aufhielt, dann steckte das an. Sie wusste jedoch immer, dass es einmal ein Ende haben würde. Sie war nicht oberflächlich oder dumm – und auch nicht trübsinnig, zynisch oder pessimistisch. Wenn etwas Gutes oder Fröhliches in einer Sache steckte, dann entdeckte sie es.«

Hess dachte darüber nach. Er beobachtete Robbie, der in die Ferne starrte. Nach sechs Monaten konnte der Mann sich immer noch nicht entscheiden, ob er von seiner Frau in der Vergangenheit oder der Gegenwart sprechen sollte. Die Unsicherheit ließ die Menschen zerbrechen, dachte er, das hatte er häufig erlebt. Wenn eine Leiche vorhanden war, dann konnten die Leute sich mit dem Tod eines geliebten Menschen abfinden. Aber ohne eine Leiche hatte man nur ein Geheimnis, das die Seele zerfraß wie Säure.

Jillson drehte sich um und schaute Hess an. Der Ausdruck auf seinem Gesicht passte nicht zu ihm – es war, als ob ein Kerl in einer Surfbrettwerbung jemanden erschießen wollte.

»Ich habe ihn gerochen.«

Das Herz von Hess schien ein wenig schneller zu schlagen.

»Ich habe das den anderen Cops nicht erzählt, weil sie nicht danach gefragt haben. So ein Typ namens Kemp war dabei. Er ist der Grund, warum manche Menschen Cops hassen. Also, Lael ist an einem Donnerstagabend verschwunden. Am Freitagmorgen fand man ihren Wagen und schleppte ihn ab. Ich wurde angerufen, um ihn abzuholen. Als ich einstieg und losfahren wollte, konnte ich ihn riechen.«

»Und?«

»Schwach. Eau de Cologne. Oder vielleicht Aftershave. Wirklich schwach. Aber ich konnte ihn riechen. Falls ich ihn jemals treffe, bringe ich ihn um.«

Hess nickte. Dazu gab es nicht viel zu sagen, außer eins: »Das würde ich auch gern. Aber tun Sie es nicht. Es würde Ihnen im Knast nicht gefallen.«

»Das stört mich nicht. Solange ich ihm nur mit meiner Magnum ein paar Löcher in sein Gesicht ballern kann.«

»So was träumt man besser nur, man tut es nicht.«

Hess blickte nach Westen. Dort standen andere Villen, es gab viele Hektar hügeliger gelber Landschaft, saubere Asphaltstraßen und den tiefblauen Pazifik, der sich bis zum Horizont erstreckte. Robbie hielt sich noch immer im Paradies auf, doch seine Eva war verschwunden.

Hess hätte sagen können, dass es nicht fair war, aber das hatte er bereits Millionen Mal in seinem Leben geäußert. Es stimmte zwar, aber darauf kam es viel weniger an, als es sollte.

8

Colesceau saß auf seinem Hocker hinter der Theke und schaute aus dem verstaubten Fenster hinaus. Er las die Worte Pratt Automobile zum millionsten Mal in seinem Leben und sah auf seine Armbanduhr. Noch zwanzig Minuten. Er hörte Pratt und Garry hinten bei dem Shelby Cobra und auch das gelegentliche, gackernde Lachen von Pratts Frau Lydia. Jeden Tag fingen sie eine halbe Stunde bevor sie den Laden schlossen, mit dem Biertrinken an, und Colesceau hörte die immer höher werdende Tonlage ihrer Unterhaltung, unterbrochen von dem *Tscht-tscht-tscht* der Dosen, die sie aufrissen. Pratt und Garry sprachen dabei ausschließlich über Autos und die Körperteile von Frauen.

Colesceaus Aufgabe bestand darin, das Geld bei Ladenschluss zu zählen und einzutüten, also zählte er das Geld und tütete es ein. 14 Dollar in bar und 220 Dollar in Schecks. Er notierte die Summen, prüfte die Zahlen auf dem Einzahlungsschein und addierte die Teilsummen zweimal, bevor er die Gesamtsumme aufschrieb.

»He, he, Matty.«

Es war Lydia. Sie hatte sich wieder von hinten angeschlichen und ihre Hand auf seine Schulter gelegt, als ob sie im selben Footballteam spielten. Sie erfand neue Vornamen für ihn. Er hatte mehrmals erklärt, dass er Matamoros hieß oder kurz Moros. Aber Lydia spielte gern mit Worten und eine Zeit lang nannte sie ihn Matamata. Laut einer Enzyklopädie in der Bibliothek, in der Colesceau nachgesehen hatte, war die Matamata eine »groteske« Flussschildkröte aus Südamerika, die ihre Beute fing, indem sie ihren gewaltigen Unterkiefer weit öffnete und die unvorsichtigen Tiere einfach zusammen mit dem Wasser in ihren Schlund sog. Er hatte sie gebeten, ihn nicht länger so zu nennen, und sie hatte ihm den Gefallen getan.

»Wie ist deine Befragung gelaufen?«

»Sehr gut.«

»Sie haben nichts gefunden, womit sie dich bei deinen Nachbarn anschwärzen können, oder?«

»Ich glaube nicht.«

»Tja«, sagte sie und legte ihre Hand wieder auf seine Schulter, »ich hoffe, du hast Recht. Man hat es schon schwer genug in diesem Leben, auch ohne dass die Cops überall, wo man hinkommt, einen Sturm im Wasserglas heraufbeschwören.«

Er fragte sich, ob diese Wassermetapher eine Anspielung auf die groteske Matamata war, denn bei Lydia konnte man sich nie sicher sein. »Ich hoffe jedenfalls das Beste.«

»Du bist ein Optimist. Ich bewundere das. Du bist ein Einzelgänger und der Einzige hier, der nicht ständig herumjammert.«

»Sie tun das auch nicht.«

Sie rollte mit den Augen und schüttelte den Kopf. »Ich kann mich mit meiner Meinung zurückhalten.«

Lydia konnte zerstreut und umständlich sein, dann wieder direkt und neugierig, alles in einer Minute. Aber sie hatte nie jemanden hintergangen – weder ihren Ehemann noch Garry, zumindest hatte Colesceau sie nie dabei erwischt. Sie hatte diese Art an sich, einem zu verstehen zu geben, dass man ihr vertrauen konnte, einen denken zu lassen, dass sie irgendwie mit einem unter einer Decke steckte.

Lydia stand jetzt neben ihm. Da er auf dem Hocker saß, hatten sie dieselbe Größe. Ihre Brüste waren schwer und lugten etwas aus dem Top, das sie immer trug. Manchmal berührte sie mit ihnen seinen Rücken, oder sie fuhr mit den Fingern über das Klebeband, das er um seinen Körper trug, kratzte daran, als ob es sie ebenso juckte wie ihn.

Vor Monaten hatte sie ihn dazu gebracht, zuzugeben, dass er das Klebeband trug, um seine knospenden Brüste flach zu drücken. Dass er Toilettenpapier über seine Brustwarzen gelegt hatte, damit sie nicht schmerzten, wenn er das Klebeband abriss.

Er hatte sich unsäglich aufgeregt – über ihren Mangel an Feingefühl, über sich selbst, weil er es zugegeben hatte, und über Holtz und Pratt, weil sie elende Tratschtanten waren, und zu seiner Überraschung hatte Lydia nie wieder von dem Klebeband oder seinen Brüsten gesprochen. Mit Ausnahme des leichten Kratzens, das sie jedes Mal durchführte, wenn ihre Hand auf seinem Körper ruhte.

»Du lässt es mich und Pratt doch wissen, wenn wir für dich aussagen sollen oder so was«, meinte sie.

Sie nannte ihren Ehemann immer beim Nachnamen, nie beim Vornamen, der Marvis lautete. Sie wollte immer helfen. Als ob ein Mechaniker/Ex-Autodieb/Biersäufer und seine Frau einen vor dem Bewährungskomitee gut aussehen lassen, dachte Colesceau. Sie war dünn und hatte lange dunkle Haare, durch die ihre Ohren lugten, und eine kleine Nase, die mehr nach oben als nach vorn ragte.

»Ja.«

»Was haben wir heute verdient, Matty?«

Er teilte es ihr mit. Es überraschte ihn, dass *Pratt Automobile* es fertig brachte, fast zweitausend Dollar pro Woche zu machen, obwohl es ein verdreckter, abgelegener Laden war, dessen Lager immer halb leer standen. Sie erfüllten spezielle Kundenwünsche, was Marvis und Garry im hinteren Teil erledigten. Damit verdienten sie noch mehr Geld, von dem Colesceau nie auch nur einen Dollar zu Gesicht bekam. Es wanderte eine Menge Bargeld über den Tresen. Man hatte ihm von Anfang an gesagt, dass die Firma eigentlich zwei Geschäftszweige umfasste: den Laden und die speziellen Kundenwünsche. Colesceau sollte sich um den Laden kümmern. Ausschließlich. Er wusste, dass Pratt und Al Holtz sich gut kannten, darum hatte Pratt ihm den Job hier überhaupt nur angeboten. Außerdem kannte Pratt sich mit vielen maßangefertigten Wagen und Motorrädern aus. Colesceau fragte sich, ob zu Pratts Deal mit Holtz auch ein gelegentlicher Gesetzesübertritt gehörte.

»Warum machst du nicht Feierabend«, schlug Lydia vor. »Ich bringe die Geldtüte zur Bank.«

Colesceau überraschte diese Ankündigung nicht, denn obwohl ihm tagsüber das Bargeld und die Schecks anvertraut wurden, bat man ihn nie, das Geld einzuzahlen. Er nahm an, dass es eine heimliche Abmachung zwischen seinem Bewährungshelfer und seinem Boss gab. Colesceau amüsierte es schon lange nicht mehr, dass Holtz zwar Vertrauen einforderte, aber seinerseits niemandem traute.

Er dankte Lydia und ging nach hinten, um sich von seinem Boss zu verabschieden. Pratt stand mit verschränkten Armen in seiner Werkstatt, die sich hinter dem Büro befand, und betrachtete den funkelnden gelben Cobra mit der schwarzen Motorhaube, dem verchromten Überrollbügel und Verteilerkopf. Es war ein 80 000-Dollar-Wagen, hatte Colesceau gehört. 450 Pferdestärken, Höchstgeschwindigkeit fast 180 Meilen pro Stunde. Man musste sich in Nevada eine Zulassung für den Wagen besorgen, weil seine Aufmachung in Kalifornien gegen das Gesetz verstieß. Colesceau stellte sich vor, wie er selbst hinter dem Lenkrad saß, mit seiner Geliebten an seiner Seite, wie sie mit Höchstgeschwindigkeit durch die gesetzlose amerikanische Wüste bretterten und die Welt hinter sich ließen. Garry kam mit zwei weiteren Bierdosen vom Kühlschrank. *Tscht. Tscht.*

»Nächste Woche machen wir mal eine für dich auf«, sagte Pratt.

»Ich habe seit sieben Jahren keinen Alkohol mehr getrunken.«

»Das ist doch nächste Woche alles vorbei, oder nicht?«, fragte Garry, obwohl Colesceau wusste, dass er die Antwort bereits kannte. Garry war ein Mann, der so tat, als wäre er dämlich. Er glaubte, dass man ihm dann alles Mögliche erzählte. Aber Colesceau kannte ihn lange genug, um zu wissen, dass Garry so flink und eigennützig war wie ein Straßenköter.

»Ja, nächste Woche.«

»Auf dich, mein Freund.«

Garry prostete Colesceau zu und nahm einen Schluck.

»504 Dollar waren es heute, Mr Pratt. Und die Ford-Vertretung sagt, das EGR-Modul für den Bronco wird morgen Vormittag geliefert.«

»Danke, Mann.«

Als er wieder vorn im Laden war, sah er, dass Lydia nach draußen gegangen war und rauchte. Trotz des intensiven Geruchs von Metall, Motoröl und Lösungsmitteln hatte Marvis Pratt seiner Frau verboten, in der Werkstatt zu rauchen. Sie hatte einen gusseisernen Gartentisch und zwei Stühle hinausgestellt – ihr Raucherrevier. Pratt hatte einen alten Kolben als Aschenbecher zur Verfügung gestellt, aber der Kolben war voll. Deshalb lagen zahllose ausgedrückte Kippen am Boden.

Colesceau suchte unter der Theke nach seiner Lunchbox, aber dann fiel ihm ein, dass er sie hinten vergessen hatte. Er ging durch den kurzen Flur, der den Laden mit der Werkstatt verband, als er mitbekam, wie Garry etwas über seine Titten sagte, dann ein leises, gemeines Kichern aus zwei Kehlen.

Colesceau tat so, als hätte er nichts gehört, nahm seine Lunchbox vom Tresen, über dem Poster von schönen Frauen hingen, die nur ein Bikinihöschen trugen. Heute hatte er seine Lunchbox unter einer Brünetten mit einem herrlichen Lächeln abgestellt. Sein Herz pochte heftig, und er spürte, wie es gegen das Klebeband schlug. Es herrschte eine schwere, unbeholfene Stille, als er den Männern zunickte und ging.

Colesceau blieb mit dem Wagen auf seiner Auffahrt zu Meadowlark Nr. 12 in der Quail-Creek-Wohnanlage stehen und öffnete mit der Fernbedienung sein Garagentor. Der verblasste, kleine Pick-up tuckerte im Leerlauf vor sich hin, während Colesceau wartete. Einen Augenblick später war er in der kühlen Garage und das Tor schloss sich.

Wie immer war seine Wohnung nur schwach beleuchtet. Colesceau schaltete keine Lampe ein und zog auch die Vorhänge nicht auf. Er war ein blasser Mann, der es gern dunkel und feucht hatte.

Der kalifornische Sonnenschein ließ so etwas jedoch selten zu und entriss einem seine Geheimnisse: Man denke nur an das, was diese Menschen ihm gestern angetan hatten. *Was ist mit Ihrer Libido ... Erektion und Ejakulation ... körperliche, sexuelle Erregung ... mit einer Colaflasche oder der Faust auf sie losgehen?*

Erstaunlich, dachte er, was die Regierungsvertreter einem alles antaten. Demütigung. Kontrolle. Chemische Kastration.

Auch nicht besser als die Staatspolizei, die seinen Vater hingerichtet hatte, ehrlich nicht, einfach nur andere Methoden, ein langsameres Tempo der Vernichtung. Und bislang keine Hunde.

Als er am Buchregal vorbeikam, warf er einen Blick auf die unzähligen ausgeblasenen Eier, die Schätze seiner Mutter. Die meisten von ihnen waren in Pastellfarben bemalt – babyblau und rosa und hellgelb. Kranke, infantile Farbtöne, dachte er. Diejenigen mit kleinen Röckchen aus Spitze und Tüll waren mit Abstand die schlimmsten. Unter den Händen seiner Mutter war das Bemalen von Eiern keine edle rumänische Volkskunst mehr, sondern wurde zu einer abstoßenden Zurschaustellung eines inneren Ungleichgewichts, über das Colesceau nicht nachdenken wollte.

Er blieb bei den Eiern jedoch nicht stehen, weil er wusste, dass ein 26-jähriger Mann über Wichtigeres nachdenken musste als über seine Mutter. Nicht zum ersten Mal wünschte er sich, dass sie weiter entfernt wohnen würde. Die Vorstellung, dass sie bei ihm einziehen könnte, war bedrückend.

Colesceau ging in die Küche. Er wusste genau, wenn die Polizei ihn verriet, würden sich die Nachbarn zusammenrotten, um ihn zu vertreiben, und dann würde seine Mutter einziehen, um ihn zu beschützen. Das wäre ihre Pflicht. Sie würde kämpfen wie eine Bulldogge. Er erschauderte und spürte, wie sich das Klebeband um seine Brüste spannte. Gott sei Dank hatte er vorausgeplant, die möglichen Entwicklungen erkannt, Vorkehrungen getroffen.

Nach dem Abendessen und zwei weiteren Drinks wählte Colesceau die Büronummer von Al Holtz. Er wusste, der fette Bewährungshelfer würde schon zu Hause sein. Er wollte sein Gnadengesuch in einer kurzen Nachricht auf dessen Anrufbeantworter im Büro zusammenfassen. Colesceau sparte sich immer gern ein wenig der Formalität der Alten Welt für die Gesetzeshüter auf:

»Ja, hallo, Mr Holtz, hier spricht Matamoros Colesceau. Moros. Ich wollte mich bei Ihnen für das gestrige Gespräch bedanken. Nächste Woche geht meine Bewährungszeit zu Ende. Ich hoffe, dass Sie mir erlauben werden, meine Privatsphäre zu wahren und mein Leben hier in Meadowlark fortzusetzen. Ich werde weiterhin meinen Verpflichtungen nachkommen, wie ich es in der Vergangenheit getan habe. Ich werde nie mehr einem Menschen etwas zuleide tun. Vielen Dank. Ich freue mich schon auf das Gespräch mit Ihnen. Auf Wiederhören.«

Kaum hatte Colesceau eingehängt, grübelte er auch schon über Frauen und seine sexuellen Fähigkeiten nach und er spürte ein Aufwallen von Verlangen in seiner Hose. Es war nicht leicht für ihn, dass ihm immer, wenn er an Sex dachte, seine Kastration einfiel, aber beides hing miteinander zusammen, und so tauchten sie stets zusammen auf, wie Zwillinge, einer schön und einer hässlich. *Kastration.* Das Wort jagte einen Schauder durch sein Nervensystem. Es war eines der wenigen Worte, das diese Macht besaß.

Colesceau hatte sich viel mit chemischer Kastration beschäftigt. Er hielt sich sogar für einen Detektiv, der loszog und bestimmte Dinge herausfand. *Depo-Provera* war der Markenname für Medroxyprogesteronacetat, eine synthetische Form des weiblichen Hormons Progesteron. Injizierte man es einem Mann, unterdrückte es dessen Testosteronausschüttung, aber es wirkte bei jedem unterschiedlich. Bei einigen eliminierte es den Sexualtrieb fast völlig, bei anderen verringerte es ihn und bei wieder anderen schien es kaum eine beziehungsweise gar keine Wirkung zu geben. Die Rückfallquote lag zwischen drei und acht Prozent, je nachdem, wem man glaubte. Das Medikament führte zu einer Ausbildung von Brüsten, zu Haarausfall und zu einem allgemeinen Verlust an Energie und Kraft.

Nur ein Teil davon hatte in der Einverständniserklärung des kalifornischen Gesundheitsministeriums Erwähnung gefunden, die von dem Vertreter des Atascadero-Gefängniskrankenhauses für geisteskranke Straftäter und dem eingelieferten Patienten Matamoros Colesceau unterschrieben worden war.

Seit sie ihn vor drei Jahren entlassen hatten, spritzten sie ihm dieses Zeug jede Woche am Ende seiner Therapiestunde.

Was für ein merkwürdiges Gefühl, dazusitzen und zuzusehen, wie die dunkelhäutige Krankenschwester die Nadel in seinen Arm stieß und über Sport oder das Wetter plauderte, während sie das Zeug injizierte: all das, um Matamoros die wilde Wut zu nehmen, die so vielen Frauen Schmerz und ihm solches Vergnügen bereitet hatte.

Er hatte herausgefunden, dass die Leute, die ihm dieses Medikament verabreichten, gar nicht genau wussten, was es mit ihm anstellen würde. Darum hatte man eine besondere Abmachung getroffen, als er sich entschloss, an dem Programm teilzunehmen: eine vorzeitige Entlassung aus Atascadero und Bewährungsauflagen, die für einen zweifach verurteilten, gewalttätigen Sexualstraftäter ziemlich milde waren. Die Privilegien einer Laborratte, hatte er gedacht.

Aber der eigentliche Grund, warum er chemisch kastriert wurde, war der, dass es in den Nervenheilanstalten keinen Platz mehr gab, dass er seine Gefängnisstrafe abgesessen hatte und dass er – entsprechend der derzeitigen Budgetkürzungspolitik – »in die Gesellschaft reintegriert« werden sollte. Also hatten sie ihn vor die Wahl gestellt: entweder chemische oder operative Kastration. Die chemische war vorübergehend, die andere von Dauer.

Das war echt lustig. Für welche Möglichkeit sollte man sich entscheiden?

Es war aber auch ausgesprochen ärgerlich.

Im oberen Gästeschlafzimmer zog er sein Hemd aus. Er hasste es, dass das silberne Klebeband rote Abdrücke auf seinem Rumpf hinterließ. Er hasste es, dass es an den Rändern nach nur wenigen Minuten glitschig wurde – Schweiß und Klebstoff rannen an seinen Rippen entlang. Er hasste den Geruch. Er hatte es sogar einmal mit einem Korsett versucht, aber dadurch hatte er sich nur noch weiblicher gefühlt.

Was er jedoch am meisten hasste, war, dass seine Brüste nach nur sechs Monaten Einnahme von *Depo-Provera* vorstanden und er eine zartere Haut bekam. Dagegen ließ sich nicht viel tun, aber er *konnte* etwas gegen seine Titten unternehmen.

Dreimal rund um den Oberkörper. Unter seinen Hemden ließ sich nichts erkennen, da war er sich ziemlich sicher.

Aber er selbst konnte es leider sehen, vor allem jetzt, als er das Klebeband abriss und zuschaute, wie seine Haut sich erst vorwölbte und dann gerötet auf seinen Brustkorb zurückschnellte. Als das Toilettenpapier zu Boden fiel, wackelten sich seine Jungmädchenbrüste frei. Er wusste, dass etwas mit ihm nicht stimmte – genauer gesagt, ganz und gar nicht stimmte.

Er betrachtete sich und dachte daran, was das Medikament mit ihm angestellt hatte, und das machte ihn noch wütender, als er ohnehin schon war.

Colesceau hatte noch etwas über *Depo-Provera* als Kastrationsmittel gelernt. Es mochte in 100 Prozent der Fälle 92-prozentig wirken oder 100-prozentig in 92 Prozent der Fälle. Aber das tat es nicht immer. Denn manchmal, wenn auch nicht oft, schlossen sich seine Wut und seine Wollust wie in den alten Tagen zusammen. Alle paar Monate kam das vor.

Manchmal dauerte es nur zehn Sekunden. Manchmal ein paar Minuten. Nicht wie früher, als es sich stundenlang auf einem hohen Niveau halten konnte und er nur wenig Ruhe gebraucht hatte.

Aber das war schon in Ordnung, denn am Mittwoch würde er diese Hölle auf Erden hinter sich haben und sich zum nächsten Ziel aufmachen, was immer das auch sein mochte.

9

Merci konnte die Hunde in der Ferne kläffen hören, tief im Dickicht entlang des Ortega. Sie stellte sich vor, wie Mike McNally ihnen hinterherjagte, wie ein verzweifelter Jockey, der drei Pferde gleichzeitig reiten musste.

Nach dem Bellen der Hunde zu urteilen, waren sie ungefähr eine halbe Meile vom Kane-Fundort entfernt.

Sie blickte auf das Loch im Boden, das Hess ausgehoben hatte. Sie stellte sich vor, dass Janet Kane von dem Ast der Eiche baumelte, wie Hess es beschrieben hatte.

Wie konnte er dieses Bild vor seinem geistigen Auge entstehen lassen, *bevor* er die Einkerbungen am Ast entdeckt hatte? Das wollte sie herausfinden, um zu lernen, selbst solche Visionen heraufzubeschwören.

Merci brauchte ein paar Minuten, bis sie so stand, dass sie einen guten Blick auf den Ast hatte, wäre allerdings dabei beinahe hinuntergefallen. Aber sie fand das, wovon der alte Mann gesprochen hatte: die flache Kerbe, die sich durch die Rinde in das Holz des Baumes gedrückt hatte, verursacht von einem Seil – oder vielleicht einer Kette. Sie hatte seit der Polizeiakademie keinen Klimmzug mehr gemacht.

Merci hatte auch vergessen, wie anstrengend es war, mit einer Handsäge zu arbeiten. Auf Zehenspitzen stehend, durchsägte sie den ersten Ast und merkte, dass sie wahrscheinlich das falsche Werkzeug mitgebracht hatte. War dieses Ding mit dem großen flachen Sägeblatt nicht für Sperrholzbretter gedacht? Es hatte sie 18 Dollar im Eisenwarenladen gekostet – noch eine Ausgabe, die die Abteilung nicht übernehmen würde. Da war bereits das Faxgerät im Auto. Und die gute kugelsichere Weste. Und das »italienische« Stilett, hergestellt in China, das sie in ihrer Handtasche mit sich herumtrug. Und die unzähligen Eintrittsgelder für Tauschbörsen, die sie samstag- und sonntagmorgens besuchte, wenn sie nach Sonderangeboten und gestohlenen Waren suchte, anstatt das zu entwickeln, was ihre Freundin Joan Cash ein interessantes Privatleben genannt hätte.

Die neue Säge schien mit jeder mühsamen Bewegung ihres Armes ungefähr ein Tausendstel eines Zentimeters tiefer in das Holz einzudringen. Fünf Minuten später lag ihre Jacke am Boden, in den hochgerollten Hemdsärmeln sammelten sich Sägespäne, ihre Haare klebten ihr am Gesicht und sie hatte noch nicht einmal die Hälfte geschafft.

Als der Ast knackte und splitterte und schließlich zu Boden krachte, kam Merci der Gedanke, dass sie jetzt kaum noch in der Lage sein würde, den Griff der Heckler & Koch zu umfassen, ganz zu schweigen davon, auf fünfzehn Meter Entfernung in weniger als zehn Sekunden eine Salve auf ein Ziel treffsicher abzugeben.

Sie schaute auf den Ast hinunter. Verärgert erkannte sie, dass sie den ersten Schnitt zu nah am Stamm angesetzt hatte anstatt am Ende des Astes. Jetzt musste sie herunterklettern und versuchen, den Ast mit einer Hand festzuhalten oder auf dem verdammten Ding zu stehen, während sie das schmale Teilstück absägte, das sie brauchte. Es sei denn, sie würde den ganzen sechs Meter langen Ast mit ins Labor nehmen.

Hättest du nur auf Hess gehört, du dummes Ding!

Solche Sachen – kleine Sachen wie diese – führten Merci ihren wahren Charakter vor Augen. *Deine Dummheit könnte ganze Bände füllen.* Sie wünschte, sie könnte sich ändern, sich völlig neu erfinden, ihren IQ, ihr Aussehen, ihre Stimme, ihren Namen. Ihr einziger Trost war in diesem Moment, dass niemand – besonders nicht der neunmalkluge Arsch McNally oder der alte Sack Hess oder ihr kritischer Vater – hier war, um diesen Akt *völliger, absoluter und umfassender Dummheit* zu beobachten.

»Du wirst noch dümmere Sachen in deinem Leben machen«, murmelte sie. »Wenn du Glück hast.«

Sie sprang vom Baum und ihre Uniformstiefel sanken in die federnde Schicht aus Blättern.

In diesem Moment verfing sich das Sonnenlicht in etwas, was vor ihr lag. Sie trat einen Schritt vor, beugte sich hinunter und entdeckte eine funkelnde Scheibe, die offenbar unten im Laub gelegen hatte und nun durch das Herunterfallen ihres abgebrochenen, schlecht abgesägten Astes hervorgerutscht war.

Die Scheibe lehnte jetzt am Ast, als ob sie dort abgelegt worden wäre. Eigentlich war sie nichts Besonderes. Nur ein Einmachglasdeckel aus Metall, hergestellt aus einer üblichen Legierung, goldgefärbt, die Art mit einem roten Dichtungsring aus Gummi.

Zum Einmachen. Aufbewahren. Lange lagern.

Verloren in den Eichenblättern, gefunden durch Dummheit.

Merci ging in die Knie und beugte sich über den Deckel wie ein Entomologe über einen Käfer. Sie schob ihre Haare hinter die Ohren. Die trockenen Eichenblätter bohrten sich in ihre Knie und Unterarme. Das Metall war noch nicht oxidiert, der Gummiring zeigte noch keine Risse.

Der Anblick dieses Gegenstands jagte ihr einen Schauer über den Rücken, denn für Merci war es das beste Gefühl der Welt, wenn sie Beweismaterial fand, das sich vor Gericht verwenden ließ. Meist konnte man viel damit beweisen – zum Beispiel sich selbst etwas. Dieser Gegenstand hier ließ sie wissen, dass sie gut war, Glück hatte und sich gut vorbereitet hatte. Er zeigte ihr, dass sie doch nicht so dumm war.

Sie holte ihre Jacke und zog eine Papiertüte heraus. Dann kniete sie sich hin und bugsierte den Deckel mit ihrem Stift in die Tüte.

Merci arbeitete sich konzentrisch vom Ast aus weiter, die Tüte in der Hand, trat auf dorniges Gestrüpp, Erde und steife Wurzeln.

Ameisen. Eicheln. Eine dünne Schicht Mulch. Hornissen summten in der Nähe, und die Sonne stand so niedrig, dass sie durch die Eichenzweige schien und den Boden mit Tupfen aus Licht und Schatten sprenkelte. Merci wartete darauf, dass ihr Zeh auf etwas Hartes, aber Hohles stieß, dass ein Sonnenstrahl von Glas reflektiert wurde und sie blendete.

Aber sie fand das Einmachglas nicht, zu dem der Deckel gehörte, und damit hatte sie auch nicht wirklich gerechnet. Man konnte bei Nacht, unter Druck, in Eile zwischen den

Blättern einen Deckel verlieren, aber kein ganzes Glas. Doch was genau steckte man überhaupt in so ein Glas? Im Wald? Während eine schöne junge Frau tot (und nackt?) an einem Baum hing und ihr Blut den Hügel hinabfloss, als wären irgendwo irgendwelche Schleusen geöffnet worden.

Merci hatte Janet Kanes Hals von Ohr zu Ohr aufgeschnitten vor sich gesehen, als Hess ihr erklärt hatte, was man unter Ausbluten verstand. Jetzt wurde ihr beinahe schlecht und das ärgerte sie. Außerdem machte es ihr Angst, sich in der Nähe von der Stelle aufzuhalten, an der er gewesen war. Wo er seine Tat verübt hatte. Weil sie zu den Menschen zählte – sie dachte jetzt nur an ihr Erscheinungsbild –, die er zusammenschnüren und an einen Baum hängen würde, genau wie Janet Kane. Wenn er könnte.

Einer der vielen Vorteile einer Neunmillimeter und einer doppelläufigen Derringer Kaliber .40 und einem italienischen Stilett in der Handtasche, dachte sie. Solange man die Nerven behielt und die Geschicklichkeit besaß, sie auch einzusetzen.

Man konnte diese Dinge lernen – die Geschicklichkeit noch eher als die Nerven zu behalten – und sie hatte sie sich angeeignet.

Dennoch würde sie einfach so in ihr Auto steigen wie jeder andere Mensch auch …

Sie würde nicht auf den Rücksitz schauen, auch nicht in den Fußraum hinter ihrem Sitz. Sie würde ihre Hand nicht in der Nähe der Heckler & Koch haben – höchstwahrscheinlich würde sie ihren Schlüssel in ihrer rechten Hand halten. *Überprüfen, ob Kane oder Jillson Rechts- oder Linkshänderinnen waren.* Sie würde die Handtasche von der Schulter nehmen und sie auf den Beifahrersitz legen. Also wären auch die Derringer und das Messer nutzlos. Vielleicht würde sie sogar kurz in den Rückspiegel schauen, um ihr Aussehen zu überprüfen – nicht dass sie das üblicherweise machte, aber viele Frauen taten es: Merci hatte es gesehen. Und ja, um ehrlich zu sein, sie selbst hatte es auch schon mehr als einmal getan.

Und dann? Wie überwältigte er die Frauen? Drückte er ihnen die Luft ab? Presste er ihnen eine Waffe an den Kopf? Verwendete er irgendwelche Drogen oder einen Elektroschocker?

Ein kalter Schauder lief ihr über die Kopfhaut, als sie darüber nachdachte, wie leicht er seine Opfer überwältigt hatte. Sie stand jetzt unter dem Baum und sah zu den sonnenbeschienenen Ästen hoch. Sie erkannte, dass der Ausweider der beiden Frauen gar nichts mit dem Einmachglasdeckel zu tun haben musste.

Aber falls er ihn verloren hatte, dann hätte er seine Fingerabdrücke vorher nicht abgewischt, oder?

Um Fingerabdrücke beten.

Betend sägte sich Merci Rayborn die nächsten zehn Minuten das Herz aus dem Leib. Fertig. Es dauerte weitere zwanzig Minuten, bis sie am Jillson-Fundort war, auf den Baum kletterte und die beiden Schnitte tätigte – *der äußere Schnitt zuerst* – und anschließend die Äste in ihren Kofferraum legte. Sie prüfte die Einkerbungen mit einem Vergrößerungsglas. Es waren orangefarbene und schwarze Fasern zu erkennen, die an der Rinde und dem Mark hingen. Sie klebte ein Stück Zeitung über die Kerben. Gilliam, dachte sie, ich bringe dir den Speck und du wirst ihn braten.

Die Sonne war schon fast hinter den Bergen verschwunden und das Abendrot schimmerte kalt und rosa auf dem Wasser. Merci stand am Ufer der Lagune und beobachtete die aufsteigenden Bläschen, die den langsamen Weg der Taucher über den Grund markierten. Einer nach dem anderen tauchte auf der anderen Seite der Lagune auf und kämpfte sich durch das Schilf ans schlammige Ufer. Sie winkten ihr in ihren Taucheranzügen zu und schüttelten, auf ihren Flossen schwankend, die Köpfe.

Merci hörte einen von ihnen sprechen, seine Stimme hallte über das Wasser: *Sorry, Sergeant, wir haben nur Schlamm gefunden! Wir sind total verschlammt! Verdammter Schlamm überall! Und verdammte Moskitolarven!*

Sie brüllte zurück: *He, Sie haben es verdammt nochmal wenigstens versucht!*

Merci sah zu, wie einer von ihnen von seinen Kumpels ins Wasser gestoßen wurde, sich dann hochkämpfte und einen anderen hineinzog. Ihr Lachen und ihre Flüche schienen über die Wasseroberfläche zu ihr herüberzuschwappen, und sie fragte sich, warum sich Männer so leicht miteinander anfreunden konnten, wohingegen sie den meisten Frauen misstrauten und dennoch mit ihnen Sex haben wollten.

Ich verstehe euch einfach nicht, Jungs. Aber manchmal scheint ihr viel Spaß zu haben.

Sie winkte zurück und ging zur unbefestigten Straße. Auf halbem Weg zu ihrem Wagen sah sie Mike McNally, der mit einer Tüte in der Hand auf sie zugetrottet kam, umringt von seinen Hundeführern, deren Hunde sich mit der Schnauze durch den Staub wühlten. Einen Augenblick lang hoffte sie, dass McNally nichts Wichtiges gefunden hatte, damit sie ihm nicht danken und auch nicht beeindruckt tun müsste. Dann hoffte sie, er hätte den abgetrennten Penis und die Hoden des Handtaschendiebes gefunden und sie in seiner *Food for Less*-Tüte verstaut.

Merci schloss sich dem Tross um die Hundeführer an, denn es war klar, dass diese Armee müder Männer und hechelnder Hunde nicht einfach stehen bleiben würde, obwohl Merci einen höheren Rang als alle anderen hatte, mit Ausnahme von McNally, der ihr gleichgestellt war. Er war groß, hatte einen ausgeprägten Kiefer und das schlichte, gute Aussehen eines Surfers, ohne deren einfaltspinselige Coolness.

»Genau wie letztes Mal«, sagte er.

»Wir mussten es überprüfen«, meinte sie.

»Drei Witterungsstellen – die beiden Fundorte und die

Stelle an der Straße, wo die Hunde die Spur verloren haben. Da stand sein Wagen. Es muss so gewesen sein.«

Merci wusste, dass der Handtaschendieb sich nicht so viel Mühe machen würde, um dann seine Opfer in flachen Gräbern zu verscharren. Es brauchte keinen Hess, um sie davon zu überzeugen.

»Ich wünschte, die Hunde könnten die Fährte eines Autos auf Befehl aufnehmen.«

Sie wollte ihn mit der Äußerung nicht verletzen, Merci Rayborns Stimme klang einfach so barsch. Die Geschichte ihrer Versuche, locker und komisch zu sein ...

Sie sah die Wut in seinem Gesicht. »Das können sie. Aber hier ist es zu gottverdammt staubig dazu.«

Im letzten Jahr hatte McNally bei einer Zeugenaussage erklärt, dass einer seiner Hunde die Fährte eines Kindes aufgenommen hatte, das in einem Park entführt, mit einem Wagen an einen anderen Ort gebracht, missbraucht und dann freigelassen worden war. McNallys Hund war dem Auto zweieinhalb Meilen gefolgt. Wie sich herausstellte, hatte der Hund die richtige Fährte verfolgt, aber der Verteidiger hatte McNally vor Gericht fertig gemacht, weil er nicht erklären konnte, *wie* der Hund das *genau* bewerkstelligt hatte. Sie hatten den Perversen dennoch eingebuchtet, aber McNally hatte sich geschämt und war verbittert gewesen. Er eignete sich nicht besonders als Zeuge, denn Mike konnte mit Menschen nicht gut umgehen, nur mit Hunden.

Einen Monat später hatte ein Richter Beweise verworfen, die McNally mit Hilfe seiner »Duft-Box« erhalten hatte, einem Hilfsmittel, das von einem seiner Hundetrainer erfunden worden war. Sie hatten die Box verwendet, um den Geruch eines Verdächtigen von einem Hemd abzunehmen, das drei Jahre lang in einem Kühlschrank gelegen hatte. Der Hund hatte die Spur direkt bis zu dem Mordverdächtigen verfolgt und die Geschworenen hatten das auch geglaubt – ob mit Erklärung oder ohne. Aber dieses Mal war es der

Richter gewesen, der McNally und seine Hunde ausgehebelt hatte.

All das zu einer Zeit, als Mike versuchte, für seine Spürhunde ein größeres Budget zu bekommen – ein Programm, das er neben seinen üblichen Pflichten bei der Sitte leitete. Zwei spektakuläre Verurteilungen hätten geholfen, aber es war zu keiner einzigen gekommen.

Merci dachte, dass er darüber hinweg war, aber sie hätte wissen müssen, dass McNally nicht dazu neigte, so etwas leicht wegzustecken – wenn überhaupt. Er war gleichzeitig dickköpfig und einfühlsam und besaß ein gewaltiges, aber zerbrechliches Ego, was für einen Mann typisch war, wie Merci herausgefunden hatte. Auch er arbeitete in zweiter Generation als Deputy, und Merci fragte sich, wie viel von Mikes Energie daher rührte, dass er versuchte, seinen Vater zu übertrumpfen.

»Danke, Mike.«

»Gern geschehen, Sergeant.«

»Was ist in der Tüte?«

Ohne sein Tempo zu verlangsamen, öffnete er die Tüte und hielt sie ihr hin. Eine kleine braun-weiß geringelte Schlange lag auf dem Boden der Tüte und wackelte im Takt von McNallys Schritten.

»Für Danny.«

»Er wird begeistert sein, Mike.«

»Er wird wahrscheinlich Angst vor ihr haben.«

Danny war McNallys fünfjähriger Sohn. Er war dickköpfig, aber sensibel und nahm alles ungeheuer ernst. Sie hatte ihn insgeheim immer gemocht. Auf dieselbe Weise, wie man ein niedliches kleines Haustier mochte oder einen unglaublich wertvollen Oldtimer. Ihn zu mögen war nicht das Problem. Aber wie zeigte man es? Wie berührte man etwas, was so klein, zerbrechlich und absolut unbezahlbar war? Was sagte man?

Das Kind hatte sie vollkommen abgelehnt, was sie verstand, aber es machte die Sache nicht leichter. Du bist nicht meine Mutter, du bist nicht meine Mutter, *du bist nicht meine Mutter*!

Ja, *ja, ja.*

Einige Monate später hatte sie aufgehört, mit Mike zu schlafen, aber es hätte ihr nichts ausgemacht, ihn weiterhin zu treffen. Sie hatte die Sache einfach langsamer angehen, ein wenig mehr Abstand haben wollen. Doch er meinte, entweder ganz oder gar nicht. Die Entscheidung lag bei ihm, und sie hatte gewusst, wie sie ausfallen würde. Sie hatte schon früher aus einem Pflichtgefühl heraus mit einem Mann geschlafen, aber das war im College gewesen, als Beziehungen noch einfacher und weniger dauerhaft gewesen waren. Sie hatte einen Freund verloren und nichts gewonnen.

Mike hatte sich gemein verhalten. Irgendein wütendes Gestammel darüber, dass sie ein Kontrollfreak sei und sich nicht fallen lassen könne. Es hatte sie nicht wirklich überrascht – so war er eben. Dann hatte sie zufällig eines Tages in der Cafeteria die Sticheleien der männlichen Kollegen gehört, was sie sehr mitgenommen hatte. Sie hatte nicht angenommen, so verletzlich zu sein. Es hatte sie total verblüfft, dass man so über sie dachte. Aber sie hatte sowieso eine vorgefasste Meinung über Männer, die ihrer angeborenen Grausamkeit nachgaben, die sie eigentlich in der High School schon hätten ablegen sollen.

Also hatte sie einen Waffenstillstand angestrebt, aber ohne sichtbaren Erfolg. Jetzt war ihr schon lange kein neuer Klatsch über sie zu Ohren gekommen, vielleicht gab es doch einen Erfolg. Er hatte einmal mit ihr darüber geredet, irgendetwas über die Demütigung, vor den Leuten, mit denen er zusammenarbeitete, wie ein heißes Streichholz fallen gelassen zu werden, irgendetwas darüber, dass sie ihn am ausgestreckten Arm verhungern ließ, dass man Leute so behandeln sollte, wie man selbst behandelt werden möchte. Und unglaublich, aber wahr, auch etwas darüber, dass sie das Herz des kleinen Danny gebrochen hätte. Es war ein übler Streit gewesen, eine dieser Auseinandersetzungen, die die Wahrheit in kleine Teile zerlegten und sie dann überall verstreuten wie explodierende Munition. Wenn man sich angeschrien hatte, war nichts erhellt oder gelöst worden, es gab keine Klarheit, nur jede Menge Granatsplitter im Gesicht.

Und jetzt Kemp. Sie würde Kemp entweder überleben oder nicht. Aber diesen Gedanken verdrängte sie.

»Was ist in deiner Tüte?«, wollte er wissen.

Sie zeigte ihm den Deckel und erklärte, wie sie ihn gefunden hatte. Er nickte, sagte aber nichts.

Merci drehte sich zu Daisy, einer hundert Pfund schweren Hündin, ihrem Liebling. Die schwere Dame trottete neben ihren Kolleginnen her, die Ohren hochgestellt, mit heraushängender Zunge, Hängebacken und tropfendem Speichel.

Merci wusste sehr wohl, dass sie jetzt nicht versuchen durfte, sie zu streicheln – Spürhunde waren immer reizbar, besonders jedoch, wenn sie müde wurden.

Mikes Kohorte fiel zurück, um einen Falken zu beobachten, der auf einer riesigen Platane ein Kaninchen verspeiste.

»Ich habe gehört, Hess ist jetzt dein neuer Partner.«

»Bis mir ein ständiger Partner zugewiesen wird.«

»Den alten Sack habe ich immer sehr gemocht. Phil Kemp hat dich nicht verdient.«

»Lass gut sein.«

»Ihr habt doch schon acht ganze Stunden zusammengearbeitet.«

»Ja, ungefähr.«

»Er wird versuchen, dich ins Bett zu kriegen. Er war, glaube ich, viermal verheiratet.«

Sie schaute ihn an und sah, dass er lächelte. Sie konnte nicht beurteilen, ob sein Lächeln ernst gemeint oder nur aufgesetzt war. Doch eines der Dinge, die sie an McNally immer gemocht hatte, war die Tatsache, dass er einen so schnellen Schritt wie sie selbst hatte und sie sich deshalb seinem Tempo nicht anpassen musste.

»Ich werde einfach seinen Herzschrittmacher ausschalten«, erwiderte sie.

»Ja, genau, zieh einfach den Stecker, wenn er sich nicht am Riemen reißt.«

Merci nickte und fühlte sich schlecht, weil sie hinter dem Rücken von Hess über ihn sprach. Außerdem war sie sich nicht sicher, ob sie auf den Scherz von Mike McNally eingehen sollte. Denn wenn er rumerzählte, dass Merci sich über den Herzschrittmacher ihres neuen Partners lustig machte, würde das ihr Verhältnis zu Hess nicht gerade verbessern. Andererseits war ein Scherz einfach nur ein Scherz, oder nicht? Hess ist erwachsen, dachte sie, war sich aber nicht sicher, ob Mike es auch war.

McNally sah sie an, dann wandte er den Blick ab. »Was hältst du davon, dass die anderen Frauen jetzt auch Klage einreichen? Momentan prasselt es aus allen vier Richtungen auf Kemp nieder.«

»Vier?«

»Tja, die Stratmeyer aus der Verwaltung hat heute Morgen mit ein paar Reportern geredet. Ich hörte, wie sie Kemp beschuldigte, sie vergewaltigt zu haben. In seinem Haus.«

»Ach herrje, das habe ich noch gar nicht mitbekommen!«

»Hässliche Sache. Ich hätte nie gedacht, dass Kemp so ein großes Arschloch ist.«

Merci behielt ihr rasches Tempo bei. Sie schüttelte den Kopf und spürte, wie sich ihr ein Ring um die Brust legte. Sie riss sich zusammen und vertrieb das beklemmende Gefühl und die Gedanken an Kemp und Stratmeyer.

Mike schien zu ahnen, was in ihr vorging, denn er wechselte das Thema.

»Er hat also mindestens zwei Frauen hier draußen zu Tode bluten lassen. Und dann? Wie kommt es, dass nichts von ihnen übrig ist?«

»Wir glauben, dass Tiere … sauber gemacht haben.«

»Vielleicht sind die Frauen noch am Leben.«

»Falls Gilliam jemals diese Sättigungsanalyse abschließt, werden wir eine bessere Vorstellung davon haben, ob das überhaupt möglich ist.«

»Tja, hier sind sie nicht, abgesehen von diesen drei Witterungsstellen und der dazwischen verlaufenden Fährte. Was ist mit der Lagune?«

»Die Taucher sind fertig. Sie haben nichts gefunden.«

Sie gingen weiter die staubige Straße entlang. Merci hörte, wie die anderen sie einholten.

»Wir sollten uns mal über einige Dinge unterhalten, Merci.«

»Können wir das nicht einfach lassen?«

»Auch gut. Warum lässt du mich immer wieder gegen die Wand laufen?«

»Bitte hör auf, das hilft keinem von uns.«

»Klar. Sicher. Ich seh dich dann ...«

Er beschleunigte seine Schritte. Merci trat an den Rand der unbefestigten Straße und ließ die Hundeführer und ihre hechelnden Bluthunde an sich vorbeiziehen.

10

»Zuerst einmal, auf dem Einmachglasdeckel haben wir keine Fingerabdrücke gefunden. Es gibt verschmierte Abdrücke, die von Fingern in Gummi- oder Latexhandschuhen stammen, aber keine Fingerabdrücke.«

Es war am frühen Donnerstagmorgen, zwei Tage nachdem Hess die Slim-Jim-Spuren an den Wagenscheiben gefunden hatte. Er stand im Labor der Spurensicherung und spürte, wie seine Fingerspitzen brannten. Neben ihm stand Merci Rayborn, die Haare zu einem Pferdeschwanz gebunden und mit tiefen Sorgenfalten um den Mund.

James Gilliam, Leiter der Forensik, sah erst sie und dann Hess an. Auf Hess machte er einen verlegenen Eindruck.

»Also, auf der Grundlage des Umfangs der Blutspuren sowie der Sickerungsrate lässt sich sagen, dass mindestens zwei Liter Blut in den Boden geflossen sind. Ich kann allerdings nicht bestimmen, wie viel davon sich noch auf der Oberfläche verteilt hat. Es besteht also eine hohe Wahrscheinlichkeit, dass die Frau, von der dieses Blut stammt, tot ist. Angesichts der Umstände ist die Wahrscheinlichkeit sogar immens hoch. Ich glaube nicht, dass unser Opfer einen Lebensretter, einen Menschenfreund oder eine Erste-Hilfe-Schwester in seiner Nähe hatte.«

Sie betrachteten eine Bank, auf der unzählige Katzenklos aus Plastik standen sowie einige Fressnäpfe, die alle mit Erde gefüllt waren. Gilliam hatte winzige Löcher in die Behälter gebohrt, um die natürliche Porosität nachzuahmen und einen Luftaustausch zu gewährleisten, bevor er die Erde eingefüllt hatte. Die Fressnäpfe enthielten Originalerde von den Fundorten, die die Spurensicherungsbeamten ausgehoben hatten. Außerdem hatte Gilliam jede Menge älterer Blutkonserven, deren Haltbarkeit demnächst ablief, von der Blutbank der Universitätsklinik besorgt, um herauszufinden, wie sich das Blut in den einzelnen Bodenproben verteilte.

»Wir haben erfahren, was wir wissen wollten«, meinte Merci.

Hess beobachtete, wie Gilliam sie über den Rand seiner Lesebrille hinweg ansah. Der Leiter der Forensik war ein freundlicher, bedächtiger Mann, der sich Zeit ließ und niemals den Unterschied zwischen einem Wissenschaftler und einem Cop vergaß. Man brachte ihn nie dazu, etwas wahrzunehmen, was nicht da war. Er war fast einen Kopf kleiner als Merci Rayborn.

»Ich habe noch etwas herausgefunden«, sagte er. »Etwas recht Interessantes.«

Der Pulsschlag von Hess beschleunigte sich ein wenig – er wusste aus Erfahrung, dass James Gilliam mit seinem »etwas recht Interessantes« mitzuteilen pflegte, noch eine Trumpfkarte im Ärmel zu haben.

Auch Merci wusste das.

Gilliam fuhr fort: »Diese Bodenproben, die Sie mir in den Eimern gebracht haben, Tim – eine gute Idee. Nur so konnten wir den Bodenzustand am Ortega Highway exakt rekonstruieren. Aber Sie haben mir mehr mitgebracht als nur Bodenproben. Ich wette, das haben Sie nicht gewusst.«

Hess schüttelte den Kopf.

»Als Vorsichtsmaßnahme habe ich ein bisschen Erde aus jedem Eimer aufgehoben. Nachdem die Sättigungsanalysen abgeschlossen waren, fiel mir ein, dass ich diese Proben durch das Massenspektrometer laufen lassen könnte, nur mal so. Ich versuchte es zuerst mit der Probe vom Kane-Fundort und stellte hohe Mengen von einigen ungewöhnlichen Stoffen fest: Trioxan, Ameisensäure, Methanol und CH_2O. Als ich daraufhin die Jillson-Probe durchlaufen ließ, fand ich nichts dergleichen.«

Dann schwieg Gilliam, was Hess nicht wunderte. Der Mann war Wissenschaftler und sah keine Veranlassung, seine eigenen Pointen zu erklären.

»Und, Jim, was ist das jetzt für ein Zeug?«, lieferte ihm Hess das Stichwort.

»Oh, tut mir Leid: Formaldehyd – das einfachste der Aldehyde, ungemein reaktiv. Bei den Bodenproben hatte es sich durch Dehydration in Trioxan und durch Oxydation in Ameisensäure verwandelt und sich zu einfachem Methanol reduziert. Aber es fing als Formaldehyd an – es war noch genug CH_2O da, das nicht reagiert hatte, sodass ich das mit Sicherheit sagen kann. Eigentlich war es wohl sogar Formalin, Formaldehyd in einer 37-prozentigen Flüssigkeitslösung. Reines Formaldehyd wäre einfach ein Gas.«

»Wie ist es dorthin gekommen?», fragte Merci.

Gilliam sah Hess an, während er Rayborns Frage beantwortete: »Jemand hat es dort hingebracht – oder, noch wahrscheinlicher, es dort ausgegossen.«

»Nur am Kane-Fundort?«

»Nur am Kane-Fundort. Aber denken Sie daran: Sechs Monate bei Wind und Wetter können die Erde am Jillson-Fundort ausgewaschen haben.«

Hess hatte bereits *Remington's Practice of Pharmacy* von einem der Regale im Labor gezogen. Es war ein großes Buch und mörderisch schwer – er hatte bis zu diesem Tag nie bemerkt, wie schwer. Es war noch dieselbe Ausgabe wie 1961, damals hatte sie 22 Dollar 95 gekostet. Hess hatte in den letzten Jahrzehnten Hunderte Male hineingesehen, um Dinge nachzuschlagen, die Gilliam alle im Kopf hatte. James Gilliam hatte etwas von einem Lehrer an sich, doch das hatte Hess nie etwas ausgemacht.

Er betrachtete Merci und bemerkte, wie sie dem Laborleiter einen verärgerten Blick zuwarf. Gilliam fiel das nicht auf, er ging ganz in seinem Massenspektrometer auf. Er beugte sich über das Gerät und hatte die Hände auf dem Rücken verschränkt wie ein dienstfertiger Kammerdiener.

»Äh, James?«, hakte sie nach. »Sie könnten uns viel Kopfzerbrechen ersparen, wenn Sie uns einfach sagten, wofür man Formalin braucht. Also, ich persönlich weiß nur noch, dass wir im Biologieunterricht darin Frösche eingelegt haben.«

Gilliam beugte sich noch immer über das Massenspektrometer. »Einsatzgebiet: Konservierungsmittel, Lösungsmittel, Gerbmittel für Leder. Mischt man es mit Ammoniak, erhält man ein Antiseptikum für den Harntrakt. Es spielt eine große Rolle bei zwei verschiedenen Sprengstoffen: Hexogen und Nitropenta. Da man mit ihm leicht chemische Verbindungen herstellen kann, setzt man es für alles Mögliche ein – von Harzen über Desinfektionsmittel bis zu Konservierungsmitteln, von Plastik bis zu Polyvinyl. Außerdem verwendet man es zur Sterilisierung des Bodens. Was interessant ist, denn genau dort hat Tim es gefunden.«

»Ein Konservierungsstoff«, wiederholte Merci. »Und der Deckel eines Einmachglases. Gehören Glas und Formalin zusammen?«

Gilliam richtete sich auf und strich sich über das Kinn. Er seufzte. Seine blassen Augen waren auf Merci gerichtet, doch er blickte durch sie hindurch, als betrachte er etwas hinter ihrem Kopf. Schon seltsam, dachte Hess, ein abgelenkter Gilliam, ein nervöser Gilliam, ein Gilliam, der einer Frau nicht ins Gesicht sehen konnte. Hess brauchte noch einen Augenblick, bevor er es begriff: Gilliam fand Merci attraktiv und wusste nicht, wie er sich verhalten sollte.

»Das muss nicht so sein, aber ich weiß, worauf Sie anspielen«, erwiderte Gilliam bedächtig. »Formalin verdunstet schnell, aber man kann es in einem Glas transportieren. Aber vielleicht hatte er gar kein Glas dabei. Wir haben ja nur den Deckel gefunden. Ich vermute, die eigentliche Frage lautet ...«

»... ja, warum zur Hölle kippt er dort Formalin aus?«

»Ja, genau.«

»Während ein Körper an einem Baum hängt, ausgeweidet und blutend«, ergänzte Merci.

Es herrschte einen Augenblick Stille, während die drei ihrer Fantasie freien Lauf ließen.

Bis Gilliam sich räusperte. »Ich habe einmal an einem Fall gearbeitet, bei dem ein Vergewaltiger und Mörder sein Opfer mit Isopropylalkohol wusch, bevor er ... sich mit ihm vereinigte. Furcht vor Bakterien und religiöse Wahnvorstellungen im pathologischen Extrem, wie es der Staatsanwalt formulierte. Der Täter wollte sie klinisch rein, sauber haben ... sie sollten seiner würdig sein.«

Rayborn nickte. »Ich hatte es mal mit einem Scheißkerl zu tun, der sie unten herum mit Bleiche wusch, *nachdem* er sie vergewaltigt hatte. Er wollte sein Sperma vollständig aus ihnen entfernen.«

»Vielleicht konserviert er Körperteile von ihnen«, meinte der Leiter der Forensik.

»Als Erinnerungsstücke«, sagte Merci. »Augen. Herz. Was immer ihn anmacht.«

»Und wenn man diese Dinge in das Glas drückt, spritzt Formalin heraus.«

Wieder Stille.

Jeder brauchte Zeit, um nachzudenken.

Dann sagte Merci: »Wenn man Formalin zum Gerben von Leder verwendet, könnte man damit ja auch menschliche Haut gerben, oder?«

»Vermutlich schon. Aber wenn er nur ihre Haut will, wo ist dann der Rest von ihnen? Selbst Coyoten und Geier können ein menschliches Skelett nicht innerhalb einer Woche vollständig verzehren.«

Hess konzentrierte sich wieder auf seine Umgebung, nachdem er eine Weile seinen Gedanken nachgehangen hatte. Er starrte noch immer auf *Remington's Practice of Pharmacy* herab.

»Vielleicht konserviert er die Körper«, spekulierte er. Hess stellte das Buch ins Regal zurück. »Die ganze Frau.«

Merci und Gilliam sahen ihn an – zwei leicht geöffnete Münder, vier erstaunt blickende Augen.

Hess fuhr fort: »Das würde erklären, warum wir nur jede Menge Blut gefunden haben, winzige Stücke von Organen und das weit verbreitete Konservierungsmittel. Er nimmt alles außer den Körperflüssigkeiten und den Eingeweiden mit.«

»Na gut«, meinte Merci, »und was ist mit dem Einmachglas?«

»Vielleicht hat er es nur für etwas ganz Banales verwendet.«

»Und das wäre, Tim?«, fragte Gilliam.

»Um sich etwas zu essen mitzubringen. Die viele Arbeit muss ihn hungrig gemacht haben.«

»Er sollte sich hier in der Forensik um einen Job bewerben«, sagte Merci und lächelte Gilliam an. »Wenn er es schafft, beim Ausweiden zu essen.«

Gilliam lächelte, schaute sie aber nicht an. Dann ging er

zur Tür. »Ich habe noch etwas anderes in den Autos gefunden. Etwas recht Interessantes.«

Merci hielt dem Leiter der Forensik die Tür auf und sah über dessen Kopf hinweg zu Hess.

»Ich *liebe* diesen Teil unseres Berufs«, verkündete sie.

Die Vergleichsuntersuchung war abgeschlossen. Gilliams Stimme übertönte den Lärm im Haar-und-Faser-Raum, während Hess und Rayborn zwei verschiedene Haare betrachteten, die im Phasenkontrastverfahren um den Faktor tausend vergrößert wurden. Dann tauschten sie ihre Plätze an den Mikroskopen.

»Wir konnten Haarproben von Lael Jillson bekommen, weil ihr Ehemann ahnte, dass etwas ganz und gar nicht stimmte«, erklärte der Leiter der Forensik. »Also rührte er Laels Wagen nicht an, nachdem er ihn von der Sammelstelle für abgeschleppte Kraftfahrzeuge abgeholt hatte. Das Auto stand einen Monat lang unter einer Plane in seiner Garage, bevor wir es in die Hände bekamen. Es wurde weder gewaschen noch mit dem Staubsauger gereinigt. Cleverer Junge, dieser Mr Jillson. Er war vorausschauend genug, den Wagen auch dann noch unberührt zu lassen, nachdem wir ihn untersucht hatten, falls wir das Auto noch einmal unter die Lupe nehmen wollten. Was wir taten. Und ich bin froh, dass wir es getan haben. Das Haar auf der linken Seite stammt wahrscheinlich von einem Weißen. Es ist blond, lang und leicht gewellt. Wir fanden es gestern im Wagen von Lael Jillson. Es hatte sich im unteren Teil des Sicherheitsgurtes verfangen – in dem Plastikgehäuse, in das man den Verschluss schiebt. Ich weiß nicht, warum wir es beim ersten Mal übersehen haben. Ist mir auch egal, solange das Haar nicht Ike oder einem seiner Jungs gehört – was nicht der Fall ist. Und es stammt auch nicht vom Opfer oder einem Familienmitglied. Wir konnten sie aufgrund der Schuppenwerte und der Pigmentierung ausschließen. Sie haben alle dasselbe Haarpflegeprodukt verwendet wie das Opfer. Dieses Haar wurde nicht mit diesem Shampoo gewaschen. Wir fanden darauf völlig andere pharmakologische Spuren. Auch die Schuppenwerte sind höher als die von allen Jillson-Familienmitgliedern, die wir getestet haben. Ich will damit sagen, dass es wahrscheinlich ist, sehr wahrscheinlich sogar, dass dieses Haar von Ihrem Täter stammt.«

»Auf welchem Sitz haben Sie es gefunden?«, wollte Merci wissen.

»Auf dem Sitz hinter dem Fahrer.«

»Ich glaube, er hat seinen Opfern dort aufgelauert.«

»Das ist ja interessant. Es ist nämlich so, dass das Haar auf dem rechten Mikroskop höchstwahrscheinlich von derselben Person stammt wie das Haar, das ich Ihnen gerade gezeigt habe. Wir haben es gestern Morgen im Kane-Wagen gefunden. Es hatte sich in einem Netz verfangen, das hinten am Fahrersitz befestigt war. Sie wissen schon, eines dieser Dinger, in das man bestimmte Sachen stopft: Landkarten, Taschentücher, vielleicht eine Taschenlampe oder Zeitungen für eine lange Reise. Alles deutet darauf hin, dass der Besitzer des Haares hinter dem Fahrersitz saß. Vielleicht dort auf allen vieren kauerte und den Kopf gegen den Sitz und somit gegen das Netz drückte. Ob er ihnen auflauerte? Wer weiß? Ihnen ist hoffentlich klar, dass wir von einer Übereinstimmung bei der Haaranalyse vor Gericht nicht sprechen dürfen, obwohl man eine größere Übereinstimmung bei zwei Haaren kaum erzielen könnte.«

»Ich kann den Schuft riechen«, sagte Merci.

»Ich habe noch etwas gefunden«, fuhr Gilliam fort.

Er führte Merci und Hess um die Mikroskope herum zu einer Theke, die an der Wand entlang verlief. Das Sonnenlicht fiel durch die schmalen Lamellen vor dem Fenster. Die Lamellen ließen Hess immer an verborgene Bogenschützen denken. Das schwere Buch hatte einen Abdruck auf seinen Schenkeln hinterlassen.

Gilliam zog eine kleine Plastikschachtel aus einem der Fächer eines alten Werkzeugkastens, der auf der Theke stand. Er öffnete sie, legte den Deckel auf den Boden und reichte sie Hess.

Der alte Mann schaute hinein, langte mit einer Fingerspitze in die Schachtel und drückte auf den darin liegenden Gegenstand. Es war eine handelsübliche 20-Ampere-Zündkerze, von der Art, wie man sie hinter jedem Armaturenbrett zu Dutzenden fand. Das Glas war klar und Hess konnte keinen Riss an dem inneren Glühfaden erkennen.

»Ich habe sie bereits überprüft und sie funktioniert«, sagte Gilliam. »Bezeichnend ist allerdings, dass es solche in Janet Kanes BMW nicht gibt. Der Wagen ist erst sieben Monate alt, darum funktionieren auch noch alle in Deutschland hergestellten Zündkerzen. Sie sehen ganz anders aus als diese hier. Sie muss von einem zweiten Wagen stammen. Offensichtlich hatte der Täter die Absicht, sie in einem anderen Wagen einzusetzen. In einem anderen Gerät. Ich habe keine Ahnung. Aber ich würde gern wissen, was diese Zündkerze in Janet Kanes Wagen zu suchen hatte.«

Merci Rayborn fragte ihn, wo er sie gefunden hatte, und Hess erkundigte sich, ob sie auf Fingerabdrücke überprüft worden war. Beide sprachen gleichzeitig.

Gilliam blickte von einem zum anderen.

»Hinter dem Fahrersitz. Mitten auf dem Boden. Und ja, Tim, es gab einen Abdruck auf dem Glas. Nur einen Teilabdruck, aber wir haben einige Ränder und Verästelungen, mit denen wir arbeiten können. Ich habe Janet Kane persönlich ausgeschlossen und eine AFIS-Karte für CAL-ID und WIN erstellt, aber das genaue Profil ist Ihre Sache. Wenn sein Daumen irgendwo registriert wurde, dann haben wir ihn.«

»Erstellen Sie ein Profil des Täters, Tim«, forderte Merci Hess auf.

»Ich möchte zuerst mit Dalton Page sprechen. Und mit einem alten Vergewaltiger, den ich hochgenommen habe. Die werden wissen, wonach wir suchen.«

Merci ignorierte seine Äußerung, warf aber dafür Gilliam einen Blick zu, den Hess langsam als Ausdruck ihres üblichen Misstrauens deutete. »Gibt es noch was, Mr Gilliam?«

»Das war das Wichtigste.«

»Gute Arbeit.« Dann richtete sie ihre dunklen, unerbittlichen Augen auf Hess. »Tim, sprechen Sie mit Ihrem Profiler und Ihrem Vergewaltiger. Denn ich brauche das Täterprofil bis heute Abend, und ich möchte, dass die Abdrücke an die zuständigen Stellen geschickt werden.«

»In Ordnung. Mit Dalton kann ich allein reden, aber ich glaube, bei dem Perversen sollten Sie mit dabei sein.«

»Ich denke darüber nach.«

Hess drehte sich um und lief los. Er verfolgte die Unterhaltung, ohne die sprechenden Personen zu sehen, und fragte sich, ob es so sein würde, wenn man tot war, dass man Dinge hörte, aber nichts sah, und wusste, dass sich die Welt ohne einen weiterdrehte. Er schaute sich nochmals um und warf beiden einen sehnsuchtsvollen Blick zu.

»Was ist mit meinen Eichenästen, Mr Gilliam?«, erkundigte sich Merci. »Ich habe mächtig gesägt, um sie zu bekommen. Außen zuerst.«

Sie schaute Gilliam lächelnd an, und Hess erkannte, dass sie den Ast auf die harte Tour abgesägt haben musste – sie hatte in der Nähe des Stamms begonnen.

»Ach, ein handelsübliches oranges Nylonseil, Sergeant. Eines, wie Sie es in jedem Laden für Camping- oder Jagdbedarf finden können. Nach der Tiefe der Kerben und den Faserresten zu urteilen, die für uns übrig geblieben sind, war etwas Schweres daran befestigt. Dasselbe Seil – oder ein sehr ähnliches – an beiden Bäumen.«

11

Dr. Dalton Page bat Hess, ihn zu Hause aufzusuchen. Sie hatten sich dort, auf der Veranda, im Laufe der Jahre schon mehrmals unterhalten. Das Haus lag am Harbor Ridge in Newport, einem älteren Stadtteil, in dem riesige Häuser sich an einen Hügel schmiegten, der zum Meer hin steil abfiel, sodass die Bewohner einen wunderbaren Blick auf den Ozean hatten. Wenn man bei Sonnenuntergang am Strand stand und zu den Häusern hinaufschaute, wurde man von den orangeroten Sonnenstrahlen geblendet, die die Hausdächer reflektierten.

Auf der Fahrt rief sich Hess in Erinnerung, dass Page das Haus vor zwanzig Jahren gekauft hatte, kurz vor seiner Pensionierung. Zuvor hatte er an der medizinischen Fakultät der Johns-Hopkins-Universität gearbeitet. Hess hatte gleich im ersten Sommer um seine Hilfe nachgesucht, als Page auf Urlaub nach Kalifornien gekommen war, und seitdem hatten sie lose Kontakt gehalten. Freunde beim FBI hatten ihm Page als einen der besten forensischen Psychiater im Land empfohlen. Page hielt regelmäßig Vorträge beim FBI und sagte häufig als Sachverständiger vor Gericht aus.

Hess hatte geholfen, eine kleine Party zu organisieren – größtenteils Gesetzeshüter und Beamte der Staatsanwaltschaft –, um Dalton und Wynn Page in Orange County willkommen zu heißen. Das war vor zehn Jahren gewesen, als der Arzt in Rente ging und sie dauerhaft herzogen. Wynn war in Newport aufgewachsen, und Hess erinnerte sich, wie glücklich sie schien, wieder zu Hause zu sein. Page selbst war skeptisch gewesen, im La-la-land zu leben, aber mittlerweile hatte er eine ordentliche Bräune. Nach dem Umzug hatten die Pages sich nicht sehr bemüht, mit Hess gesellschaftlich zu verkehren, aber er wusste aus Unterhaltungen in der Abteilung, dass sie extrem beschäftigt waren und an der Ost- und an der Westküste Vorträge hielten. Page hatte einen Bestseller über kriminelle Persönlichkeitstypen geschrieben.

Die hintere Veranda war in Sonnenschein getaucht und ging auf den leuchtend blauen Pazifik hinaus. Dr. Page saß an einem Glastisch im Halbschatten einer gitterartigen Markise. Mandevillaranken schlängelten sich durch das Gitter, die rosa Blüten hingen schwer herab.

Page trug eine Tennishose und ein weißes Unterhemd, das die Bräune seiner Haut betonte. Die Haut über seinem Gesicht spannte sich, was von der Operation herrührte. Unter einer Pinie lagen kleinere Gewichte und ein Springseil. Hess schüttelte ihm die Hand. Sein Händedruck war kräftig.

Wynn brachte ihnen Eistee und legte Hess eine Hand auf die Schulter, während sie ihm einschenkte.

»Macht weiter, ihr Verbrechensbekämpfer«, sagte sie und ging zurück in die Dunkelheit des Hauses.

Nicht zum ersten Mal in seinem Leben wünschte sich Hess, er wäre noch immer mit seiner ersten Frau Barbara verheiratet. Er sehnte sich nach etwas, was er in anderen langjährigen Ehen zu sehen glaubte: Vertrauen, Trost, gegenseitigen Respekt. Zwei Herzen schienen langsamer zu schlagen als eines. Paare wie die Pages ließen ihn das spüren. Er vermutete, wenn er noch immer mit Barbara verheiratet wäre, gäbe es weitaus weniger Dinge, um die er sich Sorgen machen musste. Zum einen wäre er nicht pleite. Zum anderen würde er beruhigter in die Zukunft blicken, weil er dann eigene Kinder hätte und etwas von ihm weiterleben würde.

Zwing den Tumor in die Knie und du hast noch zehn Jahre, dachte er, möglicherweise fünfzehn. In der Zeit kannst du noch eine Menge Dinge auf die Reihe kriegen.

»Die Ortega-Fundorte, Tim?«

»Ich habe die Akten mitgebracht. Es gibt nicht viel, mit dem wir arbeiten können, aber es liegt ein Stück von einem Fingerabdruck vor. Wenn Sie und ich ein korrektes Profil erstellen, verhilft uns das vielleicht zum Erfolg. Wenn nicht, warten wir, bis er wieder zuschlägt, und hoffen, dass er unvorsichtig wird.«

»Hm«, machte Page. Es wirkte wie ein Grunzen, aber gleichzeitig auch nachdenklich.

Hess wusste, dass Page ihm innerlich bereits widersprach, und das war gut so. Darum war er hier.

Page sah sich die Fotos der Fundorte an. Er trug eine einfache schwarze Lesebrille auf der Nase. Hess erinnerte sich, dass Page erzählt hatte, er sei genauso weitsichtig wie Hess.

Hess lauschte dem Rascheln der Fotos und dem Gesang der Spottdrossel in der Pinie.

»Tim, verraten Sie mir, was Sie über die Opfer wissen, während ich das hier durchlese.«

Hess berichtete Dr. Page von der schönen, selbstsicheren und gelegentlich einsamen Janet Kane. Dann von der sehr verwöhnten, aber dennoch sehr anständigen Lael Jillson.

»Die Fotos hier geben nicht richtig wieder, wie schön beide waren«, sagte er.

Darauf Dr. Page, mit einem seltsamen Lächeln: »Woher wollen Sie es dann wissen?«

»Von anderen Fotos. Familienfotos. Und von ihrem Lebensstil.«

»Wie lebten sie denn?«

Hess erzählte dem Arzt von Janet Kanes Haarpflegeprodukten in Großhandelspackungen und Lael Jillsons Begeisterung für das Alleinsein. Er schilderte Kanes Kunstinteresse und den nachdenklichen Ton, den Jillson in ihrem Tagebuch angeschlagen hatte. Er erwähnte allerdings weder den Lederbody in Janet Kanes Schrank noch Lael Jillsons Schwäche für Marihuana und Gin. Während er über die beiden Frauen sprach, die er nie gesehen hatte, spürte Hess, dass er sie beschützen wollte, als ob er ihrer Erinnerung etwas von der Freundlichkeit schuldete, die ihnen während der Stunde ihres Todes nicht zuteil geworden war.

»Der Fingerabdruck auf der Zündkerze könnte Ihnen vielleicht weiterhelfen«, sagte Dr. Page. »Denn Sie haben

Recht, Tim – falls Sie das angenommen haben: Seine Fingerabdrücke wurden schon einmal registriert. Er ist vorbestraft, nach ihm wurde gefahndet. Er weiß, wie sich Druck anfühlt. Er ist mit der Macht des Staates schon einmal konfrontiert gewesen. Könnte lange zurückliegen. Vielleicht stand er vor dem Jugendrichter. Irgendwann hat er mal die Peitsche gespürt.«

»Darum geht er so vorsichtig vor.«

»Da haben Sie verdammt Recht. Aber was für ein Ego! Will sagen, was für eine erstaunliche Arroganz, die Handtaschen zurückzulassen!«

»Glauben Sie, dass sie eher für uns oder eher für die Öffentlichkeit gedacht sind?«

»Für Sie. Komisch, die Medien nennen ihn den Handtaschendieb, dabei ist er das Gegenteil eines Handtaschendiebes. Er lässt die Handtasche zurück und nimmt sich alles andere. Nur die Handtaschen und das Blut bleiben übrig.«

Page blickte in den Himmel, als ob dieser etwas zu sagen hätte. Hess mochte die Art und Weise, wie Page in Dingen, die nur verderbt zu sein schienen, noch einen Sinn entdecken konnte. Hess nahm die Informationen, die Page ihm hinwarf, und bastelte sich sein eigenes Bild daraus.

»Es wäre leicht für ihn, die Handtaschen verschwinden zu lassen«, sagte Hess. »Aber wenn er das täte, würden die Frauen für immer in der Abteilung für vermisste Personen landen. Ermittlungstechnisch gesehen, gäbe es dann keinen Mord.«

»Er braucht jemanden, der das Gras wachsen hört – Sie.«

»Er hat Erfahrung, nicht wahr?«

»Er hat Übung, nicht notwendigerweise Erfahrung. Nach dem zeitlichen Abstand und der Entfernung zwischen den Fundorten zu urteilen, würde ich sagen, dass Jillson und Kane seine ersten Mordopfer waren. Genug Zeit, damit der erste Staub sich legt, aber noch nicht genug Selbstvertrauen, um die Vorgehensweise zu ändern. Niemand fängt mit dieser

Größenordnung an. Man arbeitet sich hoch. Wenn schon sonst nichts, feilt man an seiner Vorgehensweise. Und wie die meisten Baumeister ist er niemals wirklich zufrieden mit dem, was er geschaffen hat. Es muss immer größer, besser, ausgefeilter werden. Riskanter. Komplexer. Momentan mögen Sie zwei Handtaschen als Beweismittel haben, aber sobald er wieder zuschlägt, gibt er Ihnen vielleicht *mehr*, mit dem Sie arbeiten können. Das ist Teil des wachsenden Risikos und das Risiko stellt einen gewaltigen Stimulus für ihn dar.«

»Er wird wieder zuschlagen.«

»Zweifelsohne. Er hat schon zweimal entführt und gemordet. Und wir wissen, dass es sich um sexuell motivierte Morde handelt. Darum wird der Handtaschendieb keine weiteren halben Sachen machen. Dafür hat er zu lange geübt und zu viele Szenarios erdacht. Er hat seine Abschlussprüfung mit Bravour bestanden. Jetzt steigt er ganz groß ein. Selbst wenn er ans andere Ende des Landes zieht oder im Lotto gewinnt, wird er nicht aufhören.«

»Besteht irgendeine Chance, dass er sie am Leben lässt?«

»Überhaupt keine.«

»Warum nicht?«

»Zum einen ist es total unpraktisch. Wichtiger noch, er will sie tot, Tim.«

»Woher wissen Sie das?«

Dr. Page lächelte, ein wenig verschämt, wie Hess fand. »Tim, *er nimmt sie mit sich*. Seine Fantasie erreicht durch ein Vergewaltigungs-Mord-Szenario nicht ihren Höhepunkt, sie *beginnt* damit. Für diesen Mann – und das ist das Entscheidende bei ihm – ist interessant, was geschieht, nachdem er sie umgebracht und vergewaltigt hat. Beachten Sie die Reihenfolge: nicht vergewaltigt und umgebracht.«

Hess dachte darüber nach.

»Wie alt ist er?«

»Zwischen 25 und 30. Er hatte genug Zeit, um sich im

Geiste alles auszumalen und seine Methoden zu erlernen. Aber nicht genug, um schon eine Spur von 20 oder 30 toten Frauen hinter sich herzuziehen – denn so viele werden es in zehn Jahren sein, wenn Sie ihn nicht fassen. Genauer gesagt, denke ich, dass er die Gegend verlassen wird, bevor er diese Zahlen erreicht hat. Irgendwelche Treffer durch das VICAP, das Sonderkommando zur Suche nach gewalttätigen Serientätern?«

»Keine heiße Spur. Ich habe heute früh mit Lyle Hazlitt in Washington telefoniert. Er sagt, in Michigan ist noch ein Fall offen, zwei Frauen, die in einer Hütte gelagert wurden, nachdem man sie getötet hatte. Allerdings Ehefrau und Schwiegermutter. Sie suchen jetzt den Ehemann in Florida.«

»Nein«, meinte Dr. Page.

»Es gibt einen Kerl, der in New Orleans in Bestattungsunternehmen einbricht und die Leichen stiehlt. Sie wissen nicht, wohin er sie bringt oder warum er es tut.«

»Nein, aber das ist ein interessanter Fall. Diese Art übersteigerter Nekrophilie kommt überaus selten vor. Sie wurde sehr selten beschrieben.«

»Vielleicht bewahrt er die Leichen für eine Lösegeldforderung auf und wartet nur ab, bis sich die Aufregung gelegt hat, bevor er die Familien benachrichtigt.«

Page lächelte. »Sie sind manchmal ein blinder Optimist.«

Darüber mussten sie beide lachen.

»Ich würde diesen Kerl gern einmal befragen, Tim.«

»Ich würde ihn gern aufhalten.«

Page nickte und schaute noch einmal die Fotos durch.

»Er glaubt, abstoßend auf Frauen zu wirken, darum überrumpelt er sie. Aber wenn er wirklich körperlich derart abstoßend wäre, würde sich jemand daran erinnern, ihn im Einkaufszentrum gesehen zu haben. Nein, er hält sich nur für unwürdig, sich mit einer lebenden Frau einzulassen. Er nimmt die ganze Frau. Eine Leiche kann erneut verwendet werden, Tim. Suchen Sie nach einem großen Gefrierschrank oder Kühlraum, möglicherweise in einem Lager in der Nähe seiner Wohnung. Es ist auch denkbar, dass er sie in kleine Stücke zerlegt, damit sie in den Kühlschrank passen, aber das glaube ich nicht. Keine Spur von zerschnittenem Fleisch oder durchsägten Knochen. Es ist auch nicht leicht, draußen im Wald mit den nötigen Werkzeugen zu hantieren … Nein, ich glaube, sie sind noch nicht zerlegt worden. Das Formalin in der Nähe der Blutfundorte lässt mich auch an Einbalsamierung oder Konservierung denken. Ich entnehme Ihren Notizen, dass Ihnen das ebenfalls in den Sinn gekommen ist. Die Frage lautet jetzt, warum er das Konservierungsmittel und die notwendigen Spritzen und Tuben mitbringt, wenn er das alles auch etwas später bei sich zu Hause machen könnte. Er geht draußen am Ortega ein immenses Risiko ein.«

»Effizienz. Blut raus, Flüssigkeit rein. Fertig.«

»Mag sein. Nichts, was man sauber machen müsste. Interessant, wie ordentlich er ist, nicht? Hängt sie auf und lässt sie ausbluten wie erlegtes Wild. Tja, in die Richtung sollten Sie ermitteln.«

»Das werde ich.«

»Es ist zu offensichtlich, um es zu übersehen. Ein Jäger. Jemand, der Erfahrung darin hat, Tiere in freier Natur auszuweiden. Ein Mann, der sich gern im Freien aufhält. Oder auch ein Metzger beziehungsweise ein Angestellter eines Schlachthauses. Sicherlich jemand mit rudimentären Kenntnissen der menschlichen Anatomie und handwerklichem Geschick. Ich will damit sagen, er kommt in diese Autos, ohne die Alarmanlage kaputtzumachen – das ist gar nicht so einfach. Also müssen wir unser Profil um die Tatsache erweitern, dass er auch elektronisches Know-how besitzt. Er muss außerdem ziemlich stark sein, weil er sie an dem Seil einfach hochziehen kann. Natürlich ein Weißer. Das muss ich nicht extra betonen. Was glauben Sie, Tim, wie überwältigt er sie?«

»Ich habe keine Ahnung.«

»Vielleicht erwürgt er sie sofort in ihren Autos. Die Parkplätze sind dunkel. Wenn er stark ist, könnte das ziemlich rasch gehen.«

»Stimmt. Aber würde er sie äußerlich nicht so wenig wie möglich verletzen wollen?«

»Richtig. Er möchte sie so unversehrt wie reifes Obst auf dem Markt.«

»Und wenn die Frauen selbst den Weg in den Wald zurücklegen, erspart ihm das viel Arbeit«, sagte Hess. In letzter Zeit war ihm klar geworden, wie man sich fühlte, wenn man müde war und mit seinen Kräften haushalten musste. Er konnte sich kaum vorstellen, einen menschlichen Körper auch nur die dreißig Meter von der unbefestigten Straße zu den Eichen zu tragen. Ganz zu schweigen, sie mit einem Seil hochzuziehen. *Die Läden für Jagd- und Campingbedarf überprüfen*, dachte er, *herausfinden, was für neue Gerätschaften es gibt, um einen Kadaver aufzuhängen.*

»Natürlich muss er auch einen Wagen fahren, der groß genug ist, um eine Leiche zu transportieren«, fuhr Dr. Page fort. »Wahrscheinlich einen Kleinlaster. Vielleicht einen Van oder einen Pick-up mit einem Campingaufsatz.«

»Was für einen Körperbau hat er? Nach was suchen wir da?«

»Durchtrainiert und muskulös. Er würde nicht einmal im Traum daran denken, auf dem Rücksitz eines Wagens zu warten, wenn er dick wäre. Beachten Sie jedoch, dass er sich ziemlich geräumige Autos ausgesucht hat.«

»Was kann ich sonst noch für das Täterprofil verwenden? Der teilweise Fingerabdruck ist alles, was wir haben. Hoffentlich finden wir mittels des CAL-ID etwas heraus.«

Page nickte kurz, faltete die Finger unter dem Kinn und schloss die Augen. Der Sonnenschein fiel in kleinen Rechtecken durch die Gittermarkise auf sein Gesicht. Hess sah, wie die Mandevilla-Blüten in der Brise nickten, als ob sie miteinander sprachen. Zwischen den Ellbogen des Arztes lagen Fotos, die den Erdboden an beiden Fundorten zeigten. In der

Erde waren jeweils mindestens zwei Liter Blut versickert. Hess fielen die Worte eines jungen Mannes ein, der zurzeit in einem Schuhgeschäft einer großen Einkaufskette arbeitete: *Also, wenn jemand so Schönes einen anlächelt, dann vergisst man das nicht. Zumindest ich vergesse das nicht.*

»Tim, ein Mann, der einen solchen Grad an Spezialisierung erreicht hat, hat einen langen Weg zurückgelegt, um so weit zu kommen. Suchen Sie nach einem jugendlichen Straftäter, der die Schule geschwänzt hat, folglich keinen Abschluss hat, der Exhibitionist ist, ein Spanner, jemand, der Unterwäsche oder andere Fetischgegenstände gestohlen hat, den man vielleicht in der Öffentlichkeit beim Masturbieren, Urinieren oder Defäkieren erwischt hat. Oder der Feuer gelegt hat. Wenn er vorbestraft ist, was ich annehme, dann suchen Sie nach Sexualdelikten. Gleichgültig wie anders gelagert sie zu sein scheinen, denken Sie daran, er ist jetzt erwachsen, hat sich verändert. Alles außer Pädophilie, damit verhält es sich vollkommen anders. Ich glaube ehrlich, Sie sind ihm schon einmal begegnet. Mit *Sie* meine ich die Polizei. Seine zwanghafte Sehnsucht, ein Risiko einzugehen, wird sein Untergang sein, wenn Sie ihm auf die Schliche kommen. Er muss Ihnen mehr und mehr von sich enthüllen. Und vergessen Sie Ihre Informanten oder Spitzel im Knast. Der Handtaschendieb wird absolut niemandem auf dieser Erde von seinen Taten erzählt haben. Darum muss er es *Ihnen* mitteilen. Darum hat er die Handtaschen zurückgelassen.«

Dr. Page legte die Hände auf die Tischplatte. Seine Finger schienen einem Siebzigjährigen zu gehören; sein Gesicht wirkte jedoch eher wie das eines Fünfzigjährigen. Er starrte auf die Fotos, die immer noch zwischen seinen Ellbogen lagen.

»Niemand hat diesen Kerl gesehen? Kein einziger Augenzeuge in den Einkaufszentren? Niemand, der herumlungerte, den Frauen folgte, Autos begutachtete, nichts außerhalb des Normalen?«

Hess dachte nach. »Es geht das Gerücht, dass wir eine Art Zeugin haben. Vermutlich soll ich nichts davon wissen. Merci Rayborn hat sie für die Polizeizeichnerin hypnotisieren lassen, aber ich habe die Ergebnisse noch nicht zu Gesicht bekommen.«

»Dann haben Sie also keine Zeugin, nicht vor Gericht.«

»Stimmt. Dalton, glauben Sie, dass der Handtaschendieb versuchen wird, etwas über die Ermittlungen in Erfahrung zu bringen?«

»Das bezweifele ich. So naiv ist er nicht. Höchstwahrscheinlich wird er Ihnen Körperteile schicken. Mit UPS.«

»Ein paar Eingeweide.«

»Korrekt. Ein paar Eingeweide. Er will ihr Aussehen nicht ruinieren.«

12

Es machte sie wütend, für einen Vergewaltiger zu posieren, aber sie wusste, dass Hess Recht hatte: Wenn sie Izmas Interesse wecken konnte, würde er vielleicht reden, um sie zu beeindrucken.

Hess unterhielt sich mit dem Manager, während Merci in der Lobby stand und das Schild mit den REGELN DES LA PALOMA HOTELS studierte:

1. Keine Schecks.
2. Keine Übernachtungsgäste.
3. Keine laute Musik nach 22 Uhr.
4. Keine Kochplatten.
5. Keine Anwälte.
6. Kein Scherz!

»Drei-null-sieben«, sagte Hess.

»Warum habe ich den Namen dieses Perverslings noch nicht auf einer der SONAR-Listen gesehen, auf denen das

Risiko eingeschätzt wird, ob ein Sexualstraftäter wieder rückfällig wird?«

»Man meint, dass kein großes Risiko von ihm ausgeht.«

»Ein Vergewaltiger und Entführer ist kein hohes Risiko?«

»So heißt es.«

Sie stiegen die Treppe in den zweiten Stock hoch und gingen den Flur entlang. Mercis Waffe drückte gegen ihre Rippen. Sie berührte sie wie ein Katholik sein Medaillon des heiligen Christophorus. Die Waffe sollte ihr Glück bringen und noch etwas: Frieden. Bei ihrer letzten Schießprüfung hatte sie das beste Ergebnis der letzten zehn Jahre erzielt und stand nun an fünfzehnter Stelle ihrer großen Abteilung, in der es viele gute Schützen gab.

Merci hatte die Pistole erst einmal in ihrem Leben gezogen. Sie musste damals nicht schießen, aber sie hatte die Waffe fest auf den Verdächtigen gerichtet und hätte ihn sauber getroffen, wenn sie abgedrückt hätte. Ihr gefiel, was sie damals zu dem Verbrecher gesagt hatte, ungeprobt, etwas, was einfach aus ihr herausgekommen war und wirklich gut funktioniert hatte, zumindest bei diesem Kerl. *He, Jack, willst du ein totes Arschloch werden?*

Das war es gewesen. Glück. Frieden. Alle neune.

Kurz vor der Tür sagte Hess: »Lassen Sie mich das Gespräch führen. Ich kenne ihn ein wenig.«

»Soll ich einfach nur dastehen und gut aussehen?«

Hess blieb vor Nummer 307 stehen und drehte sich zu ihr um. »Es wäre besser, wenn Sie sich hinsetzen. Er mag sie klein und hilflos.«

»Ich bin einen Meter achtundsiebzig.«

»Er ist zwei Meter fünf.«

Als Ed Izma die Tür öffnete, setzte Mercis Herz kurz einen Schlag aus, dann beruhigte es sich wieder, wenn auch nur zögerlich. Zum Teil lag das an der Größe des Mannes, dessen Kopf fast den zwei Meter zehn hohen Türrahmen berührte.

Merci lehnte sich reflexartig zurück, um zu ihm hochzublicken, und spürte, wie ihre rechte Hand unter ihre Jacke fahren wollte. Deshalb achtete sie darauf, sie lose herabhängen zu lassen.

Er war keineswegs hässlich. Sein Gesicht wies interessante Züge auf und seine Augen strahlten in einem sanften Grau. Er lächelte und entblößte große, ebenmäßige Zähne. Merci fand, dass sein Kopf klein wirkte.

»Tut mir Leid, dass ich Ihnen einen Schrecken eingejagt habe«, sagte er. »Aber schön, Sie zu sehen. Ich bin Ed.«

Er hielt ihr die Hand hin. Merci schüttelte sie und begriff sofort, dass er sie jetzt hatte, sie in jede Richtung zwingen konnte, die er wollte, oder sie in den Raum ziehen und direkt aus dem Fenster zwei Stockwerke in die Tiefe werfen konnte, wenn ihm danach war. Zwischen ihr und seinen Augen oder Eiern schien eine unglaublich lange Strecke zu liegen, und sie bezweifelte, ob sie die Geschwindigkeit und die Kraft besaß, sie wirkungsvoll zu treffen.

»Sergeant Rayborn, Orange County Sheriff Department.«

Er lächelte zu ihr hinab und ließ ihre Hand los. Seine Augen funkelten. »Wissen Sie, Hess, ich habe in den letzten 35 Jahren kein schweres Verbrechen mehr begangen. Genauer gesagt, habe ich nur ein einziges schweres Verbrechen in meinem ganzen Leben begangen.«

»Das war aber auch ein Mordsding.«

Merci stand jetzt in der Mitte des Raumes, drehte sich nach links und sah, wie Ed Izma sie musterte. Hess hatte ihr erzählt, dass Izma sein Opfer in den zwei Tagen, die es in seiner Gewalt war, ein Dutzend Mal vergewaltigt hatte. Dank der Gefriertruhe war die Frau am Leben geblieben. Izma hatte sie aus diversen Gründen ständig hineingelegt und wieder herausgeholt. Sie hatte Glück gehabt, es war eine alte Gefriertruhe mit schlechten Leitungen, einem nicht richtig schließenden Deckel und einem kaputten Dichtungsring gewesen.

Sie hatte eine Bluttransfusion benötigt, als man sie ins Krankenhaus gebracht hatte.

»Nach heutigen Maßstäben? Das glaube ich nicht. Ich habe niemals jemanden umgebracht.«

»Jedenfalls nicht, dass wir wüssten«, meinte Hess.

Merci fielen plötzlich mehrere Dinge auf: die Hitze des Raumes, die stickige Luft, der nutzlose Lufterfrischer, der Ventilator, der sich zu ihrer Rechten drehte, Hess und Izma zu ihrer Linken: über 500 Pfund feindlicher männlicher Masse. Es gab ein großes gemachtes Bett, das einen Großteil des Raumes einnahm. Merci hatte das Gefühl, alles wie durch einen Nebel wahrzunehmen. Sie fühlte sich ganz benommen. Ein zweiter Raum dahinter: Bad und Schlafzimmer, aber zu klein für das Bett? Sie merkte, dass sie angestarrt wurde. Roch es nicht nach Lufterfrischer und Sperma? Gab es hier drin eigentlich frische Luft?

»Wollen Sie etwas trinken, Merci?«

»Wasser mit Eiswürfeln, wenn Sie welche haben.«

»Tut mir Leid, ich habe weder das eine noch das andere.«

»Was haben Sie dann?«

»Eigentlich gar nichts.«

»Trotzdem danke, Matschbirne.«

»Ehrlich gesagt, mag ich solch eine Ausdrucksweise bei Frauen nicht.«

»Es ist ihr egal, was du magst oder nicht, Ed. Sie will nicht mit dir ausgehen.«

Merci atmete tief durch. Dank ihrer Wut bekam sie wieder einen klaren Kopf. Sie sah Niedertracht und Stolz in Ed Izmas grauen Augen aufblitzen.

»Aber irgendetwas hat sie, stimmt's, Hess? Stellt sie keine Versuchung für Sie dar?«

»Sie ist meine Partnerin.«

»Da haben Sie wirklich Glück. Setzen Sie sich, bitte. Ich habe diese Stühle extra für Sie abgewischt.«

Die fraglichen Stühle waren zwei weiße Plastikstühle.

Merci schaute sich den Sitz genau an und fragte sich, was der Riese hatte abwischen müssen.

Izma schlenderte ins Hinterzimmer, und sie hörte, dass Luft angesaugt wurde, ein mehrmaliges Klicken und dann fließendes Wasser. Verschlagener Bastard, dachte sie. Er trug ein weißes, ärmelloses Unterhemd und sehr enge Shorts, wahrscheinlich eine Art Badehose, die ihn noch größer wirken ließ, als er war. Die Badehose war gelb mit schmalen weißen Streifen. Seine Beine glichen Baumstämmen, blass und überwiegend glatt, nur gelegentlich ein Büschel sehr dunkler Haare. Seine Füße schienen riesig zu sein. Er trug billige Gummisandalen, die an seine Fersen klatschten.

Merci spürte, wie sich ihr die Nackenhaare aufstellten.

Glück. Frieden. Alle neune.

Sie holte tief Luft, dann noch einmal.

Hess saß recht weit von ihr entfernt, neben dem gewaltigen Bett, das an der Wand stand. Er betrachtete das Bett, hatte seine Beine übereinander geschlagen und die Hände auf einem Knie gefaltet. Merci erlebte ihn zum ersten Mal als ruhigen und starken Mann, als jemanden, mit dem man sich besser nicht anlegte. Es freute sie, ihn so zu sehen. Er warf ihr einen Blick zu, sagte aber nichts, und seine Augen forderten sie auf, auch zu schweigen.

Merci fühlte sich in dem schäbigen Raum gefangen. Ihre Handflächen waren immer noch feucht, aber sie spürte, wie sie sich langsam wieder beruhigte. Hess' gleichmütiger Blick half ihr dabei. Sie nickte, sah sich im Raum um. Es gab große Vertiefungen im Teppich, ungefähr in der Mitte jeder Wandseite. Merci schätzte sie auf vierzig mal vierzig Zentimeter, die Größe eines Fernsehgeräts, eines kleinen Nachttisches oder eines Aktenschranks. Die Vertiefungen wiesen ein dunkleres Gelb auf als der sie umgebende Teppich – keine Sonne hatte sie je ausgebleicht.

Was hatte dort gestanden und warum war es von Izma entfernt worden?

Im Raum wurde es dunkler, als sein Körper im Türrahmen auftauchte und sich mit einem Glas Eiswasser auf sie zubewegte.

»Habe nur gescherzt«, sagte er.

»Ein echter Brüller.« Merci ergriff das Glas.

Er kicherte leise, ging zu seinem Bett und setzte sich ans Fußende.

Plötzlich krümmte er seinen Rücken, zog die Füße hoch und robbte auf Händen und Füßen rückwärts über das Bett. Seine Beine waren gespreizt und seine Hüften in die Luft gereckt. Seine Genitalien rutschten aus der Badehose. Er lächelte Merci über seine Lenden hinweg an – eine aufgedunsene, vierbeinige, umgedrehte Spinne, die Melonen über ein Netz zog.

Es dauerte nur ungefähr drei Sekunden, war jedoch mit Abstand das Obszönste, was Merci Rayborn in ihren 34 Jahren jemals gesehen hatte. Sie wusste nicht, ob Hess es ebenfalls mitbekommen hatte, weil sie sich weigerte, woanders hinzuschauen als in Ed Izmas glückliche graue Augen.

»Nun«, sagte Ed, »was kann ich für das Gesetz tun?«

Er saß nun im Schneidersitz auf der Matratze, die Kissen im Rücken, den Rücken gegen die Wand gelehnt. Seine Hände lagen auf seinem Schoß, und Merci sah, dass er seine Badehose jederzeit anheben und ihr das Darunterliegende präsentieren konnte, wenn er das wollte.

Sie warf Hess einen flehentlichen Blick zu, der sie jedoch die ganze Zeit mit einem gleichgültigen, mahnenden Gesichtsausdruck beobachtet hatte.

Fickt euch doch beide ins Knie, dachte sie.

»Wir haben da einen Kerl, der zwei Frauen entführt hat, Ed. Er hat sie irgendwo versteckt – daheim auf Eis gelegt oder konserviert in einem Lager. Wo genau, wissen wir nicht.«

Izma drehte seinen Kopf zu Hess. »Wie konserviert?«

»Das wissen wir auch noch nicht. Aber wir haben eine Chemikalie gefunden.«

»Die Ortega-Highway-Frauen. Nett aussehende Miezen, nach den Bildern im Fernsehen zu urteilen.«

»Nette Frauen, Ed.«

Izma schwieg. Merci beobachtete seinen kleinen, reglosen Kopf und fragte sich, was unter seiner Schädeldecke vor sich ging. Plötzlich schaute er sie an. Sie merkte, dass sich seine Hände in seinem Schoß bewegten, aber sie tat ihm nicht den Gefallen, genauer hinzusehen.

»Ed, nimm deine Hände da weg.«

Sie hatte diesen Tonfall noch nie bei Hess gehört. Es lag eine Drohung darin, die ernst genommen werden wollte. Dennoch klang seine Stimme ruhig. Izma starrte ihn an.

»Aber ich mach doch nichts ...«

»Hände weg oder ich tu dir weh.«

Die langen Arme fielen aufs Bett.

»Ich hör ja schon auf.«

Der Riese seufzte, sein Kopf ruckte hin und her und er bedachte Merci mit einem verächtlichen Blick.

»Da bleiben sie auch liegen, Izma«, befahl Hess, noch immer mit warnendem Unterton. Merci wünschte, sie würde auch so einen Tonfall beherrschen, obwohl *He, Jack, willst du ein totes Arschloch werden* prima funktioniert hatte.

»Also, Ed«, fuhr Hess fort, »wir haben über diesen Kerl draußen am Ortega nachgedacht. Er scheint Frauen auf ähnliche Weise zu mögen wie du. Er behält sie bei sich, wie du es getan hast. Wahrscheinlich sorgt er dafür, dass sie in guter Verfassung bleiben. Also dachte ich mir, Ed Izma könnte uns vielleicht etwas über ihn erzählen. Ed ist ein kluger Junge, sein IQ ist fast so hoch wie der eines Genies. Vielleicht versteht er diesen Kerl und kann uns helfen, ihn ebenfalls zu verstehen.«

Izma seufzte und schien sich zu entspannen. Seine Hände bewegten sich von der Matratze wieder auf seinen Schoß. Er betrachtete sie und legte sie wieder auf den Überwurf. Er schaute erst Merci an, dann Hess.

»Der Unterschied ist, dass er nicht Manns genug ist, um sie leben zu lassen, wie ich es getan habe. Ich wollte immer, dass Lorraine am Leben blieb. Ich wollte, dass Lorraine lebt und glücklich ist. Aber ich brauchte sie auch ständig, um all meine sexuellen Fantasien auszuleben. Ich war damals ein sehr viriler junger Mann.«

»Sie kam an deine Tür, um etwas zu verkaufen. Was war das noch gleich?«

»Besteck. TrimCo. *Ich bin Lorraine Dulak von TrimCo*, hat sie gesagt. Und manchmal, tja, manchmal kommt bei einem Mann eben alles zusammen. In dem Mann. Sie wissen, was ich meine. Ich musste sie einfach nur hereinbitten. Der Staatsanwalt glaubte nicht, dass ich eine Frau wirklich lieben könne, die ich weniger als zwei Minuten kannte. Da bin ich anderer Ansicht. Überlegen Sie doch einmal, was damals geschah. So was tut man nicht mit einer Frau, die man nicht liebt.«

Merci blickte zu Boden und fragte sich erneut, woher die eckigen Vertiefungen im Teppich stammten und warum Ed Izma die Sachen, die dort gestanden hatten, entfernt hatte. Sie hielt zwar den Blick gesenkt, wusste aber doch die ganze Zeit, dass Izma sie anstarrte. Sie mochte es nicht, wenn jemand sie so intensiv anglotzte und über sie nachdachte, jemand, der so nah und so abscheulich war. Ihr kam es so vor, als würde er sie im Geiste vögeln.

Die Stimme von Hess schien sie zu retten. »Also gut. Dieser Kerl ist nicht Manns genug, um es mit lebendigen Frauen zu treiben. Da hast du wohl Recht. Aber was sagt uns das?«

»Er will sie lebensecht. Alles deutet auf eine große Gefriertruhe. Keine Einzelteile. *Als Ganzes.* Ein Kerl, der eine Frau in Einzelteile zerhackt, um sie einzufrieren, ist kein echter Mann.«

»Warum bewahrt er sie auf? Warum missbraucht er sie nicht einfach und lässt sie gehen?«

»Das wäre, als ließe er sie fortlaufen. Hier geht es um Liebe, Hess, nicht nur um Sex. Er liebt sie wirklich. Darum will er bei ihnen sein. Man muss seine wahre Liebe daran hindern, von einem wegzulaufen. Man wirft sie nicht einfach weg. Ich meine, wenn man es genau betrachtet, sind wir ›speziellen Kerle‹ eigentlich schrecklich sentimental.«

Merci spürte, wie sich ihr die Kehle zuschnürte und der Magen umdrehte. »Speziell abscheulich und abstoßend, das seid ihr«, sagte sie.

»Sie sollten ihr mal das Kläffen abgewöhnen.«

Wieder ertönte Hess' scharfe Stimme:. »Sieh *mich* an, Izma, nicht die Frau. Wonach sucht der Typ? Warum wählt er die eine aus und lässt die andere gehen?«

»Wegen seiner Bedürfnisse. Sie unterscheiden sich grundlegend von unseren. Mir fielen ihre Gesichter im Fernsehen auf. Beide Frauen waren wunderschön.«

»Aber was sonst noch, Ed? Was sieht er in ihnen? Was löst sein Verhalten aus?«

»Tja, sie waren beide extrem elegant, das erkannte man gleich. Sie hatten intelligente Gesichter. Wenn ich intelligente und gebildete Frauen sehe, die einen so anblicken, dann würde ich am liebsten zuschlagen. Ich bevorzuge bescheidene Frauen. Ich mag Frauen, die mit ihren Händen arbeiten. Ich mag bodenständige Frauen, aber sie müssen hübsch sein. Schlicht. Wie Lorraine. Oder Merci.«

Sie starrte ihn an.

Merci beobachtete, wie sich die Lenden des Riesen wieder in Bewegung setzten. Seine Hände lagen immer noch auf dem Bett. Sein Kopf schien klein und weit weg, wie eine Fernbedienung, die man auf dem Fernsehapparat vergessen hatte.

Hess stand auf. »Ich zeige ihr mal, was in deinem Schrank ist, Ed.«

»Bitte nicht anfassen.«

Merci spürte, wie ihr das Blut aus dem Kopf wich, als sie

aufstand. »Lass deine Eier in der Hose, Dumpfbacke. Ich bin gleich zurück.«

Sie folgte Hess in das Hinterzimmer.

Hess zeigte auf den offenen Schrank. Zuerst war Merci überrascht, dann begriff sie einiges, schließlich durchlief sie ein Schauder. Es gab fünf von ihnen, sie standen an der Wand des Schranks und schauten sie an.

»Sie sind für die Vertiefungen im Teppich verantwortlich, die Sie bemerkt haben. Er hatte einige dieser Süßen schon damals, als er Lorraine Dulak überwältigte.«

Vier der Schaufensterpuppen waren angezogen wie berufstätige Frauen: eine Bauarbeiterin, eine Postangestellte, eine Mechanikerin oder Klempnerin, eine Polizistin. Die fünfte trug einen kessen Minirock und hatte schwarze Haare – so wie Merci. Sie hielt eine Visitenkarte in der Hand. Merci beugte sich vor und las: *Lorraine Dulak, TrimCo.* Die Sockel der Schaufensterpuppen waren viereckig.

»Ich hätte gleich kotzen sollen, als ich hier reinkam, dann hätte ich es hinter mir gehabt.«

»Ich bin sicher, er frisiert und schminkt sie selbst. Wahrscheinlich verändert er sie, kauft ihnen verschiedene Klamotten. Ich weiß nicht, warum er sie vor uns verstecken wollte. Vielleicht dachte er, ich wäre neidisch. Oder Sie würden eifersüchtig. Oder vielleicht hielt er sich auch für einen ungezogenen Bengel.«

Merci sah, dass er sie anlächelte, schüttelte aber den Kopf. »Lassen Sie uns hier verdammt nochmal verschwinden, Hess. Was hat er uns denn schon groß mitgeteilt?«

»Er versteht seine eigene Handlungsweise nicht gut genug, um uns wirklich eine Hilfe zu sein. Aber ich dachte, wir bemerken an ihm etwas, was uns weiterhelfen könnte.«

»Und? Ist Ihnen etwas aufgefallen?«

»Ich glaube, der Handtaschendieb liebte Janet Kane und Lael Jillson so, wie Izma Lorraine liebte. Ich denke, der Handtaschendieb ist ein Sammler. Er sammelt sie wie Izma

Schaufensterpuppen und Fotos von Schaufensterpuppen. Er will einfach dafür sorgen, dass die wahre Liebe ihm nicht davonläuft.«

»Ich würde am liebsten kotzen.«

»Warum?«

»Weil das eine Lüge ist. Und mir stinken die Schweine, die versuchen, das, was sie tun, damit zu rechtfertigen, dass sie es Liebe nennen.«

»Es kommt nicht darauf an, wie sie es nennen. Nur für uns ist es eine Lüge. Für Kerle wie Izma und den Handtaschendieb ist es die Wahrheit.«

»Zur Hölle mit Kerlen wie Izma und dem Handtaschendieb! Sie verbringen eine geschlagene Stunde mit diesem Kerl, nur um diesen Quatsch herauszufinden?«

»Das war es wert. Übrigens waren wir genau 32 Minuten hier. Ich habe etwas über unseren Mann in Erfahrung gebracht, und Sie hatten Gelegenheit, etwas zu begreifen.«

»Ach ja? Und das wäre?«

»Dass andere Menschen nicht so denken wie Sie. Also müssen Sie sich in diese Leute hineinversetzen. Andere Menschen fühlen nicht wie Sie. Also brauchen Sie Einfühlungsvermögen. Andere Menschen verhalten sich nicht so wie Sie, darum müssen Sie ein Gespür dafür entwickeln, was sie als Nächstes tun werden. Das gilt für Straftäter, die Sie fangen möchten, aber auch für alle anderen, mit denen Sie auskommen wollen.«

»Und was ist, wenn ich beschließe, mich nicht in andere Leute hineinzuversetzen?«

»Dann werden Sie mit sechzig auch nicht Sheriff sein.«

Die Wut fuhr ihr ins Herz wie eine Dosis Speed. »Mit 58. Das meine ich ernst.«

»Ich mache mich nicht über Sie lustig. Sie werden Ihren Job gut machen, wenn Ihnen bewusst ist, dass es nur einen einzigen Menschen auf der Welt gibt, der so denkt wie Sie – nämlich Sie selbst. Ein guter Jäger zu sein heißt nicht, die eigenen Gefühle zu verstehen, Rayborn. Es geht darum, die Gefühle der anderen zu verstehen. So finden Sie die Leute, die Sie kriegen wollen, gleichgültig was Sie von ihnen möchten. Straftäter oder Ehemänner, man findet sie auf dieselbe Weise.«

»Ich will keinen Ehemann. Und Sie haben sich einen tollen Zeitpunkt für Ihre Lektion über Gefühle ausgesucht.«

»Es war wichtig.«

»Das finde ich nicht. Können wir hier jetzt endlich raus? Mir reicht es. Und wenn ich noch zwanzig Minuten mit diesem ... *Herrn* da draußen verbringen muss, der anders denkt als ich und sich anders verhält als ich, dann ziehe ich mein billiges italienisches Stilett, *made in China*, schneide ihm seinen winzigen, hodengroßen *Schädel* ab und spüle selbigen in der nächstbesten Toilette runter. Können Sie *mich* und *meine* Gefühle jetzt verstehen?«

Er schloss die Schranktür. »Ich fühle mich auch nicht so toll.«

13

An diesem Nachmittag bekam Tim Hess nach der Arbeit seine erste Bestrahlung. Die erdrückende Atmosphäre von Ed Izmas Zimmer steckte ihm immer noch in den Knochen, als er sich hinlegte und der Arzthelfer das Gerät auf seine Brust richtete. Hess fragte sich, ob die Strahlung auch das Krankhafte in Izmas Seele abtöten könnte, das zweifellos in ihn eingedrungen war. Die Ärzte hatten Hess erklärt, die Behandlung solle alle Krebszellen aus seinem Lymphsystem »entfernen«. Wenn sie während der Operation ein Lymphkarzinom gefunden hätten, hätten sie ihn zugenäht und er wäre binnen eines halben Jahres gestorben. Sie hatten keins gefunden, aber die Strahlentherapie wurde dennoch nachdrücklich empfohlen.

Sie war schmerzlos und dauerte ungefähr dreißig Sekunden. Aber der Radiologe warnte Hess, dass die Nebenwirkungen – Müdigkeit, Haarausfall, Appetit- und Schlaflosigkeit, Verdauungsprobleme – sich im Laufe der Zeit verstärken würden und er sich nach sechs Wochen täglicher Behandlung sehr viel schlechter fühlen würde als jetzt.

»Wenn ihr Jungs mich damit nicht umbringt, weiß ich nicht, wie ein bisschen Krebs das anstellen sollte«, meinte Hess.

Der Radiologe lächelte. »Wir tun, was wir können, Detective.«

Um mich zu töten oder zu retten?, fragte sich Hess, während er zurück ins Wartezimmer ging.

Als er wieder zu Hause war, rief er Barbara an. Er hatte ihr viel zu sagen, er wusste nur nicht, was.

»Wie geht es dir, Tim?«

»Ich fühle mich gut.«

»Wirklich? Oder tust du nur so?«

»Es war gar nicht so schlimm. Danke für den Brief und die Blumen.«

»Ich war unsicher, wie ich mich verhalten sollte.«

»Ich habe nicht angerufen, weil ich irgendwie mit der Situation nicht zurechtkam.«

Sein Leben voller Alkohol und Zigaretten hatte Hess nach der Operation eingeholt. Delirium tremens, Nikotinentzug, drei Tage hauptsächlich erinnerungsloser, paranoider Unzurechnungsfähigkeit, von der ihm Ärzte, Krankenschwestern und Freunde hinterher erzählt hatten. Irgendwann war er von der Intensivstation geflohen, hatte sich die Katheter und Transfusionsschläuche auf seinem Weg in die Freiheit herausgerissen. Drei Pfleger hatten ihn festhalten müssen.

Er hörte, wie sie den Atem anhielt. »Ich habe mir solche Sorgen gemacht.«

»Komm schon, Barb, lass es gut sein«, sagte er sanft.

»Ich kann nicht anders. Wenn es um dich geht, Tim, werde ich sentimental. Ich weiß, es ist lächerlich. Aber ich kann nicht mit dir reden, ohne mich nicht wieder wie sechzehn zu fühlen. Das klingt abgedroschen, aber es stimmt. Die erste Liebe und so weiter.«

»Uns beschäftigten unterschiedliche Dinge, Barbara. Und das war gut so.«

»Ja, vermutlich.«

Er rief sich in Erinnerung, wie sie gewesen war, als sie sich getroffen hatten, klug und hübsch, mit einem Lächeln, das die Jahrzehnte überdauert hatte. Und mit beiden Beinen blieb sie immer auf dem Teppich.

»Ich wollte dich nur wissen lassen, dass es mir gut geht und du dir keine Sorgen machen musst. Man hört ja allerhand, wenn die Gerüchteküche brodelt.«

Es trat eine lange Stille ein. Hess fühlte sich verpflichtet, das Schweigen zu brechen.

»Um dir jedoch die Wahrheit zu sagen, ich habe … an ein paar Dinge gedacht, an die ich noch nie zuvor einen Gedanken verschwendet habe. In über vierzig Jahren als Deputy habe ich mir nie Gedanken über den Tod gemacht. Ich habe wirklich nie über ihn nachgedacht. Man hat auf mich geschossen, mit Messern auf mich eingestochen und viele Schurken haben mir gedroht. Dann werde ich eines Tages bei einer Routineuntersuchung geröntgt und es zeigt sich ein Schatten auf meiner Lunge in der Größe eines Radiergummis. Das hat mir eine Höllenangst eingejagt. Ich habe die gleiche Chance wie jeder, Barb, aber es könnte trotzdem ziemlich schnell vorbei sein. Und wenn dieser Fall eintritt, sollst du wissen, dass du von allen Menschen, die mir in meinem Leben begegnet sind, der beste bist. Du bist der beste Mensch, den ich je auf Erden getroffen habe. Nicht dass ich in einer Branche tätig war, wo man besonders vielen guten Menschen begegnet. So habe ich das nicht gemeint … du weißt, was ich sagen will. Wie auch immer. Ich mein's ernst.«

»Ach, Tim …«

Er konnte förmlich vor sich sehen, wie sich Barbaras dunkle Augen mit Tränen füllten.

»Wenn du etwas Liebe und Zuwendung brauchst, Tim – du weißt schon –, dann kannst du das bei mir bekommen. Ich koche immer noch gern. Ich verbringe viel Zeit mit den Kindern und Enkeln, aber ich bin auch sehr oft allein. Mir würde etwas Gesellschaft gut tun.«

»Ich werde darauf zurückkommen.«

»Nein, wirst du nicht. Ich habe viel darüber nachgedacht, Tim. Nachdem wir uns getrennt haben. Ich habe darüber nachgedacht, warum es passiert ist. Und ich bin zu folgendem Ergebnis gekommen: Du hattest Angst davor, dir mehr Ruhe zu gönnen. Du hattest Angst, weniger Fächer in der Schule zu belegen, weniger Streifengänge zu übernehmen und einfach nur *da zu sein.* Mit dir selbst allein zu sein. Mit mir allein zu sein. In der Welt zu sein. Und du bist heute immer noch so; du hast Angst, wenn du zur Ruhe kämst, würdest du etwas verpassen.«

»Ich habe Angst, wenn ich zur Ruhe komme, werde ich sterben.«

»So habe ich es nicht gemeint.«

»Aber du hast ja Recht.«

»Es stimmt nicht. Wenn du zur Ruhe kommst, wirst du glücklicher. Du wirst mehr verstehen. Die Menschen werden dir mehr bedeuten. Und du wirst ihnen mehr bedeuten. So schlimm ist es gar nicht, Tim. Es geht nur darum, still zu sitzen. Du zu sein. Einfach da zu sein.«

»Das ist einer meiner Charakterfehler, Barb.«

»Tja, du weißt ja, was man über den Geruch von Rosen sagt. Oder über den Geschmack von Kaffee. Er verändert sich alle paar Jahre. Wenn ich du wäre, würde ich mir mehr Ruhe gönnen. Ich würde das Meer auf meiner Haut riechen, wenn ich draußen im Wedge auf den Wellen ritte. Machst du das noch?«

»Im letzten Sommer schon. Seit der Operation nicht mehr.«

»Ich erinnere mich, dass du hohe Wellen fast so sehr geliebt hast wie mich. Und ich weiß auch noch, dass du sie eine Zeit lang mehr geliebt hast.«

Trotz ihres Optimismus und ihrer Weigerung, die dunkle Seite ihres Charakters zur Kenntnis zu nehmen, besaß Barbara einen wachen Verstand. Hess wusste das.

»Vielleicht gibt dir das Wellenreiten etwas, was dir hilft, zur Ruhe zu kommen.«

Sie schnäuzte sich die Nase. Hess fiel wieder ein, wie er sie damit aufgezogen hatte, dass sie wegen alles in Tränen ausbrach: Wiederholungen von alten Fernsehserien, Werbespots im Radio, Zeitungsartikel. Es hatte ihn irritiert, dass Barbara wegen Dingen weinte, für die er nur einen sarkastischen Spruch übrig hatte – knallharter Cop, der er war, Hüter des Gesetzes, Prinz der Vororte, der zähe Typ mit der Knarre. Ich war dumm, dachte er. Und was bin ich jetzt? Ein ausgebrannter, bestrahlter, alter Mann mit der minimalen Chance, dass diese Strahlentherapie sein Leben rettet.

»Wenn du mich je brauchst, Tim, ich bin für dich da.«

In seinem Herzen braute sich ein Sturm zusammen. Er konnte nichts weiter sagen als danke.

Er versuchte, ihren Worten Glauben zu schenken. An diesem Abend stand er am Wedge im Sand und beobachtete die Wellen, die sich an den zerklüfteten Felsen bildeten, auf den Strand stürzten und sich schließlich tosend in Felshöhlen brachen. Er sah die Gischt aufspritzen, als wäre sie der feurige Atem eines Drachen. Die Wellen waren groß genug, um die Leute davon abzuhalten, ins Wasser zu gehen. Hess erkannte ein paar bekannte Gesichter im aufgewühlten Meer. Er nahm hauptsächlich Kinder wahr. Auch er war ein Kind gewesen, als er sich das erste Mal dem wilden und unberechenbaren Brecher entgegengestellt hatte, einer Welle, auf die einen nichts auf der Welt vorbereiten konnte. Er spürte, wie die Erinnerung daran seine Füße im Sand vibrieren ließ.

Der Abend war grau und feucht. Es herrschte kaum Wind,

darum war die Wasseroberfläche glatt. Die Zuschauer am Strand standen alle. Viele hatten Kameras mit riesigen Linsen dabei, die sie auf Stativen aufgebaut hatten. Wenn die Brecher so groß wie jetzt waren, spritzte genug Gischt in die Luft, um einen salzigen Nebel über das Wasser und den vorderen Strand zu legen. Ein Rettungsboot hüpfte hinter dem Brecher auf und ab. Hess sah eine weitere hohe Welle, die sich an den fernen Felsen bildete, und fürchtete um das Rettungsboot, das sich in einer gefährlichen Position befand. Normalerweise fuhren sie nicht in den Wedge hinein, weil die Brecher entweder so groß waren, dass sie das Boot zum Kentern brachten, oder die See war ruhig. Hess fragte sich, was sie an diesem Abend hergeführt hatte.

Das Wasser um seine Knöchel war erstaunlich warm, während er dastand und auf ein Abebben der Wellen wartete. Er wusste, dass die Leute ihn wegen seines Alters oder vielleicht wegen der Narbe anstarrten. Nachdem der letzte Brecher an den Strand geschlagen war, watete Hess rückwärts, bis er bis zu den Knien im Wasser stand, dann drehte er sich um, tauchte flach in das zurückweichende Meerwasser und ließ sich von der Rückströmung hinaus in das tiefe Wedge-Becken ziehen.

Am Wedge hatte Hess immer schon beeindruckt, wie nahe man dem Strand kam, wenn drei Meter hohe Wellen einen hochhoben und in Richtung Strand trugen. Wenn man sich auf dem Wellenkamm befand, packte einen die Angst. Doch dann wich sie dem Geschwindigkeitsrausch. Anschließend überrollte einen der Kiel und man musste schnell auftauchen, bevor man auf den Meeresgrund gedrückt wurde. Aber man durfte auch nicht zu früh versuchen, darunter hervorzukommen, sonst stürzte man in die Tiefe, bevor die Welle brach. Auf diese Weise wurde man ins Innere der Welle gesogen und länger unter Wasser gedrückt, als man es aushalten konnte. Hess hatte keine Ahnung, wie oft der Wedge schon eine Wirbelsäule, ein Genick oder eine Schulter gebrochen hatte, aber ihm war klar, dass es unzählige Male passiert sein musste.

Fünf Leute waren mit Hess im Wasser. Sie schwammen alle gleichzeitig los. Ein Adrenalinstoß durchfuhr ihn, als er ihnen folgte und spürte, wie seine Beine sich ausstreckten, das Gewicht der schweren Flossen seine Füße nach unten zog und seine Arme das Wasser teilten.

Es war ein Jahr her.

Die erste Welle türmte sich auf, und Hess beobachtete, wie sich ein dünner Junge hinauftragen ließ und wie eine Wasserwanze über das Wasser hüpfte. Hess tauchte unter und spürte den kräftigen Sog an seinen Flossen.

Ein untersetzter junger Mann, den Hess schon zuvor gesehen hatte, erwischte die zweite Welle, aber er nahm sie zu spät, zu nahe am Wellenberg, sodass die Welle einfach unter ihm zusammenbrach – wie ein Haus, das man in die Luft sprengte. Hess glitt unter ihr hindurch. Er wusste, es handelte sich um die Art von Auslaufwelle, aus der man nicht herauskam. Man brauchte viel Luft, um es auf dieser Gischt sprühenden Achterbahn bis zum Strand zu schaffen. Er fragte sich, ob ein ganzer und das Drittel eines Lungenflügels ausreichen würden, dann beschloss er, dass dem so war.

Als sich die nächste Welle vor ihm aufbaute, erkannte Hess, dass er sich genau an der Stelle befand, an der er sein musste, um sie richtig zu erwischen. Zwei der anderen versuchten es auch, doch dann machten sie ihm in einem seltenen Akt von Respekt den Weg frei. Hess ließ sich von dem ansteigenden Wasser hochtragen, seine Flossen trieben irgendwo über seinem Kopf. In letzter Sekunde drehte er sich in Richtung Strand, trat einmal fest zu und überließ sich der Welle, die ihn trug. Ein Schwindel erregender Hub. Ein Geschwindigkeitsrausch. Winzige Menschen tief unter ihm. Strandtücher wie Briefmarken. Dachfirste in der Ferne. Die Welle hatte völlig von ihm Besitz ergriffen. Tonnen von forderndem Wasser, die über ihn verfügen wollten. Er ließ seine linke Hand mit der Handfläche nach unten sinken und stieß sich ab. Das war die eigentliche Magie für Hess, der Teil, den man nie ganz glauben konnte: wie ein fast 100 Kilo schwerer Mann auf seiner eigenen Hand zu reiten vermochte, den Widerstand des Wassers spürend, wie es durch seine Finger glitt, die Gischt ihn besprühte. Ein winziges tragbares Surfbrett, das mit dem Körper verbunden war. Dann sah er, wie sich weit über ihm die Wellenlippen halbmondförmig nach innen bogen, und er beugte seine rechte Schulter mit aller Kraft, um sich so lange wie möglich aufrecht zu halten. Gischt spritzte in sein Gesicht. Er schaute kurz zu den Menschen am Strand, zu dem Brecher hinter ihm, zum Hafen hinter dem Brecher und hinauf in den Himmel über dem Hafen. Dann brach der tosende Zylinder über ihm zusammen und der Himmel wurde durch Wasserfluten ersetzt und ein oder zwei Sekunden lang steckte er mittendrin, glitt immer noch glücklich auf seiner Handfläche, bis die Welle ihn schließlich umwarf und an den Strand spülte.

Einen Augenblick später fand er sich im weichen, aufgeschäumten Wasser wieder, am Strand abgelegt. Er blieb einem Moment wie ein Kleinkind im Sand liegen, während das Wasser um ihn herum zurückwich. Einige der Leute klatschten.

Hess streifte seine Flossen ab und stand auf. Er lächelte die Menge an – was für ein merkwürdiges Gefühl, zu lächeln – und wusste, er würde es schaffen, er konnte dieses Ding in sich mit etwas Glück besiegen, mit ein wenig Applaus, einem kleinen Nicken von Gott im Himmel.

Sein Herz klopfte wie wild und seine eineindrittel Lungenflügel waren voller guter, salziger Meeresluft.

14

Big Bill Wayne saß aufrecht auf dem Fahrersitz seines großen Vans und fuhr durch Irvine, eine ausgedehnte, auf dem Reißbrett geplante Gemeinde, in Richtung Interstate 5.

Er sah hinaus auf die sich gleichenden Häuser, die sauberen Straßen, die Straßenlaternen, die an diesem dämmrigen Sommerabend leuchteten. Orange County, Kalifornien, dachte er, der glücklichste Ort der Welt, Heim eines Baseballteams namens *Angels*, eines Meeres, das Pazifik heißt, und von über zweieinhalb Millionen Menschen, unter denen es viele wunderschöne Frauen gibt, die sich nach der Gesellschaft von Männern sehnen.

Und ich wohne hier.

Ich, Big Bill Wayne, ein attraktiver, blonder Junggeselle und Frauenfreund.

Zuerst fuhr er kreuz und quer über den Parkplatz eines gigantischen Entertainmentkomplexes, der unter dem Namen The Big One bekannt war. Seine Kinos waren 24 Stunden am Tag geöffnet und es gab jede Menge Restaurants. Der Parkplatz war groß, lag im Freien und verfügte über keine gute Beleuchtung. Big Bill Wayne parkte und folgte zwei passabel aussehenden Frauen in Richtung Eingang. Ihr Parfüm wehte bis zu ihm herüber und er hörte das Klicken ihrer Schuhe auf dem Asphalt. Wie die meisten Frauen, die zu zweit unterwegs waren, redeten sie unablässig und schenkten ihm keinerlei Beachtung. Er stellte sich in einer der langen Schlangen hinter sie und rückte stetig näher.

Seine Knie wurden weich und sein Herz klopfte, als er versuchte, über Filme mit ihnen ins Gespräch zu kommen. Eine der Frauen hatte braune Augen, die sanft schimmerten. Die Unterhaltung schien gut zu laufen, bis eine von ihnen einen Witz machte, den er akustisch nicht mitbekam, dann lachten die beiden und drehten ihm den Rücken zu. Und das, dachte er, ist genau das, was ich an Frauen am meisten hasse: die Geschwindigkeit, mit der sie ihre Meinung ändern. Er spürte, wie eine heiße Welle des Zorns in ihm aufbrandete. Er hatte geahnt, dass sie kommen würde, denn das tat sie immer. Sie ergriff sein Herz, ölte seine Muskeln und ließ ihn ziemlich verschlagen grinsen.

Bill lief einen überfüllten Gang zu einer Bar namens Sloppy Joe's entlang, die laut Werbung ein Nachbau von Hemingways Lieblingsbar in Key West sein sollte. Die Frau, die den Leuten den Tisch zuwies, war bezaubernd.

Er ging langsam zur Theke, die Hände auf dem Rücken, den Kopf leicht gebeugt wie ein Mann, der tief in Gedanken versunken war. Im Spiegel hinter der Bar bewunderte er seinen langen Mantel und seine Weste, das lange goldene Haar und den prächtigen Schnauzer.

Er schaute sich auch die Gesichter der Frauen an. Ihre Augen waren so fordernd, so arrogant. Er spazierte an den Wänden vorbei, betrachtete die Fotos von dem gut aussehenden Schriftsteller – auf vielen war er mit Frauen abgebildet – und fragte sich, ob es ihm helfen würde, ein Buch zu schreiben, um eine Beziehung einzugehen.

Aber es bereitete Bill Probleme, dass Schriftsteller ein Gewissen haben mussten, um gute Bücher zu verfassen, und er wusste haargenau, dass er so etwas nicht besaß. Er hatte sein ganzes Leben davon gehört – dass man Gefühle haben sollte, die einem den rechten Weg wiesen, die einem bei der Entscheidung halfen, was richtig war und was falsch. Ein Gewissen.

Er verstand nur allzu gut, was man fühlen sollte. Eltern und Lehrer, Priester und Cops, Ärzte und Richter, Fernsehen und Kino teilten einem ständig mit, wie man sich zu fühlen habe. Aber wenn man es niemals wirklich fühlte, wenn das eigene Tun niemals ein eindeutiges Gespür für richtig oder falsch hervorrief, wenn diese Vorstellungen in einem einfach nicht da waren, so wie manche Menschen ohne bestimmte Organe zur Welt kamen, dann konnte man nur so tun, als ob. Und manchmal war es nicht leicht, die Illusion jener Emotionen auf dem eigenen Gesicht zu erzeugen, damit andere das Richtige herauslasen. Tja, es hatte keinen Zweck, sich selbst dafür Leid zu tun.

Einige Minuten später ließ er sich von der Frau einen Tisch zuweisen, gegen den er sie gleich darauf drängte und ihr einige Fragen über Ernest stellte, aber sie wich ihm aus, indem sie sich über einen Stuhl lehnte, der mit lautem Quietschen wegrutschte. Dann verschwand sie hinter einer Tür, auf der NUR FÜR PERSONAL stand. Einen Augenblick später trat ein stämmiger junger Mann durch dieselbe Tür und funkelte ihn böse an.

Bill verließ die Bar, die Hände wieder auf dem Rücken und den Kopf nach vorn gebeugt. Er stellte sich vor, wie es wäre, eine Salve in das Herz dieses Mannes abzufeuern und den Ausdruck von Unglauben auf seinem dämlichen Gesicht zu sehen. Zu beobachten, wie seine Augen herumrollten wie die letzten beiden Oliven in einem Olivenglas.

Wieder auf den Freeway und auf vertrautem Terrain. In den überdachten Einkaufszentren war die Jagd besser, denn die Frauen spazierten dort furchtlos allein herum und waren von den Waren immer derart abgelenkt, dass man sich unbemerkt in ihrer Nähe aufhalten und alles über sie denken konnte, was man wollte. Seine Ausrüstung, die Einkaufstasche, das Laken, der *Deer Sleigh'R*-Transportschlitten, Pandoras Büchse und die drei Handtaschen befanden sich hinten auf der Ladefläche, alles bis auf den *Deer Sleigh'R* in zwei große Metallwerkzeugkästen verpackt. Er hatte sich mehr als einmal vorgestellt, was wohl ein Polizist denken würde, wenn er diese Dinge sah. Aber kein Officer durfte seinen Van ohne triftigen Grund durchsuchen, und Bill würde ihnen nie auch nur den Ansatz eines möglichen Grundes liefern, sich sein Fahrzeug vorzuknöpfen. Er war sauber. Wenn man ihn bei einer Routineüberprüfung herauspickte oder er bei einer Alkoholkontrolle der Autobahnpolizei ins Röhrchen blasen müsste, würde sein falscher Führerschein nicht auffallen, der von einem Fälscher in Little Saigon ausgestellt worden war, eine erstklassige Arbeit in der Tradition der hochwertigen falschen Ausweise, die in den Tagen nach dem Krieg so unersetzlich gewesen waren.

Gott sei Dank gibt es die amerikanische Verfassung, dachte Bill, denn ohne sie würde sein *Deer Sleigh'R*-Transportschlitten – der als »großartige Möglichkeit, das Fleisch Ihrer Trophäe vor Dreck und Schaden auf einem groben, zerklüfteten Boden zu bewahren« beworben wurde – den durchschnittlichen Cop zu wahren Misstrauensorgien hinreißen. Die Handtaschen würden ihn verraten. Und was würden sie wohl von Pandoras Büchse halten? Sie war ein Prototyp, einzigartig, genau das, was die Alarmglocken eines Polizisten mit niedrigem IQ zum Läuten brachte. Er würde eine Erklärung fordern.

Bill erinnerte sich, dass es an der Zeit war, dem Erfinder der Büchse wieder einen Besuch abzustatten, um das Ding reparieren zu lassen. Als er es das letzte Mal einschalten wollte, sprang es nicht an. Als ob die Batterie leer wäre oder es einen Kurzschluss gegeben hätte. Glücklicherweise hatte er die Büchse dann doch nicht gebraucht. Aber der Erfinder würde wissen, was da im Argen lag, und es reparieren können – schließlich hatte er das verdammte Ding ja erschaffen.

Big Bill Wayne fuhr durch die abgasgeschwängerte Nachtluft zu einem neu erbauten Einkaufszentrum namens Main Place. Er fuhr kreuz und quer über den Parkplatz, um ein Gefühl dafür zu bekommen, ob es viel versprechend aussah oder nicht. Er mochte das Main Place, weil es klein war und irgendwie gemütlich wirkte – für ein Einkaufszentrum. Um seine Erfolgsaussichten zu vergrößern, würde er in sicherer Entfernung vom Main Place parken müssen, auf einem Baugelände, das er Monate zuvor ausgekundschaftet hatte. Dort könnte er vom Auto in den Van umsteigen. Die Stelle, an der er den Van parkte, war von entscheidender Bedeutung, denn der Transfer musste sicher sein, andererseits durfte es nicht allzu lange dauern, den Parkplatz zu Fuß oder mit dem Bus zu erreichen.

Aber an diesem Abend war er nicht in passender Stimmung, um seine Sammlung zu vergrößern. Nein. An diesem Abend wollte er sich nur Appetit machen, sich vorbereiten, sich inspirieren lassen. Es war eine Nacht für einen Kundschafter wie den großen Kit Carson.

Bill entdeckte eine überaus attraktive Frau, die auf den Eingang zuging, aber ihre Shorts und das T-Shirt enttäuschten ihn. Im Sommer zogen sich Frauen anscheinend weniger schick an; es war eindeutig schwieriger, eine zu finden, die gute, elegante Sachen trug.

Positiv war, dass viele ihre Haare wegen der Hitze hochgesteckt hatten, und hochgestecktes Haar symbolisierte für Bill stets gute Herkunft, Klasse, Erziehung und unbezähmbare, fleischliche Gelüste. Aber die hier trug ihre Haare offen, favorisierte unschmeichelhaft flache Sandalen und hatte nicht einmal die Ärmel ihres T-Shirts hochgerollt, um die Schönheit ihrer weiblichen Oberarme vorzuzeigen.

Weiße Proleten, dachte er; so weit verbreitet wie Spatzen und in etwa genauso interessant.

Eine Blondine in einem roten Kleid und roten Schuhen: zu schwammig.

Eine schlaksige Schwarze: zu jung.

Eine Lateinamerikanerin: so stark und dunkel wie Kaffee, aber was sollte man mit ihr reden?

Eine untersetzte, kleine Angestelltenmaus, die beim Gehen leicht hüpfte und ein Gesicht wie ein Frosch hatte: ähem, nein danke, gnädige Frau.

Doch dann tauchte aus heiterem Himmel eine sehr interessante Möglichkeit auf und stieg in ihren alten Klapperkasten von Limousine. Bill blieb mit seinem Van schräg hinter ihr stehen, als ob er es auf ihren Parkplatz abgesehen hätte. Sie war groß, hatte lockiges, dunkles Haar, eine intelligente

Stirn und wohl geformte Beine. Ihr Rock war nicht zu kurz, rutschte nur etwas hoch, als sie sich auf den Fahrersitz setzte. Ihre Schuhe hatten schöne hohe Absätze und ihre Bluse war leuchtend lila und hatte keine Ärmel. Sie wusste, wie schön ihre Arme waren. Er stellte sich vor, wie ihr Gesicht auf dem Foto ihres Führerscheins aussehen mochte und welche körperlichen Merkmale neben dem Foto aufgelistet sein würden, schwarz auf weiß. Es war wirklich toll, so viele Fakten über eine Frau auf einer praktischen, strapazierfähigen und haltbaren Karte zu haben. Man vergaß nie den Geburtstag. Und auf einem kalifornischen Führerschein fand sich mehr Wahrheit, als einem die meisten Frauen in ihrem ganzen Leben erzählten.

Er kurbelte sein Fenster herunter, damit sie sehen konnte, wie attraktiv er war. Er winkte ihr zu, als sie den Kopf drehte und ihn durch ihre Scheibe anschaute. Sie lächelte und winkte zurück. Herrliche Zähne.

Sie fuhr mit ihrem langen amerikanischen Schlitten, der einem Schiff ähnelte, aus der Parkbucht heraus. Big Bill wartete und versuchte abzuschätzen, ob er hinter ihren Sitz passen würde. Sie schlug das Lenkrad ein, aber anstatt auf ihren Parkplatz zu fahren, setzte Bill mit dem Van zurück, sodass sie nur noch abwarten und sich angucken konnte, wie er königlich auf seinem Fahrersitz thronte. Er war stolz auf die neue silberne Lackierung, die er seinem Wagen verpasst hatte. Er lächelte ihr zu und spürte, wie die kalte weiße Wut in ihm aufloderte.

Sie kurbelte ihre Scheibe so weit hinunter, dass er ihren Mund sehen konnte. »Danke, dass Sie gewartet haben!«, rief sie.

»Gern geschehen, Ma'am.«

»Tja, nochmals danke. Aber jetzt stehen Sie mir im Weg.«

»Ich habe mich nur gefragt, ob Sie vielleicht einen Drink möchten.«

Sie lächelte immer noch. Er konnte es nicht glauben. Genauer gesagt, glaubte er es nicht, weil er wusste, wie schnell eine Frau ihre Meinung ändern konnte. Im Bruchteil einer Sekunde fällte sie ihr Urteil über ihn, das war ihm klar, traf schneller als jeder Computer schwierige Entscheidungen, überlegte, ob er eine Bedrohung darstellte und attraktiv genug war, bewertete seinen Charakter und mögliche Gefahren, beurteilte sowohl die Sicherheit als auch die Rentabilität seiner Gesellschaft.

»Hören Sie, ich arbeite hier«, erwiderte sie. »*Juwelier Goldsmith*. Kommen Sie doch mal abends vorbei. Vielleicht können wir dann einen Kaffee trinken. Ich heiße Ronnie.«

»Mich nennt man Bill.«

»Wie nett. Freut mich, Sie kennen gelernt zu haben.«

»Noch einen schönen Abend, Ronnie.«

Er nickte ihr zu, auf eine Weise, die er für gute Wildwest-Etikette hielt, dann fuhr er mit seinem Van in die Parkbucht.

Einen Augenblick später sah er, wie Ronnies Schrottmühle mit nur einem Rücklicht um die Ecke und vom Parkplatz holperte. Er schrieb sich ihr Kennzeichen auf, für den Fall, dass sie doch nicht bei *Juwelier Goldsmith* arbeitete. Bill machte ein wenig Recherche nichts aus. Recherche gehörte zum Kundschaften dazu. Und nichts auf Erden machte ihn wütender, als von einer Frau angelogen zu werden, der er vertraute.

Der Parkplatz erwies sich als ziemlich gut – er lag vor einem der Haupteingänge, keine Autos, die seine Sicht auf den Fußgängerüberweg behindern könnten. Er machte den Motor aus und lehnte sich zurück. Ronnies Wagen verschwand auf dem Boulevard, was er nur daran erkannte, dass es das einzige Auto mit nur einem Rücklicht war. Was für ein Lächeln! Bill spürte, wie es sich südlich seiner Gürtellinie zu regen begann.

Bill beobachtete zwei Teenager, die auf den Eingang zugingen, aber sie interessierten ihn nicht. Er war ein erwachsener Mann mit erwachsenem Geschmack und vertrat die

Überzeugung, dass junge Menschen eine Chance verdienten. Und wer weiß, vielleicht würde eine von ihnen zu einer Frau heranwachsen, an der er eines Tages seine Freude hätte. Bill hing daraufhin einem immer wiederkehrenden Tagtraum nach: Er sauste in einem schnellen Flitzer den Highway entlang, mit zwei Mädchen auf dem Rücksitz, deren Haare im Wind flatterten, und einem Mädchen vorn neben ihm, ihre Hand in seinem Schritt. Laute Musik vom Band, dieser Springsteen-Song, wo der Kerl mit seinem Mädel auf dem Schoß auf den elektrischen Stuhl will. Die Fahrt führte nach Vegas. Mit neunzig Meilen pro Stunde und einer klassischen 9 mm Luger unter seinem Oberschenkel. Ach wirklich, Officer? Kra-WUMM!

Es war angenehm, sich das vorzustellen, aber auch ein wenig absurd. Glücksspiele lagen ihm nicht besonders, und er hatte auch nicht das Verlangen, durch die Hand eines Gesetzeshüters zu sterben. Märtyrertum jeder Art war ihm fremd. Das war so gar nicht glamourös.

Bill drehte sich auf seinem Fahrersitz um, stand auf und begab sich in den hinteren Teil des Vans. Er zog sich frische Latexhandschuhe über, zerrte die Handtaschen an ihren Riemen hervor und stopfte sie hinter seinen Sitz.

Dann ließ er den Motor an und fuhr aus der Parkbucht. Runter vom Parkplatz, den Boulevard entlang, über den Ronnie gefahren war – sie war zweifelsohne eine verlogene, intrigante Hexe –, dann wieder auf den Freeway in Richtung Irvine, der am Reißbrett geplanten Kommune und dem Heiligtum seines Heimes.

Er spürte hinter sich die Handtaschen und zog sie vor, legte sie alle auf die große Konsole neben dem Fahrersitz. Jede hatte ihren eigenen Geruch. Er hob sie hoch, roch daran und genoss eine nach der anderen. Bei den ersten drei hatte sein Programm nicht funktioniert – er hatte nicht gewusst, wie er das mit ihnen tun sollte, was er tun wollte. Er wusste, er musste von jeder der Frauen, die er liebte, etwas aufbewahren

– aber warum sollte man sich diese Mühe machen, wenn man sie hinterher sowieso einfach entsorgte, sie behandelte, als wären sie nicht wichtig gewesen?

Er trommelte auf sein Lenkrad und fragte sich, was er tun würde, wenn er alles tun könnte, was er wollte.

Er würde ein Gewissen entwickeln. Offenbar war das Leben mit so einem Ding einfacher. Er würde den Unterschied zwischen richtig und falsch erkennen. Wenn man den kannte, konnte man mühelos diejenige aussuchen, die am besten für einen war.

Er würde sich auch einen Job bei *Saddleback* besorgen, den Job, den man in der letzten Woche auf dem Schild im Fenster ausgeschrieben hatte. Das Gehalt war anständig und er wäre von Stiefeln, Hüten, Staubmänteln, breiten Gürteln mit riesigen Gürtelschnallen und echtem Werkzeug umgeben. Der Laden roch nach Heu und Leder. Entweder den oder ein Job als einer der kostümierten Revolverhelden auf *Knott's Berry Farm*, wo er vor sich hin feuern konnte, während Frauen mit Hüten seine Schießkünste bewunderten.

Big Bill erinnerte sich an den Moment, als er zum ersten Mal das Haus von John Wayne gesehen hatte – das ehemalige Haus, um genau zu sein. Es lag auf der anderen Seite der Hügel, auf einer Insel im Hafen von Newport. Er hatte stundenlang davor gestanden und den Anblick in sich aufgenommen. Und dann war er mindestens ein Dutzend Mal wiedergekommen. Das hatte natürlich zu einer Fahrt mit Abendessen an Bord des ehemaligen Bootes des Duke geführt, der Wild Goose. Die Bootsfahrt hatte ihn fünfzig Dollar gekostet, aber Bill würde nie die majestätische hölzerne Bar vergessen, an der John Wayne getrunken und gespielt hatte, das große Schlafzimmer und die kleinen Kojen für die Kinder. Als Bill auf dieser Jacht gestanden hatte, die durch den Hafen glitt, hatte er das Gefühl gehabt, sich mitten im Herzen des amerikanischen Westens zu befinden.

Heutzutage bestand der Westen hauptsächlich aus Vororten, aber das war schon in Ordnung, weil die Vororte dank der Illusion von Ruhe und Frieden florierten.

Bill warf einen prüfenden Blick auf den Tachometer und dachte an den alten Detective, den man reaktiviert hatte, um den Handtaschendieb zu fangen – Hess hieß er. Er war am Morgen in der Zeitung gewesen, mit Foto und allem. Er sah aus wie ein Sheriff aus dem Wilden Westen, mit zerfurchtem Gesicht und kalten Augen. Offensichtlich ein Mann mit Gewissen.

Natürlich war der Cop, der seinen Fall leitete, eine Frau. Sie hatte sich in dem Artikel gackernd darüber ausgelassen, was für eine Ehre es sei, mit dem scheußlichen, alten Ermittler zusammenzuarbeiten. Auf dem Foto in der Zeitung sah sie halb so alt aus wie ihr neuer Partner. Bill gefiel die Idee: ein verknöcherter, alter Kerl und eine perfekt erhaltene, junge, knackfrische Frau, die versuchten, ein Verbrechergenie zu fangen.

Man sollte ihnen etwas geben, an dem sie zu knabbern hatten. Er griff in seine Hemdtasche, zog das gefaltete Stück Papier heraus und steckte es in eine der Handtaschen – das war sie, seine Erste, die Schwarzbraune.

Bill schaute in den Rückspiegel, dann zog er alle drei Handtaschen zu sich heran und hielt sie aus dem Fenster, sodass sie über dem Mittelstreifen baumelten. Der Wind riss sie ihm aus der Hand. Er sah im Seitenspiegel, wie sie – abgeschlagenen Köpfen gleich – über den Asphalt hüpften.

15

»Wir haben bei CAL-ID einen Treffer gelandet«, sagte Merci Rayborn. »Das muss an dem verdammt guten Täterprofil liegen, das Sie zusammen mit dem Doktor ausgearbeitet haben.«

Ihre Stimme überschlug sich fast vor Aufregung.

»Ein Kerl namens Lee LaLonde, Autodieb, drogenabhängig, ergiebige Akte – hauptsächlich Riverside County. Hören Sie sich das an: Er wohnt jetzt in Elsinore, nicht weit von dem Ortega Highway. Ich gebe in Riverside Bescheid, dass wir kommen. In einer halben Stunde hole ich Sie ab.«

Sie hörte, wie eine Lampe eingeschaltet wurde, dann das laute Atmen des alten Mannes. Auf ihrer Uhr auf dem Nachttisch war es 4 Uhr 56.

»Brauchen wir Verstärkung?«, fragte er mit ruhiger, klarer Stimme.

»Nein. Der Scheißkerl ist auf Bewährung. Wir können mit ihm machen, was wir wollen. Keine Sorge.«

Es kam ihr anmaßend vor, einen vorgesetzten Officer aufzufordern, er solle sich keine Sorgen machen, aber Hess war ja gar kein Vorgesetzter mehr, rief sie sich ins Gedächtnis. Das Adrenalin strömte durch ihren Körper, und sie hätte nicht einmal dann aufhören können, wenn sie es gewollt hätte. Aber sie wollte nicht.

Darum ging es doch, das machte das Leben bunt und führte einen den Tod vor Augen: der Gebrauch von Schusswaffen. Es war besser, als verliebt zu sein.

Hess erklärte ihr, wie sie zu seinem Apartment kam, meinte, dass er draußen warten würde, und hängte ein.

Merci hatte bereits die Kaffeemaschine angeworfen, die sie jeden Abend vor dem Zubettgehen vorbereitete, falls eine Situation wie diese eintrat. Ihr Herz schlug schnell und kräftig, aber nicht zu schnell. Mit der heißen Tasse in der Hand ging sie zurück ins Schlafzimmer, wo sie das Radio auf ihrer Kommode einschaltete, um die Nachrichten zu hören, dann ins Badezimmer, wo sie das Radio aufdrehte, das auf einen Sender mit Rockmusik eingestellt war.

Sie band die Haare im Nacken mit einem bunten Gummiring zu einem Knoten zusammen, schlüpfte in Hosen und Stiefel, zog ihre *SpectralFlex*-Schutzweste über das T-Shirt und schnallte sich das Halfter um. Das Schulterhalfter passte wie angegossen, aber die Schnalle öffnete sich manchmal:

Zeit für einen Besuch beim Büchsenmacher oder vielleicht für ein neues Halfter. Die *SpectralFlex*-Schutzweste war so entworfen, dass sie vor Mehrfacheinschlägen, abgewinkelten Treffern und Hochgeschwindigkeitsmunition schützte. Fünf Pfund, schwarz. Die Weste hatte sie 650 Dollar gekostet, weil das County für nichts anderes aufkam als die alten *Kevlar II*-Modelle. Immer dieser Streit mit der Buchhaltung, dachte sie. Verdammte Erbsenzähler. Laut den Nachrichten von der Kommode gab es keinen neuen Mord – gut so. Das Radio im Badezimmer spielte etwas Schnelles und Hirnloses. Ihr Dad hatte immer Jazz gehört. Sie warf einen zusätzlichen Ladestreifen aufs Bett und schob den anderen in die Vordertasche ihrer Hose. Ihre Polizeimarke kam in die hintere rechte Gesäßtasche. Taschenlampe, Handschellen und Tränengasspray an den Gürtel. Zu guter Letzt die Windjacke des Sheriff Departments. Merci nahm den Ladestreifen vom Bett und steckte ihn in die linke Jackentasche. Sie achtete immer darauf, dass die *SpectralFlex*-Derringer Kaliber .40 in ihrer Handtasche geladen war, obwohl sie die Tasche nicht in die Wohnung von Lee LaLonde mitnehmen würde. Sie erkannte, dass sie ein Wadenhalfter für die kleine Waffe brauchte. Sie notierte sich, die Preise dafür in Geschäften zu vergleichen, in denen es auch Utensilien für Jäger, Seile und Flaschenzüge im Ausverkauf gab. Sie sah noch einmal nach, ob sich auch das Stilett in ihrer Handtasche befand, aus Gründen, die ihr diffus als allgemeine Vorstellung von Sicherheit durch den Kopf spukten.

Handtaschendieb, Saftsack, Schwein, dachte sie; kannst ja mal versuchen, mir dieses Zeug abzunehmen.

Acht Minuten und fünfzehn Sekunden nachdem der Anruf bei ihr eingegangen war. Weniger als beim letzten Mal, wo es über neun Minuten gedauert hatte, aber damals hatte sie es mit ihrem üblichen Drill ja auch nicht so genau genommen.

Sie ließ die Radios und das Wohnzimmerlicht an und schlug die Haustür hinter sich zu.

Plötzlich fiel ihr Phil Kemp ein, aber sie verscheuchte den Gedanken wie einen kranken Köter.

Hess stieg mit zwei Tassen Kaffee in den Wagen und schloss die Tür, ohne etwas zu verschütten. Die Innenbeleuchtung war eingeschaltet, daher sah sie, dass seine Haare wie immer nach hinten gekämmt waren und er diese kleine, weiße Tolle über der Stirn hatte, und sie fragte sich, ob es möglicherweise einfach auf diese Weise wuchs. Sein Gesicht wirkte alt, faltig und müde. Aber seine blauen Augen, die er zum ersten Mal auf sie richtete, als er die Wagentür leise mit seiner rechten Hand zuzog, während er ihr mit der linken eine Tasse Kaffee hinhielt, leuchteten klar und hell wie der Mond.

»Mein Herz rast«, sagte sie.

»Meines auch. Das ist großartig.«

Merci brauste mit dem Wagen die leere Straße entlang und hörte, wie die Reifen durch das sprühende Nass sausten.

»Sind Sie immer noch aufgeregt, Hess? Halten es immer noch für großartig?«

»Absolut.«

Sie fuhr jetzt sechzig Meilen die Stunde und entdeckte ein Schild mit der Geschwindigkeitsbegrenzung: 35 Meilen. Der Kaffee putschte sie noch weiter auf, und Hess bat sie, beim nächsten Stoppschild zu wenden.

»Warum nehmen wir nicht die Fähre?«

»Die verkehrt schon seit fünf Jahren nicht mehr.«

»Stimmt. He, ich werde schon noch ruhiger, keine Sorge. Ich kenne einen alten Typ namens Francisco. Er wohnte früher in meiner Gegend. Also, er ist wirklich alt. Und wenn ich so an ihn denke, wird mir klar, dass ich mich nicht immer so aufregen sollte. Ich sollte einen Gang zurückschalten und ruhiger werden. Mich einfach treiben lassen.«

»Wenn Sie wollen, fahre ich.«

Die Straßenlaternen warfen zuckende Lichtblitze in das vorbeifahrende Auto. Sie schaute ihn an. »*Ich* fahre.«

»Fahren Sie nicht gleich aus der Haut.«

»Warum?«

»Weil Sie mehr in sich ruhen sollten.«

Sie sah ihn beleidigter an, als sie eigentlich war, aber er hatte den Blick abgewendet, darum war es egal.

»Hess, ich kann diese ständigen Ratschläge nicht gebrauchen. Wie ich den Wagen zu fahren habe. Dass ich fühlen soll, was der gottverdammte Ed Izma fühlt. Also, ich weiß das schon zu schätzen, aber ich bin keine Sechsjährige mehr.«

»Ignorieren Sie mich. Das meine ich ernst.«

»Ich weiß, Sie meinen es nur gut.«

»Das gehört einfach zum Altwerden dazu. Ich möchte alle, von denen ich glaube, dass sie von meinem Wissen profitieren könnten, daran teilhaben lassen. Als ob man sein Jagdgewehr oder seinen ersten Baseballhandschuh oder etwas in der Art verschenkt. Sie werden das eines Tages auch tun.«

»Hoffentlich«, murmelte sie. Sie spürte das Gefälle der Straße und wurde auf dem Weg hinunter nach Newport schneller. Als sie das Rathaus hinter sich gelassen hatte, trat sie aufs Gaspedal und schaltete das Blaulicht ein. Merci hatte nie länger als einen Augenblick über ihre Lebenserwartung nachgedacht und hatte keine Lust, das jetzt anders zu halten.

Es war kurz nach 5 Uhr 30, als das erste Morgenlicht den Himmel erhellte. Als sie auf den Freeway kam, lenkte sie den Impala auf die rechte Fahrspur und fuhr konstant neunzig Meilen die Stunde. Der Flughafen sauste an ihnen vorbei, dann die Erdbeerfelder mit den Plastikplanen, die so glänzten, als wären sie Teiche, dann die Santa Ana Mountains und schließlich die Marinebasis. Es fühlte sich einfach gut an, mit einem Zivilfahrzeug durch die frühen Morgenstunden zu brettern, mit einem guten Partner an ihrer Seite und einem Verdächtigen im Visier.

»Ja klar, Hess. Ich ruhe in mir.«

»Ich sagte doch, Sie sollen mich ignorieren, das war mein Ernst.«

»Ich mache Ihnen keinen Vorwurf. Ich meine es auch ernst – danke für den Tipp. Möglicherweise bin ich manchmal etwas zickig, aber ich bin nicht so blöde, einen guten Rat nicht anzunehmen.«

Sie merkte, dass er sie aufmerksam betrachtete. Sie sah in den Rückspiegel, weil sie die Spur wechseln wollte, und konnte sein Gesicht aus den Augenwinkeln erkennen.

»Sie sagen, was Sie denken, und das ist meistens gut.«

»Aber?«

»Manchmal ist es besser, die Karten nicht gleich auf den Tisch zu legen.«

»Ich weiß, das ist gerissener.«

»Tja, Sie haben dadurch mehr Zeit, um über alles nachzudenken. Gestern zum Beispiel, wenn Sie bei Izma cool geblieben wären, wäre er mehr in Fahrt gekommen. Dann hätte er uns vielleicht etwas verraten. Er brauchte eine Reaktion von Ihnen. Und Sie wussten das. Aber Sie haben es ihm zu leicht gemacht.«

»Es verstößt gegen meine Prinzipien, einem riesigen Idioten dabei zuzusehen, wie er seine Eier quer durch den Raum schleppt und mich dabei als Zuschauerin will.«

»Lassen Sie Ihre Prinzipien zu Hause.«

Auch wenn es um Typen wie Kemp ging? »Sie tun das ja auch nicht.«

»Aber natürlich. Oft sogar. Es funktioniert.«

»Erklären Sie mir das.«

»Überlassen Sie den anderen das Reden. Sobald Sie deren Handlungsweise verstehen, können Sie sich die Betreffenden vorknöpfen. Oder sie aufknüpfen. Oder was immer Sie mit ihnen tun wollen.«

»Danke, Dad.«

»Das ist, als ob …« Hess hob beide Hände hoch, einen Finger immer noch in dem Henkel der Kaffeetasse, die andere Hand ausgestreckt, als wolle er seine Worte unterstreichen.

Merci sah ihn an. Sie hatte ihn noch nie so munter erlebt. Sein Raubtiergesicht hatte etwas Verstörendes an sich.

»... als ob Sie eine Festung wären«, fuhr er fort. »Ihr Kopf ist der Turm, Ihre Augen sind die Schießscharten für die Scharfschützen und in Ihren Ohren hausen die Späher. Sie sind eine ... eine ... lebende ...«

»Festung?«

»Genau. Verstehen Sie? Bleiben Sie bei sich, und beobachten Sie alles aus der Entfernung, als ob Sie aus einer Festung schauten.«

»Man muss sich schon sehr anstrengen, um Ihnen zu folgen.«

»Sie haben Recht. Das ist dumm. Vergessen Sie es.«

Sie spürte, wie der Kaffee und das Adrenalin in ihrem Herzen eine merkwürdige Freude auslösten. »Ich habe aber kapiert, was Sie sagen wollten. Es war nicht besonders elegant, aber ich verstehe es.«

»Ich bin jetzt ganz ruhig. Dafür, dass ich mit Medikamenten und Strahlen voll gepumpt bin, fühle ich mich gerade ziemlich gut.«

Merci lenkte den Wagen auf den Ortega Highway und fuhr landeinwärts. Sie sah wieder in den Rückspiegel und bemerkte, dass Hess aus dem Fenster starrte, während die Lichter einer Tankstelle sein Gesicht bläulich aufschimmern ließen.

Dann wandte er sich ihr zu, und sie fragte sich, ob er gemerkt hatte, dass sie ihn im Spiegel betrachtete.

»Erzählen Sie mir von Lee LaLonde«, bat er.

»Ein Geschwindigkeitsfanatiker und Autodieb«, antwortete sie. »Hat zweimal wegen Autodiebstahl gesessen, zweimal wegen des Verkaufs von gestohlenen Autoteilen. Vier Jahre, zwei Haftstrafen – Honor Farm und Riverside County. Vor zwei Jahren auf Bewährung raus.«

»Ein Dieb, kein Kidnapper?«

»Bislang nur ein Dieb.«

»Keine Sexualdelikte?«

»Keine.«

Hess sagte nichts.

»Er ist so ein kleiner Schleimer – hat die perfekte Größe, um hinter den Fahrersitz zu passen. 170 Zentimeter, 60 Kilo, blonde Haare, blaue Augen. 25 Jahre alt. Das letzte Mal ist er vor einem Jahr mit den Riverside-Sheriffs aneinander geraten – wurde wegen eines Diebstahls in der Firma verhört, in der er arbeitete. Keine Unterlagen darüber. Er wurde gefeuert.«

»Was stellte die Firma her?«

»Zulieferartikel für Bewässerungsanlagen. Die Firma heißt *Cloudburst*. In seiner Akte steht, dass er jetzt selbstständig ist – Verkaufsstand auf dem wöchentlichen Flohmarkt hier am See.«

»Was verkauft er?«

»Steht nicht drin. Jedenfalls ist das der letzte Eintrag in seiner Akte. Er hat eine Stacheldrahttätowierung um seinen linken Bizeps und eine Narbe von einem Messerstich auf dem Bauch. Wuchs in Nordkalifornien auf, in Oakland.«

Sie ließen die Stadt und die großen Häuser hinter sich. Der Highway war jetzt dunkel und führte bergauf. Der Verkehr nahm ein wenig zu, aber es war immer noch zu früh für die Pendler, die im Riverside County arbeiteten.

»Wer hat ihn mit dem Messer traktiert?«, wollte Hess wissen.

»Sein Vater.«

Als sie ihn ansah, nickte er bereits, als ob er diese Antwort erwartet hätte. Vielleicht hat er mit so etwas gerechnet, dachte Merci. Sie wollte ihn fragen, wie er solche Dinge ahnen konnte, aber sie tat es nicht, ohne zu wissen, warum.

Sie griff in die Mappe neben dem Sitz und reichte Hess die Skizze der Polizeizeichnerin. Hess nahm sie und schaltete das Licht über dem Armaturenbrett ein.

»Sehr lebensnah«, sagte er.

»Fragt sich nur, wessen Leben es nahe kommt.«

»Warum haben Sie mir die Skizze nicht schon viel früher gezeigt?«

»Ich bin mir nicht sicher, wie solide das Ganze ist. Sehen Sie, diese Kamala Petersen hängt nur vorm Fernseher und schaut sich ständig Modezeitschriften an. Jeder sieht irgendjemandem ähnlich, den sie schon mal gesehen hat. Ich musste sie hypnotisieren lassen, um durch all die Scheiße durchzukommen. Und stellen Sie sich vor, sie hat den Typ zweimal gesehen. Einmal in der Nacht, in der Janet Kane verschwand, und einmal in der Woche zuvor, in einem Einkaufszentrum. Er spazierte herum und kundschaftete alles aus.«

»Hat er auch Kamala ausgekundschaftet?«

»Genau. Das hat sie tief in sich vergraben. Und wir haben es ausgegraben.«

»Ein wertvoller Hinweis. Das ist gut.«

»Leider habe ich damit eine Zeugin vor Gericht verloren. Hess, ich bete, dass es den Handel wert war. Ich habe die letzten beiden Tage damit verbracht, mir Gedanken über die Skizze zu machen. Ähnelt sie dem Täter? Ist Kamala vertrauenswürdig? Ich werde so etwas Abgedrehtes sicher nicht veröffentlichen – das verwirrt die Leute nur. Aber ich werde es der Pressestelle geben, wenn ich heute ins Büro komme. Ich bin das Wagnis eingegangen, jetzt stehe ich es auch durch. Ich vertraue mir.«

Hess starrte weiter auf die Zeichnung. Merci sah etwas in seinen Augen aufblitzen und wunderte sich über die Intensität seines Blicks.

Dann sagte er: »LaLonde passt nicht zum Profil. Page meint, es handele sich um einen bekannten Sexualstraftäter.«

»Aha! Aber was ist ein Profil schon wert?«, entgegnete sie.

»Dalton ist gut. Was halten Sie von Profilern?«

»Ich habe erst mit zweien Erfahrungen aus erster Hand

sammeln können. Der eine war dicht dran, der andere lag meilenweit daneben. Dalton hat das unzutreffende Profil erstellt. Vom FBI kam das Profil, das dann auch auf den Täter passte. Im Allgemeinen bevorzuge ich richtige Beweise. Ich will nicht erst herausfinden müssen, ob etwas zutrifft oder nicht.«

»Tja, eine Blutprobe oder ein Fingerabdruck sind uns allen lieber als wilde Spekulation.«

»Sie hatten mich nach meiner Meinung gefragt.«

Keine Antwort. Sie fuhr den Impala die Steigung und die Kurven des Ortega hoch und dachte an all die Autowracks auf diesem Highway, eine der blutigsten Strecken überhaupt. Auch ein beliebter Entsorgungsort – der Handtaschendieb war nicht der erste Verbrecher, der seine Opfer hier ablud. Ihr Blick fiel auf die Platanen, die auf den Hügeln sichtbar wurden. Ihre Zweige standen ab, als wären sie ausgekugelte Arme, sodass man meinte, die Bäume litten Höllenqualen.

Sie hatten jetzt fast die höchste Stelle des Ortega erreicht, und Merci konnte sehen, wie sich die Eichen gegen den schwarzblauen Himmel abzeichneten.

»Ich habe diesen alten Highway immer für unheimlich gehalten«, gab sie zu.

Merci betrachtete wieder sein Gesicht im Rückspiegel und fand, dass er blass ausschaute, aber womöglich lag das nur am Morgenlicht, das sich von Osten her ausbreitete. Er wirkte alt und müde, aber genau das war er ja auch. Sie fragte sich, wie es sich anfühlte, dazusitzen und den Himmel hell werden zu sehen, während der Krebs in der Lunge wuchs. Sie hatte keine Ahnung, denn sie war es nicht gewohnt, sich in einen anderen Menschen hineinzuversetzen. Hess hatte damit Recht. Also versuchte sie, das zu fühlen, was er fühlen mochte, und tat so, als ob auch sie Krebs hätte und jetzt nach Lake Elsinore fuhr, um einen Geschwindigkeitsfreak zu verhören, der vielleicht ein Mörder war. Aber es fiel ihr schwer, sich in Hess einzufühlen, weil ihr ihre eigenen Gefühle im Weg standen. Also ließ sie ihre Gedanken um ihre Gefühle kreisen, wie Vögel, die um Bäume herumflogen.

Und dabei kam sie zu dem Schluss, dass sie sich ständig in die Hosen machen würde, wenn sie in seiner Lage wäre.

»Geht mir auch so«, sagte er. »Ein unheimlicher, alter Highway.«

16

Die Sonne stand knapp über den Hügeln, als sie in Lake Elsinore ankamen. Das Wasser schimmerte bronzefarben. Merci reichte Hess den Zettel mit der Adresse und Hess zog die Straßenkarte aus dem Handschuhfach.

»Die Main nach Süden bis zur Pine«, sagte er. »Dann nach Osten zur Lakeview.«

An der Ecke befand sich der Eingang zum Wohnwagenpark Elsinore Shores. Merci betrachtete die Anlage, während sie wendete: alte Wohnwagen, zerbrochene Träume und gescheiterte Lebenspläne. Als Kind hatte sie immer gefürchtet, eines Tages dort zu landen.

Bis ihr Jahre später klar wurde, wie viel Macht sie besaß, dass sie die Dinge in die richtige Richtung lenken konnte, indem sie einfach ihre Willenskraft einsetzte. Willenskraft. Sie hatte diese Macht selbst erschaffen, Stück für Stück im Laufe der Zeit, aber sie erstaunte sie immer noch, wenn sie merkte, wie groß sie war. Als sie das damals erkannt hatte, hatte sie gewusst, dass sie niemals an einem solchen Ort landen würde. Aber ihr fielen häufig all die Menschen ein, die nicht den Mumm besaßen, der Welt das abzutrotzen, was sie wollten. Viele von ihnen stahlen anderen das, was sie von der Welt verlangten. Solche Leute warf Merci ins Gefängnis, denn da gehörten sie hin.

Hess zeigte mit einem dicken Finger nach rechts. »Da ist sein Haus, da drüben. Er wohnt offenbar in seinem Laden.«

Merci verlangsamte das Tempo und musterte den kleinen Häuserkomplex, während sie daran vorbeifuhr. Zwei lang gestreckte Betongebäude, die einander in einer Gasse gegenüberstanden. Die Gebäude waren in Läden unterteilt. Die Türen, alle in demselben Wasserblau gestrichen, ließen sich nach oben rollen und waren breit und hoch genug, damit ein Kleinlaster hinein- oder hinausfahren konnte.

Merci setzte zurück und parkte einen Block vom Eingang entfernt. Sie nahm die 9 mm Heckler & Koch vom Sitz und steckte sie in ihr Halfter.

Die blaue Tür der Hausnummer 12, Lee LaLondes Laden, war ganz bis nach unten gezogen. Merci warf Hess einen Blick zu, dann klopfte sie mit den Handknöcheln gegen das Metall. Sie wartete einen Augenblick und klopfte erneut. Heftiger.

»Eine Sekunde«, rief eine Stimme. »Ich komme ja schon. Wer ist da?«

»Die Deputys Rayborn und Hess. Machen Sie bitte die Tür auf, Lee.«

»Schon gut.«

»Sind Sie allein da drin?«

»Ja. Eine Sekunde. Die Laufschiene an der Tür ist verrostet.«

Es herrschte einen Augenblick Stille. Man hört gar keine von den bei Drogenabhängigen üblichen Geräuschen, wenn sie ihren Stoff verstecken, wunderte sich Merci. Schließlich konnte er nicht flüchten, außer durch das Fenster. Dann das Knirschen von Metall auf Metall aus dem Inneren. Ein Vorhängeschloss. Die Tür fuhr quietschend in die Höhe. Merci hielt ihre Marke in der linken Hand, die rechte Hand lag unter ihrer Jacke auf dem Griff der Heckler & Koch.

LaLonde tauchte auf, erst unten, dann oben. Nackte, weiße Füße. Ausgebeulte, schmutzige Jeans, weit genug, um von den Hüften zu rutschen. Das Gummiband seiner Boxershorts lugte über den Hosenbund. Flacher Bauch mit einer

Narbe darauf, die von einem Messer stammte, schmale Brust, dünne Arme. Sein Gesicht wirkte alt, aber nicht unbedingt unangenehm. Lange, blonde, gewellte Haare.

Sie zeigte ihm kurz ihre Marke. »Treten Sie bitte von der Tür zurück. Sofort!«

»Ist ja gut, Lady. Ich trete ja schon zurück.«

»Bleiben Sie stehen, wo Sie sind, und drehen Sie sich um!«, befahl Merci. Er drehte sich um. Als er mit dem Rücken zu ihr stand, packte sie ihn mit festem Griff am rechten Handgelenk und zog ihm den Arm, mit dem Ellbogen nach unten, auf den Rücken. Sie trat hinter ihn und hielt mit der linken Hand sein Schulterblatt fest, damit sie leicht den ausgestreckten Arm beobachten und dem Mann im Notfall den Ellbogen brechen konnte. Sie spürte, wie er sich fügte, weil er sich schon Tausende Male zuvor gefügt hatte.

»Lassen Sie auch schön die Finger vom Stoff, Lee?«

Merci fuhr mit den Fingern über die Venen seines Unterarms, drückte ihre Nägel dagegen, dann hielt sie seinen Ellbogen in das schwache Licht, um sich die Muskeln anzusehen.

»Ich hab's mir nie gespritzt«, antwortete er langsam.

»Nur tonnenweise geraucht.«

»Ja.«

»Das merkt man. Es tötet Hirnzellen ab.«

LaLonde trat zurück. Er war kleiner und dünner, als sie erwartet hatte. Speedjunkies blieben ihr Leben lang dürr und LaLonde war es. Seine langen, blonden Haare hingen ihm in die Stirn. Sein Gesicht wirkte schmal und am auffälligsten war seine untere Gesichtshälfte: großer Mund und vorstehende Zähne.

»Sie gehen voraus.« Merci folgte ihm mit drei Metern Abstand. Der Laden war groß – achtzehn Meter lang und neun Meter breit, vermutete sie. Er wurde von Neonröhren beleuchtet, die an Ketten von der Decke hingen.

An beiden Wänden standen Werkbänke. Drahtrollen. Unbestimmbare Objekte in unterschiedlichen Phasen der Vollendung beziehungsweise der Reparatur. Schraubstöcke, eine elektrische Schleif- und Poliermaschine, eine Bohrmaschine, Werkzeugkästen. Weitere Werkzeuge hingen ordentlich an Haken an der Wand über den Bänken.

Merci sah sich um. In der hinteren rechten Ecke befand sich der Schlafbereich und dahinter ein Badezimmer. Es gab eine Theke, zwei Kochplatten und einen kleinen Kühlschrank. LaLonde blieb neben einer zerschlissenen karierten Couch stehen und bot Merci mit einer Handbewegung an, sich zu setzen.

»Ich werde stehen, Sie setzen sich hin. Tim, machen Sie es sich bequem.«

Hess wartete, bis LaLonde sich an das eine Ende der Couch gesetzt hatte, dann nahm er in der Mitte Platz. Merci verschränkte die Arme und starrte kommentarlos auf LaLonde hinunter. LaLonde betrachtete seine Hände. Sie ließ einen langen Augenblick verstreichen.

»Lee, sehen Sie mich an«, forderte sie ihn auf. Er tat es. LaLonde erinnerte sie an einen Lippenfisch. Sie blieb einen Meter vor ihm stehen, damit sie gegebenenfalls zur Seite springen konnte.

»Janet Kane wurde vorletzte Woche ermordet. Wir wissen, dass Sie sie kannten. Wir haben Ihre Fingerabdrücke im hinteren Teil ihres BMW gefunden. Das sind die Fakten. Wir können hier über sie reden oder wir nehmen Sie mit zu uns nach Orange County. Wenn wir uns hier unterhalten und Sie mich anlügen, lege ich Ihnen in weniger als dreißig Sekunden Handschellen an.«

Er schaute Merci an, dann Hess, dann wieder Merci. Sie beobachtete sein Gesicht aufmerksam, denn die erste Lüge fiel einem Verbrecher bisweilen am schwersten. Die Hälfte der Scheißer konnte nicht einmal richtig lügen. Sie kicherten, wurden rot oder fingen an zu weinen. Diejenigen, die es besser drauf hatten, begannen zu schwitzen oder ihr Gesicht zuckte. Sobald man das mitbekam, hatte man sie. Die Übrigen konnten einem eine Lüge auftischen, die man den Rest seines Lebens glaubte. Sie entdeckte jedoch noch keine Spur von Schuld oder Unehrlichkeit in LaLondes Gesicht.

»Ich habe keine Ahnung, wovon Sie sprechen.«

»Strengen Sie sich an.«

»Wenn ich eine Frau kennen würde, die mich in ihren BMW lässt, dann würde ich sie heiraten, nicht umbringen.«

Er grinste, seine Lippen öffneten sich, seine Zähne schienen Amok zu laufen.

»Was haben Sie in ihrem Auto gemacht?«, fragte Merci.

»Ich kenne sie ja nicht einmal.«

»Ist mir egal, ob Sie sie kannten. Ich will nur wissen, ob Sie sie umgebracht haben.«

»Habe ich nicht.«

»Wo waren Sie Dienstagabend vor einer Woche? Denken Sie nicht nach, sagen Sie es einfach.«

»Meine Freundin war hier.«

»Was haben Sie getan?«

»Ferngesehen. Sie hat ein paar Bier getrunken.«

»Name und Adresse.«

LaLonde nannte ihren Namen, ihre Adresse kannte er nicht.

»Was ist mit der Zündkerze – die kleine 20-Ampere-Zündkerze, auf der die Abdrücke von Ihrem Daumen und Ihrem Zeigefinger waren? Die Zündkerze, die wir in Janet Kanes Wagen fanden.«

Er sah sie voller Misstrauen an. Seine Augen verrieten ihn. Etwas stimmte nicht. Er hielt etwas zurück. Ein Treffer! Er wandte mit einem unbekümmerten Schulterzucken den Blick ab, und sie wusste, dass sie ihn hatte. Hess schaute sie fragend an. Er hat es nicht bemerkt, dachte sie, ich dagegen schon.

»Ich arbeite schon mein ganzes Leben lang mit Zündkerzen, Sergeant. Ich verwende sie manchmal bei meinen Erfindungen. Ich habe früher auch als Elektriker hier im Jachthafen ausgeholfen. Ja, ich habe mit 20-Ampere-Zündkerzen gearbeitet, aber ich habe niemanden umgebracht.«

»Wann haben Sie zum letzten Mal eine angefasst?«

»Zum *letzten* Mal? Das weiß ich nicht genau.«

»Wann? Wann haben Sie zum letzten Mal eine Automobilzündkerze angefasst, an die Sie sich erinnern können, Lee?«

»Das war dann wohl … vielleicht … vor drei Monaten.«

Jetzt improvisierte er und sie merkte es.

»Sie erzählen mir was vom Pferd, Lee. Stellen Sie sich einfach vor, wie Sie sich fühlen, wenn Sie wieder hinter Gittern sitzen. All die Jungs, mit denen Sie sich anfreunden können. Und dann stellen Sie sich eine Möglichkeit vor, wie Sie sich das ersparen können. Ich sehe mich solange in diesem Scheißhaufen um, den Sie Laden nennen.«

Sie inspizierte die Küche und das kleine Badezimmer, prüfte den Stapel Zeitschriften auf der Drehbank, weil sie einmal eine Automatikpistole zwischen Magazinen gefunden hatte, versteckt zwischen gewellten Pornoheften. *Hobby Magazine. Arts & Crafts. American Inventor.* Keine Automatikpistole. LaLonde schien nicht gewalttätig zu sein und in seiner Akte stand auch nichts von Gewalttaten, aber das bedeutete eigentlich gar nichts, fand Merci, denn es gab für alles ein erstes Mal, und ein Verbrecher blieb ein Verbrecher, so einfach war das.

Sie umrundete die Werkbänke. Je genauer sie sich anschaute, was darauf lag, desto weniger Sinn schienen diese Dinge zu ergeben. Beispielsweise Schirme mit umgedrehten Bezügen und Schläuchen, die zu abnehmbaren Plastikbeuteln führten. Eine Sammlung Mundstücke, aus denen Gummizähne ragten. Und ein merkwürdiges Gerät mit einem kleinen Kreisel, an den eine Gartenleuchte montiert war. Eine Reihe großer, konkav geformter Plastikscheiben, die an riesige Kontaktlinsen erinnerten und aussahen, als seien sie durch ein Stirnband miteinander verbunden. Eine Sammlung hölzerner Zigarrenschachteln, aus deren Rückseiten Metallantennen ragten. Sie öffnete eine und fand darin ein Vogelnest aus Batterien, Chips, Lötstellen und Schaltkreisen. Keine Zündkerzen weit und breit.

»Wozu sind die da?« Sie wedelte mit einer der Zigarrenschachteln.

»Damit kann man verhindern, dass jemand Mobilfunkgespräche belauscht.«

Sie drehte sich um und blickte ihn an. Aus der Ferne wirkte er weniger wie ein Fisch, eher wie ein normaler Mann mit einem nicht ganz so gelungenen Gesicht.

»Man kann so ein Teil überall für hundert Dollar kaufen«, sagte sie.

»Meine kosten aber nur 25 Dollar. Ich lebe ganz gut davon.«

»Wo genau verkaufen Sie sie?«

»Auf dem Flohmarkt hier draußen. Jeden Sonntag, im Marina Park.«

»Woher kennen Sie sich so gut mit Elektronik aus?«

»Hab ich auf der High School gelernt. Mein Dad war Ingenieur. Ich habe ein Talent dafür.«

»Auch ein Talent zum Autoknacken?«

»Autos sind leicht.«

»Was ist mit den Alarmanlagen?«

Sie drehte sich um und sah ihn wieder an. LaLonde zuckte mit den Schultern.

»Mit denen habe ich mich nie abgegeben. Wenn man mit einem Partner arbeitet, kann man sie ziemlich schnell ausschalten, oder man verwendet einen Code-Knacker.«

»Und? Haben Sie nun mit einem gottverdammten Partner zusammengearbeitet oder nicht?«

»Ach so. Nein. Ich habe allein gearbeitet. Mit Draht.«

Sie stellte die Zigarrenschachtel ab.

»Was macht man mit diesen verbogenen Schirmen?«

»Regenwasser sammeln. Es läuft die Schläuche hinunter in

die Beutel. Man klemmt sich den Beutel an den Gürtel oder die Hose.«

Merci nahm einen verbogenen Schirm in die Hand und untersuchte den Bezug und die Speichen, die Lee LaLonde neu angeordnet hatte. Sie warf ihm einen Blick zu. »Und wozu sollen die gut sein? Leben wir etwa in der Wüste?«

»Ja«, sagte LaLonde. »Bald schon werden wir weniger Wasser aus dem Colorado River gewinnen.«

»Diesen Quatsch erzählen sie jedes Jahr.«

Er zuckte mit den Achseln.

Sie nahm eines der Mundstücke mit den daran befestigten Zähnen in die Hand. Es fühlte sich weich an, nur die Zähne waren fest. »Was ist mit diesen Mundstücken?«

»Die schützen die Zähne beim Essen. Abnutzung zerstört mehr Zahnschmelz als Karies.«

»Sie essen mit diesen Dingern im Mund?«

»Eigentlich wollte ich meine eigenen Ersatzzähne herstellen. Billig. In unterschiedlichen Stilen. Wissen Sie, damit man sie so einfach wie Kleider wechseln kann. Verschiedene Zähne für verschiedene Anlässe. Ich habe sie das ›Gelegenheitslächeln‹ genannt. Eine dieser guten Ideen, die dann doch nicht so gut sind, wenn man sie umsetzt.«

Sie betrachtete LaLonde, musste an seine Zahnfehlstellung denken und ließ das Gummigebiss wieder auf die Werkbank fallen.

»Sie sind ein echter Verlierertyp, Lee.«

LaLonde schwieg.

»Wo ist die Leiche von Janet Kane?«

»Keine Ahnung. Ehrlich nicht.«

»Wir wissen auch von Lael Jillson.«

»Ich aber nicht.«

Sie nickte. »Tim, legen Sie diesem Scheißkerl Handschellen an.«

Hess schaute sie an, dann stand er auf und zog LaLonde von der Couch hoch. Merci beobachtete, wie er LaLondes

Handgelenke hinter dessen Rücken mit den Handschellen fesselte. Hess drückte ihn wieder auf die Couch.

»Danke«, sagte Merci. »Lieutenant Hess, gehen Sie doch ins Freie und machen Sie die Tür hinter sich zu. Sehen Sie sich draußen ein wenig um.«

Sie wartete an der Werkbank, während Hess durch den Laden schlurfte. Er warf ihr auf dem Weg nach draußen einen Blick zu, aber sie wurde aus seinem Gesichtsausdruck nicht schlau. Er zog die Tür hinter sich zu und Merci lauschte dem metallenen Echo.

»Fühlt sich an wie im Kittchen, oder?«

»Man fühlt sich nicht wie im Kittchen, wenn man sie jederzeit wieder aufmachen kann.«

»Wurden Sie im Knast schlecht behandelt?«

»Ein Kerl wie ich? Was erwarten Sie?«

»Ich rechne mit dem Schlimmsten.«

Er nickte, sah sie aber nicht an.

»Sie arbeiten ständig an irgendetwas, nicht wahr?«

Er nickte wieder. Sie spürte, wie seine Verärgerung zunahm. Genau damit hatte sie gerechnet, jetzt, da Hess weg war.

»Ich glaube nicht, dass Sie sie umgebracht haben.«

»Das habe ich auch nicht.«

»Stehen Sie auf.«

Er erhob sich und Merci drehte ihn an einer Schulter um. Sie war überrascht, wie leicht es ging. Mit ausgestrecktem Arm drückte sie ihm die Spitze ihres linken Zeigefingers in den Rücken und führte ihn ins Badezimmer.

»Knien Sie vor die Toilette. Los schon!«

LaLonde kniete sich hin und schaute über die Schulter zu ihr hoch. Merci warf einen Blick in die Schüssel: ziemlich übel. Der Deckel war bereits hochgeklappt.

»Stecken Sie Ihren Kopf ins Klo, legen Sie den Hals auf die Brille.«

Er tat es.

»Knie zusammen.«

Er gehorchte.

»Hier kommt der Deal, Lee. Sie scheinen doch ein ganz netter Kerl zu sein. Ich würde Sie nur ungern für den Mord an Janet Kane einbuchten, aber angesichts Ihrer Fingerabdrücke auf dieser Zündkerze bleibt mir keine andere Wahl. Also spucken Sie es aus – erzählen Sie mir, wie Ihre Abdrücke auf diese kleine Glasröhre kamen und wie die Zündkerze in Janes BMW gelangte. Der Grund, warum ich Sie in diese Toilette schauen lasse, ist der, dass Sie darüber nachdenken sollen, wie Sie möglicherweise den Rest Ihres Lebens im Klo verbringen. Denn genau da werden Sie in etwa einer Stunde landen, wenn ich nicht die Antworten bekomme, die ich hören will.«

Sein Kopf wackelte heftig hin und her. »Ich kann es nicht erklären.«

»Dann werde ich Ihnen mal auf die Sprünge helfen.«

Merci kniete sich auf ihn und drückte mit ihrem Gewicht sein Gesicht ins Wasser. Er holte Luft, bevor er unterging, dann versuchte er, sie so lange anzuhalten, bis sie ihn losließ. Er hielt es etwa eine halbe Minute durch, dann begann er, sich zu winden. Sie stellte sich vor, sie würde Kemps Kopf unter Wasser halten, und musste beinahe lächeln. Sie ließ ihn für einen Atemzug los, dann drückte sie sein Gesicht wieder nach unten.

»Lee, sagen Sie mir, was Sie wissen. Ich weiß, dass Sie lügen, denn das stand Ihnen ins Gesicht geschrieben.«

Er schüttelte erneut den Kopf und versuchte, freizukommen. Diesmal packte sie seine Haare, ein ganzes Büschel davon, beugte sich vor und ließ sich auf ihn fallen. Sie wollte die Spülung betätigen, aber das konnte sie nicht, ohne ihn loszulassen. Als sie spürte, dass er vor Angst zu ertrinken in Panik geriet, ließ sie ihn wieder Luft schnappen.

Er tat einen Atemzug, dann noch einen, sagte aber nichts.

Also wieder nach unten. Sie drückte seine Schultern mit ihren Knien nach unten, ihre Hände schlossen sich fest um seinen Hals. Es war leicht, ihr Gewicht nach vorn zu verlagern und ihn nach unten zu pressen.

Diesmal hielt sie ihn lange unter Wasser. Sein Hals war sehnig und heiß. Sie spürte die Panik in ihm und die Kraft, die ihm die Panik verlieh. Sie ließ ihn los.

Jetzt japste er. Er schnappte ständig nach Luft, zu schnell, um die ganze Lunge zu füllen. Als er allmählich etwas ruhiger atmete, wartete sie ab, ob er etwas sagen würde, aber als er das nicht tat, drückte sie ihn wieder nach unten.

»Die nächste Luft gibt es ungefähr sechzig Meilen von hier, Lee.«

Er strampelte, aber ihr Gewicht ruhte auf seinen Schultern und sie ließ seinen Hals nicht los. Er versuchte, seine Knie zu grätschen und unter ihr wegzugleiten, aber ihre Beine hielten seine Arme umschlungen und die Handschellen saßen fest um seine Handgelenke. Seine Stimme gurgelte unter Wasser, aber es war nur eine Art wortloser Schrei. Sie sah nach hinten und bemerkte, dass er seine Finger nach ihr ausstreckte, wie eine Klaue in einem Horrorstreifen. Es fühlte sich gut an, diesen miesen Kerl völlig zu beherrschen.

Als sie ihn hochkommen ließ, atmete er tief ein und aus – immer wieder.

»Ich war. Auf dem Flohmarkt. Marina Park. Der Kerl. Sagte, ich solle ihm so ein Ding bauen. Ein Ding, mit dem man Alarmanlagen in Autos ausschalten kann. Weil ich doch. Die Zigarrenschachteln hatte. Für die Handys. Ich sagte, ich kann das. Wahrscheinlich. Muss erst nachdenken. Machte ihm eines. Mit 20-Ampere-Zündkerzen. Er kam zwei Wochen später. Holte es ab. Schicken Sie mich nicht. Dafür ins Gefängnis zurück. Lady, ich weiß nicht, was er damit getan hat. Mit den Zündkerzen. Aber er kam zurück. Drei Monate später. Oder vier Monate. Hat mich auf dem Flohmarkt getroffen. Ich sage Ihnen. Wie er aussieht. Und ich helfe Ihnen, ihn zu fassen. Lassen Sie mich nur atmen. Und schicken Sie mich nicht zurück.«

Merci ließ ihn los und trat einen Schritt zurück. Lee LaLonde fiel auf die schmutzigen Fliesen.

Sie ging nach draußen und fand Hess, der sich gegen die Betonwand lehnte.

»Interessante Geräuschkulisse«, sagte er.

»Vielleicht kriege ich dafür einen Oscar.«

Sie holte die Zeichnung aus dem Wagen, die die Polizeizeichnerin von Kamala Petersens Traumprinzen aus dem Einkaufszentrum angefertigt hatte.

LaLonde kauerte in seinem Badezimmer benommen auf dem Boden. Hess stützte sich mit einem Bein an der Wand ab und sah mit verschränkten Armen zu ihm hinunter.

Merci zeigte LaLonde die Zeichnung. Er starrte sie einen langen Augenblick an. Hess betrachtete die Zeichnung, dann Merci, und sie nahm den Ausdruck von Enttäuschung in seinen scharf geschnittenen Gesichtszügen wahr.

LaLonde nickte. »Das ist er.«

»Ein Name, Lee.«

»Bill irgendwas. Er hat mir seinen Nachnamen nicht genannt.«

»Waschen Sie sich«, sagte Merci. »Sie riechen wie eine Kläranlage. Anschließend unterhalten wir uns. Ich werde Ihren Laden durchsuchen und dieses kleine Gerät finden. Denn ich glaube nicht, dass Sie es für irgendeinen Kerl namens Bill gemacht haben. Ich denke, Sie haben es für sich selbst gebaut.«

Hess half ihm auf.

Drei Stunden später brach Merci die Suche ab. Sie hatte mehr über Lee LaLonde herausgefunden, als sie über ihn wissen wollte – über seine Arbeit, seine Ernährungsweise, seine alten Klamotten, seinen Stapel an Fachblättern über Erfindungen.

Die geheimnisvolle Freundin kam sogar unangemeldet vorbei, gegen zehn Uhr vormittags, und wiederholte, ohne zu zögern, LaLondes Geschichte, dass sie zusammen waren, genau hier, in der Nacht, in der Janet Kane ihr Leben lassen musste. Sie gab Merci die Telefonnummer ihrer Schwester, weil ihre Schwester bei dem Kind blieb, solange Mom hier war.

Hess ließ die Frau überprüfen, während Merci sie verhörte: zwei Festnahmen wegen Drogenbesitz, zweimal betrunken in der Öffentlichkeit, eine Anklage wegen Prostitution, die sie in Herumlungern hatte abwandeln können.

Er nahm Merci zur Seite. »Die Freundin war wegen Drogen und Prostitution dran.«

»Ich lasse sie von Riverside überwachen.«

»Merci, wenn unser Täter wirklich diese Zündkerze verwendet hat, was sagt uns das dann?«

»Es sagt uns, dass dieses Teil nicht funktioniert.«

Merci kehrte zu dem Erfinder und seiner Freundin zurück, die jetzt nebeneinander auf der alten Couch saßen.

»Ich nehme Sie erst einmal nicht mit«, sagte sie zu LaLonde. »Wenn Sie Bill sehen, rufen Sie mich an. Wenn Ihnen noch irgendetwas zu ihm einfällt, rufen Sie mich an. Wenn Sie von Bill träumen, rufen Sie mich an. Wenn Bill hier auftaucht und wünscht, dass Sie ihm sein Spielzeug reparieren, dann rufen Sie mich schneller an, als Sie jemals jemanden in Ihrem Leben angerufen haben. Das gilt auch für Sie, Miss Hotpants.«

Sie schrieb ihre Privat- und ihre Handynummer auf die Rückseite ihrer Visitenkarte und legte sie auf eine der Werkbänke.

»Ich rechne damit, von Ihnen zu hören, Lee.«

17

An diesem Nachmittag saß Hess im leeren Besprechungsraum des Sheriff-Büros und studierte die Seiten in den dicken, blauen Ordnern, verglich die Verbrecherfotos mit der Zeichnung, die Merci hatte anfertigen lassen. Sie war die Ordner bereits durchgegangen, hatte Hess jedoch gebeten, es selbst auch noch einmal zu tun. Irgendwas über »vergleichende, unabhängige Daten«, was Hess in Ordnung fand. Er spürte, wie merkwürdig aufgewühlt sein Blut war, als ob es heiß wäre oder gleich sieden würde.

Von den 3700 Sexualstraftätern, die in Orange County verzeichnet waren, wohnten 335 in Gegenden, in der die Abteilung des Sheriffs patrouillierte. Davon wurden 259 als »ernst« eingestuft, elf weitere als »gefährlich«. Nach drei oder mehr gewalttätigen sexuellen Übergriffen war man »gefährlich«, bei zweien oder weniger nur »ernst«. Das SONAR-Gesetz, kurz für *Sex Offenders Notification and Registration*, gemäß dem sich Sexualstraftäter einer Meldepflicht unterziehen und amtlich registrieren lassen mussten, war verabschiedet worden, um sie alle im Auge behalten zu können.

Hess hatte bereits die elf gefährlichen Straftäter ausgeschlossen. Jetzt war er beim Buchstaben »D« in der Kategorie »ernst«. Er war überrascht, dass ein zweimaliger Vergewaltiger, der vor kurzem im Alter von 36 Jahren entlassen worden war, nicht als »gefährlich« eingestuft wurde.

D'Amato. Darcet. Davis. Deckard.

Zu fett. Nein. Zu alt. Nein.

Laut der Austragungsliste waren vier der 35 Ordner an die SONAR-Abteilung ausgehändigt worden, deren Aufgabe darin bestand, einen Großteil der Informationen auf Diskette zu speichern. Das neue Gesetz verlangte, dass die Ämter ihre Sexualstraftäteraufzeichnungen der Öffentlichkeit in stark besiedelten Gegenden zugänglich machten. Die SONAR-Abteilung löschte dabei die Adressen, nicht jedoch die Postleitzahlen aus den Akten, bevor die Informationen veröffentlicht wurden, damit man die unmittelbaren Nachbarn nicht aufschreckte. Die SONAR-Mitarbeiter waren mittlerweile bei den letzten drei Ordnern angelangt, »T« bis »Z«, sowie bei einem zusätzlichen Verzeichnis mit kriminellen Geisteskranken.

Hess schaute sich noch einmal die Skizze der Polizeizeichnerin an. Kamala Petersens Mann trug einen Schnauzer. Lockige blonde Haare. Er hatte noch nie gesehen, dass ein Mann auf so einer Zeichnung einen Mantel und eine Weste trug. Die Zeichnerin hatte den Augen des Mannes darüber hinaus einen traurigen – vielleicht sogar einen niedergeschlagenen – Ausdruck verliehen. Oder war das Kamalas »hyperromantische Einbildungskraft«, wie Rayborn es genannt hatte?

Ein interessantes Gesicht, dachte Hess, attraktiv, gepflegt, ungewöhnlich. Auf welche Weise ungewöhnlich? Nicht der typische Südkalifornier. Schnauzer waren out, lange Haare ebenso. Sein Erscheinungsbild war weder schlicht noch lässig oder nachlässig. Er wirkte formell. Absichtlich. Ein »Look«. Was für ein Look? Wen wollte er imitieren? Ein Model, wie Kamala meinte? Einen Schauspieler? Einen Prominenten? Schnell, beschreibe ihn in drei Worten: intelligent, wortkarg, reuevoll.

Reuevoll. Hess konnte sich nicht erinnern, dass er in seinen vierzig Jahren als Gesetzeshüter jemals einen Verdächtigen anhand einer Skizze als reuevoll beschrieben hätte. Später vor Gericht eventuell. Eventuell.

Möglicherweise hatte er vor langer Zeit vor dem Jugendgericht gestanden. Irgendwann hatte er den Arm des Gesetzes zu spüren bekommen.

Bedauern, dachte Hess. Man bedauert, was man getan hat. Man bedauert, wer man ist. Oder vielleicht gehörte er einfach zu dem Look – der Anschein von Trauer?

Wenn ich persönlich zwei Frauen aus ihren Autos gezerrt, sie an Bäumen aufgehängt und sie dort hätte ausbluten lassen, dachte Hess, dann würde ich tatsächlich Trauer verspüren. Doch nicht jeder würde so empfinden, und gerade das unterschied die schlimmsten Menschen auf der Welt vom Rest der Menschheit: keine Reue, kein Bedauern, kein Mitgefühl für irgendjemanden außer sich selbst, kein Gewissen. Der Haken war, dass Hess viele Menschen kannte, die genauso wenig empfanden und trotzdem nicht kriminell wurden. Einige von ihnen waren Cops und Deputys. Einige waren Buchhalter und Mechaniker. Einige waren Lehrer oder Hausfrauen. Doch um ehrlich zu sein: Die meisten waren Männer.

Delano. Dickerson. Diderot.

Nein. Nein. Nein.

Dann gab es da Eichrod. Hess öffnete den Ringverschluss und nahm das Blatt heraus. Eichrod, Kurt; 32 Jahre; 176 Zentimeter, 90 Kilo; braune Haare, braune Augen. Die Haare lang und gelockt. Schnauzer. Besitz von obszönem Material; Anstiftung zur Prostitution; unzüchtige Handlungen; Voyeurismus; tätlicher Angriff; Überfall mit der Absicht auf Vergewaltigung. Zwei der sexuellen Übergriffe hatten ihm insgesamt vier Jahre hinter Gittern eingebracht. 1995 auf Bewährung freigelassen; die Bewährung war im letzten Jahr abgelaufen.

Hess legte die Skizze neben das Blatt und überlegte. Sie ähnelten sich irgendwie und dann doch wieder nicht. Das lag wohl eher an ihrer inneren Einstellung als an ihrer äußeren Erscheinung.

Hess gab es zu denken, dass Eichrods kriminelle Handlungen im Laufe von sechs Jahren an Schwere zugenommen hatten: von Pornografie zu sexuellen Übergriffen.

Man ging nicht los und fing mit etwas so Großem an. Man arbeitete sich hoch. Wenn schon sonst nichts, dann erarbeitete man sich das Know-how.

Das Know-how, dachte Hess. Jäger, Metzger, Schlachthausarbeiter? Einbalsamierer?

Eichrods Akte würde Hess mehr verraten. Er legte das Blatt aus dem Ordner zur Seite, um es später zu kopieren.

Gilbert. Greers. Gustin. Gutierrez.

Nein.

Es war erstaunlich, wie viele Sexualstraftäter es gab. Und das waren nur diejenigen, die man überführt, verurteilt und registriert hatte. Die Polizeiwissenschaftler meinten, die realistische Zahl läge mehr als viermal so hoch wie die Statistiken in den Ordnern. Hess schämte sich für einige Vertreter seines Geschlechts, die nicht auf legalem Wege den Geschlechtsverkehr vollziehen konnten, sondern lieber verstohlen oder brutal vorgingen. Der Wunsch nach Sex war fast immer die Ursache, wenn im Kopf eines Mannes etwas schief lief. Das und der Wunsch nach Geld.

Er kam zu Ed Izmas Eintrag und sah sich das Foto des riesigen Mannes an. Auf 9 × 13 reduziert, verlor Izma seine ganze paranoide Bedrohlichkeit.

Jackson. James. Jerrol.

Mickler. Mondessa. Mumford.

Nein. Nein. Nein.

Dann kam Pule, Ronald E.; Entführer, Vergewaltiger, Folterknecht. Er verwendete Pinzetten – vor vierzehn Jahren in Georgia. Der Eintrag war vor zehn Jahren gemacht worden. Pules einzige Verurteilung. »Gefährlich« aufgrund besonderer Umstände: Entführung und erzwungene Sodomie. Er war vierzig Jahre alt, womit er nicht in Dr. Pages Profil passte. Pule hatte seine »Karriere« offenbar nicht Schritt für Schritt aufgebaut, sondern war quasi explosionsartig einfach auf der Bildfläche erschienen, voll ausgeformt und mit Fertigkeiten, die seine Lebensjahre weit überstiegen. Er war groß und wahrscheinlich stark genug, um eine erwachsene Frau an einem Seil an einem Baum aufzuhängen: 188 Zentimeter, 110 Kilo. Zu groß, um sich hinter dem Fahrersitz eines Autos zu verstecken? Vielleicht. Lange, dunkelblonde Haare, Schnauzer. Und in seinen Augen lag etwas, was auch Mercis Polizeizeichnerin einzufangen versucht hatte. Bedauern? Selbstmitleid?

Hess legte Pule auf Eichrod und machte weiter.

Eine Stunde später saß er mit den Akten von Eichrod und Pule an seinem Schreibtisch im Großraumbüro der Polizeiwache. Es war fast 19 Uhr und Hess war allein im Raum. Er sah auf den Kalender und stellte fest, dass es Freitag der Dreizehnte war. Er hatte bereits die SONAR-Seiten kopiert und sich eine Notiz gemacht, dass er »T« bis »Z« sowie den Zusatzordner vom SONAR-Team ausborgen wollte, sobald die Kollegen am nächsten Tag zur Arbeit kamen, gleich als Erstes. Ihm fiel auf, dass der nächste Arbeitstag erst in drei Tagen war. Als junger Ermittler hatte es ihn geärgert, dass die Leute am Wochenende kaum zu erreichen waren. Auch heute packte ihn fast die Wut, aber er seufzte und sagte sich, dass »T« bis »Z« und die Psychopathen einfach warten mussten.

Weder in der Akte von Eichrod noch in der von Pule fand sich etwas, was sie als erfahrene Fleischer, Schlachthausarbeiter oder Einbalsamierer auswies. Hess hatte nichts anderes erwartet.

Er betrachtete noch einmal das Foto von Ronald Pule auf dem SONAR-Blatt, dann verglich er es mit der Skizze. Viel versprechend. Aber die Fotos, die nach seiner Verhaftung gemacht worden waren, ähnelten der Skizze überhaupt nicht – sein Gesicht war breiter, die Augen kleiner, und der schmale Mund erinnerte in keinster Weise an die vollen Lippen, die Kamala Petersens Interesse geweckt hatten.

Aber Kamala hatte seine körperlichen Vorzüge womöglich übertrieben.

Hess sah, wie Merci Rayborn mit dicken, blauen Ordnern und zwei Zeitungen unter beiden Armen auf ihn zukam. Ihre Haare umrahmten locker ihr Gesicht. Sie wirkte konzentriert wie immer.

Merci legte erst den einen Stapel auf seinen Schreibtisch, dann den anderen. Die Zeitungen behielt sie.

»T bis Z und die Irren?«, fragte er.

»Ich habe sie von Carla Fontana, der Seelenklempnerin aus dem SONAR-Team.«

Sie ließ die Zeitungen auf den Schreibtisch neben dem von Hess fallen und schwang sich auf den Drehstuhl. »Lassen Sie mich raten – Sie haben Eichrod und Pule in die engere Wahl gezogen.«

Er lächelte schwach und klopfte mit den Fingerknöcheln auf die Fotokopien. Die Haut über den Knochen fühlte sich an, als ob sie gleich in Flammen aufgehen würde, und Hess warf tatsächlich einen prüfenden Blick auf seine Hand.

Merci ergriff eine der Zeitungen und betrachtete die Titelseite.

Hess schlug den Ordner mit dem Buchstaben »T« auf.

Tabling. Tanaha. Tenerife.

Nein. Nein. Nein.

Eine kurze Sekunde lang befand er sich wieder in der riesigen, aufgewühlten Wasserkathedrale am Wedge, glitt auf seinen Handflächen durch sie hindurch wie ein Wasserkäfer, während die tonnenschwere Welle über ihn hinwegrollte. Dann sah er Barbara mit hochgezogenem Rock auf dem Trockner im Waschkeller ihrer ersten Wohnung sitzen, die Fenster von der Feuchtigkeit beschlagen, während es draußen regnete; es war drei Uhr nachts, und der Moment zählte zu diesen köstlichen Gelegenheiten, die keiner von beiden in den ersten fünf Jahren ihrer Beziehung hatte verstreichen lassen können.

»Was ist?«, fragte Merci.

Hess sah von dem Ordner mit den Sexualstraftätern auf.

»Sie haben gestöhnt«, sagte sie.

»Oh! Ich habe ans Abendessen gedacht.«

»Ich dachte, Chemo- und Strahlentherapie führen zu Appetitlosigkeit.«

»Angeblich fallen einem auch die Haare aus. Sehr hungrig bin ich wirklich nicht.«

»Aber hungrig genug, um zu stöhnen? Vielleicht sollten Sie etwas essen.«

Es dauerte nicht lange, die Ordner durchzusehen, weil kaum ein Nachname mit den letzten sieben Buchstaben des Alphabets anfing. Und das Verzeichnis der vor kurzem entlassenen Geisteskranken, die ein Sexualdelikt begangen hatten, war ziemlich kurz.

Keiner der Männer sah Mercis Skizze auch nur entfernt ähnlich. Hess fiel auf, dass einer weinerliche, dunkle Augen hatte und diesen Blick des Bedauerns aufgesetzt hatte, den er aus Kamalas Beschreibung kannte. Aber ansonsten schien an ihm nichts zu stimmen.

»Colesceau«, las er vor. »Matamoros Colesceau.«

Merci Rayborn schaute nicht hoch. »Nein. Der mag ältere Frauen, die wirklich hilflosen. Seine Augen sind ganz interessant, aber es gibt sonst keine Ähnlichkeiten im Gesicht. Außerdem ist er kastriert.«

»Kastriert?«

»Ja, abgeschnippelt gemäß AB 3339, Kapitel 596. Außerdem wird er regelmäßig überprüft«, meinte Merci. Als Hess zu ihr hochblickte, stand sie an seinem Schreibtisch. Sie lächelte und legte eine der Zeitungen vor ihn.

Da war dieser Colesceau, mitten auf der Titelseite, direkt über dem Falz. Er sah gar nicht mehr so aus wie auf dem Porträt im Verbrecheralbum, seine Haare waren schütterer und kürzer, das Gesicht schien breiter und weniger markant. Er trug ein kurzärmeliges Hemd mit seinem Namen über der Brusttasche. Anscheinend war er dabei überrascht worden, wie er gerade aus einem Fahrzeug stieg. Er hatte seine Hand erhoben – wohl um sein Gesicht zu verbergen, dachte Hess – und das ließ ihn irgendwie jämmerlich aussehen. Hess war enttäuscht, weil er immer noch keinerlei Ähnlichkeit mit Kamala Petersens geheimnisvollem Mann hatte. Die Augen vielleicht. Mit einer Perücke und einem Schnauzer … Tja, mit einer Perücke und einem Schnauzer würden viele Männer wie Kamalas weinerlicher Einkaufszentrumsschlenderer aussehen – auch die Blonden, die Rothaarigen und die komplett Glatzköpfigen.

»Wir kennen jeden Schritt, den er macht«, erklärte Merci. »Dieser verrückte, eierlose Mistkerl. Na ja, eigentlich haben sie ihm die Eier gelassen. Außerdem wird die Wirkung der Hormone nachlassen, wenn sie ihm nicht mehr gespritzt werden, darum ist die ganze Bestrafung nur vorübergehend.«

Hess las die Schlagzeile:

KASTRIERTER VERGEWALTIGER SORGT FÜR UNRUHE IN ORANGE-COUNTY-GEMEINDE

Während Hess den Artikel studierte, merkte er, dass Merci sich das Telefon vom Schreibtisch genommen hatte und eine Nummer wählte. Er las, dass Colesceau die Bewährungsauflagen am folgenden Mittwoch erfüllt haben würde und seine chemische Kastration zu diesem Zeitpunkt endete. Das SONAR-Team hatte beschlossen, seine Nachbarn zu verständigen, daher die Unruhe und der Artikel. Die Nachbarn organisierten bereits Proteste.

Kamala, hier ist Merci von der …

Er las die Verlautbarung des Polizeisprechers Wallace Houston, dass seine Behörde »den Aufenthalt des Mannes nicht deshalb bekannt gegeben hat, damit man ihn aus der Stadt jagt. Es geht uns vornehmlich um den Schutz der Öffentlichkeit. Wir glauben, dass die Menschen wissen sollten, wer er ist und was er getan hat, aber im Grunde wollen wir, dass sie ihn in Ruhe lassen.«

Na, dann viel Glück, Wally, dachte Hess. Wally das Wiesel. Es gab ein Foto der Frau, die die Protestbewegung anführte: Trudy Powers. Sie war blond und sah recht gut aus. Auf dem Schild in ihrer Hand stand: VERGEWALTIGER SIND KEINE GUTEN NACHBARN.

»… wollte nur mal wissen, ob das Foto in der heutigen Times *dem Mann ähnelt, den Sie im Einkaufszentrum gesehen haben …«*

Hess las weiter, dass der demnächst rehabilitierte Colesceau einer Vollzeitbeschäftigung in Costa Mesa nachging und in den drei Jahren seit seiner Entlassung aus Atascadero im

Haus Meadowlark Nr. 12 gewohnt hatte. Er hatte sich laut Protokoll freiwillig für die Depo-Provera-Behandlung gemeldet – als einer von nur zwölf geisteskranken Patienten. Er bekam jede Woche seine Injektionen und wurde befragt. Depo-Provera war der Markenname für das weibliche Hormon Medroxyprogesteronazetat, das bei Männern, wenn sie es einnahmen, dazu führte, dass ihre Brust größer wurde, ihnen die Haare ausfielen und ihre Genitalien schrumpften.

Eine Woche bevor er seine Strafe verbüßt hat, schwärzen wir ihn bei seinen Nachbarn an, grübelte Hess. Und ich dachte, *ich* hätte Probleme.

... was wollen Sie damit sagen, Kamala, er könnte es sein, aber wahrscheinlich nicht? Was soll das heißen?

Hess las, dass der in Rumänien geborene Colesceau im Großraum Los Angeles verhaftet und angeklagt worden war. Es war durchaus üblich, Sexualstraftäter aufgrund heftiger Diskussionen nach ihrer Überführung an andere Gerichtsbarkeiten abzugeben. Er machte sich eine Notiz, die Akte Colesceaus aus der Abteilung für Sexualverbrechen anzufordern und nachzusehen, ob dieser dickliche, chemisch kastrierte Mann die Kunst des Jagens, des Fleischerhandwerks oder des Einbalsamierens beherrschte.

... schon klar, dass man sich jederzeit einen Schnauzer wachsen lassen oder seine Kleidung wechseln kann ...

Hess wäre ja direkt zum Archiv gegangen und hätte den zuständigen Beamten um Colesceaus Akte gebeten, aber dort war schon geschlossen. Hess hatte plötzlich das Gefühl, Teil des Stuhles zu sein, auf dem er saß. Als ob er schmerzlos mit ihm verschmolzen wäre und nun nie mehr loskommen könnte. Er steckte fest. Er lehnte sich zurück und verschränkte die Arme hinter dem Kopf, um seine Schwindelgefühle zu verbergen. Seine Fingerknöchel standen wieder in Flammen, waren in Säure getaucht.

... und wir werden Ihnen noch zwei andere zeigen. Sonntagmorgen passt mir gut ...

Hess fragte sich, ob er sich aufgrund der Strahlentherapie so merkwürdig fühlte. Die Nebenwirkungen sollte er eigentlich erst später spüren.

»Kamala glaubt es nicht«, sagte Merci. »Sie hat die Zeitung gesehen. Ein völlig anderer Look. Sie meinte, ihr Typ habe modisch aussehende Klamotten getragen, was uns etwas über Kamala verrät. Jedenfalls meinte sie, er war es nicht. Wir zeigen ihr Sonntagmorgen Eichrod und Pule.«

Er merkte, dass sie ihn betrachtete, während sie das Telefon zurückstellte. Sie sah ihn jetzt offen an, es war nichts Verstohlenes in ihrem Blick. Ganz anders als ihre kurzen Blicke in den Rückspiegel auf dem Weg nach Elsinore.

»Hess, an was denken Sie, wenn Sie ins Nichts starren?«

Er zuckte mit den Schultern. Ihm war schlecht, bis hinein ins Knochenmark, wo – wie die Ärzte ihm gesagt hatten – die Chemotherapie den größten Schaden anrichtete. Denn das Knochenmark bestand aus weißen Blutkörperchen. Und wenn man deren Produktion störte, sank ihre Zahl im Körper. Man wurde anämisch. Daran konnte man sterben. Oder an tausend anderen Krankheiten, die man sich einfing, wenn man zu wenig Blutkörperchen hatte. Darum wurde sein Blut einmal die Woche untersucht, damit die Medikamente einem nicht mit Sicherheit das antaten, was eventuell nur der Krebs schaffen würde.

»Können Sie auf diese Weise Dinge voraussehen? So wie Sie die Frauen gesehen haben, die an den Bäumen hingen, noch bevor Sie die Spuren der Seile an den Ästen fanden?«

»Nein.«

»Ich will trotzdem wissen, wie Sie …«

Entweder beendete sie den Satz nicht oder er hörte es nicht. Ein großer, silberner Passagierzug donnerte jetzt durch seine Ohren. Er spürte die Erschütterung bis in die Knochen seiner Beine. Dann ein Schwall heißen Dampfes in seinem Gesicht. Und alles war so gottverdammt laut.

Schließlich Stille.

Sein Herz pochte, sein Gesicht war immer noch heiß, und als er zu Merci aufsah, war sie in eine funkelnde, rote Wolke gehüllt.

»Zuerst muss man den Kopf frei haben«, sagte er.

»Geht es Ihnen gut?«

»Man muss alles vergessen, was man zu wissen glaubt. Alle Annahmen. Die sind nur im Weg.«

»Genau. Wir reden ein anderes Mal darüber, okay?«

»Man fängt mit dem an, was man ganz sicher weiß. Draußen am Ortega Highway, als ich auf die Erde sah, fiel mir auf, wie klar begrenzt die Blutlache war. Es war nicht verspritzt wie nach einem Kampf. Es wurde nicht bei heftiger Gegenwehr vergossen. Es floss langsam heraus und die Quelle bewegte sich nicht sehr, wenn überhaupt. Also war das Opfer beim Bluten irgendwie gefesselt. Na gut. Wissen Sie, was ich zuerst sah? Eine Frau in einem Kokon. Dann erblickte ich eine Frau in einem Spinnennetz. Stille. Unbeweglichkeit. Ich frage mich immer noch, ob er sie irgendwie vergiftet hat. Jedenfalls weiß ich, dass ich es mit einer toten Frau zu tun habe, die blutet. Dann sehe ich, was von ihr übrig ist, wenn er fertig ist – nichts. Weil er sie mitgenommen hat. Das erfordert viel Arbeit, Energie und Planung. Ich sehe, wie er mit einem Koffer in jeder Hand zu seinem Wagen zurückkehrt. Plastikkoffer. Abwaschbar. Wasserdicht. Runde Ecken, grau. Aber das ergibt keinen Sinn, weil sie zu groß und zu schwer war. Nach dem zu urteilen, was wir gefunden haben, hat er sie nicht in Stücke geschnitten. Er nahm sie mit. Weil sie ihm etwas bedeutete. Er weiß, dass sie ihm etwas bedeutet. Also hat er es von Anfang an auf sie abgesehen, aber er wollte ihr Aussehen nicht zerstören. Er wollte sie nicht zerstören, aber er wollte, dass sie blutleer war, er wollte ihren Körper. Warum hat er sie von all den Millionen Orten am Ortega ausgerechnet zu diesem gebracht? Ich schaute nach oben und entdeckte den Ast – lang genug und trotzdem stabil. Ich erinnerte mich, wie wir einmal Rotwild aufhängten, nachdem es mein Vater auf dem

Grundstück meines Onkels in Idaho geschossen hatte. Also kletterte ich hoch und fand die Kerben.«

Merci sagte nichts. Hess war nicht sicher, ob sie ihn hörte. Seine Stimme klang, als ob sie aus zwanzig Meilen Tiefe aus einem Canyon heraufdrang.

Hess beugte sich vor und nahm die Zeitung zur Hand. Er wollte stark und gesund wirken. Er warf die Zeitung zur Seite, als ob sie ihn ärgerte, und faltete die Hände im Schoß. Sie zitterten, aber er spürte, wie sein Herz langsamer schlug, und Merci war nicht länger von rotem Neonlicht umgeben. Sein Gesicht fühlte sich immer noch warm an, doch seine Fingerknöchel brannten nicht mehr. Er atmete tief ein und hatte das Gefühl, das Richtige zu tun.

»In der Theorie klingt das leicht«, sagte sie. »Aber als ich draußen war und es versuchte, sah ich nur das, was alle gesehen haben.«

»Sie müssen es allein tun.«

»Es ist nicht leicht, alles zu vergessen, weil man ja von ein paar Dingen ausgehen muss. Der Baum zum Beispiel: Sie mussten annehmen, dass die Leiche dort war. Obwohl er sie ja auch irgendwo anders hätte ausbluten lassen, das Blut hätte auffangen und es einfach dort ausgießen können, wo wir es gefunden haben. Stimmt's? Sie haben angenommen, dass die Leiche und das Blut zusammengehörten.«

»Zum Teil, ja.«

Er spürte, wie der Rhythmus seines Herzschlags langsamer und seine Sicht wieder klar wurde. Aber es war immer noch so, als ob er mit dem Stuhl verschmolzen wäre, und er konnte sich nicht vorstellen, wie er je wieder aufstehen sollte.

»Sehen Sie auch manchmal Dinge vor sich, die nicht stimmen?«

»Sie sind nicht so klar wie die, die stimmen.«

»Ich sehe keine Bilder. Ich sehe ein Video, verschwommen.«

Er schaute sie an. Sie saß verkehrt herum auf dem Drehstuhl, nach vorn gebeugt, die Beine gegrätscht. Ihre Arme lagen auf der Lehne und ihr Kinn ruhte auf ihrem Handgelenk.

»Es hilft, mit vielen schlimmen Dingen konfrontiert zu sein. Je älter man wird, desto mehr sieht man.«

Hess erwartete einen Kommentar wie: *Ich kann diese ständigen Ratschläge nicht gebrauchen*, und er hätte ihr dafür nicht einmal einen Vorwurf machen können. Doch sie schwieg nur einen langen Moment.

»Ich habe an 38 Mordfällen gearbeitet. Wie ist es mit Ihnen?«

»814.«

»Eine beeindruckende Zahl.«

»Die Arbeit von 43 Jahren. Plus Korea.«

»Wie kommt es, dass Menschen, die an Kriegen teilgenommen haben, das immerzu erwähnen?«

»Wir sind stolz.«

»Auf das Offensichtliche?«

»Ja, auf das Offensichtliche. Wir haben es überlebt.«

»Ich war nie im Krieg.«

»Das ist nicht schlimm.«

»Ist es schon, wenn ich es auf eine beeindruckende Zahl abgesehen habe.«

Hess dachte darüber nach. Es war ein köstliches Gefühl, einen klaren Gedanken fassen zu können, nachdem sein Körper derart rebelliert hatte.

»Was diese beeindruckenden Zahlen angeht: Die bleiben Ihnen ein Leben lang. Die Dinge, die Sie gesehen haben, verschwinden niemals. All die Klischees und Geschichten, von wegen Ausgebranntsein und Alkohol und Depressionen und Selbstmord, tja, die stimmen.«

»Sie müssen aber nicht immer stimmen.«

Hess sah sie an und lächelte. Zum Teil, weil ihm ihr Optimismus gefiel, und zum Teil, weil sie eine Frische verkörperte, die er nicht fühlte. Sie schwieg wieder. Ihr Kinn ruhte immer noch auf ihrem Handgelenk und sie betrachtete ihn mit einem Ausdruck offener Nachdenklichkeit und Neugier, wie ein Junge, der einen unbekannten, grünen Käfer auf der Verandalampe gefunden hatte.

»Dieser Fall ist eine harte Nuss, Hess.«

»Einer der schlimmsten. Ein Kerl, der es am Morgen danach nicht bedauert. Der einfach den nächsten Mord plant.«

»Aber hat er auf der Skizze nicht einen merkwürdigen Ausdruck in den Augen? Als ob es ihm Leid tut oder als ob er traurig ist.«

Hess nickte. In diesem Augenblick war er stolz auf sie und wünschte, er könnte es ihr mitteilen, ohne dass es für sie von oben herab klang.

»So einen Ausdruck habe ich noch nie gesehen«, sagte sie. »Ich frage mich, ob Kamala Petersen ihn sich ausgedacht hat.«

Merci stand auf und schob den Stuhl mit dem Fuß unter den Schreibtisch. Sie stemmte die Hände in die Hüften und blickte unsicher zu ihm hinunter. »Tja, es ist Freitagabend, Lieutenant. Wollen Sie etwas essen?«

Hess sagte: »Soll mir recht sein«, bevor ihm einfiel, wie viel Mühe es ihn kosten würde, seinen Stuhl zu verlassen.

Zu spät, dachte er. Er legte die Arme auf die Lehnen, stellte seine Füße fest auf und sah zu Merci, um festzustellen, ob ihr sein Schwächeanfall aufgefallen war. Sie stand neben ihm und streckte ihm eine ihrer großen Hände hin. Er nahm sie, bevor ihm klar wurde, dass alles andere, als sie zu ergreifen, niederträchtig gewesen wäre.

Mit Hilfe ihrer Kraft stemmte er sich hoch.

18

Colesceau saß im Dunkeln in seinem Wohnzimmer seines Hauses Meadowlark Nr. 12 und lauschte den Sprechchören der Menschenmenge auf der Straße. Die Jalousien waren geschlossen und das Licht ausgeschaltet. Er starrte auf den flackernden Fernsehbildschirm, aber seine Aufmerksamkeit war draußen beim Mob. Sein Herz pochte so heftig, dass er befürchtete, es könne aufhören zu schlagen. Fünf Tage vor dem Ende dieses Albtraums tun sie mir so was an. Er spürte die Wut mit solcher Kraft, dass seine Arme zitterten. Er spürte das Gewicht von Eispickeln in seinen Händen.

Als die Sprechchöre aufhörten, trat er ans Fenster und öffnete die Jalousien gerade so weit, dass er hinaussehen konnte. Aber kaum hatten sie bemerkt, dass die Plastiklamellen sich bewegten, fingen sie wieder an zu brüllen. So ging es nun schon geschlagene zwei Stunden und gestern sechs Stunden nach der Arbeit. Es erstaunte ihn, dass ein einziger Artikel in der gestrigen Morgenzeitung die Menge so rasch hatte mobilisieren können. Vorgestern hatte er noch seine Privatsphäre, heute hatte er diese … besorgten Bürger, die es johlend auf sein Blut abgesehen hatten. Und Fotografen, die ihn aus dem Hinterhalt heraus abgelichtet hatten, als er aus seinem kleinen roten Truck ausgestiegen war.

Aber er schaute trotzdem durch den schmalen Spalt auf das aufgebrachte und empört hübsche Gesicht von Trudy Powers, verzerrt zu einer Maske reinen Hasses. Sie hob und senkte ein Schild im Rhythmus des Sprechchores:

Macht unser VIERTEL
SICHER für die KINDER!
Macht unser VIERTEL
SICHER für die KINDER!

Auf ihrem Schild stand: VERGEWALTIGER SIND KEINE GUTEN NACHBARN, und Trudy wedelte damit wie ein Fan bei einem Fußballspiel.

Mein Gott, dachte Colesceau, ich liebe Kinder nicht gerade, aber ich habe noch nicht einmal im Traum daran gedacht, einem Kind wehzutun. Er fragte sich, was die Polizei diesen Leuten erzählt hatte. Wussten sie, dass er nur für die versuchte Vergewaltigung sehr alter, furchtbar hässlicher und hilfloser Frauen verurteilt worden war, *nicht* für die Vergewaltigung strahlend gesunder Kinder von Leuten wie Trudy Powers? Wussten sie, dass er mit weiblichen Hormonen voll gepumpt und ziemlich harmlos war? Ihre Reaktion verblüffte ihn. Er langte in seinen Schritt – winzige Knödelchen!

Die Reporter waren jedenfalls noch da. Es waren andere, aber man sah ihnen an, welchem Beruf sie nachgingen: Kameras, Mikrofone und entschlossene, hungrige Gesichter. Zwei große Vans von Nachrichtensendern parkten auf der anderen Straßenseite. Einer von ihnen gehörte dem Sender, den er gerade eingestellt hatte.

Noch fünf Tage. Und jetzt das. Danke, Holtz. Danke, Carla. Danke, bekackte Polizei. In Rumänien erschießen sie dich einfach, dann ist es wenigstens vorbei.

Er schloss die Jalousien wieder und ging in die Küche, wo er sich eine Bloody Mary mixte, aus der vorgefertigten Mischung aus dem Kühlschrank, dem Wodka aus dem Gefrierfach und einem Teelöffel scharfer Soße.

Macht unser VIERTEL
SICHER für die KINDER!
Macht unser VIERTEL
SICHER für die KINDER!

Sein Telefon klingelte. Holtz hatte gestern und heute je einmal angerufen. Kaufman, der Anwalt der ACLU, hatte heute zweimal durchgeläutet und versprochen, sich noch einmal zu melden. Und tatsächlich:

Mr Colesceau, hier spricht Seth Kaufman von der American Civil Liberties Union. Ich wollte nur klarstellen, dass wir uns Sorgen um Sie und Ihre Rechte machen. Wir glauben, dass wir Ihnen helfen können, und wir wollen das auch gern tun. Ich hinterlasse nochmal meine Nummer und möchte Sie ermutigen, mich anzurufen. Wir können Ihnen nur helfen, wenn Sie das zulassen. Meine Privatnummer lautet …

Colesceau spürte, wie Wut in ihm aufstieg. Er griff zum Hörer.

»Hier ist Matamoros.«

»Prima. Großartig. Ich bin froh, dass Sie abgenommen haben. Wie geht es Ihnen bislang?«

»Es ist schwierig. Ich fühle mich wie ein Tier.«

»Die behandeln Sie schlimmer als ein Tier. Ich höre etwas im Hintergrund. Sind das Ihre Nachbarn?«

»Sie singen wie die Mönche, stundenlang. Ich habe das Gefühl, bald den Verstand zu verlieren.«

»Darf ich vorbeikommen? Gleich jetzt? Ich denke, wir können einen Gerichtsbeschluss erwirken, damit sie Abstand halten oder sich zumindest an den nächsten öffentlichen Platz zurückziehen müssen. Sie leben in einem Wohnkomplex, richtig?«

»Die Quail-Creek-Wohnanlage in Irvine.«

»Nun, das ist Privatbesitz. Haben Sie eine Hintertür?«

»Nein.«

»Na gut. Hören Sie, es gibt viele Menschen, die auf Ihrer Seite stehen. Und wir können noch ein paar weitere überzeugen, wenn Sie bereit sind, nicht klein beizugeben und zu sagen, was Sie zu sagen haben. Lassen Sie uns eine Unterhaltung über unsere Optionen führen. Würde es Ihnen etwas ausmachen, vor einer Kamera zu sprechen? Das könnte uns helfen, die öffentliche Sympathie in unsere Richtung zu lenken.«

»Ich habe nichts zu verbergen. Aber ich mag keine Kameras.«

»Dann keine Kameras. Und reden Sie mit niemandem, bevor wir uns getroffen haben. Öffnen Sie nicht die Tür. Unterhalten Sie sich nicht mit diesen Leuten. Ich mache mich jetzt auf den Weg aus Los Angeles, also bin ich in genau einer Stunde bei Ihnen. Ich kann Sie dort herausholen, wir können

Kaffee trinken oder etwas essen, wenn Sie wollen. Ich kann auch etwas mitbringen.«

»Danke für das Angebot. Ich muss hier raus.«

»Haben Sie eine Kopie des medizinischen Berichts, den Sie unterschrieben haben, als Sie aus dem Krankenhaus entlassen wurden?«

»Den habe ich.«

»Wunderbar. Geben Sie mir Ihre Adresse.«

Kaufman brachte einen Mantel mit, den Colesceau über seinen eigenen zog, bevor sie durch die Haustür und in das Hohngeschrei der Menge schritten. Obwohl sein Gesicht unter dem übergroßen Mantel verborgen war, sah er das Blitzlichtgewitter der Fotografen, und er spürte die gleißenden Scheinwerfer der Kameraleute. Die Lautstärke des Sprechgesangs verdreifachte sich, als er die Ausfahrt entlang auf Kaufmans Auto zuging.

... weg aus Irvine ... elender Verbrecher ... pack deine Koffer ... verpiss dich ... Vergewaltiger, Frauenschänder, menschliches Schwein ... komm bloß nicht zurück ... mach dich vom Acker ... schmutziges Tier ... schlaf bloß niemals ein, sonst fackeln wir dich mitsamt deiner Bude ab ...

»Spießbürgerliches Zähnefletschen«, flüsterte Kaufman, als er den Wagenschlag öffnete und Colesceau hineinmanövrierte. »Sie sind einfach die Unterhaltungsnummer der Woche.«

Einen Augenblick später tauchte Colesceaus Kopf auf, während Kaufman aus der Auffahrt bog und dann die Straße hinunterfuhr.

Kaufman schlug ein familiäres Restaurant an einer geschäftigen Einkaufsstraße in Costa Mesa vor. Er sprach die Kellnerin mit Namen an und schien erwartet worden zu sein. Colesceau war fast geschockt, als er vorgestellt wurde und sich niemand angewidert abwandte. Pratt und sein ekelhafter Gehilfe Garry hatten ihren Kunden alles über ihn erzählt, offenbar noch bevor er dort angefangen hatte, und selten traf er jemanden, der kein unnatürliches Interesse an den Tag legte. Man sah es in den Augen der Leute.

Die Nische befand sich in der Ecke bei den Toiletten neben dem Flur. Sie war geräumig und mit Vinyl gepolstert und man wurde nicht gestört. Plastikfarne hingen an dünnen Ketten über ihren Köpfen. Auf der anderen Seite des Ganges stand ein Wagen, auf dem sich Plastiktabletts mit schmutzigem Geschirr türmten, aber ansonsten war ihr Tisch gut.

Colesceau betrachtete den Anwalt zum ersten Mal genauer: ein gut aussehender Mann von etwa dreißig Jahren, körperlich fit, hellbraune Haare und sehr blaue Augen. Hübsch in dem Sinne, dass er überaus gepflegt war: Zähne und Zahnfleisch glänzten, Fingernägel mit transparentem Lack, poliert, lässiger, aber perfekter Haarschnitt. Colesceau, der sich durchaus mit edler Herrenbekleidung auskannte, was er zahlreichen Schaufensterbummeln verdankte, schätzte Kaufmans Krawatte auf achtzig Dollar. Ihm kam es absolut sinnvoll vor, von einem erfolgreichen Anwalt vertreten zu werden.

Zuerst erzählte ihm Kaufman, was die ACLU war, dass diese Bürgerrechtsorganisation für den Schutz der Verfassungsrechte jedes Einzelnen eintrat, häufig gegenüber genau jenen Behörden, die diese Rechte eigentlich garantieren sollten: Regierung, Polizei, Gerichte und so fort. Colesceau musste nichts dafür bezahlen, dass er von der ACLU vertreten wurde. Alle ACLU-Anwälte erhielten ein festes Jahresgehalt, im besten Falle in moderater Höhe. ACLU hatte einige der wichtigsten Urteile erwirkt, die jemals in diesem Land gefällt worden waren, und erfolgreich viele Männer und Frauen verteidigt, vor kleinen Kommunalgerichten bis hin zum Obersten Gerichtshof in Washington. Kaufman hielt seine Organisation für die beste und letzte Waffe, die ein Bürger gegen die Macht des Staates einsetzen konnte. Eine Waffe gegen Faschismus, Rassismus und die Einschränkung persönlicher Freiheiten. Eine Art David gegen den staatlichen Goliath.

Kaufman ratterte all das eilig herunter, und Colesceau gewann den Eindruck, er habe es bereits eine Million Mal erzählt. Die Kellnerin nahm ihre Bestellungen auf.

»Wollen Sie offen zu mir sein?«, fragte Kaufman, als die Frau gegangen war.

»Ich habe nichts zu verbergen.«

Der Anwalt betrachtete ihn mit seinen kalten, blauen Augen. »Haben Sie den medizinischen Bericht über die Hormonbehandlung dabei?«

Colesceau zog das Dokument aus seiner Manteltasche und reichte es Kaufman. Der faltete es auseinander und strich es auf der Tischplatte glatt. »Haben Sie alle Injektionen bekommen, jede Woche?«

»Jede Woche.«

»Wie fühlt es sich an? Diese Hormone in sich zu haben?«

Colesceau sah den Anwalt fest an, dann schaute er hinüber zu dem Wagen mit dem schmutzigen Geschirr, der immer noch im Gang stand, dann zu der korpulenten Kellnerin, die unter dem flackernden Neonlicht an der Theke beschäftigt tat. Sie warf ihm einen Blick übertriebener Gleichgültigkeit zu.

»Antworten Sie nicht darauf, wenn es Ihnen unangenehm ist. Ich erinnere mich nur, dass ich die Analyse des Abgeordnetenhauses zu AB 3339 – dem Gesetz zur chemischen Kastration – gelesen habe und dabei dachte, was für eine gottverdammt barbarische Sache das doch ist.«

Colesceau mochte diesen Mann beinahe. »Es fühlt sich schrecklich an. Man wird ganz langsam in eine Frau verwandelt. Aber nicht richtig. Ich habe zugenommen und meine Genitalien wurden kleiner. Meine Brüste wuchsen unnatürlich stark. Die Haare in meinem Gesicht wurden zu feinem Flaum. Ich bin auf eine Weise reizbar und emotional, wie ich es nie zuvor war. Ich habe das Gefühl, dass sich sogar meine

Seele verändert. Ich habe das Gefühl, dass ich zwangsweise in einen Menschen verwandelt werde, der anders ist als der Mensch, als der ich geboren wurde.«

Kaufman hatte ein schmales Notizbuch herausgezogen und schrieb etwas hinein. »Was ist mit Ihrem Sexualtrieb passiert? Haben Sie Erektionen?«

»Fast nie.«

Colesceau sah den Anwalt an. Dieser Anwalt ist doch keinen Deut besser als alle anderen, dachte er; er ist neugierig, unverschämt, respektlos und von der misslichen Lage meiner Hoden auf hämische Weise fasziniert. Colesceau stellte sich vor, wie sein rechter Arm in einer raschen, abgehackten Bewegung, völlig unerwartet, einen Eispickel durch das teure Baumwollhemd und in das überraschte Herz des Anwalts rammte.

Wie fühlt sich das an? Diesen Eispickel in sich zu haben?

»Können Sie mir beschreiben, wie es sich anfühlt, chemisch kastriert zu sein und dann eine attraktive Frau zu sehen oder in ihrer Nähe zu sein?«

In diesem Moment wurden die Limonaden serviert, und Colesceau verfiel in diesen merkwürdigen Zustand, in dem er sowohl zusah als auch teilnahm. Er sah sich, wie er in der Nische saß, als ob er durch das Fenster hereinschaute. Er schaute auf Kaufmans Scheitel, als ob er ein Vogel wäre, der sich in dem falschen Farn über ihnen niedergelassen hatte. Er hörte, wie er jetzt plauderte, für Kaufman dick auftrug und so demütig und falsch verstanden und unschuldig ungerecht behandelt wie nur möglich klang.

»... und Sie verstehen sicher die große Enttäuschung meiner Mutter. Ohne ihre Liebe und Zuwendung, ohne ihre Unterstützung; ich glaube, da würde ich sterben.«

Er achtete sorgsam darauf, das Wort *Unterstützung* zu verwenden, denn die Amerikaner liebten es so sehr, als ob Freunde und Familienangehörige tatsächlich stützende Elemente wären, die sie an Ort und Stelle hielten, als ob sie körperlich so fett und geistig so schwach wären, dass sie ohne *Unterstützung* sofort kollabieren würden.

»Wir stehen uns sehr nahe seit dem Mord an meinem Vater durch die Staatspolizei im Jahr 1979.«

»Wurden Sie tatsächlich gezwungen, zuzusehen, wie abgerichtete Kampfhunde Ihren Vater zerfleischten, Moros?«

»Nein. Er wurde von der Polizei erschossen. Die Hunde haben mich einfach angegriffen, als ich zu ihm laufen wollte.«

Ich habe jede Sekunde davon genossen, Seth. Der Mann war ein versoffenes Schwein, wenn er nicht gerade schlief. Ich war derjenige, der das alles in die Wege geleitet hat. Ich habe seine Gespräche belauscht. Ich habe über ein geheimes Telefon in der Scheune des Kolchosenführers Meldung gemacht. Ich erzählte recht kreativ, wie es ein Kind eben tut. Ich fügte noch mehr subversives Material hinzu, weil ich Eindruck machen wollte. Ich stahl seine Briefe und legte sie wieder zurück, bevor er ihr Verschwinden bemerkte. Ich deponierte die Waffen in unserer Scheune. Als sie ihn schließlich ermordeten, bedeutete das nur, dass ich morgens mehr Kaffee abbekam. Sonst nichts. Dumm, an seine Seite zu laufen, als ob er mir etwas bedeutete. Das habe ich nur getan, um meine Mutter nicht misstrauisch zu machen. Sie wusste, dass er keine Waffen besaß. Aber was sind ein paar Hundert Stiche im Vergleich zu einem nie endenden Leben mit diesem grausamen, dämlichen Schwein?

»Erleben Sie diesen Augenblick immer noch? Sehen Sie jemals vor sich, was ihm angetan wurde oder was die Hunde Ihnen angetan haben?«

»Ja. Jeden Morgen sehe ich im Spiegel, was die Hunde mir angetan haben. Und wann immer ich daran denke, was die Polizei meinem Vater angetan hat, muss ich weinen. Für einen kleinen Jungen hören manche Schrecken niemals auf. Die Narben auf meinem Körper sind nichts im Vergleich zu den Narben auf meiner Seele.«

»Erstaunlich.«

Der Anwalt starrte ihn jetzt an wie einer von Pratts oder Lydias Freunden. Freunde, die versuchten, so zu tun, als ob sie nichts über ihn wüssten. Er hatte denselben Ausdruck auf Hunderten von Gesichtern gesehen, bei dem Fernsehpublikum während der Talkshows im Fernsehen, die er manchmal anschaute, wenn es im Autolager wenig zu tun gab. Natürlich hatte Lydia den Kasten ständig an. Dieser bestimmte Gesichtsausdruck ließ ihn immer an hungrige Kühe denken. Zielbewusst. Aufmerksam. Aber ohne irgendein Mittel, um den Hunger zu stillen, außer vielleicht die passive Aufnahme dessen, was der Gastgeber oder Gast als Nächstes sagen würde. Ein unersättlicher Appetit auf Berichte von Katastrophen, Unglücksfällen, Ruin, Perversionen, Gewalt und Tod.

Für sie war es nur Unterhaltung.

»Stimmt es, wie es hier im Bericht heißt, dass Ihre Brüste angeschwollen sind?«

»Ich sagte Ihnen bereits, dass sie größer wurden.«

Kaufman schürzte die Lippen und schüttelte den Kopf. Er notierte etwas in sein Notizbuch und seufzte.

»Ah, hier kommt das Essen. Würde es Ihnen etwas ausmachen, wenn wir nach dem Essen über Ihre Verurteilungen aufgrund der Vergewaltigungen sprechen? Ich muss alles darüber wissen. Mich interessiert insbesondere Ihre Geisteshaltung während der Taten. Wut, sexuelles Verlangen, Ihre Gedanken und Gefühle. Was Ihnen durch den Kopf ging. Warum Sie ältere Frauen gewählt haben. Das könnte uns helfen, eine Urteilsaufhebung zu erreichen. Ich denke da an das Berufungsgericht.«

Colesceau sah den Anwalt an. Dann erklärte er rasch, dass er sich geliebt fühlen wollte und in seiner Verwirrung gedacht habe, er könne seine Opfer dazu zwingen, ihn zu lieben. Er sagte in einer Art Beichte, die ihn selbst überraschte, dass sich sein Penis wie die Verlängerung seines Herzens angefühlt habe, was tatsächlich einigermaßen der Wahrheit entsprach.

Seth hörte mit offenem Mund zu.

»Aber all das liegt in der Vergangenheit. Meine Strafe sollte am Mittwoch enden, wenn ich den Regeln gehorchte. Ich habe alle Regeln eingehalten. Ich ließ mich vergiften und mit unnatürlichen Substanzen voll pumpen. Woche für Woche, in meine Blutgefäße, mit Spritzen. Jetzt steht eine Menschenmenge vor meiner Tür. Mir wurde die Wohnung gekündigt. Wahrscheinlich verliere ich meine Arbeit. Mir wurde auf drastische Weise unrecht getan.«

»Darum bin ich hier. Aber Sie müssen mir die Munition liefern.«

»Ich werde über diese Dinge reden, wenn Sie es unbedingt erfahren müssen. Auch wenn mich das beschämt.«

»Es wird uns helfen, Moros. Alles, was Sie mir sagen können, wird uns helfen.«

19

Keine 24 Stunden später, am Samstag, sah Colesceau zu seiner großen Überraschung Seth Kaufman wieder.

Aber diesmal war Seth in dem Fernsehprogramm, das Colesceau gelangweilt verfolgte, während die Menge vor seiner Wohnung ihren Sprechgesang zelebrierte. Und diesmal lautete sein Name Grant Major vom *County News Bureau*, kurz CNB.

Er saß in einem Studio und erzählte einem Reporterkollegen von seinem Exklusivinterview mit dem kastrierten Vergewaltiger Matamoros Colesceau. Er sah noch besser aus als in dem Restaurant. Der andere Reporter, den Colesceau kannte, erklärte, der »Sonderbericht« von CNBs »neuem investigativem Star«, der um sieben Uhr ausgestrahlt werde, wäre »der absolute Hammer«.

Jetzt auf CNB.

Colesceau sah sich selbst auf dem Bildschirm, wie er sein Haus, eingehüllt in Seth Kaufmans langem Mantel, verließ, wie er nach vorn gebeugt durch die Menge an Reportern und Nachbarn schritt.

Als Nächstes saß er in dem Restaurant und sprach mit dem Mann, den er wirklich und wahrhaftig für einen ACLU-Anwalt gehalten hatte.

Colesceau wurde klar, dass die Kamera in dem Wagen mit dem schmutzigen Geschirr versteckt worden war.

Jetzt wusste er, warum die Kellnerin sie erwartet hatte.

Er spürte, wie sein Herz wieder hart und kalt wurde, aber es schlug kräftig, wie eine gute Maschine.

Er sah zu, wie er erklärte, was ihm durch den Kopf ging, als er versuchte, die beiden alten Frauen zu vergewaltigen – die Wut, die Verwirrung, das Gefühl, der Welt gegenüber hilflos zu sein, besonders gegenüber Frauen seines Alters.

Er hörte seinen Geschichten über die Hormonbehandlung zu – die schwellenden Brüste und die schrumpfenden Genitalien. Im Fernsehen klang es, als ob er winselte und gleich weinen würde.

Colesceau musste hilflos mit ansehen, wie er den Tod seines Vaters durch die Hand der Polizei schilderte. Er konnte nicht verstehen, warum Grant den Teil herausgeschnitten hatte, in dem er erzählte, wie schwierig es immer noch für ihn war, dass er immer noch an seinen Vater dachte, dass die Narben auf seiner Seele schlimmer waren als die Narben auf seinem Körper.

Er lässt mich schlecht aussehen, dachte Colesceau. Und trotz seiner Wut konnte er nur daran denken, wie er Grant Major auf furchtbare Weise verletzen könnte.

Ein Chor aus Buhrufen brach draußen los. Colesceau ging zum Fenster und stellte die Jalousien so, dass er hinausschauen konnte.

Trudy Powers stand vor dem Mob, die Haare von der Brise aus dem Gesicht geweht. Ihre Brauen waren zusammengezogen, während sie zum Himmel blickte. In diesem Moment sieht sie wie eine Heilige auf einem Buntglasfenster aus, dachte Colesceau, oder wie einer dieser Märtyrer auf einem Gemälde, vielleicht derjenigen mit all den Pfeilen in sich.

Er ließ die Schnur der Jalousie los, trat an seine Haustür und öffnete sie. Die Stimmen trafen ihn wie eine Windböe. Ohne das Fenster zwischen sich konnte Colesceau das Gewicht ihrer Präsenz spüren und fühlte, dass ihre Vorwärtsbewegung nur durch die zurückhaltende Hand des Gesetzes der Menschlichkeit eingedämmt wurde. Ohne diese Hemmschwelle würden sie ihn wie im Wilden Westen aufhängen und anschließend seine Leiche hinter einem Saab Cabrio durch die Straßen von Irvine herschleifen.

Dann wurde die Menge still. Colesceau sah Trudy Powers an, all die strahlend glücklichen Vorortfrauen und die Nachrichtenleute, die mit diversen Kameras und Gerätschaften auf ihn zugeeilt kamen. Sie blieben keine drei Meter vor ihm stehen und knieten sich dann hin, als ob er es auf *sie* abgesehen hätte. Es war eine der seltsamsten Empfindungen, die er in einem Leben voller seltsamer Empfindungen jemals gehabt hatte – die Welt vor ihm zu seinen Füßen, während er fest wie der Papst aufragte und sie betrachtete. Er blickte auf die frisch gemixte Bloody Mary hinunter, die er immer noch in seiner Hand hielt, dann wieder zu dem Pöbelhaufen.

»Ich bin kein Monster«, verkündete er. »Ich habe versucht, ein guter Nachbar zu sein. Ich habe für meine Verbrechen bezahlt und will jetzt in Ruhe gelassen werden, um mein Leben zu leben.«

Lebe es woanders!

»Meine Wohnung wurde mir bereits gekündigt. In 29 Tagen muss ich ausziehen.«

Wir beobachten dich jede einzelne Sekunde, Drecksack!

MACHT unser VIERTEL
SICHER für die KINDER!

Colesceau hob die Hand. Er war zutiefst verblüfft, als die Menge mit dem Sprechgesang aufhörte. Er konnte nur noch das Surren und Klicken der Kameras hören, die vom Gehweg in drei Meter Entfernung auf ihn gerichtet waren.

»Also ... ich habe noch nie in meinem Leben einem Kind etwas zuleide getan. Niemals.«

Ja klar, nur alten Frauen, die sich nicht verteidigen können! Verschwinde, Schwanzgesicht, oder ich reiße dir den Kopf ab und stopfe ihn dir in deinen verdammten Hals!

Er sah den Mann an, der das gebrüllt hatte, stämmig und langhaarig und mit einer Bierdose in der Hand.

»Carl, du bist schlimmer als er, wenn du so etwas sagst.«

Trudy Powers Stimme hing in der stillen Luft. Sie trat einen Schritt vor.

»Wir verstehen Ihre Probleme, Mr Colesceau. Aber auch wir haben Rechte. Und wir wollen, dass dieses Viertel für unsere Kinder und unsere alten Leute sicher ist. Wir wollen keine Schwierigkeiten.«

»Warum tun Sie das dann?«

Ach, fick dich!

Trudys Gesicht wirbelte herum, ihre Haare wehten, dann drehte sie sich wieder zu Colesceau.

»Wir sind der Meinung, dass Sie eine geeignetere Umgebung für sich finden sollten.«

In der verdammten Irrenanstalt, aus der du gekommen bist!

Trudy hob einen Arm, ohne sich umzusehen.

»Sean, wir unterhalten uns! Hören Sie, Mr Colesceau. Wir beabsichtigen, diese Mahnwache jeden Tag durchzuführen, bis Sie eine angemessenere Bleibe gefunden haben. Wir sind Bürger mit Rechten, und wir haben die Absicht, diese Rechte für uns in Anspruch zu nehmen. Wir werden unsere Demonstration friedlich gestalten. Aber wir werden Sie im Auge behalten, bis Sie von hier fortziehen. Wir werden Ihr Grundstück nicht betreten und Ihr Eigentum nicht zerstören.«

Colesceau stand mit seinem Drink in der Hand da, der schweigende Mob immer noch vor ihm, die Kameras aus drei Meter Entfernung auf ihn gerichtet.

»Ich wohne hier. Ich gehe zur Arbeit. Mehr tue ich nicht.«

Er sah, wie sich das Licht und die Brise in Trudys goldenem Haar verfingen. Sie trug einen kurzen Jeansrock, der ihre langen, mädchenhaften Beine zeigte, weiße Tennisschuhe und Socken und eine kurze, weiße Bluse mit einem runden Ausschnitt. Ihr großer und schwächlich wirkender Ehemann war jetzt neben sie getreten, und Colesceau sah, wie sich das Sonnenlicht in seiner Brille spiegelte. Er hatte einen Bart und einen dünnen Hals. Colesceau hatte schon bemerkt, dass er einen riesigen, teuren Wagen fuhr, mit jeder Menge Aufklebern auf der Heckscheibe, die einen aufforderten, so gut wie jede Tierart zu retten, die man sich nur vorstellen konnte.

»Uns ist es todernst«, erklärte er.

»Tod? Wie meinen Sie das?«

»Mein Gott, Jonathan!«, sagte Trudy.

»Das heißt, Sie werden uns jeden Tag für den Rest Ihrer Tage hier sehen. Wir wissen genau, wo Sie sind, jede Sekunde Ihres Lebens.«

»Dagegen habe ich gar nichts. Ich bin ein unschuldiger Mann. Und um meine Unschuld zu beweisen, will ich Ihnen etwas geben. Warten Sie bitte hier.«

Kein Problem, Alter!

Colesceau ging in seine Wohnung und nahm eines der lächerlichsten von allen bemalten Eiern seiner Mutter. Es war ein lavendelfarbenes Straußenei mit goldener Verzierung und einem kleinen Spitzenröckchen um die Mitte.

Er trug das Ei nach draußen und nahm seinen Platz vor den Fernsehkameras wieder ein.

»Das hier verkörpert all das Gute, das ich auf Erden besitze. Ich biete es als Pfand für mein vollkommenes Verhalten in den nächsten 29 Tagen an.«

Er hielt das Ei mit beiden Händen vor sich, die Ellbogen

eng am Körper und den Kopf leicht gesenkt, als ob diese Haltung den Wert des Straußeneis erhöhen würde.

»Für Sie, Mrs Powers. Für alle von Ihnen!«

Die Kameramänner rückten näher. Sie strahlten eine instinktive Angst aus, die Colesceau respektierte. Sie waren es gewohnt, gehasst zu werden.

Aber nicht Trudy Powers. Trudy, das war ihm klar, war aufgrund ihres hohen Wertes als Sexualpartnerin daran gewöhnt, angebetet, geliebt und geachtet zu werden. Also trat sie mit einem anmutigen Schritt vor und musterte Colesceau mit einem Ausdruck von Selbstvertrauen und Respekt. Man sah deutlich, dass sie sich für eine Botschafterin zwischen zwei Welten hielt, zwischen der Welt der Guten und der Welt der Verdammten. Und ihre Bereitschaft, auf die Verdammten zuzugehen, bereitete ihr tiefe Freude. Sie würde auch eine Hand voll Exkremente vom Teufel selbst akzeptieren und dabei lächeln und würdevoll wirken.

Das Böse in mir stimuliert sie, dachte Colesceau. Ich bin für sie ein Nervenkitzel. Ich stärke das, was sie für ihre Seele hält.

Trudy Powers ging um die Kameraleute herum und trat mit einem Wackeln ihrer Innenschenkel über ein dickes Kabelbündel, die Augen fest auf Colesceau gerichtet. Es lag Selbstgefälligkeit in ihrem Blick.

Colesceau bot ihr das Ei an. Sie griff mit beiden Händen und einem festen, aber verzeihenden Ausdruck im Gesicht zu. Sie sieht aus wie die Maria auf dem Türfresko der Kirche in Voronet, dachte er; fromm und leer und unbeweglich, alles gleichzeitig. Er fuhr mit den Spitzen seiner Fingernägel über ihre Handfläche, als er das Geschenk in ihre Hand legte.

Dann trat er zurück und sah über sie hinweg auf die Menge. Er verbeugte sich andeutungsweise und schlenderte zurück ins Haus Meadowlark Nr. 12.

20

Freiheit. Geschwindigkeit. Interstate 5. Durch die heruntergekurbelten Fenster blies der Wind in den Van. Bill spürte jetzt, wie ihn die Wut erfüllte, wie sie sich durch seinen Körper bewegte. Wie kochendes Wasser, das man vom Herd nimmt, kam sie zur Ruhe und füllte den Behälter aus, in dem sie sich befand. Bill Wayne, dachte er, Gefäß der Vergeltung, Eimer des Hasses. Seht ihn euch an.

Er fand Ronnies alten, viertürigen Klapperkasten auf dem Parkplatz des Main Place, neben dem Eingang, der *Goldsmith'* Juweliergeschäft am nächsten lag. Also hatte sie nicht gelogen. Noch ein Grund mehr, sie kennen zu lernen. Alle Läden des Einkaufszentrums schlossen um 21 Uhr, was ihm fast eine Stunde ließ. Genau richtig.

Also fuhr er zu dem desolaten Baugelände, das er ausgespäht hatte. Laut dem Entfernungsmesser des Vans nur 0,85 Meilen vom Einkaufszentrum entfernt. Der Zustand des Geländes hatte mit dem kalifornischen Straßenbauamt und der Interstate 5 zu tun. Er fand die holperige Zufahrt, überfuhr einfach die rostige Kette und fuhr vorbei an Gerüsten und Tanklastern. Die Pforte war ge-, aber nicht verschlossen. Er fuhr mit ausgeschalteten Scheinwerfern hinein und parkte versteckt zwischen zwei großen Raupenfahrzeugen, dann stellte er den Motor aus und blieb einen Moment sitzen. Der Mond war nur ein blasses Gesicht, vorzeitig am Osthimmel aufgestiegen. Er wirkte allein und peinlich berührt. Es war perfekt – nur zwei Häuserblocks von einer Haltestelle der OCTA-Buslinie entfernt, die ihn vor die Tür des Einkaufszentrums bringen würde, sobald er dazu bereit war.

Bill glitt in den hinteren Teil des Wagens und öffnete den Werkzeugkasten. Pandoras Büchse brauchte er heute nicht, denn Ronnies Wagen war mit Sicherheit zu alt und zu billig, um eine komplexe Diebstahlsicherung zu besitzen. Gut. Weniger zu tragen, weniger, von dem er abhängig war. Keine Zündkerzen, die man herausdrehen musste und die wer weiß wo landeten. Das bedeutete, er brauchte nur das K. O.-Tuch in dem Gefrierbeutel, seine Einkaufstasche und seinen zuverlässigen Slim Jim. Er reiste mit leichtem Gepäck.

Er zog die Chloroformflasche aus seinem Instrumentenkoffer. Sie lag auf seinem »scharfen« Operationsbesteck: den Skalpellen, Sezierscheren, Wundhaken, Zangen, Spritzen und Kathetern, die er für die Entfernung des Blutes und das Einleiten der Flüssigkeit benötigte.

Bill hielt den Atem an und tränkte das Chloroformtuch kräftig aus der 50-mm-Flasche, die er aus dem Malergeschäft stehlen konnte, in dem er für kurze Zeit gearbeitet hatte. Nur samstags, vor über zwei Jahren. Er war Laufbursche und Mädchen für alles gewesen, manchmal mit dem unangenehmen Job, Chloroform und Alkohol zu einem Lösungsmittel zu mischen. Wie schwer die Flüssigkeit ist und wie angenehm sie riecht, dachte er. Als er sie eines Nachts oben in Harbor an einem hilflosen Betrunkenen ausprobiert hatte, war er überrascht gewesen, wie schnell die Wirkung des Chloroforms eingesetzt hatte.

Bill verschloss den Gefrierbeutel, in dem sich das Tuch befand, gründlich und wedelte mit der Hand vor dem Gesicht, bevor er wieder atmete. Es war ein tolles Zeug: wirkte schnell, wurde rasch mit dem Stoffwechsel ausgeschieden und sorgte nur gelegentlich für Herzversagen und Schlaganfällen bei Menschen und Tieren, die ein wenig zu viel davon eingeatmet hatten.

Er steckte den Gefrierbeutel in einen weiteren Plastikbeutel, verschloss diesen und legte das schmale Päckchen in seine Einkaufstasche. Die Einkaufstasche war schwarz, groß und strapazierfähig, mit zwei dicken, geflochtenen Griffen und dem Namen eines Kaufhauses in goldenen Buchstaben an der Seite. Sein Buch und das Laken waren bereits drin. Auch die neuen Latexhandschuhe. Er steckte noch den Slim Jim hinein. Er ragte ein paar Zentimeter heraus, darum bedeckte Bill das obere Ende mit dem Laken, tarnte es als geheimnisvollen

Einkauf oder vielleicht etwas, was er im Laden umtauschen wollte. Der süße, ätherartige Duft des Gases hing noch in der Luft, als er zum Fahrersitz zurückging

Sein letztes Arbeitswerkzeug war die kleine Derringer Kaliber .32, die er aus dem Handschuhfach nahm und in seine Manteltasche gleiten ließ.

Bill steckte für die kurzen Busfahrten immer etwas zu lesen ein. In diesem Fall *Fodors Los Angeles*, um anzudeuten, dass er nur einen Ausflug hierher machte. Er saß vorn im Bus, auf der rechten Seite, sah nur gelegentlich aus dem Fenster und schien ansonsten in sein Buch vertieft. Aber eigentlich stellte er sich Ronnie vor: ihre wohl geformten Beine, das dunkle, lockige Haar und die hohe, intelligente Stirn. Groß und jung. Wäre es nicht großartig, wenn sie ihr Haar heute hochgesteckt tragen würde?

Er stieg an der Nordseite des Main Place aus, dann ging er um das Einkaufszentrum herum zu dem Parkplatz auf der Südseite, auf dem immer noch Ronnies Wagen stand.

Das Licht war nicht gerade gut an der Stelle, an der Ronnie geparkt hatte: perfekt. Er ging an ihrem Auto vorbei und bemerkte, dass es ein Chevrolet war. Er sah sich um, entdeckte niemanden in der Nähe, ging zurück zum Wagen, setzte seine Einkaufstasche ab und tat so, als ob er nach seinen Schlüsseln suchte. In Wirklichkeit beugte er sich vor, zog den Slim Jim heraus, lehnte sich gegen die alte Limousine und ließ das Werkzeug zwischen Fensterglas und Tür gleiten. Den Kopf hielt er hoch, die Augen wachsam. In diesem Moment kam es auf das Fingerspitzengefühl an und davon hatte Bill jede Menge. Er hatte es an vielen hundert Autos ausprobiert, sodass dieser Teil der Arbeit reibungslos laufen würde. Und so war es auch. Beim dritten Versuch mit dem Slim Jim erwischte er den Riegel und zog ihn hoch. Er hörte das blecherne Klicken des sich öffnenden Schlosses und sah den kleinen, schwarzen Plastikknopf, der wie ein Soldat in Bereitschaft hinter dem Glas nach oben glitt. Dann öffnete er die Tür, legte seine Einkaufstasche auf den Beifahrersitz, setzte sich und zog die Tür zu.

Einen Augenblick später saß er auf dem Rücksitz auf der Fahrerseite, zusammengesunken, mit zurückgelehntem Kopf wie ein schläfriger Fluggast, den Blick auf den Ausgang des Einkaufszentrums gerichtet.

Die schwarze Einkaufstasche mit dem Buch und dem Slim Jim lag hinter dem Beifahrersitz. Der Gefrierbeutel befand sich auf seinem Schoß. Es war wichtig, ihn schnell zur Hand zu haben, denn wenn man ihn zu früh öffnete, rochen sie es und zogen sich zurück und ruinierten den Beutezug.

Bis jetzt war das allerdings noch nie vorgekommen. Fast wäre es jedoch bei Irene Hulet passiert – seine Dritte –, die eine Sekunde bevor seine Hand auf ihren Mund glitt und er ihr das Chloroformtuch darauf presste, niesen musste. Er hatte das Tuch bereits herausgezogen und es verbreitete seine tödlichen Dämpfe in der geschlossenen Fahrzeugkabine.

Glücklicherweise hatte sie durch das Niesen einige Sekunden lang nicht geatmet, wie es nach dem Niesen häufig vorkommt. Als sie wieder einatmen wollte, hatte Bill seine linke Hand fest auf ihren Mund gepresst und mit der rechten das Tuch über ihre Nase gelegt. Ungefähr sieben Sekunden lang. Der Grund, warum es so gut funktionierte, war der, dass die Leute abrupt und tief einatmeten, wenn man sie überraschte und sie Angst bekamen. Deshalb mussten sie gleich nochmal einatmen und bekamen hauptsächlich Gas ab. Das, viel $CHCl_3$ und etwas Muskelkraft. Es half, wenn die Kopfstützen festsaßen und nicht verstellbar waren, denn dann konnte man die Unterarme mit mehr Hebelkraft an beiden Seiten vorbeistrecken und den Kopf zurückziehen.

Bill glitt noch etwas tiefer, um es bequemer zu haben, aber er schloss die Augen nicht. Sein Herz pochte schnell und kräftig. Er wollte jemandem wehtun, wenn er sich so gut fühlte. Wirklich gut. Er war wütend und wurde immer wütender, je länger er wartete. Er konnte die Wut in sich beinahe riechen, wie einen Kabelbrand. Er schob seine Hände in die Handschuhe.

Dann sah er, wie Ronnie durch die Tür kam.

Bill ließ sich auf den Boden hinter den Fahrersitz gleiten, öffnete den äußeren Gefrierbeutel und legte Daumen und Zeigefinger auf den Verschluss des inneren Beutels. Sobald die Wagentür geschlossen wurde, würde er die Tüte öffnen.

Er hörte ihren Schlüssel im Schloss, dann das Öffnen der Wagentür. Ihre Handtasche fiel auf den Beifahrersitz. Als er spürte, wie sie sich setzte und die Tür zuschlug, tauchte er hinter dem Sitz auf und presste seine linke Hand auf ihren Mund. Einen Sekundenbruchteil später drückte seine rechte Hand das Tuch auf ihre Nase, und Bill zog ihren Kopf zurück, wie ein Ruderer, der an Tempo zulegt.

»Guten Abend, Schatz.«

Ronnie war stark. Eins. Zwei. Sie fühlte sich wie ein großes, wildes Tier an. Drei. Vier. Aber Bill war stärker. Dieser Teil der Arbeit erinnerte an einen Cowboy, der versucht, sich auf einem ausschlagenden Hengst zu halten. Fünf. Ihre Füße traten auf die Pedale und ihre Knie schlugen gegen die Unterseite des Armaturenbretts. Sechs. Sie ließ die Schlüssel fallen. Sieben.

Dann war es vorbei. Er spürte, wie ihr Kopf schwer wurde. Er zog sie nach rechts unten, damit man sie von draußen nicht sehen konnte. Dann glitt er auf den Rücksitz hinauf, packte das Tuch in den Gefrierbeutel und warf diesen in die Einkaufstasche. Anschließend stützte er sich mit den Füßen am Vordersitz ab und zog Ronnie nach hinten zu sich, wie eine Spinne, die eine riesige Motte einsammelt. Kopf und Schultern. Hintern. Beine und Füße. Ein Schuh war abgefallen.

Sie wimmerte. Der süße Geruch von Chloroform hing noch in der Wagenluft.

Er atmete schwer, als er sie quer über den Rücksitz legte und sich selbst auf den Fahrersitz quetschte. Er zog das Laken aus dem Beutel und deckte sie zu, bis unter das Kinn, als ob sie schlief. Die Schlüssel waren mitten auf der Bodenmatte gelandet, als ob sie sie extra für ihn dort hingelegt hätte.

Drei Minuten später lenkte er den großen Chevy zwischen die riesigen Raupenfahrzeuge, direkt neben seinen Van. Es gelang ihm, die Wut in Schach zu halten, und konnte spüren, wie sich da unten die zutiefst bedeutsame Empfindung der Zuneigung regte. Er sah zum Mond hoch, dann auf die bewusstlose Frau.

Bill stellte sich vor, wie er in seine Garage fuhr und sich das Tor automatisch hinter ihm schloss. Dann legte er alles zurecht. Die Vorbereitung war heilig. Er stellte sich die von Kerzen beleuchtete Garage vor, Ronnie auf dem Tisch, der pulsierende Porti-Boy, während die Flüssigkeit in sie hineinrann. Er konnte spüren, wie seine Hände die Flüssigkeit tief in ihr durstiges Gewebe massierten und ihren Körper wieder zum Leben erweckten, bis zu einem rosigen Glühen, das an der Drosselvene an ihrem Schlüsselbein begann und sich dann nach unten ausbreitete, durch ihren ganzen Körper, und schließlich auch Besitz von ihrem engelsgleichen Gesicht ergriff. Sie würde wie eine Blume unter seiner Berührung erblühen. Er konnte sehen, wie ihre Augenlider flatterten, wenn sie von der Flüssigkeit der Ewigkeit geweckt wurde. Und er konnte sehen, wie auch er allmählich erneuert wurde, während er den Geist in Ronnies müden Körper zurückkehren ließ. Ja, langsam würde es ihn übermannen – das Gefühl, das jeden Preis wert war, das Gefühl, das der Funke seiner Träume war und die Flamme seines Daseins.

Er würde sie mit teuren Duftölen massieren, sie parfümieren und ihr Seiden- und Satinunterwäsche überstreifen. Er würde ihr Haar frisieren, während er in seinem Verlangen machtvoll wurde. Er stellte sich vor, wie er sie nach oben in sein Bett trug, wie er ihr etwas ins Ohr flüsterte. Und dann würde er herausfinden, wie sehr sie ihn wollte. Das war das Beste, was dieses kurze, traurige Leben zu bieten hatte – ihnen beiden.

21 Hess stand mit Merci neben dem Bulldozer D6 und sah sich die Spuren an, die der Wagen hinterlassen hatte, der Veronica »Ronnie« Stevens Leiche in die Nacht hinausgetragen hatte.

Kniend und mit dem Stift in der Hand, gab er einen Kommentar zu den nicht zueinander passenden Reifenspuren ab. Sie gehörten aufgrund des Bodens hier auf dem Baugelände – ölig, feucht und locker – zu den besten Reifenspuren, die er jemals an einem Tatort zu Gesicht bekommen hatte.

Hess war um sechs Uhr morgens von Mercis Anruf geweckt worden. Er war etwas benommen, aber nicht dienstuntauglich durch die Chemotherapie, die Strahlung und den starken Scotch, den er vor dem Schlafengehen getrunken hatte. Jetzt schien sein Verstand klar und scharf zu sein, obwohl seine Finger sich merkwürdig schwer anfühlten und wie Totschläger am Ende seiner Hände hingen.

»Ich hasse diesen Mann«, sagte Merci leise und langsam. »Ich möchte ihm wehtun.«

Es war einer der schlimmsten Tatorte, die Hess je vorgefunden hatte: Eine große Blutlache hatte sich über den Erdboden ausgebreitet, der bereits voller Ölflecken war, weil zahlreiche schwere Baumaschinen auf ihm standen; die Spritzer auf dem Bulldozer; der einsame Chevrolet, mit dem Schlüssel noch im Zündschloss und der Handtasche aufrecht und geöffnet auf der Motorhaube, aus der Organe quollen, die Dampfwolken von der Haube aufsteigen ließen.

Hess hatte noch nie etwas derart Schauderhaftes gesehen. Er hatte die Eingeweide im frühen Morgenlicht einige Augenblicke ungläubig angestarrt.

Merci hatte schweigend neben ihm gestanden.

Höchstwahrscheinlich wird er Ihnen Körperteile schicken. Mit UPS.

Danach hatte es wie immer etwas zu tun gegeben.

»Er weiß es nicht«, sagte Hess. Er hatte sich gefragt, ob der Handtaschendieb das mit seinen Reifen wusste, und vermutete nun, dass dem nicht so war. Entweder hat er keine Ahnung oder es ist ihm egal, dachte er, allerdings ist er bislang sehr sorgsam gewesen. Hess ließ den Stift zurück in seine Tasche gleiten, die Finger angeschwollen und ungeschickt. Er warf Merci einen Blick zu, aber sie betrachtete immer noch den blutgetränkten Boden.

»Er ahnt nicht, wie sehr ich ihn hasse!«

»Deshalb fährt er zwei verschiedene Reifen.«

»Er kann sie wechseln.«

»Hat er aber nicht.«

»Er denkt, wir sind so dumm, wie ich mich fühle. Ich wünschte, ich hätte jetzt einen der Drinks vom Abendessen.«

Sie hatte darauf bestanden, bei ihrem Abendessen am Freitag ebenfalls Scotch zu trinken. Das hatte Hess nicht überrascht. Sie waren ins Cancún gegangen, einem Treffpunkt für Deputys in Santa Ana. Das Essen war gut und billig, und sie mixten die Drinks mit viel Alkohol, wenn man es wollte. Er hatte die Verachtung spüren können, als sie den Laden betraten, und er hatte gewusst, dass sie Merci und nicht ihm galt. Leider war Kemp da gewesen, mit einem Tisch voller Freunden, und seine betrunkene Anspannung hatte wie ein Gas die Atmosphäre vergiftet. Es war zu spät gewesen, um einfach umzukehren und in einem anderen Restaurant zu essen, darum hatte Merci die Drinks gekippt.

»Das würde Ihnen jetzt auch nicht helfen, Merci.«

»Das Mädchen war neunzehn Jahre alt, Tim. So etwas ist unverzeihlich. Es sollte besondere Strafen geben, wenn die Opfer unter 21 sind. Wenn man jemanden unter 21 umbringt, egal aus welchem Grund, sollte man verdammt noch eins unter die Guillotine.«

Die Streifenbeamten hatten den Tatort mit Polizeiband abgesperrt und hielten die Bauarbeiter, so gut sie konnten, fern. Ein Vorarbeiter hatte den Wagen und die Handtasche entdeckt, das Blut und die Eingeweide erblickt und die Polizei verständigt. Er hatte von dem Handtaschendieb gehört, hatte Merci im Fernsehen gesehen, wusste, womit er es hier zu tun hatte. Er ließ sich von Merci auf einem Blatt Papier ein Autogramm für sein Kind geben.

Hess sah zu, wie die Spurensicherung an der Handtasche und an den Türgriffen des Wagens arbeitete. Die Haube war verschmiert und eingetrübt, wo sich die Eingeweide und die Handtasche befunden hatten. Gottverdammte Fliegen! Er fragte sich, ob der Handtaschendieb extra eine Frau mit einem älteren Auto ohne Alarmanlage ausgesucht hatte, weil aus Lee LaLondes elektronischem Überbrückungsgerät in Janet Kanes BMW eine Zündkerze gefallen und es nicht mehr zu gebrauchen war. Vielleicht hatte Veronica Stevens ihm aber auch einfach nur gefallen. Vielleicht hatte sie ihr Haar hochgesteckt. Zwei Beutezüge in einer Woche.

Es wurden mehr. Und sie folgten immer schneller aufeinander.

Würde er sein Alarmüberbrückungsgerät zur Reparatur zu LaLonde bringen?

Hess erinnerte sich an dessen Aussage. LaLonde hatte seine Erfindungen auf dem Marina-Park-Flohmarkt in Elsinore verkauft. Es war ein Sonntag Ende August des letzten Jahres. Ein männlicher Weißer von mittlerer Größe und mittlerem Gewicht mit dunkelblonden Haaren näherte sich seinem Tisch. Um die dreißig. »Bill« trug seine Haare lang. Bill fragte, woher LaLonde sich so gut mit Elektronik auskenne. LaLonde erzählte ihm von seinem Vater, seiner Schule, seinem Talent. Der Verdächtige fragte, ob LaLonde wisse, wie man ein kleines Gerät baut, mit dem man Alarmanlagen in Fahrzeugen außer Gefecht setzt. LaLonde sagte, es gebe zu viele Kombinationen an den Türschlössern und den Chips der Infrarotfernbedienungen, um ein universelles Aufsperrgerät zu bauen – es wäre zu langsam und wahrscheinlich auch zu sperrig. Daraufhin meinte der Verdächtige, die Wegfahrsperren seien ihm egal, es gehe ihm nur um den *Alarm*. LaLonde antwortete, dass sowohl das Schloss als auch die Alarmkombinationen aus Frequenzen bestanden, die digital auf einem Mikrochip in dem Zugangsmodul registriert waren und permanent von der Alarmanlage eines Fahrzeugs gesendet wurden. Er erklärte Bill, er könne ein universelles Überbrückungsgerät nur dann konfigurieren, wenn er die Angaben des Herstellers zu diesen Frequenzen habe. Der Verdächtige hatte ihm mehrere Blatt Papier gezeigt, die »wie Computerausdrucke aussahen« und von neun großen Fahrzeugherstellern stammten. Sie enthielten die notwendigen Informationen. Der Verdächtige sagte, er habe einen Freund in der Branche. Drei Wochen später hatte LaLonde Bill für 3000 Dollar ein funktionierendes Überbrückungsgerät verkauft, das sich im Gehäuse eines Handys befand. Bei dieser Gelegenheit habe er Bill die Ausdrucke zurückgegeben.

Angesichts der Angst, die Merci LaLonde eingejagt hatte, wettete Hess, dass der junge Mann sie anrufen würde, falls sich der Kunde wegen einer Reparatur bei ihm meldete. Andererseits vielleicht auch nicht, schließlich konnte das Gerät beide in den Knast bringen. Merci hatte klargestellt, dass LaLonde der Beihilfe zum Mord angeklagt würde, falls er nicht kooperierte. Aber es war immer schwer zu sagen, wie sich ein Mensch verhielt.

LaLonde hatte sein Gerät für sie skizziert. Hess sah sich jetzt die Zeichnung an und überlegte, wohin die Zündkerze gehörte.

Die hast du in Janet Kanes Auto verloren, dachte Hess. Du hast das Handygehäuse geöffnet und die Zündkerze fiel heraus. Im Dunkeln ist dir das nicht aufgefallen. Und seitdem funktioniert das Teil nicht mehr. Warum hast du das Gehäuse geöffnet? Weil das Gerät nicht richtig funktionierte? Unzuverlässig war? Oder ist es zufällig aufgegangen?

Darum ein Chevrolet Malibu, Baujahr 1978, der Veronica Stevens aus Orange, Kalifornien, gehörte.

Hess sah, wie der Verdächtige mit den gewellten Haaren und dem Schnauzbart letzte Nacht im Dunkeln ein Fahrzeug mit nicht zueinander passenden Reifen auf dieses Baugelände fuhr und zwischen den Bulldozern zum Stehen kam. Er kannte sich hier aus, weil er das Gelände zuvor ausgekundschaftet hatte. Ebenso wie die beiden letzten Orte, an denen er seinen Van versteckt hatte, um später die Frauen umzuladen.

Hess konnte sehen, wie Ronnie Stevens mit dem Kopf nach unten am oberen Ende der Hydraulikschaufel des Bulldozers hing – ungefähr zwei Meter über dem Boden. Ähnlich wie bei den Eichenästen, aber mit leichterem Zugang.

Die Frage lautete allerdings: Wie kam er von seinem Parkplatz zu seinen Beutegründen?

Hess verfluchte sich, weil er sich diese Frage nicht schon früher gestellt hatte. Dann versuchte er die Entfernungen abzuschätzen: zwischen dem Ort, an dem Lael Jillson entführt wurde, und der Stelle, an der man ihren Wagen fand: 5,3 Meilen. Zwischen dem Ort, an dem Janet Kane entführt wurde, und der Stelle, an der man ihren Wagen fand: 3,3 Meilen. Zwischen dem Ort, an dem man Veronica Stevens entführt hatte – wenn es ein nahe gelegenes Einkaufszentrum war –, und der Stelle, an der man ihren Wagen fand: Tja, wie weit war das Einkaufszentrum von hier entfernt – etwa eine Meile?

Man marschiert keine fünf Meilen, wenn man nicht unbedingt muss. Oder drei. Oder auch nur eine.

Wie kam er dann von der Stelle, an der er seinen Van oder Truck oder Kombi geparkt hatte, an den Ort, wo er Jagd auf die Frauen machte?

Mit einem Fahrrad? Zu schwerfällig und mühsam. Außerdem müsste er es im Wagen des Opfers verstauen.

Ließ er sich von einem Freund fahren? Hess hoffte, dass sie es nicht mit einem Paar zu tun hatten. Bei Sexualverbrechen kam das nicht oft vor, aber ein Paar war doppelt so schwer zu überführen, nicht doppelt so leicht. Doch bis jetzt hatte keiner der Beweise auf diese Möglichkeit hingedeutet. Vorübergehend schob er diesen Gedanken beiseite.

Per Anhalter? Zu auffällig.

Taxi? Dito.

Mit dem OCTA-Bus? Tja, dachte Hess, wir müssen die Routen überprüfen. Das hätten wir schon vor zwei Tagen tun sollen. Gottverdammt!

Merci unterhielt sich wieder mit dem Vorarbeiter. Er zeigte auf den Wagen, dann auf den Weg, auf dem er auf das Gelände gefahren war.

Hess ging die nicht zueinander passenden Reifenspuren entlang, bis sie vor der Main Street endeten. Der Boden vibrierte wegen des nahen Freeways auf dieselbe Weise wie der Strand wegen der Wellen am Wedge.

Der Van war rechts abgebogen, der kürzeste Weg zur Interstate 5. Dieser Teil der Main Street bestand aus einigen wenigen Geschäfts- und Wohnhäusern. Zumindest früher einmal. Jetzt waren die Gebäude entweder abgerissen oder warteten auf ihren Abriss, um Platz zu schaffen für eine neue Abzweigung der Interstate und zwei breite, neue Auf- und Abfahrten. Hess schlenderte zu seinem Wagen zurück und holte einige Plastiktüten heraus, in die er alle zwanzig Meter entlang der Auffahrt Bodenproben füllte. Er drückte die Proben gegen die Innenseite der Tüten. Er wusste, dass die jeweilige Zusammensetzung aus Öl, Benzin, Sand und Kies, wie sie die Baumaschinen verursacht hatten, einem Analytiker Aufschluss darüber geben konnte, ob sie zu den Vergleichsproben von den Reifen eines Vans passte. Er wischte sich mit dem Ärmel über die Stirn. Ich brauche den Truck oder Van, dachte er. Ich brauche den Truck oder Van mit den nicht zueinander passenden Reifen.

Zurück beim Chevy, sah er den Leuten von der Spurensicherung zu, die das Äußere der Windschutzscheibe mit einem feinen Pulver bestäubten. Die Handtasche war verschwunden, eingetütet und gesichert im Van der Spurensicherung. Hess kletterte über das Absperrband und blickte durch das Fingerabdruckpulver auf der Scheibe auf den Fahrersitz.

»Sind Sie mit dem Griff fertig?«, fragte er.

»Ja, Sir, Lieutenant.«

»Dann öffne ich jetzt die Tür.«

»Der Wagen gehört ganz Ihnen, Sir.«

Hess machte die Tür auf, beugte sich vor, stützte sich auf Händen und Knien ab und sah hinein. Im Vergleich zu den Autos von Jillson und Kane ist der Innenraum lebendig, dachte er; neues Spiel, neues Glück. Es war nur ein Gefühl. Er glaubte, etwas Süßes zu riechen, nicht unangenehm – vielleicht Ronnies Parfüm. Oder vielleicht ein Herren-Cologne. Er erinnerte sich, wie ihm Robbie Jillson gesagt hatte, dass er den Angreifer seiner Frau hatte riechen können, als er in den Infiniti gestiegen war, *einen vollen Tag* nach ihrem Verschwinden. Wie hatte er es beschrieben? *Schwach. Eau de Cologne. Oder vielleicht Aftershave. Wirklich schwach. Aber ich konnte ihn riechen.*

Hess beugte sich noch weiter hinein, in der Hoffnung, den Geruch eindeutiger wahrzunehmen, aber es gelang ihm nicht. Der Duft einer Frau liegt darüber, dachte er, oder etwas anderes.

Ein Frauenschuh lag auf dem Boden neben den Pedalen. Es war eine schwarze Sandale mit einer dicken Sohle, wie sie die jungen Leute heutzutage trugen. Hess beugte sich tiefer und erkannte, dass der Schuh ziemlich weit nach oben reichte – bis über die Knöchel – und oben mit einer Schnalle geschlossen wurde. Die Schnalle war aufgesprungen und das vom häufigen Tragen perforierte Leder hatte sich von der aufgebrochenen Schnalle gelöst.

Hess konnte sehen, wie sie kämpfte. Er schaute nach oben zu der Kopfstütze des Fahrersitzes. Ein langes dunkles Haar hatte sich in der Naht des Polsters verfangen. Weil man deinen Kopf nach hinten gebogen hat? Weil er hinter dir saß. Mit was? Einer Schnur? Einer Keule? Nur mit seinen starken Händen? Keine Chance, wenn er aus dem Dunkeln von hinten zupackte. Du könntest eine Kaliber .45 in der Handtasche haben, es würde dir nichts nützen. Es hätte *dir* jedenfalls nichts genutzt. Keine Vorwarnung. Keine Waffe. Nichts außer deinen Fäusten und deinen Nägeln. Er sah, wie sie langsam die Tür aufschloss, die Handtasche hineinwarf, sich auf den Sitz setzte und gleichzeitig die Tür schloss. Sie will gerade die Schlüssel in das Zündschloss stecken, als er plötzlich hochschnellt. Nachdem die Tür geschlossen ist, aber bevor sie den Motor anlassen kann. Die Schlüssel noch in ihrer Hand.

Schlüssel. Wir sagen immer, benutzt eure Schlüssel als Waffe.

Hess sah, dass sie noch im Zündschloss steckten, ein dicker Bund, mit einer kleinen Taschenlampe an einem Ring. Auf der Taschenlampe würden sich bestimmt Fingerabdrücke finden. Der Handtaschendieb musste mindestens einen dieser Schlüssel benutzt haben. Hess zog mit Hilfe seines Stiftes und eines Taschenmessers den Zündschlüssel so weit heraus, dass er gerade noch im Schloss stecken blieb. Doch im dunstigen Morgenlicht erblickte Hess nicht das, was er zu sehen hoffte: dunkles Blut im Zündschloss und auf dem Schlüsselbart. Er sah nichts als das saubere, alte Metall eines häufig benutzten Schlüssels.

Das machte ihn wütend. Mistkerl!, dachte Hess. Ich werde dich finden. Und wenn Merci Rayborn dein Gesicht für ihre Schießübungen benutzen will, dann schaue ich vielleicht einfach weg.

Es war nicht schwer, sich über das aufzuregen, was dieser jungen Frau passiert war, wenn man ihr räumlich und zeitlich so nah war, dass man sie noch riechen konnte.

Hess zwängte sich aus dem Wagen, schloss vorsichtig die vordere Wagentür und öffnete die hintere. Da warst du, dachte er. Das ist dein Platz. Nicht gerade sehr geräumig. Hess fragte sich, ob der Täter auf dem Sitz wartete, unbeweglich und mit dunkler Kleidung – vielleicht mit einer dunklen Skimaske, die er über das Gesicht gezogen hatte –, und ob ihm die Dunkelheit, die Spiegelungen auf den Scheiben und die allgemeine Unaufmerksamkeit der Menschen als Schutz dienten. Möglich.

Du findest die Frau, und du kennst ihren Wagen, das bedeutet, du musst ihr vorher schon mal begegnet sein. Du bist jetzt zu Fuß auf dem Parkplatz, wo dich Kamala Petersen zum ersten Mal gesehen hat. Du läufst so, als ob du ein Ziel hättest: ein netter Mann, der im Einkaufszentrum war und jetzt zu seinem Wagen geht. Oder anders herum. Wachsam. Beobachtend.

Du überbrückst den Alarm, wenn es einen gibt; machst die Tür mit dem Slim Jim auf, steigst ein. Wo bewahrst du den Slim Jim auf? In deinen Hosentaschen? In einer Tüte oder Schachtel? Zusammen mit dem Handygerät zur Überbrückung? Zusammen mit deiner Würgeschnur oder einem Totschläger?

Du wartest hinten, überwältigst sie, nimmst die Schlüssel und fährst weg.

Hess versuchte sich vorzustellen, wie der Handtaschendieb seine Opfer mit einem Totschläger oder einer Keule bewusstlos schlug. Aber dieses Bild wollte sich nicht einstellen – die Kopfstützen waren im Weg.

Er schloss die Tür und sah zu einem der Spurensicherer. »Tun Sie Ihr Bestes.«

Der Spurensicherer nickte. »Wir haben bereits zahlreiche Abdrücke, Sir. Aber das will bei Autos nichts heißen, das wissen Sie ja. Darf ich etwas anmerken? Ist Ihnen der Geruch im Wagen aufgefallen?«

»Ja. Ich kann ihn aber nicht zuordnen.«

»Ich schon. Mein Kater wurde vor ein paar Monaten operiert. Sie ließen mich zusehen, weil der Tierarzt ein alter Freund der Familie ist. Normalerweise betäubt man das Tier mit einer Injektion aus Ketamin und Valium, dann hält man es mit Halothan-Gas im Dämmerzustand. Aber letztes Mal wurde meinem Kater davon schlecht, entweder vom Ketamin, vom Valium oder vom Halothan. Er ist alt. Wäre fast gestorben. Jedenfalls haben sie es daraufhin mit Chloroform versucht. Der Tierarzt ist ein alter Hase – er hat schon vor Jahrzehnten mit Chloroform gearbeitet und kannte sich damit aus. Und genauso süß und irgendwie angenehm hat es gerochen, als ich die Tür dieses Wagens öffnete.«

Die Erkenntnis, die Hess überkam, ließ ihn bis ins Mark erschaudern.

»Es hat die Katze in nur zwei Sekunden umgehauen. Und können Sie sich vorstellen, wie angespannt und nervös eine Katze beim Tierarzt ist?«

22

Sie fanden Ronnie Stevens Haus in Santa Ana und parkten direkt davor. Es war ein Vororthaus aus den Fünfzigern in einer Wohnanlage, die gepflegt und friedlich wirkte. Eine große Akazie blühte purpurfarben mitten im Vorgarten. Ein alter Chevy – ein Modell, das einst auch von den Deputys des Sheriff-Büros gefahren worden war, wie Hess sich erinnerte – stand in der Auffahrt.

»Ich hasse das«, sagte Merci. »Vielleicht können Sie das Reden übernehmen.«

Ronnie Stevens Mutter war groß und dunkelhaarig, eine alternde Schönheit. Hess fragte sich, ob ein 67 Jahre alter Mann mit Fingern, die jeweils zehn Pfund wogen, eine 50-Jährige als »alternd« bezeichnen durfte. Sie war gerade beim Hausputz.

Hess stotterte seinen Spruch, so gut er konnte, herunter. Er hatte das Gefühl, dass er rot wurde, und hörte, wie seine Stimme brach, als er ihr erzählte, dass ihre Tochter vermisst und für tot gehalten wurde. Auch er hasste diese Augenblicke: die offen gelegte Tragödie und der unwiderlegbare Beweis seines eigenen Scheiterns. Des Scheiterns seines ganzen Berufsstandes.

Eve Stevens nahm die Nachricht mit einem kleinen Nicken entgegen, einem unsicheren Wackeln des Kinns. Ihre Augen füllten sich rasch mit Tränen.

»Wir kriegen diesen Kerl, Mrs Stevens«, versprach Merci.

Eve Stevens entschuldigte sich und verließ das Wohnzimmer. Merci stand neben einem Schrank, in dem sich Familienfotos und Erinnerungsstücke befanden. Hess sah das eifrige Glänzen der Trophäen und das Schimmern der Andenken.

»Brüder«, sagte Merci. »Baseball und Bogenschießen. Veronica, das Mädchen, ist geschwommen.«

Hess hörte eine Toilettenspülung, dann ein leises Wimmern aus dem Klo, dann erneut die Toilettenspülung. Als Eve zurückkehrte, war ihr Gesicht eine Maske der Tragödie und ihre Augen wirkten wie verbrannt.

Eve konnte nur wenige Minuten über Ronnie sprechen. Sie schluchzte die ganze Zeit ununterbrochen, aber Hess war beeindruckt von ihrem Mut. Ronnie sei eine pflichtbewusste, junge Frau gewesen, eine gute Schülerin und eine zuverlässige Angestellte seit ihrem 16. Lebensjahr. Sie habe die High School ein Semester früher beendet, um in Vollzeit in dem Juweliergeschäft zu arbeiten. Sie habe keine anderen Ziele gehabt, als zu reisen und die Welt zu sehen. Sie habe ihr Geld gespart, ein paar gute Freunde gehabt, sei an Freitag- und Samstagabenden bis in die späte Nacht ausgegangen. Kein fester Freund. Eve glaubte nicht, dass Ronnie großes Interesse an Drogen hatte, sie hatte sie nie berauscht gesehen, nie etwas bei ihr gefunden und sie auch nie mit Freunden darüber reden hören.

Dann stand sie auf. Hess kannte den Ausdruck auf ihrem Gesicht.

»Darf ich?«, fragte sie.

»Nur zu.«

Hess ging zu ihr und umarmte sie, sehr leicht, fast formell und nicht sehr lange. Er wartete, bis sie sich von allein von ihm löste.

»Danke«, sagte sie.

Hess nickte nur, dann reichte er ihr die Skizze des Verdächtigen im Handtaschenfall. Er sah, wie ihre Tränen auf das Papier tropften.

»Nein. Sie mochte keine Männer mit Bart. Das glaube ich zumindest.«

Hess fragte, ob Veronica in letzter Zeit irgendetwas Ungewöhnliches über einen Mann erzählt habe – irgendeinen Mann: einen Fremden, einen Bekannten, einen Kunden, einen neuen oder alten Freund.

Eve nickte. »Vor zwei Nächten, am Donnerstag, haben wir uns unterhalten, als sie von der Arbeit kam. Wir haben lange geredet. Wir haben über Männer gesprochen und wie komisch sie sich manchmal verhalten. Da hatte nämlich ein Mann ihr den Weg versperrt, als sie aus der Parkbucht fahren wollte, und dann hat er sie um eine Verabredung gebeten. Merkwürdig.«

Merci holte angewidert Luft. »Dieser Typ ist noch aus ganz anderen Gründen merkwürdig.«

Hess warf ihr einen Blick zu, aber es war zu spät. Manchmal war Rayborn so begriffsstutzig wie ein Laternenpfahl. »Hat sie ihn beschrieben?«

»Nein.«

»Er hat sie einfach mit seinem Wagen am Wegfahren gehindert?«, fragte Hess, nur um von Mercis Andeutung abzulenken.

»Mit seinem Van. Ronnie sagte, es war ein großer, silberner Van.«

Der OCTA-Busfahrer, der die Route am Samstagabend gefahren war, erkannte den Mann auf der Skizze sofort wieder. Es hatte Hess ungefähr zwei Minuten und den Preis für den Nahverkehrsfahrplan des Distrikts gekostet, um herauszufinden, dass an allen drei Orten, an denen man die abgestellten Autos gefunden hatte, Busrouten vorbeiführten.

»Gestern Abend, spät, nach zwanzig Uhr dreißig«, sagte der Fahrer. »Er stieg an der Ecke der Main und 17th ein und am Einkaufszentrum Main Place aus. Was hat er getan?«

»Wir glauben, dass er eine Frau umgebracht hat«, antwortete Merci.

Der Fahrer sah zu Hess, dann wieder zu Merci. »Er saß rechts, ziemlich weit vorn. Ich weiß noch, dass er nach Eau de Cologne roch. Ein irgendwie merkwürdiger Duft. Stark. Hatte eine Einkaufstasche dabei – so eine mit Griffen. Zog ein Buch heraus. *Fodor's Los Angeles.* Also hielt ich ihn für einen Touristen. Nette Kleidung, im Country-and-western-Stil. Langer Mantel. Schnauzer und lange Haare, wie auf dem Bild. Aber manche Kerle haben so etwas an sich, das merkt man sich einfach.«

»Was meinen Sie mit ›etwas‹?«, wollte Hess wissen.

Der Fahrer dachte einen Augenblick nach. Er war drahtig, mittleren Alters. Hess hatte den Eindruck, dass er lateinamerikanischer Abstammung war. »Nur heiße Luft. Nicht real.«

»Vielleicht war der Schnauzer falsch«, schlug Merci vor.

»Das ist mir nicht aufgefallen«, erwiderte der Fahrer. »Es hat mehr mit der Einstellung zu tun. Mit der ganzen Erscheinung. Es wirkte falsch. Mir ist noch etwas an ihm aufgefallen. Ich sehe mir meine Fahrgäste immer gut an. Ich rede auch mit ihnen.«

»Und?«, drängte Hess.

»Er gehörte zu den Leuten, die immer allein sind. Man kann sich keinen Menschen auf der Welt neben ihm vorstellen. Niemanden in seiner Nähe. Ist nur so ein Gefühl von mir.«

Merci gab ihm ihre Visitenkarte mit der Handy- und der Büronummer und erklärte dem Fahrer, wie wichtig es sei, sie anzurufen, falls er diesen Mann jemals wiedersah oder ihm noch etwas zu diesem Mann einfiel.

An seinem Schreibtisch hörte Hess den Anrufbeantworter ab, während Merci Kamala Petersen die Fotos von Eichrod und Pule aus dem Sexualstraftäterregister zeigte. Es war mittlerweile später Sonntagmorgen und im Hauptquartier herrschte tote Hose. Hess sah hinüber zu Kamala, die auf ein Foto auf Mercis Schreibtisch blickte und den Kopf schüttelte.

Barbara hatte ihn angerufen und ihm alles Gute gewünscht. Sie meinte, wie schön es sei, mal wieder mit ihm zu reden. Sie wollte irgendetwas, das merkte er, aber er hatte keine Ahnung, was.

Dr. Ramsinghani, der Strahlentherapiespezialist, hatte angerufen, um sich nach seinem Befinden nach der ersten Brustkorbbestrahlung zu erkundigen. Der Arzt erinnerte ihn daran, dass die zweite Behandlung am Montag stattfand, selbe Zeit, selber Ort.

Hess hörte ihm zu und wünschte, er stünde nicht im Mittelpunkt seines eigenen Universums. Als ob man so einen Termin vergessen könnte. Es wäre schön, einfach mit der Umgebung zu verschmelzen und zu *sein*.

Ein alter Mittelsmann von ihm bei der Kraftfahrzeugzulassungsstelle war so freundlich gewesen, seinen Anruf sofort zu erwidern und das mit guten Nachrichten: Seine Anfrage 1028 mit der Bitte um eine Liste aller großen Vans, die im Orange County registriert waren, würde bis Montagmorgen bearbeitet. Wirklich schade, dass die kalifornische Zulassungsstelle die Autos nicht nach Farbe sortierte. Wie viele gibt es wohl?, fragte sich Hess. 200 oder nur 15? Aber wie viele mit nicht zueinander passenden Reifen? Das war der Joker.

Auch die Riverside-Sheriffs hatten sich gemeldet: LaLonde wurde überwacht. Keine ungewöhnlichen Aktivitäten. Sie würden ihn weitere 48 Stunden im Auge behalten.

Das Telefon klingelte. Es war Arnie Pickering von *Arnie's Outdoors*, den Hess Anfang der Woche gebeten hatte, sich bei ihm zu melden. Arnie verkündete voller Stolz, dass er in seinen Akten genau den Kauf verzeichnet hatte, den zu suchen Hess ihn gebeten hatte. Der gesprächige Arnie plauderte weiter, kam aber schließlich zum springenden Punkt: Der Verkauf hatte im Februar stattgefunden, keine Saison für Rotwildjagd, wie Hess wusste, aber der Monat, in dem Lael Jillson neben dem Ortega Highway ausgeweidet worden war. Der Kunde von *Arnie's Outdoors* hatte eine Art Transportschlitten gekauft, der *Deer Sleigh'R* hieß; einen Spriegel zum Aufhängen von Wild, mit einem Hebezug, um das Tier hochzuziehen; zwei Längen Nylonseil und eine elektrische Laterne.

»Können Sie den Angestellten ermitteln, der den Verkauf tätigte?«

»Das war Big Matt, hier in der Filiale in Fountain Valley. Er ist gerade da, falls Sie mit ihm reden wollen.«

»Geben Sie mir Ihre Faxnummer. Ich will ihm eine Skizze schicken, die er sich ansehen soll. Vielleicht kann er das Gesicht einem Kunden zuordnen.«

Hess schrieb die Nummer auf und faxte die Skizze der Polizeizeichnerin an Big Matt in den *Arnie's Outdoors*-Laden in Fountain Valley.

Er zog das Bild am anderen Ende aus dem Schlitz, als es stöhnend aus dem Faxgerät gerattert kam, dann blickte er zu Merci. Sie durchquerte gerade den Raum, nachdem sie Kamala Petersen zum Ausgang begleitet hatte. Merci schüttelte angewidert den Kopf und trat an seinen Schreibtisch. Sie schaute sich um, dann beugte sie sich zu ihm. Er sah die Wut in ihrem Gesicht, die Entschlossenheit in ihren Zügen und in ihren kalten, braunen Augen.

»Eichrod, Pule und Colesceau haben Kamala Petersens Romantik-Test nicht bestanden. Keiner von ihnen hat Augen, die traurig genug wären. Keiner ist Mr Es-tut-mir-Leid. Sie ließ auch fallen, dass sie drei Margaritas intus hatte, als sie diesen Mistkerl in Brea zum ersten Mal sah. Als die beiden mit den Augen *ohne Worte kommunizierten.*«

Hess dachte darüber nach. »Aber der Busfahrer und Lee

LaLonde sagten beide aus, dass die Skizze sehr zutreffend sei. Kamala hat unseren Mann gesehen, das Original, von Angesicht zu Angesicht. Wenn wir ihr sein Foto bislang noch nicht gezeigt haben, dann haben wir ihr sein Foto einfach noch nicht gezeigt. Vielleicht haben wir es gar nicht. Vielleicht irrt sich Dalton Page. Vielleicht hat er noch nie auch nur ein Knöllchen wegen Falschparkens bekommen.«

Das Telefon von Hess klingelte. Er hob den Finger, damit Merci sich nicht von der Stelle rührte, dann nahm er den Hörer ab. Big Matt von *Arnie's Outdoors* meldete, dass der außerhalb der Saison erfolgte Kauf von genau diesem Mann getätigt worden war. Er erinnerte sich. Es hatte an diesem Tag stark geregnet und daher war nur wenig los gewesen. Der Käufer war ihm noch deutlich im Gedächtnis, weil er wie ein Revolverheld angezogen war – Weste und langer Mantel. Außerdem hatte er lange blonde Haare und einen Schnauzer gehabt, ganz und gar nicht der typische Kunde von *Arnie's Outdoors*. Der Käufer ähnele dem Typen auf der Skizze, die er gerade betrachte.

»Er hat mich etwas Komisches gefragt«, sagte Matt. »Er hat mich gefragt, wie der Spriegel an den Knöcheln des Tieres befestigt wird. Ich zeigte ihm, wie die Haken durch die Sehnen getrieben werden. Er meinte, er wolle nicht, dass das Tier beschädigt würde. Ich antwortete, der Spriegel mache nur ein kleines Loch in Knöchelhöhe. Da fragte er mich, ob wir kleine Polster verkauften, damit das nicht passiert. Ich sagte, nein, niemand kümmere sich darum, ob das Wild kleine Löcher in Knöchelhöhe habe, weil die Beine sowieso weggeworfen würden, außer man behalte das Bein als Trophäe oder so. Er bestand aber darauf, dass er sein Wild nicht beschädigen wolle. Also zeigte ich ihm einen Gurtspriegel und den hat er dann gekauft.«

Hess überlegte. »Ein Spriegel mit Schlaufen anstelle von Haken? Die Schlaufen werden dem Tier um die Beine gelegt?«

»Stimmt genau.«

Hess war nicht sicher, warum, aber diese Neuigkeit überraschte ihn nicht. Vielleicht hatte das mit seiner Erinnerung daran zu tun, wie schwer eine Rotwildjagd sein konnte. Er, sein Vater und sein Onkel hatten große Böcke in den Wäldern rund um den Spirit Lake geschossen. Es war harte Arbeit gewesen. Wenn man wegen des Fleisches jagte, dann schützte man das Fleisch. Wenn man wegen etwas anderem jagte – was immer das war –, dann schützte man das, so gut es ging. Keine Löcher in der Leiche. Das ergab einen Sinn. Wenn der Handtaschendieb eine Polsterung zwischen der Spriegelschlaufe und dem Fleisch verwendete, gab es nicht einmal eine Quetschung oder Schürfwunde. Vor allem dann nicht, wenn er schnell arbeitete.

»Der *Deer Sleigh'R* ist eine Art Transportschlitten für totes Vieh?«

»Ja, er hat ein Seil, mit dem man das Wild festbinden, den Schlitten aber auch ziehen kann.«

Hess versuchte, sich den *Deer Sleigh'R* im Laderaum des silbernen Vans des Handtaschendiebes vorzustellen. »Dann hat er also keine Räder – er ist sperrig und flach.«

»Er ist zwar flach, aber man kann ihn aufrollen. Das ist einer seiner Vorzüge, auf den der Hersteller stolz ist. Man kann ihn wie einen Schlafsack aufrollen. Er nimmt nur wenig Platz ein. Und er ist auch leicht, falls man länger damit unterwegs sein will.«

»Der Mann kaufte keine Spezialmesser zum Häuten, keine Werkzeuge zum Ausweiden?«

»Nichts in der Art. Nur etwas, um das tote Tier fortzubewegen, und etwas, um es aufzuhängen.«

Hess dankte Matt und legte auf. Er warf Merci einen Blick zu. Sie beugte sich immer noch über seinen Schreibtisch. Er nahm den Groll wahr, der hinter den klaren, braunen Augen lauerte.

»Ein Angestellter von *Arnie's* hat den Mann auf der Skizze

wiedererkannt«, erläuterte er. »Er hat außerhalb der Saison eine Jagdausrüstung gekauft. Im Februar – neun Tage bevor Lael Jillson verschwand. Und ein paar Dinge, mit denen man tote Tiere transportieren und aufhängen kann. Natürlich gegen Barzahlung.«

Die Wut und die dickköpfige Entschlossenheit spiegelten sich noch immer auf ihrem Gesicht.

»Ich hätte diese Skizze schon früher herumzeigen und dieses Arschloch vor zwei Tagen erwischen sollen, als Ronnie Stevens noch unter den Lebenden weilte.«

»Sie haben Ronnie Stevens nicht umgebracht. Seien Sie netter zu sich selbst, Rayborn. Sie müssen es noch etwa fünfzig Jahre mit sich aushalten.«

Ein ziemlich junger Deputy in Uniform kam mit einer großen Schachtel durch den Raum auf sie zu. Sein Gesicht verriet, dass er interessante, aber schlechte Neuigkeiten hatte.

Der Deputy nickte erst Merci zu und dann Hess. Anschließend stellte er die Schachtel auf den Schreibtisch von Hess. Der Schnauzer des Deputys bestand fast nur aus Flaum.

»Entschuldigen Sie, Sergeant Rayborn, aber Straßenarbeiter haben das hier vor ungefähr eineinhalb Stunden auf der Interstate 5 in Irvine gefunden. Die Highway Patrol hat den Anruf entgegengenommen. Ich bin zufällig vorbeigefahren und wollte nachschauen, was los ist. Als ich die hier sah, musste ich an Sie-wissen-schon-wen denken. Die Straßenarbeiter und die Streifenbeamten sind nicht gerade zimperlich damit umgegangen, aber wer weiß?«

Hess betrachtete die drei Handtaschen in der Schachtel.

»Eine von ihnen muss auf dem Freeway aufgegangen sein«, fuhr der Deputy fort. »In den anderen beiden haben sie Ausweise, Kreditkarten und persönliche Gegenstände gefunden. Keine Führerscheine. Kein Bargeld.«

Merci sah den jungen Mann an.

»Gute Arbeit, Casik.«

»Sergeant, ich möchte irgendwann mit Ihnen in der Mordkommission arbeiten. Darum habe ich mir die Freiheit genommen, die beiden Namen mit der Liste der vermissten Personen abzugleichen. Beide verschwanden ohne irgendeine Spur. Eine hatte Wagenprobleme auf der 55. Ihr Auto blieb stehen und sie ging offenbar Hilfe holen. Das war vor 26 Monaten. Die andere kaufte hier im Orange County in einem Einkaufszentrum ein, drei Monate später. Die Riverside County Sheriffs fanden ihren Wagen eine Woche nach ihrem Verschwinden im Lake Matthews. Ich habe keine Ahnung, wo diese Handtaschen in der Zwischenzeit waren, aber ich habe da so eine Vermutung.«

»Das merke ich.«

»Außerdem sind den Jungs vom Straßenbau ein paar Sachen herausgefallen, als sie die Handtaschen durchschauten. Sie haben einfach alles in diese Schachtel geworfen. Mir fiel außerdem ein Zeitungsausschnitt auf, den Sie oben in der schwarzen Tasche finden.«

Hess sah, wie Merci mit ihrem Stift die steife, schwarze Tasche öffnete und das gefaltete Zeitungspapier zum Vorschein kam. Er hob es mit einer Büroklammer heraus, legte es auf den Schreibtisch und faltete es auseinander.

Es war ein Artikel mitsamt Fotos aus dem *Orange County Journal*, erschienen vor sechs Tagen, als Hess reaktiviert worden war, um im Handtaschendiebfall zu ermitteln. Fotos von Merci und Hess, irgendwann von der Presseabteilung freigegeben, offenbar aus dem Fotoarchiv des *Journal*. Hess hasste es, wenn man ein Foto von ihm veröffentlichte.

Auf den Fotos waren sowohl seine Augen als auch die von Merci herausgebrannt worden. Das Papier war um die Löcher versengt, wie auf der Schatzkarte eines Kindes.

23

Hess saß an diesem Abend noch spät an seinem Schreibtisch und telefonierte mit dem Leiter der Abteilung für Bestattungswissenschaften an einem örtlichen College, auf der Suche nach irgendetwas, was er noch nicht artikulieren konnte. Etwas, was mit dem *Deer Sleigh'R*, dem Formalin und den vermissten Frauen zu tun hatte.

Brighton, der sonntags nur selten ins Büro kam, tauchte plötzlich im Großraumbüro auf und winkte ihm zu. Hess machte einen Termin mit dem Leiter der Abteilung für Bestattungswissenschaften aus, dann legte er den Hörer auf und folgte Brighton einen kurzen Gang entlang in dessen Büro. Brighton wartete auf ihn und schloss hinter ihm die Tür.

»Noch drei weitere?«

»Zwei Fälle sind wirklich ähnlich. Der dritte ist wahrscheinlich.«

»Er macht das schon seit zwei Jahren?«

»Etwas länger. Die erste Frau wurde vor 26 Monaten als vermisst gemeldet. Wagenschaden. Die Nächste wurde zuletzt – jetzt rate – in einem Einkaufszentrum gesehen.«

»Herr im Himmel! Und kein Durchbruch heute Morgen? Nichts?« Er wies auf einen Stuhl vor seinem Schreibtisch.

»Nein.« Hess setzte sich.

»Er ist gründlich und vorsichtig, nicht wahr?«

»Ich glaube, er betäubt sie mit Chloroform. Ein Kollege von der Spurensicherung erkannte den Geruch wieder. Er kannte ihn aus seiner Tierarztpraxis. Das ergibt Sinn. In den Autos ist gekämpft worden. Aber nicht heftig. Kein Blut.«

»Konnte Gilliam das Gas schon nachweisen?«

»Nicht in dem Blut, das wir gefunden haben. Chloroform wird aber ziemlich schnell durch den Stoffwechsel abgebaut. Wir glauben, er fährt einen großen, silbernen Van mit zwei nicht zueinander passenden Reifen. Das ist das Beste, was wir bislang haben.«

»Mein Gott, Tim! *Sechs*!«

Brighton lehnte sich zurück und verschränkte die Arme. Er war ein großer Mann mit einem bäuerlichen Gesicht und einem wachen Blick. Hess hatte es immer gefallen, wie leicht und selbstverständlich Brightons Ehrgeiz und Machtstreben daherkamen. Er teilte den Ruhm mit anderen. Er gehörte nicht zu denen, die einen immer aus den Augenwinkeln betrachteten.

Andererseits hatte Hess so gut wie keine Ahnung, was der Sheriff in seiner Freizeit machte, obwohl er wusste, dass Brighton wie viele hochrangige Gesetzeshüter aus Südkalifornien ein Haus mitsamt Grundstück irgendwo in Wyoming oder Montana besaß. Hess war nur selten bei Brighton zu Hause gewesen, hatte nie mit dem Sheriff gegessen oder außerhalb offizieller Anlässe mit ihm verkehrt, hatte nie die Namen seiner Kinder erfahren. Diese Dinge hatte der Sheriff im Laufe der Jahrzehnte mit stärker familienorientierten Männern und Frauen der Behörde geteilt – mit denjenigen, die wie Brighton Kinder hatten, die es großzuziehen galt. Kinder und deren Aufzucht schienen Eltern auf eine Weise miteinander zu verbinden, wie es bei Hess und seinen kinderlosen Ehen, seinen hässlichen Scheidungen und den langen Phasen des Alleinseins, die dazwischen lagen, einfach nicht der Fall war.

Hess fühlte sich mehr zu Menschen seines Schlages hingezogen: die danach strebten, zu verstehen und verstanden zu werden, und die sich entweder gerade von einer romantischen Katastrophe erholten oder schon auf der Suche nach der nächsten waren. Bei ihm schien sich das immer so zu verhalten, obwohl er es nie so plante. Er wusste, dass man diese Selbstsucht überwinden musste, wenn man mit dem Rudel der Abteilung heulen wollte, sonst wurde man irgendwann als Gefahr eingestuft. Wer Familie hatte, in den konnte man sich hineinversetzen, der zeigte seine Werte und seine Opferbereitschaft.

Hess hatte sich damals mit Barbara keine Kinder gewünscht, obwohl sie dazu bereit gewesen wäre, aber er war jung und wollte seine Freiheit genießen. Die Welt schien riesig, und sein Platz in ihr an der Seite von Barbara, die unsicher war und im Laufe der Zeit eifersüchtig wurde, kam ihm irgendwie klein und beschränkt vor. Barbara zu verlassen war eine Dummheit gewesen, doch das hatte er erst später erkannt. Aufgrund seines schlechten Gewissens hatte er ihr alle Wertgegenstände überlassen und bis zu diesem Tag war er froh darüber.

Bei Lottie, als er in den Dreißigern war, war Hess bereit und willig, aber sie war jung und genoss *ihre* Freiheit. Sie entwickelten sich auf die klassische Art auseinander und trennten sich mit einem Minimum an Dramatik und ohne Verbitterung. Mehr noch als die Scheidung erstaunte es Hess, wie ein Jahrzehnt so schnell kommen und gehen konnte.

Kinder schienen kein Thema zu sein, bis er Mitte vierzig und mit Joanna verheiratet war. Seine väterlichen Instinkte fielen über ihn her wie eine Großkatze: ein kühner, aber steter Wunsch, seine Gene weiterzugeben, Leben zu schenken. Er fing tatsächlich an, sich die Babys anderer Leute anzusehen, sich Namen zu überlegen, die er mochte, sich mit einem Kleinkind auf dem Arm vorzustellen. Verwöhnte seine Nichten und Neffen. Dachte viel über seinen Vater nach. Und über seine Mutter. Etwas in ihm änderte sich zum Guten.

Joanna war fünfzehn Jahre jünger als er, ziemlich hübsch und bereit, eine Familie zu gründen. Das waren drei der Gründe, warum er sie geheiratet hatte. Hess nahm an, dass ein Kind sie zusammenhalten würde, denn eigentlich hatten sie außerhalb des Bettes nur wenig gemeinsam. Nach fünf Jahren voller gescheiterter Versuche, ein Kind zu zeugen, zahllosen Arztbesuchen und Tests und dann drei herzzerreißenden Fehlgeburten gab Joanna Ärzte, Kinder und Hess auf. In der schrecklichen Märznacht seines 51. Geburtstages, die beide mit reichlich Alkohol begangen hatten, überraschte ihn Joanna mit der tränenreichen Beichte, dass sie einen anderen Mann liebte. Einen der Ärzte, die ihr nicht hatten helfen können, um genau zu sein. Mit extremer und überraschender Wut stellte sich Hess vor, wie dieser Mann es mit Joanna auf seinem Untersuchungstisch getrieben hatte. Sie sagte, er habe bereits eigene Kinder und bei ihm fühle sie sich weniger als Zuchtstute und mehr als erfolgreiche Frau. Sie nahm die Hälfte von allem und brach jeden Kontakt zu Hess ab. Er vermietete ein Zimmer an einen jungen Deputy, damit er das Haus behalten konnte.

Bis ihm klar wurde, dass er seine Chance, Vater zu werden, so gut wie verpasst hatte, war Hess dreimal geschieden und ging auf die 53 zu. Wussten alle, dass er ein Versager war? Er fühlte sich wie ein Vogel Strauß, der nirgends seinen Kopf in die Erde stecken konnte.

Als er jetzt in Chuck Brightons Büro saß, dachte Hess, dass all dies nichts weiter war als die uralte Geschichte eines alltäglichen Lebens. Seines Lebens. Und hierhin hatte es ihn geführt: halb im Ruhestand, 67 Jahre alt, wieder allein, krebskrank und in Behandlung, auf der Jagd nach einem mörderischen Phantom. Und dabei hätten das seine goldenen Jahre sein können. Man bekommt nicht immer, was man will. Aber manchmal zeigt sich in den Rissen ein wenig von der Gnade.

Du hast zu tun.

»Das muss ein schlimmer Morgen gewesen sein.«

»So etwas habe ich noch nie erlebt, Bright. Es war so … durchdacht. Durchdacht und Ekel erregend und einfach nur bösartig. Alles gleichzeitig. Im Kopf dieses Kerls muss es vor Schlangen nur so wimmeln.«

»Irgendwann macht er einen Fehler. Das weißt du.«

»Nur wann, frage ich mich.«

»Erzähle mir was über Rayborn, Tim.«

»Es gibt nicht viel zu erzählen. Ich denke, sie hält sich gut.«

»Schön, schön. Kommst du mit ihr zurecht?«

»Sie ist ehrlich und arbeitet konzentriert.«

»Wie du.«

Brighton konnte manchmal etwas begriffsstutzig sein. Hess schätzte, dass es sein gutes Recht war.

»Was ist mit dieser Skizze?«

Hess zuckte mit den Schultern. »Die Zeugin musste hypnotisiert werden. Merci hat gute Resultate erzielt.«

Brighton nickte. Das war nicht neu.

»Sie hatte eine gute Nase, Bright. Dank dieser Skizze landen wir den ein oder anderen Treffer.«

»Der Busfahrer und dieser Autoknacker in Elsinore?«

»Und ein Angestellter in einem Sportartikelgeschäft, der erklärte, so habe der Kerl ausgesehen, der außerhalb der Saison eine Jagdausrüstung kaufte.«

»Die Frage lautet, warum sie so lange mit der Skizze gewartet hat – Hypnose hin oder her.«

»Sie brauchte Zeit, um sich mit dem Staatsanwalt abzusprechen. Einen Tag, um die Hypnose durchzuführen und die Skizze anfertigen zu lassen. Sie musste erst alles gründlich durchdenken, wollte den richtigen Schritt tun. Dann benötigte sie noch etwas Zeit für die Kopien und die Weiterleitung an die Pressestelle.«

Hess wusste, warum Merci gezögert und mit der Skizze gewartet hatte. Sie hatte an Kamala Petersens Glaubwürdigkeit gezweifelt. Die Margaritas schienen diese Zweifel zu rechtfertigen, aber Hess schwieg. Die Sache mit der alkoholisierten Kamala würde kein gutes Licht auf Merci werfen.

»Merci hat die Psychiaterin, die sie hypnotisierte, selbst bezahlt, nicht wahr?«

»Das weiß ich nicht. Aber sie erzählte mir, sie habe irgendeine Schutzweste selbst bezahlt.«

»Was stimmt denn nicht mit unseren PACAs? Sie sind als Sicherheitsstufe Zwei A ausgewiesen.«

»Sie befürchtet wohl, die könnten ihr im Zweifel nicht das Leben retten.«

Brighton zog die Augenbrauen hoch. »Sie hat eine potenzielle Zeugin verloren.«

»Ja, das ist ihr bewusst. Sie weiß, dass es ein Wagnis war.«

Plötzlich spürte Hess, wie ihn Müdigkeit ergriff. Sie war wie eine große Welle kalten Wassers, die alle Wärme aus ihm herauszog. Für gewöhnlich passierte das, wenn er sich setzte. Wie am Freitag, als Merci ihm aus dem Stuhl hatte helfen müssen. Vielleicht bestand das Geheimnis des Lebens darin, immer in Bewegung zu bleiben. Stetes Regen bis zum Umfallen.

»Wie konnte sie die Spuren des Slim Jim an den Autoscheiben übersehen?«

»Tja, sie befanden sich unterhalb des Türrahmens.«

»Danach habe ich nun wirklich nicht gefragt.«

»In diesem Fall war es Kemp, der die Spuren übersehen hat.«

»Ich hatte Kemp zu der Zeit schon vom Fall abgezogen, Tim. Du warst darauf angesetzt.«

»Der Schaden war passiert. Sie konnte nicht jede Kleinigkeit seiner Arbeit wiederholen. Ike hätte es früher oder später entdeckt. Oder sie hätte noch einmal darüber nachgedacht und selbst nachgesehen. Ehrlich, Bright, an so etwas denkt man auch nur, wenn es einem schon mal begegnet ist.«

Brighton nickte, schien aber noch nicht überzeugt zu sein. »Hier geht es um Grundlagenwissen in Sachen Autodiebstahl, so sieht es doch aus.«

»Tja, sie arbeitet aber in der Mordkommission.«

»Vielleicht macht mir gerade das Sorgen. Außerdem hast du dafür nur dreißig Sekunden gebraucht.«

»Ich bin alt.«

»Tim, ich möchte, dass du alles festhältst, was du über ihre bisherigen Leistungen in diesem Fall denkst. Irgendetwas Kurzes. Schriftlich.«

»Was soll ich reinschreiben?«

»Wie sie die Ermittlungen führt – die privat finanzierte

Hypnose, dass sie den Rat des Staatsanwalts über den Ausfall der Zeugin in den Wind geschlagen hat. Die Fahrzeugscheiben, wessen Entscheidung es war, die Scheiben herauszunehmen und sie wirklich gründlich und altmodisch zu überprüfen. Nur eine Notiz für meine Akten, nichts Ausgefeiltes. Kurz und schmutzig.«

Eine interessante Wortwahl, dachte Hess. »Ich bin sicher, das steht alles in ihren Berichten«, sagte er.

»Ihre Berichte sind ausweichend, parteiisch und voller Informationslücken.«

»So wie meine Berichte auch.«

»Das waren noch andere Zeiten, Tim. Wir waren eine kleine Gruppe, eine verschworene Gemeinschaft, die sich nahe stand. Jedenfalls interessiert mich deine Sicht der Dinge.«

»Das stand nicht in meiner Jobbeschreibung, Bright.«

»Jetzt tut es das aber.«

Hess erwiderte darauf nichts.

»Ist dieser LaLonde ein Verdächtiger oder nicht?«

»Riverside überwacht ihn für uns. Bislang nichts Ungewöhnliches. Mein Bauch sagt mir, er ist es nicht.«

»Wie ist Merci mit ihm umgegangen?«

»Tja. Er hat dieses Überbrückungsgerät für unseren Verdächtigen gebaut. Laut LaLonde funktioniert es bei den meisten Alarmanlagen. Er kann unseren Verdächtigen identifizieren, wenn wir ihm dem Kerl gegenüberstellen.«

»Gute Arbeit.«

»Das war Rayborns Verdienst. Ich habe mich nur an eine Wand gelehnt.«

»Trägt sie wirklich ein Schnappmesser in ihrer Handtasche mit sich herum?«

Hess sah den Sheriff an, schüttelte dann langsam den Kopf. »Ich weiß es nicht«, meinte er bedächtig.

»Würde mich interessieren. Hör mal, Tim, ich habe hier ein paar Probleme. Mercis Klage gegen Phil, den Hohlschwätzer und Pobackenkneifer. Merci wirft mir – zwischen den Zeilen – vor, ich würde einfach beide Augen zudrücken. Wenn sie irgendwelche finanziellen Entschädigungen will, wird sie letztendlich die Abteilung verklagen und wahrscheinlich auch mich.«

»Dann sollte sie besser kein Geld wollen, Chuck.«

»Du kennst mich, Tim. Ich drücke kein Auge zu. Ich habe hart gearbeitet, damit Männer – und Frauen – hier gut arbeiten können. Das beste Sheriff-Büro im Staat. Und jetzt reicht Merci aus heiterem Himmel diese Klage ein. Drei weitere Frauen schließen sich ihr an, reden mit der Presse und bereiten eigene Klagen vor, wie ich annehme. Eine behauptet sogar, Kemp habe sie vergewaltigt. Merci hat da eine Lawine losgetreten.«

»Verdammt, Bright, vielleicht solltest du froh sein, dass sie den Mund aufgemacht hat. Wenn du ein sauberes Haus willst, musst du auch mal durchfegen.«

»Ich werde gründlich durchfegen. Aber ich habe das Gefühl, mir wird eine Waffe an die Schläfe gedrückt. Und sie hat kein einziges Mal mit mir über all das geredet.«

Eine lange Stille.

»Was will sie?«, fragte Brighton schließlich.

»Woher soll ich das wissen? Sie hat mit mir nie über Phil Kemp gesprochen.«

»Finde es heraus.«

»Steht das jetzt auch in meiner Stellenbeschreibung?«

»Absolut. Finde heraus, was sie will, Tim. Ich werde es ihr geben, wenn ich dadurch einen Schneeballeffekt verhindern kann.«

Hess nickte. Er fühlte sich erschöpft.

»Hast du je von einem Freund von ihr gehört, der Francisco heißt?«

»Sie hat den Namen mal erwähnt.«

Eine lange Pause, in der Hess zu dem Schluss kam, dass Brighton auf weitere Ausführungen wartete. Er spürte jedoch, dass die Menge an Hirnkraft, die für eine entsprechende Formulierung notwendig gewesen wäre, bei weitem das überstieg, was er gerade aufbringen konnte.

»McNally hat mir erzählt, sie habe von diesem Kerl gesprochen. Mehr nicht. Bin ihm nie vorgestellt worden. Mich interessiert, ob sie mit diesem Typ schläft«, meinte Brighton.

»Mich nicht.«

»Finde es heraus und lass es mich wissen. Du kannst das und das Schnappmesser auch in deine Stellenbeschreibung aufnehmen, wenn du willst. Hilf mir, Tim, ich helfe dir ja auch.«

Hess sah ihn an.

Brighton lehnte sich immer noch zurück. Hess spürte, wie sich Groll in ihm regte – Groll darüber, dass seine eigene dämliche Nikotinsucht ihn in diese Lage gebracht hatte und Chuck Brighton im Alter so reizbar geworden war. Ich habe Krebs und Bright hat ein Persönlichkeitsproblem.

»Wie fühlst du dich, Tim?«

»Stark wie ein Ochse. Hin und wieder ein wenig müde.«

»Ich bewundere dich.«

»Danke.«

»Und das hat nichts damit zu tun, dass ich Mitleid mit dir hätte.«

»Das hoffe ich«, sagte Hess, aber er wusste, dass Bright ihn bemitleidete, und das brach ihm auf gewisse Weise das Herz. Aber nicht so sehr wie die Tatsache, dass ein alter Freund ihm befahl, einem weiblichen Deputy, der halb so alt war wie er selbst, ans Bein zu pinkeln.

Hess stand auf und schüttelte Brighton die Hand.

24

Merci ging die beiden Vermisstenakten durch, die Casik für sie aufgetrieben hatte, dann stand sie ungeduldig neben dem unglaublich langsamen Beamten, der die Handtaschen als Beweismittel aufnahm. Sie schätzte den IQ des Mannes auf höchstens 50.

Sechs, dachte sie. Sechs. Die Vorstellung machte sie wütend.

Als sie in den Kraftraum kam, war sie noch wütender. Und sauer auf Kamala, weil sie in der fraglichen Nacht getrunken hatte – und das erst sehr spät eingeräumt hatte.

Aber Merci wusste, dass sie in erster Linie auf sich selbst wütend war, weil sie die Hypnose und die Veröffentlichung der Skizze nicht beschleunigt hatte. Wenn das Bild schon vor zwei Tagen in allen Zeitungen und Fernsehnachrichten erschienen wäre, wie es hätte sein sollen, würde Ronnie Stevens möglicherweise heute noch bei *Goldsmith* arbeiten. Sie spürte bohrende Schuldgefühle, fast greifbar, direkt in ihrem Hals. Und so, wie es aussah, hatte der Handtaschendieb noch drei weitere Frauen getötet. *Sechs.* Es war an der Zeit, ihre Wut abzuarbeiten.

Sonntags war der Kraftraum leer. Sie sah sich im Spiegel an, als sie daran vorbeiging – das vor Wut verzerrte Gesicht, der zerknautschte Trainingsanzug, die hochgerollten Ärmel, die großen Hände, die ihre Haare zu einem Knoten verdrehten und ihn mit einem Gummiband fixierten: *Du Verliererin. Du bist eine große, dunkelhaarige Verliererin, die wieder den Straßenverkehr regeln sollte.*

Sie strampelte sich auf dem Standfahrrad dreißig Minuten lang ab, den Widerstand bis fast an den Anschlag gestellt. Schweißgebadet stand sie nach acht Minuten auf den Pedalen und die letzten 22 Minuten waren die reinste Folter. Das würde Blasen geben. Gut, dachte sie. Ohne Schweiß kein Preis. Sie stieg vom Rad und schwankte auf Beinen, die sich wie versteinertes Holz anfühlten, zum Bauchmuskeltrainer. Auch gut: Fleiß hat bittere Wurzeln, aber süße Früchte.

Sie machte zwei Durchläufe bei den Nautilus-Maschinen, einmal leicht und einmal schwer, ruhte sich jeweils fünf Sekunden zwischen jedem der drei Sets aus und dreißig Sekunden zwischen den einzelnen Maschinen. Ihr Herz klopfte rasch und leicht wie das eines Vogels, wie das des Zaunkönigs, den sie vor Jahren in Santa Ana gefunden hatte, nachdem ihn der Wind aus seinem Nest geweht hatte. Sie hatte den Vogel im Gras gefunden und ihn in ihren Händen nach Hause getragen. Sein Herz hatte wie eine überladene Maschine gegen ihren Mittelfinger gepocht. In der Nacht war der Vogel gestorben, und Merci hatte eine Kleenexschachtel vorbereitet, in der sie ihn begraben wollte, aber ihre Mutter hatte ihn einfach die Toilette hinuntergespült. Merci hatte nie viel Glück mit Tieren. Ihr Hund nagte sich das Fell vom Körper, ihre Katzen liefen davon, ihre Papageien starben nach kurzer Zeit und ihr Hamster hatte sie gebissen. Merci zählte ihr Scheitern, während sie an der Klimmzugstange hing – zwölf waren ihre Obergrenze, darum peilte sie vierzehn an, sackte aber nach dreizehn schwer atmend auf den Boden.

Hoch mit dir, du Verliererin! Du hast zu tun!

Zeit für die Gewichte. Sie hatte sich gerade auf die Bank gelegt, als sie vor der Tür Lärm hörte. Sie drehte ihren Kopf zur Spiegelwand und sah in dem verzerrenden Glas, wie Mike McNally und drei seiner Kumpel hereinstiefelten, muskelbepackt, mit Schnauzbärten und Handtüchern um den Hals. Ihr Lächeln grenzte schon an Debilität. Die Atmosphäre im Raum veränderte sich schlagartig. Plötzlich war sie sich ihrer selbst bewusst, ihres Körpers, ihrer Kleidung, ihres Schweißes, wie sie wohl aussehen mochte, was sie wohl tun würden. Es war, als ob dreißig Prozent ihrer Energie durch ein sinnloses Loch abflossen. Na toll!

Merci versuchte alles, um sie aus ihrem Universum auszuschließen, blickte zu der rostigen Stange über ihrer Nase auf, breitete die Hände aus, um ihr Anfangsgewicht von achtzig Pfund zu stemmen, presste die Lederhandflächen ihrer Handschuhe gegen den abgenutzten Griff.

»Hi, Merci!«

»Hallo, Jungs!«

»Brauchst du Hilfe?«

»Ganz sicher nicht!«

Hoch damit! Ignoriere sie einfach.

Sie mochte das Gefühl der Gewichte über ihr. Sie rutschte mit der linken Hand einen Millimeter zur Seite, um den richtigen Griff zu finden. Dann die langsame, bewusste Bewegung, bis hinunter zu ihrer Brust, dann wieder hoch – zehnmal, eigentlich nicht besonders schwer, aber achtzig Pfund waren schon spürbar, wenn man selbst nur 140 Pfund wog. Drei Durchgänge. Jede Wiederholung war anstrengender und langsamer. Man muss sich nach der Decke strecken.

Bei einhundert Pfund musste sie ihr Tempo merklich verringern, aber sie stemmte sie zehnmal. Sie hörte, wie der Schweiß auf den Plastikbezug der Bank tropfte, während sie schwer atmend überlegte, ob sie bis 135 oder 140 Pfund gehen sollte.

Merci nahm das leichtere Gewicht, um vor den Männern stärker auszusehen – eine Entscheidung, die sie wütend machte. Sie ignorierte die Männer, nahm sie aber in der Spiegelwand wahr, in der sie sah, dass sie sie ebenfalls ignorierten, sich aber Mercis Anwesenheit ebenfalls bewusst waren. Plötzlich lachten sie und zwei von ihnen schauten zu ihr herüber. Mike sah zu Boden, als ob er das, was er damals gesagt hatte, bedauerte. Merci wünschte, sie würde auf einem anderen Planeten leben. Sie musste wieder an Phil Kemps hässliche Sprüche, an seine Berührungen denken und spürte, wie all ihre Kraft aus ihr wich.

Konzentriere dich! Streng dich an und denk nicht mehr daran!

Merci legte sich auf die Bank und schaffte fünf Wiederholungen, bevor ihr klar wurde, dass sie es niemals auf zehn bringen würde. Sechs war schon harte Arbeit. Sieben war noch nicht einmal ganz oben, als sie wusste, dass sie genug hatte. Der Schweiß spritzte ihr beim Ausatmen von den Lippen. Sie steckte irgendwie fest: nicht genug Schneid, um es in die Sicherheit der Haken zurückzuhieven; zu viel Stolz, um es auf ihrer Brust abzulegen und eine Pause zu machen. Mike

McNally tauchte jetzt im nördlichen Quadranten ihres Blickfeldes auf, sah auf sie herab, ein blonder Wikinger und ehemaliger Lover, der sie mit »Und eins … und eins … und eins, Merci« anfeuerte, bis sie spürte, dass sich die Stange magisch mit seiner Hilfe hob. Ihr Atem ging rasch und kurz. Sie spürte das Brennen in ihren Lungen. Dann überließ ihr McNally die Stange wieder, bis hinunter zu ihrem Brustkorb, Pause, dann die Hälfte hoch, noch ein wenig mehr als die Hälfte, Arme und Stange wackelten jetzt wie verrückt, und Mike half ihr, sie hochzukriegen, doch plötzlich schoss die eine Seite nach unten und die andere Seite nach oben. Das Eisen krachte laut und die Stange knallte gegen ihre Rippen, während die Gewichte heruntterglitten und auf den Boden unter ihrem Kopf kullerten.

Merci war sich drei weiterer Körper neben ihr bewusst, merkte, wie Mike sie fluchend davonschickte, ihnen sagte, es gehe ihr gut, spürte, wie seine Hand die ihre packte und sie auf die Bank hochzog. Kleine Lichter kreisten vor ihren Augen wie Sterne, wie bei einer Comicfigur, die mit einem Hammer geschlagen worden war.

»Du weißt sicher, dass der Duft-Box-Fall vor Gericht kommt«, sagte er.

»Großartig, Mike.« Merci war sich nicht ganz sicher, in welchen Film es sie verschlagen hatte.

»Ich weiß, das Gericht wird uns Recht geben. Ich weiß, dass sie in hundert Jahren diese Boxen ständig vor Gericht verwenden werden. Eine gute Duft-Box und ein guter Hund – das ist meine Antwort auf die hochtechnisierte Verbrechensaufklärung. Außerdem werden wir das Ding zum Patent anmelden und Millionen scheffeln. Ich weiß noch nicht, welchen Namen ich der Box geben soll. Mikes Wahrheitsbox, etwas in der Art.«

»Ich hoffe, du behältst Recht. Wow.«

»Ist dir schwindelig?«

»Ja.«

»Leg dich hin.«
»Niemals.«
»Na gut, dann wird dir eben schwarz vor Augen.«
»Ich lege mich hin.«
»Besser?«
»Ja.«

Sie lag auf der Bank und spürte, wie sich ihre Brust rasch hob, wie sich ihr Rücken gegen das Polster presste, wie die Luft wieder aus ihr herausströmte. Mike war verschwunden. Nur sie und die weiße Decke und die Spiegelwand in ihren Augenwinkeln und das Klingeln in ihren Ohren. Und viel Rot.

Als sich ihr Puls wieder beruhigte, nickte Merci kurz ein. Sie wachte auf, als sie das Geräusch von Gewichten und Männerstimmen hörte. Das gleißende Licht des Kraftraums brannte in ihren Augen. Sie setzte sich auf, sah sich um und gähnte. Ihre Muskeln fühlten sich vergrößert und träge an. Der Haufen an Gewichten, die von der Stange gerollt waren, lag immer noch neben ihrer Bank.

Merci hievte sich hoch, sammelte die Gewichte ein, trug eines nach dem anderen zum Gestell. Dann schlurfte sie auf schweren Beinen zum Standfahrrad und kletterte auf den Sattel. Sie stellte den Widerstand niedriger ein als beim ersten Mal, aber immer noch verdammt hoch.

Einen Augenblick lang dachte sie darüber nach, wer sie war und wie stark sie war. Sie erinnerte sich an die wichtigste Lektion, die sie bislang in ihrem Leben gelernt hatte: Du bist stark und kannst die Dinge nach deinem Willen formen, *wenn du dich nur genug bemühst.*

Dein Wille ist die Kraft, die die Welt bewegt.

Also stellte sie den Widerstand noch höher ein als beim ersten Mal. Nur durch Anstrengung kamen die Dinge ins Rollen. Anstrengung bedeutete Schmerz. Schmerz war Kraft.

Sie schaute sich in der Spiegelwand an, während sie auf den Pedalen stand. Bleich wie ein Totenhemd, dachte sie, und in etwa genauso gut aussehend.

Merci fiel wieder ein, wie Hess zu ihr gesagt hatte, sie solle nicht so streng zu sich selbst sein – wie er es wohl machen würde, sein sparsamer Umgang mit seinen Kräften, seine Konzentration. Ihr gefiel, dass er nie zu viel tat. Sie konnte den Ausdruck auf seinem Gesicht nicht vergessen, als sie an jenem Morgen die Motorhaube von Ronnie Stevens' Auto betrachtet hatten. Es war das traurigste, weiseste Gesicht, das sie jemals gesehen hatte. Er hatte sie an Lincoln erinnert. Aber er war durch das, was er da gesehen hatte, schwächer geworden. Der Handtaschendieb hat ihm etwas geraubt, dachte sie, und stellvertretend für Hess wurde sie wütend. Für *ihn*. Für jemand anders als sich selbst. Es war schön, jemanden zu bewundern, der man selbst nicht sein wollte.

Dreißig Minuten auf dem Fahrrad sollten reichen, dachte sie. Das brennt die Dummheit aus meinem Gehirn und kräftigt meine Muskeln.

Sie kaufte ein Knöchelhalfter für ihre Derringer Kaliber .40, nahm sich etwas zu essen mit und fuhr nach Hause. Ihr Zuhause war ein verschachteltes Gebäude, das früher dem Besitzer der großen Orangenplantage gehört hatte, die es umgab. Ein Großteil der Bäume war schon vor Jahren abgeholzt worden, um Wohnhäusern Platz zu machen, aber ein paar Bäume standen noch rund um das Haus, das jetzt einem Freund ihres Vaters gehörte, der es ihr billig vermietet hatte. Es war alt, die Leitungen ächzten, bei Sommerhitze brannten die Sicherungen durch und die Garage war voller Schwarzer Witwen. Das Haus stand am Ende einer langen, unbefestigten Zufahrt, die im Winter voller Schlaglöcher und im Sommer staubig war.

Das Land war flach; dennoch erahnte man die Häuser hinter dem Orangenhain nicht einmal, denn die Bäume waren gesund und hoch. Es war, als ob man hinter einer grünen Mauer lebte. Merci gefiel die billige Miete, der Duft der Orangenbäume und -blüten und die Tatsache, dass sie auf keine Nachbarn Rücksicht zu nehmen brauchte. Sie musste nicht erst lange überlegen, wenn sie bei offenen Fenstern und Türen in nichts außer ihrer Unterwäsche herumlaufen wollte oder das Stereogerät beziehungsweise den Polizeifunk aufdrehte, während die Katzen des Orangenhains sich auf ihrer Veranda sonnten, sich unablässig leckten und auf das Rascheln der Futtertüte warteten. Hin und wieder spazierte Merci durch die Baumreihen und schaute sich um. Es gab aber nicht viel zu sehen, weil der große Zitrusfruchtkonzern, der das Gelände jetzt bewirtschaftete, seinen Job gewissenhaft erledigte. Die Arbeiter waren stille Mexikaner, die ihre Fröhlichkeit in Mercis Nähe verbargen.

Sie erwiderte den Blick einer der Katzen, als sie die Tür aufschloss, dann hob sie das mitgebrachte Essen und das Halfter auf und ging hinein. Sie liebte vieles an Katzen, ohne eine bestimmte Katze besonders zu mögen. Das Haus pflegte sich im Laufe des Tages aufzuheizen, darum öffnete sie alle Fenster und Türen. Dann ging sie ins Badezimmer und zog sich bis auf den Slip und das Sporthemd mit den hochgerollten Ärmeln aus. Sie öffnete ihren BH, zog ihn unter dem Hemd hervor und warf ihn auf den Boden. Halfter und Automatik legte sie neben das Bett, wo sie ihren Platz hatten, wenn sie sie nicht trug. Anschließend probierte sie das neue Knöchelhalfter aus und steckte die Derringer hinein – viel Unnützes, aber der Gurt saß fest und eng. Auch in Unterwäsche war es gut, eine Waffe zu tragen oder wenigstens in jedem Zimmer eine zu haben, an einer Stelle, wo man schnellen Zugang hatte, falls es nötig sein sollte. Eine der Angewohnheiten ihres Vaters. Bei sich zu Hause hatte Merci keine Angst. Es war mehr oder weniger ein Spiel, das sie spielte, um ihr Leben interessant zu gestalten.

Erneut sah sie das Gesicht ihres Partners an diesem Morgen vor sich. Ebenso wie etwas in Hess gestorben war, war auch etwas in ihr gestorben, und das erinnerte sie daran, dass auf lange Sicht nichts, was sie taten, etwas verändern würde.

Trotz ihrer Erfolge blieb die Welt, wie sie war. Auch wenn sie die Schurken hinter Gitter brachten und vielleicht ein oder zwei Leben retteten.

Aber eine Handtasche voller menschlicher Eingeweide auf einem Chevy Malibu unter dem herrlichen südkalifornischen Sonnenschein verwies einen auf seinen Platz. Sie teilte einem mit: Du kannst denjenigen finden, der das hier getan hat, aber es wird andere geben, die noch viel Schlimmeres anstellen; immer mehr von ihnen, die im Laufe der Jahre Jagd auf deine Kinder machen, falls du je welche haben solltest. Solche Leute sichern mir meinen Job, dachte sie. Es war ehrlich eine Schande. Aber keine Überraschung. Ihr Vater hatte ihr schon früh beigebracht, dass der Beruf nur darin bestand, die Fluten für eine Weile einzudämmen. Das machte die Aufgabe nicht weniger ernsthaft, aber es ließ erahnen, wofür man sein Leben aufs Spiel setzen sollte und wofür nicht.

Natürlich war ihr Vater ein unfähiger Mann, der für nichts auch nur ein Haar auf seinem Kopf riskierte. Ein Mann, der sich gegenüber seiner verrückten Frau nicht behaupten konnte, war zum Untergang verurteilt.

Merci hörte ihren Anrufbeantworter ab. Eine Nachricht von ihrer Freundin Joan Cash, nur ein »Hallo, wie geht's«. Eine Nachricht vom stotternden, liebenswerten, alten Dad – Mercis Mutter fühlte sich nicht wohl und ihr Vater war verrückt vor Sorge. Und eine Nachricht von Mike, der hoffte, es gehe ihr gut, sie habe im Kraftraum heute ja ein ordentliches Workout hingelegt und ob sie sich nicht irgendwann auf einen Kaffee treffen sollten. Er musste, kurz nachdem sie den Kraftraum verlassen hatte, angerufen haben. Das war alles. Jeder einzelne Anruf schien so viel Verpflichtung und Sorge zu verkörpern. Manchmal wollte Merci wirklich nicht wissen, wie es anderen Leuten ging. Nicht dass sie deren Gefühle nicht verstand oder nicht respektierte. Es war nur so, *dass sie sich in diesem Augenblick auch nicht die Bohne darum scherte.*

Sie rief Hess an.

Er nahm nicht ab, also hinterließ sie eine Nachricht – nichts Dringendes, sie wolle nur reden, er könne zurückrufen, wenn ihm danach sei. Sie fragte sich, ob er draußen am Wedge nachdachte oder ob er vielleicht einen weiteren Behandlungstermin hatte. Wie merkwürdig es sein mochte, in seiner Haut zu stecken, überlegte sie, fast sieben Jahrzehnte deines Lebens sind vorüber und eines liegt noch vor dir, wenn du echt viel Glück hast, aber du kannst nicht sicher sein, ob du auch nur das nächstes Jahr erlebst.

Merci fragte sich, warum er wohl so oft geheiratet hatte und wieder geschieden worden war. Warum er keine Kinder hatte. Warum er für jemanden wie den Handtaschendieb wieder den Dienst aufnahm. Hess gab ein interessantes Studienobjekt ab, weil er sich von ihr so sehr unterschied. Es war komisch, dass er ihr gesagt hatte, sie solle fühlen, was andere fühlten, und denken, was andere dachten, damit sie es in der Abteilung – und im Leben – weit brachte. Vielleicht könnte sie sich probeweise in seine Gefühlswelt versetzen.

Wahrscheinlich wäre das gar nicht schwer, weil Hess so groß und schlicht war. Natürlich war auch Mike McNally groß und schlicht, bis man ihn näher kennen lernte. Dann schien er zu schrumpfen und so hektisch wie ein Fünfjähriger auf seiner Geburtstagsfeier zu werden: Ich, ich, ich. Sie vermisste Mike in diesem Moment, vermisste einige ihrer Stunden zu zweit. Mit einem Mann, der ständig redete, schien die Zeit langsamer zu vergehen. Das war gut. Sie vermisste sein Profil und das flackernde, blaue Licht auf seinen Wangen, wenn er fernsah. Und all die schweißtreibende Gymnastik im Bett, tja, die vermisste sie auch, obwohl sie dabei an Dinge denken musste, an die sie nicht gern dachte.

Aber sie wollte nicht Abend für Abend mit ihm reden, wollte nicht die ständige Begleiterin an seiner Seite sein, wollte sein schmollendes Kind nicht babysitten, sich nicht mit ihm verloben oder auch nur über Ehe *reden*. Also machte sie Schluss, anstatt nur ein Teil seines Lebens zu werden – welcher Teil? –, und das hatte ausgereicht, ihr sämtliche Höllenhunde auf den Hals zu hetzen. Mikes Hunde. Mikes Wahrheitsbox. Das Schlimmste an der ganzen elenden Sache war die Art und Weise, wie Mike sie beschuldigte, verschlossen und kalt zu sein und sich nicht fallen lassen zu können, und diesen Quatsch offenbar jedem erzählt hatte. Darum auch die Bemerkung in der Cafeteria über ihre sexuellen Vorlieben. Allein der Gedanke daran ließ ihr Gesicht vor Wut rot anlaufen.

Das Telefon klingelte. Es war Hess.

»Ich habe vorhin an Sie gedacht«, sagte Merci. »Und ich wollte wissen, ob ... tja, ich wollte wissen ... was Sie nach dem heutigen Morgen so machen.«

»Ich hoffe auf Fingerabdrücke aus dem Innenraum.«

»Tja, ich auch. Aber ich meinte eigentlich, ob es Ihnen gut geht, nachdem Sie das gesehen haben.«

»Es hat mich sehr berührt. Mir fiel wieder ein, wie wir in Idaho Wild ausgenommen haben. Die Eingeweide klebten zusammen und fielen in einer großen Masse heraus. Kaum Blut. Und ich dachte, wie schrecklich es ist, diesem Mädchen so etwas anzutun.«

»Sechs Mädchen, Hess. Wir haben es jetzt mit sechs zu tun.«

»Ich weiß. Es ist nur ... man fragt sich, was den Kerl dazu treibt. Zu dieser Bösartigkeit.«

»Was treibt ihn dazu, Hess?«

»Ich glaube, sie werden schon böse geboren. Diese Vorstellung ist heutzutage nicht sehr beliebt, aber ich bin davon überzeugt.«

»Es heißt, solche Monster werden geschaffen, nicht geboren.«

»Dem widerspreche ich. Ich verstehe einen Kerl nicht, der eine Frau entführt und tötet, ihre Leiche behält, sich aber die

Zeit nimmt, um das zu tun, was er mit dieser Handtasche getan hat. Immer wieder. Wie würden Sie das nennen, außer durch und durch böse?«

Sie überlegte kurz. »Ist doch egal. Für uns.«

»Nein, ist es nicht.«

»Na ja, es ist schon interessant, darüber nachzudenken.«

»Genau. Das wirft einige interessante Fragen für die Rehabilitationsstellen und für den Unterricht an den Polizeischulen auf.«

»Und für die Politiker«, fügte sie hinzu.

»Schriftsteller.«

»Priester und Erweckungsprediger.«

»Meine Rede, Merci.«

»Ich habe es immer geahnt, manche Leute werden einfach böse geboren.«

»Tja, für gewöhnlich misstraue ich Dingen, die so offensichtlich sind, aber in diesem Fall verhält es sich schlichtweg so. Das habe ich im Laufe der Jahre gelernt. Manche Dinge sind einfach das, wonach sie aussehen.«

»He, Hess, wie wäre es, wenn ich bei Ihnen vorbeischaue?«

In der einsetzenden Stille fragte sich Merci, ob sie etwas falsch gemacht hatte.

»Das wäre nett«, sagte er schließlich. »Habe allerdings nicht viel im Haus.«

»Ich bringe etwas zu essen mit.«

»Hinter der Garage gibt es einen Parkplatz.«

25

Merci duschte rasch und zog sich frische Sachen an. Sie wollte Hess zeigen, dass sie ihn jetzt mochte, also warf sie das alte Fastfood in den Müll und kaufte neues. Sie kaufte zu viel und fragte sich, ob ein Mann, der sich einer Chemo- und Strahlentherapie unterzog, überhaupt viel aß. Fritten und Milchshakes, Hamburger, Tacos, Zwiebelringe, das ganze Programm.

Merci war überrascht, dass seine Wohnung sauber und ordentlich war, das genaue Gegenteil von Mikes Apartment in Anaheim. Sie vermutete, dass er es möbliert gemietet hatte, was Hess bestätigte und jeden Zweifel ausräumte. Sie setzten sich ins Wohnzimmer, auf die blaue Plastikcouch. Die weißen Tüten lagen verstreut auf dem Couchtisch vor ihnen. Hess ließ das Fernsehgerät eingeschaltet. Die Fenster standen offen, die Jalousien waren hochgezogen und Merci schaute auf eine blasse Prärie an Sand vor einem schwarzen Ozean mit einem noch schwärzeren Himmel darüber, an dem die Sterne funkelten. Vom Gehweg drangen Stimmen hoch, Lachen, das Bollern von Rollerskates. Dann das ferne Donnern von Wellen, gefolgt von einem Geräusch, als ob eine Limonade auf Eis gegossen wurde.

Sie beugte sich vor und aß.

»Wo waren wir doch gleich?«, fragte sie.

»Beim Bösen, glaube ich.«

»Ich habe nie über das Böse nachgedacht. Ich bin nur der Ansicht, dass man für das, was man tut, zur Rechenschaft gezogen werden sollte. Mein Gott, diese Hamburger sind echt gut.«

Sie sah zu Hess. Er aß auch.

»Das sind sie wirklich.«

»Ernähren Sie sich gesund?«

»Seit der Operation. Davor querbeet.«

»Warum sind Sie nicht dick? Alkohol hat nämlich viele Kalorien, müssen Sie wissen.«

»Stoffwechsel.«

»Das und dreißig Jahre Zigaretten.«

»Fünfunddreißig.«

»Sie sind richtig alt.«

Er grinste, aber das war alles.

»Ich ernähre mich schrecklich«, gab sie zu. »Eigentlich

koche ich ganz gern, aber nicht für mich allein. Darum esse ich die Hälfte der Zeit solches Zeug hier und die andere Hälfte anständige Sachen.«

»Sie trainieren es sich ja wieder ab.«

»Ich bin dauernd im Kraftraum. Mein Gott, wir klingen jetzt wie zwei typische Kalifornier. Wir reden darüber, was wir essen und was wir mit unseren Muskeln machen. Ich verbringe meinen Urlaub jedes Jahr in Maine. In Kittery, Maine. Dad ist mit mir dahin gefahren, als ich noch klein war, und es zieht mich immer noch dorthin. Jedenfalls leben die Leute in Maine ganz anders. Wenn man den Begriff *Lifestyle* erwähnt, rollen sie mit den Augen.«

»Ich habe diesen Begriff immer gehasst.«

»Ich auch. Und alles, was mit *cyber* anfängt. Ich habe mir geschworen, das nie auszusprechen, und jetzt habe ich es gerade getan.«

»Das gilt auch für virtuell.«

»Stimmt. Virtuell ist scheiße. Das ist der reine Quatsch, damit man denkt, man würde irgendwas Neues verpassen. Also zieht man los und kauft sich das Zeugs. Da würde ich am liebsten kotzen. Vanilleshake oder Schokoladenmilch?«

»Schokolade.«

»Gut. Ich habe zwei davon.«

»Und keine Vanille?«

»Nicht eine.« Merci hörte, wie sie kicherte, dann musste sie über ihr Kichern kichern. »Das war lustig, als Izma mich fragte, ob ich Eiswasser wolle, und dann, als ich angebissen hatte, meinte, er habe weder Eis noch Wasser. Das ist ein echt riesiger, abgedrehter Spinner, Hess.«

»Er hielt eine gefrorene Katze in der Hand, als ich ihn festnahm. Als er mir die Tür öffnete.«

»Was hat er mit ihr getan?«

»Er ließ sie fallen. Klang, als ob ein Stein fällt.«

»Mein Gott, das ist echt zum Schreien.«

»Ich hatte Angst. Ich drückte ihn mit meiner Pistole knallhart zu Boden. Er traf auf dem Boden wie auf einem Nadelkissen auf, aber danach war er immer sehr nett zu mir.«

»Mir ist aufgefallen, dass seine ganze Aufmerksamkeit Ihnen galt. Gefällt es Ihnen, Leute zu prügeln? Wenn es jemand ist, der es wirklich verdient hat?«

Hess nickte. »Als ich jung war, hat es mir gefallen. Das Problem ist nur, dass es angesichts unserer Schlagstöcke und Waffen eigentlich nie ein fairer Kampf ist. Verstehen Sie das?«

»Für eine Frau ist es fair. Wenn ich es mit einem Mann zu tun habe, brauche ich alle Hilfe, die ich kriegen kann.«

»Ich bezweifle, dass Sie jemals einen Menschen nur aus Spaß verprügelt haben.«

Merci sah ihn an. »Stimmt. Dabei könnte man meinen, ich würde das viel öfter tun, wo ich doch oft so schlecht gelaunt und eine echte Menschenfeindin bin.«

Sie dachte an Lee LaLonde. »Es hat mir eigentlich nicht viel Spaß gemacht, diesen Autoknacker in Elsinore ins Klo zu tunken. Abgesehen von dem Kick, den man hat, wenn man einen anderen in der Gewalt hat. Zu wissen, dass man es tun kann. Aber wenn ich dabei Ergebnisse erziele, macht es mir jede Menge Spaß.«

»Das ist Ihnen gelungen.«

»Glauben Sie, dass es falsch von mir war?«

»Nein. Vielleicht haben Sie damit ein Leben gerettet.«

»Das Ziel rechtfertigt die Mittel?«

»Das ist noch so ein schlicht gestrickter Spruch, der mir auf die Nerven geht. Bei LaLonde haben Sie das Richtige getan.«

»Warum waren Sie so oft verheiratet? Drei- oder viermal?«

Hess hatte gerade in seinen Hamburger beißen wollen. Er schloss den Mund und starrte sie einen Moment lang an.

»Dreimal.«

»Tja, warum dreimal? War einmal nicht schlimm genug?«

»Dummheit.«

»Wessen?«

»In erster Linie meine.«

»Sie meinen, Sie haben eine oder zwei gute Frauen laufen lassen?«

»Alle drei, genauer gesagt.«

»Warum hatten Sie nie Kinder?«

»Habe erst mal abgewartet. Und dann zu lange gewartet. War auch Pech dabei. Damals, als ich in den Vierzigern war, da hätte ich gern welche gehabt. Hat nicht funktioniert.«

Merci dachte darüber nach.

»Ich glaube nicht an Glück oder Pech. Ich glaube, man ist eins zu eins für das verantwortlich, was einem passiert.«

»Das habe ich früher auch geglaubt.«

»Wie könnte es anders sein?«

»Ich glaube beispielsweise nicht, dass man Ronnie Stevens für das verantwortlich machen kann, was ihr zugestoßen ist. Ich glaube, sie ist einfach jemandem über den Weg gelaufen, der viel stärker, viel schlauer und viel bösartiger war als sie. Innerhalb vernünftiger Grenzen war es nicht ihre Schuld.«

»Das liegt an der ganzen Opferscheiße, die Sie sich im Fernsehen angeschaut haben.«

»Im Fernsehen geht es immer nur um Extreme.«

»Warum sehen es sich dann alle an?«

»Der Gedanke, dass alle anderen außer Kontrolle geraten sind, tröstet sie.«

»Wenn Sie mich fragen, sind sie ein Haufen von Jammerlappen.«

Hess betrachtete sie prüfend. Er hatte eine Art, gleichzeitig missbilligend und tolerant zu schauen. Vielleicht bildete sie sich das aber auch nur ein.

»Kraft«, sagte sie. »Alles entspringt der Kraft, die man in sich trägt. Der Willenskraft.«

Wieder dieser Blick.

»Sie haben so einen Blick an sich, als ob Sie zwei Sachen gleichzeitig denken.«

»Vermutlich tue ich das.«

»Und? Was denken Sie?«

Erneut dieser Blick. »Darf ich sagen, dass ich Sie ungeheuer bewundere? Ihre Jugend und alles, was dazugehört. Mir gefällt es, wie Sie Ihre Jugend leben, was Sie damit anstellen.«

»Auch, wenn ich Mist baue?«

»Ja.«

Sie überlegte. »Sie denken immer noch zwei Dinge gleichzeitig über mich – Dinge, die eigentlich nicht zusammenpassen.«

»Ich frage mich, wie Sie gleichzeitig so gescheit und so begriffsstutzig sein können. Wie Sie entweder einen glänzenden Erfolg erzielen oder einen totalen Misserfolg landen. Nur so ein Gedanke.«

»He, ich bin Ihre Vorgesetzte.«

»Sie haben gefragt.«

»Und darüber bin ich auch froh. Dieser Hamburger ist großartig, und es ist schön, einfach nur hier zu sitzen und darüber zu reden, ein Cop und ein Mensch zu sein. Mike hat zwar viel geredet, sich aber selten meine Sicht der Dinge angehört. Und dann kam entweder Fernsehen oder das Bett.«

Hess sagte nichts.

»Können Sie es noch, Hess?«

»Was?«

»Sie wissen schon. *Es.* Liebe machen.«

Er wurde rot und sah sie wieder mit diesem merkwürdigen Blick an.

»Ich meine, wenn man fast siebzig ist, kann man da noch?«

»Natürlich kann man.«

Seine Stimme klang etwas barsch, während er auf das Fernsehgerät schaute und das Licht vom Bildschirm auf sein Gesicht fiel. Sie konnte nicht erkennen, ob er noch rot war oder nicht.

»Ich frage mich, ob es meine Mom und mein Dad noch tun. Sie sind etwa in Ihrem Alter.«

»Fragen Sie *sie* doch.«

»Sie sind etwas sensibel.«

Merci war überrascht, als er daraufhin laut lachte. Ihr wurde klar, dass sie ihn noch nie zuvor hatte lachen sehen. Sein Lachen veränderte sein Gesicht: Über seinen Augen und um seinen Mund bildeten sich Falten und er hatte tatsächlich Grübchen auf den Wangen. Ein glückliches Strahlen.

Irgendwie erstaunlich, wie das Lachen einen Mann verändern konnte. Merci wurde klar, dass sie Hess mit dümmlicher Verblüffung anstarrte.

Er wurde völlig locker. Tränen stiegen ihm in die Augen, sein großer Brustkasten und seine Schultern bebten, und er hatte den trotteligsten Ausdruck in einem Gesicht, in dem sie sich bis zu diesem Augenblick keine Trotteligkeit hatte vorstellen können.

»Mein Gott, junge Dame. Sie sind lustig.«

Sie war nicht sicher, wie sie das verstehen sollte. »Ach … ehrlich?«

»Ehrlich.«

Merci wusste nicht so recht, was sie darauf erwidern sollte. Neben etwas Peinlichkeit fühlte sie auch Scham. Sie war kein Schimpanse im Zoo, der etwas Niedliches getan hatte. Sie musste daran denken, wie schwer und müde er sich angefühlt hatte, als sie ihm am Freitagabend aus dem Stuhl half, und dass sie dafür etwas anderes verdient hatte als diesen plötzlichen Heiterkeitsausbruch.

»Merci, es tut mir Leid. Es ist nur so, dass ich schon verdammt lange nicht mehr richtig gelacht habe. Ich möchte wirklich nicht, dass Sie sich deswegen schlecht fühlen.«

»Überhaupt nicht«, sagte sie.

»Ehrlich nicht.«

»Ich weiß. Haben Sie schon bemerkt, dass wir beide blaue Notizbücher verwenden?« Irgendwas, Hauptsache, die Komödie nahm ein Ende.

»Ja, ist mir aufgefallen. He, möchten Sie einen Spaziergang machen?«

»Warum?«

»Nun, es ist eine warme Sommernacht und der Ozean liegt direkt vor der Tür. Sie können Ihr Essen verdauen und Ihre Seele baumeln lassen.«

»Na gut.«

Etwas in ihr war plötzlich verschwunden – die Leichtigkeit, dachte sie, die Freiheit, alles zu sagen, was man wollte. Sie fühlte sich müde und meilenweit weg von zu Hause. Sie versuchte, an etwas zu denken, was sie aufheiterte.

»Hess, wünschten Sie nicht auch, dass es regnen würde und wir einen von diesen auf den Kopf stehenden Schirmen hätten, um das Regenwasser aufzufangen?«

»Mein Gott, die waren toll.«

»Ich hätte ja einen gekauft, aber ich war zu sehr damit beschäftigt, ein Bullenschwein zu sein.«

»Sie haben ihn bei lebendigem Leib gefressen, Merci.«

»Und wie ich das habe.«

Sie gingen die Strandpromenade entlang, nach Norden in Richtung Pier, blieben auf der Fußgängerseite, während Skater und Fahrradfahrer an ihnen vorbeisausten. Merci sah zum Wasser und beobachtete, wie die Wellen an den Strand schlugen. Sie musste daran denken, dass Hess tatsächlich im Wedge auf diesen Monstern ritt. Sie war einmal mit Mike zum Wedge gefahren, um den Bodysurfern zuzuschauen, und konnte nicht glauben, was für Risiken diese Leute eingingen. Und wozu? Seit sie klein war, träumte sie von großen Wellen in einem schwarzen Ozean. Sie hatte nie nachgeforscht, woher der Traum kam, denn seine Botschaft war eindeutig: Halte dich vom Wasser fern und pass gut auf dich auf. Ganz einfach. Man musste kein Alttestamentarier sein, um diesen Traum zu interpretieren.

Der Hafendamm war an diesem Sommersonntag brechend voll – Liebende und Skateboarder, weiße Punks und Mexikaner im Gangster-Outfit, Studenten und Fahrradfahrer, Tippelbrüder und Cops und asketische Angler asiatischer Herkunft, die ihre Angeln in das Wasser hielten und gelegentlich eine Makrele auf den nassen Zement warfen, wo sie heftig zuckend liegen blieb.

Merci ging einen halben Schritt hinter Hess und betrachtete ihn hin und wieder. Sie wartete auf etwas von ihm, aber sie wusste nicht, auf was. Sie würde es wohl eher aus seinem Gesicht lesen müssen, als dass sie es aus seinem Mund hörte. Abgesehen davon, gefiel ihr das Aussehen seines Kopfes: wettergegerbt, aber immer noch edel, wie ein Hengst, der Großes vollbracht hatte. Merci fragte sich, ob man aus diesem Grund von einem »alten Schlachtross« sprach. Sie spürte das merkwürdige Verlangen, herauszufinden, wie sich sein Haar anfühlte – kurz geschoren, hoch stehend, mit der weißen Tolle über der Stirn, die ihn aussehen ließ wie einen General aus irgendeinem Kriegsfilm, der in Schwarz-Weiß gedreht worden war.

Er mag ja der Auffassung sein, dass ich die Manieren eines Affen im Zoo habe, dachte sie, aber ich bin schlau genug, meine Hände unter Kontrolle zu halten. Wenn ich ihn allerdings nur eine Sekunde lang *ablenken* könnte.

Sie tranken etwas im *Beach Ball* und noch etwas bei *Scotty's* und dann eine dritte Runde Drinks im *Rex*. Das war ihre Idee gewesen. Merci schien es, dass man den Leuten näher kam, wenn man viel getrunken hatte, solange nur die anderen ebenfalls viel tranken. Als ob man sich gemeinsam auf einen Kurzausflug machte. Sie hatte sich nie für eine Trinkerin gehalten, aber nun verbrachte sie schon die zweite Nacht an einem Wochenende damit, ziemlich hartes Zeug in sich hineinzuschütten. Hess merkte man nichts an. Er blieb derselbe, ob er nun nüchtern war oder drei Drinks intus hatte. Es überraschte sie, dass er trotz Chemotherapie und Strahlenbehandlung trinken konnte. Vielleicht half das.

Merci fühlte sich durch die Drinks leicht und warm und ein wenig passiv, was gut war, weil sie sich normalerweise scharfsinnig und cool fühlte und immer Lust hatte, jedermann in den Hintern zu treten. Es war schön, ein Glühen zu spüren, das in wenigen Stunden vorüber sein würde, und sich in der Gesellschaft eines Menschen zu befinden, den man mochte. Vorübergehende Unzurechnungsfähigkeit.

Vor dem *Rex* gab es ein Handgemenge auf dem Gehweg. Hess zog Merci davon weg, als zwei Streifenbeamte auf Fahrrädern anrollten und die Schlägerei auflösten.

Ihre Wut explodierte beinahe durch den Alkohol, trat schärfer zutage, als wenn sie nüchtern war. Sie spürte, wie die Wut hochkochte und dann auf ungewohnte Weise in ihr gärte. Vielleicht nannte man es deshalb *Hoch*-prozentiges. Scotch war irgendwie teuflisch.

Sie drehte sich um und sah, wie die Fahrradcops einem knochigen Penner Handschellen anlegten und ihn an eine Parkuhr ketteten. Seinem Gegenspieler, einem muskulösen Typ mit einem Ziegenbärtchen, lief Blut über die Stirn.

»In einer solchen Situation habe ich einfach das Gefühl, etwas tun zu müssen.«

»Lassen Sie es gut sein. Sie sind bei der Mordkommission, nicht auf Streife.«

»Ich hasse es, wenn so etwas geschieht. Zwei Blödmänner, mit absolut einwandfreien Köpfen. Die ich am liebsten aneinander knallen würde.«

»Es ist vorbei. Entspannen Sie sich.«

»Ja, ja, ja. Lassen Sie uns zum Wasser gehen.«

Sie stapfte durch den Sand. Der Scotch und das abklingende Adrenalin machten ihre Beine schwer und ihren Kopf leicht. Als sie zu dem Wall in der Nähe der Wasserlinie kamen, blieben sie stehen. Merci sah die schwach leuchtenden Algen, die auf sie zufingerten und dann wieder in die Tiefe sanken. Kleine Vögel schossen über den funkelnden Abhang, bevor das Salzwasser dagegen klatschte.

»Sie sind ein guter Partner, Hess.«

»Sie auch.«

»Wir geben ein ordentliches Paar ab, oder etwa nicht?«

»Bislang halten wir uns ganz gut.«

»Ich weiß, dass Brighton mich am liebsten scheitern sehen würde. Ich weiß, dass er durch die Klage schlecht dasteht. Ich weiß, dass Sie mich für ihn im Auge behalten sollen. Und wahrscheinlich einen Bericht darüber schreiben müssen.«

»Ich soll auf Sie aufpassen. So wie Sie auf mich.«

»Das ist das erste Mal, dass ich Unsinn von Ihnen höre, Tim. Mir ist klar, worum es hier geht. Um mehr, als Sie zugeben. Sie können ihm erzählen, was Sie wollen. Ich werde meinen Job weiterhin so erledigen, wie er meines Erachtens erledigt werden sollte. Das heißt nicht, dass ich nicht hin und wieder Mist baue. Aber ich werde nicht klein beigeben, nicht wegen Ihnen oder Brighton oder sonst jemandem. Ich werde den Handtaschendieb finden und ihm das Gehirn aus seinem kranken Kopf pusten und in dieser Nacht gut schlafen. Der Rest von euch kann hinter mir auffegen, die Teile einsammeln und das tun, was ihr tun müsst. So läuft es auch zwischen mir und Phil Kemp. Phil Kemp hat mich angemacht, seit ich als blutige Anfängerin zwei Jahre lang Haftzellenschicht schieben musste. Ich rede hier von Sprüchen über wirklich tief liegende Körperteile und was er gern damit tun würde. Er rieb seinen Schritt an meinem Hintern, strich mir über die Titten und sagte Sachen, die Sie nicht glauben würden. Vermutlich habe ich nicht richtig reagiert, als ich jung war. Ich wusste nicht, was ich tun sollte. Ich dachte, so läuft das eben, glaubte, dadurch gehöre ich irgendwie dazu. Dann fing ich an, ihn zu warnen. Er hielt das für niedlich. Vor ein paar Wochen wartete er auf dem Abteilungsparkplatz. Es war spät und er redete Scheiße über mich und Mike und was ich wirklich bräuchte. Er lehnte an meinem Auto. Plötzlich packte er meinen Arm, ziemlich fest, ziemlich grob. Da hielt ich ihm die Kaliber .9 zwischen die Augen und sagte, er könne mich entweder loslassen oder sich von mir erschießen lassen. Er ließ mich los. Versuchte, es mit einem Lachen abzutun. Also heuerte ich einen guten Anwalt an. *Weil es mich krank macht, dass er damit immer wieder durchkommt.* Ich wollte dieses Spiel nie spielen. Es ist langweilig, banal und erniedrigend. Kemp ist menschlich eine Niete, aber er steht sich gut mit Brighton. Darum ist Brighton auch so darauf aus, dass ich Scheiße baue. Dann würde es nämlich so aussehen, dass ich nur deshalb Klage einreiche, weil ich mit meiner Arbeit nicht zurechtkomme.«

Sie gingen nach Süden. Das schwarze Wasser schwappte gegen ihre Füße.

»Was wollen Sie erreichen, Merci? Durch diese Klage? Wollen Sie, dass Kemp gefeuert wird? Ins Gefängnis wandert? Oder wollen Sie eine finanzielle Regelung? Was?«

»Ich will, dass Kemp sich bei mir entschuldigt und damit aufhört. So einfach ist das.«

»Das ist alles?«

Merci dachte nach. Sie fragte sich, wie offen sie Hess gegenüber sein konnte. Vielleicht war es der Scotch oder vielleicht waren es ihre Instinkte, aber sie hatte das Gefühl, dass sie ihm in dieser Sache vertrauen konnte.

»Die Wahrheit, Hess? Am liebsten möchte ich die Zeit zurückdrehen und *diese gottverdammte Klage nicht einreichen.* Es tut mir wirklich Leid.«

Sie hoffte, er würde jetzt nicht sagen, sie solle die Klage einfach zurückziehen. Er sagte es nicht.

»Aber ich werde die Klage nicht zurückziehen, Hess. Ich werde Kemp vor Gericht zerren, wenn es sein muss. Er muss damit aufhören und er wird sich entschuldigen – oder ich ruiniere ihn. Unter Garantie. Und wenn fünfzehn andere Frauen sich mir anschließen und ihn mit mir zusammen vernichten wollen, dann haben sie das Recht dazu. Sie dürfen tun, was sie wollen. Ich wünschte nur, die Leute würden aufhören, mich wie deren Anführerin zu behandeln. In den letzten drei Tagen habe ich zehn E-Mails bekommen, in denen man mir dankte, dass ich den ersten Schritt gemacht habe. Dass ich mutig genug war, mich gegen das System aufzulehnen. Niemand versteht, dass ich das System *liebe*. Ich bin ein Teil davon. Irgendwann werde ich das System leiten. Da können Sie Ihr Geld drauf verwetten. Es macht mich aber wirklich wütend, dass ich erst eine Klage einreichen musste, damit dieser Kerl mich nicht länger bittet, ihm seinen jämmerlichen Schwanz zu lutschen. Allen anderen möchte ich am liebsten zurufen: Bleibt mir vom Leib!«

Merci hörte hinter sich den Ruf eines Nachtvogels, sehr nahe, als ob er an ihrem Ohr vorbeiflog. Dann konnte sie ihn sehen, nur die Andeutung eines Schattens in der Nacht, und schon war er verschwunden.

»Sie tun das Richtige«, sagte Hess.

»Stimmt. Das tue ich. Erzählen Sie das Brighton, wenn Sie wollen, da er schon nicht den Mumm hat, mich selbst zu fragen.«

»Diese Sache hat ihn einfach überrascht.«

»Stimmt. Ich habe mich nie über Kemp beschwert. Erst habe ich mit ihm selbst geredet. Dann warnte ich ihn. Dann habe ich ihm eine Waffe ins Gesicht gehalten. Genau das hat er verdient, Hess. Es tut mir Leid, wenn das Brightons Seelenfrieden stört, aber meinen hat es todsicher auch gestört.«

Sie standen gegen elf wieder vor Hess' Wohnung. Merci schlief auf der Couch ein, und als sie um Mitternacht aufwachte, hatte Hess Kaffee gekocht.

Er lag auf dem billigen Fernsehsessel vor dem Fenster, ein Glas mit undefinierbarem Inhalt stand auf dem Fensterbrett; das Mondlicht schien ihm ins Gesicht und er schnarchte. Merci stand vor ihm und verspürte den starken Drang, seine Haare zu berühren, während er es nicht merkte.

Sie streckte den Arm aus – und hielt inne.

26

Die Abteilung für Bestattungswissenschaften der medizinischen Fakultät des Cypress College lag hinter einer schweren, blauen Tür neben der Cafeteria. Von dort konnte man den gesamten Campus überblicken.

Es war Montagmorgen. Hess ging hinein und wartete in der kleinen Lobby. Die Lobby war schlecht ausgeleuchtet und versetzte einen in die Vergangenheit zurück: in die fünfziger Jahre vielleicht. An den Wänden hingen Bilder, die die Schule zeigten, als sie noch in der Innenstadt von Los Angeles gelegen hatte. Bedeutende Leiter der Bestattungsabteilung und einige Abschlussklassen waren ebenfalls abgelichtet. In einem Bücherschrank standen antike Einbalsamierungstexte neben dem siebenbändigen Standardwerk *Humane Embalming* hinter Glas.

Der Leiter trat aus dem Inneren des Gebäudes und hielt Hess seine Hand hin. »Allen Bobb«, stellte er sich vor. »Detective Hess?«

Bobb war ein Mann mittleren Alters mit einem breiten, angenehmen Gesicht. Seine Haare waren schütter und sein Lächeln wirkte gleichzeitig offen und verschlagen. In seinem übervollen Büro bot Bobb Hess einen kleinen Stuhl auf Rollen an, über den beide Männer grinsen mussten.

Hess dachte an die Chemikalien, die man in die Leichen pumpte, und an all die Chemikalien, die in diesem Moment durch sein eigenes Blut strömten. Er wünschte, er wäre wieder 22 Jahre alt, würde auf den gigantischen Wellen am Wedge reiten und wäre unsterblich.

»Ich komme gleich zur Sache«, sagte Hess.

»Schießen Sie los.«

Hess schilderte die Sachlage: die vermissten Frauen, die Handtaschen, die Überreste, das Blut und die Formalinspuren, die vom Labor in der Erde der Fundorte entdeckt worden waren.

Bobb nickte, als ob er das alles schon zuvor gehört hätte.

»Dann balsamiert er sie nicht ein. Nicht auf die übliche amerikanische Weise. Nicht wenn er Organe und Eingeweide entfernt. Die lassen wir normalerweise drin. Kennen Sie sich mit Einbalsamierung aus, Detective? Mit den Zielen, Zwecken und Grenzen?«

»Nein.«

»Historisch gesehen, lag der Sinn darin, das Ausbreiten von Krankheiten zu verhindern. Biologisch gesehen, gibt es nichts Gefährlicheres als einen toten, menschlichen Körper. Zweitens gab es auch kosmetische Überlegungen – die Leiche sollte präsentabel und natürlich wirken, wenn man am Sarg vorbeidefilierte, bevor man sie beerdigte. Die moderne Methode wurde im Bürgerkrieg geboren, als Tausende Leichen zum Begräbnis nach Hause transportiert wurden.«

»Wie lange, äh, halten sie?«

»Die Leichen? Drei bis fünf Tage ist unser Ziel. Länger, wenn es familiäre Umstände gibt, die eine Bestattung hinauszögern.«

»Lässt sich dieser Zustand auf Wochen ausdehnen? Oder Monate?«

Bobb zog die Augenbrauen hoch und zuckte mit den Schultern. »Wochen wäre möglich. Detective, doch wenn man nicht ausreichend einbalsamiert, zerfällt die Leiche allzu rasch. Wenn man zu viel einbalsamiert, verfärbt sie sich und wird fast umgehend hart.«

Hess kritzelte die Antworten in seiner eigenen Kurzschrift auf ein Stück Papier.

Seine Finger schienen an diesem Morgen wieder ungelenk, waren an den Spitzen stellenweise taub. Er hob seine Schreibhand und rieb mit dem Daumen über die Fingerspitzen. Im Radio lief gerade ein alter Elvis-Song, einer, den Hess schon vor vielen Jahren am Strand gehört hatte. Er zog eine Kopie von Mercis Skizze aus seiner Jackentasche und reichte sie dem Wissenschaftler. Bobb betrachtete sie eingehend, dann gab er sie zurück. »Nein, ich denke nicht, Detective. Ich habe ein gutes Gedächtnis für Gesichter. Dieses hier ist außerdem fast unverwechselbar, mit den langen Haaren und dem Schnauzer.«

»Ein ehemaliger Student? Vielleicht einer, der sein Studium abgebrochen hat?«

Bobb schürzte die Lippen und schüttelte den Kopf. »Tut mir Leid. Ich wünschte, ich würde ihn kennen.«

»Was ist mit den Studenten, die hier ihren Abschluss gemacht haben? Gibt es Unterlagen über sie?«

Bobb nickte. »Und in jeder Akte befindet sich auch ein Foto des Studenten. Ich werde Ihnen nicht einfach anbieten, die Akten durchzugehen. Aber ich werde mich einer offiziellen Bitte auch nicht widersetzen.«

»Ich verstehe. Wenn ich die letzten zehn Jahrgänge durchsehen könnte, wäre das hilfreich.«

Bobb nahm den Telefonhörer ab und sprach mit jemandem über die Studentenakten der letzten zehn Jahre.

»Es wird ungefähr fünfzehn Minuten dauern, bis sie vorliegen, Detective. Möchten Sie der Prozedur einmal zusehen? Im Moment laufen drei Einbalsamierungen durch Studenten.«

»Das wäre hilfreich.«

Auf der Tür zum Einbalsamierungsraum hing eingerahmt der *California Health & Safety Code*, der es jedem – außer Familienangehörigen, Polizisten, Ärzten, Krankenschwestern, Mitarbeitern des Institutes und Studenten – untersagte, den Raum während einer Einbalsamierung zu betreten.

Hess folgte dem Leiter hinein. Das Licht spiegelte sich gleißend auf den Fliesen und der süße Geruch von Aldehydkomponenten lag in der Luft.

Die Tische standen in der Mitte des Raumes, die Köpfe der Leichen zeigten zur gegenüberliegenden Wandseite. Hess hörte das metallene Geräusch von Instrumenten, die in Stahlbecken fielen, leise Stimmen und ein dumpfes, rhythmisches *tschunka-fank*, *tschunka-fank*. Bobb führte Hess an den ersten drei Tischen vorbei.

»Hier fängt gerade eine Einbalsamierung an, Detective. Die Gesichtszüge wurden fixiert und die Leiche wurde desinfiziert und gebadet. Die Studentin, Bonnie, hat eine Flüssigkeit ausgewählt, die sie für den Verstorbenen für geeignet hält – basierend auf seinem Alter, seinem Zustand, der Todesursache, der Medikamente, die er einnahm, und so weiter. In diesem Fall hat sie sich für eine Formalinlösung namens PSX entschieden, die von *Champion* hergestellt wird. Eine meiner Favoriten. Wussten Sie, dass gute kosmetische Ergebnisse auf dem *Inneren* des Körpers basieren und nicht auf dem *Äußeren*?«

»Das wusste ich nicht.«

»Manchmal braucht man nicht einmal Make-up.«

Hess stellte sich neben Bobb an den letzten Aluminiumtisch, auf dem ein alter Mann ausgestreckt lag. Er schien ungefähr im gleichen Alter wie Hess zu sein, und Hess war überrascht, wie mies er sich dadurch fühlte. Er warf einen Blick auf die Akte – Alter: 69, Todesursache: Leberzirrhose. Dieser Mistkerl ist zwei Jahre älter als ich, dachte Hess, und dieser Unterschied macht ein ganzes Leben aus.

Hess hatte – aus keinem bestimmten Grund – immer schon angenommen, dass er 75 Jahre alt werden würde. Es war eine gute Zahl, eine Zahl mit Größe und Charakter, eine Zahl, die immer in weiter Ferne zu liegen schien. Diese Annahme war fest in ihm verwurzelt gewesen, bis zu der Diagnose. In diesem Augenblick hatte er geschworen, es auf 75 Jahre zu bringen, gleichgültig ob der Anschein dagegen sprach. Die letzten acht Jahre gehörten ihm und er würde sie bis zur Neige auskosten. Manchmal sagte er sich, hier gehe es ums Prinzip. Dann wieder gestand er sich ein, dass er einfach Angst vor dem Tod hatte und diese Erde noch nicht verlassen wollte.

Der Geruch nach Aldehyd verursachte ihm allmählich Übelkeit. Ihm war seit vierzig Jahren bei keiner Autopsie schlecht geworden. Hess schaute zu der Studentin auf der anderen Seite der Leiche. Sie war Anfang zwanzig, groß, gesund und wahrscheinlich schön. Eine Chirurgenmaske bedeckte Nase und Mund. Sie sah ihn an, und ihre Augen lächelten, aber es lag auch Sorge in ihrem Gesichtsausdruck.

»Treten Sie jetzt ein wenig zurück, Detective. Also gut, Bonnie, lokalisieren Sie die rechte Halsschlagader und setzen Sie den Schnitt über dem Schlüsselbein an. Übrigens, das ist Detective Hess. Er interessiert sich für unsere Arbeit.«

»Hi«, sagte Bonnie.

»Morgen«, erwiderte Hess.

»Sie fallen doch nicht in Ohnmacht, oder?«

»Ich bleibe stehen.«

Aus ihren Augen strahlte das siegesgewisse Lächeln der Jugend, und sie griff zu einem Skalpell, um den Schnitt auszuführen. Hess beobachtete sie.

»Gut, Bonnie. Nicht zu tief. Jetzt mit dem Arterienhaken die Arterie herausheben. Gut. Jetzt die Klemmen. Und dieses Mal nicht so fest. Du willst schließlich nicht …«

»Ich weiß schon.«

»Bonnie hat beim letzten Mal zu fest abgeklemmt, da ist die Arterie geplatzt.«

»Ich bin durchaus lernfähig, Al.«

»Lass mich gut dastehen.«

Ihre Finger waren flink. »Da bitte.«

»Ausgezeichnet. Setz jetzt den Tubus an.«

»Roger.«

Hess sah zu, wie sie die beiden schmalen Enden eines Metallbindeglieds in den Arterienschnitt einführte und den Tubus an einen schwarzen Schlauch anschloss, der aus einer Maschine hing. Es war, als ob man eine Bewässerungsanlage installierte, die während des Urlaubs die Tomaten goss. Bonnie legte einen Schalter an der Maschine um. Einen Augenblick später machte es *tschunka-fank*.

Hess fiel auf, dass die Maschine Porti-Boy hieß. Sie ähnelte einem riesigen Mixer. In einem durchsichtigen Kanister auf der Oberseite befand sich die Einbalsamierungsflüssigkeit, für die Bonnie sich entschieden hatte. Es gab Kontrolllichter und Anzeigen für die Fließgeschwindigkeit und den Druck. Bonnie sah auf die Skala, dann hinunter zur Leiche. Sie legte eine behandschuhte Hand auf den Schenkel, die andere auf die Schulter.

»Ich möchte mit der Massage etwas früher anfangen, Al. Das soll die beste Einbalsamierung in der Geschichte der westlichen Zivilisation werden.«

»Nur zu.«

Hess beobachtete, wie Bonnie etwas auf ihre linke Handfläche drückte, etwas Wasser aus dem Hahn an der Theke hinzufügte, dann die Handflächen aneinander rieb und sie auf den Brustkasten des toten Mannes legte. Mit den Handflächen nach unten, die Finger ineinander gehakt, knetete sie das Gewebe. Sie fing mit einem kleinen Kreis an, den sie langsam ausdehnte. Alle paar Sekunden sah sie auf die Anzeigen des Porti-Boy.

»Detective, Bonnie versucht hier gerade, das PSX besser in den Körper einzuarbeiten. Der Druck der Maschine presst die Flüssigkeit durch das gesamte Arteriensystem – bis hinein in die Kapillaren. Dann natürlich zurück durch das Venensystem und schließlich bis in die großen Venen. Es geht hier um die richtige Ausschüttung und Verteilung. Die Massage trägt dazu bei, dass sich die Flüssigkeit gleichmäßig und mühelos verteilt. Sie verhindert Klumpenbildung und Blockierungen. Ein häufig übersehener Aspekt guter Einbalsamierung. Wir wissen, dass es Zeit für den nächsten Schritt ist, wenn die Venen an der Schläfe anschwellen, die Lider hervortreten und eine natürliche Farbe in das Gesicht zurückkehrt. Es ist fast so, als ob sie wieder lebendig würden.«

»Junge, wenn es nur so wäre«, meinte Bonnie. »Dann würde ich ein Vermögen machen.«

Bobb führte Hess in ein kleines Hinterzimmer. Drei der vier Wände waren mit Regalen voll gestellt. Auf den Regalen befanden sich reihenweise Flaschen, alle etikettiert. An der vierten Wand standen Kisten.

»Das hier sind die Einbalsamierungsmittel«, erklärte Bobb. »Die meisten auf Formaldehydbasis, aber es gibt noch andere. Glutaraldehyd wird heutzutage immer beliebter. In den meisten Fällen werden sie mit Feuchthaltemitteln gemischt, dann verdünnt. Für fast jede Situation gibt es ein passendes Einbalsamierungsmittel. Dieses hier zum Beispiel.«

Bobb reichte Hess eine schwarze Plastikflasche mit Spezialeinbalsamierungsmittel. Auf dem Etikett stand: »Mit besonderer Formel für ›Wasserleichen‹ sowie verbrannte, verweste, gefrorene oder kühl gelagerte Leichen«. Er stellte die Flasche zurück auf das Regal und las die Firmenaufkleber der anderen Flaschen: *Champion, Embalmer's Supply, Dodge, Naturo*.

Sie gingen zurück an Bonnies Tisch. Bonnie massierte das Gesicht des alten Mannes, beide Hände auf seinen Wangen. Es sah aus, als ob sie ihn anflehte. Hess beobachtete, wie sich die Schläfenvenen langsam füllten.

»Allmählich kehrt die Farbe in sein Gesicht zurück«, erläuterte Bobb. »Das heißt, dass er mit so viel Blut und Lösungsmittel angefüllt ist, dass er richtiggehend voll ist. – Du kannst jetzt mit dem Auslaufen anfangen, Bon. Du suchst dafür die Drosselvene und öffnest sie.«

Bonnie warf ihm über ihre Maske einen protestierenden Blick zu. Dann sah sie Hess an und zwinkerte ihm zu. Er beobachtete, wie sie wieder zum Skalpell griff, den Hals öffnete und mit dem Haken geschickt die Drosselvene herauszog. Mit einer Hand zog sie die Vene v-förmig in Richtung Abfluss, mit der anderen schnitt sie sie mit Hilfe einer Schere durch. Mit den Fingern kontrollierte sie daraufhin den Druck der ausfließenden Flüssigkeit.

»Sie sehen, dass der Druck beinahe umgehend entweicht«, fuhr Bobb fort. »Im Augenblick drückt das Lösungsmittel das Blut heraus. Das Auslaufen sollte bei normaler Temperatur ungefähr zehn Minuten dauern. Ein guter Einbalsamierer wird mit der Massage währenddessen ununterbrochen fortfahren, damit ständig neues Einbalsamierungsmittel eingearbeitet wird.«

Bonnie war mit den Händen bereits wieder zugange, rieb sie in gegenläufigen Kreisen über das leblose, graue Fleisch. Kopf und Beine des Mannes schaukelten und sein dünnes, weißes Haar bewegte sich in der Brise der Klimaanlage.

Die Farbe kehrte in sein Gesicht zurück. Hess bemerkte die einzelnen Phasen dieses Vorgangs nicht, die es zweifelsohne gegeben hatte, sondern sah erst das Endergebnis: Die graue Haut schien wieder natürlich, der starre Teint wurde rosa und wirkte lebensecht, die Lippen schwollen rot an. Es war, als sei ein Schalter umgelegt worden.

»So«, sagte Bonnie. »Los geht's.« Sie arbeitete an den eingefallenen Wangen und Schläfen, an Stirn und Kinn, unter den Augen, an Ohren, Nase und Mund. Dann den Hals entlang zu den Schultern, den Armen und dem Brustkasten.

Hess' Augen weiteten sich. Ihm war plötzlich schwindelig. Es fiel ihm gar nicht schwer, Janet Kane oder Lael Jillson vor sich zu sehen. Er konnte sich mühelos vorstellen, dass Bonnie der Handtaschendieb war, unter dessen geduldigen und kenntnisreichen Händen eine schöne, junge Frau wieder zum Leben erwachte. Hess blinzelte und die Leiche vor ihm verwandelte sich wieder in die eines toten alten Mannes. Aber schon eine Sekunde später war es erneut Lael Jillson. Er schaute Bonnie an und sie erschien ihm als gut aussehender Mann mit langen, blonden Haaren, einem Schnauzer und reuevollen Augen. Dann war sie wieder Bonnie, und Hess verspürte plötzlich starke Gefühle für sie, den Wunsch, sie zu verteidigen, ihr Erfolg zu verschaffen und ihr in einer bisweilen gewalttätigen Welt beizustehen. Er wollte, dass sie triumphierte. Es war ein überraschend starkes Gefühl. Er wusste, es war absolut unangemessen, aber es war trotzdem da, füllte seinen Körper aus, als ob etwas dieses Gefühl in ihn hineinpumpte. Sein Herz schlug schnell und seine Muskeln fühlten sich stark und kraftstrotzend an. Das hatte ebenso viel mit Bonnie und seiner Sehnsucht nach Liebe zu tun wie mit dem Handtaschendieb, dem alten Mann, der auf dem Rücken vor ihm lag, und seinem eigenen unsicheren, aber bevorstehenden Tod. Als er auf den Mann hinuntersah, war es plötzlich Merci Rayborn, und er selbst erledigte Bonnies Job mit zärtlichen, verlangenden Händen. Mercis dunkle Brustwarzen richteten sich auf, als seine Finger darüber glitten.

»Ich gehe nach draußen«, verkündete er.

»Ich begleite Sie«, sagte Bobb.

»Keine Umstände.«

»Dann bringe ich Sie zur Tür …«

Im Freien beugte sich Hess im Schatten eines großen Pfefferbaumes nach vorn, die Hände auf den Knien und den Kopf im Nacken wie ein Schiedsrichter, nur dass er heftig atmete und kalte Schweißausbrüche hatte. Sein Hemd unter dem Mantel wurde nass und sein Schulterhalfter rieb auf dem feuchten Stoff. Hess sah zu den Campusgebäuden, die wie in großer Hitze flimmerten und sich von einem blauen Licht abhoben, das immer größer wurde, bis er blinzelte, dann gleißender wurde, bis er erneut blinzelte. Er schloss die Augen und dachte wieder an die Szene im Einbalsamierungsraum, nur diesmal war der leblose Körper in dem Saal seiner, und die Hände, die ihn von den Toten zurückholten, gehörten Merci.

Er spürte, wie die Luft in seine Lungen und wieder herausströmte. Erneut holte er Luft und füllte seine Lungen, dann leerte er sie vollständig, aber es war, als ob er nicht das Richtige einatmete, als ob der Sauerstoff mit etwas Falschem angereichert war, oder vielleicht bekam er einfach nicht genug Luft. Er fragte sich, was er nach fünfzig verdammten Jahren als Raucher erwartet hatte, in denen er gepafft hatte, als ob es kein Morgen gab. Hilf mir hier durch, dachte er, hilf mir einfach, diese Krankheit zu besiegen, dann werde ich immer gut sein. Immer. Ehrlich, ich schwöre, ich werde alles tun, was du verlangst!

Er schlug die Augen auf und blickte hinunter ins Gras, aber da lagen nur nackte, graue Leichen. Er sah Lael und Janet und Ronnie und Merci und Bonnie und sich selbst. Daneben der alte Mann und sein Vater und Barbara und Lottie und Joanna. Ein Junge in einem Cowboyhemd stand mit leerem Gesichtsausdruck vor ihnen: Tim Hess im Alter von acht Jahren. Ein Blitz zuckte blau, und Regen ergoss sich auf sie, mit leuchtenden Tropfen und so schwer wie Quecksilber. Der kleine Tim hielt einen grünen Gartenschlauch in der Hand und verspritzte Wasser. Er spritzte alle ab, dann reichte er den Schlauch seinem 51 Jahre älteren Ich, und der alte, ehedem tote Hess erhob sich, trank aus dem Schlauch und sagte, er wolle auch alle anderen davon trinken lassen.

Dann sah Hess nur noch das grüne Gras unter dem Baum und die rosafarbenen Pfefferschoten, die neben dem Stamm lagen, und seinen eigenen, nach vorn gebeugten Schatten. Sein Herz schlug irgendwo oben in seinem Hals, und er merkte, wie heiße Tropfen über seine Wangen strömten, die anschließend auf die Pfefferschoten unter ihm klatschten. Er hörte, wie er keuchte. Er spürte eine Erektion in seiner Unterhose, etwas, was mit diesem Augenblick nicht mehr zu tun zu haben schien als mit dem Nordrand des Grand Canyon oder fliegenden Untertassen. Er roch sich selbst – eine Mischung aus Mann, Chemikalien, Tod und Todesangst, die er nie zuvor gerochen hatte.

»Detective? Mr Hess? Al bat mich, nach Ihnen zu sehen. Geht es Ihnen gut? Das liegt an den Chemikalien. Ich habe mal an einer alten Frau gearbeitet und plötzlich lag ich auf dem Boden und starrte in das Deckenlicht. Alles okay?«

»Ja, klar.«

»Sie sind ganz weiß und Sie zittern.«

»Frühstück. Habe ich ausgelassen.«

»Ach, kommen Sie. Markieren Sie nicht den starken

Mann. Hier, setzen Sie sich in den Schatten. Atmen Sie regelmäßig und schauen Sie auf den Horizont. Denken Sie an Ihre Frau oder die Enkel oder an jemanden, den Sie lieben.«

Hess kniete sich nieder. Seine Augen brannten immer noch, aber er konnte sie nicht reiben. Er war angesichts seiner Erregung verwirrt und schämte sich ihrer und war froh, sie vor dem Mädchen verbergen zu können.

Bonnie kauerte ihm gegenüber.

»Lassen Sie es nicht zu«, hörte Hess sich sagen.

»Was soll ich nicht zulassen?«

»*Niemals.*«

»Niemals was?«

»Lassen Sie niemals zu, dass Ihnen etwas geschieht.«

27

Zwei Stunden später befand sich Hess immer noch in der Abteilung für Bestattungswissenschaften und legte die letzte Akte aus der Hand. Er war erschöpft und sein Hals fühlte sich wie kaltes Metall an. Die Worte, die er las, verschwammen manchmal vor seinen Augen und sprangen von den Seiten. Er wollte gerade ein Wort vom Schreibtisch aufsammeln und es wieder auf das Papier zurücklegen, als er begriff, wie ausgelaugt er war.

Zwei Stunden lang hatte sich Hess jedes Foto und jeden Namen von jedem Studenten angesehen, der in den letzten zehn Jahren seinen Abschluss an der Abteilung für Bestattungswissenschaften gemacht hatte. Vierhundertundvierzehn insgesamt.

Basierend auf Alter und Aussehen, fand Hess achtzehn Vielleichts, aber nichts Heißes. Keiner der Vielleichts hatte lange Haare und einen Schnauzer. Bobb erklärte, dass die Studenten während ihres Studiums einer Kleiderordnung folgen mussten. Nur wenige Familien engagierten einen Einbalsamierer, der nicht konventionell gekleidet war. Hess nahm an, dass das College alle Studenten vor der Zulassung auf frühere Straftaten überprüft hatte, darum ahnte er, dass seine Chance, über einen Verbrecher zu stolpern, der nur das Handwerk erlernen wollte, nicht besonders groß war. Aber, so dachte er, Lücken sind dazu da, um hindurchzuschlüpfen.

Bobb war auch so freundlich, einen Freund in der staatlichen Zulassungsstelle für Bestatter anzurufen, der sich einverstanden erklärte, Hess eine vollständige Liste aller Bestatter Südkaliforniens zu besorgen. Bis zum Ende des Arbeitstags werde die Liste durch sein Faxgerät rattern. Wenn er Gesichter wolle, müsse er allerdings nach Sacramento kommen – die Schwarz-Weiß-Passfotos ließen sich nicht gut kopieren.

Die Liste zur Anforderung 1028 von der Kraftfahrzeugzulassungsstelle lag auf seinem Schreibtisch, als Hess am Nachmittag ins Büro kam. Er verglich die Namen mit den möglichen Kandidaten aus dem Sexualstraftäterregister, den Abschlussstudenten und den Haftbefehlen des Sheriff-Büros.

Es gab keine Übereinstimmung. Hess fragte sich, ob er eine Liste aller Käufer von so genannten »Embalming-Maschinen« zur Einbalsamierung Toter bekommen könnte, um sie mit der Liste der Van-Besitzer abzugleichen und vielleicht einen Treffer zu erzielen.

Jedenfalls waren 312 große Vans im Orange County registriert. Nicht enthalten in der Liste waren Geschäftsfahrzeuge. Hess umkringelte die Männer, das waren 224. Wenn er Brighton dazu brachte, 22 Deputys zur Verfügung zu stellen, die sich jeweils zehn Vans vornahmen und deren Reifen überprüften, könnte er in nur zwei Schichten den Wagen haben – drei Schichten, wenn sie langsam waren.

Brightons Sekretärin erklärte, ihr Chef sei noch eine Stunde lang in einer Besprechung.

Hess rief die *Southern California Embalming Supply Company* an, dem regionalen Vertragshändler für Porti-Boy,

Sawyer und mehrere andere Embalming-Maschinen. Genauer gesagt, führte die Firma alle großen Marken und auch einige kleinere. Er bat den Präsidenten des Unternehmens um eine Liste der Käufer von Embalming-Maschinen, die im letzten Jahr in Südkalifornien ein solches Gerät erworben hatten. Er erklärte, dass er die Namen mit den offiziellen Lizenzbestattern abgleichen wolle.

Der Präsident klang freundlich und schien sorgfältig allem zuzuhören, was Hess zu sagen hatte. Sein Name war Bart Young. Überaus höflich schlug er die Bitte von Hess nach einer Kundenliste des letzten Jahres ab. Young war der Ansicht, das würde einem Vertrauensbruch gleichkommen. Am Ende konnte Hess dem Mann nur seine Privat- sowie seine Büronummer aufs Auge drücken und Young auch seine Privatnummer entlocken. Formulierte man die Bitte richtig, dann stellte die Herausgabe einer Privatnummer einen guten Ersatz dar, wenn man sonst nichts Besseres bekommen konnte. Hess war ein großer Fan von Privatnummern, weil er einige seiner besten Einfälle nachts hatte und er sich nicht scheute, andere zu belästigen, wenn es dafür einen guten Grund gab. Er notierte sich auf seinem Schreibtischkalender, Young so lange jeden Tag anzurufen, bis dieser ihm die Namen gab.

Eine Stunde später segnete Brighton die Überprüfungsaktion ab und ließ von seiner Assistentin die Schichtzuteilung erstellen. Die erste Schicht an Reifenprüfern würde schon in vier Stunden loslegen.

Es war beinahe 17 Uhr, als Bobbs Freund bei der staatlichen Zulassungsstelle für Bestatter die aktuelle Liste von südkalifornischen Einbalsamierern durchfaxte. Hess setzte sich mit der Liste hin, die Augen müde und die Sicht verschwommen. Er fand keine Übereinstimmungen mit den Van-Besitzern, den registrierten Sexualstraftätern oder flüchtigen Verbrechern.

Nach der Arbeit bekam Hess die zweite Strahlenbehandlung der Brust. Der Arzt nahm ihm vor der Sitzung Blut ab, sagte, er wolle die weißen Blutkörperchen zählen – die Zahl könne während Chemotherapie und Bestrahlung steigen beziehungsweise fallen, und es sei wichtig, die Sache im Auge zu behalten. Er schien überrascht, dass Hess arbeitete, meinte aber, das sei höchstwahrscheinlich gut. Sein Tonfall suggerierte Hess, dass es überhaupt nicht darauf ankam, ob er arbeitete oder nicht, weil das Ergebnis dieser Angelegenheit ohnehin unabänderlich feststand. Er könnte auch für einen Marathon trainieren, wenn es nach dem Strahlungsspezialisten ginge. Hess dachte an die Aussage des Onkologen, dass die durchschnittliche Überlebensspanne eines Menschen mit Lungenkrebs neun Wochen betrage, dann rief er sich jedoch in Erinnerung, dass der Krebs bei ihm früh entdeckt worden war, relativ klein war, operativ entfernt worden war und seine Untersuchungen und Röntgenaufnahmen seit der Operation krebsfrei waren.

Hess lag auf dem Behandlungstisch und stellte sich eine schwarze Zielscheibe mit konzentrischen Kreisen auf seiner Brust vor. Sein schlagendes Herz bildete das Zentrum.

In den Abendnachrichten kam ein kurzer Bericht über einen Verdächtigen in den so genannten Handtaschendieb-Entführungen. Wallace Houston, der Pressesprecher des Sheriffs, präsentierte die Skizze der Polizeizeichnerin und erklärte, dass dieser Mann in Orange County in einem Einkaufszentrum, das »mit der Entführung von Janet Kane in Verbindung gebracht wird«, gesehen wurde und dass man ihn befragen wolle. Hess fand, dass die Skizze im Fernsehen gut aussah – sie war deutlich und sehr genau, nicht so allgemein, wie es viele Zeichnungen von Künstlern zu sein schienen. Auf Mercis Bitte hin sagte Wallace nichts von einem großen, silbernen Van mit nicht zueinander passenden Reifen. Entsprechend Kamala Petersens Beobachtung fügte er noch hinzu, dass der Verdächtige eine Weste und einen langen Mantel tragen könnte und höchstwahrscheinlich in einem Einkaufszentrum zu finden sei.

Erst auf direkte Nachfrage der Reporterin räumte Wallace ein, dass man es mittlerweile mit fünf, vielleicht sogar sechs Opfern zu tun habe.

Hess aß ein Fertiggericht vor dem Fernseher.

Eine Stunde später trieb er mit dem Gesicht nach oben auf dem schwarzen Pazifik und beobachtete die Wolken, die vom Sonnenuntergang rot eingefärbt wurden. Es schien notwendig, die Gedanken an den Tod loszuwerden, die Gedanken an die Handtasche von Ronnie Stevens, die auf der Motorhaube ihres Wagens überquoll, die Gedanken an das Formaldehyd und die Einbalsamierungsschläuche, an die pulsierenden Maschinen und die Schläfenvenen, die anschwollen und Leben vortäuschten. Als er aus dem Wasser stieg, wickelte er sich in ein Badetuch und folgte seinen eigenen dunklen Fußspuren über den Sand zu seiner Wohnung.

Das Telefon klingelte. Es war Kamala Petersen. Sie erklärte Hess, dass sie ihn anrufe, weil Merci Rayborn sie umbringen würde, wenn sie es ihr erzählte.

»Sie hat mich ja schon beinahe abgemurkst, als ich ihr das mit den Drinks an jenem Abend mitteilte und sie sich gar nicht mehr sicher war, ob sie mir noch die Fotos zeigen sollte.«

»Ich bin froh, dass sie Sie nicht abgemurkst hat. Was kann ich für Sie tun?«

»Tja ... also hier kommt's. Ich hoffe, Sie werden mich nicht auch umbringen wollen. Aber ich habe CNB geschaut, und sie zeigen da jetzt diesen Typen, der 24 Stunden am Tag belagert wird, so ein Sexualstraftäter. Jedes Mal wenn er den Kopf zur Tür raussteckt oder zum Fenster geht, machen sie eine Liveschaltung zu ihm. Jedenfalls glaube ich, dass er es an jenem Abend im Einkaufszentrum gewesen sein könnte. Sie wissen schon, mit einer blonden Perücke und einem falschen Schnauzbart, damit er wie ein Rockstar aus den Siebzigern aussieht. Oder wie Paul Newman in *Buffalo Bill und die Indianer*.«

Hess fragte sich, wie Kamala Petersen nach zehn Tagen in der Lage sein wollte, ein Gesicht wiederzuerkennen – noch dazu eines, das sie nur im Fernsehen gesehen hatte.

»Sie denken, der Kerl im Fernsehen könnte der Verdächtige sein?«

»Genau. Ich würde nicht schwören, dass er es war, wie es Merci bei diesen Fotos wollte. Aber ich schwöre, er *könnte* es gewesen sein. Schauen Sie, beide Male, als ich ihn im Fernsehen sah, war ich völlig wach. Also war mein Unterbewusstsein ausgeschaltet. Aber nach dem zweiten Mal träumte ich, ich sei wieder im Einkaufszentrum und treffe ihn. Er sah aus wie der Kerl aus dem Fernsehen. Dieselben Augen. Wissen Sie, irgendwie traurig und gleichzeitig so, als sei etwas komisch.«

»Dann erkennen Sie den Mann im Einkaufszentrum anhand des Fernsehbilds wieder – oder anhand Ihres Traumes?«

»Anhand des Traumes.«

»Aha.«

Hess nahm die Fernbedienung zur Hand und schaltete CNB ein. Ein Bericht über ein Feuer im Trabuco Canyon, kein kastrierter Sexualstraftäter, der hinter seinen Jalousien hervorlugte. Er drehte den Ton ab.

»Kamala? Das Problem ist, dass der Sexualstraftäter in Irvine – ich glaube, er heißt Colesceau – kurze, dunkle Haare hat. Der Mann, den Sie im Einkaufszentrum sahen, hatte lange, blonde Haare und einen Schnauzer. Wir haben keinen Grund zu der Annahme, dass er eine Perücke trug. Die Haarproben, die wir haben, sind menschlich, nicht synthetisch.«

»Es gibt jede Menge Echthaarperücken.«

»Es gibt einige.«

Kamala seufzte. »Ich weiß. Ich weiß, Sie und Merci halten mich für absolut beschränkt, aber das bin ich nicht. Es dauert nur manchmal eine Weile, bis sich die Dinge in meinem Kopf ordnen.«

Hess fragte sich, ob drei Margaritas als Pluspunkte gewertet werden konnten, als etwas, was Kamala Petersens »Unterbewusstsein« lockerte, aber er stellte sich diese Frage nicht sehr lange.

Angetrunken, süchtig nach Modeheften, alten Filmen und Fernsehen. Denkt, alle würden irgendeinem Prominenten ähneln, von dem sie irgendwann ein Foto gesehen hat.

Unsere Zeugin, die wegen Hypnose nicht vor Gericht geladen werden kann.

»Kamala, als Sie diesen Kerl im Brea-Einkaufszentrum sahen und später in Laguna Hills, haben Sie da je gedacht: He, das ist ja eine Perücke?«

»Nein.«

»Aber das ist doch Ihr Beruf, oder? Aussehen, Schönheit, Mode.«

»Vielleicht war die Perücke einfach gut. Mein Fachgebiet ist eigentlich die Kosmetik. Aber ich kann Ihnen aufgrund meiner Berufserfahrung sagen, dass man eine gute Perücke nur schwer erkennt. Wenn man den Fall der Haare richtig hinbekommt und einen guten Schnitt hat, lässt es sich fast unmöglich feststellen, schon gar nicht aus der Entfernung oder wenn man nicht speziell darauf achtet.«

Stimmt, dachte Hess. Aber es stimmte auch, dass ihre Beschreibung eine Skizze ermöglicht hatte, die so gut war, dass der OCTA-Busfahrer, der Angestellte bei *Arnie's* und Lee LaLonde den Verdächtigen wiedererkannt hatten. Selbst Hess hatte auf den ersten Blick gedacht, dass etwas von Kamalas Mann in Colesceaus Augen zu finden war.

Aber wenn es wirklich Colesceau war, warum hatte dann das Foto aus der Verbrecherkartei von ihm bei ihr nichts ausgelöst? Oder die Zeitungsaufnahmen?

Hess fragte sich, ob er eine Gegenüberstellung organisieren sollte. Es schien logisch, dass ein verurteilter, gewalttätiger Sexualstraftäter, der mit einer sexuell motivierten Entführung in Verbindung gebracht wurde, als Verdächtiger in Frage kam. Und es war eine gute Möglichkeit, dem Kerl ordentlich einzuheizen. Hess stellte sich vor, wie er diesen Colesceau mit blonden Haaren und einem Schnauzer versah.

Die schlechte Nachricht war, dass jedes Staatsanwaltsbüro des Landes sie für eine Gegenüberstellung mit einem Verdächtigen *in Verkleidung* auslachen würde.

Die gute Nachricht war, dass Colesceau während seiner Bewährungszeit als Sexualstraftäter nicht das Recht hatte, ihnen eine Hausdurchsuchung zu verweigern: Er und Merci konnten ihn jederzeit verhören und sein Haus durchsuchen – bis Mittwoch, übermorgen, wenn die Bewährung auslief und sein chemisches Kastrationsprogramm endete. Falls er irgendwo eine Perücke mit blondem Menschenhaar, einen *Deer Sleigh'R* und einen Porti-Boy versteckte, konnten sie einfach reingehen und danach suchen.

Hess betrachtete einen tonlosen Mercedes-Werbespot mit einer strahlenden Blondine in einem roten Cabrio. Frauen in Autos, dachte er, sicher, selbstbewusst, geschützt. Und immer noch keine Nachricht von LaLonde wegen der fehlerhaften Alarmüberbrückung des Handtaschendiebes.

»Kamala, noch eine Sache – hat Merci Ihnen meine Nummer gegeben?«

»Für den Fall, dass sie nicht verfügbar wäre. Nur zu, lassen Sie mich von ihr umbringen. Ich wollte nur das Richtige tun.«

»Das haben Sie.«

»Im Fernsehen heißt es, der Kerl wurde kastriert. Dann kommen diese Ärzte ins Bild und erklären, Vergewaltigung sei ein Verbrechen aus Wut.«

»Das ist die derzeit gängige Ansicht.«

Und wenn man je gesehen hatte, was eine Flasche oder ein Baseballschläger oder der Lauf einer Waffe, mit denen eine Frau vergewaltigt wurde, beim Opfer anrichteten, dann würde man wahrscheinlich zustimmen. Aber das sagte er nicht.

»Sie haben nicht viel von ihm gebracht«, meinte Kamala. »Hauptsächlich die alten Aufnahmen, als sie ihn vor ein paar Tagen überrascht haben. Das letzte Mal, als sie ihn live zeigten, lugte er hinter seiner Tür hervor. Seine Augen verraten ihn, Mr Hess. Feucht. Traurig, Wie die von Omar Sharif in *Dr. Schiwago* oder von Lon Chaney in *Der Wolfsmensch*. Bevor er zum Wolf wird. Im Fernsehen sieht er ängstlich aus, wie ein Tier.«

»Er hat sich auch wie ein Tier verhalten.«

»Diesen Frauen gegenüber.«

»Nur von diesen Fällen haben wir Kenntnis.«

»Fast möchte ich nie wieder einem Mann vertrauen.«

»Seien Sie vorsichtig, wem Sie vertrauen.«

»Das werde ich. Danke.«

Hess hängte ein und rief Merci an.

28

Am nächsten Morgen sah Colesceau im Fernsehen, wie die Cops an seine Tür kamen. Das war einfacher, als aufzustehen und durch die Jalousien zu schauen.

Das Handtaschendiebduo, dachte Colesceau. Er erkannte sie aus den Zeitungen wieder. Nicht dass man nicht auch sonst sofort erkennen würde, was das für Menschen waren. Hess, der faschistische General, und Rayborn, seine hilfreiche Dobermannhündin. Er stellte sich ihre gemeinsamen Nachkommen vor: schwarz uniformiert, mit vier Beinen und grotesken Genitalien.

Colesceaus Puls ging schneller. Er spürte ein kaltes Prickeln auf seiner Gesichtshaut. Dann sah er sich selbst, wie er auf der Couch saß und auf das wartete, was sie sich für ihn ausgedacht hatten. Was konnten sie nur von ihm wollen?

Er war körperlich und emotional erschöpft, von der Menschenmenge und von dem, was Grant Major ihm angetan hatte. Am liebsten hätte er aufgegeben und sich das Gehirn weggepustet.

Denk einfach daran, wer du bist, rief er sich in Erinnerung: Colesceau der Unschuldige, Colesceau der ungerecht Behandelte, Colesceau der Kastrierte und Reumütige.

MACHT unser VIERTEL
SICHER für die KINDER!

Er überlegte, ob er ein paar der Anwohnerkinder umbringen sollte, nur um diesem aufreizenden Sprechgesang eine Bedeutung zu geben. Er könnte ihre Köpfe auf einige der HAUS ZU VERKAUFEN-Schilder aufspießen. Das Problem war nur, dass er die meisten Kinder, die ihm dieser Tage auffielen, mochte – sie waren so glücklich, so verwöhnt und so besessen von ihren eigenen kleinen, selbstsüchtigen Plänen. Wahrscheinlich wäre es nur reine Zeitverschwendung.

Dann sah er auf dem Fernsehbildschirm, wie der alte Cop an seiner Haustür klingelte, und hörte gleichzeitig die echte Türklingel läuten. Es gab so viele Gründe, vor Amerika in Ehrfurcht zu erstarren.

Colesceau beschloss, sich eine Minute Zeit zu lassen, damit er ihre Reaktion beobachten konnte. Zweifelsohne würde sich Trudy Powers für seine Anwesenheit verbürgen. Der ganze Mob würde das. Genau das war der Beweis seiner Unschuld – diese netten Nachbarn wussten immer, wo er war. Seine Zeugen. Er hätte nie gedacht, dass sich eine solche Demütigung als so nützlich erweisen könnte.

Die Dobermannhündin drehte sich um und schaute in die Menge. Sie trug eine Sonnenbrille wie ein Kampfpilot, ihre

Haare waren gewellt und dunkel. Sie war groß, das sah er: eine Hündin mit starken Beinen, einem stolzen Hintern und schweren Brüsten. Er stellte sie sich in etwas Tiefausgeschnittenem vor, wie sie bei Tempo neunzig neben ihm in Pratts gelbem Shelby Cobra saß. Vielleicht. Er bevorzugte eigentlich zarte, feminine Frauen, obwohl er zugeben musste, dass ihre Gesichtszüge markant und alles andere als unattraktiv waren. Wahrscheinlich hatte sie gelbe Zähne. Er konnte sich mühelos vorstellen, wie er es ihr aus purer Bosheit besorgte, als Strafe für das, was sie war.

Sie streckte die Hand aus und es klingelte erneut.

»Ich komme!«, brüllte er.

Komisch, wie er auf dem Bildschirm sehen konnte, dass sie ihre Aufmerksamkeit auf die Tür richteten, als ob sie sich mit ihnen unterhalten hätte. Eigentlich richtig lustig.

Er ging zur Haustür, öffnete sie fünf Zentimeter weit und lugte hinaus. »Ja?«

Zwei Marken tauchten auf: Sheriff Department irgendwas. Hinter den Marken zwei Sonnenbrillen und vier hochgezogene Augenbrauen.

»Mr Colesceau, ich bin Sergeant Rayborn und das ist Lieutenant Hess vom Sheriff-Coroner Department des Orange County. Wir würden gern hereinkommen und uns mit Ihnen unterhalten.«

Er öffnete die Tür. Der Sprechgesang wurde lauter.

»Willkommen in meinem Heim.«

Die Hündin drängelte sich zuerst herein, dann folgte der Faschist. Colesceau schaute zu Trudy hinaus. Sie stand wie üblich in vorderster Reihe, das Schild in der Hand, mit liebreizendem Gesicht. Sie erwiderte seinen Blick. Er sah, dass sie immer noch eine innere Berufung verspürte, dass ihr Gott sie immer noch aufforderte, sich mit dem menschlichen Exkrement Colesceau zu befassen. Er nahm Gnade, Verständnis und Würde in diesem Gesicht wahr.

Er schloss die Tür und verriegelte sie. Die beiden starrten

ihn an, die Hände in die Hüften gestemmt. Beide Sonnenbrillen waren verschwunden.

»Sie können gern hereinkommen und sich setzen, wenn Sie wollen.«

»Danke«, sagte das Männchen.

Die Hündin blieb stehen die Stellung und beobachtete, wie er an ihr vorbeiging, dann folgte sie dem alten Mann in sein Wohnzimmer.

»Möchten Sie vielleicht etwas trinken?«

»Nein«, bellte die Hündin.

»Danke, nein«, sagte der Mann.

Keiner von beiden setzte sich.

»Ich habe keine Rechte, deren ich mir bewusst wäre«, erklärte Colesceau. »Ich werde folglich alle Fragen beantworten, die Sie mir stellen. Sie können die Wohnung jederzeit durchsuchen. Ich bitte Sie nur, nicht mehr zu zerbrechen als notwendig. Ich zeige Ihnen auch gern, wo ich alles aufbewahre, wenn es das für Sie leichter macht.«

»Gibst du mir auch eine Gehaltserhöhung?«

Das kam natürlich von der Hündin.

»Ich würde mir zuerst selbst einen Job besorgen«, erwiderte Colesceau. »Mein alter Boss, Mr Pratt, hat mir den Lohn für zwei Wochen ausgezahlt, aber meine Stelle bin ich los. Auch bei ihm stand eine Menschenmenge vor der Tür.«

»Mir kommen gleich die Tränen«, sagte sie.

»Ich habe dort zwei Jahre lang gearbeitet, für fünf Dollar fünfzig pro Stunde. Keine Sozialleistungen. Kein Urlaub. Ich habe nur einen Tag gefehlt. Damals hatte ich eine versehentliche Überdosierung weiblicher Hormone erhalten und musste mich sechs Stunden lang ununterbrochen übergeben, ohne Besserung zu verspüren.«

»Was ist das?«, fragte sie, ohne auf seine Klagen einzugehen. Sie stand vor einer der Glasvitrinen und starrte die Kunstwerke seiner Mutter an.

»Eier.«

»Hast du sie so ausstaffiert? Mit Spitze und Goldstaub?«

»Meine Mutter macht das. Eiermalerei ist eine angesehene rumänische Volkskunst. Meine Mutter gilt als Meisterin dieser Kunst.«

»Kommen da nicht die Vampire und Werwölfe her, aus Rumänien?«

»Sie leben nur in der Fantasiewelt, glaube ich.«

»Was ist Matamoros für ein Name? Ich weiß, es ist eine Stadt in Mexiko, aber du bist Rumäne.«

Ihre Worte überraschten Colesceau. Sie hatte Recht, aber nur selten wusste ein Amerikaner etwas über Mexiko, das Nachbarland im Süden, ganz zu schweigen von der Stadt Matamoros. Genauer gesagt, gab es *zwei* Städte in Mexiko mit Namen Matamoros. Colesceau hatte vor langer Zeit beschlossen, dass er nach der größeren und bedeutenderen der beiden Städte benannt worden war.

Er spürte, wie ein seltsames Gefühl in ihm aufstieg.

»Meine Mutter hat sich in ein Bild von Mexiko verliebt, als sie eine junge Frau war. Für sie verkörperte es das Paradies, weit weg von den eisigen Karpaten. Sie kam erst dorthin, als wir in Amerika lebten. Sie wählte den Namen aus einem Buch. Und sie hat ihn mir gegeben.«

Die Dobermannhündin: »Hmpf. Mir gefällt dieses riesige, blaue Ei mit der gelben Federboa. Sieht aus wie eine schwangere Stripperin.«

»Ein Kasuar-Ei. Ich halte es für abstoßend und obszön.«

»Für einen dreifachen Großmuttervergewaltiger bist du ziemlich sensibel.«

Sie drehte sich um und sah ihn an. Das seltsame Gefühl war immer noch in ihm, etwas stärker.

Nein, dachte er.

»Aber das war vor langer Zeit«, fuhr Colesceau fort. »Heute bin ich ein anderer Mann. Bitte setzen Sie sich. Sie können sich im Fernsehen die Menschenmenge draußen anschauen, oder Sie können die Jalousien öffnen und sie in

Wirklichkeit sehen. Sie können beides tun. Für gewöhnlich sehe ich sie mir im Fernsehen an, weil ich den einfach abschalten kann. Natürlich kann ich die Menge draußen nicht abschalten. Aber es ist ein kleiner Trost.«

»Kommst du viel raus?«, fragte die Dobermannhündin. Sie stand immer noch vor der Vitrine. Der alte General hatte sich auf der anderen Seite des Raumes postiert, sodass Colesceau sie nicht beide gleichzeitig anschauen konnte.

»Früher ab und zu. Jetzt ist das nicht mehr möglich.«

Sie sah zur Tür. »Du bist umzingelt.«

»Wie Custer in der amerikanischen Geschichte.«

»Custer hielt sich für ein militärisches Genie. Hältst du dich auch für ein Genie?«

»Überhaupt nicht. Aber ich bin dennoch umzingelt.«

»Setz dich.«

Colesceau setzte sich. Plötzlich war er wieder außerhalb seines Körpers und beobachtete sich beim Sitzen. Von seinem hoch gelegenen Aussichtspunkt konnte er auf den Stoppelhaarschnitt des alten Mannes schauen, auf die Locken der Dobermannhündin und auf sein eigenes, schütter werdendes dunkles Haar. Als der Mantel der Hündin aufging, sah er das Halfter unter ihrem Arm, sah, dass die Schnalle locker war, und fragte sich, ob sie es absichtlich so hielt, damit sie schneller töten konnte.

Und dann ereignete sich etwas absolut Merkwürdiges – sein geschrumpftes, hormongeschädigtes Sexualorgan begann sich zu regen.

»Wohin bist du gegangen, als du noch ausgehen konntest?«, wollte Sergeant Rayborn von ihm wissen.

Sergeant Rayborn.

»Ins Kino, Sergeant. In billige Restaurants. In die Bibliothek.« Ja, jetzt schwoll es an. Warum jetzt?

»Wann? Zu welcher Tageszeit?«

»Nach der Arbeit, Sergeant. Abends. Im Allgemeinen nicht am Wochenende, weil es dann da zu voll war.«

»Auch mal in Einkaufszentren?«

»Ja. Ich mag Einkaufszentren.«

»Warum?« Sie betrachtete ihn jetzt aufmerksam. Und er schaute an sich selbst herab, auf die kleine Beule in seiner Hose. Er schlug die Beine übereinander und verschränkte die Hände über den Knien.

Was ging hier vor sich?

»Abwechslung«, sagte er. »Lebensmittel, Unterhaltung, Gebrauchsgegenstände. Eine nette Umgebung. Wenn man da aufgewachsen ist, wo ich aufgewachsen bin, dann empfindet man ein amerikanisches Einkaufszentrum als einen wundervollen Ort.«

»Bist du jemals dorthin gegangen, um Frauen anzusehen?«

»Niemals. Ich habe seit drei Jahren kein Interesse mehr an Frauen. Ich habe nicht den Wunsch, sie anzusehen oder sie zu berühren. Gelegentlich unterhalte ich mich gern mit einer Frau, weil Frauen so eine erfrischende Sicht der Dinge haben können. Dann rufe ich meine Mutter an oder auch meine Psychologin, Dr. Carla Fontana. Aber unbekannte Frauen ansprechen – das tue ich nicht. Und nur ganz selten spricht mich eine Frau an.«

»Und was machst du dann? Weglaufen?«

»Ich bin ein guter Zuhörer«, sagte Colesceau. Er fragte sich, ob er etwas zu dick auftrug, weil diese Merci Rayborn kein typisch amerikanischer Strohkopf war. Er hatte das Gefühl, dass sie einfach in ihn hineinsehen konnte. Er presste die Beine zusammen, um auf seine geschrumpften Hoden Druck auszuüben, in der Hoffnung, seine Erregung würde dadurch abklingen. *Warum passiert das mit mir, wenn ich mit ihr rede?*

»Ich wette, das bist du«, meinte Rayborn. »Dann hast du nämlich Gelegenheit, über sie nachzudenken, sie zu beobachten.«

»Darum geht es doch bei einer Unterhaltung, oder nicht?«

»Nicht wenn man sich dabei überlegt, wie man sie vergewaltigen kann.«

»Das tue ich niemals.«

»Bleib, wo du bist.«

Er spürte, wie seine Erregung noch einen Tick zunahm.

»Rühr dich nicht von der Stelle.«

»Ist gut, Sergeant. Was immer Sie sagen.«

Und noch einen Tick. Es hat etwas mit ihrem strengen Kommandoton zu tun, dachte er: ihre Autorität und ihre Ansichten. Es war, als ob sie eine unsichtbare Uniform trug. Keines von diesen unentschlossenen, amerikanischen Gesetzeshüterkostümchen, sondern die tatsächliche, Macht ausstrahlende Uniform der rumänischen Staatspolizei.

Merci hielt Colesceau für den merkwürdigsten Kerl, der ihr je untergekommen war. Seine Merkwürdigkeit war zu vage und zu groß, um sie genauer beschreiben zu können, aber sie spürte sie trotzdem, wie die erste Brise vor einem großen Sturm. Sie schüttelte den Kopf und ging zu Hess, der sich jetzt die Eier ansah.

»Machen Sie die Runde«, sagte Merci. »Ich bleibe bei ihm.«

Hess schaute über ihre Schulter zu Colesceau, dann zurück zur Vitrine. »Er muss immer vor Ihnen bleiben. Bei diesen Hunden damals hat er Eispickel verwendet.«

»Ich würde zu gern erleben, wie er das bei mir probiert.«

»Hüten Sie sich vor der Rache eines schwachen Mannes.«

»Ja, Meister.«

Sie ließ Hess an der Vitrine stehen und ging zu Colesceau zurück. Er war genau da, wo sie ihn haben wollte, mit gekreuzten Beinen und über dem Knie verschränkten Händen. Er wirkte dicklich und weich, und sie meinte, unter seinem Hemd Brüste wahrzunehmen. Ein Lichtstrahl von der Deckenleuchte fiel auf seinen schütteren Schädel. Man konnte sich nur schwer vorstellen, dass dieser Mann das getan hatte, was am Ortega oder auf dem Baugelände an der Main Street geschehen war. Aber er war kompakt genug, um hinter den Fahrersitz eines Autos zu passen. Ebenso wie eine halbe Million anderer Männer im County.

»Ich möchte dich zu ein paar Terminen befragen«, sagte Merci.

Colesceau sah sie an und lächelte. »Bei einer so attraktiven Frau wie Ihnen sage ich zu jedem Termin ja.«

Sie warf ihm ihren »Fall tot um«-Blick zu und der kam aus tiefstem Herzen. »Wir wollen eines klarstellen, du Wurm. Noch ein Kommentar über mein Aussehen und ich buchte dich wegen dieser Verbalaattacke ein. Dein Hintern ist wieder im Knast, noch bevor du den nächsten Gedanken fassen kannst.«

Er krümmte sich ein wenig auf der Couch, nickte mit scheinbarer Aufrichtigkeit und wirkte fast reuevoll.

»Verstanden, Jungchen?«

»Absolut, Sergeant.«

Seine Augen ... als ich näher fuhr, konnte ich sie im Scheinwerferlicht sehen. Sie wirkten feucht und traurig.

Eine gute Beschreibung für diesen Scheißkerl, dachte Merci.

»Samstagabend, der 14. August. Vor drei Nächten.«

Er sah sie mit seinen reuevollen Augen an und seufzte. »Ich saß hier und hörte meinen Nachbarn bei ihrem Sprechgesang zu. Ich möchte an dieser Stelle versichern, dass ich Kinder liebe und nie einem Kind wehgetan habe. Jedenfalls habe ich ferngesehen. Ich sah mich, wie ich von einem Mann interviewt wurde, der sich mir gegenüber als Anwalt der Bürgerrechtsbewegung ausgegeben hatte. In Wirklichkeit war er ein Reporter mit einer versteckten Kamera. Gegen sechs Uhr stellte ich mich der Menge, wollte fragen, ob sie etwas weniger laut sein könnten. Dann noch einmal gegen 21 Uhr 30, weil sie mit dem Lärm immer noch nicht aufgehört hatten. Also, Sergeant, Sie können gern hinausgehen und mit den Leuten sprechen. Sie sind meine Zeugen.«

»Das werde ich tun. Also gut, 3. August – Dienstag vor zwei Wochen.«

»Da brauche ich meinen Kalender. Er liegt auf dem Tisch, neben dem Telefon.«

»Ich hole ihn. Du bleibst, wo du bist.«

Er lächelte wieder, ein Ausdruck, der tausend Botschaften zu enthalten schien, aber keine klare Bedeutung, mit der Rayborn vertraut gewesen wäre. Er schlug die Beine auf der anderen Seite übereinander und verschränkte wieder die Hände.

»Danke, Sergeant.«

Hess fing mit der Küche an. Er hörte ihre Stimmen, als er mitten in der Küche stand und sich einen allgemeinen Eindruck verschaffte: sauber, ordentlich, benutzt. Er zog die Schubladen auf und sah sich das Besteck an, die Topfhandschuhe, die Küchengerätschaften, Klarsicht- und Aluminiumfolie. Kein Eispickel. Die Innenseite des Ofens war sauber. Ebenso die Herdplatte. Er drehte den Wasserhahn an der Spüle auf und ließ das Wasser eine Minute lang laufen, dann drehte er den Hahn zu und lauschte auf das Gurgeln des Müllzerkleinerers im Abfluss. Er schaute in den Schrank unter der Spüle: Mülleimer, Töpfe und Pfannen, Spülmittel für die Geschirrspülmaschine, Glasreiniger, Lumpen, Besen. Die Geschirrspülmaschine selbst war halb voll. Keine deckellosen Einmachgläser. Im Kühlschrank fanden sich Stapelware und Gewürze, im Eisfach Gefrierbeutel mit Gemüse, etwas Eiscreme und eine Packung Hamburger.

Die Toilette im Erdgeschoss sah kaum gebraucht aus. Die Apparaturen waren staubig und trocken und die Toilettenschüssel hatte einen blassen gelben Rand über der Wasserlinie.

Hess stieg die Treppe hoch und ging ins Schlafzimmer. Colesceau schlief auf einem schmalen Doppelbett, das sauber gemacht war: braunes Baumwolllaken, weißer Bettbezug. An der Wand über dem Bett hing ein Poster von einem leuchtend gelben Shelby Cobra mit offener Motorhaube, unter der ein großer, chromblitzender Motor zu sehen war. Hess erkannte die heiß begehrte Holly-Karosserie seiner Jugend. Am unteren Rand des Posters stand: »*Pratt Automobile* – Oldtimerrestaurierung«. Hess erinnerte sich, dass Pratt Colesceaus letzter Arbeitgeber gewesen war.

Eier, deren Innenleben verändert wurde, auf dekorativ getrimmt.

Autos, deren Innenleben verändert wurde, auf Kundenwunsch getrimmt.

Leichen, deren Innenleben verändert wurde, getrimmt ... auf was?

Im Schrank hingen einige Hemden und Hosen auf Kleiderbügeln, die Unterwäsche war gefaltet und lag gestapelt auf dem Regal, die Schuhe befanden sich in einem Plastikhänger. So ordentlich wie bei Janet Kane, dachte Hess. Keine Perücke – weder Echthaar noch sonst wie.

Wo würde man die Führerscheine verstecken? Sie waren flach und klein genug, um an eine Million Orte zu passen.

Wo würde man *sie* verstecken?

Hess bückte sich und sah unter das Bett: ein Baseballschläger aus Aluminium, eine kurze Stange und eine Winde, ein *Daisy*-Gewehr mit kurzem Lauf, das einem Trommelrevolver nachempfunden war.

Als Hess wieder aufstand, spürte er, wie ihm das Blut in den Kopf schoss. Er hörte ein Klingeln und ihm wurde schwindelig. Die Wände schienen sich nach außen zu wölben, dann wurden sie wieder flach. Zwei der Wände waren leer, aber an der Wand gegenüber dem Bett hing ein gerahmtes Poster von einer Burg, die auf einem zerklüfteten Felsgipfel stand. Hess trat näher, aber auf dem Poster stand keine Erklärung. An einer Seite befand sich eine Kommode, in der Freizeithemden, Shorts und noch mehr Unterwäsche lagen. Auf der Kommode fand Hess etwas Bargeld, Papierschnipsel, einen Stift und Abrisse von drei computererstellten Kinoeintrittskarten.

Sie stammten aus den letzten drei Monaten. Er schrieb die Daten, die Zeit, die Titel der Filme und die Lage der Lichtspielhäuser auf, dann legte er die Tickets zurück. Eines von ihnen stammte aus der Nacht, in der Janet Kane aus dem Einkaufszentrum in Laguna Hills verschwunden war. Das Kino, in dem das Ticket ausgestellt worden war, lag in Irvine, nur wenige Meilen entfernt.

Im Badezimmer kratzte Hess mit einer seiner Kreditkarten über das Badetuch, das über der Tür zur Duschkabine hing, und sammelte den Niederschlag auf einem Stück Toilettenpapier auf. Er hielt den Kopf etwas mehr ins Licht, zog dann einige Haare aus dem Frotteetuch und legte auch diese auf das Toilettenpapier. Er fügte noch einige Haare aus der Bürste auf dem Badezimmerschrank hinzu, dann faltete er das Toilettenpapier und ließ es in seine Manteltasche gleiten. Im Abfallkorb fand sich nichts Interessantes, auch nichts im Schrank oder im Spülkasten, dessen Deckel er anhob, um hineinzusehen. Jemand hatte Ziegelsteine in beide Ecken des Spülkastens gelegt, um Wasser zu sparen.

Er spart Wasser, dachte Hess.

Er sammelt Eierschalen.

Er sammelt Autos.

Er sammelt Dinge in Dosen.

Er sammelt Leichen.

Das Gästezimmer war ziemlich klein – nur ein Bett, eine Kommode, auf der eine Lampe stand, und ein Schrank. Es wirkte jedoch größer, weil die Schranktüren und die hintere Wand aus Spiegelglas waren. Im Schrank standen vier Schachteln mit Büchern, die meisten auf Rumänisch. Eine Ersatzbettdecke und ein Ersatzkissen, ein Haufen Männerkleidung, die ausgebleicht und kaum getragen wirkte. Ein Fernsehgerät. In der Kommode lagen dicke Pullis, Mäntel und Socken. An der Spiegelwand gegenüber dem Bett hing ein schwarzes Plastikkruzifix, das Hess für die einsamste Darstellung von Jesus hielt, die er je gesehen hatte.

Hess kam dieser Raum wie reine Verschwendung vor. Warum zahlte der Mann für eine Wohnung mit Gästezimmer? Man konnte sich nur schwer vorstellen, dass Gäste im Haus des Matamoros Colesceau über Nacht bleiben wollten.

29

»… ich denke, der drastischste Teil meiner Behandlung waren die schrecklichen Gefühle, die ich dabei hatte. Man hat mir zuvor erklärt, dass es durch die Hormonbehandlung so wäre, als würde ich ständig am prämenstruellen Syndrom leiden, aber diese Beschreibung bedeutete mir nicht viel, weil ich ja ein Mann war. Ein Mann *bin*. Aber es ist ein sehr unangenehmes Gefühl, wie Sie wissen. Nur dass es in meinem Fall drei Jahre dauerte, nicht nur drei Tage.«

»Ständig oder mit Unterbrechungen?«

Colesceau war immer noch außerhalb seines Körpers, sah auf die autoritär-verführerische Merci Rayborn und auf seinen eigenen, ziemlich unglücklich wirkenden Körper herab. Aber es gefiel ihm, mit ihr zu reden, ihr zu erzählen, wie das Depo-Provera seinen Sexualtrieb abgetötet und ihn in ein friedvolles, asexuelles Lamm von einem Mann verwandelt hatte. Durch seine Erregung fühlte er sich geistig rege und körperlich geschmeidig. Es war, als würde ein Feuer entfacht.

»Bei drei Jahren kann man wohl von ständig reden.«

Der Sergeant weckte Zuversicht und Energie in ihm und dafür war Colesceau dankbar. Es überraschte ihn. Er fragte sich, ob er sich veränderte.

Dann wieder ihre trockene, lieblose Stimme: »Hast du trotzdem Fantasien gehabt, obwohl du dich so fühltest?«

»Was für Fantasien?«

»Über Dinge, die du gern tun würdest. Dinge, die du früher tun konntest, jetzt aber nicht mehr. Konntest du dir immer noch vorstellen, was du gern tun würdest?«

Colesceau seufzte tief. Er sah auf seinen eigenen Gesichtsausdruck hinab und dachte, er hätte eigentlich einen Preis verdient. Überzeugender konnte man unmöglich sein. »Nein, konnte ich nicht. Mit meinem Verlangen verlor ich auch meine Träume.«

»Das wette ich.«

»Sie würden die Wette gewinnen. Sie können sich diesen Tod der Gefühle nicht vorstellen. Der Instinkt, zu lieben und sich zu paaren und die menschliche Rasse fortzupflanzen. Ohne ihn ist man nichts als eine Hülle. Leer wie eines dieser Eier, die meine Mutter dekoriert.«

»Überhaupt kein sexuelles Verlangen mehr?«

»Keines.«

»Wie kommt es dann, dass du vor drei Nächten mit deinem silbernen Van Ronnie Stevens' Auto im Main-Place-Einkaufszentrum den Weg versperrt hast?«

Colesceau war fasziniert von dieser Information. Er spürte, wie sich seine Lippen teilten und seine Gesichtsmuskulatur erschlaffte. Aber von außen hatte das eine positive Wirkung: Er sah verwirrt und unglücklich aus. Er sah unschuldig aus. Und ein klitzekleines bisschen beleidigt.

Die Nachbarn fingen wieder mit ihrem Sprechgesang an. Er wünschte, er könnte sie bis auf den letzten Mann mit einem Maschinengewehr umnieten.

»Ich kenne keinen Ronnie Stevens. Habe ihn nie getroffen. Ich fahre einen roten Datsun Pick-up, Baujahr 1970. Ich war schon seit Monaten nicht mehr im Main-Place-Einkaufszentrum, Sergeant. Sie sollten eines nicht vergessen: mein Verhalten. Ich habe niemals meine Krankheit oder meine früheren Verbrechen geleugnet. Ich habe meine Taten alle eingeräumt. Ich habe viele Seiten, Sergeant Rayborn, nicht alle davon sind gut. Aber eine meiner Seiten, eine, die ich niemals ändern könnte, ist die: Ich bin ehrlich. Vielleicht sogar im Übermaß.«

Er sah, wie sie ihn mit ihren kalten, braunen Dobermannaugen musterte. Sie wirkte leidenschaftslos und unbeeindruckt. Das ist die Grundeinstellung eines Cops, dachte er, und diese Merci Rayborn sieht aus, als sei sie mit dieser Einstellung im Gesicht auf die Welt gekommen. Er war sich jetzt sicher, dass sie ihr Halfter nur deshalb offen trug, damit sie jederzeit schnell an ihre Waffe kam und losschießen konnte.

»Also gut, du ehrlicher Scheißkerl. Erzähl mir, wo du am Samstagabend warst.«

»Ich war genau hier, wie ich schon sagte. Ich war sogar im Fernsehen, wenn ich mich recht erinnere. Ich bin sicher, die Sender haben davon Videoaufzeichnungen.«

Hess stieg die Treppe wieder hinunter und ging durch die Küche in die Garage. Es war schön, wenn man vom Haus direkt in die Garage kam. Hess wünschte sich, in seinem Apartment in der 15th Street wäre das auch möglich. Er schaltete das Licht ein und schaute sich den klapprigen, kleinen Pick-up an. Er war so alt, dass man ihn damals noch Datsun nannte. Aus dem Jahr 70, eventuell 72. Die Türen waren nicht verschlossen, die Fenster hinuntergekurbelt. Registrierung und Versicherung waren auf dem Laufenden. Der Meilenzähler zeigte 00000. Die Reifen waren in gutem Zustand und passten zueinander. Hess sah sich die Ladefläche an: etwas rostig und eingedellt, keine Rückstände von Chemikalien oder Lösungsmitteln. Im Handschuhfach fand er das Übliche: Reifendruckmesser, Straßenkarten, Stifte, Kassetten. Hess zog drei heraus und las die Titel: *Immerwährende Gesundheit durch Yoga* von Sri Ram-Hara; *AudioReisen Nr. 35, Reiseziel Rumänien* und *Deadwood* von Pete Dexter als Hörbuch.

Hess betrachtete das Bild auf dem Hörbuch: ein langhaariger Revolverheld mit einem Schnauzbart, den er als Wild Bill Hickok erkannte.

Oder wie Paul Newman in »Buffalo Bill und die Indianer«.

Der falsche Bill, die richtigen Haare, dachte Hess. Er setzte sich auf den Beifahrersitz und legte die Kassetten zurück. Er untersuchte die Kopfstütze des Fahrersitzes nach Haaren. Desgleichen die Bodenmatten und zwischen den Sitzen. Nichts.

Draußen fing die Menge wieder an:

MACHT unser VIERTEL
SICHER für die KINDER!

Hess war sicher, dass sich in Colesceaus Akte kein Verbrechen gegen ein Kind fand, aber er sagte sich, dass er das vielleicht nochmals überprüfen sollte. Er war von der Lautstärke des Sprechchors ein wenig überrascht. Die vereinten Stimmen drangen durch das dünne Sperrholz der Garagentür. Die Stimme der Angst, dachte er. In den Zeitungen stand, dass die Leute nun schon vier Tage lang ununterbrochen ihre Mahnwache abhielten und dass die Nachbarn geschworen hatten, so lange weiterzumachen, bis Colesceau in seinen jämmerlichen kleinen Datsun stieg und für immer verschwand. Die Menge hatte sich darauf geeinigt, um 21 Uhr mit den Sprechgesängen aufzuhören, damit Arbeit, Schule und Schlaf nicht gestört wurden. Hess hatte auch gelesen, dass Leute aus anderen Städten ins County kamen, um sich dem Protest anzuschließen, und dass CNB rund um die Uhr Kameras im Einsatz hatte und sich live zuschaltete, sobald Colesceau zu sehen war – oder wenn es sonst keine anderen Neuigkeiten gab.

Hess stieg aus dem Pick-up aus und sah sich in der Garage um. Sie war klein, mit zwei Schränken an der Wand, die nichts Interessantes enthielten. Kein *Deer Sleigh'R*, kein

Spriegel, keine Seile, keine Gerätschaften zum Ausweiden von Rotwild, keine Porti-Boy-Embalming-Maschine und keine Flüssigkeiten. Keine blonde Perücke aus echtem Menschenhaar. Keine Einmachgläser, deren Deckel fehlten. Kein Chloroform.

Alles sauber, dachte Hess.

Wenn er es ist, dann macht er es nicht hier.

Merci folgte Hess in die kleine Toilette im Erdgeschoss. Sie lehnte sich gegen das Waschbecken, von wo aus sie Colesceau noch immer im Wohnzimmer sitzen sah. Am Gesichtsausdruck von Hess konnte sie nicht ablesen, ob er einen Volltreffer erzielt hatte oder einen Schuss in den Ofen. Seine Augen funkelten in dem hellen Licht, und sie fragte sich, was er dachte.

»Kein silberner Van mit nicht zueinander passenden Reifen, nehme ich an.«

»Überhaupt kein Van.«

»Und?«

»Er muss sie woanders hingebracht haben.«

»Er sagt, die Menge da draußen hat ihn Samstagabend, als es Ronnie erwischte, mindestens zweimal gesehen. An dem Kane-Datum sei er im Kino gewesen und habe vielleicht noch die Eintrittskarte, um es zu beweisen. In der Jillson-Nacht habe er hier gegessen, mit seiner – jetzt kommt's – mit seiner *Mutter*.«

»Ein Ticket für Dienstagabend liegt oben – zwischen weiteren Kinokarten.«

»Das muss nicht viel bedeuten.«

»Das weiß ich. Hat er gesagt, für wen das Gästezimmer ist?«

»Natürlich für seine geliebte Mutter. Sie kommt häufig zum Abendessen und bleibt dann über Nacht.«

Hess nickte und die vertikalen Falten zwischen seinen Augen wurden tiefer.

»Ich sage, er ist es nicht, Hess. So gerne ich seinen miesen, kleinen Arsch auch auf der Stelle hochnehmen würde. Angeblich ist er chemisch kastriert – jedenfalls bis Mittwoch. Er ist seltsam. Er hat hilflose, alte Frauen vergewaltigt, keine starken, jungen. Er hat ein Gästezimmer für seine Mami. Seine äußere Erscheinung stimmt in keinem Punkt mit unserer Skizze überein, mit Ausnahme der Augen, in die sich Kamala Schluckspecht Petersen verliebt hat. Mein Gott, sie hat sein Gesicht im Fernsehen gesehen. Oder war es in einem Traum? Und niemand hat je erwähnt, dass unser goldhaariger Junge mit Akzent spricht – weder LaLonde noch dieser Typ von *Arnie's*, niemand. Das Haus hier ist sauber. Und er konnte auf gar keinen Fall am Samstagabend von hier verschwinden, ohne dass der lynchgeile Mob da draußen ihn gesehen hätte – so viel ist mal sicher. Ich würde ihm gern etwas anhängen, egal was, aber ich denke, wir sollten weiter alle Hebel in Bewegung setzen, um den richtigen Mann zu finden. Wir können diesen Irren ja im Auge behalten. Seine Leine locker lassen. Wenn er irgendwo hinschwimmt, wo es heiß ist, dann holen wir ihn ein und schauen, an was er knabbert.«

»Na gut.«

Sie sah Hess in dem grellen Licht in die Augen. Die Tatsache, dass sie seine Gedanken nicht lesen konnte, machte sie wütend, weil er der Einzige war, dessen Gedanken sie lesen wollte.

»Sind Sie damit einverstanden?«, fragte sie.

»Sie sind der Boss.«

»Herrgott, das habe ich nicht gefragt!«

»Ich bin einverstanden. Aber ich habe ein ganz schlechtes Gefühl.«

Merci versuchte, nochmal alles zu durchdenken. Sie befürchtete, dass sie nur ungeheuer viel kostbare Zeit verschwenden würden. Hess verhielt sich manchmal so, als ob sie alle Zeit der Welt hätten. Wo ihm doch, theoretisch, weniger Zeit blieb als den meisten Menschen.

»Ich fürchte nur, dass der Täter immer schneller vorgeht, jetzt, wo er Geschmack daran gefunden hat. Und während wir uns mit diesem eierlosen, triefäugigen kleinen Mistkerl beschäftigen, sucht der echte Täter irgendwo da draußen nach Nummer vier. Ich denke, wir haben bessere Chancen, wenn wir zehn weibliche Cops aufbretzeln und sie mit hochgesteckten Haaren in zehn Einkaufszentren platzieren.«

»Das wäre eine echte Chance, Merci.«

Sie betrachtete Colesceaus Hinterkopf. Er saß reglos da, wo sie ihn zurückgelassen hatte. Sie konnte unter dem schütteren Haar seinen Schädel glänzen sehen.

»Hess, schauen Sie sich diesen Kerl an. Betrachten Sie seinen Hinterkopf. Er quillt über vor Progesteron und er hat die Muskeln eines Sitzsackes. Er ist schlimmer als nur armselig und Ekel erregend. Er ist wie ein Käfer, der bereits platt getreten wurde.«

»Trotzdem hat er etwas an sich.«

»Ich denke, wir sind hinter jemandem mit einer höheren Oktanzahl her.«

»Irgendetwas an ihm verstehe ich nicht.«

»Vielleicht sollten Sie dafür dankbar sein. Hören Sie, sobald er denen auch nur sein Gesicht zeigt, flippen die Leute da draußen aus. Es ist auch an der Zeit, dass wir ein wenig Unterstützung von den verwöhnten Mittelschichtsschafsköpfen bekommen, denen wir dienen und die wir beschützen.«

»Schön formuliert.«

Vor dem Haus erklärten mehrere der protestierenden Nachbarn, dass sie Colesceau am Samstagabend, Ronnies letztem Abend, nicht nur einmal, sondern zweimal gesehen hatten. Sie bestätigten, dass Colesceau gegen 18 Uhr und später – gegen 21 oder 21 Uhr 30 – herausgekommen war. Den Rest der Zeit hatte er ferngesehen. Sie wiederholten, was er zu ihnen gesagt hatte, schilderten, was er getragen hatte, und Hess machte sich Notizen. Er stellte fest, dass keiner dieser Nachbarn groß auf Colesceau geachtet hatte, bevor dessen wahre Identität gelüftet worden war. Sie hatten seinen kleinen, verblassten Truck kommen und gehen sehen und das war es auch schon.

Eine der Organisatorinnen war eine Frau namens Trudy Powers, an die sich Hess aus dem Zeitungsartikel erinnerte. Sie sagte, sie habe von dem »kranken Mann« ein ausgeblasenes Dekorations-Ei erhalten – und das Versprechen, dass er sich anständig benehmen wolle, bis er einen angemesseneren Wohnort gefunden habe. Sie sagte, sie glaube ihm, dass er nach einer neuen Wohnung suche, denn das habe er ja versprochen. Trudy Powers deutete ein Einvernehmen und eine Beziehung zu Colesceau an, und sie war offenbar voller Stolz darauf bedacht – oder fühlte sich irgendwie dazu verpflichtet –, das nicht näher zu erläutern. Hess machte sich Gedanken um sie. Sie hatte genug mit Lael Jillson und Janet Kane gemeinsam, um echtes Unbehagen in ihm wachzurufen. Aber wie konnte er ihr das mitteilen? Also schaute er ihr nur in die Augen und forderte sie auf, wachsam zu sein. Sie schien ihn zu bemitleiden, aber Hess wusste nicht, ob es an seinen Worten lag oder daran, wie er aussah.

Ein junger Mann mit einem Fotoapparat, den er über die Schulter gehängt hatte, sagte aus, dass er Colesceau am Samstagabend nicht nur zweimal, sonders noch öfter gesehen habe, weil er sich an das Haus angeschlichen und durch die Lamellen der Jalousien gelugt habe. Das sei gegen 19 Uhr 15, 20 Uhr 30 und noch einmal gegen 22 Uhr 30 gewesen, bevor er dann nach Hause gegangen sei. Colesceau habe ferngesehen. Der Nachbar erklärte, es seien die Nachrichten gewesen, dann eine Doku über die Polizei und dann ein Film.

Hess fragte, ob Colesceau gemerkt habe, dass er beobachtet wurde.

»Nein. Das Fernsehgerät steht in Richtung Straße, darum habe ich nur seinen Hinterkopf gesehen.«

»Warum haben Sie ihn so genau beobachtet?«

Der junge Mann zuckte mit den Schultern und wandte den Blick ab. »Ich habe ein paar Fotos gemacht. Aber der Film ist noch in der Kamera.«

»Ich will diesen Film«, sagte Hess.

»Das habe ich mir schon gedacht. Drei Fotos sind noch übrig.« Er öffnete die Kamerahülle, nahm den Fotoapparat heraus und machte ein Foto von Hess, eines von Merci und eines von beiden zusammen. Dann spulte er den Film zurück und lächelte mit einem seltsam stolzen Gesichtsausdruck, als er Hess den Film überreichte.

»Freut mich, wenn ich Ihnen helfen kann. Bekomme ich die Fotos, wenn Sie fertig sind?«

Hess notierte sich seinen Namen, seine Adresse und seine Telefonnummer.

Rick Hjorth aus Fullerton, zehn Meilen nördlich.

Die Reporterin von CNB, dem County News Bureau, die für die »Vergewaltiger-Mahnwache, Irvine« eingeteilt worden war, erwies sich als angespannte Blondine, die plötzlich neben ihnen auftauchte und sich als Lauren Diamond vorstellte. Ihr Kameramann folgte ihr mit schwerem Gerät auf der Schulter. Sie streckte Hess, der einfach weiterging, ein Mikrofon hin. Hess fiel wieder ein, dass Merci schon früh angeordnet hatte, alle Medienkontakte ihr zu überlassen. Merci wurde ebenfalls nicht langsamer.

»Warum waren Sie in der Wohnung des verurteilten Vergewaltigers Matamoros Colesceau?«, wollte Lauren von Hess wissen.

»Kein Kommentar«, sagte Merci.

Immer noch an Hess gewandt: »Sie leiten die Ermittlungen im Handtaschendieb-Fall. Gibt es irgendeine Verbindung zum Handtaschendieb?«

»*Ich* leite die Ermittlungen im Handtaschendieb-Fall, Lady, und gebe immer noch keinen Kommentar ab.«

Hess schüttelte den Kopf. Eine Geste, die niemandem speziell galt. Er sah, dass der Kameramann alles filmte, und fragte sich, ob Merci sich dessen bewusst war.

»Welche Verbindung besteht da?«

Hess spürte die Hitze, die neben ihm aufstieg. Es war, als ob man neben einer Solaranlage ging. Merci wollte etwas sagen, aber er war schneller.

»Reine Routinesache wegen der Bewährung, Lauren«, erklärte Hess. »Das ist alles.«

»Ist Colesceau ein Verdächtiger?«

Hess warf ihr einen entschlossenen Blick zu und wies mit dem Daumen auf die Menge. »Ziemlich gutes Alibi.«

»Miss Rayborn, können Sie uns etwas über Ihre Klage wegen sexueller Belästigung erzählen?«

»Ganz sicher nicht.«

»Lieutenant Kemp hat alle Anklagepunkte geleugnet.«

»Würden Sie das nicht auch?«

»Fünf weitere weibliche Deputys haben nach Ihnen noch Klage erhoben. Phil Kemp arbeitet seit 25 Jahren für das Sheriff-Büro und hat eine saubere Akte. Warum all das, warum so plötzlich?«

Merci wirbelte herum und baute sich direkt vor Lauren Diamond auf. »Verschwinden Sie, Lady!«

Lauren Diamond wurde langsamer und blieb dann stehen, aber der Kameramann folgte ihnen weiter. Hess drehte sich um, winkte ihm zu, versuchte, alles locker und lässig aussehen zu lassen, und ging dann weiter. Auf dem Weg zum Wagen war Merci jetzt einen halben Schritt hinter ihm.

»Danke«, sagte sie.

»Gern geschehen.«

»Und erzählen Sie mir jetzt *nicht*, ich hätte fühlen sollen, was sie fühlte, oder denken, was sie dachte.«

»Zur Hölle, nein! Sie ist einfach nur eine ehrgeizige, junge Reporterin, die Ihnen eines Tages vielleicht nützlich sein könnte. Es hätte nur dreißig Minuten Ihrer Zeit erfordert, höflich zu ihr zu sein.«

»Ich hab's wieder vermasselt.«

»Warum müssen Sie immer so zickig sein?«

»Früher oder später lerne ich schon noch gute Manieren.«

»Langsam glaube ich, dass Sie das gar nicht wollen.«

»Jetzt denken Sie, was *ich* denke.«

Als sie im Wagen saßen, atmete Merci tief durch und sah Hess an.

»Ich sage Ihnen was, Partner – diese Klage einzureichen war das gottverdammt Dümmste, was ich jemals in meinem Leben getan habe. Wie komme ich da jetzt raus, nachdem ich den Ball ins Rollen gebracht habe?«

30

Dann log Hess seine Partnerin an, entschuldigte sich wegen eines Termins beim Onkologen. Colesceau gab ihm Rätsel auf, egal was Merci dachte, und er würde diesem Gefühl ein paar Stunden nachgehen, bevor sie nach Sacramento und zur staatlichen Zulassungsstelle für Bestatter fuhren. Er war es leid, Rayborn dabei zuzusehen, wie sie auf Schritt und Tritt Streit anfing. Er kam sich vor wie das Kindermädchen für einen Zwergtyrannen im Kindergarten.

Zuerst fuhr er zu *Pratt Automobile* und unterhielt sich mit Marvis Pratt, seiner Frau Lydia und einem Angestellten namens Garry Leonard. Sie erzählten ihm, dass Colesceau seinen Job ordentlich erledigt hatte, obwohl ihm Pratt nicht weiter traute, als er ihn werfen konnte. Er stellte Typen wie Colesceau ein, weil er persönlich glaubte, dass jeder eine zweite Chance verdiente und weil Holtz sein Freund war.

Sie führten ihn durch ihr Reich – der Laden und das Büro vorn, hinten die Werkstatt und der wunderschöne schwarzgelbe Shelby Cobra, den Hess einfach nur anstarren konnte. Es war der schönste Wagen, den er je gesehen hatte.

»450 Pferdestärken«, sagte Pratt.

»Das reicht für eineinhalb Autos.«

»Wir restaurieren viele Fahrzeuge. Sie kommen als Bettler und gehen als Könige.«

»Wie viel?«

»180. Festpreis.«

»Ist Colesceau jemals mit einem anderen Wagen als diesem alten roten Datsun zur Arbeit gekommen?«

»Nein. Immer mit dem Pick-up.«

Hess sah sich in der großen Werkstatt um: die sauberen Regale, die ordentlich aufgereihten Werkzeuge, die Dachbalken, auf die durch die hohen Fenster das Licht des späten Vormittags fiel. Als Bettler herein, als Könige hinaus, dachte er. Das Paradies für einen Autofreak.

Sie kehrten ins Büro zurück. »Hat er sich mal krankgemeldet, ist nicht zur Arbeit gekommen, hat lange telefoniert?«

»Nein. Seine Arbeitsmoral war gut. Es war auch leichte Arbeit. Hauptsächlich saß er auf diesem Hocker, half den Kunden und wackelte hin und wieder mit seinen Titten.«

»Sie tun ihm *weh*, Pratt«, erklärte Lydia.

»Wie auch immer. Ich habe ihn gefeuert. Einen Haufen Demonstranten vor dem Laden kann ich nicht gebrauchen. Mein Gott, es ist sowieso schon schwer genug, sich seinen Lebensunterhalt zu verdienen.«

Hess wusste durch LaLondes Aussage, dass »Bill« Computerausdrucke besaß, auf denen die Spezifikationen neun verschiedener Hersteller bezüglich ihrer Alarmanlagenfrequenzen standen. Ihm fiel der Computer mitsamt Bildschirm auf dem Schreibtisch auf und ein ähnlicher hinter der Theke im Laden.

»Ersetzen die Computer die alten Kataloge?«

Pratt bestätigte das. Sie konnten aber noch weitaus mehr: Täglich bekam er Updates, Veränderungen, Rückrufe und Korrekturen direkt von den Fabriken. Er erhielt Informationen über neue Modelle, die auf den Markt kamen, über

Incentives für Händler, sogar Newsletter von verschiedenen Firmen in aller Welt.

Hess bat ihn, die Reparatur/Ersatzteil-Daten über die Diebstahlsicherungssysteme des 1998er Infiniti Q45 und des 1996er BMW 525 auszudrucken. Lydia setzte sich an den Computer und zwei Minuten später hielt Hess acht Seiten mit Spezifikationen und detaillierten Zeichnungen in den Händen.

»Dieses Zeug könnte ihnen nützliche Dienste erweisen«, sagte sie.

»Wusste Colesceau, wie man den Computer bedient?«

»Klar. Das gehörte zu seinem Job«, erklärte Lydia. Sie sah Hess vorwurfsvoll an, dann wandte sie den Blick ab. »Ich halte es für mies, was Ihr Typen ihm angetan habt. Seine Nachbarn für nichts und wieder nichts aufzustacheln. Er ist wirklich ein Lämmchen. Total verdreht, aber ein Lämmchen.«

»Ich hoffe, Sie haben Recht«, erwiderte er nachsichtig.

Hess zeigte ihnen die Zeichnung vom Handtaschendieb und gab allen drei seine Büro- und seine Pagernummer. Wie üblich erhielt er im Gegenzug ihre Privatnummern, nur für den Fall der Fälle. Man wusste ja nie.

Im Verwaltungsbüro der Quail-Creek-Wohnanlage erfuhr Hess von dem übergewichtigen Hausmeister Art Ledbetter, einem Mann mittleren Alters, dass Colesceau sich bis jetzt niemals beklagt habe oder Gegenstand einer Klage gewesen sei. Er gehe davon aus, dass Colesceau seine Miete pünktlich zahle, aber die Mietschecks gingen direkt nach Newport zum Firmensitz. Ledbetter erledigte kleinere Sicherheitsarbeiten und koordinierte Handwerkereinsätze, nahm Anträge an, leitete Fragen und Klagen weiter. Aber sie konnten nicht anders, als Colesceau zu kündigen. Dreißig Tage Kündigungsfrist. Was hätten sie denn tun sollen, wo die Protestmenge rund um die Uhr vor seinem Haus campierte?

Hess schaute sich das Modell der Wohnanlage an, das an der Wand hing. Der Blick von oben war interessant. Er sah, dass die Anlage in Wirklichkeit ein riesiger Kreis war und die Vierecke der Häuser vollkommen symmetrisch angelegt worden waren. Ihm fiel auf, dass die Anordnung der Häuser einem Muster folgten, wie es neuerdings modern war. Jede schlängelnde Häuserzeile stand mit der Vorderseite zur Straße und zur Vorderseite der gegenüberliegenden Häuserzeile, teilte sich aber mit den Häusern hinter sich eine gemeinsame Rückwand. Daher die Illusion von Privatsphäre ohne wirkliche Privatsphäre.

»Haben Sie in der Nähe seines Hauses jemals ungewöhnliche Aktivitäten bemerkt?«

»Überhaupt nicht. Keine Klagen, wie ich schon sagte.«

»Was ist mit seinem Freizeitverhalten? Geht er oft weg, vielleicht spät am Abend?«

»Manchmal fahre ich mit dem kleinen Golfwagen bis zirka 22 Uhr herum und ich habe ihn nie so spät noch draußen gesehen. Aber wissen Sie, das Schöne hier ist, dass man mit der Fernbedienung das Garagentor öffnen und hineinfahren kann, ohne jemanden dabei zu stören. Und von der Garage kommt man direkt ins Haus. So war es gedacht: alles ruhig und intim zu halten.«

»Kennen Sie den Großteil der Mieter?«

Ledbetter schüttelte den Kopf. »Nur einige. Es gibt hier einen Haufen Geister, die ich nie zu Gesicht bekomme. Vielleicht arbeiten sie nachts und schlafen tagsüber und benutzen nie den Pool. Keine Ahnung. Manche fliegen geschäftlich ein, bleiben einen Monat und fliegen dann wieder weg. Aber sie zahlen jeden Monat ihre Miete, sonst hätte die Firma sie längst rausgeworfen.«

»Was ist mit den Besuchern von Colesceau?«

»Seine Mutter. Und ein Pärchen – ein Mann und eine Frau. Zweimal bislang. Nicht sehr oft.«

Hess bat ihn, das Pärchen zu beschreiben, was er auch tat:

Holtz und Fontana, sehr genau getroffen, bis hin zum Ford Corrections von Holtz. Ledbetter kannte sich mit Autos aus, wie viele Männer.

Hess sah sich die Karte der Wohnanlage an, die Ledbetter ihm gegeben hatte. Colesceaus Haus stand am Ende einer Reihe und unterschied sich auf den ersten Blick in nichts von den anderen kleinen Häusern, die den Abschluss der einzelnen Reihen bildeten.

»Was ist mit seinem Nachbarn zur Linken?«

»Eine nette junge Dame. Sie arbeitet nachts.«

»Was ist mit dem Haus hinter ihm?«

»Eine alte Dame. Ich treffe sie nie. Eine von diesen Geistermietern.«

»Haben Sie jemals einen großen, silbernen Van vor Colesceaus Haus gesehen?«

Ledbetter runzelte die Stirn. »Ein großer, silberner Van? Nun ja, vor ein paar Monaten habe ich tatsächlich einen großen, silbernen Van gesehen, der gerade aus der Anlage fuhr. Eines von diesen schicken umgebauten Autos mit Trittbrettern und einer Leiter zum Dach. Aber wer weiß, von welchem Haus der Wagen kam? Der Fahrer hat sich vielleicht einfach nur verfahren.«

Hess machte sich Notizen, gab Ledbetter seine Visitenkarte und dankte ihm. »Würde es Ihnen etwas ausmachen, mir Ihre Privatnummer zu geben? Nur für den Fall?«

»Kein Problem.«

Anschließend ging Hess von Tür zu Tür, aber sechs der Nachbarn, bei denen er klingelte, waren nicht zu Hause, und die anderen drei hatten nichts über Matamoros Colesceau zu sagen, außer dass er schleunigst aus der Stadt verschwinden solle.

Hess fand die Adresse von *Lifestylers* im Telefonbuch – der Perückenladen, der Colesceaus Wohnung am nächsten lag. Er befand sich in einem kleinen Einkaufszentrum am Freeway, zwischen dem Büro der örtlichen Zeitung und einer Poliklinik.

Eine junge Chinesin trat auf ihn zu und begrüßte ihn, während eine ältere Frau, die wie ihre Mutter aussah, ihn gelassen von ihrem Platz hinter der Theke aus musterte. Die Wände waren hoch, mit langen Regalen voller weißer Köpfe, die alle möglichen Arten von Perücken trugen.

Hess hatte das Gefühl, als ob tausend gesichtslose Frauen ihn anstarrten. Es kam ihm auch so vor, als ob die Wände ein wenig schwankten, als ob sie sich zu ihm beugten, um ihn zu inspizieren.

Er wies sich aus und sammelte so viele Informationen wie möglich über Haarteile aus echtem Menschenhaar: Es gab sie, und sie waren normalerweise zehn bis zwanzig Prozent teurer als Synthetikhaarteile. Der Vorteil war, dass sie gut aussahen; der Nachteil, dass man sie shampoonieren, pflegen und frisieren musste, als ob es das eigene Haar wäre – und das oft.

Hess erkundigte sich, ob sie jemals eine Perücke aus langem blonden Echthaar an einen Mann verkauft hätten. Die beiden Frauen berieten sich in ihrer Muttersprache, und die Jüngere bestätigte Hess: ja, mehrere Male im Laufe der Jahre. Manchmal, so erzählte sie, kauften Männer Perücken für ihre Frauen, manchmal für sich selbst. Sie wechselte Blicke mit ihrer Mutter und lächelte Hess überaus sittsam an.

Die alte Frau stand auf und nahm einen langen Holzstock mit einem v-förmigen Metallstück am Ende zur Hand. Sie schlurfte an der Wand hinter der Theke entlang, blieb stehen, streckte die Hand aus und hob einen Kopf von seinem Platz auf dem Regal. Die Haare waren blond und gelockt.

»Menschliches Haar«, sagte die alte Frau. »89 Dollar. Probieren Sie sie.«

»Ich habe nicht für mich gefragt.«

»Okay. Setzen Sie sich. Probieren Sie sie.«

Die jüngere Frau hielt eine kleine Schwingtür auf und Hess trat hinter die Theke. Er setzte sich auf den Frisierstuhl, vor sich einen Spiegel, der von Glühbirnen umrahmt war. Die ältere Frau zeigte ihm die Perücke, dann hob sie sie hoch und platzierte sie auf seinem Kopf. Hess war überrascht, wie eng sie saß. Die Frau rückte die Perücke zurecht, holte eine Plastikbürste und kämmte ihm die Haare in die Stirn. Dreißig Sekunden später sah er aus wie einer der Unterzeichner der Unabhängigkeitserklärung.

Hess betrachtete im Spiegel die Frauen hinter sich.

»Gut«, sagte die Ältere. »Menschliches Haar. Macht 89 Dollar.«

Hess war überrascht, dass es *wirklich* gut aussah. Es wirkte wie sein eigenes Haar. Wenn er die Augen zusammenkniff und sich selbst betrachtete – wie er es jetzt tat –, konnte er durchaus glauben, dass der Mann vor ihm lange gelockte, blonde Haare hatte. Absurd, ja, aber dennoch … natürlich, glaubwürdig.

Er blieb einen Augenblick mit der Perücke sitzen, dann bot er der Jüngeren einen Handel an: 89 Dollar für die Perücke, Kopien von allen Quittungen über Perücken aus blondem Menschenhaar, die an Männer verkauft worden waren, und die Privatnummern beider Frauen.

Die Ältere hörte zu, nickte und lächelte Hess schlau an, der ebenfalls lächelte und rot wurde.

»Sie ist nicht für mich«, erklärte er.

Beide Frauen lächelten und nickten.

Die Ältere: »Abgemacht. Die Quittungen bekommen Sie später.«

Hess rief Brighton von einem öffentlichen Telefon aus an. Der Sheriff nahm selbst ab.

»Sie will eine Entschuldigung und dass Kemp damit aufhört«, sagte Hess. »Es tut ihr Leid, dass sie Klage eingereicht hat.«

Brighton schwieg einen Moment. »Warum hat sie mir das nicht einfach gesagt?«

»Sie wollte keinen Kumpel von dir verpfeifen. Du bist ihr Boss, Bright. Sie wollte ein vorbildlicher Deputy sein.«

Er schwieg erneut. Dann: »Danke.«

Hess und Merci flogen mit der Maschine um 13 Uhr 50 von Orange County nach Sacramento. Sie nahmen sich am Flughafen einen Mietwagen und Hess fuhr sie in die Stadt. Der Nachmittag war gleißend hell und unglaublich heiß. Die Reisfelder flirrten im Sonnenlicht.

Hess fühlte sich etwas schwindelig und konzentrierte sich voll auf die funkelnde Interstate vor sich. Ein Vogel flog gegen die Windschutzscheibe und Hess zuckte zusammen. Es blieb nur ein transparenter Fleck von etwas Feuchtem und ein Ring aus kleinen grauen Federn zurück. Hess sah hindurch, aber nicht darauf: Ein Teil von ihm war immer noch in der Wohnung von Matamoros Colesceau.

Von Mercis Handy aus rief er Bart Young, den Präsidenten der *Southern California Embalming Supply Company*, erneut an in der Hoffnung, ihm die Liste aller Käufer des letzten Jahres entlocken zu können. Der angenehm klingende Präsident zögerte anfänglich, blieb dann jedoch fest in seinem Entschluss, Hess die Liste nicht zu überlassen. Hess merkte, dass Young sich dabei schlecht fühlte.

Er dankte ihm und beendete das Gespräch. »Er ist fast reif. Vielleicht sollten Sie ihn auch nochmal anrufen und ihm etwas über die Opfer erzählen, möglicherweise gibt er dann klein bei. Er gehört zu der anständigen Sorte, aber er will seine Kunden nicht hintergehen. Warum versuchen Sie es nicht einfach? Bringen Sie ihn dazu, dass er wegen der Frauen ein schlechtes Gewissen bekommt. Manchmal fällt es Männern schwerer, einer Frau gegenüber Nein zu sagen.«

Fünf Minuten später kritisierte Merci den Mann scharf bezüglich seiner mangelnden Kooperation und seines feigen, abwiegelnden Verhaltens. Offenbar hängte er ein, denn Merci drückte einen Knopf, fluchte und klappte das Mundstück heftig über die Tastatur.

»Ich habe mein ganzes Leben lang noch niemandem Honig um den Bart geschmiert«, fauchte sie. Als Hess zu ihr hinübersah, blickte sie finster drein. Ihre Haare waren aus dem Gesicht gestrichen und ihre Ohren glühten rot. »Ich bin nicht die Richtige, um Schuldgefühle oder Mitgefühl in jemandem zu wecken. Ich habe sogar Mike mal zum Weinen gebracht. So wie ich das sehe, wird dieser Embalming-Maschinen-Kleinkrämer an einem besonders heißen Ort in der Hölle schmoren, wenn er die Namen nicht ausspuckt. Es liegt nicht mehr in meinen Händen. Ich kann nichts mehr tun.«

Hess erkundigte sich übers Handy, ob Rick Hjorth aus Fullerton irgendwelche Vorstrafen hatte. Es irritierte ihn, dass Hjorth so eifrig darum bemüht war, seine Hilfe anzubieten. Ein hoher Prozentsatz jener Killer, die wegen des Nervenkitzels töteten, nahmen nämlich gern an den Ermittlungen ihrer Verbrechen teil, und Hess war aufgefallen, dass der junge Fotograf ein unnatürliches Interesse für den Fall entwickelt zu haben schien.

Aber Hjorth war sauber.

Hess rief Undersheriff Claycamp an, um sich über den Stand der Untersuchung an den Vans zu informieren: 75 abgehakt, noch kein Treffer, das nächste Team machte um 17 Uhr weiter.

Die Zulassungsstelle für Bestatter befand sich in einem imposanten Gebäude in der Nähe des Regierungssitzes. Sie wurden in ein unbenutztes Büro geführt, in dem zwei Stühle, ein Tisch und eine Kanne Kaffee standen. Zwei Monteure karrten auf Transportwagen die Aktenordner herein. Hess arbeitete eine Stunde lang, dann ging er zur Herrentoilette und übergab sich. Es war das zwölfte Mal in den letzten drei Tagen, und Hess hatte keine Ahnung, warum er mitzählte. Er putzte sich seine Zähne mit einer Reisezahnbürste, in deren

Griff eine kleine Tube mit Zahnpasta verstaut war. Er hatte sie nach seiner ersten Chemotherapiesitzung gekauft, nur für den Fall. Hess betrachtete sich im Spiegel und glaubte, Schatten unter seiner Haut auszumachen.

Drei Stunden später saßen sie wieder im Flieger, flogen nach Hause und gingen noch einmal die 57 Ausdrucke mit Porträtaufnahmen durch, die sie mitgenommen hatten.

Bernal, Butkis, Carnahan … kein Colesceau …

»Je mehr ich darüber nachdenke, was er tut, desto mehr habe ich den Eindruck, dass er durch das Raster fällt«, sagte Hess. »Er ist kein Profi. Bestatter entfernen nicht die Dinge aus einem Körper, die er entnimmt.«

»Warum macht er es dann?«

»Ich vermute, damit sie länger halten.«

Sie sah ihn an. »Aber wenn er das tut, was wir denken, dann muss er das irgendwo gelernt haben.«

»Ich wünschte, wir bekämen eine Liste aller Leute, die Bestattungswissenschaften studiert haben und durchgefallen sind. Aber die Junior Colleges bewahren die Listen der Versager oder Studienabbrecher nicht auf. Sie sind zu groß, zu beschäftigt, zu desorganisiert.«

Hess bemerkte eine Frau auf der anderen Seite des Ganges, die ihn anschaute und dann rasch den Blick abwandte.

»Tja, träumen Sie weiter, Hess. Ich denke allmählich, dass er sie im Gefrierschrank aufbewahrt oder unten im Keller. Hier, ich versuche es noch mal bei dem Kleinkrämer.«

Drascia, Dumont, Eberle, Eccle, Edmondson …

Sie zog das Telefon aus der Halterung des Sitzes vor ihr und las die Gebrauchsanweisung durch. Hess schüttelte den Kopf, blinzelte und versuchte, sich auf die Kopien der Fotos zu konzentrieren. Die Zulassungsstelle hatte ihnen einen guten Kopierer zur Verfügung gestellt, mit dem man auch Vergrößerungen anfertigen konnte, aber die Reproduktionen blieben mehr als nur einen Schritt hinter der Wirklichkeit zurück. Und wenn man sich den Typen noch mit Perücke und falschem Schnauzbart vorstellte, verschwamm einem sowieso alles vor Augen. Es hätte jeder von ihnen sein können.

»Hallo, Mr Young. Hier spricht noch einmal Sergeant Rayborn vom Büro des County Sheriffs. Es ist so, dass diese Frauen – tja, er hat Samstagabend eine weitere getötet. Sie war 19 Jahre alt und wohnte bei ihrer Mom. Nach allem, was wir bislang wissen, war sie ein großartiges Mädchen. Sie hieß Ronnie. Ich bin ihr nie begegnet. Alles, was ich je von ihr sah, waren ein paar Fotos und ein Haufen ihrer Eingeweide auf der Motorhaube ihres Wagens … Doch, das ist mein Ernst, genau das macht dieser Kerl. Außerdem haben wir zwei weitere mögliche Opfer, eventuell drei; Frauen, die vor ein paar Jahren verschwanden. Ja, aha, na klar, ich kann warten.«

Hess schaute aus dem Fenster. Unter ihnen erstreckte sich ein leuchtend grün-gelber Streifen bis zu den braunen Hügeln im Osten. Wolken zogen vorüber, vom Jet entzweigerissen. Er sah, wie das Gehäuse über dem Motor vibrierte. *Colesceau kam um 18 Uhr und um 21 oder 21 Uhr 30 aus seinem Haus. Gilliam sagte, das Herz in der Handtasche hatte zwischen 19 und 23 Uhr aufgehört zu schlagen. Ein Hinweis darauf, dass sie nach der Arbeit entführt wurde. Aber was ist, wenn sich sowohl Hjorth als auch Gilliam jeweils um eine halbe Stunde irrten? Dann hätte Colesceau eineinhalb Stunden Zeit gehabt, um Ronnie Stevens das anzutun, was er ihr angetan hatte. Möglich. Wenn auch nicht sehr wahrscheinlich … Wie sollte er ungesehen aus dem Haus gekommen sein?*

Pule nicht … Eichrod nicht …

Er schloss die Augen und sah wieder den Grundriss des Hauses vor sich: das Wohnzimmer, die Küche, die kleine Toilette im Erdgeschoss; die beiden Zimmer im ersten Stock und das Badezimmer. Colesceaus Haus war ein Endgebäude, darum gingen die Fenster im Erdgeschoss nach Süden – sie gehörten zur Küche – und nach Westen, von wo aus man die Straße sehen konnte. Hess erinnerte sich an die Küche: ein kleiner Kochbereich und ein Alkoven mit einer Essecke, direkt unter den Fenstern. Salz- und Pfefferstreuer auf dem Esstisch, ein Stapel Zeitungen. Er stellte sich den Alkoven vor und erinnerte sich an das Grün vor dem Fenster – vielleicht Bougainvilleas. Konnte man die Küchenfenster nachts von der Straße aus einsehen?

Aber wie kommt er mit dem Pick-up an der Menge vorbei, ohne dass man ihn bemerkt? Das ist unmöglich. Jedoch ... vielleicht ein anderes Auto. Aus der Wohnung heraus, zu Fuß zu dem anderen Auto ... ein silberner Van mit nicht zueinander passenden Reifen ... nein ...

Er notierte sich, in Colesceaus Nachbarschaft nach dem silbernen Van zu suchen, Colesceaus Führerscheinregistrierung nach einem zweiten Fahrzeugschein zu durchkämmen, seine Arbeitgeber bei *Pratts Automobile* zu befragen – vielleicht hatten sie ihm ein Fahrzeug geliehen, um ihm durch schwere Zeiten hindurchzuhelfen. Außerdem wollte er noch einmal ins Haus, um aus dem Südfenster in der Küche zu schauen und mit weiteren Nachbarn zu reden. Er fragte sich, ob es unter dem Gebäude Hohlräume, Gänge für elektrische Leitungen oder Belüftungsanlagen gab, irgendetwas, durch das Colesceau hindurchkriechen und unbeobachtet das Haus verlassen konnte.

Hess dachte über den Zeitrahmen nach und die Rechnung ging auf: Colesceau war vor drei Jahren unter der Kastrationsauflage aus Atascadero entlassen worden. Sechs Monate später verschwand die erste Frau.

»... ist gut. Tja, ich danke Ihnen, Mr Young. Bart, wollte ich sagen. Sie haben das Richtige getan.«

Merci legte auf und schaute Hess an. »Ich hab's geschafft. Young wird uns die Kundenliste mit allen Leuten, die in den letzten zwei Jahren in Südkalifornien eine Embalming-Maschine gekauft haben, faxen. Bis morgen Mittag, zwölf Uhr.«

Hess sah die Mischung aus Stolz und Überraschung in Merci Rayborns Gesicht.

»Gute Arbeit.«

»Es war nicht leicht. Aber jetzt bin ich glücklich. Ich erkundige mich mal, was es im Büro Neues gibt.«

Sie hörte die Nachrichten auf dem Anrufbeantworter ihres Büroanschlusses ab. Hess beobachtete, wie sie mit den Schultern zuckte und dann auflegte.

»Und?«

»Nichts. Nur ein *Bianchi*-Vertreter, der für die westlichen Bundesstaaten zuständig ist. Er will mir ein Schulterhalfter aus Schweinsleder schicken. Umsonst für ›ausgewählte Gesetzeshüter‹. Denen ist klar, wenn ich mit vierzig Leiterin der Mordkommission geworden bin und die Cops auf Streife sehen, dass ich ein *Bianchi*-Halfter trage, dann wollen sie auch alle so ein Teil von *Bianchi*.«

»Ich möchte am liebsten selbst sofort losziehen und mir eines besorgen.«

»Ich hätte gleich ein *Bianchi*-Halfter kaufen sollen. Die Schnalle bei diesem hier geht ständig auf. Ich rede gern über Waffen und Ausrüstung. Und Sie?«

31

Als Hess an diesem Abend ins Büro kam, lagen die entwickelten Fotos von Rick Hjorth' Film auf seinem Schreibtisch. Es waren 9 × 13-Abzüge, die meisten gestochen scharf. Die Fotos, die er nach Einbruch der Dunkelheit gemacht hatte, waren allerdings nicht besonders gut, weil sein Automatikblitz für diese Entfernungen nicht ausreichte. Hess entdeckte mit Genugtuung, dass Hjorth die Datums- und Zeiteinstellung der Kamera eingeschaltet hatte und jedes Foto in der oberen rechten Ecke einen Hinweis auf seinen Entstehungszeitpunkt trug. Er ließ die Fotos von sich und Merci in seine Manteltasche gleiten.

Hess betrachtete das Foto von Colesceaus Haus mit der Menschenmenge davor, die Schilder und Kerzen in die Höhe hielt, obwohl noch Tageslicht herrschte: 17 Uhr 01, Samstag,

14. August. Colesceau, der durch einen Spalt in der Tür lugte: 18 Uhr 11. Colesceau auf seiner Veranda: 18 Uhr 12. Dann Colesceau und die hübsche Nachbarin Trudy, die offenbar vor seiner Veranda etwas austauschten: 18 Uhr 14. Im Anschluss eine Nahaufnahme von Trudy Powers, die verträumt in Rick Hjorth' Linse blickte: 18 Uhr 22. Als Nächstes das Foto eines jungen Mannes, der ein Schild mit der Aufschrift: SCHNEIDET DAS DING NÄCHSTES MAL EINFACH AB in der Hand hielt und sich gerade zum Fotografen umdrehte, während er in die Kamera lächelte: 18 Uhr 25.

Und so weiter.

»Was Gutes dabei?«, rief Merci ihm zu. Sie saß an ihrem Schreibtisch, den Telefonhörer ans Ohr gepresst und ein offenes Notizbuch vor sich. Hess wusste, sie setzte wieder Bart Young von der *Embalming Supply Company* zu. Sie wollte ihn dazu bringen, die Kundenliste früher zu schicken. Das musste Hess ihr lassen: Sie war besessen genug, um eines Tages eine gute Ermittlerin zu werden. Leiterin der Mordkommission? Vielleicht. Sheriff mit 58? Man wird sehen, dachte er. Von Vorteil war, dass sie noch 25 Jahre Zeit hatte, um es zu schaffen.

»Noch nichts!«, rief er zurück.

SCHNEIDET DAS DING NÄCHSTES MAL EINFACH AB.

Er betrachtete das Foto des lächelnden Schildträgers, dann lehnte er sich zurück. Manchmal half es, über etwas zu lachen, aber oft vernahm man in den Winkeln seines Herzens kein einziges Glucksen.

Hess sah sich in dem beinahe leeren Großraumbüro um – es war fast 19 Uhr – und wunderte sich über das Verhalten seiner eigenen Spezies. Mit 22 hatte es ihn noch geschockt. Mit 30 hörte er auf, davon angeekelt zu sein. Es war zu schrecklich und hoffnungslos, um amüsant zu sein, und zu amüsant, um schrecklich und hoffnungslos zu sein. Manchmal wünschte er sich an einen Ort, an dem die Menschen einander nicht ermordeten und ausweideten, nur um sich einen

Kick zu verschaffen; an einen Ort, an dem niemand ein Schild herumtrug, auf dem er verlangte, die Genitalien seines Nachbarn auf einem Tablett serviert zu bekommen; an dem die Menschen Besseres zu tun hatten, als in der Gegend herumzustehen und Fotos voneinander zu schießen. Hess hatte zu viele seiner 67 Jahre damit verbracht, über die hässliche Fratze seiner Rasse nachzudenken, und das wusste er auch. Am Ende sah man möglicherweise irgendwann genauso aus. Aus diesem Grund zögerte er seinen Höhepunkt immer so lange wie möglich hinaus, wenn er mit einer Frau schlief, denn dabei war er nicht mehr ganz er selbst, er war ein wenig besser, befand sich einen Tick über der Scheiße, war vorübergehend aufgewertet.

Zieh es in die Länge, dachte er. Zieh es nur ein wenig mehr in die Länge.

Hess sah sich die Fotos an, die Rick Hjorth durch die Lamellen von Matamoros Colesceaus Jalousien geschossen hatte.

Sie waren aus genau demselben Winkel fotografiert worden, aus dem Hess an diesem Morgen Colesceau betrachtet hatte, als er sich mit Merci in der unteren Toilette unterhielt. Die Couch, die Wand gegenüber dem vorderen Fenster, das Fernsehgerät. Das Bild war dunkel und klein – verkleinert durch die Entfernung, aber auch durch die obere und untere Lamelle, durch die das Foto aufgenommen worden war. Hess hielt das Foto ausgestreckt vor sich und blinzelte auf das, was wie Colesceaus Hinterkopf aussah. Er war über der Couch eben noch sichtbar. Schütteres Haar über dem matten Glanz eines Schädels. Irgendeines Schädels, dachte Hess. Dahinter zeigte der Fernsehbildschirm das verschwommene Bild eines Schauspielers, der in einer Krankenhauskulisse einen Flur entlanglief. Auf dem Schnappschuss stand: 14. August, 20 Uhr 12.

Der Zeitpunkt, als Ronnie Stevens' Herz entfernt wurde, dachte Hess. Aber Colesceau schaut fern.

Er zog eine Lupe aus der Schreibtischschublade und beugte sich tiefer, um besser sehen zu können. Das Bild wurde größer, aber auch verschwommener. Er atmete schwer und die Lupe beschlug. Eine Sekunde lang war es, als ob er in einem Schneesturm Colesceau durch ein Fenster beobachtete. Natürlich könnte dieser Fernsehzuschauer ein Kissen sein, dachte Hess, oder ein ausgestopfter Sack oder eine Puppe oder eine Melone auf einem Besen, auf die mit Magic Marker einige Haare gemalt worden waren. Es könnte eine holografische Projektion sein oder Sumpfgas oder Lael Jillson abgetrennter Kopf mit kurz geschorenen Haaren. Hess warf die Lupe zurück in die Schublade und das Foto auf den Stapel der anderen Schnappschüsse. *Die Rückseite von Colesceaus Kopf ist die Rückseite von Colesceaus verdammtem Kopf, und er saß da und sah fern, während irgendjemand auf dem Baugelände an der Main Street Veronica Stevens ausbluten ließ und anschließend ausweidete.*

Find dich damit ab.

Die Fotos bewiesen es. Und sie bewiesen auch, dass niemand aus dem Alkovenfenster in der Küche klettern konnte, ohne gesehen zu werden. Es war der falsche Winkel. Das Verandalicht des Nachbarhauses fiel direkt auf die Fensterscheibe. Man würde so stark auffallen wie jemand, der im Licht eines Scheinwerferkegels an einem Draht baumelte.

Mit Hilfe der Datums- und Zeitangaben ordnete Hess die Fotos chronologisch. Alles wirkte so eindeutig und spielte sich direkt vor ihm und in Farbe ab. Aber irgendetwas stimmte nicht. Er starrte die Fotos an, ließ seinen Blick unscharf werden und ordnete die Fotos dann nach Themen: Colesceau, die Menge, das ganze Haus, das untere Stockwerk, das obere Stockwerk. Er konnte einfach nichts Ungewöhnliches entdecken. Er bat Merci, herüberzukommen und sich die Fotos anzuschauen.

Sie stand neben seinem Schreibtisch, die Hände in die Hüften gestemmt, die Lippen geschürzt. »Ich sehe nichts.«

»Irgendetwas ist mir aufgefallen, aber bevor ich es greifen konnte, war es weg.«

Sie blickte ihn an. »Lassen Sie es mich mal mit der Lupe versuchen.«

Sie beugte sich vor, ließ sich Zeit. »Mir fällt da nur eine Sache auf: Bewegt er sich nie, wenn er fernsieht? Es ist, als wäre er zur Salzsäule erstarrt. Mikes Kleiner ist allerdings genauso. Er setzt sich vor die Glotze und fällt in Trance.«

»Tja.«

»Nein?«

»Es stimmt schon, was Sie sagen, aber es hat mit der Außenansicht zu tun, glaube ich. Nicht mit Colesceau selbst.«

»Zeit und Datum stehen drauf. Mir fällt da nichts auf, Hess. Ich kann wirklich kein Problem erkennen.«

Er sah sich die Fotos noch einmal an. »Im Moment spüre ich überhaupt nichts Merkwürdiges mehr. Alles weg.«

»Aber er ist wirklich ein gottverdammter Widerling.«

Hess seufzte und legte die Fotos zur Seite. Er würde es später noch einmal versuchen. »Übrigens konnte Colesceau die Alarm-Spezifikationen an seinem Arbeitsplatz ermitteln.«

»Jeder Idiot mit einem Computer könnte die Alarm-Spezifikationen herausbekommen.«

Hess rief Undersheriff Claycamp an und bat um die neuesten Ergebnisse bei der Suche nach dem Van. Außerdem wollte er den Einsatzplan ein wenig ändern. Es gab noch nichts Neues und Hess brauchte eine kleine Ablenkung.

Dann wünschte er Merci eine gute Nacht und ging zu seinem Wagen.

Hess fuhr zum Krankenhaus, war aber in Gedanken erst bei den spukenden Eichen am Ortega Highway, dann in Pratts Werkstatt bei dem schwarz-gelben Shelby Cobra. Dann bei den angehenden Bestattern in der Klasse von Allen Bobb. Dann in der Garage von Matamoros Colesceau, wo er nichts von dem fand, was er zu finden gehofft hatte. Auch große

Wellen drängten sich in sein Bewusstsein, aber er verwarf sie als pure Ablenkungen. Er gestattete sich jedoch, bei dem Gedanken zu verweilen, wie er auf dem kalten, blauen Pazifik ritt, glücklich wie eine Kugel im Lauf.

Während seiner Strahlenbehandlung brach Hess urplötzlich in glühend heißen Schweiß aus. Die Feuchtigkeit verdampfte sofort auf seiner Haut, und Hess hatte das Gefühl, durch Feuer geläutert zu werden. Er fragte sich, ob sie die Strahlendosis zu hoch eingestellt hatten. Vielleicht war das die Strafe dafür, dass sie nur seinetwegen noch so spät an einem Dienstagabend arbeiten mussten. Dr. Ramsinghani hatte ihn gewarnt, dass »Schweißausbrüche gelegentlich als Nebenwirkung auftreten«, und ihn dabei angelächelt, als ob er sich gerade einen schicken Sarg gekauft hätte.

Hess knöpfte sein Hemd über der frisch geläuterten Haut zu und ging hinaus ins Wartezimmer.

Merci blickte von einer Zeitschrift hoch. »Ich bin Ihnen gefolgt.«

»Ich will mir vier der Vans persönlich ansehen.«

»Ich hörte, wie sie sie Claycamp abgeluchst haben. Dachte mir, dass Sie ihre Partnerin dafür brauchen könnten. Außerdem wird das Büro von diesen gottverdammten Reportern belagert. Ich fahre.«

»Dann mal los.«

»Sie haben so ein schönes Strahlen an sich, Hess.«

»Sehr komisch.«

»Nein, *ehrlich* … Sie sehen aus, als ob … ach, verdammt. Na gut. Na *gut*. Das ist das Dümmste, was ich jemals gesagt habe. Jemals.«

Sie schaute ihn schuldbewusst an, obwohl sie sich nur ein kleines bisschen schuldig fühlte. Hess lächelte. Ihr langsames Achselzucken drückte eine Art Entschuldigung aus: So bin ich eben, erwarten Sie nicht, dass ich mich signifikant bessere, ich werd's einfach nur versuchen.

»Ach Hess, es heißt, wer viel lacht, lebt länger.« Er sah sie an. »Ich gebe auf«, sagte sie. »Erlösen Sie mich von meiner Qual.«

»Werden Sie mich von meiner erlösen?«

»Abgemacht. Heute Abend lacht mir das Glück. Wo ist unser erster Van?«

Hess war dankbar, dass Merci den Polizeifunk leise gestellt hatte. Bislang war es eine ruhige Nacht gewesen, ein paar Anrufe wegen Lärmbelästigung, ein Betrunkener, ein Autodiebstahl in Santa Ana. Das Thermometer zeigte 28 Grad, und die Sonne ging in einem Nebel aus Smog unter, sodass sich das Licht im Westen wie ein roter Teppich auf das Land senkte.

Sie überprüften zwei Vans in einer Stunde – einen in Mission Viejo und einen in San Clemente. Die registrierten Besitzer waren nicht vorbestraft und alle Reifen passten zueinander. Keiner der Reifen war neu. Hess dachte sich, wenn der Handtaschendieb bemerkt haben sollte, dass ihn einer seiner Reifen verriet, würde er vorn rechts einen neuen aufziehen oder vielleicht sogar alle vier Reifen auswechseln.

Vern Jackson, der dritte Van-Besitzer, war nicht zu Hause. Er war '79 und '85 wegen tätlichen Angriffs und verschleierten Waffenbesitzes angeklagt worden. Das Fahrzeug war weder in der Auffahrt noch auf der Straße geparkt, also hielt Hess Wache, während Merci durch eine Seitenpforte das Grundstück betrat. Einige Minuten später war sie zurück und schüttelte den Kopf.

Der letzte Van war auf Brian Castor in Anaheim zugelassen. Die Überprüfung hatte gezeigt, dass er nicht vorbestraft war. Ein großer Mann mit blonden Haaren stand in der Tür und sah zu, wie sie ausstiegen. Hess winkte und zeigte auf den Van.

Castor traf sich mit ihnen vor dem Fahrzeug, die Hände in die Hüften gestemmt. Sein »Bin beim Angeln«-T-Shirt saß über Brustkorb und Oberarmen ziemlich eng.

»Was gibt's?«

»Wir überprüfen einige Fahrzeuge – im Zuge einer laufenden Ermittlung. Würde es Ihnen etwas ausmachen, wenn wir uns Ihren Wagen von außen ansehen?«

»Warum meinen?«

»Alle Vans im County.«

»Nur zu.«

Aber Merci hatte bereits losgelegt. Sie ging hinter Castor um die Vorderseite des Vans herum, dann an Castor vorbei zum rechten Vorderreifen. Schließlich schüttelte sie den Kopf. Hess fiel auf, dass die beiden Reifen auf der rechten Seite nicht neu waren.

»Wir müssen kurz hineinschauen«, sagte Merci.

»Wie Sie wollen«, erwiderte Castor. »Bitte – er ist nicht verschlossen.«

Hess betrachtete den Angler, während Merci die Hintertür öffnete. Einen Augenblick später schlug sie sie wieder zu.

»Nix.«

Hess dankte Castor und entschuldigte sich dafür, dass sie seinen Feierabend gestört hatten.

»Schon okay, Mann. Wir sehen uns, Süße.«

»Träum weiter, Fischauge!«, fauchte Merci, die bereits zu ihrem Wagen ging.

Castor blickte Hess an und lächelte. »Nicht auf den Mund gefallen.«

Einige Minuten später hörte Hess die Worte, die er zu fürchten gelernt hatte, als er 22 gewesen war und gerade angefangen hatte. Mit jedem Jahr, das verstrich, fürchtete er sie mehr.

»Deputy verletzt, 1812 Orangewood, El Modena, Ecke Chapman! *Deputy schwer verletzt. Auch Verdächtiger verletzt. Brauchen Sanitäter. Sofort.*«

Die Worte schossen wie Stromstöße durch seinen Körper. Hess wurde klar, dass sie nur eine Meile entfernt waren. Er forderte Merci auf, so schnell wie möglich hinzufahren.

32

Sie bretterte mit dem großen Viertürer die Straße entlang, bog rechts auf die Warren, wieder rechts auf die Hale und dann mit quietschenden Reifen nach links auf die Orangewood. Die Hinterreifen drehten durch, der Wagen prallte seitwärts gegen den Bürgersteig, und Hess spürte, wie sein Kopf durchgerüttelt wurde. Er sah das Blaulicht eines Wagens des Sheriff-Büros und eine Gruppe Menschen, die sich daneben versammelt hatte. Dann entdeckte er einen silbernen Van in einer Auffahrt und dachte: Guter Gott, wir haben ihn. Er öffnete den Verschluss seines Halfters und sprang aus dem Wagen, kaum dass Merci das Fahrzeug neben dem Streifenwagen zum Stehen gebracht hatte.

Im Licht der Scheinwerfer schaute Hess in die Gesichter der Leute und bemerkte ihre Fassungslosigkeit und ihren Zorn. Er ging zum Van, auf die erleuchtete Garage zu. Der Tatort wurde von roten, blauen und gelben Lichtern erhellt. Ein uniformierter Deputy lag mit dem Gesicht nach oben in der Auffahrt zwischen Van und Garage, ein anderer Uniformierter beugte sich über ihn. Mit steifen Armen und verschränkten Händen führte er eine Herzmassage durch. Hinter den beiden, auf der Schwelle zur Garagentür, die ins Haus führte, lag regungslos ein großer Mann. Eine junge Frau schrie und schüttelte ihn. Mitten zwischen den beiden Männern lag eine Automatikpistole, die Hess am Lauf hochhob, um sie vor der schreienden Frau in Sicherheit zu bringen, die gerade über den niedergestreckten Mann zur Waffe krabbeln wollte.

»Nein«, befahl er ihr. »Begeben Sie sich zu ihm zurück!«

Hess legte die Handfeuerwaffe weit oben auf ein Regalbrett und ging zu dem großen Mann auf der Türschwelle. Hinter sich hörte er Merci, die am Streifenwagen mit jemandem über Funk redete, dann das Heulen von Sirenen in der Ferne. Er kniete sich hin. Der Kerl sah aus wie fünfzig, war fast kahl und sehr kräftig gebaut. Jeans und Stiefel, kein Hemd. Schwarze Tätowierungen auf beiden Armen. Hess erkannte eine von ihnen; die Mitglieder von einer der größten Gangs im County trugen auch solche. In der nackten Brust des Toten klafften zwei Löcher, eng beieinander in der Nähe des Herzens. Hess suchte am Hals nach einem Puls, und als das Mädchen seinen Gesichtsausdruck sah, griff sie ihn an, attackierte ihn über die Leiche hinweg, wollte mit ihren Nägeln über sein Gesicht fahren. Er duckte sich zur Seite und nutzte ihren Schwung, um sie der Länge nach auf den Garagenboden zu drücken und ihr die Handgelenke auf den Rücken zu ziehen. Er legte ihr die Plastikhandschellen an und führte sie zu Mercis Wagen. Eine Hand hatte er auf ihrem Arm und eine in ihrem Haar, während sie den Kopf zurückwarf, um ihn zu beißen.

Merci führte jetzt die Herzmassage am Deputy durch, und Hess sah, was er nicht sehen wollte: die Brust blutgetränkt, eine Blutlache unter dem Mann, sein Kopf ruckte unter Mercis Bemühungen hin und her, die Augen weit geöffnet, die Beine gespreizt. Merci redete unaufhörlich auf ihn ein, während sie seinen Brustkasten bearbeitete, verlangte, dass der Deputy antwortete, weigerte sich, ihn einfach gehen zu lassen.

»Bleib gefälligst bei uns, Jerry«, hörte Hess sie sagen. Es war nicht mehr als ein heiseres Flüstern. »Bleib bei mir ... atme einfach weiter ... ich gebe dir die Kraft dazu, also ... also mach es einfach, Jerry ...«

Der junge Mann sah aus wie fünfundzwanzig. Seine Waffe steckte noch im Halfter. Sein Partner war etwa vierzig, voller Blut, als er sich vorbeugte und weiter auf den Jungen einredete: *Wir sind bei dir, Jerold, komm schon, Jerry, wir müssen dich doch in bester Verfassung zu Cathy zurückbringen, sonst köpft sie mich ... komm schon, Jerry, ich werde einfach weiterreden und du wirst weiter zuhören, wir helfen dir da durch, Partner, mach jetzt nur nicht schlapp, Kleiner, ich brauche dich noch ...*

Merci massierte weiter, aber sie blickte Hess niedergeschmettert an und schüttelte den Kopf. Ihre Unterarme waren voller Blut und sie kniete in einer riesigen Blutlache. Hess inspizierte die Reifen des Vans – alle vier alt, aber zueinander passend –, dann schaute er zu der Menschenmenge. Er sah, dass sie vor ihm Angst hatten. Es war einer dieser Augenblikke – Hess hatte sie schon zuvor erlebt –, wenn es Tote gegeben hatte, Leben, die plötzlich beendet waren, und man überhaupt gar nichts tun konnte.

Er ging zu Merci zurück.

»Ich übernehme jetzt«, sagte er zu ihr.

»Ich mach das, zur Seite«, warf der Partner ein. »Dunbar«, stand auf seinem Namensschild. *»Ist ja gut, Jerry, ich bin wieder da …«*

Die Sirenen jaulten auf und verstummten direkt hinter ihm. Zwei Streifenwagen und ein Wagen vom Büro des Sheriffs, erkannte Hess. Der Krankenwagen bog um die Ecke, an der Merci beinahe die Kontrolle über ihren Wagen verloren hatte. Das Geräusch, die neuen Blaulichter, die zuschlagenden Türen und die schwer bewaffneten Beamten schienen die Tragödie nur noch schlimmer zu machen oder möglicherweise eine neue auszulösen. Dunbar schluchzte und drückte zu heftig auf den Brustkorb. Merci ging langsam auf die ankommenden Einsatzkräfte zu, die Hände seitwärts ausgestreckt, als ob sie nicht wüsste, wie sie ihre Arme oder sich selbst bewegen sollte.

Hess öffnete die Hintertür des Vans und sah hinein. Der Innenraum war mit einem Teppich ausgelegt und besaß statt der Sitze einen kleinen Tisch und zwei Bänke. Auf dem Tisch stand eine Kühltasche, halb voll mit hellbraunem Puder. Höchstens ein Pfund, wahrscheinlich weniger. Hess fuhr mit dem Finger hinein – Heroin. Mexikanisches, nach der Farbe zu urteilen. Es gab eine Küchenwaage, eine Schachtel mit kleinen Plastiktüten, zwei Teelöffel, zwei offene Bierflaschen und eine Tüte mit irgendeinem Pulver, um den Stoff zu strecken und mehr Profit zu machen.

Sie sind mitten ins Abpacken geplatzt, dachte Hess. Als wären sie im Dunkeln auf einen Skorpion getreten. Jerrys Leben für ein Pfund Heroin. Das siebte Opfer des Handtaschendiebes.

Er stellte sicher, dass die eintreffenden Kollegen von der Spurensicherung wussten, wo die Handfeuerwaffe lag.

Dann ging er ins Haus, berührte nichts, sah sich nur um. Es war nichts Besonderes und wirkte seelenlos, viel schwarzes Leder, viel Chrom, viel Elektronik. Ein neuer Computer, noch in der Verpackung. Jede Menge Waffen. Er trat in dem Moment in die Küche, als Merci sich mit tropfenden Händen von der Spüle wegdrehte und nach einem Papierhandtuch Ausschau hielt. Da sie keins fand, trocknete sie sich die Hände an einem Baumwollgeschirrtuch ab, das gefaltet auf der Küchentheke gelegen hatte.

»Jerry Kirby ist tot«, sagte sie leise. »Der Täter auch. Holen wir die Braut aus meinem Wagen und verschwinden wir von hier.«

Sie warf das Handtuch in die Spüle und ging hinaus.

Schweigend saßen sie vor Colesceaus Haus, Meadowlark Nr. 12. Hess lehnte sich auf dem Sitz zurück und schaute mit müden Augen in die Welt. Er spürte, wie das Blut in ihm pulsierte. Ihm war heiß. Die Strahlenbehandlung? Sein Gehirn fühlte sich träge an.

Es war nach 22 Uhr und er zählte nur noch 16 Mahnwächter. Der CNB-Van stand immer noch da – »Berichterstattung rund um die Uhr von der ›Vergewaltiger-Mahnwache, Irvine‹« –, aber Lauren Diamond war nirgends zu sehen. Die Nachbarn saßen auf Gartenstühlen, ihre Schilder lagen auf dem Boden, die Votivkerzen brannten in Kerzenständern neben ihnen. Hess betrachtete das Südfenster der Küche und wusste mit Sicherheit, dass niemand durch dieses Fenster hinein- oder herausklettern konnte, ohne gesehen zu werden.

»Es hat sich gelohnt, diesen Punkt zu überprüfen«, sagte er. »Jetzt wissen wir, dass er unmöglich aus diesem Fenster hätte verschwinden können. Es ist ganz und gar unmöglich.«

»Hab ich doch gesagt.«

»Ich musste mich davon überzeugen.«

»Tim, dieser jämmerliche, kleine Troll ist nicht unser Täter. Sein Aussehen stimmt nicht, die Bewährungshelfer sitzen ihm seit drei Jahren im Nacken, seine eigenen Nachbarn lassen ihn nicht einmal furzen, ohne ein Foto davon zu schießen. Wir haben sogar Fotos von ihm, wie er zu Hause sitzt, während Ronnie Stevens vom Leben zum Tode befördert wird. Er ist es einfach nicht. Aber ich respektiere Ihre Instinkte. Das tue ich wirklich.«

»Meine Instinkte sind mir egal. Ich will diesen Kerl, bevor er sich noch ein Mädchen vorknöpft.«

»Genau darum müssen wir uns an das halten, was wir haben. Die Skizze der Polizeizeichnerin wird uns den Durchbruch bringen, Hess. Nach Kamalas Vorgaben wurde sie erstellt, LaLonde hat sie abgesegnet, der Busfahrer und der Verkäufer haben auf ihr den Kerl wiedererkannt. Klar, er könnte eine Perücke tragen, aber wie groß stehen die Chancen dafür? Niemand sieht doch, wie er das tut, was er tut – richtig? Warum sollte er sich dann die Mühe machen, in einem gut ausgeleuchteten Einkaufszentrum mit den Haaren eines Fremden auf dem Kopf herumzumarschieren? Es ist echt. Es ist sein Haar. Wir suchen einen langhaarigen, blonden Strandgott. Einen Kerl, der so gut aussieht, dass er Kamala Petersens Aufmerksamkeit erregt hat. Darum müssen wir mehr mit der Skizze arbeiten, sie mehr Leuten zeigen. Sie vielleicht auf Reklametafeln ziehen, so wie wir es im letzten Jahr bei diesem Horridus-Typ gemacht haben. Vielleicht bringen wir Lauren Diamond dazu, die Skizze öfters im Fernsehen zu zeigen. Oder wir lassen sie persönlich in Einkaufszentren überreichen. Wir könnten Rookies oder Kadetten dafür einsetzen. Zur Hölle, wir könnten es selbst tun, wenn Brighton uns keine Leute dafür zur Verfügung stellt, was er wahrscheinlich nicht tun wird.«

Hess nickte und wünschte, er würde endlich wieder einen klaren Kopf bekommen. Je später der Abend, desto schwieriger, alles auf die Reihe zu kriegen. Er wollte nur, dass sich der Nebel langsam lichtete. Dann hörte er seine eigene Stimme.

»Wir haben die Absolventen des Bestatterlehrgangs am Cypress College«, sagte er. »Wir haben alle zugelassenen Bestatter für Südkalifornien. Wir haben 224 Besitzer von großen Vans. Wir haben die Mailingliste von *Arnie's Outdoors* – der größten Kette für Jagd- und Anglerbedarf im County. Wir brauchen eine Verbindung, Merci. Wenn wir nur eine Übereinstimmung auf zwei der Listen finden könnten, dann hätten wir etwas, womit wir anfangen könnten. Bis dahin breitet sich alles aus, wird größer, aber nicht konkreter.«

»Und vergessen Sie nicht die Käufer von Embalming-Maschinen, die wir morgen früh erhalten.«

Die hatte er tatsächlich vergessen.

»Genau. Diese Liste auch.«

»Wie viele Vans sind noch übrig?«

»Als ich heute Abend mit Claycamp gesprochen habe, waren 94 abgehakt. Die Nachtschicht wird nach dem, was gerade geschehen ist, etwas langsamer arbeiten. Aber bis zum Morgen sollten sie 120 oder 130 überprüft haben. Diese Reifen sind unser einzig greifbarer Beweis. Wenn wir den Van finden, finden wir auch den Handtaschendieb. Wenn wir bis auf zehn alle überprüft haben, würde ich vorschlagen, auch die Vans zu checken, die auf Frauen zugelassen sind, vielleicht sogar die geschäftlich genutzten Vans.«

»Was ist mit Straßensperren oder Verkehrskontrollen?«

Hess war sicher, dass er diesen Punkt bedacht hatte, aber er brauchte einen Moment, bis ihm wieder einfiel, was er sich dazu überlegt hatte. Als er sich endlich wieder erinnerte, fühlte er sich erleichterter, als er hätte sein sollen.

»Ich habe ein Diagramm erstellt von den Orten, an denen die Entführungen stattfanden, und von den Fundorten. Ich habe versucht, anhand dieses Diagramms seine Ausgangsbasis zu ermitteln. Aber dabei kam nicht viel heraus. Der Ortega bringt alles durcheinander, denn nur über ihn konnte man zu Jillson und Kane gelangen. Das bedeutet, sein Ausgangspunkt könnte überall diesseits der Berge liegen. Ich will damit sagen, dass wir im ganzen County Straßensperren aufstellen müssten, um eine reelle Chance zu haben, diesen Van zu erwischen.«

»So viele Leute wird uns Brighton nie zur Verfügung stellen. Nicht für einen meiner Fälle. Niemals.«

Hess vermutete, dass sie Recht hatte, schwieg aber. Er spürte wieder, wie sein Blut kochte.

»Sagen Sie es ruhig, Hess. Ist mir egal.«

»Er wartet darauf, dass Sie scheitern«, erwiderte er.

»Werden Sie aktiv dazu beitragen? Oder schreiben Sie einfach den Bericht, wenn es passiert ist?«

»Weder noch.«

»Ich bin nur eine gottverdammte Frau, nicht der Antichrist. Ich weiß gar nicht, warum ihr Kerle so viel Angst vor mir habt.«

Hess sah aus dem Fenster, merkte, wie alles vor seinen Augen verschwamm.

»Und? Was ist der Grund? Warum habt ihr Kerle vor uns Frauen so viel Angst?«

»Wir sind alt.«

»Nein, da steckt mehr dahinter. Es liegt daran, dass wir Frauen sind.«

»Wir glauben, ihr wollt uns das Sperma abzapfen, in Flaschen füllen und uns dann alle töten.«

Sie lachte. »Klingt gut.«

»Na also. Das ist der Grund.«

»Das habe ich nicht ernst gemeint. Aber um mal ernst zu werden: Warum sollten wir das tun wollen?«

»Vielleicht würden wir das tun, wenn wir Frauen wären.«

»Nein, dafür mögt ihr unseren Körper zu sehr. Das Vergnügen, das ihr aus ihm zieht.«

»Stimmt. Wir fürchten, dass ihr Frauen die Welt zu eurem Vorteil regieren würdet, wenn ihr an der Macht wärt. Wir regieren sie schließlich zu unserem.«

»Das ist richtig, das würden wir tun. Zumindest ich würde das tun.«

»Tja, und Brighton weiß das.«

Merci schwieg daraufhin lange, und Hess sah, dass sie durch die Scheibe Colesceaus Haus anstarrte. Zwei neue Nachbarn kamen mit dem Auto zur Nachtwache – ein Paar mit einer Kühltasche und einer Laterne. Das CNB-Nachrichtenteam filmte die Ankunft des Paares, dann richtete es seine Kameras wieder auf Meadowlark Nr. 12.

Hess beobachtete, wie die beiden Demonstranten ausstiegen und Arm in Arm losmarschierten. Der Mann trug ein Schild in der Hand, für das es im Moment kein Publikum gab. Ein besorgtes Pärchen mittleren Alters, das an diesem Abend nichts Besseres zu tun hat, dachte Hess. Wahrscheinlich hatten sie zu ihrer Collegezeit aus ähnlichen Gründen gegen den Vietnamkrieg protestiert. In der lauen Nacht konnte er ihre Stimmen hören, jedoch ihre Worte nicht verstehen. Es war schön, dass es zwischen menschlichen Wesen nicht nur Schlachtfelder gab, dass ein Mann und eine Frau sich entscheiden konnten, zusammen zu sein und etwas zum Guten zu bewegen.

Aber seine Gedanken kehrten zu der anstehenden Aufgabe zurück und diese lag in finsterster Dunkelheit.

»Ich glaube, er spart sie sich auf, schneidet sie sich für seinen Bedarf zurecht. Ihre Körper. Wie Sie schon sagten, Männer mögen den weiblichen Körper. Aber er fürchtet sich vor dem Leben in ihnen. Er fürchtet, sie könnten seinen Samen abzapfen, in Flaschen abfüllen und ihn töten. Darum war ich anfangs auch der Ansicht, dass Colesceau unser Mann sein könnte. Das Aussehen? Stimmte nicht. Seine Lebenssituation? Stimmte auch nicht. Das war mir schon klar. Aber ich spürte etwas, was ich nicht verstand, in seiner Wohnung, in ihm. Ich wünschte, ich wüsste, was es war. Wir suchen nach einem Kerl, der Colesceau innerlich sehr ähnelt. Stellen Sie sich seine Albträume vor, wenn er einmal die Woche weibliche Hormone gespritzt bekommt. Können Sie sich vorstellen, wovon er träumt?«

»Nein. Können Sie das?«

»Ich habe es versucht. Und es läuft immer auf das eine hinaus: *Zorn.*«

»Sprechen Sie weiter.«

»Zum einen wissen wir, dass er Wut mit Lust gleichsetzt. Wahrscheinlich hat er das schon sein ganzes Leben lang so gehalten oder doch einen Großteil seines Lebens. Er vergewaltigt. Zum Zweiten bedeutet Wut für ihn eine Erektion, und die wiederum ist für ihn ein Instrument, das ihm Vergnügen bereitet und einem anderen Schmerz.«

»Okay.«

»Wenn er also gefangen und kastriert wird, nimmt man ihm die Möglichkeit, seinen Zorn und seine Lust auszuleben. Aber man nimmt ihm nicht die Gefühle selbst. Wut mündet jetzt nicht in eine Erektion; folglich hat er kein Instrument, um sich Vergnügen zu verschaffen und anderen Schmerz zuzufügen.«

Hess sah, wie sie überlegte. »Er braucht neue Möglichkeiten, seine Gefühle auszuleben.«

»Das dachte ich zuerst auch. Aber was ist, wenn er sein altes Leben einfach zurückhaben will? Allerdings kann er ihren Körper jetzt nicht in Besitz nehmen. Er kann nur … den Tag X vorbereiten. Warum sollte er sie also nicht einfach umbringen und sie sich für den Tag aufsparen, an dem er wieder fähig ist, seine Lust auszuleben?«

»Okay, das ergibt Sinn.«

Hess fiel der merkwürdige Tonfall in ihrer Stimme auf, als ob sie versuchte, ihn rasch an diesem Aspekt vorbeizulotsen.

»Auf diesen Fotos hat mich der Hinterkopf von Colesceau nicht überzeugt«, fuhr er fort. »Ich möchte, dass Gilliam die Bilder für uns vergrößert. Und ich denke, wir sollten Colesceau aufs Revier holen und ihm ordentlich zusetzen. Wir könnten ihm erzählen, dass *sein* Fingerabdruck auf der Zündkerze gefunden wurde. Wir könnten die Handtaschen der Reihe nach aufstellen, damit er sie sieht. Wir könnten ihm sagen, dass wir eine Zeugin haben. Wir sollten in seinen Kopf eindringen und uns dort als Messerwerfer betätigen.«

Sie schwieg wieder, dann schien ihre Stimme von weit weg zu kommen, leise, aber drängend.

Sie hielt ihn am Ärmel fest, und was sie sagte, überraschte ihn. »Tim, er ist es nicht. Wir haben Fotos von ihm, wie er während der Tatzeit vor dem Fernseher sitzt. Wir haben Dutzende von Zeugen. Er kann nicht aus seinem Haus, ohne dass es die ganze Welt nicht sofort erfährt. Verstehen Sie, Tim? *Er ... ist ... es ... nicht.*«

Sie schaute ihn an und er entdeckte die Enttäuschung in ihrem Gesicht. Er glaubte auch etwas von dem Entsetzen zu erkennen, das sich in ihren Augen gezeigt hatte, als sie die Herzmassage an dem jungen Jerry Kirby durchgeführt hatte. Aber jetzt wirkte sie anders. In dieser Garage in El Modena hatten auch Empörung und Zorn in ihrem Blick gelegen. Das war jetzt nicht so. Mitleid hatte ihren Platz eingenommen, was Hess unerträglich fand, weil er wusste, dass es ihm galt. Sie drehte sich um und sah durch die Scheibe auf die Menge. Hess betrachtete ihre Augen von der Seite, die jetzt auf das Lenkrad blickten.

Er wusste, dass ihn sein Verstand eines Tages im Stich lassen würde, und er hoffte, dass dadurch niemand zu Tode kam. Er hatte immer damit gerechnet, dass es sich mies anfühlen würde. Er hatte sich vorgestellt, dass er sich und seinem Partner närrisch und alt und nutzlos und ausgebrannt vorkommen würde. Aber er würde damit zurechtkommen, weil es bedeutete, dass ein Teil seines Lebens vorüber war und er mit Stolz zurückblicken konnte. Es würde nur bedeuten, dass er nun alt war, mehr nicht. Er hatte sich vorgestellt, dass er an diesem Tag seine Marke und seine Waffe zurückgeben und dann mit seiner Frau zu der kleinen Hütte in Idaho oder Oregon fahren würde, wo er angelte und die Enkelkinder zu Besuch kamen und so lange blieben, wie sie wollten. Ja, hatte er sich gesagt, er würde sich gut fühlen, wenn er eines Tages die Dinge langsamer angehen würde.

Aber dieser Augenblick war jetzt gekommen und er fühlte nichts als Scham. Hess war dankbar für die Dunkelheit, die sein Gesicht vor Merci verbarg.

»Also gut, vergrößern wir die Fotos, Tim. Aber mit dem Verhör warten wir noch ab. Das würde uns einen halben Tag Vorbereitung kosten und noch mal einen halben Tag Verhör. So viel Zeit will ich im Augenblick nicht darauf verwenden. Ich hatte für heute ein Treffen von Kamala Petersen mit den Kunstfuzzis arrangiert, damit sie die Skizze kolorieren können. Hoffen wir, dass alles geklappt hat. Morgen tapezieren wir das ganze County damit, halten es allen Leuten in jedem Einkaufszentrum, in dem er war und in dem er nicht war, vor die Nase. Und heute Abend schließen wir in unser Nachtgebet die Bitte ein, dass Bart Youngs Liste uns eine Übereinstimmung beschert. Oder dass die Reifenprüfer einen Satz nicht zueinander passender Reifen an einem großen, silbernen Van finden. Und dass wir nicht noch einen Jungen verlieren.«

»Gut. Da bin ich dabei.«

Sie legte die Hand auf seine Schulter. »Helfen Sie mir, ihn zu finden, Hess. Ich brauche Sie.«

»Ich tue alles, was ich kann.«

»Das weiß ich.«

Colesceau trat auf seine Veranda. Hess beobachtete ihn,

wie er – in das gelbe Gartenlicht von links getaucht – bewegungslos die sechs Leute vor sich anblickte. In den Händen hielt er ein Tablett mit dampfenden Tassen.

Die Demonstranten standen auf und hielten ihre Schilder hoch. Der CNB-Kameramann filmte das Ganze.

»Wir sollten ihn schon deshalb hochnehmen, weil er so eine Dumpfbacke ist«, erklärte Merci. »Was hat er da, heiße Schokolade?«

Hess beobachtete, wie Colesceau auf seine Folterknechte zuging, das Tablett vor ihnen abstellte, sich dann aufrichtete und sie ansah. Über ihre Köpfe hinweg blickte er zu Mercis Wagen, aber Hess konnte im Dunkeln nicht wahrnehmen, ob Colesceau das Auto wiedererkannte. Der Kameramann bemühte sich, seine Zielperson gut ins Bild zu setzen.

Colesceau sprach mit seinen Nachbarn, aber Hess verstand kein Wort. Dann verbeugte sich der kleine, dunkelhaarige Mann vor der Menge und lief langsam in sein Haus zurück.

Etwas später ging das Licht im Erdgeschoss aus und das im ersten Stock an. Hess konnte durch den halb geschlossenen Vorhang die Andeutung einer Gestalt erkennen, den Schatten eines Schattens an der Decke. Eine kurze Sekunde lang schaute jemand aus dem Fenster.

Dann wurde es auch im ersten Stock dunkel und hinter den Jalousien im Wohnzimmer flackerte das blaue Licht eines Fernsehers.

»Er sieht die ganze verdammte Zeit fern«, sagte Merci. »Was für ein Leben, Hess, tun Sie jetzt bloß nicht das, was ich vermute.«

Aber er öffnete die Wagentür und schlenderte über die Straße zum Wohnzimmerfenster. Die Abendluft war kühl und es roch schwach nach Zitronen und Smog. Seine Beine fühlten sich falsch an. Wegen Jerry Kirby, sagte er sich.

Hess blickte durch einen Spalt in der Jalousie und sah, was Rick Hjorth' Kamera am Abend zuvor eingefangen hatte.

Colesceau saß zusammengesunken auf seiner Couch und kehrte Hess den Rücken zu. Nur sein Kopf war sichtbar, während er sich auf CNB die »Vergewaltiger-Mahnwache, Irvine« anschaute. Der Sender zeigte gerade eine Liveaufnahme von Colesceaus Haus. Eine Echtzeit-Uhr lief in der unteren rechten Ecke des Bildes und Hess sah sich selbst vor dem Fenster stehen.

Er beobachtete, wie Colesceau sich umdrehte, über die Schulter blickte und sich dann wieder dem Fernsehbildschirm zuwandte. Auf dem Rückweg winkte Hess in die Kamera, blieb an der kleinen Menge stehen und fragte sie, was Colesceau zu ihnen gesagt hatte.

»Er sagte, wir sollten Tim und Merci ausrichten, sie könnten auch heißen Cidre bekommen. Hier bitte, falls Sie das sind.«

33

Acht Minuten später fuhr Big Bill Wayne den silbernen Van rückwärts aus der Garage, wendete, gab Gas und brauste davon. Er atmete schwer und schwitzte heftig. Diesmal hatte er es in Rekordzeit geschafft. Und wie hilfreich, dass er die Cops vor Colesceaus Haus kommen und gehen sah, live im Fernsehen!

Er fuhr zügig, hielt sich aber an die Geschwindigkeitsbegrenzung. Er erreichte den dunklen Ortega und folgte dem Verlauf des mondbeschienenen Highways, der sich durch die Hügel schlängelte. Er musste an seinen Lieblingsvers denken: *The road was a ribbon of moonlight over the purple moor / and the highwayman came riding, riding, riding / The highwayman came riding / Up to the old inn door.*

Er fand LaLondes Unterkunft. Genau das, womit man bei einem arbeitslosen Ex-Sträfling rechnen würde: eine Lagerhalle, billig angemietet. Nachdem er dreimal geklopft hatte, zog jemand die Rolltür hoch. Es war, als erhielte er Einlass in eine Burg. Nur dass die Tür aus blauem Stahl war und Lee LaLonde alles andere als ein Edelmann. Bill stand in seinem schwarzen Anzug, der Westernkrawatte und den goldenen Haaren vor ihm, mit Pandoras Büchse in seiner Einkaufstasche. Er schnupperte in LaLondes Höhle, ob Gefahr lauerte oder eine günstige Gelegenheit auf ihn wartete.

»Hi, Bill«, sagte LaLonde.

»Repariere das, Partner.«

Der junge Mann mit dem Pferdegebiss nickte und lächelte. Bill wusste, dass er geschlafen hatte. Also trat er ohne Einladung ein, drehte sich auf den Absätzen seiner Stiefel um und starrte LaLonde an.

»Es hat plötzlich nicht mehr funktioniert. Ich dachte mir, du findest sicher den Grund dafür.«

»Ja klar. Willst du ein Bier?«

»Nein, Ich hab's eilig.«

»Kein Problem. Ich kümmere mich darum.«

Bill reichte dem Jungen die Tasche und beobachtete, wie er zu einer seiner Werkbänke ging. LaLonde zog an einer Schnur und die Neonröhren über ihnen gingen flackernd an.

»Du kannst dich setzen, wenn du willst. Ich habe mich schon gefragt, ob ich dich mal wiedersehen würde. Wie geht's denn so?«

»Wie soll *was* gehen?«

Bill gefiel der verstohlene Blick nicht, den LaLonde ihm zuwarf, und auch nicht dieses scheinbar beiläufige Geplauder. Er hatte keine Lust, sich auf LaLondes Couch zu setzen.

Er zog ein paar Latexhandschuhe heraus und besichtigte die Halle: sinnlose Erfindungen, ordentlich aufgereihte Werkzeuge, Poster von Mädchen. Wunderschöne Frauen, made in America. Vor ihm lag eine Schuhschachtel mit gleich aussehenden Metallringen, ungefähr zehn Stück, die groß genug waren, um das Handgelenk einer zierlichen Frau zu umschließen. Aus jedem Ring ragte ein dünner Stab hervor. Jeder Stab wurde zu einem flachen, dünnen, funkelnden Blatt aus Metall in der Größe einer Vierteldollarmünze. Auf Bill wirkte es so, als handele es sich um eine Art Schöpfkelle.

»Was ist das hier?«, wollte Bill wissen und schlug mit der Hand gegen die Rückseite der Schachtel.

»Der kleine Taschenlampenfreund.«

»Wozu ist der gut?«

»Man legt einen Ring um das Ende der Taschenlampe und richtet den Deflektor auf den Lichtstrahl aus. So trifft ein Teil des Lichts auf die Füße, wenn man den Lichtstrahl ansonsten geradeaus richtet. Dann kann man sehen, wohin man tritt, und gleichzeitig sein Ziel anleuchten.«

»Das lenkt Licht auf die Füße, wenn man im Dunkeln geht?«

»Yep.«

»Und das funktioniert?«

»Nicht richtig. Ich glaube nicht, dass man Licht auf diese Weise in zwei verschiedene Richtungen lenken kann. Der zweite Lichtstrahl fällt dann zu schwach aus. Aber ich will nur drei Dollar dafür haben.«

Bill fand die Idee nicht schlecht. Obwohl ihm einige der Sachen auf LaLondes Tisch auf dem Lake-Elsinore-Flohmarkt besser gefallen hatten. Und natürlich war die elektronische Alarmüberbrückung, die er in Auftrag gegeben hatte, das Beste von allem. Besser wäre vielleicht nur ein Gerät, das sich auf einen Menschen richten ließ, der dann alles tat, was man von ihm verlangte. Wie eine Waffe, aber ungefährlich und legal. Etwas Kleines und Geheimnisvolles, was man nicht sehen könnte. Tja, vielleicht eines Tages.

Aber nun zu praktischeren Überlegungen. Bill fragte sich, ob LaLonde imstande wäre, eine Art Schaukasten zu bauen, in dem er seine Führerscheinsammlung aufbewahren konnte. Etwas, womit er angeben konnte. Etwas, was sich jederzeit erweitern ließ.

»Was ist das?«

Es waren zwei Plastikteile in der Größe von Badezimmerfliesen, die im rechten Winkel miteinander verbunden waren. An einer Seite befand sich ein großer Saugnapf. Aus dem Boden des einen Teils ragte ein sieben Zentimeter langer Schlauch, der in einer Art Verbindungsstück endete; an dem anderen Teil befand sich ein kurzes Mundstück.

»Hat auch nicht funktioniert.«

»Ich wollte wissen, was es ist, Partner.«

»Der Duschkabinenkaffeehelfer. Ein Kaffeewärmer für die Dusche; du weißt schon, wenn du an einem kalten Morgen duschen willst, aber gleichzeitig auch eine Tasse Kaffee trinken möchtest. Mit dem Saugnapf wird er an der Kabinenwand befestigt. Man stellt die Tasse auf das Plastikteil. Der Schlauch führt Wasser aus dem Heißwasserhahn zu und lässt es durch die Spule laufen. Das abgekühlte Wasser läuft aus dem Mundstück, sodass wieder heißes Wasser nachströmen kann.«

Bill stellte den Kaffeehelfer auf der Werkbank ab. »Was stimmt jetzt nicht mit meinem Gerät?«

»Ich bin ja dabei, ich bin ja dabei.«

Bill hörte, wie LaLonde herumfuhrwerkte. Er inspizierte die Werkzeuge und Gegenstände, die auf den anderen Werkbänken lagen, sah sich in dem Wohn- und Kochbereich um, warf einen Blick ins Badezimmer. Neben dem Kühlschrank stand ein Tisch mit einer Resopalplatte. Darauf befanden sich ein Salz- und ein Pfefferstreuer, einige Fachzeitschriften für Erfinder und ein Briefständer aus Draht, in dem die Briefe so angeordnet waren, dass sie aufrecht standen und sich wie die Schwanzfedern eines Pfaus auffächerten. Dieser Schwanz ließ sich drehen. Bill drehte ihn einmal, dann noch einmal. Kein Quietschen. Der kleine Bastard leistete gute Arbeit, wenn ihm danach war. Eine braune Visitenkarte mit schwarzer Schrift und einem goldenen Logo fiel heraus, als er den Briefhalter nochmal um seine Achse drehte.

Orange County Sheriff-Coroner Department
Sergeant Merci Rayborn
Mordkommission

Bill drehte die Visitenkarte um und lächelte in sich hinein: ihre Privatnummer, in der schrägen Handschrift einer Frau. Er ließ die Karte in die Tasche seines Mantels gleiten. Wann?, fragte er sich. Wann waren sie hier gewesen? Und woher wussten Sie es?

»Wo liegt jetzt das Problem?«, wollte er wissen.

»Es ist nur die Zündkerze. Ich setze eine neue ein, dann sollte es wieder funktionieren.«

Bill überlegte, wo die alte herausgefallen sein könnte. Der Defekt hatte sich nach Jane eingestellt. Womöglich waren LaLondes Fingerabdrücke auf der Zündkerze gewesen. Wenn sie in der Nähe ihres Wagens herausgefallen war …

»So, bitte«, sagte LaLonde.

Bill sah zu ihm hinüber: dümmliches Grinsen, die Haare noch vom Schlaf zerzaust, Jeans, die ihm fast von den mageren Hüften rutschten und auf die er fast trat.

»Ja, der Schaltkreis funktioniert jetzt wieder. Der Frequenzsucher auch. Ich habe dir auch noch ein paar neue 9-Volt-Zündkerzen eingebaut.«

So fröhlich, dachte Bill, dabei ist er schuldig. Achte jetzt mal auf sein Gesicht. »Wann hast du mit Sergeant Rayborn gesprochen?«

»Wer ist das?«

»Die dunkelhaarige Polizeibraut, die hier war, Partner.«

Der Geruch von etwas Verbranntem waberte durch die Lagerhalle.

»Ach, *die*. Vor zwei Wochen – sie stellten Fragen über diesen Kerl, mit dem ich die Zelle geteilt habe. Sie glauben, er raubt wieder Leute aus, und dachten, ich wüsste was darüber. Ist aber nicht so. Selbst wenn, würde ich den Bullen nichts davon sagen.«

»Natürlich nicht. Und der Alte, Hess, war der auch hier?«

»Der alte Furz? Klar. He, das Ding funktioniert wieder. Sieht gut aus, Bill.«

»Führ's mir mal vor.«

»Tja, kann ich nicht. Es sei denn, dein Auto hätte eine elektronische Diebstahlsicherung.«

»Hat es nicht.«

»Meins auch nicht. Alter Schrotthaufen. Jedenfalls ist es repariert. Es war nur die Zündkerze. Muss irgendwo herausgefallen sein. Ich habe jetzt ein Stück Draht angelötet, damit das nicht wieder vorkommt.«

LaLonde hielt ihm das kleine Gerät hin. Bill ging zu ihm und nahm es in die Hand, prüfte die neue Zündkerze und die angelötete Halterung. Die Lötpistole lag auf der Werkbank, die Spitze ruhte auf einem Zinnaschenbecher, Rauchwölkchen stiegen zu den Neonröhren auf.

Bill ergriff die Lötpistole. »Riecht nach verbrannten Knochen.«

»Keine Ahnung, wie die riechen, Bill.«

»Ich habe mal eine Frau verbrannt, aber die war schon tot.«

»Herr im Himmel! Ich habe das auch ein paarmal tun wollen. Du weißt schon, wenn ich echt wütend auf jemanden war.«

»Ich brauche zwei zusätzliche Zündkerzen.«

LaLonde nickte und nahm einen Plastikkasten von der Werkbank. Er wühlte seine Fächer durch, fand zwei Zündkerzen und hielt sie Bill hin.

»Danke. Hier kommt der Lohn für das, was du getan hast.«

Bill griff in seine Tasche.

»Du musst wirklich nicht …«

Bill zog die Derringer heraus und schoss dem Erfinder in die Stirn. LaLonde sackte auf den Boden, als hätte man ihm den Teppich unter den Füßen weggezogen. Er zuckte, und das Blut, das aus seinem Kopf strömte, lief tiefrot über den Zementboden. Bill schoss ihm in die Nase.

Ihm kam der Gedanke, dass manche Menschen viel über so eine Tat nachdachten, darüber, ob sie richtig oder falsch war.

Dann wurde der Verräter steif. Der Orgasmus seines Lebens, dachte Bill.

Er zog 32 Dollar aus LaLondes Stoffbrieftasche, dann warf er das abgenutzte Leinenteil auf den Boden.

55 Minuten später stieg Colesceau die Treppe zu der blauen Fernsehdunkelheit hinunter, um noch etwas CNB zu schauen.

Der Sender brachte die alten Nachrichten des Tages, weil es sich nicht lohnte, ständig neue Nachrichten zu produzieren. Daher lief erneut »Vergewaltiger-Mahnwache, Irvine«, und man sah Colesceaus unablässige Folter, die vom Kameramann und von Lauren Diamond festgehalten worden war.

Colesceau ging zur Tür und öffnete sie. Das waren sie, die wenigen nach 22 Uhr: Zwei Pärchen, die auf Gartenstühlen saßen, die im Halbkreis angeordnet waren, starrten auf seine Tür. Sie spielten Karten. Ein Paar trug Tennissachen. Ein Handtuch lag auf den Schultern des Mannes. Niemand schien den heißen Cidre angerührt zu haben. Der Kameramann stieg aus dem CNB-Van und lief mit seiner Kamera auf ihn zu, allerdings filmte er nicht. Eine Zigarette hing in seinem Mundwinkel. Colesceau hatte einmal seinen Namen gehört, Mark, und er mochte seine nachlässige Kleidung und die Tatsache, dass der Kameramann selten zu schlafen schien.

»Tja, Mark, unsere Gesetzeshüter wollen keinen Cidre.«

»Offenbar nicht«, meinte Mark, der mit seinem Mikrofon herumhantierte.

»Sie sind vor einer halben Stunde weg.«

»Hmm.«

Colesceau schlurfte in seinem Bademantel und den weißen Socken über die Veranda und durch den Vorgarten, beugte sich vor und hob das Tablett hoch.

Die Demonstranten starrten ihn an, die Karten noch in den Händen. Der Tennismann stand auf.

»Schläfst du denn niemals, Arschgesicht?«

»Doch. Gleich.«

»Du kannst von all den alten Leuten träumen, die du missbraucht hast.«

»Genauer gesagt, habe ich sie vergewaltigt. Und ich habe nie von ihnen geträumt. Kein einziges Mal.«

»Sie sind widerlich«, erklärte die Tennisfrau.

»Wenn ich je Gelegenheit dazu bekomme«, kündigte der Tennismann an, »dann prügele ich dich grün und blau.«

»Das weiß ich. Bitte richten Sie der vernünftigen und anständigen Trudy Powers meine Grüße aus.«

»Sie hält dich für einen Flachwichser.«

Colesceau seufzte. Er schaute zu Mark, der jetzt direkt neben ihm stand und filmte, dann wieder zu dem Tennispaar.

»Ich habe meine Strafe abgesessen und bin rehabilitiert. Harmlos. Warum haben Sie nur so viel Angst?«

»Am liebsten würde ich dir deine Eier einfach abschneiden.«

»Warum? Um daraus Ohrringe für Ihre Frau zu machen?«

Daraufhin beschimpften ihn alle und Mark zoomte näher.

Colesceau ging wieder in Richtung Haus. Auf seiner Veranda drehte er sich um, balancierte das Tablett auf einer Hand und winkte.

34

Merci parkte auf dem Parkplatz der Klinik neben dem Wagen von Hess. Tau hatte sich in der kühlen Nacht auf die Limousine gelegt, sodass jetzt einige Blätter eines Eukalyptusbaumes an ihr klebten. Was für ein furchtbarer Ort nach einem langen Arbeitstag, dachte Merci. Und nach einer langen Arbeitsnacht. Hess hatte seit der Schießerei nicht viel gesprochen. Sie wusste, dass ihm die Colesceau-Idee peinlich war. Vielleicht war er aber auch einfach nur sauer, weil sie nicht darauf ansprang. Aber das wäre nicht klug gewesen, das war ihr klar. Sie hatte es sich gut überlegt.

Abgesehen davon, beschäftigte sie unablässig Jerry Kirbys Tod. Diese Gedanken hatten sich in der Nacht wie eine Infektion in ihr ausgebreitet. Sie wusste, dass auch Hess sich infiziert hatte.

»Ich wohne nur zwanzig Minuten von hier«, sagte sie. »Wollen wir bei mir noch etwas essen?«

»Es ist fast 21 Uhr.«

»Ich weiß, wie spät es ist.«

»Dann gern.«

»Ich wohne mitten in einem Orangenhain. Fahren Sie mir hinterher.«

Sie wartete, während Hess ausstieg und in seinen Wagen kletterte. Er wirkte unsicher, als er die Tür öffnete, als ob er nicht wusste, wie viel Kraft es erfordern würde, und er deshalb ein wenig zu viel einsetzte.

Zu Hause öffnete Merci die Fenster, schaltete den Fernsehapparat ein und mixte zwei Scotch mit Soda. Von beidem hatte sie eine große Flasche gekauft, weil sie den Drink mit ihm in jener Nacht am Strand sehr genossen hatte. Sie zog sich die blutigen Hosen aus und duschte. Dann hörte sie den Anrufbeantworter ab – Mike McNally, *schon wieder*, der hoffte, sie habe sich im Kraftraum »keinen Bruch gehoben«.

Dann der Mann von *Bianchi*, der ankündigte, das Halfter sei per Luftpost an sie abgeschickt worden, auf Kosten von *Bianchi*, keinerlei Verpflichtung ihrerseits, er hoffe nur, sie werde es benutzen. Sie hätten es an ihre Privatadresse geschickt, denn dieses Angebot ging, wie er wiederholte, nur an »ausgewählte Gesetzeshüter«.

»›Ausgewählt‹ – wer's glaubt«, murmelte sie. »Aber immer her damit.«

Dann durchsuchte sie ihre Schränke nach etwas Essbarem, was man nur aufwärmen musste. Doch es gab nur Eintopf mit Rindfleisch oder Nudeln in einer Styroporverpackung; also entschied sie sich für den Eintopf. Sie fand auch noch ein paar Cracker, die noch nicht völlig altbacken waren. Sie versuchte, die Cracker kunstvoll auf dem Rand eines schicken Serviertellers zu arrangieren, aber sie rutschten immer in die Mitte. Zum Glück hatte sie immer Orangen da, also schälte sie zwei besonders große und zerteilte sie. Nur zwei Schluck von dem Drink und er stieg ihr schon zu Kopf.

Hess sah CNB, als sie den Servierteller hereintrug. Die Orangenbäume dufteten so stark, als wüchsen sie durch die Fliegengitter. Hess schaute Merci an. Eine Katze lag auf seinen Oberschenkeln, eine weitere hatte ihren Kopf in seinen Schoß gelegt. Sie verscheuchte die eine und stellte den Servierteller auf den Couchtisch. Die Katze, die auf seinen Schenkeln gelegen hatte, hatte sich aufgerichtet, war aber nicht verschwunden. Ihr Schwanz wippte trotzig auf und ab, also hielt Merci ihr eine Orangenspalte vor die Schnauze und spritzte ihr den Saft ins Gesicht. Die Katze machte, dass sie wegkam.

»Ist schon okay«, beschwichtigte Hess.

»Ungeziefer.«

»Warum haben Sie dann so viele?«

»Ich mag sie.«

Sie aßen ein paar Cracker und Orangenspalten. Dann stießen sie an und tranken, aber keiner von beiden sprach einen Toast aus. Es gab nichts zu sagen, wenn man bedachte, was Jerry Kirby zugestoßen war, und sie konnten an nichts anderes denken. Merci sah ihn vor sich, auf dem Zementboden, jung, aber tot. Sie riss sich zusammen und schob den Gedanken beiseite. Er verharrte außerhalb ihres Bewusstseins, doch Merci wusste, dass er irgendwann zurückkehren würde.

Es war in ihrem Leben nicht oft vorgekommen, dass sie ihre gesamte, nicht unbeträchtliche Willenskraft auf eine vorliegende Aufgabe gerichtet hatte und dennoch mit leeren Händen dastand. Doch bei Jerry Kirby war das der Fall. Merci zweifelte an sich selbst, fragte sich, ob sie möglicherweise doch nicht so stark war, wie sie zu sein glaubte. Sie hatte alles in ihrer Macht Stehende getan, um ihn am Leben zu halten, aber er war gestorben. Jetzt kam es darauf an, diesen Gedanken beiseite zu schieben, damit sie irgendwann neu darüber nachdenken konnte, herausfinden konnte, was schief gelaufen war, um es das nächste Mal richtig zu machen.

Also nippte sie an dem Drink und ließ sich vom Alkohol benebeln.

»Ich kann nur Eintopf aus der Dose oder Styropornudeln anbieten.«

»Ich mag Eintopf. Erinnert mich an unsere Jagdausflüge in Idaho. Schauen Sie, schon wieder Colesceau.«

»Im Fernsehen wirkt er größer.«

Merci guckte sich an, wie er um 22 Uhr 15 aussah, in Socken und Bademantel, beobachtete, wie er das Tablett einsammelte und versuchte, mit den Tennisleuten zu reden. Sie nippte noch zweimal an ihrem Drink. Als Colesceau erklärte, seine Hoden würden gute Ohrringe für die Ehefrau des Tennismannes abgeben, spottete Merci: »Die würde ich ja gerne mal sehen.«

Hess schwieg.

Dann kündigte der CNB-Moderator an, dass sie gleich zurückschalten würden, aber jetzt gäbe es erst einmal die Verkehrsnachrichten, den Wetterbericht und eine aktuelle Meldung über einen Mord im nahe gelegenen Lake Elsinore.

»Vielleicht hat der Handtaschendieb LaLonde umgebracht, weil sein Gerät nicht mehr funktionierte«, sinnierte Hess.

Hess' Gedankensprung überraschte sie. Er kam so rasch

und wirkte völlig unmotiviert. Doch wenn sie es sich recht überlegte, war dieser Gedanke gar nicht so abwegig. Wenn der Handtaschendieb LaLonde tatsächlich getötet haben sollte, dann könnte das in der Zeit passiert sein, als sie vor Colesceaus Haus saßen, vor etwa einer Stunde. Oder vielleicht kurz nach ihrer Abfahrt. Doch wie auch immer, CNB hatte Colesceau gefilmt, *zu Hause,* nicht in Lake Elsinore.

Vielleicht würde Hess wenigstens seinen eigenen Augen trauen, wenn er ihr schon nicht glauben wollte.

Und dann kam es. Als ob Hess es willentlich herbeigeführt hätte, als ob er das Bild gesehen hätte, noch bevor es auf den Bildschirm erschien.

Die Erregung breitete sich zusammen mit dem Scotch in Mercis Körper aus, während der CNB-Moderator den Mord am »Amateur-Erfinder und verurteilten Autodieb Lee LaLonde in seiner Werkstatt in Lake Elsinore« verkündete. Offenbar war er »im Laufe des Abends« von einem unbekannten Eindringling ermordet worden. Das Sheriff-Büro aus Riverside erklärte, dass es sich um einen Raubmord handelte.

Merci sah sich die Aufnahmen der Werkstatt an, die offene Tür und das flatternde Absperrband der Polizei, Deputys, die versuchten, ihren Job zu erledigen.

Hess war schon am Telefon. Er hinterließ eine Nachricht und ihre Nummer, legte auf und nahm das schnurlose Gerät mit zur Couch. Dann zog er den kleinen Notizblock aus seiner Jackentasche, blätterte darin und schrieb etwas auf.

Das Telefon klingelte weniger als eine Minute später. Es ärgerte Merci, dass Hess abnahm. Er hörte einen Moment zu, erkundigte sich nach dem Zeitpunkt, hörte weiter zu. Dann dankte er jemandem und beendete das Gespräch, ohne sich zu verabschieden.

»21 Uhr oder 21 Uhr 30. Ein Nachbar hat gesehen, dass die Tür halb offen stand, dann entdeckte er die Leiche. Schuss in den Kopf. Sie halten es für einen Raub, bei dem der Täter überrascht wurde.«

»Tja, es war jedenfalls nicht Colesceau.«

»Nein, er war es nicht.«

Hess schaute sie an und sie nahm die Erschöpfung und die Unentschlossenheit in seinen Augen wahr. Er beugte sich mühsam vor und stand auf. »Wir könnten vielleicht helfen.«

»Die Riverside-Sheriffs brauchen uns heute Nacht nicht, Hess.«

»Ich weiß. Aber wir könnten vielleicht …«

»Ja. Ich weiß schon.«

Sie legte ihre Hand auf seine Brust, ganz sachte, und drückte ihn wieder auf die Couch. Er wehrte sich nicht, was sie traurig und erregend fand.

Sie aßen schweigend vor dem Fernsehgerät. Merci schaltete zu einer Wiederholung einer Sitcom um. Es war eine von denen, in der viele künftige Stars ihre erste größere Rolle gehabt hatten. Es war lustig, sie mit langen Haaren zu sehen. Hess schien gar nicht aufzupassen, aber er schenkte auch Merci keine Beachtung. Einen Großteil der Zeit schien er durch die dunklen, geöffneten Fenster aus dem Haus zu schauen. Er hatte seinen Mantel an, obwohl die Nacht mild war.

Merci fragte sich, ob alte Leute sich eher von Tragödien angesprochen fühlten – von Dingen, wie sie mit Ronnie Stevens oder Jerry Kirby passiert waren, oder dass man sich in dem Verdächtigen in einem Mordfall geirrt hatte. Sie zwang sich erneut, nicht an Jerry Kirby zu denken. Und sie versuchte, Hess im Geiste dazu zu bewegen, sich besser zu fühlen. Sie fragte sich, ob die Ereignisse ihn krank machten und er deshalb einfach nichts mehr zu sagen hatte.

Nach dem Essen gingen sie zwischen den Orangenbäumen spazieren. Es war Mercis Idee gewesen; sie wollte Hess aufheitern. Merci hatte frische Drinks gemixt und zwei große Taschenlampen mitgenommen, die sie im Mondlicht eigentlich gar nicht brauchten. Sie wollte Hess demonstrieren, wie es in einem Organgenhain roch. Und sie wollte, dass er etwas sah.

Jetzt stand sie quer über einer schmalen, braunen Furche und hörte sich selbst zu Hess sagen, er solle tief atmen, *tiiiief* atmen und schauen, ob er die Orangen in sich spüren könne.

»Nein. Eigentlich nicht.«

»Versuchen Sie es noch einmal.«

Das tat er. Er holte lange und tief Luft, und Merci fragte sich, wie viel von seinen Lungen herausgeschnitten worden war – hatte er gesagt, die Hälfte oder zwei Drittel? –, dann verbannte sie auch *diesen* Gedanken aus ihrem Kopf, weil er ihr im Moment im Weg war. Sie wollte Hess' Laune nämlich heben und ihm etwas über Gerüche und Orangen beibringen – und darüber, wie es sich anfühlte, ins Herz der Dinge vorzustoßen.

»Sie werden in Ihnen Wurzeln fassen«, versprach Merci.

»Das habe ich mir früher immer vom Meerwasser eingeredet. Dass es einen innerlich auch ein wenig in einen Ozean verwandelt. Denn süß ist salzig.«

»Genau diese Erkenntnis wollte ich Ihnen vermitteln.« Es war wirklich aufregend, einem älteren Menschen noch etwas beizubringen, auch wenn es nur wenig war.

»Na dann, Ziel erreicht.«

Sie kamen an die Seite des Hains, die an einem Bach endete. Merci konnte den Umriss des Schiebers zwischen dem Unkraut erkennen. Der Schieber trennte den Bach von einem zementierten Bewässerungskanal. Über ihnen schoben sich einige Wolken vor den Mond. Und gleich hinter dem Kanal erhoben sich die braunen Fassaden der Häuser einer jüngst errichteten Wohnanlage, deren Rückfronten groß und flach waren und kaum Fenster aufwiesen. Die Häuser erinnerten sie an Menschen auf einer Party, die dicht an dicht standen, aber den Blick abwandten. Jedes Mal wenn Merci aus dem

Hain hinaustrat, überraschten sie die Häuser aufs Neue, ihre Größe, ihr unerwartetes Auftauchen, obwohl sie genau wusste, dass sie dort standen.

»Es ist, als ob sie die Orangenhaine hinter uns nicht sehen wollen«, sagte Merci. »Sie sind sich zu fein dafür.«

»Die Bauherren?«

»Nein, die Häuser. Kaum ein Fenster; als ob sie die Orangenbäume nicht anschauen wollen. Aber das gilt dann wohl auch für die Bauherren, oder? Sie werfen nicht gerne einen Blick zurück auf die Geschichte und ihre Bauwerke.«

»Warum sollten sie auf dem Weg zur Bank auch einen Blick zurückwerfen?«

»Stattdessen stopfen sie nur immer mehr Leute in die Gebäude.«

»Das war für mich nie ein Problem. Die Leute müssen ja schließlich irgendwo wohnen. Wenn es ihnen nicht gefällt, können sie ja umziehen.«

»Warum bewahrt man manche Dinge nicht? Dieser Gedanke kam mir erst, als ich hier eingezogen bin. Und ich bin hier nur hergezogen, weil Dad den Besitzer kennt und die Miete nicht hoch ist. Manche Sachen sollte man einfach für die Nachwelt erhalten. Hess, Sie müssen sich unbedingt etwas ansehen.«

Merci führte ihn zum Bach hinunter, ließ ihre Taschenlampe alle paar Schritte aufleuchten, damit er nicht stolperte. Dann ging sie quer durch den Hain auf die Rückseite ihres Hauses zu. Das Eis in ihrem Scotchglas klirrte. Sie hörte hinter sich das Klappern von seinen Eiswürfeln und nahm noch einen Schluck. Ihre Ohren fühlten sich warm an, aber ihre Lippen kribbelten und auf ihrer Stirn gab es eine kühle Stelle.

»Da drüben?«

»Folgen Sie mir einfach.«

Merci näherte sich den letzten drei Baumreihen und konnte das hintere Ende ihres Hauses sehen, die Auffahrt, die um das ganze Haus herumführte, das Verandalicht, in dem es vor Katzen nur so wimmelte, und die Garage unter den dunklen Bäumen, ein Paradies für Ratten.

Sie trat aus dem Hain hinaus und ging über den hoch stehenden Rasen hinter ihrem Haus. Die Spitzen ihrer Turnschuhe wurden feucht. Hess war ein paar Schritte zurückgefallen, darum wartete sie, bis er sie eingeholt hatte. Als sie auf einer Höhe waren, hörte sie seinen heftigen Atem und fragte sich, ob Chemotherapie und Strahlenbehandlung ihm zu schaffen machten. Sie verdrängte diesen Gedanken sofort. Auch den Gedanken an Jerry Kirby verdrängte sie. Sie fühlte sich wieder stark, hatte sich wieder unter Kontrolle. Wahrscheinlich ist es der Scotch, dachte Merci. Also drehte sie sich um und ließ den Strahl der Taschenlampe auf das Kinn von Hess fallen – nicht in seine Augen –, lachte und schaltete sie aus.

»Sehr lustig«, kommentierte er.

»Ich *musste* das einfach tun.«

»Wo ist denn jetzt die große Touristenattraktion?«

»Hier drüben.«

Hinter der Garage befand sich ein Stück Brachland. Merci hatte entschieden, dass es früher einmal ein Gemüsegarten gewesen sein musste. Sie hatte ihre Entdeckung gemacht, als sie dort gegraben hatte, weil die Sickergrube ausgepumpt werden musste. Sie hatte versucht, Geld zu sparen. Genauer gesagt, hatte sie versucht, ihren immensen Zorn auf Mike McNally und seinen diabolischen kleinen Sohn in viel Schweiß zu ertränken, nachdem die beiden ihre Vorräte aufgegessen, das Geschirr ungespült gelassen und ihre Bluthunde ausgiebig auf den Rasen hatten scheißen lassen. Zum ungefähr einhundertsten Mal.

Sie hatte geglaubt, ein wenig Herumgraben würde helfen. Gemäß der Zeichnung des Eigentümers lag die Sickergrube ungefähr zwanzig Meter südlich der Garage. Die Zeichnung stimmte jedoch nicht. Der Zeichner hatte sich um mindestens zehn Meter geirrt, denn Merci fand die Grube nie. Nicht einmal ihren Rand. Aber der Boden war weich, und ihre Wut verrauchte, je mehr Blasen sie an den Händen bekam. Und sie machte einen Fund, was Merci bewies, dass der Wille, das Bekannte zu finden, zur Entdeckung des Unbekannten führen konnte. Ihre Mutter hatte von heiterer Gelassenheit gesprochen, aber sie war ohnehin immer etwas abgehoben gewesen.

Merci leuchtete mit ihrer Taschenlampe über die toten Disteln, bis sie die Holzbretter fand. Sie hatte das Sperrholz mit einem Ziegelstein gesichert und jede Menge Disteln mit Zahnseide an den Brettern befestigt. Das Letzte, was sie wollte, war, dass Kinder oder Hunde aus der Nachbarschaft über ihre Entdeckung stolperten – oder irgendwelche Schwachköpfe von der Universität.

Hess stand jetzt neben ihr. Sie hörte seine kurzen, präzisen Atemzüge. Er wirkte verloren, wie er so mit dem Haarschnitt eines Generals in seinem Mantel neben ihr stand und dorthin schaute, wohin das Licht der Taschenlampe fiel. Als er sie ansah, entdeckte sie ein kräftiges Funkeln in seinen Augen.

»Schöne Disteln«, lobte er.

»Sehen Sie sie sich mal genauer an.«

Merci stellte ihr Glas ab, legte die Taschenlampe daneben und hob den Ziegelstein mit beiden Händen hoch. Die Ränder waren scharfkantig und schnitten in ihre Finger. Sie griff unter die Holzleisten und schob sie zur Seite. Dann zog sie die Zeitungen heraus, die ihr als Füllmaterial dienten.

Anschließend stand sie wieder auf und leuchtete mit der Taschenlampe in die Öffnung.

»Darf ich Ihnen Francisco vorstellen? Er ist echt.«

Er sieht genauso aus wie das letzte Mal, dachte Merci, und wahrscheinlich sieht er schon ungefähr vier Jahrhunderte so aus. Das verrostete, nach oben gekrümmte Horn seines Konquistadorenhelms ragte über den darunter liegenden Schädel wie der Bug eines Schiffes. Die Knochen waren braun und wirkten auf Merci verstörend klein. Es hing noch etwas Haut an dem Schädel. Sie war schwarz und so dünn wie Papier. Franciscos Schönheit bestand in der Art und Weise, wie seine alten, braunen Knochen immer noch in der Rüstung steckten – Helm, Brustpanzer und Gürtelschnalle. Er schien ein winziger Mann zu sein, der in den harten, übergroßen Windeln der Geschichte feststeckte. Sein Schwert mit der stark verschlissenen Klinge lag an seiner Seite. Es war das Einzige an ihm und seiner Ausrüstung, was nicht klein wirkte. Im Vergleich zu den zerbrechlichen, über der Brust gekreuzten Händen, die es einmal geführt hatten, schien das Schwert sogar gigantisch zu sein.

»Ist der jetzt cool oder nicht?«

Hess beugte sich vor und sah in den Lichtkegel hinunter.

»Möglicherweise war er eine Art von Gesetzeshüter, aber sie haben ihm seine Arkebuse weggenommen, weil sie wertvoll war.«

»Er hat keine Marke.«

»Die ist vielleicht verrostet.«

»Hmm.«

»Wahrscheinlich war er einfach nur ein Soldat. Vor vierhundert Jahren reiste er um die halbe Welt und starb genau hier in meinem Garten.«

Merci blickte auf die kleinen, braunen Knochen und die armselige Bewaffnung hinab und fühlte, was sie immer fühlte, wenn sie Francisco betrachtete: dass er hier eine Mission erfüllt hatte, die viel gefährlicher und wichtiger war als alles, was sie je unternehmen würde; dass es damals jedes einzelne Jahr viel mehr wichtig Momente gegeben hatte als heute; dass die Menschen mehr Mut gehabt hatten. Und dass sie nicht sehr alt geworden waren.

Hess starrte weiter hinunter. »Er sieht schrecklich … einsam aus, da unten.«

»Er ist nicht mehr ganz allein, seit ich ihn gefunden habe.«

»Tja, Merci, auf mich wirkt er gottverdammt einsam. Haben Sie jemandem davon erzählt?«

»Wem? *Wem* kann man so etwas schon anvertrauen? Ein Wissenschaftler würde ihn mitnehmen. Das Gesundheitsministerium würde ihn mitnehmen. Ein Verwandter würde wahrscheinlich sagen, lasst ihn, wo er ist, aber wo mögen seine Verwandten sein?«

Hess hatte die Hand an sein Gesicht gelegt, schaute aber immer noch nachdenklich nach unten.

»Mir gefällt alles an ihm«, erklärte Merci. »Sehen Sie sich den Helm an. Und seine Hände, wie sie über seinen Rippen gefaltet sind. Und schauen Sie sich an, wie seine Rippen sich vorwölben. Ich hatte ja keine Ahnung, dass ein Brustkorb so anmutig wirken kann. Und erst seine Zähne! Sehen Sie mal, wie groß und spitz die sind, als ob er häufig wilde Tiere aß.«

»Hier draußen hat er das wohl auch getan.«

»Und sehen Sie sich die Gürtelschnalle an. Er hat bestimmt einen verdammt großen Gürtel getragen. Ich wünschte, er würde noch Stiefel tragen, aber ich wette, er hatte welche an und die haben sie ihm zusammen mit der Waffe weggenommen.«

»Sie haben viel über ihn nachgedacht.«

Merci antwortete lange Zeit nicht. Sie sah einfach auf Francisco hinab und versuchte, gedanklich den Weg durch die Jahrhunderte zurückzugehen. Was sie an Francisco wirklich beschäftigte, waren seine Größe und sein Gewicht, welche Farbe seine Haare und seine Augen gehabt haben mochten, ob er einen Bart getragen hatte oder nicht – die Dinge, die man wissen musste, um einen Verdächtigen gut zu beschreiben. Manchmal wünschte sie, sie würde nicht immer wie ein Cop denken. Aber nur manchmal.

»Wenn Sie mal einen Konquistadoren in Ihrem Garten finden sollten, denken Sie auch über ihn nach.«

35

Als sie wieder im Haus waren, schaltete Merci das Fernsehgerät ein und mixte neue Drinks. Vor den gelben Fliesen des Küchentresens traf sie der Gedanke an Jerry Kirby mit voller Wucht. Dann das Wort »sechs«. Sie konnte diesem Gedanken nicht Einhalt gebieten. Ihre Hosen lagen im Wäschekorb im Schlafzimmer, getränkt mit seinem Blut. Sie konnte es riechen, spürte noch seine Wärme auf ihren Unterarmen. Sie versuchte, an etwas Lustiges zu denken, um sich abzulenken, aber ihr fiel nur eine Sache ein: Wenn du so gottverdammt mächtig bist, warum konntest du ihn dann nicht am Leben erhalten? Die Küchenuhr zeigte Mitternacht an. Merci fühlte sich mies. Sie nahm einen Schluck Scotch aus der Flasche und würgte ihn hinunter. Furchtbares Zeug: Es bläht deine Gefühle auf, lässt sie verschwimmen, führt dich an Abgründe, die du vorher nicht wahrgenommen hast. Leicht möglich, in die Tiefe zu stürzen.

Merci setzte sich auf die Couch, auf der Hess am anderen Ende Platz genommen hatte, und versuchte, den Duft der Orangenhaine von sich Besitz ergreifen zu lassen. Es gelang ihr nicht.

Sie beobachtete ihn, wie er fernsah, betrachtete das Spiel des blauen Lichtes auf seinem Gesicht; dann wurde ihr klar, dass es ihm nicht gut ging. Seine Haut war von mehr als nur der Strahlenbehandlung blass. Er hielt die Augen geschlossen, aber die Lider zuckten, als ob er versuchte, sie mitten in einem Traum zu öffnen.

»Hess?«

»Ja?«

»Was ist los?«

»Ich weiß auch nicht. Es fühlt sich an, als ob sich die Erde bewegt und ich gleich von ihr abrutsche.«

Er hatte die Lehne des Sofas mit einer Hand umfasst, die andere schwebte über dem Sitz, bereit, jeden Moment zuzupacken. Als ob er sich abstützen wolle. Sein ganzer Körper erbebte, dann fing er an zu zittern. Sein Gesicht war jetzt weiß.

»Ich glaube, ich bin einfach müde.«

Seine Stimme klang auch nicht normal, als ob die Worte auf den Stimmbändern festfroren.

»Bewegen Sie sich nicht. Da steckt mehr dahinter als nur Müdigkeit.«

Merci ging zu ihm hinüber und kniete sich nieder. Sie sah, wie sich seine Augen hinter den geschlossenen Lidern bewegten, sah den merkwürdigen Ausdruck der Erwartung auf seinem Gesicht.

»Öffnen Sie die Augen!«, befahl sie.

Er tat es und Merci erkannte die Verwirrung in seinem Blick. Aber sie dauerte nur einen Augenblick. Sie beobachtete, wie er über seine Augen wieder Kontrolle gewann.

»Atmen Sie tief durch. Langsam.«

Er holte tief Luft. Dann noch einmal.

»Zählen Sie die hier.«

Merci hielt drei Finger hoch, und er sagte: »Drei.«

»Puh! Seltsam«, fügte er hinzu. Sein Kopf fiel nach hinten, dann hob er ihn rasch wieder, wie ein Kind, das im Begriff war einzuschlafen.

»Wie fühlen Sie sich jetzt?«

»Als ob mich eine große Hand zurückhält. Damit ich nicht in die Tiefe stürze. Puh!«

»Atmen Sie weiter. Es ist alles gut, Tim.«

Merci wurde klar, dass ihre Hände auf seinen Beinen lagen, also legte sie sie auf die Couch. Aber sie blieb vor ihm auf den Knien, studierte die Winkel seines Gesichts. Nichts ist gut, dachte sie, noch nicht.

»Ich habe noch eine Dose Hühnersuppe.«

»Nein. Ich will nur einen Augenblick hier sitzen. Es geht mir gut.«

Aber sein Gesicht hatte immer noch keine Farbe. Er wirkte blass und silbrig, wie jemand, der vom Licht eines Blitzes erhellt wird. Hess atmete schnell, saß eingefallen in seinem Mantel da, beide Arme hingen nach unten. Sie konnte seinen Atem riechen, und er roch nicht nach Krebs oder Chemotherapie oder Strahlenbehandlung, sondern wie der eines alten Mannes – menschlich, lebendig, ein wenig fleischig.

»Los«, forderte sie Hess auf, »ziehen Sie den Mantel aus!«

Er beugte sich vor, als ob er aus dem Mantel schlüpfen wollte, aber keiner seiner Arme bewegte sich. Also zog Merci erst an einem Ärmel, während Hess seinen Arm herauszog, dann am anderen. Sie spürte seine Hitze, als sie den Mantel zur Seite warf und ihre Hände auf seine Schultern legte. Hess wirkte schwer und total steif.

»Lehnen Sie sich zurück.«

»Junge, Junge.«

»Schauen Sie nur, Tim, Sie kriegen langsam wieder Farbe.«

»Ach ja? Erzählen Sie mir mehr davon.«

»Erst waren Sie weiß, dann silbrig, jetzt haben Sie irgendwie einen pfirsichfarbenen Hautton und ein Hauch Rosé liegt auf Ihren Wangen. Kein Schweiß mehr auf der Stirn. Und Ihre Pupillen haben wieder die richtige Größe. Können Sie sehen?«

»Jetzt sehr gut. Es geht mir prima, Merci, ehrlich.«

»Seien Sie still. Ich werde jetzt Ihre Krawatte lockern.«

Da sie mit dem halben Windsorknoten nicht vertraut war, gelang es ihr nur, seinen Kopf nach vorn zu zerren. Kraft, dachte sie: *Willenskraft.*

»Eine Seite lässt sich nach unten ziehen«, sagte Hess. »Von mir aus links. Von Ihnen aus rechts.«

»Ich hab's.«

Sie zog die Seide nach unten. Hess fummelte an seinem obersten Hemdknopf herum. Merci öffnete ihn für Hess. Seine großen Hände fühlten sich ledrig an, als sie sie aus dem Weg stieß. Merci legte ihre Hände auf seine Wangen, ließ ihre Finger auf seiner Haut ruhen. *Ich will, dass es dir wieder gut geht.* Ihre Handgelenke und Arme begannen zu kribbeln.

Zuerst dachte sie, die Energie komme von ihm – all seine Jahre und seine Erfahrung und Stärke –, aber als sie ihre Hände von seinen Wangen nahm, kribbelten sie immer noch, und sie begriff, dass sie selbst die Ursache war.

Macht.

»Ich möchte Ihre Haare berühren.«

Merci war überrascht, als sie sich das sagen hörte, aber nachdem sie es ausgesprochen hatte, war es in Ordnung. *Gott weiß, dass ich es seit langem will.*

»Warum, um alles in der Welt?«

»Keine Ahnung. Ich fand immer schon, dass Sie echt tolle Haare haben. Und ich wollte sie berühren.«

»Mein Kopf fühlt sich heiß an. Ich glaube, es ist … Ich weiß nicht, was es ist.«

»Ich werde Ihre Kopfhaut massieren.«

»Also … na gut.«

Merci setzte alle zehn Fingerspitzen behutsam auf seinen Kopf auf und bat ihn, die Augen zu schließen. Sie bewegte ihre Hände auf seinem Scheitel aufeinander zu, dann richtete sie sich auf ihren Knien auf, zog Hess ein wenig näher und ließ ihre Hände nach hinten gleiten, wo seine Haare an seinem starken, warmen Nacken endeten.

Sein Haar war der reine Widerspruch, wie sie es vermutet hatte. Weich, aber dick. Fest, aber biegsam. Stoppelig, aber glatt. Die tatsächliche Struktur hatte sie sich nie vorstellen können.

»Hess, das ist absolut wunderbares Zeug.«

»Danke.«

»Das mache ich jetzt nochmal und dann massiere ich Sie.«

Merci fuhr mit ihren Fingern durch seine Haare, dann noch einmal. Sie hielt kurz inne, um mit dem Zeigefinger die weiße Welle über seiner Stirn zu berühren.

Wie herrlich!

Merci wurde klar, dass diese Welle der weichste Teil seiner

Haare war, nicht der steifste, und das hatte sie ebenfalls geahnt. Sie merkte, dass die weiße Farbe schon auf seiner Schädeldecke begann, hinter dem Scheitelkamm sozusagen, sie tauchte auf wie Meeresschaum, der sich zum Wellenkamm hin langsam verdichtete.

Plötzlich merkte Merci jedoch, dass die weiße Welle – wie der Rest seiner Haare – seltsam reagierte und an ihren Fingern klebte.

Nur ein paar ungestüme Härchen, sagte sie sich, die Art von Härchen, die eben ausfallen, wenn ein Kollege in Ausübung seiner Pflicht gerade zu Tode gekommen ist. Also fuhr sie mit den Fingern wieder über seinen Kopf, nur um sicherzugehen, dass jetzt alles in Ordnung war. Es fielen noch mehr Haare aus.

Sehr viel mehr.

Merci konnte es nicht glauben. Sie sah zu, wie ihm die Haare förmlich vom Schädel sprangen und auf ihre Finger kletterten, als würden sie dort gerettet.

»Fühlt sich gut an«, sagte Hess.

Also fuhr sie mit ihren Händen weiter durch seine Haare, während sie sich fragte, was sie tun sollte, und der Wald an Haaren sich ausdünnte, statisch an ihren Fingern klebte, auf seine Ohren, sein Hemd und seine Schultern rieselte und sich auf ihren Handrücken zu kleinen Knäueln sammelte, die schließlich wie bei einem Frisör an der Bluse hingen.

Nein, dachte sie. *Wenn ich genug Willenskraft aufbringe, werden die Haare nicht ausfallen.* Also brachte Merci ihre ganze Willenskraft auf, bündelte das gleißende Licht ihrer Kraft. Sie schloss die Augen und richtete den Lichtstrahl direkt auf seinen Kopf.

»Hmmm.«

Sie grub ihre Nägel etwas tiefer in seinen Schädel, setzte etwas mehr Kraft ein. Beeilte sich ein wenig, weil sie wusste: Wenn sie ihre Augen wieder öffnete, würden die Haare nicht mehr ausfallen. Aber sie taten es doch. Hess, immer noch mit geschlossenen Augen, stöhnte wohlig. Merci sah ihn an und lächelte, als ob ihr Lächeln seine Enttäuschung lindern könnte, sobald ihm klar werden würde, was hier geschah. Sie stand auf und beugte sich etwas weiter zu ihm, weil sich Hess in seiner Entspannung nach hinten, gegen die Rückenlehne des Sofas hatte sinken lassen. Sie lehnte sich leicht an ihn, spürte die schwere Bürde des Scheiterns in ihrem Herzen, das gegen die plötzliche Härte des Lieutenant Timothy Hess anschlug. Merci war zu erstaunt, um zurückzuweichen. Sie tat es nicht. Als ihr Erstaunen einen Augenblick später endete, wollte sie es nicht mehr.

Merci erkannte, dass ihre Willenskraft hier *nicht* versagen würde. Sie konnte ihn in sich aufnehmen, all seine Jahre und seine Erschöpfung und seine Krankheit, all sein Verlangen und seine Träume, das alles hatte in ihr Platz. Sie konnte es absorbieren und auflösen. Sie konnte es in sich aufnehmen und verwandeln. Sie könnte mit ihrer Willenskraft den Tod besiegen und das Leben in ihm wachrufen.

Macht.

»Merci?«

»Lass die Augen zu.«

»Es fällt aus, oder?«

»Ja.«

Sie langte nach der Lampe und schaltete das Licht aus.

»Komm«, sagte sie. »Folge mir.«

Um vier Uhr morgens wachte Hess von dem Lärm der Katzen, die sich irgendwo draußen auf dem Hain balgten, auf. Merci atmete tief und rührte sich nicht.

Er lag reglos da und hing seinen Erinnerungen nach: Angeln mit seinen Onkeln; sein Dad, der am Sonntagmorgen Pancakes machte; die Falten, die die Bluse seiner Mutter in ihrem Rücken schlug, wenn seine Mutter ging. Barbaras Gesichtsausdruck, als sie in der Kirche, in der sie heirateten, auf ihn zukam; sein erster Hund; wie die Welt vom Sitz des

Heckschützen einer B-29 aussah, 30 000 Fuß über Korea. Er hatte keine Ahnung, warum er gerade an diese Dinge dachte. Es fühlte sich an, als hätten sie sich zur Inspektion für ihn aufgereiht. *Das war mein Leben.*

Noch acht Jahre, dachte er. *Fünfundsiebzig Jahre.*

Hess legte seine Hand auf Mercis Rücken. Ihm fiel ein, wie er vor wenigen Stunden vor ihrem Badezimmerspiegel gestanden und seinen neuen Kopf betrachtet hatte. Er erinnerte sich, wie ihre Hände seine Kopfhaut massiert hatten, wie die Haare auf sein Gesicht gerieselt waren und Merci es später, als sie zusammen geduscht hatten, büschelweise ausshampooniert hatte.

Es war ein seltsamer Moment gewesen, als er so dastand, nackt und noch feucht, als frisch gebackener Kahlkopf und völlig erschöpft, mit Merci, nackt unter einem Handtuch, diese große und entzückende Frau, die ihn gerade geliebt hatte, mit den dunklen Leberflecken auf der cremefarbenen Haut, die schwarzen Haarsträhnen noch feucht auf ihren Schultern, direkt neben ihm in dem dampfigen, kleinen Badezimmer, wie sie mit ihm in den Spiegel schaute. Sie hatte tatsächlich gelächelt. Er hatte ihre Wärme auf seiner Haut gespürt, sogar durch das Handtuch. Sie hatten die Reste abrasiert. Auch die Augenbrauen waren weg. Er sah aus wie ein Riesenbaby.

Haare oder nicht, er fand es gut, jetzt hier zu sein, immer noch zu leben, immer noch zu berühren und von allem berührt zu werden. Und er war auf eine Weise dankbar, die er nicht in Worte fassen konnte.

Hess stand auf und ging durch das warme, alte Haus. Er sah durch die Fenster auf den dunklen Orangenhain. Der mondlose Himmel war mit Sternen übersät. Die Dielen knarrten unter seinen Füßen und eine Uhr tickte im Wohnzimmer vor sich hin.

Er setzte sich eine Zeit lang hin und fragte sich, wie er den Rest seines Lebens auf die bestmögliche Art und Weise verbringen könnte. Er hatte keine bestimmte Vorstellung, nur ganz allgemein den Vorsatz, die restlichen Jahre angenehm zu gestalten, und das war ein ausgezeichneter Ausgangspunkt. Zumindest war es für ihn ein völlig neues Konzept. *Nutze deine Jahre, um gut zu leben.*

Hess machte Kaffee und trug eine Tasse ins Schlafzimmer. Er stand neben dem Bett und blickte auf die schlafende Merci Rayborn hinunter. Die Dunkelheit hatte ihr Haar verschluckt und ihr milchweißes Gesicht leuchtete ihm entgegen. Er sah, wie sich ihre Hüfte unter dem Laken hob, wie ihre Fäuste neben ihrem Kinn lagen. Er fragte sich, was passiert wäre, wenn er sie vierzig Jahre früher getroffen hätte.

In der Küche schaltete er das Licht über dem Herd ein, zog sein blaues Notizbuch und seinen Stift heraus und schrieb Merci um 4 Uhr 30 morgens in ihrem Haus in der Orangenplantage einen Brief, in dem er seine Gefühle schilderte. Hess hielt seinen Stil für klar, aber langweilig. Er las sich den Brief, den er für sie verfasst hatte, durch. Er war klar und langweilig. Das ist in Ordnung, dachte er, er soll ja nicht der Unterhaltung dienen. Hess wollte ihr einfach nur mitteilen, wie viel sie ihm bedeutete und dass er sie das wissen lassen musste. Der Brief klang irgendwie wie eine Dankeskarte, aber er war ihr ja auch dankbar. Na und?

Liebe Merci,
ich wünschte, wir hätten uns getroffen, als wir beide jung waren. Aber damals warst du noch nicht auf der Welt, und ich hätte wahrscheinlich nicht genug Grips besessen, um das Richtige zu tun. Ich fühle mich glücklich und gesegnet durch die Jahre, durch die Umstände und durch dich.
Beste Grüße
Tim H.

Hess ließ ihn auf dem Küchentisch liegen, zusammen mit dem Schnappschuss, den Hjorth von ihnen beiden gemacht hatte, um seinen Film zu verknipsen. Auf dem Foto sah Hess wachsam und Merci wütend aus. Wenige Minuten später war er angezogen und blickte noch einmal auf sie hinunter. Ihr Gesicht verlor sich in den Haaren und dem Kissen, und sie schnarchte leise, das Laken halb über ihren Rücken gezogen.

Hess schloss die Tür auf dem Weg nach draußen und ging über die Auffahrt zu seinem Wagen. Streunende Katzen im spärlichen Sternenlicht. Die Sonne würde erst in einer Stunde aufgehen, und Hess fragte sich, warum es kurz vor der Morgendämmerung immer am dunkelsten zu sein schien.

36

Colesceau parkte vor dem alten Gerichtsgebäude in Santa Ana. Man durfte zwei Stunden lang kostenlos parken, und er mochte den eindrucksvollen alten Bau mit der schweren Steinarchitektur, weil er ihn an Folter und Hinrichtungen erinnerte.

Zu schade, dachte er, als er sie einen Häuserblock entfernt entdeckte. Sie standen vor dem Eingang des Gebäudes der Bewährungskommission, mit ihren Kameras, Kabeln, Scheinwerfern und Vans. Die aufdringlichen, neugierigen Reporter. Die Kameraleute. Die Techniker. Die Großmuftis des Universums. Und die Demonstranten mit ihren Schildern und Spruchbändern und Kerzen. Jede Menge von ihnen. Einige stammten aus seiner Nachbarschaft, andere schienen frisch konvertiert. Er hielt nach Trudy Powers Ausschau, konnte sie aber nicht entdecken.

Man kann nicht einmal seine Bewährungsfrist beenden, ohne dass eine Fernsehshow daraus gemacht wird, dachte er. Amerika spinnt.

Colesceau schlängelte sich durch eine geschäftige Seitenstraße und entdeckte hinter dem alten Gerichtsgebäude eine Telefonzelle. Er rief das Büro des Sheriffs an und ließ sich mit Merci Rayborn verbinden. Sie nahm ab. Mit seinem amerikanischen Akzent stellte er sich als John Marshall von *Federal Airborne* in Santa Ana vor. Er habe ein Päckchen für sie, das er nicht zustellen könne. Ein ähnlicher Akzent wie der, mit dem er den *Bianchi*-Vertreter hatte sprechen lassen, aber mit einem stärkeren texanischen Zungenschlag.

»Das Päckchen muss drüben an der Ostküste feucht geworden sein. Die Adresse ist verschmiert«, erläuterte er. »Ihre Telefonnummern standen noch auf dem Aufkleber.«

»Von wem zum Teufel stammt das Paket?«

»Mal sehen ... *Bianchi International* in ...«

»Wie lautet Ihre Telefonnummer?«

Er bemerkte die Unhöflichkeit in ihrer Stimme, die reflexartige Vorsicht, die automatische Abwehr.

Er seufzte und las ihr die Nummer der öffentlichen Telefonzelle vor. »Sie werden auch die Paketnummer brauchen.«

Er nannte sie ihr und sie hängte ein. Dreißig Sekunden später klingelte es.

»*Federal Airborne,* Marshall.«

»Nochmal Merci Rayborn.«

»Was sollen wir mit dem ...«

Sie unterbrach ihn, nannte ihm ihre Privatadresse und hängte ein.

Colesceau lächelte, ließ den Stift in seine Hemdtasche gleiten, rückte seine Krawatte zurecht und versuchte, Entschlossenheit in seinen Gang zu legen. In den Scheiben des Gebäudes vor sich konnte er sich sehen: *K-mart*-Hosen; kurzärmeliges, weißes Hemd; untersetzter, unauffälliger Körper. Er wirkte niedergeschlagen. In der rechten Hand hielt er eine Einkaufstüte aus braunem Papier, in der linken eine Plastikaktentasche. In der Einkaufstüte befanden sich Geschenke für Holtz und Carla Fontana, in der Aktentasche nur ein paar Stifte und Büroklammern. Er hatte die Aktentasche gekauft, weil er dadurch das Gefühl bekam, etwas in der Hinterhand zu haben.

Sie entdeckten ihn, als er die Straße überquerte, und gingen in Position. Er war kaum auf dem Gehweg, als sie sich auf ihn stürzten. Die Reporter hielten ihm ihre Mikrofone ins Gesicht und feuerten ihre Fragen auf ihn ab, die Kameraleute filmten ihn schweigend, die Demonstranten kläfften ihn an wie Spielzeughunde.

Colesceau blieb stehen, sah sie an und versuchte, sich zu sammeln.

Wie fühlt es sich an, wenn man auf dem Weg zur letzten Injektion ist?

»Ich fühle mich erleichtert. Das Spritzen ist keine angenehme Erfahrung.«

Wie lange wird es dauern, bis die Wirkung dieser letzten Injektion nachlässt?

»Man hat mir gesagt, das könne Monate dauern. Mein Körper wird viele Monate brauchen, um seinen früheren Zustand wiederzuerlangen.« Aber wenn der erreicht ist, dachte er, dann würde ich gern jedem Einzelnen von euch einen Besuch abstatten …

Wo werden Sie jetzt hinziehen?

»Irgendwohin, wo man mich in Ruhe lässt.«

Werden Sie sich mit Frauen verabreden?

»Ich habe nicht den Wunsch nach menschlicher Gesellschaft.«

Was ist mit Arbeit – was für eine Arbeit werden Sie sich suchen?

»Ich würde mich gut als Leuchtturmwärter eignen, aber es gibt leider keine Leuchttürme mehr.«

Was werden Sie tun, wenn Ihr sexuelles Verlangen zurückkehrt? Werden Sie dann wieder ältere Frauen vergewaltigen?

»Ich denke schon seit vielen Jahren nicht mehr an Sex oder Gewalt. Ich wollte nie Gewalt ausüben, nicht einmal als verwirrter, junger Mann. Ich werde niemals mehr einem anderen Menschen wehtun, solange ich lebe. Das ist sowohl eine Tatsache als auch ein Versprechen an Sie alle.«

Schickt das Monster wieder in den Knast!

Al Holtz kam herausgestürmt, wedelte mit den Armen und brüllte, während er Colesceau durch die Menge und ins Gebäude lotste.

»Diese Mistkerle kennen einfach keinen Respekt!«, wetterte er, als sich die Tür hinter ihnen schloss. Er ließ die Hand schwer auf Colesceaus Schultern fallen. »Wie geht es dir denn so?«

»Es ist nicht leicht, Al.«

»Es tut mir furchtbar Leid, dass es so gekommen ist.«

»Ich bin sicher, Sie haben alles versucht, um das zu verhindern.«

»Das bleibt jetzt unter uns, aber ich war nicht der Einzige, der das zu entscheiden hatte.«

»Ich erwarte keine Gnade von Frauen.«

»Aber das ist jetzt Schnee von gestern, Moros. Es gibt auch eine gute Nachricht für dich. In nur zehn Minuten bist du ein freier Mann.«

Die Psychologin Carla Fontana und Sergeant Paul Arnett, ein Deputy vom SONAR-Programm des Sheriff-Büros, warteten in dem kleinen Büro von Holtz. Carla streckte ihren sonnengebräunten und sommersprossigen Arm aus und bedachte ihn mit ihrem 200-Watt-Lächeln. Sie duftete nach Hautcreme. Arnett schüttelte ihm die Hand und sah ihm fest in die Augen.

Auf dem Schreibtisch befanden sich ein kleiner, runder Kuchen mit Zuckerguss und ein Sechserpack Limonade sowie rote Servietten und weiße Gabeln. Auf dem Kuchen stand: Viel Glück, Moros!, in einer derart unbeholfenen Handschrift, dass nur Holtz es selbst geschrieben haben konnte, das war Colesceau klar.

Holtz arrangierte die Stühle, zog immer noch über die Medienvertreter vor dem Gebäude her, dann schnitt er den

Kuchen mit einem Plastikmesser an. Colesceau fragte sich zum hundertsten Mal, wie der Bewährungshelfer durch seine verschmierten Brillengläser überhaupt etwas sehen konnte. Die Brille rutschte ständig auf seiner Nase nach vorn, während er am Kuchen hantierte. Carla goss die Limonade ein und der Sergeant setzte sich auf einen Stuhl an der Wand und verschränkte die Arme vor der Brust.

Colesceau schaute sich in dem Büro um – ordentlich und klein, das Büro eines unwichtigen Bürokraten. Der Gedanke, dass er es zum letzten Mal sah, machte ihn selig. Es war tatsächlich irgendwie nett, hier zu sitzen und sich zu vergegenwärtigen, dass alles vorüber war. Abgesehen von dem bevorstehenden Besuch der Krankenschwester – einer großen, schwammigen Matrone, die nach sterilen Kitteln roch und die Nadel Woche für Woche mit endloser Entschlossenheit und Zufriedenheit in seine Vene gerammt hatte –, war es für ihn aufregend, hier zu sitzen und aus dem System entlassen zu werden. Beinahe rechnete er mit einer aufkeimenden Erektion, aber es tat sich nichts.

»Ich habe Geschenke für Sie und für Carla«, sagte er. »Sergeant Arnett, ich hatte keine Ahnung, dass Sie hier sein würden.«

»Fahren Sie fort.«

Colesceau zog ein gelbes Truthahn-Ei für Holtz und ein rosafarbenes Gänse-Ei für Carla heraus. Das gelbe Ei besaß kleine, schachbrettartige Fahnen, die an Zahnstochern aus seiner Spitze ragten. Es trug eine enge Musselin-Weste mit goldenem Schnürbesatz und goldenen Pailletten. Wie ein Rennfahrer-Ei aus dem Rokoko oder so etwas Ähnliches. Ihm schauderte bei dem Gedanken, was seine Mutter bei der Herstellung im Sinn gehabt haben mochte. Sie hatte es für ihn angefertigt, als er den Job bei Pratt erhalten hatte. Die Hässlichkeit dieser Kreation war verblüffend und Colesceau hatte es voller Überzeugung für Al Holtz ausgesucht. An dem Ei für Fontana waren winzige Rüschen befestigt, sodass es wie eine dickliche, kopflose Avantgarde-Mieze aus den Zwanzigern aussah. Winzige, silberne Pumps klebten am unteren Ende. Typisch Carla.

Er überreichte ein Ei nach dem anderen. Die Augen von Holtz wurden hinter den schmutzigen Brillengläsern tatsächlich feucht. Carla Fontana schenkte ihm ein dermaßen jämmerliches und echtes Lächeln, dass Colesceau wünschte, er könnte ihr die Zähne mit einem Ziegelstein einschlagen und sie anschließend zwingen, sie zu schlucken.

Er schüttelte erst die Hand von Holtz, dann die von Carla. Sergeant Arnett nickte ihm zu.

»Tja«, meinte Holtz, »ich kann nur sagen, dass ich dich für einen guten Mann halte, Moros. Du hast dich an die Regeln gehalten, hast Humor entwickelt und warst immer kooperativ. Besonders in diesen letzten Tagen. Viel Glück! Ich habe mit der Bewährungsaufsicht ausgemacht, dass du diese letzte Injektion nicht mehr bekommst. Die Ärzte aus der Kommission haben sich meiner Empfehlung angeschlossen. Nach drei Jahren brauchst du diese Spritzen nicht mehr. Und falls doch, wird eine einzige Injektion das Ruder auch nicht herumreißen. Also, mein Freund, alles Gute, möge Gott mit dir sein.«

Holtz hob seine Tasse mit Limonade. Colesceau prostete ihm zu und trank.

»Trink aus und iss ein Stück Kuchen«, sagte Holtz. »Wenn du fertig bist, unterschreiben wir die Papiere und schmuggeln dich durch den Hinterausgang raus.«

37

Tim Hess saß in der von Trauer erfüllten Stille seines Großraumbüros. Er sah zu, wie das Faxgerät Bart Youngs Liste aller südkalifornischen Käufer von Embalming-Maschinen der letzten zwei Jahre ausdruckte. Sie war chronologisch nach Kaufdaten geordnet.

Die Adressen, Telefonnummern und Namen der Personen, die die Lieferung entgegengenommen hatten, waren praktischerweise ebenfalls aufgelistet. In erster Linie Bestattungsunternehmen und vermutlich deren Besitzer oder Geschäftsführer: Marv Locklear von *Locklear Mortuary*, Burton Browd von *Mywood Park*, Peg Chester vom *Orange-Tree-Memorial-Park-Friedhof …*

Allen Bobbs Name stand auch auf der Liste. Er hatte für die Abteilung Bestattungswissenschaften des Cypress College unterschrieben. Die meisten Käufe wurden im Los Angeles County getätigt. Es gab 19 Käufe im Orange County, 16 im San Diego County, 14 im Riverside und San Bernadino County.

Ziemlich viele Tote, die da einbalsamiert wurden, dachte Hess. Er hoffte auf eine Übereinstimmung mit den registrierten Van-Besitzern oder mit Namen auf der Kundenliste von *Arni's Outdoors*, die er beide durchsah, während das Fax die Liste ausspuckte. Sein Kopf bewegte sich hin und her, während er von einer zur anderen schaute.

Hess spürte einen Luftzug an seinem Hinterkopf, wann immer jemand hinter ihm vorbeiging. Die Klimaanlage strömte so viel Kälte aus wie ein geöffnetes Gefrierfach. Er war neugierig, wie sein Hinterkopf ohne Haare wohl aussehen mochte. So neugierig war er nie gewesen, als er noch alle Haare gehabt hatte. Bevor er zur Arbeit gekommen war, hatte er zu Hause ein halbes Dutzend Hüte und Mützen aufprobiert. Sie richteten die Aufmerksamkeit auf das, was er verbergen wollte, aber er hatte sich dennoch für einen alten Filzhut entschieden, der ihm seit zwei Jahrzehnten als Regenschutz diente. Anfangs hatte er nicht über jeden winzigen Luftzug nachgedacht, sobald er den Hut im Büro abgenommen hatte, oder auf die Blicke der anderen Deputys geachtet, die um ihn herum arbeiteten. Er konnte ihre Blicke tatsächlich auf seiner neu geborenen Haut spüren. Nach ein oder zwei Stunden ärgerte ihn das allerdings ein wenig.

… D. C. Simmons von *Simmons Family Funeral Home* … Barbara Braun von *Sylvan Glen* … William Wayne vom *Rose Garden Home* in Lake Elsinore …

Schon wieder Lake Elsinore, dachte Hess. Der Ortega Highway. Lael Jillson und Janet Kane. Der ermordete LaLonde. Der Käufer einer elektronischen Autoalarmüberbrückung, der sich Bill nannte. Eine Porti-Boy-Embalming-Maschine, die im November letzten Jahres ausgeliefert worden war, drei Monate vor Lael Jillsons Tod, einen Monat vor dem Kauf eines *Deer Sleigh'R* und eines Seiles, Barzahlung, bei *Arnie's*, von einem Mann, auf den Kamala Petersens Beschreibung passte.

Aber William Waynes Name stand nicht auf den anderen Listen. Auch sonst fand sich keiner der Namen von Bart Youngs Liste auf einer der beiden anderen.

Das wäre auch zu leicht gewesen, dachte Hess, obwohl derart leichte Dinge oft den Durchbruch brachten. Genauer gesagt, lief eine überraschend hohe Zahl hochkarätiger Mordermittlungen am Ende auf so etwas hinaus: auf etwas Einfaches und Direktes. Hess fiel der tote Mann ein, der neben Randy Kraft im Auto gesessen hatte; der Kindermörder aus Atlanta, der vor den Augen von FBI-Agenten eine Leiche von einer Brücke geworfen hatte; die blutige Kettensäge, die von einem Killer, an dessen Namen sich Hess momentan nicht erinnern konnte, in den Gartengeräteverleih zurückgetragen worden war. Aber mit so viel Glück durfte man nicht rechnen. Und es schien sich immer erst sehr spät im Laufe der Ermittlungen einzustellen, wenn es schon viele Tote gab, wenn alles andere, was man versuchte, nicht funktioniert hatte.

… Vance Latham vom *Trask Family Mortuary* … Fran Devine vom *Willowbrook Memorial Park* … Mark Goldberg vom *Woodbridge Mortuary* …

Claycamp schaute vorbei, um ihm zu sagen, dass sie nur noch 22 Vans überprüfen mussten, die im Orange County auf Männer zugelassen waren. Gilliam schaute vorbei und übergab ihm die vergrößerten Aufnahmen, die Matamoros Colesceau beim Fernsehen zeigten, mit freundlicher Genehmigung des besorgten Bürgers Rick Hjorth. Hess sah sie sich an. Sie waren weniger scharf als die Originale, aber damit hatte er gerechnet. Er schüttelte den Kopf und ließ sie in seine Manteltasche gleiten. Vielleicht entdeckte er später etwas, in einem anderen Licht.

Ray Dunbar, Jerry Kirbys Partner, kam vorbei, um Hess zu danken, dass er in der Nacht zuvor da gewesen war, dass er getan hatte, was getan werden musste, und dass er versucht hatte, was hatte versucht werden müssen.

Brighton kam vorbei, um ihn kurz über die Umstände von Jerry Kirbys Tod zu informieren. Der Sheriff legte eine Hand auf die Schulter von Hess, dankte ihm und ging wieder. Hess hatte Hände auf seinen Schultern immer gehasst – gönnerhafte Herablassung, stolze Besitzanzeige, falsche Beteuerungen. Brightons Hand brachte seine Haut wieder zum Brennen. Und sein Herz rutschte in Richtung Hose, als ihm schließlich klar wurde, dass sich sein neuer Kopf herumgesprochen hatte und seine freundlichen Besucher nur deshalb persönlich vorbeischauten, um ihn sich anzusehen.

»Netter Kopf«, sagte Merci, ging am heutigen Tag zum ersten Mal an ihm vorbei, spielte ihre Rolle. Sie hielt einen dicken Stapel Papiere in der Hand. Hess sah, wie Phil Kemp sie anstarrte und dann den Blick abwandte. »Wann hast du ihn dir rasiert?«

»Gestern Abend.«

Hess war sich bewusst, dass die anderen Ermittler der Mordkommission, allesamt Männer, ihn anglotzten.

Merci schien seine neue Haartracht zum ersten Mal zu betrachten. »Gefällt mir«, meinte sie lächelnd, »dein Gesicht kommt besser zur Geltung.«

Sie hatte dasselbe gestern Nacht gesagt, als Hess sich nach dem Duschen abtrocknete. Er konnte sich nicht erinnern, wann er das letzte Mal mit einer Frau geduscht hatte, nur um ihr nahe zu sein. Oder wann er das letzte Mal die Frau, die er gerade geliebt hatte, im Arm gehalten und wirklich *angesehen* hatte. Und es war schon Jahrzehnte her, dass er mit einer Frau in Mercis Alter zusammen gewesen war. Er hatte das Gefühl, irgendwie nicht er selbst zu sein. Als ob er eine Zeitreise in die Vergangenheit angetreten hätte.

Merci blickte auf ihn hinunter. In ihren Augen lag ein Funkeln. Sie hatte ein anderes Parfüm als sonst aufgelegt. Dann entdeckte sie das Fax, das immer länger wurde. »Bart?«

Hess nickte.

»Ein Treffer?«, wollte sie wissen.

»Es gibt einen Käufer in Elsinore. William Wayne vom *Rose Garden Home*.«

»William? Kosename Bill? LaLondes Kunde? Das ist eine Nachforschung wert. Danach überschütten wir die drei Einkaufszentren nochmal hiermit.«

Sie hielt die Papiere hoch: Farbkopien von Kamala Petersens Handtaschendieb. Hess war enttäuscht, weil er glaubte, dass man über das Fernsehen und die Zeitungen eine Skizze eines Verdächtigen besser verbreiten konnte, als sie zu Fuß in Einkaufszentren zu verteilen, sie von Hand zu Hand weiterzureichen. Das hatten Deputys bereits erledigt. Er hielt das für einen Rückschritt.

Als ob Merci seine Gedanken gelesen hätte, fuhr sie fort: »Hör mal, ich habe diese Lauren Diamond angerufen und angeboten, mit ihr über den Handtaschendieb zu reden. Ich habe mich sogar irgendwie entschuldigt. Sie steht jedenfalls wegen der Colesceau-Sache gerade vor dem Sitz der Bewährungskommission und will versuchen, uns zu treffen. Sie möchte nur eine *Einspielung* über unsere Fortschritte bringen, kein *Feature*.«

»Gute Arbeit.«

Merci schaute ihn leicht belustigt an, schwieg aber.

Einen Augenblick später drehte sich Hess auf seinem Bürostuhl um, um ihr hinterherzublicken, als sie das Großraumbüro verließ. Er tat dabei so, als werfe er einen Blick auf die Uhr an der Wand.

Claycamp kam in diesem Moment durch die Tür und wäre beinahe mit Merci zusammengeprallt. Er sagte etwas zu Merci, dann hob er dreimal hintereinander die rechte Hand mit fünf ausgestreckten Fingern in Richtung Hess.

Nur noch 15 Vans, dachte Hess. Der Van mit nicht zueinander passenden Reifen waren ein Reinfall.

Er hatte ihn verkauft.

Er hatte ihn gestohlen.

Er hat sich neue Reifen besorgt.

Seine Freundin, seine Frau, seine Schwester, seine Mutter, sein Arbeitgeber, seine Kirchengemeinde besaßen die Papiere für den Van. Man müsste die Frauen überprüfen.

Es hatte Jerry Kirby das Leben gekostet, das zu tun.

Hess wählte die Nummer des *Rose Garden Home* in Lake Elsinore und hörte eine Bandansage, dass das Bestattungsinstitut zu den üblichen Geschäftszeiten geöffnet sei. Es wurde jedoch nicht mitgeteilt, von wann bis wann das war. Die Stimme gehörte einem Mann, ein klarer Bariton. Sie verriet Mitgefühl und ließ auf einen fleißigen Menschen schließen. Hess trug die Adresse, die Kaufinformationen und William Waynes Namen in sein blaues Notizbuch ein.

Sein Faxgerät erwachte erneut zum Leben. Hess las die Nachricht, die auf dem Kopf stand: eine Liste aller männlichen Käufer von blonden Echthaarperücken aus dem *Lifestylers* in Irvine:

Burt Coombs
Lance Jahrner
Roger Rampling

Es gebe noch drei weitere Käufer, hieß es im Fax, die allerdings bar bezahlt hätten.

Hess verglich die Namen mit denen auf den anderen Listen, landete aber keinen Treffer.

Der kahle Hess, der an den Ladenfronten mit seinem Filzhut vorbeiwanderte, hielt die Farbskizze des Handtaschendiebes Hunderten von Käufern in allen drei Einkaufszentren hin.

Die meisten verhielten sich gleichgültig, hatten noch nicht viel vom Handtaschendieb gehört. Einige fürchteten sich vor Hess und seinem blassen, scharfkantigen, alten Gesicht. Die Kids, die gerade Sommerferien hatten, erwiesen sich wie üblich als Besserwisser. Und obwohl Hess und Merci vor vier Tagen eine Aktion angeleiert hatten, bei der jeder Angestellte in jedem Laden in allen drei Einkaufszentren eine Kopie der Skizze erhalten hatte, war diese Aktion von den teilnahmslosen Personalabteilungen und den schwerfälligen Sicherheitsfirmen der Einkaufszentren verschleppt worden. Darum suchte Hess noch einmal alle Läden im Erdgeschoss auf. Merci übernahm die Läden im ersten Stock. Die großen Geschäfte, die beide Stockwerke belegten, teilten sie sich auf.

Im Ausstellungsraum eines Elektroladens blieb Hess vor einem von zehn Stereo-Großbildfernsehern stehen, die auf CNB eingestellt waren. Er sah die Aufzeichnung des Interviews mit Merci vor dem Gebäude des Sheriff-Büros. Sie wirkte im Fernsehen etwas breiter, aber ziemlich hübsch, und Hess verspürte einen irrationalen Stolz auf sie. Merci erzählte Lauren Diamond, dass die Ermittlungen im Fall des Handtaschendiebes »an mehreren Fronten gute Fortschritte machen«, sie jedoch über Details zum jetzigen Zeitpunkt noch nicht reden könne. Sie könne keine Festnahme verkünden. Sie könne nicht sagen, wann es eine Festnahme geben würde. Sie erklärte, dass sie eine Festnahme *erwarteten*. Ja, Veronica Stevens galt als Opfer. Und die beiden vermissten Frauen, deren Handtaschen man an der Interstate-5 gefunden hatte, galten ebenfalls als Opfer, ebenso wie eine mögliche sechste Frau, die noch unbestätigt war. Merci betonte das Wort *sechs*.

Hess merkte, dass sie wütend wurde – Merci schaffte es mühelos, in nur drei Sekunden von null auf hundert zu kommen. Sie bezeichnete den Handtaschendieb als »Tier und Feigling«, weil er nur unbewaffnete, wehr- und ahnungslose Frauen wählte. Hess schüttelte den Kopf, als sie sagte, dass »Mistkerle wie dieser für gewöhnlich nicht allzu schlau« seien, weil genau so eine Aussage den Handtaschendieb provozieren konnte. Was Merci auch beabsichtigte. Lauren Diamond nickte mehrfach heftig, als ob sie Anweisungen erhielt.

Einen Augenblick später stand Lauren live vor dem Gebäude der Bewährungskommission, mitten unter den Demonstranten vor der Tür. Colesceaus letzte Injektion, dachte Hess. Die Menge war gewaltig und der Stereoton des Fernsehgeräts übermittelte getreulich Lautstärke und Emotionen. Es ist, als ob man mitten unter den Demonstranten steht, dachte Hess. Als ob man Colesceau wäre. Er sah zu, wie der merkwürdige, runde, kleine Mann entschlossen auf die Menge zuging. Hess bewunderte ihn dafür. Ein Blick auf Colesceau zeigte ihm, dass dieser nervös war, vielleicht sogar Angst hatte. Hess erkannte den Bewährungshelfer Holtz, der mit wütendem Gesichtsausdruck aus der Tür stürmte und versuchte, seinen Schützling durch die Menge zu manövrieren.

Lauren Diamond hielt Colesceau ein Mikrofon vors Gesicht, aber Holtz schob es beiseite. Die Vordertür des Gebäudes schloss sich mit einem Aufblitzen des Sonnenlichts, das sich im Glas spiegelte, und schon war Colesceau verschwunden.

Hess schaute noch eine Weile zu, lauschte den Demonstranten, dann zog er wieder los und verteilte fünfzig weitere Skizzen.

Nichts.

Eine halbe Stunde später war er wieder in dem Elektroladen. Auf den zehn identischen Großbildschirmen schob Holtz Colesceau durch die Hintertür des Gebäudes – Hess erkannte sie sofort, denn er hatte sie selbst schon benutzt. Dadurch entwischten sie zwar den Demonstranten, aber die CNB-Kameraleute von Lauren Diamond warteten bereits auf sie. Colesceau drehte sich zu Holtz, nachdem er durch die Tür gegangen war. »Was für eine nette Idee, Al. Sie schicken mich schon wieder hinter die Spiegel? Ich komme mir vor wie in ›Alice hinter den Spiegeln‹.« Er zog seine Augenbrauen hoch, lächelte und nickte übertrieben.

»Etwas in der Art«, sagte Holtz und zuckte in falscher Bescheidenheit mit den Schultern.

Colesceau macht Holtz Komplimente. Er lobt dessen Cleverness, dachte Hess. Warum die Mühe? Sie hatten die Hintertür doch sicher mehr als einmal benutzt.

Für Hess war Colesceau wie eine Dusche, die sich nie ganz abdrehen ließ. Hess sog die Luft tief in seine eineindrittel Lungenflügel und fragte sich, ob Besessenheit ein Zeichen von Alter war. Er war sich da ziemlich sicher.

Hess fand eine Bank, nahm die vergrößerten Fotos heraus und betrachtete sie in dem seltsam hellen, aber schwachen Licht des Einkaufszentrums. Colesceaus Kopf, größer und verschwommener angesichts der geringeren Anzahl von Pixeln in der Vergrößerung, wirkte weder weniger überzeugend noch überzeugender als zuvor. Die Lichtverhältnisse waren immer noch schlecht, Colesceaus Fernsehbildschirm immer noch gekrümmt im Autofokus. Die Schatten waren immer noch groß und unscharf. Die Ritze in der Jalousie umgab das Foto immer noch mit horizontalen, schwarzen Streifen. Was über die Couchlehne ragte, hätte durchaus auch der Kopf einer Schaufensterpuppe sein können – eine von denen, wie sie Ed Izma in seinem Schrank aufbewahrte.

Oder es war der Kopf von Colesceau, der fernsah.

Sie schicken mich schon wieder hinter die Spiegel.

Hess wusste, dass man seinem Instinkt immer dann am wenigsten vertraute, wenn man ihn am meisten brauchte.

Sie saßen im bewirteten Innenhof auf lilafarbenen Plastikstühlen um einen grünen Tisch. Die Gerichte zahlreicher Länder standen auf den Karten der Restaurants rund um den Hof. Jedes versuchte, Kunden mit kostenlosen Appetithappen und bunt uniformierten Angestellten anzulocken. Hess war hungrig, und alles roch gut, wild zusammengemischt, wie es war.

Merci betrachtete ihn. »Müssen wir über die letzte Nacht reden?«

»Wenn du möchtest.«

»Und worüber genau?« Sie wurde rot.

Er lächelte. »Tja, das liegt ganz bei dir.«

»Na gut. Es ist passiert. Es war, was es war. Es bedeutet nur das, was wir ihm an Bedeutung beimessen.«

»Ist gut, Merci.«

Einen langen Augenblick sagten sie nichts. Hess widmete sich ganz *Nikkis Tandoori Express.*

»Ich mag dich wirklich, Hess.«

»Und ich liebe dich, Merci.«

Ihr stockte kurz der Atem. »Das habe ich gemeint. Ich wollte auch ausdrücken, dass ich dich liebe.«

Hess lächelte und berührte ihre Hand.

Sie schluckte, atmete hörbar aus, dann lachte sie. »Bin heilfroh, dass wir *das* geklärt haben.«

Auch Hess musste lachen. Er hatte das Gefühl, schon seit Jahrhunderten nicht mehr so gelacht zu haben. »Danke«, sagte er.

»Noch was, Hess. Lebe ewig! Das ist ein Befehl. Wirst du dich daran halten?«

»Das werde ich.«

Hess schaute sie an und dachte wieder, was für ein entzückendes Gesicht sie hatte, egal von welcher Seite man es betrachtete.

Merci, immer noch rot, rührte ihren Kaffee um. Hess sah, dass sie sich innerlich zurückzog, ihn allein ließ, was ihm ganz recht war.

»Gilliam hat drei Fingerabdrücke auf den Handtaschen gefunden: einen von einem der Straßenreiniger, zwei von der Highway Patrol. Er untersucht jetzt Haare und Faserstoffe, aber nichts deutet auf unseren Kerl. Die Liste von Bart Young hat mich enttäuscht. Mein ganzer Charme und meine Geduld waren an Bart verschwendet.«

»Da ist das Beerdigungsinstitut in Elsinore – *Rose Garden.* Besitzer beziehungsweise Geschäftsführer ist William Wayne. Elsinore liegt nahe am Ortega, nahe bei Janet Kane und Lael Jillson. In der Nähe von Lee LaLonde, dem Alarmüberbrückungssystem, dem Flohmarkt am Jachthafen. Es ist nur eine kleine Chance, aber ich denke, es ist den Versuch wert. Ich habe angerufen – nur ein Anrufbeantworter, immerhin die Stimme eines Mannes.«

Merci dachte nach. »Es hat mich fast zerrissen, als ich zugeben musste, dass wir noch keine heiße Spur haben. Im Fernsehen. Wir sind ihm noch nicht dicht auf den Fersen, Hess. Und ich musste es dem ganzen County erzählen. Sechs. Weißt du, wie schwer es mir fiel zuzugeben, dass er sechs Frauen umgebracht hat, während ich Dienst schob?«

Hess nickte, entgegnete jedoch nichts. Er wusste, dass man nicht immer nah dran war, wenn man glaubte, nah dran zu sein. Man tappte aber auch nicht immer im Dunkeln, wenn man glaubte, im Dunkeln zu tappen. Jeder Fall hatte seine geheime Länge, sein ganz eigenes, überraschendes Ende. Doch das konnte man erst erkennen, wenn der Fall abgeschlossen war.

»Tim, ich habe Claycamp vor ein paar Minuten angerufen. Es sind nur noch acht Vans übrig. Ich habe mir vier davon ausgesucht. Langsam kommt mein Glück zurück. Ich kann es regelrecht spüren.« Als wolle sie ihn trösten, schob sie noch begeistert nach: »Und dann suchen wir das *Rose Garden Home* in Elsinore auf, wenn du willst.«

Hess rutschte das Herz in die Hose: Seine eigene Partnerin warf ihm einen Knochen hin. »Ist gut.«

»Diese nicht zueinander passenden Reifen sind immer noch das wichtigste Indiz.«

»Soll mir recht sein, Merci. Wie wäre es, wenn wir uns von der Zulassungsstelle alle Frauen geben lassen, die einen Van neueren Datums besitzen?«

Merci warf ihm einen durchdringenden Blick zu. »Das bedeutet sehr viel Arbeit, wenn du …«

»Nein, ich will nur die Namen mit den anderen Listen vergleichen. Vielleicht hat der Handtaschendieb jemanden, der ihn liebt. Wie Colesceau. Eine Verwandte. Eine Freundin. Vielleicht hat sie Geld. Vielleicht ist sie alt und er kann sie als Strohmann verwenden, auch wenn sie es gar nicht weiß. Es wäre einen Versuch wert.«

Merci betrachtete ihn einen Moment lang. Dann sah sie zum Fernsehbildschirm. Sie nickte und zog das Handy aus ihrer Jackentasche. »Ich setze Claycamp darauf an«, sagte sie und wählte seine Nummer. »Vielleicht hat er jemanden, der uns die Liste besorgt, während wir die letzten vier Vans und Lake Elsinore überprüfen.«

Sie brauchten fast drei Stunden, um die Fahrzeuge in dem starken Verkehr aufzuspüren. Das County erstickte im Smog und sie fuhren von einem Ende zum anderen. Doch sie landeten keinen Treffer. Einer der Vans war nicht mehr fahrtüchtig, der zweite am Vortag gestohlen worden. Die beiden anderen waren Familienwagen. Keiner von ihnen war silbern oder hatte nicht zueinander passende Reifen oder transportierte Embalming-Maschinen, die im Wageninneren von Generatoren angetrieben wurden.

Nach der Hälfte ihrer fruchtlosen Expedition machten sie eine Pause, tranken Kaffee und Hess unterzog sich einer weiteren Strahlentherapiesitzung.

Danach fühlte sich sein Gesicht merkwürdig an, als ob es taub und kalt wäre, in Pfefferminz eingepackt. Sein Handrücken schmerzte, weil die Schwester fünf Anläufe gebraucht hatte, bis sie seine »versteckte« Vene fand und ihm Blut abnehmen konnte. Dr. Ramsinghani meinte, bei der Zählung am Vortag sei die Zahl der weißen Blutkörperchen sehr niedrig ausgefallen, und möglicherweise brauche Hess eine Transfusion, wenn die Zahl heute nicht gestiegen war. Er stehe an der Grenze zur Anämie. Morgen würden sie es wissen. Bis dahin solle er viel ruhen. Gut essen. Viel Wasser trinken. Sich entspannen, meditieren. Nicht einmal daran denken, zur Arbeit zu gehen.

38

Matamoros war ziemlich geschockt, als er auf dem Fernsehbildschirm in seinem Wohnzimmer sah, wie seine Mutter sich ihren Weg durch die Menge und zu seiner Tür bahnte.

Er beobachtete ihren Zug durch die Demonstranten. Sie hatte einen Arm vor ihr Gesicht gehoben und lugte darüber hinweg wie eine Aussätzige aus ihrer Höhle. Die Menge teilte sich.

MACHT unser VIERTEL
SICHER für die KINDER!

Wie immer trug sie einen weiten, langen, schwarzen Rock und einen schwarzen Überwurf mit V-Ausschnitt. Das Revers des Überwurfs hatte sie mit weißen Kreuzen bestickt, aber die Wirkung war eher heidnisch als christlich. Aus der Entfernung sahen die Kreuze wie Zähne aus, die sich gleich in ihren Hals bohren würden. Seine Mutter war eine kräftige Frau, stämmig wie ein Holzfäller. Ihr Gesicht war rund und blass. Ihr Mund stand immer offen, auch wenn sie nichts sagte. Die schweren, trockenen Lippen öffneten sich über säulenartigen, fehlgestellten Zähnen, deren Zwischenräume höchstwahrscheinlich durch Gewalteinwirkung entstanden waren. Sie trug eine von diesen dunklen, ovalen

Sonnenbrillen, die Diktatoren bevorzugten, und ein großes, schwarzes Strickkopftuch. Selbst für Colesceau sah sie aus wie die Hexe aus einem dieser Holzschnitte, die man häufig in Märchenbüchern fand. Er öffnete die Tür und ließ sie herein.

»Moros, ich bin traurig und wütend.«

»Ich auch, Mutter.«

Sie schaute ihn an. Selbst nach 26 Jahren bestand sein erster Instinkt, wenn ihm seine Mutter nahe kam, immer noch darin, wegzulaufen.

Sie packte seine Handgelenke und zog ihn an sich, damit er sie küsste. Er tat es. Ihr Atem, der aus ihrem niemals geschlossenen Mund kam, roch nach einem roten, amerikanischen Mundwasser, das sie tonnenweise verwendete.

»Warum hast du es mir nicht schon früher gesagt?«

»Ich habe mich geschämt.«

»Die *sollten sich schämen.«*

»Die schämen sich für gar nichts. Darum bin ich so wichtig für sie. Und was hättest du schon tun können?«

»Tun? Ich hätte meinem einzigen Blutsverwandten auf dieser Erde helfen können. Im Fernsehen sagen sie, du hast keine Arbeit und in wenigen Wochen auch keine Wohnung mehr. Und trotzdem rufst du nicht an und schreibst auch nicht.«

Colesceau trat einen Schritt zurück und seufzte. »Danke, dass du gekommen bist.«

»Wie kannst du diesen Lärm nur aushalten?«

»Sie hören um 21 Uhr auf.«

»Die würden dich kreuzigen, wenn sie den Mumm hätten.«

»Und einen Hammer.«

»Mach mir Tee. Ich setze mich hier hin, wo es kühl ist, und denke über die Lage nach. Es muss eine Möglichkeit geben, wie wir mit ihnen fertig werden.«

Colesceau brühte Tee auf. Er trug ihn zu ihr.

Helena schaute »Vergewaltiger-Mahnwache, Irvine«.

»Bist du den ganzen Tag im Fernsehen?«

»Sie gehen live auf Sendung, wenn ich aus irgendeinem Grund das Haus verlasse. Oder wenn jemand zu Besuch kommt. Gestern die Gesetzeshüter. Heute du.«

»Was sagen sie da über Kinder?«

»Sie fordern eine sichere Nachbarschaft für die Kinder.«

»Aber du liebst Kinder!«

»Stimmt.«

»Und wenn du dich je für ein rumänisches Mädchen interessiert hättest, hätte sie dir Kinder geschenkt, so wie ich deinem Vater ein Kind schenkte.«

Es ekelte ihn, wenn seine Mutter von ihrem Kindbett sprach. Sein Vater war schwach, weibisch und ein Verräter. Matamoros schämte sich, von ihm gezeugt worden zu sein. Darum hatte er auch den Mädchennamen seiner Mutter angenommen, als er in die Vereinigten Staaten gekommen war. Er versuchte, an etwas Angenehmes zu denken, was ihm in Gegenwart von Helena immer schwer fiel. »Das hast du mir schon tausendmal erzählt, Mutter.«

»Statt für diese französischen oder italienischen Mädchen in Bukarest. Statt für die deutschen Mädchen in diesen Heften. Statt für die amerikanischen Mädchen in Kalifornien.«

»Ich kenne deine Meinung.« Sicher tat er das. Seit zwanzig Jahren teilte sie ihm ihre Meinung über seine künftige Partnerin mit. Ihre Worte hatten ihn immer traurig, gereizt und wütend gemacht. Zuerst lag es daran, dass er sie nicht richtig verstand. Später wusste er dann, dass sie Recht hatte.

»Eine amerikanische Frau, wie du sie willst, wird sich nie für dich interessieren.«

»Das ist jetzt nicht der richtige Zeitpunkt, um darüber zu reden.«

»Das ist der Grund, warum all das passiert ist. Sie sollte so wie du sein, Moros. Aus *deiner* Schicht stammen. Jemand, der dir ähnlich ist und mit dem du in Harmonie leben kannst.

Eine Hummel für eine Hummel. Eine Sau für einen Eber. Schöne und gebildete Amerikanerinnen für schöne und gebildete Amerikaner. Für dich ein einfaches rumänisches Bauernmädchen. Jemand wie ich.«

»Du jagst mir Angst ein, Mutter«, sagte er leise. »Ich liebe dich, aber du machst mir Angst.«

Als sie ihn gezwungen hatte, nach dem Tod seines Vaters in ihrem Bett zu schlafen, hatte Colesceau langsam verstanden, warum seine Mutter sein Verlangen nach anderen Frauen so unerbittlich erstickte. Er hatte begonnen, es zu verstehen, als er an dem Abend, als sein Vater von der Staatspolizei erschossen wurde, in ihrem Bett lag, reglos und stumm und mit beträchtlichen Schmerzen, während sie schluchzte und kühlende Kräuterpackungen auf die genähten Bisswunden strich, die die Kampfhunde ihm am ganzen Körper zugefügt hatten. Er konnte ihr Verlangen spüren. Es trat durch ihre Fingerspitzen in ihn ein, strömte wie Elektrizität in Zeitlupe in ihn. Es verließ ihn nie. Er konnte es nie ganz aus seinem Körper bekommen.

Heute, Jahre später, überlegte er, ob er sie töten sollte, nur um ihren erdrückenden Wortschwall zu beenden; aber da war das Geld, das sie ihm gab; die Miete, die sie für ihn zahlte; die Autos, die sie ihm finanzierte; das Sparkonto, das sie für ihn angelegt hatte; die Anwälte und Ärzte, die sie wie Dienstmädchen anheuerte und wieder feuerte.

»Ich glaube, ich weiß eine Lösung für unsere unmittelbaren Probleme, Moros. Du wirst bei mir einziehen. Wir können dich heimlich zu mir bringen, dann wird niemand wissen, dass du bei mir bist.«

Er sah sie nur an, blickte auf die braunen und abgebrochenen Zähne, die aus ihrem Zahnfleisch ragten.

»Was hältst du davon, Moros?«

»Nichts.«

»Weißt du eine bessere Lösung?«

»Mir geht es hier gut, Mutter. Ich bleibe bis zum Ende

meines Mietvertrages, das sind noch 25 Tage. Dann suche ich mir eine neue Wohnung. Das ist nicht unmöglich. Es ist ein freies Land.«

»Nicht für sexuell Perverse, für die nicht.«

»Ich bin kein Perverser. Und ich werde nicht bei dir einziehen. Ich gehe hier nicht weg. Das hier ist mein Zuhause.«

»Dann ziehe ich eben hier ein. Und ich will keinen weiteren Einwand mehr hören, wenn du weiterhin Geld von mir bekommen willst. Keine Diskussionen, Moros. Aber noch etwas Tee. Und stell den Fernseher lauter.«

Er nahm die Fernbedienung und drückte den Knopf. Der »Lautstärke«-Streifen zeigte auf dem Bildschirm einige Blöcke mehr an. Hass wallte in Moros' Herzen auf. Wie Wasser, kurz bevor es kocht. Aber es war ein weicher, kompromissbereiter Hass, der ihn niemals zu bestimmten Dingen anspornen würde. Es frustrierte ihn unendlich, dass er ihr nicht einfach ein für alle Mal den Mund stopfen konnte. Dann würde er sein Leben von Grund auf neu gestalten, ein sauberer Schnitt, der amerikanische Traum und alles: kein Depo-Provera, keine kreischenden Nachbarn, keine Helena, die ihm sagte, er solle nur Frauen begehren, die so hässlich waren wie sie selbst.

»Wer ist diese Frau auf dem Bildschirm, Moros?«

Er schaute hin. »Ich kenne sie nicht.«

Seine Mutter wandte ihm ihr blasses, rundes Gesicht zu, und Colesceau wusste, dass sie ihn durch ihre Sonnenbrille hindurch prüfend ansah.

»Ist sie eine Nachbarin?«

»Du siehst doch, wie sie meine Haustür anstarrt – wer sollte sie sonst sein?«

»Du begehrst sie.«

»Nein, eigentlich nicht.«

»Sie sagen, ihr Name sei Trudy Powers. Du kennst sie, nicht wahr?«

»Sie wohnt hier schon länger als ich.«

Colesceau trug Helenas Tasse wieder in die Küche und brühte frischen Tee auf. Am meisten hasste er an ihr, dass sie wusste, was er in Bezug auf Frauen dachte. Sie erkannte immer sofort, welche ihm gefielen. Das hatte sie schon gekonnt, als er noch ein kleiner Junge gewesen war. Er schaute zu ihr ins Wohnzimmer, starrte auf seine schwarz gekleidete, alte Vettel von Mutter mit Diktatorsonnenbrille, Kopftuch und braunen Zahnstümpfen. Sein Herz schlug schwer und heftig, wie eine Harley im Leerlauf. Aber seine Muskeln fühlten sich locker und kräftig an, so gut wie seit Jahren nicht mehr.

Schon über eine Woche ohne Hormoninjektion, dachte er. *Nach drei Jahren brauchen Sie das nicht mehr. Und falls doch, wird eine einzige Injektion das Ruder auch nicht herumreißen.*

Hier stehe ich nun, dachte er, wieder in einem entscheidenden Moment. Aber er hatte das Gefühl, von Minute zu Minute stärker zu werden.

Da klingelte es an der Tür. Colesceau sah zum Bildschirm, um diese neue Qual zu identifizieren. Er spürte immer noch den weichen Hass in sich, der durch seine Blut- und Nervenbahnen wirbelte. Aber es waren keine Cops, keine Reporter und auch kein so scheußliches Wesen wie seine Mutter; es war ein wunderbares Geschöpf, das auf seiner Veranda stand und darauf wartete, dass sein Klingeln ihm die Tür öffnen würde. Sie trug eine Handtasche über der Schulter und hielt etwas Flaches und Schweres in der Hand.

Trudy klingelte erneut und Colesceau drehte sich lächelnd zur Tür.

Aber Helena war bereits dort und riss die Tür auf. Colesceau nahm über die schwarz gekleidete Schulter seiner Mutter den Blick echter Angst in Trudys Gesicht wahr, während sie Helena anlächelte. Versuchte, Helena anzulächeln, um es treffender auszudrücken.

»Darf ich einen Moment hereinkommen?«

»Aber nur einen Moment.«

»Sie müssen Mrs Colesceau sein. Ich finde die Eier, die Sie dekorieren, einfach hinreißend.«

Helena drehte sich um und sah Colesceau an. Ihm war klar, dass sie versuchte, sich zu erklären, woher Trudy Powers von ihren Eiern wusste. Colesceau zweifelte nicht daran, dass ihre kleinen Schweinsäuglein hinter der schwarzen Plastiksonnenbrille jetzt nur noch schmale Schlitze waren und misstrauisch und unsicher blickten.

Helena wandte sich wieder Trudy Powers zu. »Diese Kunst übe ich schon seit vielen Jahren aus. Ich fühlte mich dieser Tradition jedoch nie würdig.«

»Ich bin keine Expertin in dieser Kunst, Mrs Colesceau, aber die Eier sind wirklich wunderschön.«

Colesceau lächelte und verbeugte sich leicht vor Trudy. Im Nachmittagslicht, das durch die immer noch offene Haustür fiel, sah Trudy Powers wie eine Göttin aus. Sie war strahlend schön und voller Kraft. Der Staub, der im Sonnenlicht aufwirbelte, funkelte golden. Ihre Haut, ihr Haar und ihre Gedanken schimmerten golden. Neben ihr wirkte Helena wie eines dieser schwarzen Löcher, über die sie auf dem *Discovery Channel* ständig redeten, ein Ort des hungrigen Nichts, das ganze Sonnensysteme wie Appetithappen verschluckte.

»Miss Powers«, sagte er und verbeugte sich erneut.

»Ich fürchte, es war falsch, heute vor dem Gebäude der Bewährungskommission zu demonstrieren. Es tut mir wirklich Leid, dass die Leute das getan haben, obwohl ich ihnen davon abgeraten habe. Ich entschuldige mich für ihr Verhalten. Ich habe Ihnen einen Kuchen gebacken.«

Helena drehte sich um und watschelte ins Wohnzimmer. Colesceau zeigte in die Küche und forderte Trudy auf, vorauszugehen.

Sie lächelte, als sie an ihm vorbeilief. Ein nervöses Lächeln. »Darf ich ihn hier auf die Theke stellen?«

»Gern. Das ist sehr nett von Ihnen.«

Trudy stellte den Kuchen auf die Theke und sah Colesceau

an. Sie war nervös, aber sie wich seinem Blick nicht aus. Er sah, wie viel Entschlossenheit es sie kostete. Aber sie schien überzeugt, dass sie von einer höheren Kraft angetrieben oder zumindest erfüllt wurde. Gottes kleines Laufmädel, dachte er, will das böse Monster friedlich stimmen.

»Wie schön, dass Ihre Mutter hier ist.«

»Ja, sehr schön.« Colesceau spürte plötzlich viele Dinge auf einmal: Hass, Anziehung, Frust, Macht. Und eine schwache, sprudelnde Empfindung im fleischlichen Teil seiner selbst.

»Meine starb, als ich noch jung war.«

»Sie sind doch immer noch jung.«

»Ich bin 34. Sie sind erst 26, nicht wahr?«

»Miss Powers, ich fühle mich wie hundert. Mindestens.«

»Nach allem, was Sie durchgemacht haben, ist das nur verständlich.«

»Ich habe gesündigt. Aber das war vor langer Zeit. Und ich habe das Versprechen, das ich Ihnen gab, gehalten. Mein Verhalten war in jeder Hinsicht vorbildlich.«

Colesceau meinte, seine Mutter aus dem Wohnzimmer grunzen zu hören, aber vielleicht war das nur der Fernseher oder das Blut, das in seinen Ohren rauschte.

»Es ist gut, dass Sie Ihre Sünden zugeben können.«

»Das ist leicht, wenn sie so groß wie meine sind.«

»Paulus war ein großer Sünder bis zu seiner Bekehrung. Je tiefer man gefallen ist, desto höher kann man sich erheben.«

Er schürzte die Lippen und sah zu Boden. Es war ein Blick der Zerknirschung, den er jahrelang bei Holtz vervollkommnet hatte. »Was ist das für ein Kuchen?«

»Ein Apfelkuchen. Mit Äpfeln aus biologischem Anbau. Ich hoffe, Sie mögen Apfelkuchen.«

»O ja, sehr.«

»Mr Col... *Moros*. Ich habe Ihnen *noch* etwas mitgebracht. Ich hoffe, Sie halten es nicht für anmaßend, aber aus dem, was Sie sagten, schloss ich, dass Sie es verstehen würden.«

»Ich verstehe Ihre Freundlichkeit.«

»Es geht um eine Freundlichkeit, die weitaus größer ist als meine eigene.«

Sie öffnete ihre Handtasche, die sie dabei nicht von der Schulter nahm. Dann zog sie ein schwarzes Buch heraus. Genau damit hatte er gerechnet. Er sah ein gefaltetes Blatt Papier, das ungefähr in der Mitte des Buches steckte. Trudy legte die Bibel auf die Theke neben den Kuchen.

»Sie dürfen sie behalten.«

»Ich habe das Gefühl, sie könnte in meinen Händen in Flammen aufgehen.«

»Unterschätzen Sie nie die Macht der Vergebung.«

Er trat vor und legte seine Hand auf den Buchdeckel. Dann lächelte er Trudy an und wandte gleich darauf seinen Blick wieder ab.

»Tja, ich muss jetzt gehen. Vielleicht können wir uns ein anderes Mal unterhalten.«

»Das wäre sehr nett.«

Sie lächelte – alles Leben und alles Gute waren in diesem Lächeln enthalten – und rückte die Tasche gerade. Er sah, wie sich ihre Brüste unter der Bluse bewegten. Weich und groß und immer noch recht fest. Sie ging an ihm vorbei und blieb dann hinter Helena stehen.

»Mrs Colesceau, es war schön, Sie kennen zu lernen.«

»Moros braucht die Gesellschaft amerikanischer Frauen nicht. Sie verwirren ihn nur. Sie haben seine Hoden auf dem Gewissen.«

Helena sprach es mit einem kurzen »o« aus. *Hodden*. Colesceau krümmte sich innerlich. Obwohl Trudy Powers wusste, was er durchgemacht hatte, zumindest grob darüber Bescheid wusste, wallte Scham in ihm auf, als seine Mutter es aussprach.

»Gott kann sie ihm zurückgeben«, sagte Trudy.

»Und er hasst Äpfel.«

»Dann geben Sie den Kuchen jemandem, der Äpfel mag.«

Trudy schaute Colesceau an und ging hinaus.

Er las den Zettel, den Trudy Powers in die Bibel gesteckt hatte. Die Handschrift war anmutig und weiblich und die i-Punkte sahen wie glückliche Luftballone aus:

Lieber Matamoros,
mein Ehemann und ich werden jederzeit, Tag und Nacht, mit Ihnen beten, wenn Sie Gott um Hilfe bitten wollen. Rufen Sie einfach an, wenn Sie uns brauchen! Wir können uns in einer Kirche oder einem Park oder am Meer treffen, damit Sie eine Weile der Menge entkommen. Bitte rufen Sie an. 555-1212.

Mit der Liebe von Jesus
Trudy und Jonathan Powers

Helena ging gegen 18 Uhr los, um Lebensmittel zu kaufen. Sie versprach ihm eine ordentliche Mahlzeit. Seine Mutter kam mit klein gewürfelten Steaks zurück – die Art mit Knorpeln wie Gummibändern –, tiefgefrorenen Erbsen, einem Kokosnusskuchen unter einer durchsichtigen Plastikhaube und zwei Flaschen Billigwodka. Er sah wieder im Fernsehen, wie sie auf sein Haus zukam, die Einkaufstüten in der einen Hand und die andere vor sich wie ein Rammbock, während Nachbarn und Reporter ihr den Weg frei machten.

Das Abendessen war eine einzige, endlose Qual. Die ganze Zeit spürte Colesceau, wie sich seine Scham in Wut verwandelte, seine Wut in Zorn, sein Zorn in Ruhe und diese Ruhe in Hass.

»Moros, es tut mir weh, wenn eine Frau wie diese Nachbarin in dein Heim kommt. Ein Heim, für das ich bezahle.«

Es war nach dem Abendessen, Zeit für den Nachtisch, aber immer noch vor 21 Uhr, darum erklangen draußen ungebrochen die Sprechchöre. Einige der Demonstranten vor dem Gebäude der Bewährungskommission hatten sich den

Nachbarn angeschlossen, darum schienen es jetzt doppelt so viele wie sonst zu sein. Die größere Menschenansammlung hatte auch mehr Medieninteresse geweckt – die Übertragungswagen von gleich drei Sendern standen vor seinem Haus, außerdem einige von kleineren Lokalsendern aus Los Angeles und einige mit Abkürzungen, die Colesceau nichts sagten. Wer war bitte schön WJKN?

Helena nahm einen kräftigen Schluck aus ihrem Glas. Colesceau hörte, wie sie schluckte. Er nippte ebenfalls an seinem Glas – der Billigwodka roch genauso wie die Wattestäbchen, mit denen die fette Krankenschwester im Büro von Holtz seinen Arm desinfiziert hatte, bevor sie mit der Nadel zustach.

»Trudy Powers war heute zum ersten Mal hier«, sagte er.

Auf dem Bildschirm sah er Lauren Diamond und Sergeant Merci Rayborn, leitende Ermittlerin des Sheriff-Büros in dem Fall des Handtaschendiebes. Er hatte sie über all das ganz vergessen.

Aber als er den Klang seiner eigenen Stimme hörte, wie er Trudys Namen aussprach – oder war es der Anblick von Merci auf seinem Bildschirm –, merkte Colesceau, wie sich sein Verlangen regte. Er spürte sogar einen Stupser gegen seinen Unterarm, der auf seinem Schoß lag. Er atmete tief ein und aus.

… wir ermitteln im Fall des Handtaschendiebes derzeit an verschiedenen Fronten …

»Sie ist eine unverschämte, selbstgerechte Hure.«

»Sie meint es nur gut.«

… wir hielten Veronica Stevens aus Santa Ana für das dritte Opfer des Handtaschendiebes, bis wir feststellten …

Helena seufzte tief. Sie lehnte ihre unförmige Gestalt gegen die Couch und seufzte wieder. Dann kippte sie noch mehr Wodka. »Vermisst du Rumänien, Moros?«

»Überhaupt nicht.«

»Ich liebe Amerika auch. Aber manchmal fällt mir alles ein, was in unserer Heimat gut war. Ich vermisse es.«

»Nenne mir eine gute Sache in unserer Heimat, Mutter.«

»Ach, ich erinnere mich an den Frühling in Tirgu Ocna. An den Sonnenaufgang über der Donau. An den Strand in Konstanza im August.«

»All die Dinge bedeuten mir nichts.«

... wir versuchen, keine derartigen Vorhersagen zu machen ...

»Mehr Wodka, Moros.«

In der Küche goss Colesceau seiner Mutter Wodka nach. Er hatte sich ihr nostalgisches Geschwätz schon früher anhören müssen. Noch ein oder zwei Drinks und sie würde ihm von ihrem wunderschönen Geliebten aus Matamoros in Mexiko erzählen, einem hageren, mexikanischen Idealisten, Dichter und Fotografen, der sie als junge Frau verführt hatte. Colesceaus Namensvetter. Die ganze Geschichte machte ihn krank.

Nachdem er eine Hand voll Eis in ihr Glas gegeben hatte, nahm er die Rolle mit Küchentüchern vom Ständer und zog den Eispickel heraus. Kalt. Er steckte ihn in seine rechte vordere Hosentasche, mit der Spitze nach oben.

Zurück im Wohnzimmer, reichte er Helena das Glas und schaute sie dabei nur aus den Augenwinkeln an, weil es zu viel gewesen wäre, sie direkt anzusehen. Er spürte, wie ihm die Galle hochkam. Er setzte sich und betrachtete Merci Rayborn, die immer noch im Fernsehen war.

... er ist ein Tier und ein Feigling und wählt nur unbewaffnete, wehrlose und ahnungslose Frauen aus ...

Im Fernsehen sieht sie besser aus als in Wirklichkeit, dachte Colesceau. Nur ein wenig dicker. Ihre Augen und ihr Gesicht sind weicher. Sein Penis fühlte sich wie ein Krabbeltier an.

»Ich vermisse Voronet«, verkündete Helena. »Die Fassadenmalerei. Du weißt doch, Moros, dass die Fresken an die Außenseite der Kirche gemalt wurden, weil man glaubte, die armen Leute seien zu unrein, um die Kirche zu betreten?

Es war wie Fernsehen für Arme, nur ohne bewegliche Bilder.«

»Ich erinnere mich an die Fresken. Eines der wenigen Dinge, die mir in Rumänien gefallen haben.«

»Moros, erinnerst du dich an die ›Seelenräuber‹ im Kloster Moldovita? Was für ein unvergesslicher Anblick! Wenn man dieses Fresko betrachtete, fühlte man genau das, was der Künstler gefühlt haben musste. Die Menschen waren Gott in jenen Tagen näher. Daran gibt es keinen Zweifel.«

Er warf ihr einen Blick zu. Er hatte die »Seelenräuber«, das Fresko, von dem sie sprach, gesehen. Ein Haufen grauer Dämonen mit Klauen, Flügeln und Schwänzen, die sowohl den Toten als auch den Lebenden die Seelen entrissen. Ein grotesker Karneval aus Qual und Schmerz, bei dem Colesceau immer hatte kichern müssen, sogar schon als Kind. Er hielt seine Mutter für irre, weil sie etwas so Entsetzliches und Groteskes bewunderte.

... Regeln des gesunden Menschenverstandes. Verschließen Sie immer Ihr Auto. Parken Sie nur an gut ausgeleuchteten Stellen. Sehen Sie immer erst in Ihr Auto, bevor Sie einsteigen, vor allem auf den Rücksitz ...

Colesceau betrachtete Merci Rayborns Mund, während sie sprach, dann Helenas Mund. Er verglich das Gesicht seiner Mutter gern mit dem anderer Frauen, die er vielleicht eines Tages besitzen würde. Merci Rayborn hatte gleichmäßige, weiße Zähne, Helena hingegen Stoßzähne. Er presste seinen Unterarm etwas mehr nach unten, aber der Widerstand war verschwunden. Zum millionsten Mal in den letzten drei Jahren hatte sich seine Erektion einfach in Luft aufgelöst, wie ein Tropfen Frühlingsregen auf einem warmen Bürgersteig. Das war mit Abstand das ärgerlichste Gefühl, das er jemals erlebt hatte.

... warum wir ihn kriegen werden? Weil Mistkerle wie er für gewöhnlich nicht allzu klug sind, darum werden wir ihn kriegen ...

CNB schaltete wieder zu »Vergewaltiger-Mahnwache, Irvine« und Trudy tauchte auf dem Bildschirm auf. Helena griff sich die Fernbedienung und schaltete den Ton ab.

»Es ist Zeit, deine Mutter zu Bett zu bringen, Moros.«

»Natürlich.«

Colesceau deckte seine Mutter in seinem eigenen Bett zu. Es schmeichelte ihr, sein Bett zu bekommen – obwohl sie auch das Gefühl zu haben schien, ein Anrecht darauf zu besitzen –, und ihm passte dieses Arrangement aus anderen Gründen. Er tastete die Spitze des Eispickels in der Dunkelheit ab, nur um sicherzugehen, dass er noch da war.

Er nahm ihr das Kopftuch ab und streichelte ihr Haar, dünn und weiß und nur auf dem Scheitel noch ein wenig braun, wie ein Baiser. Er lauschte ihrem Geplapper. Er wusste, in wenigen Minuten würde sie weggetreten sein. Er zog die Decke hoch, bis sie eben über ihre Brüste reichte, und stopfte sie ordentlich in die Seiten, genau so, wie sie es mochte, wie sie es ihm beigebracht hatte.

»Du bist ein guter Sohn, Moros.«

»Du bist eine gute Mutter.«

Ihr Mund verzog sich fast zu einem Lächeln, und er beugte sich vor, um sie zu küssen. Er spürte die Spitze des Eispickels an seiner Hüfte, und er wusste, es war an der Zeit. Seine Arme zitterten, als ob er ein Auto vom Boden hob.

Er hatte oft darüber nachgedacht. Nicht so sehr an die vorteilhaften Ergebnisse, sondern an das Vergnügen, das der eigentliche Akt ihm bereiten würde. Aber er hatte es niemals tun können. Er hatte in den letzten beiden Jahrzehnten in zwei verschiedenen Ländern auf zwei verschiedenen Kontinenten Tausende von Möglichkeiten gehabt, und trotzdem war er nie in der Lage gewesen, es zu tun. Er hasste sich für dieses Scheitern. Der Hass auf sich selbst war das Fundament, die Grundlage, auf der sich alles in ihm aufbaute. Wenn seine Mutter in seiner Nähe war, konnte er dem unmöglich entfliehen.

Und nun drohte sie damit, bei ihm einzuziehen.

Er war zu hilflos, um sie aufzuhalten. Zu hilflos, um ihr Einhalt zu gebieten. Der Hass verlieh allem, was er ansah, schmale, rote Kringel wie Heiligenscheine.

… weil Mistkerle wie er für gewöhnlich nicht allzu klug sind, darum werden wir ihn kriegen …

Colesceau schloss die Tür hinter seiner Mutter, die bereits schnarchte, ging nach unten und goss sich ein riesiges Glas Wodka pur ein. Dann ging er wieder nach oben und betrat das Gästezimmer. Er verschloss die Tür hinter sich. Er weinte, obwohl er nicht traurig war, und er spürte die kalten Tränen auf seinen Wangen.

So lief es nun schon seit drei Jahren. Sein Körper tat das eine, sein Kopf etwas anderes. Es gab keine Verbindung. Keine Einheit. Es war merkwürdig, Zorn und Wut zu spüren, aber keine Erektion zu bekommen; sich sauer und frustriert zu fühlen und gleichzeitig Tränen zu vergießen.

Colesceau zog sich bis auf Hemd und Unterhose aus und stellte sich vor die Spiegelwand. Er stellte das Glas auf den Boden neben sich. Er wollte sich ansehen, jetzt, wo die Hormonbehandlung beendet war. Er knöpfte das Hemd auf, und das unheilvolle Gefühl überkam ihn, dass er nun am Tiefpunkt angelangt war, schlimmer als jetzt würde er nie aussehen.

Das haben sie also aus mir gemacht, Männlichkeit mit Weiblichkeit vermischt, und keines von beidem ist das Ergebnis.

Er ließ das Hemd fallen, zog seine Unterhose aus und schaute sich im Spiegel an. Seine Gestalt erinnerte eher an die einer Frau als an die eines Mannes. Er sah die tiefen Narben, die die Zähne der Kampfhunde hinterlassen hatten, und die gezackten Nahtstellen, die teilnahmslose Staatsärzte ihm zugefügt hatten. Vor den Polizeihunden war seine Haut blass und rein und straff gewesen. Er betrachtete seinen schwammigen Bauch, die tapferen, kleinen Brüste, die so sehr versuchten, nicht zu dem zu werden, was sie nicht sein sollten. Vor der Hormonbehandlung war seine Brust flach gewesen. Er sah das lockere Nest aus Haut und Haaren zwischen seinen Beinen. Vor der ganzen Sache waren das einmal sein kostbarer Schwanz und seine Eier gewesen, sie waren immer für ihn da gewesen, waren *er* gewesen, wenn er es von ihnen verlangt hatte – sein Ausdrucksmittel für Hass, Verlangen, Wut. Nun boten sie ein Bild absoluter Niederlage. Und gleichgültig welcher Fantasie er sich hingab, er konnte nicht einmal das schwächste Verlangen dort unten wachrufen. Im Moment war sein Geschlechtsorgan, wie so oft in den vergangenen drei Jahren, nichts weiter als ein Phantom.

Colesceau beugte sich vor, nahm seinen Wodka und trank ihn bis auf den letzten, kalten Tropfen.

Dann überkam es ihn. Der Hass und der Zorn, das Verlangen und die Impotenz, der Frust und die Schwäche. Alles schien in dem Wodka und dem Progesteron wie in einer tödlichen Mischung zu kochen.

Colesceau öffnete den Mund und bleckte die Zähne. Er erstickte den Schrei weit hinten im Hals und ließ ihn nicht heraus. Sein Kopf pochte vor Schmerz. Er spürte seinen eigenen, feuchtwarmen Atem in seinem Gesicht und sah, wie sich in dem klimaanlagengekühlten Raum eine Dampfwolke bildete. Als ob er Rauch ausatmete.

Er betrachtete sich selbst und sah das Ding, zu dem er geworden war. Er holte noch einmal Luft und stieß einen weiteren lautlosen Schrei aus. Das Glas in seiner Hand zerbrach, und er spürte, wie die Eiswürfel auf seine Zehen fielen.

Und er hatte eine Vision – während in seinem Kopf der stumme Schrei der Verzweiflung hallte –, eine Vision von dem, was er als Nächstes tun würde.

Er würde sich neu erfinden. Sich zu einem besseren Menschen machen.

Er würde seiner Mutter und der jämmerlichen Welt zeigen, dass er sich über das erheben konnte, was sie aus ihm gemacht hatten.

Immer wieder dachte er darüber nach. Er beobachtete sein Gesicht, immer noch eine Grimasse aus Tränen und einem gefrorenen Schrei. Es gab jetzt viel zu tun, er hatte so wenig Zeit.

Trudys Nummer stand immer noch auf dem Zettel in der Bibel in seinem Wohnzimmer. Außerdem musste er seiner Mutter etwas hinterlassen.

Es gab reichlich zu tun.

39

An diesem Abend fuhr Hess mit Merci im Sonnenuntergang wieder über den Ortega, entlang der Senken im Schatten der Eichen, die sonnenbeschienenen Felsen hinauf, vorbei an den glänzenden Pappeln und dem frühlingssprießenden Gras. Er sah zu den Baumgruppen hinaus, bei denen die Handtaschen und das Blut von Janet Kane und Lael Jillson gefunden worden waren. Sie lagen jetzt im Dunkeln, im Schatten der Platanen und Eichen. Er dachte daran, wie kalt das Blut dort draußen in der Erde war, dass es schon wieder in seine Bestandteile zerfallen war, als sie es gefunden hatten. Er spürte jetzt sein eigenes Blut, heiß und irgendwie fremd, offenbar an der Grenze zur Anämie, aber gestärkt durch Strahlen und schädliche Chemikalien, Antazidum, Antiemeticum, Schmerzmittel, Vitamine und das noch nachklingende Narkotikum des Verlangens. Es fühlte sich an, als ob das Blut selbst verunreinigt wäre. Aber es freute ihn, dass dem so war. Ihm fiel auf, dass ihm die Dinge vor den Augen verschwammen, nein, nicht verschwammen, sondern es war eher so, dass er sich nicht auf einen Punkt konzentrieren konnte. Aber dieses Phänomen trat seit der Chemotherapie immer häufiger auf.

»Kemp hat sich heute Morgen bei mir entschuldigt. Er

schien es tatsächlich ernst zu meinen. Überdies sagte er, er würde von nun an in meiner Gegenwart die Klappe halten und mich auch nicht mehr antatschen.«

»Gut. Genauso sollte es sein.«

»Das ist kein Sieg. Aber ich will, dass er mich respektiert.«

»Phil begegnet einem nur selten mit Respekt. Aber du hast ihn wirklich verdient.«

»Morgen wird er der Presse gegenüber eine Erklärung abgeben. Er wird sich entschuldigen, ohne zuzugeben, dass er etwas falsch gemacht hat. Ein Missverständnis oder so was in der Art. Ich habe mich übrigens mit Brighton unterhalten. Das bleibt jetzt unter uns: Kemp wird einen Schreibtischjob erhalten.«

»Schon komisch, dafür auch noch befördert zu werden.«

»So können sie ihn wenigstens besser im Auge behalten. Mich beschäftigt jetzt eher die Klage. Ich könnte sie fallen lassen, ohne das Gefühl zu haben, ich hätte klein beigegeben. Das wird mir wahrscheinlich noch mehr Publicity einbringen. Sie werden sicher behaupten, ich würde die anderen Frauen im Stich lassen. Aber das ist mir egal. Ich muss mich um Wichtigeres kümmern. Fall abgeschlossen, was mich betrifft.«

Hess schaute zu Merci, aber sie starrte aus dem Fenster.

Das *Rose Garden Home* lag am Fuß der Berge, westlich von Lake Elsinore. Vor der Auffahrt befand sich eine Pforte und eine zweite näher beim Haus, aber beide waren unverschlossen.

Merci stieg aus, stand dann im Staub und schob die Pforten auf den Stahlrädern auf, während Hess sie im Licht der Scheinwerfer beobachtete.

Das Haus lag größtenteils im Dunkeln – in drei Räumen war das Licht eingeschaltet und eine Lampe über der Tür beleuchtete den Eingang. Die Anlage selbst wurde von großen Halogenleuchten erhellt.

Hess sah, dass es ein imposantes, mit Holz verkleidetes

Haus war, einstmals blau gestrichen. Das Tor der Garage stand offen, keine Autos darin. Auf dem vertrockneten, braunen Gras stand ein fahrbares Schild mit einem großen, roten Pfeil über der Anschlagtafel. Die Buchstaben hoben sich schwarz von dem verblassten, gelben Hintergrund ab und waren nicht besonders gerade:

Rose Garden Home
Respekt und Fürsorge
Seien Sie willkommen

Hess stieg aus dem Wagen. Die Hitze schlug ihm entgegen. Er wischte sich mit dem Ärmel seines Mantels über die Stirn. Über dreißig Grad, schätzte er, vielleicht um die fünfunddreißig. Das Haus ragte bedrohlich vor ihm auf. Er betrachtete die krumme Veranda, die ausgetretene Treppe, die alten Sofas vor der Hauswand, die gusseisernen Gitter vor den Fenstern, die leeren Vogelfutterhäuschen, die von der Markise baumelten, die Windspiele aus Onyx, die reglos in der Hitze verharrten.

Er hörte mehrere Personen im Haus sprechen. Die Stimmen waren leise und konnten auch aus dem Fernseher oder dem Radio stammen.

»Was für ein heruntergekommenes Begräbnisinstitut«, sagte Merci. »Wie heißt der Besitzer gleich nochmal?«

»William Wayne.«

»Mein Gott, sieh dir das hier nur an!«

»Hör mal.«

Durch die Hitze drang ein Stöhnen, ein lang gezogenes, schleppendes und seltsam schmerzloses Stöhnen aus dem ersten Stock. Einen Augenblick später hörte Hess lautes Lachen im Erdgeschoss – von einer jungen Frau.

Merci schüttelte den Kopf. »Was macht er nur? Kitzelt er sie, bevor er sie umbringt?«

»Sei vorsichtig.«

Hess sah sie an, griff unter seinen Mantel und löste den Sicherungsverschluss seines Schulterhalfters. Merci tat dasselbe. Hess stolperte auf der schrägen Treppe, erlangte auf der Veranda sein Gleichgewicht wieder und stellte sich links neben die Tür. Merci baute sich auf der rechten Seite auf, die Heckler & Koch in der Hand, die sie hinter ihrem Hosenbein versteckte.

Hess streckte die rechte Hand aus und klopfte. Die Tür war dünn und er vernahm die Reaktion auf der anderen Seite. Das Stöhnen fing wieder an, aber das Lachen hörte auf. Er spürte, dass sein Herz in der Brust zu schnell pochte, mehr Umdrehungen pro Minute als Pferdestärken, ein Motor mit Gängen, die nicht ineinander griffen. Aber da konnte er nicht viel tun.

Er versuchte, den Türknauf zu drehen, aber die Tür war verschlossen. Hess sah Merci an. Sie stand ganz entspannt, aber wachsam neben der Tür, die Arme an den Seiten, die Beine auseinander, den Rücken zum Haus. Sie zuckte mit den Schultern und Hess klopfte erneut, fester und länger.

Immer noch nichts. Nur das Stöhnen.

»Los geht's«, sagte Hess und zog seine Waffe aus dem Halfter. Er trat zurück, senkte die Schulter und warf sich gegen die Tür. Es brauchte zwei Anläufe, aber schließlich splitterte der Türrahmen. Hess trat zur Seite, während Merci hineinstürmte.

Hess hob die Waffe und folgte ihr. Im Vorraum war es heiß und es roch streng. Diesen Geruch kannte jeder. Er bemerkte die Hornissen, die in der dunklen, schweren Luft des Treppenhauses träge vor sich hin summten. Zwei Flure gingen von dem Vorraum ab, einer nach links und einer nach rechts.

Ein junger Mann mit langen, blonden Haaren trat in das gedämpfte Licht eines der Flure, schaute sie voller Furcht an, ließ ein Tablett fallen und rannte davon.

Hess und Merci brüllten gleichzeitig, ein Chor aus Drohungen, die im Treppenhaus widerhallten und von den Wänden zurückgeworfen wurden. Und immer noch dieses Stöhnen, klagend und eingesperrt.

Hess rannte den Flur entlang, schob dabei die Waffe in sein Halfter zurück. Der Kerl war nach links entwischt und nicht mehr zu sehen. Hess zögerte nicht. Hinein in die Küche, hell, ein großer Fleischerblock und ein Tisch mit Stühlen. Drei Schritte. Hess sprang und erwischte ihn an der Hintertür der Küche, drehte dem Kerl die Arme auf den Rücken, riss ihn zu Boden. Hess rollte sich auf ihn und presste das Gesicht des Typen auf das Linoleum. Er spürte Merci hinter sich, die erst einen Arm außer Gefecht setzte, dann den anderen.

»Ich habe ihn, Hess! Roll dich runter, pass auf die Zähne auf! Pass auf die Zähne auf! Keine Bewegung, du SCHEISSkerl!«

Hess stieß sich ab, dann rollte er hinunter und erblickte Merci über dem Kerl, mit der Waffe auf ihre Beute zielend. Hess richtete sich auf, hielt den Hals den Mannes mit der einen Hand fest und tastete mit der anderen dessen Körper ab. Der Typ trug eine Schlüsselkette wie ein Hausmeister an seiner Gürtelschlaufe, hatte ein Taschenmesser und eine eingeschweißte Ausweiskarte bei sich. Hess drehte den Mann auf den Rücken und stand auf. Er atmete schwer; abgehackte, kleine Schnaufer. Er schien nicht richtig einatmen zu können. Plötzlich war es still, kein Stöhnen mehr, keine schreienden Cops.

»Gute«, keuchte Hess, »Arbeit.«

Der Mann schien Anfang zwanzig zu sein. Seine Haare waren lang und wellig, er hatte einen schmalen Schnauzer und dunkle, ängstliche Augen. Er war mager und blass, trug ein schmutziges T-Shirt, dunkle Jeans und rote Turnschuhe ohne Socken. Er schaute Hess an, als ob der ihn gleich bei lebendigem Leib verschlingen würde. Dann sah er zu Merci. Sein Kinn zitterte und er hatte immer noch kein Wort gesagt.

»Name, du Scheißer!«

Der Blick wanderte zu Hess, dann wieder zu Merci. Dunkel und gequält und vielleicht liegt ein wenig Bedauern darin, dachte Hess. Der Mann wehrte sich nicht länger, lag nur mit dem Bauch nach oben auf seinen Armen, wie eine gestrandete Schildkröte.

»Wie lautet dein Name, junger Mann?«, fragte Hess.

»Billy.«

»Billy. Und wie weiter?«

»Billy Wayne.«

Hess betrachtete die Ausweiskarte in der Plastikhülle. »William J. Wayne«, las er vor. »Nummer 113.«

»Ich habe es nicht getan. Und ich will meinen Anwalt sprechen.«

»Was genau hast du nicht getan?«

»Was immer. Ich wohne hier. Ich bin der Herr im Haus, wenn wir allein sind.«

»Der Herr von *was*?«

William J. Wayne schaute beide erneut an, voller Misstrauen und echter Furcht. »Von uns allen. Wenn die Frau Doktor geht, bin ich der Herr im Haus.«

Hess sah Merci kurz an und sie erwiderte seinen Blick. Irgendwo über ihnen setzte das Stöhnen wieder ein.

»Gottverdammt, du musst uns eine Menge erklären, Bill! Ich werde dich jetzt aufstehen lassen, damit du dich auf einen dieser Stühle setzen kannst. Dann wirst du mir alles erzählen, was ich wissen will. Wenn du versuchst, gegen mich anzustinken, dann trete ich dir in die Eier, und zwar auf dem ganzen Weg bis zum Lake Elsinore. Kapiert?«

»Ich will meinen Anwalt und ich habe es nicht getan.«

»Ja, ja. Jetzt stehst du ganz langsam auf und bewegst deinen Hintern zu diesem Stuhl. Tim, vielleicht solltest du dieses Spukhaus sichern, bevor Billy uns erzählt, was er alles nicht getan hat.«

Mit dem Hausmeisterschlüsselring in der Hand fing Hess im linken Flur an. Das Haus roch wie ein mobiles Bauarbeiterklo, das zu lange in der Sonne gestanden hatte. Die Hornissen summten. Er kam an eine Tür und sah durch die vergitterte Scheibe, die sich im oberen Türdrittel befand. Hinter dem Gitter erstreckte sich ein kleiner Raum, der von einer Neonröhre oben an der Decke beleuchtet wurde. Eine kleine Person lag auf dem Bett, die sich krümmte und zur Hälfte mit einem Laken zugedeckt war. Spitze Knochen, Haut, schwaches Licht und Schatten. Den Mund geöffnet, kein Geräusch. Die Person blinzelte. Hess sah Exkremente auf dem Boden um ein Loch, das in das Holz gesägt worden war. Ein Klemmbrett hing an einem Nagel neben der Tür, es gab den Namen des Patienten mit *J. Orsino* an. Die Hornissen summten drinnen und draußen, krabbelten über die Wände, drehten sich auf den Beleuchtungskörpern um sich selbst.

Im angrenzenden Raum befand sich eine lachende, junge Frau. Hess konnte nur ihren Rücken sehen, das honigfarbene Haar und die Arme der grauen Zwangsjacke, die quer über ihre Körpermitte zugebunden war. Ihr Bett war in die Mitte des Raumes geschoben worden, und sie saß am Fußende, mit dem Gesicht zur Wand, den Kopf gesenkt, als ob sie weinte oder nachdachte. Aber sie lachte. Auf dem Boden neben ihrem Bett stand ein Nachttopf verkehrt herum, an der Unterseite klebten Nahrungsreste, Hornissen huschten über das rote Emaille. Daneben eine Zinkwanne, die zur Hälfte mit Wasser gefüllt zu sein schien.

Im letzten Raum entlang dieses Flurs lag ein Mann auf seinem Bett und starrte an die Decke. Auf dem Klemmbrett stand: *B. Schuster*.

Hess versuchte, tief durchzuatmen, aber der bestialische Gestank machte es ihm fast unmöglich. Er ging zurück in die Vorhalle und überprüfte den rechten Flur. In einem Zimmer lag ein entstellter Junge, das andere Zimmer war leer.

Erster Stock. Das merkwürdige Stöhnen kam von einem

pubertierenden Mädchen, das unter seiner Bettdecke hervorstarrte. Als sie Hess sah, hörte sie auf zu stöhnen und lächelte.

Im zweiten Stock fand Hess einen großen Raum, der als Büro diente. Er war gut beleuchtet. Eine Klimaanlage brummte gleichförmig, senkte die Temperatur und minderte den Gestank. An der einen Wand standen ein Schreibtisch, ein Stuhl und sechs hohe Aktenschränke. Auf dem Schreibtisch befand sich ein gerahmtes Foto – eines dieser kleinen Schwarz-Weiß-Fotos, die in den fünfziger Jahren sehr beliebt waren und von denen Hess selbst mehrere besaß. Er kannte weder die Menschen darauf noch die Landschaft.

Er fand die amtliche Zulassung des Countys und einen Gewerbeschein für das *Rose Garden Home* – ein »Pflegeheim und Hospiz«. Die Geschäftsführerin und Besitzerin war eine Frau: Helena Spurlea. Sie war seit elf Jahren im Geschäft. Das Passfoto auf dem Zulassungsschein zeigte eine Frau mit dunklem Pony über der Stirn, unglücklichen Augen und einem trotzig-sturen Gesichtsausdruck. Sie sah wie die Frau auf dem kleinen Schwarz-Weiß-Foto aus, nur dass sie vierzig Jahre älter war.

Als er in die Küche trat, schauten ihn beide an. Merci hatte zwei Stühle vor Wayne geschoben, mit der Lehne zu ihm. Sie saß entspannt da, ihre Arme ruhten auf der Holzlehne und sie wirkte amüsiert.

»Billy hat beschlossen, dass er seinen Anwalt im Moment doch noch nicht braucht. Wir werden jetzt ein wenig plaudern, und ich werde ihn gehen lassen, wenn alles in Ordnung zu sein scheint. Klingt das nicht gut?«

Hess verstand den Wink. »Ich würde diesen Mistkerl nicht einmal dann gehen lassen, wenn man mir eine Knarre an die Schläfe hielte.«

Merci seufzte und sah William Wayne an. »Das ist übrigens Tim. Er beißt Hühnern zum Frühstück den Kopf ab, aber sonst ist er ein prima Kerl.«

Hess öffnete den Mund und biss genüsslich in seinen Daumen.

Wayne starrte ihn völlig geistesabwesend an. Dann wandte er sich wieder an Merci. »Könnte ich vielleicht nur mit Ihnen reden?«

»Heißt das, dass Tim sich ein wenig umsehen darf?«

»Das Haus gehört der Frau Doktor.«

»Aber du bist doch jetzt der Herr im Haus.«

»Ich bin der Herr im Haus.«

»Wenn er sich umsehen darf, dann ist das hier alles schnell vorüber, und wir können alle mit dem weitermachen, was wir vorher getan haben.«

»Ich habe 227 gefüttert. Ich bin der Herr im Haus, wenn sie weg ist.«

»Darüber würde ich gern mehr erfahren. – Tim, vielleicht solltest du eine kleine Besichtigungstour machen.«

Hess blickte William Wayne prüfend an, während er rückwärts die Küche verließ.

»Na gut, Billy«, fuhr Merci fort. »Was ist mit diesem Porti-Boy?«

Billy kicherte. »Was soll das denn sein?«

Die Aktenschränke in dem Büro im zweiten Stock enthielten die Patientenakten. William J. Wayne war 23 Jahre alt, in Riverside als Kind einer alkohol- und methedrinsüchtigen Mutter geboren. Er war mit einer »beträchtlichen« geistigen Retardierung zur Welt gekommen und sein Entwicklungsalter wurde auf elf Jahre geschätzt. Hess fiel auf, dass er in der Lage war, seinen Namen zu schreiben; die Unterschrift sah aus, als ob ein Erstklässler sie produziert hätte, die Buchstaben eng an eng auf einer Linie. In Waynes Akte wurde kein Verbrechen erwähnt, weder Sittlichkeitsverbrechen noch sonst welche. Seine Eltern waren seit langem geschieden; die

Mutter lebte jetzt in Beaumont; letzter bekannter Aufenthaltsort des Vaters war Grant's Pass in Oregon. Waynes Mutter überwies ihre Sozialhilfe offenbar an das *Rose Garden Home*, im Gegenzug für die Pflege ihres Sohnes: 388 Dollar im Monat. Hess machte sich Notizen.

Dann schlug er Bart Youngs Privatnummer in seinem blauen Notizbuch nach und rief ihn vom Schreibtischtelefon der Ärztin aus an. Young erklärte ihm, dass William Wayne den Porti-Boy mittels Postanweisung bezahlt habe, wenn er sich richtig erinnere. Er könne es morgen überprüfen. Er sagte auch, dass sie im Westen der USA meist UPS mit der Auslieferung beauftragten. Daraufhin rief Hess Brighton zu Hause an, der meinte, er könne auch zu dieser Stunde die UPS-Sicherheitsleute an den Apparat bekommen.

Nur fünf Minuten später klingelte das Telefon auf Helena Spurleas Schreibtisch. Hess verbrachte die nächsten Minuten damit, dem regionalen Sicherheitschef von UPS seine Wünsche darzulegen, der zusicherte, gleich morgen früh eine Kopie der unterschriebenen Zustellungsquittung an das Sheriff-Büro zu faxen. Hess dankte ihm höflich und hängte ein.

Dann rief er die Kraftfahrzeugzulassungsstelle an, um Helena Spurlea zu checken: ein Cadillac Seville, Baujahr 1992, und ein Chevy Van von 1996. Sie hatte bislang drei Punkte in der Verkehrssünderkartei. Er schrieb die Kennzeichen auf. Ihr Führerschein war noch gültig, und eine Kopie des Führerscheins und des Akteneintrags sollten der Mordkommission gefaxt werden, zu Händen von Tim Hess. Der Van, dachte er; wo ist er?

Hess zog die unterste Schublade des Aktenschranks auf und sah die Hängeregister durch. Stornierte Schecks. Rechnungen. Ausgabenbelege. Handgeschriebene Notizen. Er zog willkürlich eine heraus: die zu erwartende Höhe der Kosten für Hypothek, Gebrauchsgegenstände, Lebensmittel, Medikamente, Fahrzeugwartung sowie Reparaturen und Lohnkosten für Garten-, Maler- und Reinigungsarbeiten. Auch einige unerwartete Ausgaben: 956 Dollar für H. Spurlea, Rundreise vom Flughafen Los Angeles über Dallas nach Brownsville in Texas im Herbst 1998; Zahlung von 370 Dollar an *New West Farms* im nahe gelegenen Temecula für »Straußen- und Emu-Produkte« im Jahr 1997; regelmäßige monatliche Zahlungen von 875 Dollar an die *Schaff Management Group* in Newport Beach für »Lagerung« und 585 Dollar an Wheeler Greenfield aus Lake Elsinore für »Miete«. Es gab eine Zahlung in Höhe von 1235 Dollar an die Firma *Inland Glass* für die »Verspiegelung einer Wand« im Jahr 1997, was Hess merkwürdig fand, weil er bislang keine einzige Spiegelwand im *Rose Garden Home* gesehen hatte.

Jede Menge Ausgaben, dachte Hess. Sie muss mit diesem Höllenloch ordentlich Geld verdienen. Genug, um »Emu- und Straußen-Produkte« zu kaufen, mit denen sie ihre Patienten fütterte. Und warum so viel für »Lagerung«? Was lagerte sie – Kühe?

Hess kritzelte etwas in sein blaues Notizbuch. Seine Finger fühlten sich dick und sperrig an. Ekel stieg in ihm auf.

In dem Ordner mit den Außenständen fand Hess ein Schwindel erregendes Labyrinth aus Zahlungen von Privatpersonen, Versicherungserstattungen sowie Überweisungen von Institutionen des Staates, des Countys und der Kommune. Einige wurden an einzelne Patienten ausgezahlt, andere an die Familie, einige an Helena Spurlea, wieder andere an das *Rose Garden Home*. Angesichts all der Entlassenen, der Verlegten, der in Heime Überwiesenen und der Verstorbenen war es Hess unmöglich, die Einnahmen des Heimes pro Patient zu ermitteln. Selbst diese oberflächliche Inspektion ergab jedoch, dass ein A. Bohanan im März 1996 verstorben war und noch bis September desselben Jahres einen monatlichen Krankenversicherungszuschuss in Höhe von 588 Dollar erhalten hatte, zahlbar an das *Rose Garden Home*. Eine ähnliche »Leistung für die Toten« hatte M. A. Salott erhalten.

Es war entwürdigend.

In der Akte für Januar dieses Jahres fand sich nichts, was mit dem Kauf einer Embalming-Maschine durch William Wayne in Zusammenhang gebracht werden konnte.

Hess inspizierte das Haus, die Garage und das umliegende Gelände, fand aber keine Spur von dem Porti-Boy und keine Dokumente, die auf den Kauf einer solchen Maschine schließen ließen. Keine Spiegelwand, kein Straußen- oder Emufleisch in der Gefriertruhe. Kein Van, kein Cadillac Seville. Nichts weiter als ein klappriger alter Truck, aufgebockt, nur noch zur Hälfte komplett. Keine Spuren auf dem alten Asphalt der Auffahrt. Sobald es wieder hell wurde, konnten sie die Straße überprüfen.

Merci stand Wayne gegenüber, als Hess wieder in die Küche kam. Sie hatte die Arme verschränkt, mit einer Hand kratzte sie sich am Kinn.

»William scheint mir sehr vergesslich zu sein, Tim. Total benebelt.«

»Werfen wir ihn in den Knast und schauen wir, ob sein Erinnerungsvermögen dort zurückkehrt.«

»Er ist hier der Herr im Haus. Er will nicht, dass die anderen Patienten Hunger leiden. Die Frau Ärztin, sagt er, bleibt manchmal zwei oder drei Tage hintereinander weg. – Bleib sitzen, William. – Tim, kommst du mal bitte?«

Hess stand in dem stinkenden Flur und hörte wieder das Stöhnen. In der schlechten Beleuchtung wirkte Mercis Gesicht blass. Er stellte sich so, dass er durch die Tür Waynes Füße sehen konnte.

»Er ist zu beschränkt«, sagte Merci.

»Das kann vorgetäuscht sein.«

»Mich hat er überzeugt.«

»Mich auch. Keine Akte. Kein Führerschein. Wahrscheinlich kann er nicht einmal fahren.«

»Er sagt, er weiß nichts von einer Embalming-Maschine.

Ich musste ihm sogar erst erklären, was eine Embalming-Maschine ist. Er glaubt, die Leute kommen in den Himmel, wenn sie sterben. Sagt, er weiß nicht, wo der Ortega Highway ist. Hat nie von Jillson, Kane oder Stevens gehört. Kann sich nicht einmal an den Namen der Ärztin erinnern – Spurlee oder Surplia oder Slurpia – irgendwas in der Art. Mein Gott!«

»Warum ist er vor uns weggelaufen?«

»Er hat unsere Waffen gesehen.«

Hess dachte nach. »Wir sollten eine Haarprobe und Fingerabdrücke nehmen.«

»Habe ich schon. Ich habe ihm Wasser in einem sauberen Glas angeboten. Er hat sich das Haar selbst ausgerissen – sogar mit etwas Haut am Ende, für die DNS. Ich habe es in das Glas gelegt und beides in ein Handtuch eingerollt.«

»Wir können ihn 48 Stunden festhalten, weil er sich gewehrt hat. Können ihn weiter befragen, Kamala Petersen einen Blick auf ihn werfen lassen. Vielleicht erinnert er sich auch wieder.«

»Wie sollen in einem Kopf voller Stroh Erinnerungen gespeichert werden?«

»Ich glaube, du hast Recht. Ich denke, jemand hat seinen Namen benutzt, um den Porti-Boy zu bestellen, die Lieferung zu quittieren und vielleicht auch, um mit seinem Geld zu bezahlen. Er hat das verdammte Ding nie zu Gesicht bekommen. Vielleicht deckt er jemanden. Vielleicht wird er von jemandem benutzt. Diese Spurlea besitzt übrigens einen Van.«

Merci lehnte sich gegen die Wand und blickte zu Hess hoch. »Wie sieht der Rest des Hauses aus? Warum stinkt es hier so erbärmlich? Und wer stöhnt dauernd?«

»Mach eine Pause und schau selbst nach.«

Nach fünf Minuten kam Merci wieder die Treppe herunter. Hess betrachtete sie, entdeckte die Verzweiflung in ihrem Gesicht, wie damals, als sie Jerry Kirbys totes Herz wieder zum Schlagen hatte bringen wollen. Ihre Stimme war leise, zitterte nur ein wenig.

»Ich rufe die Cops und lasse dieses Heim schließen. Sobald das Gesundheitsamt morgen früh aufmacht, rufe ich dort an. Wir nehmen Wayne wegen Widerstands gegen die Staatsgewalt mit. Vielleicht ergibt sich etwas oder Kamala erkennt ihn wieder. Wenn er jemanden wegen des Porti-Boys deckt, dann sagt er uns eventuell, wer das ist. Ich besorge ihm eine Einzelzelle und sorge dafür, dass die miesen Jungs ihm nicht wehtun.«

»Gut.« Hess schaute William Waynes Füße an, dann Merci, deren Augen kalt und dunkel wirkten.

»Er ist wirklich der Herr in diesem Höllenloch, Hess. Ich will diese gottverdammte Dr. Slurpee. Ich kann nicht glauben, was ich da eben gesehen habe.«

»Ich konnte es auch nicht glauben.«

Merci drehte sich um und trat ein Loch in die Wand.

»Stahlkappe. Ich bin momentan ein wenig sauer. Rufen wir die Riverside-Sheriffs.«

Als sie wieder den Ortega Highway entlangfuhren, war der Himmel dunkel und die Hügel noch dunkler. Die Straße war nur noch ein schwarzes Band mit einem gelben Strich in der Mitte, der sich ständig aus dem Scheinwerferlicht und aus dem Blickfeld von Hess herauszuschlängeln schien. Er starrte den Strich an, den einzigen Strich auf Erden.

Schließlich platzte Merci heraus: »Das Schlimmste ist, dass keiner von diesen Leuten etwas Falsches getan hat. Wahrscheinlich haben sie *niemals* etwas falsch gemacht. William Wayne sicher nicht. Und dieser Abschaum, mit dem wir es Tag für Tag zu tun haben, Typen wie dieses Brechmittel alias ›Der Handtaschendieb‹, die tun *ausschließlich* Böses. Sie haben ihren Verstand beisammen und einen gesunden Körper, aber sie tun nichts anderes, als Leute zu verletzen. Doch wenn man das Pech hat, wie diese Menschen geboren zu sein, dann endet man im *Rose Garden Home* in Lake Elsinore. Das ist nicht richtig, Hess. Du sagst mir immer, ich solle fühlen, was andere Menschen fühlen, und denken, was andere Menschen denken. Tja, das konnte ich nie, bis ich die Leute in diesen Räumen gesehen habe. Zum ersten Mal konnte ich wirklich *genau das* fühlen – und riechen und sehen und denken –, was diese Menschen fühlten und rochen und sahen und dachten. Und ich habe mich geschämt, ein Mensch zu sein. Und es machte mich wütend. Ich bin natürlich ständig wütend. Aber das ist eine andere Geschichte.«

Sie beugte sich quer über den Sitz, und Hess dachte schon, sie würde ihn schlagen. Stattdessen bohrte sie ihren Zeigefinger in seine Schulter und lehnte sich an ihn.

»Diesen Menschen wird es nie besser gehen. Und dabei haben sie nie einem anderen Menschen etwas getan. Das kotzt mich an und ich will mich so lange wie möglich angekotzt fühlen. Ich wünschte, man würde Dr. Slurpee in eine Zwangsjacke stecken. Ich wünschte, sie müsste in den Knast.«

Hess nickte. »Vielleicht muss sie das sogar. Es war richtig von dir, die Polizei zu verständigen.«

»Ich hätte auf diese Schlampe warten und ihr das Herz aus dem Leib pusten sollen.«

»Spar dir die Kugeln für den Handtaschendieb.«

»Ich habe reichlich Kugeln für alle, die sie verdienen. Wir haben gerade drei Stunden verschwendet, Hess. Vielleicht kotzt mich das am meisten an.«

Merci starrte in die Dunkelheit und zu den Sternen hinauf, als sie wieder ins Orange County kamen. So viel Himmel, dachte sie, und so wenig Zeit. Ihre brodelnde Wut hatte sich etwas abgekühlt, aber sie hatte Lust, die Wut immer und immer wieder aufwallen zu lassen. Das war gut so; sie trieb sie an.

Doch in ihrem Herzen fühlte sie etwas Merkwürdiges. Sie

war völlig durcheinander, ruhte nicht so in sich wie sonst. Ihr Herz war schwer, weil sie Jerry Kirby nicht hatte retten können. Es war gleichzeitig weich aufgrund des plötzlichen und nachhaltigen Mitgefühls, das sie für die Menschen im *Rose Garden Home* empfand. Es schien sich außerdem immer noch zu verkrampfen, weil sie wütend war. Und sie fühlte noch etwas anderes in ihrem Herzen, etwas, was allem zugrunde lag – wie eine kleine, blaue Flamme, die einen Topf erhitzt –, und das musste mit Hess zu tun haben.

Er hielt mit laufendem Motor neben ihrem Wagen auf dem Parkplatz des Sheriff-Büros. Sie sah auf ihre Uhr: Es war kurz vor Mitternacht.

»Kommst du noch mit zu mir?«

»Gern.«

Sie scheuchte ein paar Katzen weg und mixte sich und Hess einen Drink. Ihr großer Zeh schmerzte. Im Wohnzimmer setzte sie sich neben Hess auf das Sofa und versuchte, den Duft der Orangenbäume in sich aufzunehmen. Es funktionierte nicht.

Hess starrte in die Glotze, rührte seinen Drink nicht an.

»Bleibst du über Nacht?«, fragte sie.

»Nein. Ich gehe in einer Minute.«

»Warum bist du dann überhaupt mitgekommen?«

»Um mich zu vergewissern, dass es dir gut geht. Dass du nicht noch mehr Wände eintrittst.«

Sie dachte nach. »Es geht mir gut. Hör mal, es ist okay, wenn du gehst. Wenn ich so drauf bin wie im Moment, sollte ich besser allein sein.«

»Ich weiß.«

40

Hess parkte und ging über den Strand zu dem Rettungsschwimmerwachturm an der 15th Street. Er spürte die Feuchtigkeit an seinen Wangen und an seinen Knöcheln. Er kletterte auf den Hochsitz, setzte sich mit dem Rücken zum Häuschen und beobachtete, wie der silbrig schwarze Pazifik unter einem sternenübersäten Himmel kleine Wellen schlug.

Hess fing an zu beten, schlief dann aber ein. Er erwachte aus einem Traum, in dem ein riesiger Vogel in einen Spiegel flog und auf der anderen Seite als Porti-Boy-Embalming-Maschine wieder herauskam. Auf seiner Uhr war es 4 Uhr 54.

Hess fuhr nach Hause und kochte Kaffee, tigerte in seiner Wohnung auf und ab, begutachtete seinen neuen Kopf im Spiegel des Hängeschranks über dem Waschbecken. Linke Seite. Rechte Seite. Von vorn. Er wirkte ziemlich verändert. Die Glätte war okay, aber die Farbe schlimm, eine Art Gelb, als ob nicht genug Blut durch seine Kopfhaut strömte oder sie durchsichtig geworden wäre. An der Grenze zur Anämie. Bonnie die Schöne wird mich mit reichlich Fleischfarbe einbalsamieren müssen, dachte er. Er betrachtete weiter sein blasses, haarloses Spiegelbild.

Der Spiegel ist alt und an den Rändern schon dünn, aber er zeigt mein getreues Abbild, dachte Hess. Er öffnete die Tür des Hängeschranks und versuchte, den Namen des Herstellers an der Innenseite zu entziffern, aber die Druckerschwärze auf dem Aufkleber hatte den Jahrzehnten nicht standgehalten.

Spiegel, dachte er, Spiegel in meinen Träumen, Spiegel für den Kahlkopf, nicht vorhandene Spiegelwände, angelaufene Spiegel in Mercis Badezimmer – und was hatte Colesceau gesagt? *Sie schicken mich schon wieder hinter die Spiegel.*

Dieses *schon wieder* machte Hess Sorgen. Warum *schon wieder*?

Weil ihn Holtz schon früher zur Hintertür hinausbefördert hatte?

Aber warum? Früher gab es keine Demonstranten.

Schon wieder dieser gottverdammte *Colesceau*, dachte Hess. Er macht sich in meinem Gehirn wie ein Tumor breit, der nicht aufhören will zu wachsen. Alter. Wiederholung. Alterungsprozess.

Hess schaltete die Lokalnachrichten im Fernsehen ein. Einen Augenblick lang sah er auf den Bildschirm, der ihm wie ein Spiegel vorkam, nur dass er eigene Bilder produzierte.

Bis man ihn ausschaltete. Dann konnte man vor dem dunklen, grauen Bildschirm alles tun, was man wollte, und sich selbst dabei zuschauen.

Er schaltete den Fernseher aus und betrachtete sich im Bildschirm. Dank der Wohnzimmerlampe hinter ihm war das Spiegelbild überraschend gut: ein kahler alter Mann mit einem scharf geschnittenen Gesicht. Er konnte sogar die Perücke auf dem gesichtslosen Schaumstoffständer im Hintergrund sehen. 89 Dollar, Echthaar.

Eine Idee. Er zog die Fotos von Rick Hjorth aus seiner Geldbörse und auch die Vergrößerungen, die Gilliams Leute davon angefertigt hatten. Er fand die Aufnahme vom Samstag, dem 14. August, 20 Uhr 12, auf der man Colesceau im Erdgeschoss vor dem Fernsehgerät sah. Hess legte das Foto beiseite. Er wollte ein Foto von Colesceau, der vor dem ausgeschalteten Fernseher saß.

Aber er hatte kein Glück. Wahrscheinlich nicht genug Licht, dachte Hess, und warum sollte sich Colesceau vor den Fernseher setzen, wenn er nicht eingeschaltet war?

Hess schaute sich die Fotos noch einmal an. Sie zeigten ihm genau dasselbe wie zuvor: Colesceau saß fernsehend in seiner Wohnung, während Ronnie Stevens auf einem Baugelände an der Main Street in Santa Ana abgeschlachtet wurde.

Es reicht, dachte er. *Er … war … es … nicht.*

Hess seufzte und schüttelte den Kopf. Es war jetzt 5 Uhr 10. Ohne bestimmte Absicht legte er die Fotos auf die gelbe Oberfläche des Esstisches, wie Karten in einem Solitär-Spiel.

Er nahm eines nach dem anderen zur Hand und betrachtete es. Dann sortierte er sie nach Themen: Colesceau innen, aufgenommen durch einen Schlitz in den Jalousielamellen; Colesceau außen auf seiner Veranda; die Außenaufnahmen von der Wohnung, sowohl Erdgeschoss als auch erster Stock, aufgenommen von der Straße; die Demonstranten; die Gesetzeshüter; die Medienvertreter. Alle Fotos hatte er schon zuvor studiert und nichts entdeckt.

Hess guckte aus dem Fenster. *Die Jahre werden zu Minuten und das haben wir aus unserem Leben gemacht.* Als Protest gegen den Lauf der Zeit arrangierte Hess die Fotos in chronologischer Reihenfolge: ein kleiner Akt der Ordnung in einer großen Welt voller Chaos.

Natürlich hatte er auch das schon zuvor getan und nichts entdeckt. Die Datums- und Zeitangaben waren eine Hilfe, konnten aber nichts zeigen, was nicht da war.

Aber als er jetzt, nur um irgendetwas zu tun, erneut auf die Zeitabfolge starrte, fiel ihm etwas auf. Etwas, was er schon zuvor gesehen, aber nicht realisiert hatte, betrachtet, aber nicht bemerkt hatte. Nur eine Kuriosität, eigentlich eine Frage. Er spürte, wie die Zahnräder langsam ineinander griffen, wie sie sich allmählich drehten.

Die Außenaufnahme um 20 Uhr 21 zeigte, dass sowohl alle Lichter im Erdgeschoss als auch im ersten Stock ausgeschaltet waren.

Die Innenaufnahme um 20 Uhr 22 zeigte durch einen Spalt in der Jalousie Colesceau, der fernsah.

So weit, so gut, dachte Hess.

Dann war plötzlich, auf einer Außenaufnahme um 20 Uhr 25, das Licht im ersten Stock eingeschaltet.

Na gut, er ist entweder nach oben gegangen oder hat mit einem Komfortschalter das Licht vom Erdgeschoss aus eingeschaltet. Ganz einfach.

Eine weitere Außenaufnahme um 20 Uhr 25 zeigte, dass das Licht wieder ausgeschaltet war.

Immer noch okay.

Aber die nächste Innenaufnahme, geschossen um 20 Uhr 25, zeigte Colesceau vor dem Fernsehgerät.

Warum hatte Hjorth kein Foto, auf dem Colesceau zur Couch zurückkam? Warum hatte er gewartet, bis Colesceau ihm wieder den Rücken zukehrte und auf der Couch saß? Er hatte Colesceaus Kopf doch bereits um 20 Uhr 22 fotografiert. Warum noch einmal?

Er schlug sein blaues Notizbuch auf, suchte Rick Hjorth' Privatnummer heraus und rief ihn an.

Es meldete sich ein Anrufbeantworter, aber Hess nannte seinen Namen und wartete. Und tatsächlich nahm Hjorth den Hörer ab.

»Mann, es ist verdammt früh, Detective.«

»Es ist Viertel vor sechs.«

»Haben meine Fotos geholfen?«

»Wäre möglich. Ich möchte wissen, warum Sie kein Foto von Colesceaus Gesicht gemacht haben. Nachdem er das Licht im ersten Stock gelöscht hatte und zur Couch zurückkam. Sie haben gewartet, bis er wieder mit dem Rücken zu Ihnen auf der Couch saß. Ich weiß, dass Sie sofort wieder am Fenster waren, weil sowohl Ihre Außenaufnahmen als auch das Colesceau-Foto um 20 Uhr 25 gemacht wurden. Sie waren echt schnell.«

»Tja, nicht schnell genug. Schauen Sie, ich kann Ihnen die genauen Zeiten nicht nennen, aber das Licht im ersten Stock war fast die ganze Nacht aus. Dann ging es an, und ich dachte, das dokumentierst du besser. Es gefiel mir auch, wie das helle Fenster vor dem dunklen Nachthimmel aussah. Dann ging das Licht sofort wieder aus – es war nur eine Sekunde eingeschaltet, als ob er nur mal schnell auf die Uhr gucken wollte oder so –, und ich dachte, er sei jetzt oben fertig und würde wieder zum Fernsehgerät gehen. Mir wurde klar, dass ich jetzt die Chance hatte, ihn von vorne aufzunehmen. Also *rannte* ich zu dem Fenster, um durch die Lamellen zu fotografieren. Aber er saß bereits wieder. Ich war total verblüfft. Als ob er sich gar nicht bewegt hätte.«

Als ob er sich gar nicht bewegt hätte, dachte Hess.

Als ob jemand anders als Colesceau das Licht ein- und ausgeschaltet hätte.

Als ob jemand im ersten Stock einen Fehler mit dem Licht gemacht hatte, sich dabei ertappte und es eiligst wieder ausschaltete, während Colesceau vor dem Fernseher saß.

»Danke«, sagte Hess und hängte ein. Er sah in dem weichen Dämmerlicht, das durch das Fenster fiel, auf die Uhr. Es war 5 Uhr 48.

Hess stand auf, sein Herz pochte ein wenig schneller, er war hellwach. Er betrachtete die Perücke, berührte sie. Dann ging er zum Fenster und blickte auf das Meer, aber vor seinem inneren Auge tauchte das Innere von Colesceaus Haus auf: der beigefarbene Teppich, die weißen Wände, die Decke mit der Raufasertapete, die Glasvitrinen mit den bemalten Eiern, das Fernsehgerät, die Treppe nach oben. Dann sah Hess den ersten Stock vor sich. Das Schlafzimmer zur Linken: Colesceaus schmales Bett, sauber gemacht, mit der braunen Decke, das leuchtend gelbe Shelby-Cobra-Poster von *Pratt Automobile* an der Wand, die Kommode, auf der Kleingeld und Kinoeintrittskarten lagen, das gerahmte Poster einer Burg auf einem Berg. Dann sah Hess das Gästezimmer vor sich, das einsame, schwarze Plastikkruzifix, das gegenüber dem Bett an der Wand hing, mit einem Jesus, der sein eigenes Bild in der Spiegelwand betrachtete und Hess wie der einsamste Erlöser aller Zeiten vorkam.

Spiegelwände. Jesus in Glas. Einsam und schwarz.

Wer ist da drin bei Colesceau? Wer hat das Licht für ihn ausgeschaltet? Vielleicht spielte dieser Freund Colesceaus Rolle, damit Colesceau ausgehen konnte. Der Idiot Billy Wayne?

Aber wie konnte Colesceau angesichts der Demonstranten vor der Tür das Haus verlassen oder jemand anders das Haus betreten?

Etwas, was Hess gerade aufgefallen war, zog ihn zurück in sein Badezimmer. Er betrachtete sich noch einmal im Spiegel des Hängeschranks über dem Waschbecken. Er öffnete die Tür und guckte sich den Aufkleber des Herstellers an. Dann schloss er die Tür und beobachtete, wie sein Gesicht wieder auftauchte. Er öffnete die Tür und sah, wie sein Gesicht verschwand und einem Regal voller Rasierutensilien und Arzneiflaschen wich.

Glas. Glas. Ein Loch in der Wand.

Sie schicken mich schon wieder hinter die Spiegel.

Schon wieder.

Hess spürte ein seltsames Rauschen in seinem Kopf und holte sein blaues Notizbuch. Er fand die Privatnummer von Art Ledbetter, dem Hausmeister der Quail-Creek-Wohnanlage, und wählte sie, während er aus dem Fenster schaute. Beim zweiten Klingeln nahm Ledbetter ab. Hess stellte sich vor und meinte, er habe nur eine einfache Frage an ihn.

»Ist gut, Detective.«

»Haben die Gästezimmer in den Quail-Creek-Häusern Spiegelwände?«

»Nein, Sir. Keine Einheit in der Quail-Creek-Anlage hat eine Spiegelwand. Wir haben auch keine Schränke mit Spiegeltüren. Das ist zu teuer.«

»Dann müsste ein Mieter eine solche Wand also auf eigene Kosten einbauen lassen?«

»Das würden wir nicht erlauben. Aber es wäre leicht möglich, es ohne unser Wissen durchzuziehen.«

Hess überlegte. Er dachte an seinen Traum, an den riesigen Vogel, der in einen Spiegel flog und dann auf der anderen Seite zu etwas anderem wurde. Zu einem Porti-Boy. *War es ein Vogel Strauß? Merk dir diesen Gedanken.*

»Können Sie mir Name und Telefonnummer der Mieterin geben, die direkt hinter Meadowlark Nr. 12 wohnt? Die Adresse wäre ... ich habe den Lageplan der Anlage hier in meiner Akte ...«

»Covey Run Nr. 28. Und die Mieterin ist eine dieser Geisterfrauen, die ich kaum jemals treffe – ich habe Ihnen ja von ihr erzählt, eine allein stehende Frau. Ich müsste erst im Büro nachsehen. Ich habe ihren Namen und ihre Telefonnummer nicht hier.«

Hess bat Art Ledbetter, sowohl auf seiner Büro- als auch auf seiner Privatnummer sofort anzurufen, sobald er die beiden Dinge herausgefunden hatte.

Als Nächstes wählte er die Nummer von *New West Farms* in der Hoffnung, dass schon jemand zu dieser Uhrzeit dort war. Bei Farmern ist das nicht unmöglich, dachte er, selbst vor Sonnenaufgang könnte schon jemand arbeiten. Aber er erreichte nur einen Anrufbeantworter und hinterließ seinen Namen und die dringende Bitte um einen Rückruf.

Was hatte es zu bedeuten, dass der Vogel durch den Spiegel flog?

Was hatte es zu bedeuten, dass Spurlea Straußen- und Emufleisch kaufte?

Hess war jetzt aufgeregt und merkte das auch. Er wusste, das Glück war auf seiner Seite, und er dachte – zum ersten Mal seit Tagen –, dass er seinen Instinkten wieder trauen sollte.

Er begriff es allmählich. Er sah das Bild vor sich: ein großer Vogel, der durch einen Spiegel fliegt; ein großer Vogel, der aus einem großen Ei schlüpft.

Merk dir diesen Gedanken.

Hess rief auf dem Revier an und bat den wachhabenden Beamten, nachzuschauen, ob Hess ein Fax erhalten hatte. Kurz darauf rief der Beamte ihn zurück.

»Hess, Sie haben ein Dokument mit einer Unterschrift darauf bekommen. Ich glaube, es ist eine UPS-Zustellungsquittung.«

»Wer hat die Lieferung entgegengenommen?«

»Hier steht: William Wayne.«

»Kein Zweifel möglich?«

»Die Handschrift ist sauber und leserlich.«

»Sieht es aus, als ob ein Elfjähriger das geschrieben hätte?«

»Nein. Ich vermute, es ist die Handschrift eines Mannes, leichte Schräglage nach links, klein, klobig, irgendwie in Eile. Ein Erwachsener.«

»Würden Sie es bitte in die oberste Schublade meines Schreibtisches legen?«

»Klar. Sonst noch was?«

»Das wäre alles.«

»Wie geht es Ihnen denn so?«

»Sekündlich besser.«

Hess hängte ein und trat wieder ans Fenster. Im Osten dämmerte schon der Morgen, und die erste helle Linie verschmolz über dem grauen Ozean mit dem Horizont.

Das Telefon klingelte.

Der Besitzer der *New West Farms* teilte ihm mit, dass Helena Spurlea nie auch nur ein Gramm Straußenfleisch von ihm gekauft hatte.

Hess wusste, warum nicht.

»Sie kauft nur die Eier, stimmt's?«

»Das ist richtig. Sie isst diese gottverdammten Dinger nicht einmal, sie *bemalt* sie.«

»Können Sie mir die Adresse nennen, an die Sie die Eier liefern?«

Der Mann war nur zu gern bereit, das zu tun.

Es war die Anschrift von Wheeler Greenfield in Lake Elsinore. Genau so, wie Hess es vermutet hatte. Natürlich hat sie es angemietet …

Merk dir diesen Gedanken.

Spurlea ist Colesceaus Mutter.

Merk dir diesen Gedanken.

Er rief noch einmal bei Art Ledbetter an.

»Ich will gerade los, Detective.«

»Heißt die Frau, die Covey Run Nr. 28 angemietet hat, zufällig Helena Spurlea?«

Ledbetter schwieg eine Sekunde. »Ich weiß es nicht. Wie ich schon sagte, ich bin nicht für die Mietzahlungen zuständig – ich kümmere mich nur um die Wartungsarbeiten und die …«

Hess atmete aus und spürte, wie ihm das Herz bis zum Hals schlug. »Wohin gehen die Mietschecks?«

»Schaff Property Management in Newport Beach.«

Monatliche Schecks in Höhe von 875 Dollar für »Lagerung« an Schaff …

Hess hängte ein und wühlte in seinem Ordner »Diverses«, in dem er die Dokumente aufbewahrte, die mit Matamoros Colesceau zu tun hatten. Am unteren Ende der zweiten Seite von Colesceaus Übereinkunft mit dem Staat von Kalifornien, in der die Bewährungsauflagen und seine chemische Kastration spezifiziert wurden, fand er Colesceaus Unterschrift.

Sie war leicht nach links abgeschrägt, klein und klobig.

Mutter und Sohn, dachte er.

Er suchte die Privatnummer von Richter Ernest Alvarez in seinem schwarzen Buch und wählte sie.

Zehn Minuten später bekam er telefonisch die Genehmigung, die Wohnsitze von Matamoros Colesceau und Helena Spurlea nach einer Porti-Boy-Embalming-Maschine, Formaldehyd-Lösungen, einer selbst gebastelten Autoalarmüberbrückung, einem *Deer Sleigh'R*, Chloroform und einer blonden Perücke zu durchsuchen.

41

In dem merkwürdigen Zwielicht, das der Morgendämmerung vorausging, saß Big Bill Wayne in seinem Van und nippte eine Bloody Mary aus einer Keramiktasse. Er fragte sich, wo der Deckel zur Tasse war, wahrscheinlich irgendwo draußen am Ortega. Keine Sorge. Er sah zu, wie Trudy Powers und ihr Ehemann aus ihrem Volvo-Kombi stiegen, die Türen schlossen, sich an den

Händen nahmen und gemeinsam langsam durch den Park in Richtung Sonnenaufgang schritten.

Es war 5 Uhr 14.

Trudy hielt eine Bibel in der rechten Hand und dieselbe Handtasche wie am Vortag hing über ihrer Schulter. Sie trug ein weißes Kleid und Sandalen. Zur großen Freude von Big Bill hatte sie ihre Haare hochgesteckt. Ihr Ehemann Jonathan, groß, mit Bart und storchenähnlich, trug Shorts, ein T-Shirt und eine Baseballmütze. Er sah wie etwas aus, was nur in Feuchtgebieten gedieh.

Colesceau hatte gesagt, dass Trudy Powers ihr Wort halten würde, und das hatte sie getan. Er hatte ihr für den Kuchen gedankt und einen Gebetstermin am frühen nächsten Morgen im Park vereinbart, gleich östlich der Quail-Creek-Wohnanlage. Colesceau hatte ihr gesagt, dass der Sonnenaufgang dort wunderschön sei, dass er oft in aller Frühe aufstehe und allein in den Park gehe, um den Sonnenaufgang zu beobachten und zu beten. Bill hatte sehr gehofft, dass sie ihr Versprechen halten würde.

Tatsächlich hatte Colesceau niemals im Park gebetet, aber Bill war zweimal dort gewesen, als er nicht schlafen konnte und einen Ort gesucht hatte, an dem er Lael oder Janet entsorgen konnte, falls sie zu einem Problem würden. Er hatte das halbe County nach einem solchen Ort abgesucht. Auf diese Weise hatte er auch die Bäume mit den großen Ästen am Ortega Highway entdeckt. Und auf diese Weise waren die Leichen seiner ersten drei, völlig verpfuschten Konservierungsversuche tief auf dem Grund des Black Star Canyon geendet, in einem vergessenen Minenschacht, eine halbe Meile hinter dem Schild NICHT BETRETEN – AUF ANWEISUNG DER POLIZEI. Der Schacht war so tief, dass er nicht einmal ihren Aufschlag gehört hatte.

Bill spürte, wie sein Herz zu rasen begann. Er betrachtete sich im Spiegel, dann stieg er aus, verschloss den Wagen und betrat den Park. Vor sich sah er, wie Trudy und ihr Mann hinter einem kleinen Hügel verschwanden. Es war ein idealer Ort, da alle Häuser um den Park hinter Bäumen verborgen lagen und die Parkbesucher daher die Illusion von Privatsphäre hatten. Außerdem konnte man in dieser Beinahedunkelheit ohnehin nicht viel erkennen.

Er schritt durch die Senke und stieg den Hügel hoch. Der Park war leer und er spürte seine Werkzeuge in den Taschen seines langen Jeansmantels. Eins für den Storch und eins für Trudy.

Es überraschte ihn, dass er seinem Ziel jetzt so nahe war. Colesceau hatte es sich seit Monaten ausgemalt, das wusste er. Bill hatte die Vorstellung immer gefallen, aber keine Ahnung gehabt, wie er sie umsetzen sollte. Doch als er erkannte, was er tun musste, begriff er auch, wie er es tun konnte. Und Trudys Einladung, mit Colesceau zu beten, hinterlegt zwischen den Psalmen ihrer überarbeiteten Übersetzung der Heiligen Schrift, stellte die Gelegenheit dar, auf die Bill gewartet hatte.

Von der Spitze des kleinen Hügels blickte er in die angrenzende Senke hinunter: ein Picknicktisch mit daran befestigten Bänken, daneben ein Steingrill, eine einsame Pinie in einem Meer aus Bermudagras und ein Pärchen, das Arm in Arm im Gras stand und den leuchtenden Himmel im Osten betrachtete.

Er atmete tief ein und aus. Er senkte seine Stimme, so tief es ohne allzu große Anstrengung nur ging. »Wird ein herrlicher Morgen, nicht wahr?«

Sie drehten sich beide um. Sie mussten sich erst voneinander lösen, um das tun zu können. Der Storch lächelte und wandte sich dann wieder dem Sonnenaufgang zu.

Trudy sah ihn an. »Das wird es ganz sicher. Gottes neuer Morgen.«

»Wie wahr.«

Sie drehte sich um. Bill beobachtete zwei Möwen, die kreischend über ihnen hinwegflogen. Der Himmel hinter ihnen war jetzt in Orange getaucht. Bills Herz schlug schnell, aber regelmäßig, und sein Körper fühlte sich jung und stark an, besonders seine Hände und Augen.

Er atmete wieder tief ein und aus, dann ging er den Hügel hinunter auf die beiden zu. Das Gras unter seinen Stiefeln war feucht und weich und er konnte es riechen. Der Himmel nahm eine andere Färbung an, ein oranges Glühen, das Wärme und Fruchtbarkeit verhieß.

»Haben Sie da eine Bibel in der Hand?«

Trudy drehte sich wieder um, aber der Storch blickte weiter nach Osten. »Wir wollten mit einem Freund beten, aber er konnte wohl nicht kommen. Wollen Sie sich uns anschließen?«

Sie war jetzt nur drei Meter entfernt. Er sah, wie sie ihn musterte, sah den Hinterkopf ihres Mannes mitten vor dem heller werdenden Himmel. Sie schien mit derselben Aura eines heiligen Auftrags umgeben zu sein, wie Colesceau es ihm beschrieben hatte, aber er glaubte auch eine Spur Unsicherheit in ihrem Gesicht zu erkennen.

»Wo immer drei in meinem Namen versammelt sind«, sagte er. »Heißt es nicht so?«

Sie ergriff den Arm ihres Mannes. »Liebling? Jonathan? Dieser Mann möchte mit uns beten.«

»Gut«, sagte der Storch. Er drehte sich um und sah Bill an. Bill lächelte ihm zu. »Wie heißen Sie?«

»Big Bill Wayne.«

Der Storch streckte ihm die Hand hin. Big Bill zog den Eispickel aus seiner Manteltasche und rammte ihn dem Storch in die Brust. Bill setzte alle Kraft ein, die er besaß, von den Fußsohlen an. Das Krachen von Knochen, dann sofortiges Eindringen in die Tiefe. Er hielt den Eispickel für den Bruchteil einer Sekunde mit beiden Händen fest. Dann ließ er los.

Der Storch wölbte sich himmelwärts, als sei er an Drähte angeschlossen, die plötzlich unter Strom standen. Mit ausgestreckten Armen erhob er sich auf die Zehenspitzen, und der Griff des Eispickels zeichnete sich gegen den orange-grauen Himmel ab. Er versucht zu fliegen, dachte Bill. Der Schnabel des Storches stand weit offen, aber es kam nichts weiter heraus als ein kurzes, trockenes Keuchen. Bill erkannte an seinen Augen, dass er nichts sah. Mit einem *Hmmff* fiel der Storch ins Gras.

Trudy stand reglos da, die Hände nach ihrem Ehemann ausgestreckt, aber auf halbem Wege erstarrt. Die Bibel lag bereits am Boden zu ihren Füßen.

Bill schien es, als ob er sein Leben lang darauf gewartet hatte, diesen Ausdruck in ihrem Gesicht zu sehen: Hilflosigkeit, Machtlosigkeit, Furcht. Das Warten hatte sich gelohnt.

Plötzlich hatte der Storch einen explosionsartigen Ausbruch. Es klang wie ein Husten und ein Niesen und ein Würgen. Mit dem Hauch des Endgültigen. Ein roter Sprühregen rieselte auf Trudys weißes Kleid herab. Bill wedelte mit einer Hand durch die Luft, als ob er eine Fliege verscheuchen wolle.

Dann zog er die Derringer heraus und presste sie Trudy Powers gegen die Schläfe.

»Jetzt gibt es nur noch mich und dich, mein kleiner Schatz.«

Merci kämpfte sich mühsam aus unverständlichen Träumen heraus und nahm den Hörer ab. Sie stellte fest, dass es 6 Uhr 22 war, und Hess' drängende Stimme am anderen Ende rüttelte sie wach.

»Helena Spurlea ist Colesceaus Mutter«, hörte sie ihn sagen. »Colesceau hat Billy Wayne als Strohmann benutzt, um die Maschine zu kaufen. Seine Mutter hat das Haus direkt hinter dem ihres Sohnes gemietet. Dort werden wir die Maschine finden, und Gott weiß, was sonst noch.«

Sie brauchte ungefähr zwei Sekunden, um die Information zu verarbeiten.

»Wir brauchen zwei Durchsuchungsbefehle. Vielleicht ist Alvarez bereit …«

»Ich habe sie bereits.«

»Warte auf mich, Hess. Ich komme, so schnell ich kann.«

»Ich warte bereits.«

Merci drehte beide Radios voll auf, schlüpfte in ein T-Shirt und ihre Schutzweste, zog eine legere Bluse und einen leichten Blazer an, dazu eine Hose und ihre Arbeitsstiefel. Dann befestigte sie das Knöchelhalfter über ihrer Socke und legte unter dem Blazer das Schulterhalfter mit der Heckler & Koch Kaliber .9 und der lockeren Schnalle an. Wo blieb eigentlich das kostenlose Teil für »ausgewählte Gesetzeshüter«? Die Haare hoch, darüber die Mütze des Sheriff-Büros. Sie griff ihr Handy, das sich gerade auflud, und steckte es in ihre Handtasche. Dabei prüfte sie kurz, ob ihr billiges Stilett ebenfalls noch da war.

Merci warf einen Blick auf den Brief von Hess, der seit dem gestrigen Morgen immer noch auf dem Küchentisch lag. Dieser verdammte Kerl hatte in Bezug auf Colesceau Recht gehabt! Ihr Herz pochte laut und heftig, als sie über die Auffahrt zu ihrem Wagen lief.

Sie stieg ein und wollte gerade den Schlüssel im Zündschloss umdrehen, als ihr der Geruch auffiel. Da lag auch schon etwas Kaltes und Feuchtes auf ihrem Gesicht.

Zuerst war sie verblüfft, dann begriff sie.

Sie stieß sich mit den Stiefeln an den Pedalen ab und katapultierte ihren Körper und ihren Kopf nach hinten. Dann hob sie die Ellbogen und drehte sich in der Hüfte, erst nach links, dann nach rechts, dann wieder nach links. Sie befahl sich, nicht einzuatmen, aber er hatte sie irgendwie beim Ausatmen erwischt und sie schnappte nach Luft, auch wenn ihr klar war, dass sie jetzt besser nicht einatmen sollte.

Außerdem ermahnte sie sich ständig, die Hand des Kerls von ihrem Gesicht zu schieben, aber es gelang ihr nicht. Seine Hände und der Geruch, dem sie nicht entkommen konnte, lösten in ihrem Kopf ein Gefühl aus, als ritte darin ein Rodeocowboy auf einem Bullen.

Merci versuchte den Mann durch Willenskraft dazu zu bewegen, den Griff zu lockern. Sie konzentrierte ihre ganze Kraft darauf und hoffte, dass sich seine Muskeln entspannten. *Seine Arme werden jetzt schwach …*

Dann fiel ihr auf, dass die Deckenauskleidung des Impala einen sehr interessanten rauchgrauen Farbton besaß.

Hess wartete in seinem Wagen am Eingang der Quail-Creek-Wohnanlage darauf, dass Mercis Chevy die Straße heruntergebrettert kam, aber um sieben Uhr war sie immer noch nicht da.

Um 7 Uhr 05 fuhr er zu Colesceaus Haus und parkte seinen Wagen davor. Er hoffte, dass Colesceau seinen Plan nicht durchschaute, aber Colesceau konnte jetzt, da Hess Wache schob, ohnehin nicht mehr flüchten. Ihm fiel das Kennzeichen an dem schwarzen Cadillac auf, der vor ihm stand, und er verglich es mit den Kennzeichen in seinem blauen Notizbuch: Es war der Wagen von Helena Spurlea. Hess kontaktierte über Funk die Zentrale, forderte sie auf, Rayborn sofort zur Quail-Creek-Anlage zu schicken, aber die Zentrale erwiderte, Rayborn melde sich nicht.

Hess stieg aus dem Wagen und ging auf die Demonstranten zu. Er rückte seinen Hut so zurecht, dass ein Großteil seines Gesichts nicht zu sehen war. Zu dieser frühen Stunde hatten sich nur etwa ein halbes Dutzend Demonstranten versammelt. Sie teilten sich eine Schachtel mit Donuts und tranken Kaffee aus einigen Thermoskannen. Der CNB-Kameramann war auch da, aber die anderen großen Sender hatten ihre Sachen zusammengepackt und waren verschwunden. Hess sprach mit einem der Kaffeetrinker und brachte ihn dazu, sein Handy benutzen zu dürfen. Er wählte Mercis Nummer, aber es klingelte nur einige Male, ohne dass sie abnahm. Sie ist nicht zu Hause, dachte er. Sie ist auch nicht im Büro. Und nicht auf dem Weg ins Büro. Sie geht auch nicht an ihr Handy und dabei hatte sie dieses verdammte Ding immer bei sich.

Er lief zu Colesceaus Wohnzimmerfenster und blickte durch den Spalt in der Jalousie. Das Fernsehgerät war eingeschaltet, aber offenbar sah niemand fern. Hess ging zurück zu seinem Wagen und versuchte es noch einmal bei der Zentrale, aber die Zentrale konnte Merci Rayborn genauso wenig erreichen, wie er es schaffte, seine aufkeimende Besorgnis zu verdrängen. Er wurde nervös. Er hatte kein gutes Gefühl. Es war 7 Uhr 11, und er gab ihr noch vier Minuten, um endlich aufzutauchen.

Dann weitere drei Minuten.

Dann schlenderte er wieder über die Straße, vorbei an der kleinen Protestmenge, und bat den CNB-Kameramann, doch bitte mit ihm zu kommen.

Es war ein junger Mann ungefähr 25 Jahre alt, vermutete Hess, müde nach einer langen Nachtwache und wahrscheinlich enttäuscht, dass in seiner Schicht nichts Ähnliches wie der gestrige Tumult vor dem Gebäude der Bewährungskommission passiert war. Mark. Hess zog ihn von den anderen fort und unterbreitete ihm sein Angebot: Wenn er in den nächsten fünf Minuten nicht für CNB filmte, würde Hess dafür sorgen, dass er als Erster ins Haus kam, vor allen anderen Kameraleuten. Falls er auf diesen Vorschlag nicht eingehen wolle, würde er überhaupt nicht ins Haus gelassen werden und er könne dann ja zusehen, wie er seinen Chefs das begreiflich machte.

Mark erklärte sich einverstanden. Hess schüttelte ihm die Hand und schaute ihm dabei in die Augen. Die versteckte Drohung, die Hess ausgesprochen hatte, schien zu wirken, denn der Junge wandte den Blick ab und nickte rasch.

Hess ging zur Veranda und klopfte. Keine Reaktion. Er versuchte es mit der Tür, aber sie war verschlossen. Er sah zu Mark, der bei den anderen Demonstranten stand, die Kamera entspannt in der Hand haltend.

Hess trat zurück, drehte seine linke Schulter in Richtung Tür und spannte seine Beinmuskulatur an. Es war keine besonders stabile Tür, aber er brauchte drei Anläufe, um sie aufzubrechen. Mehr hab ich noch bei keiner Tür gebraucht, dachte er, als er sie zur Seite schob und eintrat. Er atmete schwer und seine Schenkel zitterten. Hess sah zu dem CNB-Kameramann, der immer noch bei den Demonstranten stand und nicht filmte. Er hatte sein Wort gehalten. Die Nachbarn starrten Hess fassungslos an.

Hess schloss die Tür hinter sich und blieb wartend in dem kleinen Eingangsbereich stehen. Kein Laut von oben, keine Reaktion von einem Schlafenden, der vom Splittern einer Tür aufgeweckt worden war. Ein leichter Küchenduft hing in der Luft. Die Töpfe und Teller und eine Bratpfanne vom gestrigen Abendessen lagen in der Spüle. Genug für zwei, wie ihm auffiel. Der Kühlschrank sprang mit einem Summton an. Hess schaute ins Wohnzimmer und in die kleine Toilette. Er zog seine Kaliber .45, prüfte, ob in allen Kammern Kugeln waren, und stieg die Treppe hoch.

Auf dem Treppenabsatz blieb er stehen und lauschte der Stille. Er versuchte, nicht darüber nachzudenken, wie schwer seine Beine sich anfühlten oder dass er nach diesen wenigen Stufen nach Atem rang.

Helena Spurlea lag auf dem Boden in Colesceaus Schlafzimmer, ihre Beine lagen verdreht zwischen den Laken. Sie hatte gekämpft. Ihr Nachthemd war ein blutiger Fetzen. Sie lag auf dem Rücken, Augen und Mund weit geöffnet. Hess hatte noch nie in seinem Leben mehr Stichwunden an einer Leiche gesehen, nicht einmal bei dem satanischen Ritualmord, zu dem er 1969 gerufen worden war und bei dem gleich drei Leute auf das Opfer eingestochen hatten. Sechzig oder achtzig Stichwunden, schätzte er. Es war schwer zu sagen, weil sie so klein waren. Colesceau und sein Eispickel!

Hess verließ das Schlafzimmer und ging durch den Flur zum Gästezimmer. Das Bett war ordentlich gemacht: kein

Colesceau, keine Leiche, nichts, was er nicht schon vor einer Woche gesehen hatte, als etwas in ihm gewusst hatte, dass hier etwas nicht stimmte.

Nur dass jetzt ein ganzes Paneel der Spiegelwand entfernt worden war, sauber zur Seite gestellt, und man dahinter das Holzgestell sah. An dem Glas hatten sich zwei Vorrichtungen mit dicken Griffen und schwarzen Gummisaugnäpfen in der Größe von Salatschüsseln festgesaugt. *Wood's Kraftsauger*, las Hess. Hinter dem Glas war Isoliermaterial in der Größe eines Rechtecks entfernt und ein Durchgang zur anderen Seite geschaffen worden.

Zwei Styroporköpfe befanden sich auf einem der freigelegten waagerechten Pfosten des Spiegelwandgestells. Sie standen mit der Vorderseite zu ihm. Einer war kahl, der andere hatte dunkle Haare, sogar Augenbrauen. Ein Adrenalinstoß durchfuhr Hess: ein Styroporkopf mit einer Echthaarperücke; der andere, um ihn vor dem Fernseher zu platzieren? Durch die Öffnung blickte Hess in das dahinter liegende Zimmer. Ein schwacher Gestank waberte ihm entgegen, und Hess begriff jetzt, was ihn vor einer Woche misstrauisch gemacht hatte.

Er trat durch die Öffnung. Als Erstes schlug ihm Kälte entgegen und er hörte das Summen der Klimaanlage. Das Zimmer war leer, abgesehen von mehreren Kleidungsstücken zum Wechseln – Hosen, Hemden, Schuhe –, die auf dem Boden lagen.

Hess vernahm das leise Murmeln eines Fernsehgeräts und folgte dem Ton. Die schussbereite Waffe im Anschlag, betrat er das zweite Zimmer auf diesem Stockwerk und schaute sich um. Was einmal Lael Jillson gewesen war, lag in provozierender Reizwäsche auf dem Bett, das Gesicht einer morgendlichen Talkshow zugewandt. Hess erkannte sie an den Haaren und an der Form ihres Schädels und ihres Gesichts. Ihre Haut war faltig und grau und wirkte steif. Sie trug eine Sonnenbrille, als ob sie ein blaues Auge verstecken wollte.

Im Erdgeschoss traf er auf Janet Kane, die mit einem Buch in der Hand an der Frühstückstheke saß und eine weiße Bluse, einen schwarzen Minirock, Nylonstrümpfe und hochhackige, schwarze Pumps trug. Sie hatte die Beine übereinander geschlagen. Ein Schuh baumelte an ihren Zehen, wie es Frauen bisweilen gern tun. Ihre Haare waren hochgesteckt. Und wieder reichte die Form ihres Kopfes und ihres Gesichts aus, damit Hess sie identifizieren konnte. Ihre Haut war nicht so dunkel wie die von Lael Jillson, aber sie hatte dieselben starren Falten, als ob Wellen auf der Meeresoberfläche gefroren wären. Und auch sie trug eine Sonnenbrille.

Veronica Stevens lag in roter Spitzenunterwäsche auf der Wohnzimmercouch auf dem Bauch, ihren Kopf stützte sie auf ihre Hände. Sie blickte in den Raum. Ein Bein hatte sie angewinkelt. In dem abgedunkelten Wohnzimmer wirkte sie fast lebendig.

Hess stand mit der Waffe in der Hand einfach nur da, den Hut auf dem kahlen Kopf, und starrte auf den Fußboden. Scham und Wut packten ihn, aber er konnte immer noch nicht glauben, was er da sah.

Ohne ersichtlichen Grund ging er zum Fenster, zog die Vorhänge auf und blickte hinaus: Vorortatmosphäre im Orange County, Bürger auf ihrem Weg zur Arbeit, überall machte sich bereits träge Sommerhitze breit. Nichts Besonderes. Nichts Außergewöhnliches. Alles wie immer.

Auch für Colesceau ist alles wie immer, dachte Hess.

Er suchte in der Garage nach dem Van, aber sie war leer. Kein Porti-Boy. Er hob das Tuch hoch, das auf einem hüfthohen Gegenstand lag, und entdeckte einen Aluminiumtisch mit blutigen Ablaufrinnen zu beiden Seiten.

Hess beorderte über das Küchentelefon Deputys zur Meadowlark Nr. 12 und Covey Run Nr. 28 sowie zu Merci Rayborns Haus in den Orangenhainen. Dann ordnete er eine Suche nach Spurleas Van an. Er gab das Kennzeichen langsam und deutlich durch, aber er spürte, wie sein Puls dabei raste.

Wieder in der Garage, drückte er auf den automatischen Garagentoröffner und wartete. Sobald das Tor offen stand, betätigte er den Knopf erneut, duckte sich unter dem sich senkenden Tor hindurch und rannte zu seinem Wagen. Die Demonstranten und der Kameramann sahen zu, wie er den Schlüssel im Zündschloss drehte, den Gang einlegte und mit Vollgas losfuhr.

Hess bretterte auf Mercis kreisrunde Auffahrt und blieb kurz vor ihrem Impala stehen. Die Fahrertür stand weit offen, und er erwartete beinahe, Merci zu sehen, aber sie war nicht da. Keine Leiche, nichts bis auf das Dröhnen der Radios und den Katzen, die im morgendlichen Sonnenlicht auf der Veranda lagen. Er stürmte durch die Haustür und rannte durch das ganze Haus, aber es war leer, was er bereits geahnt hatte. Und auch die Garage stand leer.

Bis auf eine Ratte, die sich schleunigst verzog, und die Leiche einer jungen Frau, nackt, an den Knöcheln an einem der Dachbalken aufgehängt. Die Arme baumelten nach unten und ihre Finger berührten fast den Boden. Das Haar fiel offen herab, und das Licht, das durch das Garagenfenster fiel, ließ es golden aufleuchten. Es schimmerte die ganze Zeit, während sich der Körper langsam drehte.

Hess trat näher, um das funkelnde Stahlgerät zu betrachten, das aus ihrem Schlüsselbein ragte. Er kannte es aus der Abteilung für Bestattungswissenschaften: ein Metallbindeglied, um das eine Ende einer durchtrennten Drosselvene zu schließen und in das andere Ende Flüssigkeit hineinzupumpen. Am Boden erstreckte sich ein See aus schwarzrotem Blut, und die Frau – Hess glaubte, dass es die Sprecherin der Demonstranten war, die er auf CNB gesehen hatte – wirkte in dem staubigen Morgenlicht ausgebleicht und leblos. Ihre Handtasche thronte mitten in dem grausigen See.

Hess bemühte sich, einen möglichst klaren Gedanken zu fassen. Er hat sein Werk nicht vollendet, dachte Hess, er hat das Wichtigste erledigt und sie dann für uns hängen lassen. Weil er jetzt Merci hat und zwei auf einmal sind zu viel. Er hat Merci für diese hier eingetauscht und Merci wird er sich als Nächste vornehmen.

Aber wo?

Dafür braucht er Ruhe. Er braucht einen Ort, an dem er sie aufhängen kann. Er braucht Strom für den Porti-Boy.

Wieder in seinem Wagen, ließ sich Hess von der Zentrale mit Brighton verbinden. Als er ihn am Apparat hatte, forderte er einen Hubschrauber an, der den Ortega Highway nach einem silbernen Van oder einem Mann zu Fuß absuchen sollte; Einheiten aus Riverside sollten zum *Rose Garden Home* und zu Lee LaLondes alter Adresse in Lake Elsinore geschickt werden. Und der Coroner zu Merci Rayborns Haus.

»Mein Gott, Tim! Wir haben noch einen Mord in Irvine. Wurde gerade gemeldet. Im gottverdammten Park.«

»Hör zu, kann Mike McNally mit seinen Hunden zu Rayborns Haus kommen? Die Spur ist noch frisch.«

»Sie können niemanden in einem Auto aufspüren.«

»Sie können niemanden in ihrer *Hundehütte* aufspüren. Aber es ist den Versuch wert.«

»Einverstanden.«

Hess blieb einen Augenblick in seinem Wagen sitzen. Die Morgenhitze drang durch die Fenster zu ihm herein. Er hob den Hut an und wischte sich den Schweiß vom Kopf. Durch das staubige Garagenfenster konnte er den Umriss von Trudy Powers erkennen, die an der Decke hing.

Er muss sie irgendwo aufhängen. Ruhe. Strom.

Der Ortega war zu offensichtlich, außerdem gab es keine Steckdosen und er wurde überwacht. Auch das *Rose Garden Home* wurde überwacht. So wie auch LaLondes Werkstatt. Colesceau hatte damit gerechnet, dass jemand in ihrem Haus nach Merci suchen würde, darum war er in aller Eile aufgebrochen.

Irgendwo in der Nähe. Wo er Ruhe hat. Wo er sich auskennt.

Hess fiel die Hebebühne bei Pratts ein, wo die alten Autos *als Hunde kamen und als Puppen gingen.* Er ließ den Motor an.

Die schwere Limousine schlingerte über die Ausfahrt, fing sich erst wieder auf dem unbefestigten Zufahrtsweg, der zur Hauptstraße führte. Die Furchen setzten den Stoßdämpfern zu und ließen die Reifen hüpfen. Hess umklammerte das Lenkrad wie ein Kapitän im Sturm sein Ruder.

Er forderte von der Zentrale Unterstützung an. Die Polizei von Costa Mesa sollte kommen, während der Chevy über einen Hügel jagte, kurz in der Luft schwebte, auf den Boden prallte und einen Abdruck im Asphalt hinterließ.

42

Sie nahm den Raum trotz Druck und Schmerz wahr. Es war eine auf den Kopf gestellte Welt aus Chromrädern, Spritzpistolen und Kanistern, Wände voller Aufhängeplatten, behängt mit Werkzeugen und Postern von Frauen, einem Betonfußboden – direkt unter ihr, nur wenig außerhalb der Reichweite ihrer Fingerspitzen – voller Farbflecke, Öllachen und Flüssigkeiten. Alles war rot.

Als sie sich nach rechts drehte, sah sie die Stoßstangen, die Scheinwerfer und die Vorderreifen eines silbernen Vans. Sie war zu weit weg, um das Reifenmuster zu erkennen. Neben dem Van stand irgendein funkelndes, schwarz-gelbes Cabrio. Wenn sie ihre Bauch- und Nackenmuskulatur anspannte, konnte sie ihre Beine bis hinauf zu den Stiefeln sehen, die mit einem orangefarbenen Seil zusammengebunden und an einer Hebebühne befestigt waren, welche hochgefahren worden war. Merci hatte gehört, wie Ike in der Sicherstellungshalle eine solche Hebebühne »Streckbank« genannt hatte.

Der Schmerz war unerträglich. Es war, als ob geschmolzenes Blei in ihren Kopf gepumpt würde. Das angeschwollene

Fleisch ihres Gesichts drückte gegen das Klebeband, das über ihren Mund gezurrt war. Sie spürte, wie es in ihre Haut schnitt. Wenn sie sich etwas aufrichtete und ihren Kopf hochhielt, ließ der Druck nach, so lange sie diese Haltung durchhielt. Aber das war nicht lange. Und es kostete sie Kraft, sich mit der fünf Pfund schweren kugelsicheren Weste, die ihr den Atem nahm und ihr den Schweiß in steten Strömen über die Brust und in die Augen laufen ließ, aufzurichten. Die Muskeln in ihren Achselhöhlen brannten und waren überdehnt. Ihre Handgelenke wurden von Klebeband zusammengehalten, und ihre Finger, die beinahe bis auf den Boden baumelten, fühlten sich an, als seien sie versengt, aufgerissen und mit Salz eingerieben worden. Ihre Knöchel pochten schmerzhaft wegen der dauernden Strangulation. In ihren Füßen hatte sie überhaupt kein Gefühl mehr.

Überdies stieg ihr ständig der erstickend süße Geruch von Chloroform in die Nase – eine einfache $CHCl_3$-Kette, wie sie aus dem Chemieunterricht noch wusste –, das früher als Narkosemittel verwendet worden war. Bislang hatte der Mistkerl sie damit zweimal außer Gefecht gesetzt, während sie hier hing, und mindestens einmal in ihrem Auto und Gott weiß wie oft, während sie unterwegs gewesen waren.

Ihre Heckler & Koch war weg – sie hatte gesehen, wie er sie auf eine der Werkbänke gelegt hatte. Auch die Waffe, die sie im Knöchelhalfter getragen hatte, war weg. Er hatte darüber gelacht, dann hatte er das winzige Ding in seine Manteltasche gesteckt. Das einzige Geheimnis, das sie hatte bewahren können, war das in China hergestellte italienische Stilett, das in ihrer Handtasche lag. Aber ihre Handtasche befand sich außer der Reichweite ihrer ausgestreckten Hände, absichtlich auf dem Boden platziert wie ein Idol, etwas, nach dem sie den Rest ihres Lebens streben, was sie jedoch nie erreichen würde. Sie fragte sich, ob sie wie ein Pendel schwingen und somit an die Tasche kommen könnte.

»Die Zeit läuft aus«, sagte er. Seine Stimme war ruhig, mit

einem leichten, merkwürdig unbestimmbaren amerikanischen Akzent – irgendwie klang er nach Wildem Westen, aber auch nach dem Süden der USA, mit einem Hauch von Texas und vielleicht Arkansas und sogar Kalifornien. Es gab noch einen weiteren Tonfall in seiner Stimme; Merci hielt ihn für die rumänische Sprachmelodie, die Matamoros Colesceau früh in seinem Leben erlernt hatte.

»Normalerweise arbeite ich nicht gern schnell«, erklärte er. »Weißt du, Schätzchen, der Weg ist das Ziel.«

Merci konnte nicht sprechen. Das Band erstickte ihre Worte und ermöglichte ihr nur Grunzer und Brummtöne. Außerdem rauschte dieses verdammte Blut in ihren Ohren. Es war, als ob man neben einem Wasserfall oder einem Düsenjet stand.

Sie dachte allerdings: Für wen, du Scheißkerl? Doch selbst ihre eigenen Gedanken schienen ganz weit weg zu sein.

»Leider muss ich die Sache ein wenig beschleunigen. Wir wollen doch nicht, dass die Besitzer um neun hier auftauchen und wir immer noch da sind.«

Merci schaute ihn an: ein kleiner, dicklicher Mann in Stiefeln und engen Jeans, einem Countrysänger-Hemd mit gewagten Streifen und einer schwarzen Lederweste. Dazu üppige, blonde Haare und ein dicker, blonder Schnauzer, die beide falsch waren, obwohl sie wider besseres Wissen unleugbar echt aussahen. Aber dahinter erkannte sie Colesceau, sogar auf dem Kopf stehend, wie sie ihn im Moment wahrnahm. Es lag wohl an seiner Haltung: die hängenden Schultern, um die knospenden Brüste zu verbergen, die traurigen, misstrauischen Augen. Ja, das war der Mann, mit dem sie vor wenigen Tagen gesprochen hatte.

Der Mann, den sie schikaniert, respektlos behandelt und als unwichtig abgetan hatte. Den sie im Fernsehen »dämlich« genannt hatte.

Der Mann, den Hess durchschaut hatte, was er aber nicht hatte erklären können – weder ihr noch sich selbst.

Verstörender als Colesceaus Aussehen war das funkelnde Gerät, neben dem er stand: eine Embalming-Maschine, wahrscheinlich die, die ans *Rose Garden Home* geliefert worden war. Sie fragte sich, ob seine Mutter an all dem beteiligt war.

Sie versuchte, in die Richtung ihrer Handtasche zu schwingen. Vielleicht konnte sie die Tasche mit ihren aufgequollenen Fingern greifen, an das Messer kommen und ... und dann was? Zuerst hoffte sie, es im Verborgenen tun zu können, aber bald war ihr klar, dass allein in Schwung zu kommen sehr viel Anstrengung kosten würde. Sie spannte ihre Beine an, richtete ihren Oberkörper auf und schwang ihren schmerzenden Kopf. Als sie den ersten, kleinen, kinetischen Schwung an Energie spürte, drehte sie den Kopf und sah zu ihm hinüber. Er hielt einen der Schläuche in der Hand, die aus der Embalming-Maschine ragten, und schaute sie dabei an.

Sie erwiderte seinen Blick und pumpte weiter mit Schultern und Händen, spannte ihre Waden an, um mehr Schwung zu bekommen. Es war erstaunlich, wie viel Anstrengung man in etwas legen konnte, was so geringe Ergebnisse erzielte. Er ließ das Ende des Schlauches fallen und griff nach einer Zweiliterflasche mit unbestimmtem Inhalt, den er in den Kanister an der Maschine goss.

Sie musste ihn lange genug ablenken, damit jemand da draußen sie finden konnte, aber es war schwer, sich vorzustellen, dass man von jemandem gefunden wurde, wenn man keine Ahnung hatte, wo man sich befand.

Große Angst packte sie. Es war wie Ertrinken – kein Sauerstoff und das dringende Bedürfnis, zu schreien. Sie befahl sich, ruhig zu bleiben. Ruhig, aber wachsam. Sie überlegte, wie weit ihr Körper nach beiden Seiten jetzt ausschlug. Sie schätzte den Ausschlag auf ungefähr einen Meter zwanzig. Die Handtasche befand sich immer noch mindestens einen Meter von ihren Händen entfernt. Durch die rot gefärbte Panik und einen plötzlichen Anfall von Schwindel hindurch versuchte Merci, sich Mut zuzusprechen: Ich *will*, dass du ruhig bleibst. Ich *will*, dass du diese Situation meisterst. Ich *will*, dass du die Oberhand gewinnst.

Aber es fiel ihr extrem schwer, mit zugeklebtem Mund Luft zu holen.

»Wie lustig«, sagte er. »Jetzt Vorsicht, Schätzchen. Ich werde bremsen.«

Er trat hinter sie, und Merci spürte, wie sich das Seil spannte und das Pendeln nachließ. Sie wurde langsamer. Etwas in ihr geriet in Panik, dann zerbrach es.

Sie schlug blindlings mit ihren zusammengebundenen Händen um sich in der Hoffnung, irgendeinen Teil von ihm zu erwischen. In diesem Moment wollte sie vor allem eines: ihm irgendwo wehtun.

Merci hörte, wie sich zwei Flüssigkeiten miteinander vermischten. Sie drehte den Kopf – Gott, ihr Kopf war nur noch eine pochende Kugel des Schmerzes! – und nahm Colesceau am Rande ihres Blickfeldes wahr. Er steckte ein orangefarbenes Verlängerungskabel in eine der Steckdosen an den Wänden. Dann trug er die Maschine auf sie zu und setzte sie auf dem fleckigen Betonboden vor ihr ab.

Merci spürte, wie ihr Körper in kleinen, kreisförmigen Bahnen trudelte und allmählich zum Stehen kam. Von ihrer Energie waren nur noch winzige Reste übrig. Während sie immer langsamer an dem Seil schwang, versuchte sie herauszufinden, wie sie Colesceau am besten hinhalten konnte. Er sollte sich Sorgen machen. Ihre Kumpel bei der Polizei mussten Zeit bekommen, sie zu finden.

Sie sah ihn auf sich zukommen, blonde Locken auf seinen Schultern, polierte Stiefel, eng sitzende Weste.

»Netter Versuch«, sagte er, hielt das Seil fest und ließ es ein Stück hinunter. »Ich wüsste auch nicht, was du sonst noch hättest versuchen können, kleines Frauchen.«

Dann streckte er seine Hand aus. Er schien ihr einen von diesen blassroten Wischlappen anzubieten, die in Stapeln zu fünfzig Stück verkauft wurden. Der Lappen war ordentlich gefaltet und lag auf seiner Handfläche.

Sie spürte, wie er mit seinen Stiefeln auf ihre Finger trat. Sie wusste, wenn er sein ganzes Gewicht auf sie verlagerte, würde er ihr einen oder zwei Fingerknöchel zerquetschen, vielleicht auch mehr. Aber dann schlug ihr der Geruch von $CHCl_3$ entgegen und sie verlor die Beherrschung. Ihre ganze Panik stieg geballt in ihr auf und sie konnte sie nur mit Mühe im Zaum halten. Sie versuchte, ihre Hände unter ihm hervorzuziehen, aber es war sinnlos. Sie schrie gegen das Klebeband. Sie spürte, wie er ihre Haare grob packte und den Lappen fest gegen ihr Gesicht presste. Zum ersten Mal in ihrem Leben stellte sich Merci den Himmel als einen Ort mit einer Tür vor – doch diese Tür öffnete sich nicht für sie.

Dann fiel sie in ein weiches, schwarzes Nichts.

Colesceau faltete eine der großen, grauen Decken auseinander, mit der frisch verchromte oder bemalte Automobilteile geschützt wurden, und legte sie auf den fleckigen Boden. Dann ließ er die bewusstlose Merci auf die Decke herab. Er schnitt ihre Bluse auf, nahm ihr die schwere, kugelsichere Weste ab, öffnete ihren Büstenhalter und legte ihn zur Seite. Mit den Fingern fuhr er sanft über ihre blasse Haut, küsste beide Brustwarzen und freute sich, als sie zwischen seinen Zähnen hart wurden. Runter mit ihren Stiefeln und Hosen und dem Slip. Er ging zügig vor, aber nicht übereilt. Er steckte ihr die Haare hoch, zu einer Krone aus dunklen, verschwenderisch üppigen Locken.

Colesceau blickte auf sie herab. Sie war viel schöner, als er es erwartet hatte: groß, gut proportioniert, stark, aber weich, wie eine Stute. Kräftige Beine, aber wohl geformt. Nicht besonders viel Körperbehaarung, wenn man bedachte, dass dunkelhaarige Frauen oft extrem behaart waren. Dicke Titten, wie die Amerikaner zu sagen pflegten. Und es war erregend, wie sich ihre Leberflecke von ihrer Haut abhoben.

Er bedauerte, dass er sie gleichzeitig ausbluten und konservieren musste – die Standardvorgehensweise, die an der Bestatterschule gelehrt wurde, aber für Colesceau ein eiliger Vorgang, der eigentlich ruhig, meditativ und häufig auch erotisch sein sollte. Dennoch, eineinhalb Stunden würden ausreichen. Wenn es hart auf hart kam, konnte er sie in den schwarz-gelben Shelby Cobra laden, den Porti-Boy in den Kofferraum stecken und sich irgendwo in einem Motel einquartieren, um seine Aufgabe zu beenden. Wenn er den Fernsehapparat laut stellte, würde das die Geräusche der Maschine übertönen. Vielleicht lief gerade ein alter Western.

Er berührte die roten Strangulationsmale um ihre Knöchel. Die würden mühelos verschwinden. Ebenso wie die Klebebandspuren an ihren Handgelenken, aber es wäre nicht schlau, das Band jetzt schon zu entfernen. Auch nicht das über ihrem Mund. Er schob den Porti-Boy näher und schaltete ihn ein, erst mal nur zu Testzwecken. Der Motor summte Vertrauen erweckend und er schaltete das Gerät wieder aus.

Tja, dachte er, aufschneiden, die Halsschlagader herausheben und die Zufuhrröhren anschließen. Wenn alles vorbereitet war und lief, konnte er das Leben aus ihr heraus- und die Flüssigkeit in sie hineinmassieren. Ihr Ewigkeit injizieren.

Er nahm die Klinge aus seiner Instrumententasche und legte seine Fingerspitzen auf den Knorpel um ihr Schlüsselbein. Und da war sie, die entzückende Halsschlagader, pulsierte an seinen Fingerspitzen wie eine Schlange.

Irgendwie abgefahren, dachte er, sich so viel Mühe zu geben, um einen Cop zu konservieren.

43

Hess bog auf der Palmetto nach links, bretterte mit dem Chevy durch das kleine Industriegebiet von Costa Mesa, vorbei an einem Bootshaus, einem Flüssiggashändler, einem heruntergekommenen Gelände für deutsche Importartikel, einem Surfbretthersteller und einer Werkstatt für maßgefertigte Motorräder. Immer wieder sahen ihn große Hunde durch hohe Zäune an. Dann die Ziegel und Fenster von *Pratt Automobile*. Er trat an der nächsten Ecke kraftvoll auf die Bremse und fuhr hinter das Gebäude.

Da war die Werkstatt, geschützt hinter zwei Metallschiebetüren, die eine Wand bildeten. In beiden großen Schiebetüren war je ein mannshoher Eingang eingelassen. Kein Van in Sicht. Hess parkte seine Limousine so, dass man durch keine der Türen gelangen konnte, dann stellte er den Motor aus und gab der Zentrale seine Position durch. Hess sagte, es sei weit und breit kein Streifenwagen von Costa Mesa in Sicht, woraufhin die Zentrale ihm erklärte, an der Ostseite gebe es einen 211, einen bewaffneten Raubüberfall, für den man alle Einsatzkräfte benötigte. Aber die wirkliche Nachricht war, dass Deputys des Sheriff-Büros einen Van gestoppt hatten, der auf dem Ortega Highway in Richtung Osten unterwegs war. Er solle am Funkgerät bleiben.

Hess stieg aus, setzte seinen Hut auf und ging auf die Türen zu. Das brachte die Wachhunde auf, dem Lärm nach ein ganzes Rudel. Ihr Bellen hallte durch die warme Sommerluft. Er hörte das Klappern und Rasseln der Zäune. Die mannshohen Eingangstüren bewegten sich nicht. Auch nicht die großen Schiebetüren. Von innen verschlossen, vermutete er.

Und falls sich jemand im Innern aufhielt, dann hatte er Hess gehört.

Hess ging um das Gebäude herum nach vorn. Kein Van.

Vor dem Laden befanden sich fünf Parkplätze und ein Streifen braunes Gras. Die Fenster wurden von Efeu umrankt, und es gab ein kleines Pausengelände, bestückt mit ein paar Gartenmöbeln. Als Hess um die Ecke bog, atmete er heftig. Er wünschte, sein Herz würde sich beruhigen, aber es pochte heftig. Es fühlte sich an, als ob da drin etwas aus dem Ruder lief. Hess ermahnte sich, sich darüber keine Sorgen zu machen. Und überhaupt: Wann hatte sein Herz schon jemals das getan, worum er es gebeten hatte?

Hess schlich am Haus entlang, duckte sich unter den Fenstern und den abgebröckelten Buchstaben von PRATT AUTOMOBILE hindurch. Die Efeuranken, auf die er trat, waren mehr als dürftig und beinahe blattlos. Er drückte sich an einer verrosteten Eisenbank vorbei, um die zahllose Zigarettenkippen lagen. Sein Rücken tat ihm weh, und es fiel ihm schwer, den Schmerz zu ignorieren, wenn er so gekrümmt lief. Der Vordereingang war eine mit Stacheldraht verstärkte Glastür. Ebenfalls verschlossen. Hess schaute durch das verkratzte Glas und erkannte die dunkle Holzverkleidung des Büros, die Theke mit dem Computer darauf, die Regalreihen. Am Ende einer Reihe sah Hess eine Tür mit einem viereckigen Glasfenster.

Der vordere Teil des Geschäfts lag im Dunkeln, aber durch das Türfenster schien Licht aus der Werkstatt. Ein orangefarbenes Seil drehte sich leicht in der höhlenartigen Bucht hinter dem Glas.

Sein Blick schärfte sich und sein Herz schlug schnell. Er rannte zu dem gusseisernen Stuhl und zog ihn vom Haus weg. Die Beine des Stuhls hatten sich in dem todgeweihten Efeu verfangen und hinterließen Abdrücke in der harten, trockenen Erde.

Hess brauchte zwei Anläufe, um den Stuhl über seinen Kopf zu heben. Er schwankte, während er mit den Füßen mitten in den Zigarettenkippen stand.

Das Fenster explodierte direkt unter PRATT und riss einen Großteil des Namens mit sich. Spitze Dreiecke säumten jetzt den Fensterrahmen. Hess zog seine Kaliber .45 und schlug mit dem Griff die Glasreste heraus. Dann setzte er einen Fuß auf das untere Ende des Rahmens und hievte den Rest von sich hoch. Er kam schwer auf der anderen Seite auf, schnitt sich auf dem Weg nach unten an der linken Hand. Hess versuchte, in den Scherben das Gleichgewicht nicht zu verlieren. Er fand den Durchgang in der Theke, öffnete den Riegel und riss die Tür auf.

Dann rannte er den Gang zwischen den bis unter die Decke gefüllten Regalen entlang, den linken Arm ausgestreckt zur Werkstatttür, deren Fenster immer größer wurde, je näher er kam.

Er packte den Türgriff, drückte ihn nach unten und stürmte hinein. Das Geräusch der Tür, die sich hinter ihm schloss, hallte schwach durch die hohe Halle.

Über seine Waffe hinweg sah er einen silbernen Van, einen gelben Rennwagen, ein oranges Seil. Merci, zusammengerollt auf dem Boden unter dem Seil, nackt. Aber sie regte sich. Sie hob den Kopf und schüttelte ihn, als sie Hess erblickte. Ihr Mund war mit Klebeband verschlossen, und Hess hörte, wie sie dagegen anschrie.

Dann tauchte ein kleiner, langhaariger Mann hinter dem Rennwagen auf und schoss ihm in den Bauch.

Hess feuerte nur Sekundenbruchteile später und der Mann wurde nach hinten gegen den Van geschleudert. Er sah aus wie der Typ von Kamala Petersen und er trug eine dicke, schwarze Weste über einem bunten Hemd. Die nächsten beiden Schüsse von Hess schienen sein Ziel an das Metall zu nageln. Aber zwei weitere Kugeln flogen rasch auf ihn zu. Hess duckte sich und ging in Schussposition auf die Knie, hörte, wie die Kugeln durch die Halle pfiffen. Als er seinerseits erneut feuerte, sah er nichts außer einem silbernen Fahrzeug. Er schaute auf den Boden vor dem Van und konnte nicht glauben, dass dort keine Leiche lag. Da flog eine der Hintertüren auf und der kleine Mann rannte hinaus.

Hess war mit fünf Schritten bei Merci. Ihre Augen blickten klar und konzentriert, und ihre Halsmuskeln zeigten, dass sie gegen das Klebeband ankämpfte. Sie versuchte immer noch, zu sprechen.

»Schon gut«, sagte er. Sein Tonfall wirkte selbst auf ihn nicht glaubwürdig. »Hier.«

Mit seinem Taschenmesser schnitt er das Klebeband von ihren Handgelenken. Er bekam kaum die Klinge heraus, weil beide Hände mit Blut überströmt waren. Er sagte sich, er solle das Einschussloch nicht anblicken und es nicht berühren, aber offenbar hatte er Letzteres getan. Also schaute er jetzt auf seinen Bauch, während er das Messer wieder in seine Tasche gleiten ließ. Er sah nicht viel mehr als ein blutiges Hemd und einen gleichfalls blutigen Gürtel. Eine Kugel verursachte kein größeres Loch als ein spitzer Bleistift, wenn sie eintrat; aber wenn sie austrat, war das völlig anders.

Im Moment hatte er das Gefühl, als habe ihm jemand ein Ruder in die Eingeweide gerammt, ein Ruder mit einem großen Nagel darin. Und es fühlte sich an, als ob sein Körper versuchte, sich um die Stelle zu verdichten, an der der Nagel ein- und wieder ausgetreten war, als ob sein Körper die Lücke schließen wollte. Sein Fleisch war verwirrt. Er zog die kleine Kaliber .32 aus seinem Knöchelhalfter und hielt sie Merci hin, dann legte er sie auf die graue Decke.

Sekunden später stand Hess im Sonnenlicht hinter dem Gebäude von *Pratt Automobile*, umgeben von bellenden Hunden, schaute die Gasse zu seiner Linken hinunter, durch die der Handtaschendieb flüchtete. Die langen, blonden Haare leuchteten in der Sonne. Er hatte hundert Meter Vorsprung. Mehr nicht. Ein kalter, schwindeliger Schauder ergriff Hess, obwohl sein warmes Blut seine Unterwäsche tränkte und in seine Schuhe lief.

Er rannte los.

Seine Beine bewegten sich im selben Rhythmus wie sein Atem. Er spürte, wie sein Körper versuchte, sich von dem zu befreien, was in ihn gefahren war – oder besser: durch ihn hindurch.

Hess wünschte, er würde nicht seine schwarzen Schnallenschuhe tragen, wünschte, er könnte sie gegen eine kugelsichere Weste eintauschen. Aber diese Gelegenheit hatte er heute Morgen gehabt, bevor er das Haus verließ, hatte sich dagegen entschieden, stattdessen den verdammten Filzhut gewählt.

Hunde sprangen gegen die Zäune zu beiden Seiten. Hess war nahe genug, um ihre Zähne zuschnappen zu hören. Er versuchte, seine Beine weiter im selben Rhythmus wie seinen Atem zu bewegen, aber jetzt musste er bei jedem Schritt zweimal keuchend Luft holen und sie wieder ausstoßen. Außerdem waren diese komischen, roten Umrisse zurückgekommen und vermittelten ihm das Gefühl, zu träumen.

Jetzt war nur noch wichtig, die Beine in Bewegung zu halten, die Schnallenschuhe immer auf den Handtaschendieb gerichtet zu lassen und ihn nicht aus den Augen zu verlieren. Ihn im *Auge* zu behalten. Hess lag nur noch sechzig Meter zurück. Sechzig Meter – und er schloss auf. Die Hälfte von dieser Distanz, und er konnte versuchen, ihn mit einem Schuss niederzustrecken. Wiederum die Hälfte davon und er konnte ihn mit Sicherheit treffen. Er würde auf den Hintern zielen, unterhalb seiner kugelsicheren Weste. Der Schmerz in seinem Bauch ließ ihn blinzeln.

Also blinzelte sich Hess durch seine rot umrandete Welt und hielt seinen Blick auf seine Beute gerichtet. Seine Schritte klangen nach nassen Socken in nassen Schuhen. Der Colt war glitschig und schwer, und er überlegte, ob er ihn in die andere Hand nehmen sollte, aber er fürchtete, dass er ihn beim Wechsel fallen lassen könnte. Er glaubte, er wäre langsamer geworden, weil Colesceau jetzt weiter weg zu sein schien. Also gab er sein Letztes und versuchte, seine Knie hoch zu bekommen, schneller zu werden.

Der Handtaschendieb verschwand nach rechts. Hess folgte Sekunden später. Durch einen Hof mit Heuballen, an denen Zielscheiben für Bogenschützen befestigt waren; zu dieser frühen Stunde waren jedoch keine Bogenschützen in Sicht. Dann um ein gelbes Vereinsheim herum. Hess konnte gerade noch das bunte Hemd und die wehenden Haare sehen, die um eine Ecke bogen.

Dann über eine leere Straße und auf das Gelände einer Baumschule. Hess erblickte einen beleibten Japaner, der zuerst Colesceau, dann ihn aus ruhigen, stoischen Augen betrachtete. Er hielt einen flachen Korb mit Blumen in den Händen.

Hinter der Baumschule fing das Sumpfgelände des Santa Ana Rivers an, ein Dickicht aus Bambus und Unkraut, bewohnt von streunenden Katzen und Menschen, die zu arm waren, um sich ein Dach über dem Kopf leisten zu können. Hess beobachtete, wie Colesceau zwischen den Baumsetzlingen und den irdenen Töpfen mit Pflanzerde hindurchlief, sich nur einmal umdrehte und dann über einen Zaun kletterte. Er schien jetzt eine Meile Vorsprung zu haben, aber Hess beschloss, dass es nur am Schmerz lag, der seinen Blick trübte, der die Dinge weiter weg erschienen ließ, als sie tatsächlich waren.

Dann gaben seine Beine nach. Er verlor das Gleichgewicht und musste wie ein Hochseilartist beide Hände ausstrecken, um nicht hinzufallen. Die Waffe in seiner Hand war schwer und ließ ihn noch mehr zur Seite kippen. Trotzdem fiel er nicht um. Enttäuscht erkannte er, dass er immer noch seinen Hut trug: Wie schnell war er eigentlich?

Colesceau rannte in Richtung Wald, der sich in einhundert Meter Entfernung erstreckte.

Da spürte Hess etwas hinter sich und schon hastete Merci heran. Sie schien drei Meter mit jedem Schritt zurückzulegen und in der Hand hielt sie etwas Kleines und Silbernes.

Auf seiner Höhe rief sie: »Ich habe ihn!«

Und schon war sie an ihm vorbei.

Hess spürte, wie seine Füße langsamer wurden, spürte seinen schweren Rumpf um Gleichgewicht kämpfen, während er versuchte, langsamer zu werden, dann sah er den Boden auf sich zukommen und drehte das Gesicht zur Seite, damit er sich nicht die Nase brach.

Das schaffte er. Mit dem Kopf im Schmutz schaute er in Richtung Fluss, genau rechtzeitig, um noch mitzubekommen, wie Merci über den Zaun hechtete.

Hess freute sich, als er bemerkte, dass sein Hut endlich abgefallen war. Es freute ihn, als er erkannte, dass er die Kaliber-.45-Automatikpistole in seiner rechten Hand noch immer unter Kontrolle hatte. Über vierzig Dienstjahre – und nie hatte er sich seine Waffe von jemandem abnehmen lassen.

Er arbeitete sich auf die Knie hoch, hob seinen Hut auf und erhob sich. Er schulterte die Waffe, die in der Baumschule ein fast absurdes, beinahe schändliches Besitztum zu sein schien. Dann suchte er einen Platz, wo er sich hinsetzen konnte, und fand eine Holzbank neben einem Weg, der von Topfrosen gesäumt wurde. Es schienen eine Million zu sein, sie waren rot, gelb, weiß und lila, und es gab sogar einen Brunnen mit einem Delfin, aus dessen Luftloch Wasser sprühte.

Die Bank hatte eine Lehne, gegen die Hess sich fallen ließ. Er setzte den Hut auf und rückte die Krempe zurecht. Er machte sich nicht die Mühe, auf seinen Unterkörper zu schauen. Es fühlte sich an, als ob jemand mit einer Zigarette von der Größe eines Holzscheites ein Loch in ihn gebrannt hatte.

Hess atmete immer noch schnell und flach. Bekam einfach nicht genug Luft. Nicht genug Luft, um sich zu erheben.

Er sah, wie der Japaner auf ihn zukam, den Korb mit den Blumen immer noch in den Händen.

Hess war nicht nach Reden zumute. Aber er wusste, er sollte etwas sagen, sollte sich erklären. Schließlich hatte er das Gelände bewaffnet und unbefugt betreten und auf einer sehr schönen Bank Platz genommen. Er hörte das leise Plätschern von Flüssigkeit, die hinter der Bank zu Boden rann, wie Tau, der von einem Dach tropfte.

Hess richtete sich auf und blickte nach oben. Er faltete die Hände im Schoß, und es war, als lege er sie in eine Pfanne mit etwas Heißem und Feuchtem. Er überlegte, was er jetzt sagen sollte. Aber seine Gedanken formten sich nur langsam, wie Gedanken in einem Traum, und er wusste nicht, ob sie wirklich vernünftig waren oder nicht.

Hallo, ich heiße Tim Hess.

Ihm schien, dass der Mann von der Baumschule aus ziemlich großer Entfernung herüberblickte und ihn prüfend ansah. Seine Lippen bewegten sich. Kein Ton. Hess versuchte, ihm die Worte von den Lippen abzulesen. Dann erinnerte er sich, dass die Schallübertragung einige Zeit in Anspruch nahm. Man musste nur warten.

»Sind Sie der Gute oder der Böse?«

Sehr langsam, weil es ihm anders nicht möglich war, nahm Hess den Hut ab. Irgendetwas gebot ihm, auf seine Manieren zu achten. Er legte ihn auf seinen Schoß und betrachtete den Mann von der Baumschule. Es dauerte lange und erforderte viel Kraft, eine Antwort zu formulieren. Er wollte es richtig sagen. Und am Ende brachte er es heraus, mit starker und voll tönender Stimme, wie er hoffte.

»Ich bin vom Sheriff-Büro des Orange County ... bin Detective. Man sperrt die Schurken weg. Sie kommen wieder. Immer wieder. Ich habe wenig. Bewirkt. Nur wenige Menschen ... bedeuten mir etwas. Ein paar werden sich an mich erinnern. Ich wünschte, ich hätte Kinder ... an die ich etwas weitergeben könnte. Ich habe drei Leben gerettet. Drei. Von denen ich sicher weiß. Vielleicht noch ein paar ... durch Zufall. Diese drei ... Leben sind das Beste, was ich geleistet habe. Ich wollte immer nur. Nützlich sein. Irgendwie. Wie ein Müllmann oder ein Maurer. Oder ein Arzt. Mehr habe ich nicht zu sagen.«

Der Mann von der Baumschule kam ihm wie eine Luftspiegelung an einem fernen Horizont vor. Sein Blumenkorb warf bunte Lichtstrahlen in den Himmel.

»Klingt, als hätten Sie es gut gemacht, alter Mann.«

»Ich denke, ich bin jetzt so weit.«

»Reden Sie nicht. Ich rufe jemanden.«

44

Die Spur führte durch hohen Bambus, und sie konnte ihn nur blitzartig aufleuchten sehen, vor sich, auf den kleinen Lichtungen, wo er über seine Schulter zurückblickte, bevor er wieder in dem hellgelben Dickicht verschwand. Katzen glitten zwischen den Bambusstängeln hindurch. Auf einer Lichtung sprang Merci über ein kleines Lagerfeuer, um das drei verblüffte Männer in Lumpen saßen, die sie nur anstarrten, mit weit offenen Mündern und schmutzigen Bärten, wortlos, während sie an ihnen vorbeiflog.

Sie wusste nicht genau, wie sie hier hergekommen war. Der Nebel des Chloroforms hatte sich noch nicht ganz gelichtet, als sie Hess erblickte, versuchte, ihn zu warnen, die Schüsse knallen hörte und dann das Sonnenlicht durch die Tür fallen sah, durch die Colesceau floh.

Instinktiv schlüpfte sie in ihre Kleidung, ergriff die Ersatzwaffe von Hess, warf ihr Handtasche über die Schulter und stolperte dann in den hellen Sommermorgen hinaus. Sie beobachtete, wie sich Hess die Gasse entlangschleppte und der Handtaschendieb ihm vorauseilte. Sie befahl ihren Beinen, sie dorthin zu tragen, wo sie hingehen wollte. Während sie rannte, riss sie sich das Klebeband vom Gesicht, in großen, schabenden Kreisen, sodass ihre Haut brannte, sie aber endlich wieder sprechen konnte.

Jetzt hastete sie durch das Dickicht und Colesceau befand sich noch dreißig Meter vor ihr. Sie spürte, wie die Luft in ihre Lunge stach. Jeder Schritt schien mehr von dem giftigen

Gas aus ihr herauszupressen. Sollte er stehen bleiben, sich verstecken und warten, könnte er sie erschießen, sobald sie an ihm vorbeilief. Sie wusste das und ließ den Bambus vor sich nicht aus den Augen. Und jedes Mal, wenn sie Colesceau sah, musste sie an Hess denken, erhöhte ihre Schrittfolge und versuchte, den Abstand zu verringern. Er wirkte etwas wackelig auf den Beinen. Sie wünschte, sie hätte ihre Kaliber .9 dabei.

Colesceau schleppte sich auf dem Weg vorwärts. Er war sich nicht sicher, wie weit ihn seine hormonentleerten Beine noch tragen würden, und wusste, dass gleich hinter dem Dickicht das breite, trockene Flussbett anfing, wo er keine Deckung mehr haben würde. Dann müsste er schießen. Er hatte diese schicke Polizeiwaffe, aber keinerlei Erfahrung damit. Den Schuss auf den alten Mistkerl hatte er auf gut Glück abgefeuert, doch nach dem *Whop*-Geräusch zu urteilen, hatte er ihn voll getroffen.

Die Weste umschloss seinen Brustkasten wie Stahl und drückte auf seine Brüste. Aber sie hatte ihn vor dem hässlichen Hess gerettet. Jetzt wünschte er, er könnte sie einfach abwerfen und dadurch etwas schneller werden. Er blickte nach hinten und entdeckte Merci, die sich ihren Weg durch den hohen Bambus bahnte. Sie holte rasch auf, und er wusste, wie entschlossen eine wütende Frau sein konnte. Und waren sie nicht immer wegen irgendetwas wütend?

So nah dran, dachte er, ich war so nah dran an dem, was ich wollte. Noch zehn Sekunden und er hätte die Halsschlagader herausgehoben und aufgeschnitten und die Schläuche wären an Ort und Stelle gewesen und der Porti-Boy hätte gebrummt und Merci Rayborn wäre in diesem Moment schon unsterblich. Aber in der Sekunde, als er hörte, wie draußen ein Wagen vorfuhr und jemand an den Türen rüttelte, wusste er, dass es der alte Mann war, ihr Partner. Der Panzerkapitän. Es war daher sinnvoller gewesen, die Weste überzustreifen und Hess abzuschlachten, als mit der Konservierung zu beginnen. Danach hätte er noch fast eine Stunde Zeit gehabt, bevor Pratt und Lydia und Garry eingetroffen wären. Nur Sekunden haben mir gefehlt, dachte er. Nur Sekunden, um all die Flüssigkeiten in sie einzuleiten, die für die Ewigkeit nötig waren.

Ihm fiel seine Mutter ein und wie frei und leicht er sich gefühlt hatte, als er mit ihr fertig gewesen war. Warum hatte er so lange gewartet? Er dachte an Trudy Powers und wie befriedigend es gewesen war, ihr Gesicht zu sehen, als der Storch zu Boden gegangen war. Er dachte an Lael und Janet und Ronnie und wie befreiend es war, sie los zu sein, ihre Forderungen, ihre kleinen Spielchen, ihre Selbstsucht.

Durch das Dickicht konnte er vor sich die sandigen Ausläufer des Flussbetts sehen, und er wusste, dass es jetzt an der Zeit für einen Alternativplan war. Als er um eine Kurve bog, entdeckte er einen kleinen Zwischenraum zwischen den Bambusstängeln. Er blieb stehen, drehte sich um und rannte darauf zu. Er krabbelte hinein und hob mit beiden Händen die große Automatikwaffe bis zur Brust.

Als er auf den Lauf hinuntersah, war es, als ob er in eine große, dunkle Grube starrte.

Merci erblickte das Flussbett hinter dem Bambus und bog rasch um die Kurve. Vor ihr erstreckte sich ein langer Weg, aber sie konnte niemanden sehen. Sie schaute nach rechts und entdeckte plötzlich eine Ellbogenspitze, die aus dem Blätterwerk ragte.

Sie warf sich hin und schlidderte wie ein Runner auf das Base. Mit den Füßen nach vorn, die Stiefel in die Erde gerammt. Dabei achtete sie darauf, dass die Kaliber .32 in Schussposition war und der linke Arm ihr Gesicht schützte. Da sie viel Schwung besaß, konnte sie sich sofort aufrichten, einen Meter von dem blonden Mann entfernt, der sich zwischen den Bambusstängeln versteckte.

Sie feuerte zweimal und er zuckte zusammen.

Meine kugelsichere Weste.

Er richtete etwas auf sie.

Sie trat mit dem Bein zu, Standardlektion an der Polizeiakademie, nicht besonders hübsch, aber ihr Stiefel traf sein Handgelenk und der Lauf der Waffe flog nach oben. Sie duckte sich, ließ die Waffe von Hess fallen, kam dann schnell wieder hoch und schlitzte – mit beiden Händen ihr Stilett haltend – das Fleisch direkt über seiner Weste auf. Ein zischendes Geräusch. Colesceaus Augen wurden groß. Sein Kopf bewegte sich ruckartig nach hinten und eine Lücke klaffte unter seinem Kinn auf. Sie änderte den Griff an dem Messer, hob es höher und rammte es mit der Spitze nach vorn in seine Schläfe. Dann ließ sie das Stilett los und schlug mit beiden Fäusten auf seine Hände. Es knackte und die Heckler & Koch flog auf den Weg.

Colesceau sank auf die Knie, die Hände am Hals.

Er sah mit großen Augen, die irgendwie traurig wirkten, zu ihr hoch. Die Perücke auf seinem Kopf war nach hinten gerutscht.

»Dan … ke«, gurgelte er.

»Gern geschehen«, erwiderte sie. Sie konnte kaum ihre eigene Stimme hören, obwohl die Welt um sie herum still war.

Colesceau blickte auf die Heckler & Koch hinunter, darum trat sie ihm gegen die Stirn. Er kippte nach hinten.

Sie hob ihre Waffe auf und stellte sich über ihn, mit dem Lauf nach unten zielend.

»Dan … ke«, gurgelte er.

»Gern geschehen.«

Sie drückte ab. Sein Gesicht zuckte und sein Schädel verlor seine Form, aber seine Augen waren immer noch auf sie gerichtet.

»Da …«

Sie hörte die halbe Silbe und schoss erneut.

Hess saß auf einer Bank bei den Rosen, als sie zurückkam. Sein Hut lag auf seinem Schoß und er hatte seinen Kopf leicht geneigt, wie ein Mann, der gerade Siesta hält. Sie erblickte das Rot auf seinem Hemd und die kleine, funkelnde Lache unter der Bank.

Merci kniete vor ihm nieder. Er schaute zu Boden. Sein Gesichtsausdruck hatte etwas Zufriedenes und Sanftes, doch er nahm nichts wahr. Die Falten in seinem Gesicht hatten sich geglättet, und er sah aus wie in jener Nacht, als er auf dem Stuhl vor seinem Fenster eingeschlafen war und sie unbedingt seine Haare hatte berühren wollen.

Merci berührte seine Wange. Dann nahm sie links von sich eine Bewegung wahr und stand auf. Ein Mann mit einer Decke im Arm kam auf sie zu. Sie erkannte in ihm den Mann, an dem sie vor ein paar Minuten vorbeigerannt war, aber da hatte er noch einen Korb mit Blumen im Arm gehalten.

Er blieb stehen, als er sie sah, eine große Frau voller Blut und mit einer großen Waffe in der Hand.

»Er ist Detective«, sagte der Mann von der Baumschule. »Niemand wird sich an ihn erinnern. Er hat drei Leben gerettet.«

»Es waren vier Leben und Sie haben ja keine Ahnung. Geben Sie mir die Decke. Bitte.«

45

Im Frühling packte Merci das Baby ein und fuhr zum Wedge. Es war spät, ein kalter und stürmischer Abend, der auf einen für die Jahreszeit untypischen Maisturm gefolgt war.

Das Kind brüllte fast während der gesamten Fahrt, aber das wunderte sie nicht. Es war ein ständig schreiendes Ding, immer hungrig, schlecht gelaunt oder müde. Es sah auch nicht besonders gut aus: groß und mager, kaum Fettgewebe, mit dünnen, schwarzen Härchen auf dem Kopf. Seine Lungen und seine Stimmbänder schienen unglaublich, fast unnatürlich stark. Das Baby saugte gierig und schrie stundenlang ohne Unterlass. Das hätte sie, nach zwölf Stunden qualvollster Wehen, niemals für möglich gehalten. Als sie dieses kleine Etwas erblickte, konnte sie nur weinen.

Für Merci waren die vergangenen neun Monate die schrecklichsten ihres Lebens gewesen. Als sie Hess begrub, verlor sie einen Teil ihrer selbst, den Teil, den sie mochte. Als sie sechs Monate später ihre Mutter begrub, war es noch schlimmer gewesen. Sie hatte nicht erwartet, dass es sie so sehr mitnehmen würde, aber sie musste an eine Million Dinge denken, die sie immer hatte sagen wollen, aber nie gesagt hatte. Der Versuch, ihren Vater zu trösten, scheiterte, weil er sich an Merci mit einer Verzweiflung klammerte, die sie ihm nie zugetraut hätte. Wie hatte ihre Mutter das nur vierzig Jahre lang ausgehalten? Tja, jetzt musste sie sich mit ihm herumschlagen. Er bat sie, bei ihr einziehen zu dürfen.

Dann hatte sie um Mutterschaftsurlaub ersucht. Als sie mit Brighton darüber sprach, hatte sie das Gefühl, dass ihre Karriere den Bach hinunterging. Leiterin eines Sonderkommandos mit vierzig – vorbei. Sheriff mit 58 – vorbei. Eine Zeit lang würde sie unmöglich sechzig Stunden pro Woche arbeiten können, vielleicht nie mehr. Brighton hatte genickt, sich auf den Ellbogen nach vorn gebeugt und versucht, niedergeschlagen auszusehen. Sie konnte seine Gedanken lesen. Sie wusste, dass ihre Eierstöcke das vollbracht hatten, was kein wie immer geartetes, politisches Manöver von Chuck Brighton je hätte schaffen können: Sie würde bald eine allein erziehende Mutter und ihre Karriere im Eimer sein. Vielleicht nicht vollends passé, aber dennoch im Eimer. Die Natur hatte das kleine Frauchen an ihren Platz verwiesen.

Merci parkte, nahm das Baby und ging den Strand entlang. Sie würden bald Vollmond haben, und sie konnte die Felsen sehen, die in gerader Linie ins Meer reichten und an denen sich die Wellen brachen. Die Wellen waren nicht mehr so riesig wie während des Sturms, aber sie bauten sich vor den Klippen immer noch hoch auf, rollten auf den Strand zu, bäumten sich im Mondlicht auf und fielen auf den Sand.

Bei Nacht konnte der Ozean eine Furcht einflößende Sache sein. Wenn auch nicht so Furcht einflößend wie Colesceau, der sich mit ihrer Heckler & Koch in den Händen und Mordlust in den Augen im Bambus versteckt hatte.

Als sie auf einen der Felsen kletterte, spürte Merci die Macht der Wellen, deren Vibrationen noch in ihren Beinen nachhallten. Wie gut, dass ich meine Trekkingschuhe trage, dachte sie, die mit den festen Sohlen und der guten Auflage.

Sie blickte hinaus in die schwarze, horizontlose Nacht und zwang sich, an all die guten Dinge zu denken, die in den letzten Monaten passiert waren, den schlimmsten Monaten ihres Lebens: die Tapferkeitsmedaille im Januar; alle möglichen Presseberichte darüber, wie sie kühn den Handtaschendieb verfolgt hatte; die Beförderung mitsamt Gehaltserhöhung. Eine Reihe von Privatgesprächen mit Chuck Brighton, der sie bei der Mordkommission behalten wollte. Gar kein Problem.

Sie wusste, dass einige dieser guten Dinge nur deshalb möglich geworden waren, weil sie die Anklage hatte fallen lassen. Der Handel wurde nicht erwähnt, obwohl er von Brighton eindeutig vorangetrieben worden war. Es war Zeit, sich zu erholen. Zu vergessen und weiterzumachen. Und vor allem: das Gesicht zu wahren. Sie freute sich, dass die Klage aus der Welt war. Es war nicht länger ihre Schlacht. Die anderen fünf Klägerinnen hielten durch und Kemp war noch lange nicht aus dem Schneider. Sollte ihr auch recht sein.

Die Medien hatten nicht über das berichtet, was für Merci am schlimmsten gewesen war: dass es ihre Waffe gewesen war, die Hess getötet hatte. Keine Erwähnung, wer für wen sein Leben geopfert hatte. Keine Erwähnung, dass der Täter, den Sergeant Rayborn zuvor als Verdächtigen ausgeschlossen hatte, genau der Mann gewesen war, der drei Leichen in der Wohnung, die an seine eigene grenzte, gehortet hatte, und auch genau der Mann gewesen war, der ihren Partner erschossen hatte. Nein. Der Untersuchungsausschuss, der sich mit den Schüssen auf Colesceau befasste, hatte es ihr leicht gemacht.

Es gab einiges, was die Öffentlichkeit nie erfuhr. Aber Merci und die meisten Leute aus ihrer Abteilung wussten, wie alles gelaufen war.

Sie würde dieses Wissen mit ins Grab nehmen.

Ihr war nie der Gedanke gekommen, dass sie angesichts der Umstände ziemlich genau das Richtige getan hatte. Angesichts der Tatsache, dass niemand immer Recht hatte, immer klug war, immer schnell handelte. Sie fühlte sich wegen Hess viel zu schlecht, um auf einen solchen Gedanken zu kommen.

Das ließ Hess nicht zu.

Merci spazierte weiter über die Felsen. Sie spürte den kalten Wind in ihrem Gesicht. Am Strand war er ihr gar nicht so stark vorgekommen. Sie sah die schäumende Gischt vor sich, den Mond und sein silbrig flackerndes Licht zwischen den Felsen, die sich auftürmenden Wellen, den unendlich schwarzen Pazifik um sich herum. Das Meer von Hess, dachte sie.

»Hier ist es, Tim«, sagte sie. »Das hier hat dein Vater geliebt.«

Merkwürdig. Merkwürdig, seinen Namen jetzt auszusprechen, allein, nur sie und das Baby. Es kam ihr wahr, unumstößlich und heilig vor. Es bedeutete jetzt etwas anderes, aber was es zuvor bedeutet hatte, war immer noch wahr.

Sie stand einfach da und blickte auf das dunkle Wasser. Die Dünung hob und senkte sich. Sie war überrascht, wie hoch die Wellen waren, wo sich der Sturm doch gelegt hatte. Es war unmöglich, den Horizont zu sehen, so unmöglich, wie die Zukunft vorauszusehen. Sie schaute nach rechts, gerade als eine näher kommende Welle vor ihr über den Felsen donnerte. Die große Welle schob sich vor den Mond, das Mondlicht verfing sich im Wasser, als es vorbeischoss, dann glitt es auf der Rückseite der Welle wieder hinunter. Es glich nichts, was sie jemals zuvor gesehen hatte.

Die Tränen kamen explosionsartig. Sie weinte wegen Hess, wegen sich selbst, wegen des Babys. Wegen Jerry Kirby. Wegen der Opfer von Colesceau, wegen der Patienten des *Rose Garden Home*, selbst wegen des seltsamen, fehlgelenkten LaLonde. Wegen jedem, der in diese Sache hineingezogen worden war.

Doch am meisten wegen Hess, weil sie das Gefühl hatte, dass er sie von der anderen Seite des Totenflusses aus jeden wachen Moment des Tages beschuldigte: *Du, du, du.*

»Lass mich los, Hess.«

Die Wellen antworteten nicht. Tim war jetzt still und sie sah das Funkeln in seinen Augen, zwei Galaxien, tiefbraun, die unter der Decke hervorblitzten.

»Lass mich einfach los. Ich habe dich geliebt, verloren und getötet. Ich werde nie vergessen, dass ich dich getötet habe. Hast du jetzt genug? Willst du, dass ich es ausspreche, Hess? Soll ich sagen: *Es tut mir so verdammt Leid, dass ich dich getötet habe?*«

Sie schluchzte und schaute wieder auf den Ozean zu ihren Füßen.

Ich könnte einfach vom Felsen springen und mich in den Wellen verlieren, dachte sie, dann kann sich Hess' Meer um alles kümmern.

Nein, da stehe ich drüber.

Ich konnte deinen Dad nicht retten, Tim, dachte sie. Und ich habe doch so sehr versucht, alles richtig zu machen. Alles in die Waagschale zu werfen, was ich wusste.

Plötzlich löste sich etwas in ihr – vielleicht Hess oder das, was sie von ihm dachte. Es trennte sich von ihr, zog über das Wasser hinaus in die Nacht. Es machte sie traurig, es davonziehen zu spüren. Dann brach sie wieder in Tränen aus.

Aber zuletzt versiegten auch sie.

Merci machte sich auf den Rückweg, achtete sorgfältig auf ihre Schritte. Tim hielt sie eng an ihren Körper gepresst. Sie spürte seinen Griff an ihrem Mantelkragen.

Sie wollte noch einmal die Wellen betrachten, die Hess so geliebt hatte, die Wellen, die etwas von ihr fort auf den Ozean getragen hatten.

Aber wegen der Gischt wandte sie ihr Gesicht ab, darum sah sie das Ding nicht kommen, das sie in die Tiefe zog.

Es war, als würde sie von etwas gepackt. Zum zweiten Mal in ihrem Leben wurde sie von hinten von einem Monster überwältigt, dessen Präsenz sie nicht gespürt hatte. Merci konnte nur an eines denken: Tim am Leben zu halten.

Sie wusste, sie musste die Oberfläche erreichen, sonst würde er rasch sterben, aber die Welle zog sie kopfüber nach unten. Wegen des Dröhnens des Wassers um sie herum und des Rauschens des Ozeans, der sie tiefer und tiefer und immer tiefer zog und sie dann von einer Seite auf die andere warf, wusste sie nicht, wo sie sich befand. Es gab kein Aufwärts. Es gab kein Abwärts. Und als sie ihre Augen unter großen Anstrengungen öffnete, sah sie nur eine formlose, mattschwarze Welt, und sie begriff, dass ihr die Luft ausging. Sie hoffte, wenn sie einfach nur still hielt, dann würde sie an die Oberfläche steigen, zurück an die Luft, zurück ins Leben.

Also mobilisierte sie all ihre Kräfte, um genau das zu tun. Und in der großen Stille ihres Willens stieg sie nach oben. Sie brach durch die Oberfläche, hielt Tim mit beiden Händen hoch. Sie strampelte um ihrer beider Leben. Tim brüllte um seines.

Dann spürte Merci, wie sie von hinten hochgehoben wurde, spürte, wie ihr Körper in die Höhe stieg. Höher. Noch höher. Und immer höher. Ihr Herz raste. Die Welt verschwand. Sie blickte in die schreckliche schwarze Höhle hinunter, presste Tim an sich und ließ sich fallen.

Im Fallen schloss sie die Augen, aber sie hielt ihren Sohn fest im Arm. Wenigstens das konnte sie tun und sie tat es gut und würde es immer tun. Sie entschuldigte sich bei ihm, dass sie ihn auf diese Weise sterben ließ, es allein ihre Schuld, sie dumm, feige und egozentrisch war. Aber sie ließ ihn nicht los. Nichts war stark genug, nicht einmal diese Welle und dieser Ozean, um ihn ihr nun zu entreißen.

Als sie auf den Boden krachte, brach die Welle über ihnen und überspülte sie. Einmal. Zweimal. Keine Orientierung mehr, die Ohren dröhnten, vor den Augen war alles rot.

Dann glitt sie auf dem Rücken über den glitschigen, nassen Strand, ihre Augen brannten, und Tim lag in ihren Armen und schrie, die Fäuste immer noch an ihrem Kragen.

Merci schaute zu den Sternen hoch. Sie hörte, wie das Wasser um sie herum sich zurückzog, wie es zurückfloss, um sich mit dem Meer zu vereinigen.

Danksagungen

Ich möchte Robert Boettger danken, dem Leiter der Abteilung Bestattungswissenschaften am Cypress College, sowie Franklin Barr vom Pacific View Memorial Park für die Einblicke, die sie mir in die Kunst der Bestattung gewährten, bisweilen von den Ausübenden auch das »trostlose Geschäft« genannt. Mein Dank gilt auch der Therapeutin Betsy Squires für ihre Informationen über die chemische Kastration bei Sexualstraftätern und Sherry Merryman, die für mich die derzeitigen Techniken des Autodiebstahls und alles über Wegfahrsperren recherchiert hat. Mein besonderer Dank gilt Pam Berkson, Krankenschwester am UC Irvine Medical Center, die mir in Sachen Chemotherapie weitergeholfen hat. Und schließlich danke ich Larry Ragle, dem pensionierten Leiter des kriminaltechnischen Labors von Orange County, für seine geduldigen Antworten auf meine Fragen.

– TJP